OUT OF CONTROL
by Suzanne Brockmann
translation by Masako Ao

緑の迷路の果てに

スーザン・ブロックマン

阿尾正子［訳］

ヴィレッジブックス

第二次大戦で自由のために闘った、
勇敢な男たちや女たちに。
ささやかだが心からの感謝を。

謝　辞

知識や助言を与えてくれるだけでなく、時間を割いて原稿やメールに目を通してくれたマイク・フリーマンと、彼の変わらぬ友情に、数え切れないほどの感謝を（またしても！）捧げる。

作家仲間のパット・ホワイトとリアナ・ダルトンに特別の感謝を。いつもそこにいて、わたしの話に耳を傾けてくれてありがとう。

わたしの個人的なサポート・スタッフであり、草稿を読んでくれるディード・バージェロン、リー・ブロックマン、パトリシア・マクマーンにも、いつものように感謝を述べたい。

担当編集者でチームメートの〈バランタイン〉社のショーナ・サマーズ、優れたエージェントのスティーヴ・アクサルロッドとダマリス・ローランドにも深く感謝する。あなたがたがいなかったら、この本はいまここになかったわ！

そして、もちろん、エドにも、いつものようにありがとうを。

本書のなかのミスや自由な解釈は、すべてわたし個人の責任によるものです。

緑の迷路の果てに

おもな登場人物

ケン・"ワイルドカード"・カーモディ	SEAL第十六チームの上等兵曹
サヴァナ・フォン・ホッフ	弁護士。大富豪の娘
モリー・アンダーソン	インドネシア在住の宣教師
ジョーンズ	インドネシア在住の闇商人
ローズ	第二次大戦中にFBIの二重スパイだった女性
ハインリヒ・フォン・ホッフ	昔のオーストリアの皇太子
アリッサ・ロック	FBIの対テロリスト部隊の一員
ジュールズ・キャシディ	アリッサの相棒
マックス・バガット	アリッサの上司
ジョージ・フォークナー	FBI捜査官
ジャヤ(ジャヤカトン・トージャヤ)	インドネシア人の起業家
ロジャー(サム)・スタレット	SEAL第十六チームの中尉

プロローグ

その日の早朝〇五三〇時ごろ、ケン・〝ワイルドカード〟・カーモディはテロリストになった。

ふつうでは考えられない転職だ。しかるべき準備をする間もなしにいきなりとなれば、なおさらのこと。しかし、直接命令とあれば従うよりほかにない。

「ほんの数時間で救出されると思っているんだろう、ミスター・ボンド?」彼は人質に――彼らが最終的に〝ダンゴ〟の本拠に選んだ小屋の、たわんだ床に手足を縛られた格好で座っている英国陸軍特殊空挺部隊《SAS》の下士官兵、ゴードン・マッケンジーにきいた。「楽勝だってな――悪いが、そうはいかない」

「くそ、嘘だろう」ゴードンは天を仰ぎ、《スター・トレック》のスコッティそっくりのスコットランド訛りでいった。もっとも、彼の訛りはものまねではなくホンモノだったが。「さあ、また移動だ、とでもいうつもりか?」

ケニーは悪の帝王からヨーダにするりと変わった。「つもり、じゃない」スコットランド人の足を縛るロープをほどきながら、まじめくさった口調でいう。「するか、しないかだ」にやりと笑った。「そして今回あんたにしてほしいのは、服を脱ぐことだ」

ゴードンがため息をついた。黒っぽい色の髪を短く刈りあげ、ダークブラウンの目に引き締まった体軀をした彼は、宇宙船エンタープライズ号の恰幅のいい主任機関士というより、俳優のジョージ・クルーニーに似ていた。「ケネス。勘弁してくれよ。こいつはただの演習なんだぞ。きみは悪玉の役をしてるだけだ。おれの部下がきみらを捕えて、おれを解放できるようにしてくれれば、きみも二三〇〇時前にはきみの恋人のベッドに戻れるってことがわからないのか?」

きみの恋人のベッド。

ケンと同じ悪玉の一味を演じているＳＥＡＬ隊の残りのメンバーがしんとなった。不自然なほどに。

なんだよ、この三つの単語――〝きみの〟と〝恋人の〟と〝ベッド〟――でおれがキレると、こいつら本気で考えているのか? 粗造りな小屋の壁に不安の空気が当たって跳ね返るのが感じられた。

なるほど。どうやらそうらしい。

ジェンキンズ、ギリガン、シルヴァーマン、それにジェイ・ロペス――ジェイは〝ジーザス〟の愛称――までが、おれがぶちギレると思っている。

ケンは声をあげて笑った。まあ、そう思われてもしかたないか。昔のおれならアデルを思い起こさせるようなことをほのめかされただけでカッとなっていただろうから。でも頼むよ。あのときはあのとき、いまはいまだろうが。最近のおれはまさにブッダのように心おだやかだってことに気づいていなかったのか？

冷静沈着。そうとも。それがケン・カーモディだ。実際、辞書の〝冷静沈着〟の文字の横にはおれの写真がのっているくらいだ。

彼はゴードンの手首の縄もほどいた。「それがな、おれの恋人のベッドは最近少々こみ合ってってね。なにしろ先週末に、どこかのリッチなろくでなしと結婚したばかりだから」

ゴードンがたじろいだ。「そうだったのか。じゃ、ひと晩じゅうここで楽しむとするか、なあ、みんな。夜が明けるまで」彼はジェンク、ロペス、ギリガン、シルヴァーマンを順に見やり、まずい話をして悪かったと目顔で詫びた。あたかもケンが――冷静沈着な男になろうとした努力もむなしく――きわめて慎重な扱いを要する、非常にデリケートな子供かなにかみたいに。

ケンは不意に湧きあがったいらだちを、首を振って脇へ押しやった。「いいや、夜明けまではかからない。今夜の早い時間には、あんたの部下をすべて始末するつもりだからな」

ゴードンが大声で笑った。「すべて始末する？　いまそういったのか？」

「あんたのケツに賭けてね。さあ、服を脱ぐんだ」そう命じた。

「ありえないね」ゴードンはまだひとりでくすくす笑っていた。「フル装備のＳＡＳのチームだぞ——たしかにまだ訓練を終えたばかりのひよっこだが……いいや、体のどの部分も賭けるつもりはないが、手の切れそうな百ドル札なら賭けてもいい、もしも始末をつけるんなら、やるのはうちのチームだ」

　マッケンジーがなにを考えているかは知っていた。イギリスで訓練を受けた六名からなるＳＡＳの分隊による人質救出訓練で、ＳＥＡＬ第十六チームの隊員は〝ダンゴ〟——つまりテロリストの役を演じている。問題の人質はもちろんゴードン・マッケンジーそのひとだが、これがとんでもないうぬぼれ屋で、ヘリウムガスを入れた風船よろしくふくれあがって天井にくっついていないのが不思議なほどだった。

　ＳＡＳ隊員は救出任務用の準備をしている、マッケンジーはそう考えている。装備を身につけ、腹がへったときのためにＭＲＥ（携帯口糧）を携行している。もちろん、火器もだ。

　名ばかりだが。

　両チームが使用している自動火器は実弾を発射しない。最先端のコンピュータ・プログラムを使ったハイテク版サバイバルゲームのようなものだ。弾が命中すると、被弾したプレーヤーに派手な色の塗料がぺったりとつくかわりに、衛星を通じてその情報がメインフレームコンピュータに送られる。当たりどころが悪く〝死亡〟と見なされた場合、プレーヤーはすべての武器を——敵から盗んだものも含めて——使用できなくなるようになっていた。

　ケンをはじめとするＳＥＡＬ隊員に与えられた銃は五人に対してたった二挺で、しかもＳＡＳチームの七挺の擬似マシンガンや予備の武器ほど性能がよくない。そりゃそうだ。裕福なパトロンから資金援助でも受けていないかぎり、タンゴに調達できる武器は、錆が浮いた、時代遅れの、くそみたいな安物がせいぜいだからだ。そこでタンゴの武器をできるだけ、錆が浮いた、時代遅れの、くそみたいな安物に見せるために、ときおりランダムに弾詰まりをするようにプログラミングしてあるのだ。

あのプログラムは、訓練ソフトのちょっとした傑作だ。あれのことなら、ケンはなにからなにまで知っていた。

当然だ、開発に関わったのだから。

重大な欠陥がひとつあるとしたら、暑い日の訓練には向かないということか——まあ、今日みたいにタマも凍りそうな冬の日は問題ないが。というのも、演習に参加するすべてのプレーヤーは、生地にセンサー・グリッドを織り込んだ特注の長袖ユニホームを着ないといけないからだ。

つまり、コンピュータの記録に残るのは、実際には〝プレーヤー〟の死ではないということだ。そのプレーヤーの〝ユニホーム〟が死んだにすぎない。

「そりゃ、ひどくそそられる話だが」ケンはゴードンにいった。「おれは泥棒じゃないんでね。その賭けにのってあんたの金をまきあげる気はない」

「ほう、だがこっちはおまえさんの金をまきあげることになんの差し障りもないんでね。かたいこといわずに、やろうぜ」

「そこまでいうなら。でもあとになって、警告しなかったとかいいだすなよ。じゃ、その服を脱いでもらおうか、マッケンジー。それとも脱がせてほしいか?」

ゴードンはケンの顔をまじまじと見た。「本気でいってるのか」

「もちろん」

「この野郎、いかさまをするつもり——」

ケンがうなずくと、ギリガン、ジェンク、シルヴァーマンがゴードンに飛びかかって床に組み伏せた。ケンは楽しげに鼻歌をうたいながら自分のブーツの紐をほどき、蹴るようにして脱ぐと、ズボンから脚を抜いた。こいつはおもしろくなりそうだ。「おい、ロペス、おまえの救急セットのなかに鋏《はさみ》はあるか?」

「もちろん、上等兵曹」

ジェンクがゴードンのズボンを投げてよこし、ケンはそれに脚を通した。そう、ふたりは背格好がほぼ同じだった。ゴードンのシャツがすぐあとにつづき、ケンはそれもすばやく身につけた。「散髪のやりかたを知ってるか?」ロペスに尋ねる。

SEAL第十六チームの衛生兵はケンに目をやり、次に非協力的なばかでかいバービー人形よろしくケンのユニホームに着替えさせられているゴードンを見てにやりとした。「わけないね」

「じゃ、今日はさっぱりと短くしてもらおうか」ケンはところどころが焦げた丸太に腰をおろした。椅子がわりか、もしくは小屋を焼き払う目的でだれかが運び込んだのだろう。「SASでいま流行《はや》りのスタイルにしてくれよな。きっとおれに似合うぞ」小屋の一枚だけ残った窓ガラスに自分の姿が映るのがちらっと見えた。

伸びるのが早く、手で梳《す》くとぴんと突っ立ってしまうこの髪を除けば、おれだってジョージ・クルーニーに似てないこともない——光の当たりぐあいと、とりわけ顔の角度によっては。


「船長」ケンは《スター・トレック》ばかり観ていた少年時代に培《つちか》ったスコッティそっくりの訛りでつぶやいた。孤独で、ダサくて、生意気なくせになにをやってもうまくいかなかったあのころ、ミスター・スポックのような父親に憧れていた。下劣な感情に流されて拳で壁に穴をあけたりしない論理的なおとなに。「これ以上はワープ・エンジンがもちません……」


なによりつらいのは待つことだ。

ケンは生まれながらに忍耐力という遺伝子をもち合わせていなかった。そんな彼にとってSEAL隊員になるための最大の試練は、待つことをおぼえることだった。数秒が数分になり、数時間に、数日になっても、息をひそめ、絶えずあたりを警戒しながら敵を待ち伏せすることを。

ギリガン、ロペス、シルヴァーマンの三人は小屋の外に陣取り、いまごろは地面に掘った穴のなかで、カモフラージュのための枯葉や松の落ち葉の下でうごめく虫たちとよろしくやっているはずだった。

待ち伏せ地点で待つのは比較的楽だ。ところがケンはいまこのくそいまいましい小屋のなかで、じっと座って合図を待っている。

ちょいと待った、おまえはもうケネス・カーモディじゃない。いまはハンサムなゴードン・マッケンジーだ、そう、あの短髪で自信過剰の。

日が西に傾き、影が濃く長くなるころ、ついにギリガン――ダン・ギルマン――が、怖いくらいに本物そっくりの七面鳥の鳴き声をあげた。ギルマンが共進会《カウンティ・フェア》の七面鳥鳴きまねコンテストで毎回優勝をさらっているのはまちがいない。賞品がなんなのか――七面鳥の形をしたトロフィーか、それともステージ上で七面鳥の動きをまねている人間をかたどったトロフィーか――は見当もつかなかったが。

とにかく、それは〝スタンバイ〟の警告だった。SASのチームが、ようやく小屋の外で配置についたのだ。この場所を見つけるのに、なんだってこうも時間がかかったんだ?

ケンはゴードンの非難がましい視線を無視して、体を縛るロープと口を塞いだバンダナをたしかめた。「これから先はあっという間だ」

〝このくそったれのインチキ野郎、自由になったらその薄汚いケツに蹴りを入れてやる〟とでもいいたげに、ゴードンがふがふがと声にならない声をあげた。

「ああ、楽しみにしてるよ、兄弟」そう囁き返すと、ケンは気に入りの冬の帽子――耳当てつきで頭をすっぽりと包む防寒帽――をゴードンの頭に乱暴にかぶせた。

それからジェンクに目をやった。同じようにロープで縛られ、さるぐつわをかまされているように見える。少なくともぱっと見は。行儀の悪いSASのぼうやが窓からのぞき見をした場合の用心だ。

「いいか?」

ジェンクがうなずいた。寒さで頰を赤く染め、興奮に目を輝かせたその姿は、危険を愛する米海軍SEAL隊員というより、学校の先生の机の抽斗《ひきだし》にたったいまカエルを入れたばかりの少年のようだった。まあ、そこがジェンクの魅力なのだが。

ケンは擬似オートマティックの引き金を絞った。床に向け、短い銃声を二発響かせる。

「伏せろ」ゴードンの声色で叫んだ。「床に寝ころべ! おまえは死んだ――だから動くな!」

ふたりの人間にさるぐつわをかませるのにかかる秒数を数えると、ケンは銃を背後に隠して匍匐《ほふく》前進でドアを押し開け、つっかえ棒をして閉まらないようにした。全員の目が自分に向けられているのを痛いほど感じながら、おおげさに足を引きずって、小屋の前のステップをおりて土と枯葉と松の落ち葉のなかに立つ。

おれはゴードン、おれはゴードン、おれはゴードン。訛りを目立たせ、顔は目立たぬように伏せがちに。

「おい、みんな、そこにいるならちょっと手を貸してくれ」低い声で呼びかけた。ゴードンの声で。かくれんぼは終わりだ、みんな出てこいよ。「倒れたときに足首をひどくひねった。マジで骨が折れたみたいなんだ」

まずい、最後のところはゴードン・マッケンジーというよりジョン・レノンっぽかった。もっともゴードンも、ひどい痛みをこらえているときにはジョン・レノンみたいな声を出すのかもしれないが。その証拠に——大成功！——SASの連中が餌に食いついた。

藪のなかや暗がりから四名の隊員が亡霊のように音もなく姿をあらわし、彼を助けるべく近づいてくる。ということは、二名はまだ後方に控えているということだ。

そのとき、また聞こえた。ギリガンの七面鳥の声。警戒して姿を見せずにいる残り二名のSAS隊員の位置を特定したという合図だ。

黄昏の薄明かりのなかでもこちらの顔が見えるところまでSASの四人が近づいたときに、ゲームは次のステージに進む。大混乱のステージ。一番好きな面だ。ケンは顔がにやけないように奥歯を喰いしばった。

「小屋のなかでふたり始末した」ケンはゴードン風に報告した。「だから外に逃げたのは三人で、しかも銃は一挺きりだ。なにしろ残りの一挺はここだからな」

いうが早いか四人に向けてすばやく銃をかまえたが、くそっ、ゴードンの話は少なくとも半分は本当だった。SAS隊員は、実際きわめて優秀だった。そもそも藪のなかの持ち場を離れるべきではなかったとしても。

とにかく、連中はすぐれた直感力か、ずば抜けていい視力をもっていた。なにしろケンに一度も引き金を絞るチャンスを与えなかったからだ。

彼らが発砲し、銃弾がケンに命中して、それで反撃しようにもできなくなった。ユニホームのセンサーにより、自動火器に内蔵されたコンピュータが作動して、銃を使用不能にしたからだ。

ケンにとっては。

われは死すとも作戦はいまだ健在なり。ケンは小屋の開いたままの戸口の奥にさっと銃を投げ入れた。

と、小屋のなかから悪夢のびっくり箱よろしくジェンキンズが飛びだし、銃をつかんで連射した。一瞬にして、四名の勇敢なるＳＡＳ隊員たちはゲームオーバーになった。

藪のなかのふたりも同じ。

しかも、夕日はまだ完全に没してもいない。

ケンは小屋のなかに戻り、ゴードンの縄を切って自由にした。「あんたの負けだ」

「このイカサマ野郎《ユー・サン・オブ・ホー》」さるぐつわがはずれるとすぐにゴードンは責め立てた。

「あいにくだが、おれの母親は娼婦《ホー》どころかとてもいいひとでね。どちらかというとお堅いくらいだ。あんたも気に入るんじゃないかな。教会にもちゃんとかよって――」

「おまえにとってはすべてが悪ふざけなのか？」

ケンはその質問をよくよく考えた。「いや、それどころかこの演習はきわめて真剣に受け止めている――記録的な速さであんたがた全員を処理するほどにね。六名のＳＡＳ隊員と人質一名が死亡――人質の死因は友軍による誤射。コンピュータの記録にはそう注釈がつくだろうな」

「彼らが殺したのはおれじゃない、おまえだ」

「重要なのは細部だよ、細部。あんたの部下は、その重要な細部を見落とした――おれがあんたのユニホームを着ていることなんかをね。もし連中がSASの名にふさわしい精鋭隊なら注意を払うべきだった。おれならこのショーを取り仕切るコンピュータ・プログラムについて、知るべきことはすべて知ろうとしたはずだ」

「だろうな」ゴードンがぶつぶついった。「で、コンピュータおたくのおまえのことだから、システムにもぐり込んで相手側の武器が使い物にならないようにプログラムを書き替えただろうさ。そういうのをいんちきというんだ、カーモディ」

「おれの定義では違う」ゴードンの剣幕などものともせず、ケンの口調はあくまでもおだやかだった。自分のほうが正しいとわかっているからだ。「事前準備だ」

「ジェンキンズに銃を投げたのはどうなる？　ちゃんとこの目で見たぞ。死んだときは死んだふりをするのがルールだ。あれはまちがいなくいんちきだ。まともに戦ったら勝てないとわかっていたから、おまえはズルをしたんだ」

冷静なケンの態度がわずかに揺らいだ。「ああ、そうだな、すまなかったよ、マッケンジー。全部あんたのいうとおりだ。本物のテロリストが絶対にいんちきをしないことは、もちろんだれもが知ってる。銃弾を喰らったテロリストが――たとえ撃たれたのが頭でも――瀕死の状態でなんとか引き金を絞って敵を殺した例がひとつもないことも、全員が知っている」

一年ほど前にこんな侮辱を受けていたら、この場で決着をつけようとゴードンに挑んでいたはずだ。ルールなしの素手でいこうぜ――勝つのはどっちで、地面に這いつくばるのはどっちか見てみようじゃないか。こいよ、腰抜け。殴れよ。殴ってみろ……。

だが一年ほど前は、ケンはまだ上等兵曹ではなかった。階級があがれば責任も一緒についてくる。ばかなまねはしないという責任が——とりわけ部下の前では。

「この演習の正当性については異議を申し立てるつもりだ」ゴードンが息巻いた。「そちらの隊長の耳にも入ることになるだろう」

「おれからもいっておくよ」ケンは笑みを繕った。ゴードンが挑発しようとしていることはわかっていたし、落ち着いた態度を保つほうが相手の怒りを煽るのも知っていた。「うちのチームは、今日はじつによくやってくれた。パオレッティ少佐には逐一報告するつもりだ」

ゴードンが尊大な口をきいた。「うちの隊員は今日ここでなにかを学ぶはずだったんだ」

ケンはうなずいた。「ああ」ゴードンのまわりを歩きながらいった。「学んだことを祈ろうじゃないか」

1

数カ月後

携帯電話を開きバッテリーが完全に切れていることに気づいたとき、サヴァナ・フォン・ホッフの人生はさらに手に負えない状況に陥った。

彼女は信じられない思いで電話を見つめ、最初は、恐ろしいことにわたしはもうひとつの世界《パラレルワールド》に迷い込んでしまったんだ、という説明以外は受け入れる気になれなかった。だって、ゆうべホテルの部屋でちゃんと充電をしたのよ――これまで毎晩そうしてきたように。こんな大事なことを忘れるはずがないし、実際忘れなかった。バスルームのコンセントにアダプタを差し込んで……。

それから明かりを消してベッドに入った。コンセントの電源のスイッチを入れずに。だから通電せず、充電もできなかった。

当然だ。

わたしはパラレルワールドにいるんじゃない。単に大ばかだってだけ。

おかげでサンディエゴのこの右も左もわからない場所で、電話もないまま、こうしてタイヤがパンクしたレンタカーのなかにいる。

いいわ。携帯電話でレンタカー会社にロードサービスを依頼するという案は〝いまなにをすべきか〟リストからはずそう。車のエンジンはかけたまま、空調のきいた車内で考えようとした。ほかにどんな選択肢がある？

どこかの家のドアを叩いて電話を使わせてくださいと頼む？

サヴァナは車の窓から外をうかがった。この地区の家はみなひどく小さく、その多くがくすんで見えた。あたかも壁のペンキを塗りなおすことよりもっと切実なこと――たとえば屋根の修理なんかに、お金を使わざるをえないというように。

どの庭もきちんと手入れがされていたものの、それでも地区全体があきらめと絶望をまとっていた。

車を降りると考えただけでも落ち着かない気分になるのに――車を降りて、見ず知らずのひとの家のドアを叩くなんてできっこない。

最高じゃないの。サンディエゴの中流階級の町で車を降りられないほどの臆病者が、どうやってジャカルタで飛行機から降りるつもり？

もちろん、だからこそこうしてここにいるのだ。ジャカルタで飛行機を降りたくなかったから――せめてつかまれる手なしには。

もっと具体的にいえば、ケニー・カーモディの手、ということだけれど。

フロントタイヤがパンと大きな音をたて、路肩に車を寄せなければならなくなる前に、ここでの用事はすんでいた。

ケニーの家の前を車で通りすぎて、彼に妻子がいることを示す状況証拠が庭にないことをたしかめたのだ。ブランコも、三輪車も、髪の毛で木からぶら下がっているバービー人形もなし。車寄せにミニバンも停まっていない。

わたしの知るかぎりケンはまだ独身よ、とアデルはいっていた。でもアデルの〝わたしの知るかぎり〟がどんなものかは大学時代に学んでいたし、だからまずはケンの住む家を見ておきたかった。彼に電話をする前に。

わたしと一緒に地球を半周してもらえないかと頼む前に。

ああもう、どうしたらそんなことを頼めるというの？　もう六年以上も会っていないひとに。そのときだってほんの少し言葉を交わしただけだし、たぶんむこうはわたしのことなどおぼえていないのに。

バックミラーをのぞくとケンの家が見えた。この通りで一番手入れの行き届いた家。たしかに小さいけれど、さほどくすんではいない。

もっとも頼みごとをしようにも、ホテルに戻って電話をかけられなければ話にならないけど。

それで電話でなにをいうつもり？

ケニーと話すときに自分の名前は絶対に出さないようにとアデルはいった。アデルにいわせると、ケンはいまだに彼女との別れを引きずっているらしい。

「あなたがイェール大の学生のときに彼に会ったことがあるというのも、いわないほうがいいわね」とアデルはいった。「ケンはイェール大のことをひどく嫌っているの——すべてのアイヴィーリーグと、そこにかよっていた人間を毛嫌いしているのよ」

それじゃ、どうすればいいの？　嘘をつけって？

「彼がかよっていたサンディエゴのテクニカルカレッジで会ったといえばいいわ」アデルはそういっていた。

だめ、嘘をつくことだけはしたくない。ケンに電話をしたら、友達の友達から彼の名前を聞いたのだといおう——それならあながち嘘とはいえない。マーラは大学を出てからもアデルと親しくしているし、そのマーラとサヴァナはいまでも数カ月に一度はランチを一緒に食べているのだから。

ちょっと知恵を貸していただきたいことがあるので、〈ホテル・デル・コロラド〉で夕食をご一緒していただけませんか？　ケンにそういおう。もちろん御代はこちらが払います。おいしいディナーで釣って直接会うところまでもちこんだら、アレックスとお金とジャカルタ行きのことをケンに話す。そのあとで勇気を——どうにかして——奮い起こして、一緒にきてほしいと頼むのだ。

誘惑しているように聞こえないようにくれぐれも注意して。

そうはいっても、ひと目会ったときからずっと恋焦がれている男性と、エキゾチックなジャカルタの港町で一日か二日すごすことを思うと、どうしても、もしかしたら、と考えてしまう。

考える？　そういうのは妄想っていうのよ。

サヴァナはレンタカーのエンジンを切り、五十億度の暑さのなかに出た。これっていったいどういうこと？　サンディエゴは千日のうち九百九十九日はすばらしい天候なのよ。それなのに今日は、わたしの母が愛するアトランタも顔負けの酷暑だなんて。右側のフロントタイヤを見ようと腰をかがめると、熱気でたちまち髪がぺしゃんこになった。

アスファルトでパンケーキが焼ける町。

サヴァナにあと少し分別が足りなかったら、道端に座り込んで声をあげて泣いていたかもしれない。かわりに、座り込むだけにしておいた。道端ではなく縁石に。泣いたって、この窮地から抜けだせるわけじゃない。

パンクしたタイヤで走ってもどこにも行かれない。

二、三マイル戻ったところにあったガソリンスタンドまで歩くのも、たぶん無理だろう。このヒールの高いパンプスは、ベージュのリネンのスカートとジャケットに完璧に合っている。母が誇らしさに卒倒しそうなほどに。だけどわたしの足にはそれほど合っていない。半マイルも歩いたらきっと痛みに耐えられなくなって、残りは這っていかなきゃならないだろう。だとしたら、残る手段はただひとつ。タイヤの交換だ。

車のトランクを開けると、敷物の下にそれはあった。スペアタイヤ。それに、だめになったタイヤをはずして新しいタイヤを取りつけるあいだ車を支えておくための、金属製のなんとかいうやつも。

前に一度、この道具を使っているひとの脇を車で通りかかったことがある。ジャッキ。たしかそんな名前だ。

きっとわけないわ。


「プリーズ」ジョアキンの母親は英語を二、三言しか知らなかったが、苦悩に満ちたその目がすべてを語っていた。〝息子を助けて〟

インドネシアの僻地にあるこのパルワティ島のなかでも、さらに辺鄙なこの山村では、応急処置の訓練を積んだモリー・アンダーソンがもっとも医者に近い存在だった。とはいえ彼女は医者ではないし、少年が息をするだけのことにこうも苦しんでいる原因がなんなのか見当もつかなかった。

無線で病院に指示を仰ぐこともできない。キャンプの無線は三週間前に盗まれた。これで三度目だ。四六時中無線を見張らせる人手はないので、新たな品は調達しないことをボブ神父が決めたのだった。

「お願い《プリーズ》」少年の母親がまた囁いた。

パルワティの港町――島でただひとつの都市、人口は桁はずれの三千五百人――まで行くには、危険な山道をラバで下って五日かかる。

鳥ならほんの数百マイルの距離だ。

飛行機ならあっという間。

「必要なものをまとめて」モリーは土地の言葉でいった。「しばらく入院することになるかもしれないから。わたしはジョーンズを探しにいく。ミスター・ジョーンズよ、知っているわね？　彼の滑走路で会いましょう」

このあたりにある飛行機は一機だけで、ジョーンズの名で通っているアメリカ人のものだった。でも賭けてもいいけれど、ジョーンズが彼の生まれながらの名前でないことはたしかだとモリーは思っていた。

ジョーンズは一匹狼だった。寡黙で、ほとんどひとと交わらない。

半年ほど前にふらりと村にあらわれ、無遠慮な目でモリーのことを上から下まで眺めまわしたあと、川を少しさかのぼった渓谷につくられた第二次大戦時代の古い滑走路を整備したいからと村の男たちを十二人雇っていった。

彼は村人たちをこき使ったが——そのぶん賃金もはずんだという話だ。

モリーが次に彼を見たのは、頭上すれすれのところをおんぼろの赤いセスナで飛んでいるところだった。

密輸業者なのではないか、とモリーはにらんでいた。闇屋であるのはまちがいない。ともかく、金額さえ折り合えば、あのくたびれた飛行機でなんでも運ぶという噂だった——たとえそれが重病の子供でも。

でも今日はお金は問題ないはずだ、なにしろジョーンズはわたしに大きな借りがあるのだから。

ジョーンズの住まいが近づいてくると、どんな反応が返ってくるか計りかねて思わず歩調がゆるんだ。ここまでやってくるのは初めてだったが、ここに住む男のことは村人や宣教師たちの話題の的だった。危険な盗人、人殺し、迷える魂、よき雇い主、トランプ詐欺師と、きくひとによって答えは違ったけれど。

ジョーンズは、打ち捨てられ傾きかけたかまぼこ型兵舎のひとつを住居にしていた。彼の飛行機――チューインガムと輪ゴムと祈りでなんとか形をとどめている――は、滑走路の上でばらばらに分解されているのが常だった。

だけど今日は、ありがたいことに、飛べそうに見えた。

ジョーンズは家の外にいた。シャツを脱ぎ、なたを手に、ジャングルがふたたび滑走路を飲み込もうとするのを懸命に阻止している。モリーはなたをふるう彼を見つめた。これだけの滑走路を維持するには、それこそ毎日何時間も草を刈らないとならないはずだ。

彼がこちらに気づいているのは知っていた。ああいった男は頭のうしろにも目がついているものだから。それなのにジョーンズは黙々と作業をつづけ、鋭利な刃物を大きく横に振るたびに背中と腕の筋肉が張りつめた。

さらに近づいていくと、ジョーンズの背中に格子状に古い傷痕が走っているのが見えた。鞭で打たれて半殺しの目に遭った名残りだ。傷があることは知っていたし、傷痕も薄れてはいたけれど、それでもモリーははっとした。傷はあれだけではないことも知っている。腰から下にもべつの傷がある。

「ミスター・ジョーンズ、ミスター・ジョ、ー、ン、ズ」二度呼びかけ、十ヤードのところまで近づくと、ジョーンズがようやく手をとめてこちらを振り返り、腕で額の汗をぬぐった。

村の男たちもよくシャツを脱いで仕事をするけれど、モリーがそばにくるとかならず礼儀正しく肌を隠した。ジョーンズはただ彼女を見つめ、黒い髪は汗で濡れ、例によって四日分の無精髭があごに影を落とし、日に灼けた筋肉が光っている。

んまあ、彼はなんて……たくましいのだろう。こんなふうに目が離せなくなるなんて、どうかしてる。シャツを着ていない彼なら前に何度も見ているのに。わたしのベッドのなかでも。熱帯地方特有の流感にやられてジョーンズが倒れたのだ——文字どおりの意味で。

ひどく吐いたときには、体を支えて冷たいタオルで顔をふいてやった。とりわけウイルスが猛威をふるった三日間は、体のほかの部分もきれいにした。

ジョーンズの熱が下がるまでは三夜とも、モリーは彼のかたわらの折りたたみベッドでうつらうつらした。次の日も彼は体力を取り戻そうと丸一日眠っていたので、またしても窮屈なベッドで寝ることになった。

そして彼は消えた。挨拶も、ありがとうのメモも、あの傷について尋ねる機会もモリーに与えずに。モリーがテントに戻ったときにはもういなくなっていた。

彼の無事をたしかめようとマニュエルをジョーンズの家へやったが、ジョーンズも彼のセスナも消えていた。

一週間後、テントに戻ったモリーはベッドの上の包みに気がついた。ジョーンズがだめにしたものにかわる真新しいシーツとタオルが二組。それに本。フィクション、ノンフィクションをまじえた最新のベストセラー本が十冊。どうやら本であふれ返ったモリーの書棚を見て、彼女が本の虫だと気づいたらしい。

そんなふうに気のまわるひと――チョコレートみたいな定番のお礼ではなく本を買うことに気がつくほどのひとが、モリーの彼に対する興味が単に看護師の患者へのそれではないことに気づかなかったなんて妙な感じがした。

モリーは簡単な礼状を書き送り、村恒例の日曜の夜のバーベキューにジョーンズを招待した。

ジョーンズはあらわれなかった。

彼女はまた短い手紙を送り、時間のあるときにいつでも訪ねてきてほしいとしたためた。

ひと月がすぎても、ジョーンズは時間がないようだった。

いま彼女を見つめる彼の目はまったくの無表情で、モリーは満足感がこみあげてくるのを感じた。ジョーンズは感情を懸命に押し隠そうとしている――それはつまりなにかを感じているということだ。たぶんばつが悪いのだろうけど、モリーとしては彼女の招待に応じなかったことをひどく後悔しているからだと思いたかった。

とはいえ、いまはおしゃべりをする暇もなければ、おたがいの役割にきまりの悪さを感じている場合でもない。

「貸しを返してもらいにきたわ」モリーはいった。「病気の子供とその母親とわたしを町まで運んでもらいたいの」

モリーに借りがあると聞いても、ジョーンズはまばたきひとつしなかった。もっともモリー自身もそんなものがあるとは思っていなかったけれど。ジョーンズの看病をしたのは見返りを求めてのことじゃない。彼女の世界はそんなふうにできていない。でもジョーンズの世界はそうで、いまはジョアキン少年のためにそれを利用したのだ。

「明日なら連れていける」ジョーンズがいった。

モリーは首を横に振った。「いますぐ病院に運ぶ必要があるの」

「いますぐ、ね」ジョーンズはベルトに下げた水筒から水を飲んだが、そのあいだもモリーから目を離さなかった。まるでわたしが毒蛇かなにかで、油断したら襲いかかられると思っているみたい。

だから彼女は襲いかかった。「あの子が明日まで生きていられるとは思わない。生死にかかわる問題でなければ、ここへきたりしないのはわかっているでしょう」

ジョーンズのあごの片側の筋肉がぴくりとし、彼は腕時計に目をやった。そして小声で悪態をついた。「運ぶにしても片道だけだ。今夜からちょっとした……仕事があって、二週間はパルワティの近くに戻れないんでね」

モリーはうなずき、安堵のあまりめまいを起こしそうになった。飛行機を出してもらえる。

「それでいいわ」

「よくない。帰りはラバで山を越えることになるんだぞ」

彼女を思いとどまらせようとするその哀れな試みにモリーは笑みを浮かべた。「あらそう……じゃ、いまのは忘れて。あの子には死んでもらうしかないわね」

彼はモリーのジョークににこりともしなかった。「そういうことじゃない。子供と母親は連れていくが――あんたはこなくていいといっているんだ」

「病院までだれかがついていってやらないと。通訳も必要だし」ジョアキンの母親の手を握ってやることも。「だからわたしも行く」

ジョーンズは肩をすくめ、かまぼこ型兵舎のほうへ向かった。「好きにしろ。だが出発は二十分後だ、それまでに戻ってこられるかどうか」

「わたしはここにいるし、ジョアキンと母親もすでにこちらに向かってる」

ジョーンズがおもしろくなさそうに笑った。「またずいぶんと自信があったもんだな」

そうじゃない、ジョーンズならきっといやといわないと信じていただけ。彼のような男は、女性の一足しかないランニングシューズの上にお昼に食べたものをぶちまけたら、なんとしてでもその埋め合わせをしようとするはずだから。「望みをかけていただけよ」彼女はいった。

「これで」ジョーンズがいった。「貸し借りなしだ」

「ちょっと」ケンはその車の前側の窓を叩いた。「なあ、ジャッキをつけたままエンジンをかけるのはあまり利口なこととは……」

ケンは、スカートを太腿の付け根あたりまで引きあげた若い女性を見おろしていることに気づいた。彼女は空調を全開にして、レースのブラジャーが見えるほどにブラウスの前をはだけている。ブラは赤だ。おいおい。

「いえないと思うけど」ケンはいい終えた。

〈拝啓、『ペントハウス』さま、こんな手紙を書くことになるとは思いもしなかったのですが……〉

「いやだ」彼女が息をのみ、片手でスカートを下げながら、もう片方の手でブラウスのボタンを留めようとした。身なりが整うと窓の開閉ボタンを押し、窓ガラスが低い音をたてて下がった。「ごめんなさい。すいません。あんまり暑いので。ちょっと涼もうと思った――」

「落ち着いて――なにも見てないから」嘘をついた。「エンジンを切ったらどうだい？　タイヤの交換を手伝うけど」

彼女が彼を見た。サングラスごしに上目遣いで、もう一度見直した。その顔のまわりで細いブロンドの髪がカールをつくっている。さえたブルーの瞳は怯えきった表情をたたえていた。

「まさか、そんな！」

「どうした、ガールスカウトのタイヤ交換コンテストのバッジでも狙っているのか？　自分でやらないとポイントがもらえないとか？」

「いいえ、そうじゃなくて……嘘でしょう」

出会いこそ『ペントハウス』的だったが、現実はそううまくはいかないらしい。彼女は詫びるような、でなければ斧をもった殺人鬼を見るような目でこちらを見ている。

だれだか知らないが、彼女は鼻の頭に油をつけていた。頬にも、首にも、胸元にも、腕と手にも油がついている。ブランド物の服も油まみれだ。

けれどもその油の下にある顔は、はっとするほど愛らしかった。上品な顔立ち。あの髪といい瞳といい、天使のような顔といい、まるでおとぎ話に出てくるプリンセスだ――かなり汚れたお姫さまだが。

ケンが見つめていると、彼女はクリネックスを一枚とって、キーが汚れないようにそれでくるんでエンジンを切った。

ところが、シートの上で身をかがめて脱いでいた靴に足を入れるときは、そこまで気がまわらなかった。脱ぎ捨てられたストッキングが助手席のシートの上にあるのが見えて、ケンは気温がさらに上昇した気がした。

ケンは彼女のためにドアを開け、クリネックスを使う手間を省いてやった。まずは彼女の百万ドルの脚があらわれ、次に体の残りの部分が、残念なことにスカートがまたずりあがらないように注意しながら、つづいた。

ケンはヒップに張りつく彼女のスカートのことは考えないようにした。シートの上に脱ぎ捨てられたストッキングを見たことは忘れて、いまもっとも火急の問題――あのスカートの下に彼女ははたして下着をつけているのか——を無視しようとした。

彼女は思ったより小柄で、ケンを見るには頭をそらさないといけなかったが、そこが気に入った。彼自身、ずば抜けて背が高いとはいえなかったからだ。

「お願い」ディズニー映画に出てくる目のぱっちりした妖精というより、〝巨乳のパリ《チェスティ・パリ》〟という名のストリッパーにふさわしい低くかすれた声で彼女がいった。「手を貸してもらえると助かるわ」

最初からそのつもりでピックアップトラックを降りたのだ——彼女がかわいらしいおばあさんだろうと、体重三百ポンドでボブという名のどこかのお偉方だろうと、かまわなかった。なのにこんなの話がうますぎる。美人でセクシーで、しかも左手の薬指に結婚指輪をしていない女性だったなんて。

男性ホルモンのテストステロンが体じゅうにみなぎるのを感じた。強くたくましい男が助けにきた。もう大丈夫だ、お嬢さん、あとはおれにまかせろ。そこに座って見ててくれ、礼なら目もくらむようなセックスでかまわないぜ。

ああ、頼むよ、神さま、どうかセックスのことしか頭にない男だと思われるような、どうしようもなく下品でくだらないことを口走りませんように。たとえそれが事実だと——実際に一日のうち九十八パーセントはセックスのことしか考えていないとしても。

いや、頭では不届きなことを考えていても、タイヤを交換したら、手を振って彼女の車を見送るまでだ。それから家に戻って溶けかけのアイスクリームを買い物袋から出して、プールでひと泳ぎして、早めに夕食をすませ、テレビの前でくつろいで、この一週間に撮り溜めたビデオを観る。今夜おれがすることでセックスに一番近いのは、バフィー（《バフィー～恋する十字架》の主人公）かセブン・オブ・ナイン（《スター・トレック》の登場人物）にムラムラするぐらいだ。

そして一、二カ月もすれば、さすがにこの女性のことを考えなくなるだろう。このリッチで、知的で、淫らな空想など絶対に向けてはいけない魅力的な女性と彼女の下着のことを。というか、下着がないことを。

頼む、神さま、お願いだからこの女性におれの心を読ませないでくれよ。

「でも、あとはもう爆薬を仕掛けるしか手はないと思うわ」彼女が、あの声でいっていた。「あのなんとかいうボルトをひとつはずすだけでも二十分もかかったのよ。残りは一時間近くがんばってもびくともしなかった。いまわたしが心から望んでいるのは、この役立たずのレンタカーを粉々に吹き飛ばすことね」

ケンは声をあげて笑い、もう一度彼女の目を見ることができたらいいのにと思った。だがその目はサングラスの陰に隠れていた。「おれのご近所さんはあまり喜ばないかもしれないな」

「ご近所さん？」彼女がきいた。「もう何時間もここにいるけど、車一台通らなかったわよ」

「ここは行き止まりだからな」しかも金曜の夜だから、哀れなおたく以外はみな職場から地元の酒場へ直行している。おれがそんな変人で彼女はラッキーだった。なにしろ金曜の夜のホットなお楽しみはひとりでテレビを観ること、という男だから。「それはそうと、こんなところでなにをしていたんだ？」

彼女がぽかんとした顔でケンを見た。まるで友人のジョン・ニルソンが流暢に操る例の妙ちきりんな外国語のひとつを、ケンが急にしゃべりはじめたとでもいうように。

「道に迷ったのかい？」質問を簡単なものに変えた。

彼女は咳払いをすると、ひどくあやふやな笑みを浮かべた。「ちょっと……ドライブをしていたの。この町にいるのはほんの数日だから、その……」そこでまた咳払いをした。

やれやれ、嘘がへただな。どうやら上品すぎて、よけいな詮索をするな、といえないらしい。

ケンはタイヤの横にしゃがみこんだ。「このハブボルト、ほんとに固いな」動かすにはいささか力が要った。

二個目のボルトがはずれると、彼女がため息をついた。「んもう、わたしってなんて力がないの」

「おれのほうがボルトにかける体重があるってだけだ」

「でも汗ひとつかいていないじゃない」

ケンは笑った。「とんでもない、ここにきたとたんに、どっと汗が噴きだしたよ」ああ、くそ、いまのじゃまるで……。目をあげると、彼女がまたサングラスの上からこちらをのぞいていた。ブルーの目。「その、ピックアップを降りたとたんに、ってことだ」弁明を試みた。

「なにせこの暑さだろう？」

まったく、なんてへたくそないいわけなんだ。

　けれども彼女はうなずき、ふたたびサングラスの陰に隠れた。「サンディエゴがこんなに暑いとは思わなかったわ」

「ここまで暑いのは珍しいね。明日には一段落するんじゃないかな」おいおい、天気の話をしているよ。彼女を怯えさせてしまったのは確実だ。それはこっちも同じだが。「家に帰ってプールに飛び込むのが楽しみだよ」

「プールがあるの？」

　三個目と四個目のボルトがケンの手のなかに落ちた。「ああ、あの家——この通りの先にあるんだが——を借りたのは、だからなんだ。家自体はなんの変哲もないけど、プールはでかい。しっかり泳げるぐらいにね」

「いまわたしに必要なのはそれだわ。スイミングプール。わたしは泳ぐより、ドリンクホルダーつきのフローティングチェアで浮いていたい。フローズン・ピニャコラーダがいいわね。それもラージサイズの」

　くそ、おまえはなんてまぬけなんだ。彼女は死ぬほど喉が渇いているに決まってるだろうが——何時間もこの炎天下にいたんだから。「ピックアップのなかに少しだが炭酸飲料とビールがある。よかったら飲んでくれ」

「いいの？」一応は遠慮をして見せたが、いますぐピックアップに走っていってドアを開けたくてうずうずしているのは見ればわかった。喉が渇いて死にそうなのに、信じられないほど礼儀正しい。

「悪いが、おれにもコーラを一本頼むよ」

ケンがちらりと目をあげると、彼女はちょうどピックアップのドアを油で汚さないように、ブラウスの裾を使って開けているところだった。透き通るように白いおなかと、例の赤いブラがまたちらりと見えた。おいおい、勘弁してくれ。

最後のボルトがはずれ、ケンはタイヤをはずした。ええい、どうせ失うものなどないじゃないか。ここで男になるか、一生、ひとりでテレビを観てすごすか。「その、もしよかったら――」

家《うち》にきて、ひと泳ぎしないか。尋ねるチャンスはなかった。というのも、いいかけたちょうどそのとき、彼女がコカコーラの缶を差しだして「アイスクリームが溶けかかってる。奥さんは――」

言葉が正面衝突し、ふたりは噴きだした。

「ごめんなさい」彼女がいった。「お先にどうぞ」

「いや、そっちから」

彼女はかぶりを振り、頰を赤く染めて、最初はなにもいわないかと思った。だがそこで、ひとつ深呼吸をした。「その……車のなかに食料品がいっぱいあったものだから。きっとあなたの奥さんは助かるだろうなって。ええと……いつも奥さんのかわりに買い物をしてあげるの？」

嘘だろう。これはどう考えても、世に聞く〝遠まわしに探りを入れる〟ってやつじゃないつけて？　カミさんはいない。家のプールに泳ぎにこないか？　裸で？　きみの脚をおれの腰に巻きつけて？

ケンは奥歯を嚙みしめ、よけいなことを、この手の男女の駆け引きの経験が情けないほど乏しいことをさらしてしまうようなことを、口走らないようにした。

アデルのことを心底恋しく思うのはこういうときだ。彼女のことをまだ愛しているからじゃない。そう、それについてはようやく踏ん切りがついた。恋しく思うのはあの親密さだ。アデルとは結婚していたわけじゃないが、していたも同然だった。ときどきくっついたり離れたりしながらも、ハイスクールの三年のときからほんの一年ほど前まで――もう月日を数えるのはやめてしまったが――ずっと恋人どうしだった。そのあいだ――ほとんど十年だ――少なくとも彼のほうはよそ見はしなかった。離れ離れのことも多かったし、問題がなかったわけではないが、それでもパンクしたタイヤを交換してやるたびに通りがかりの美人と〝はたして彼女はのってくるか、こないか〟〝おれがこういったら、たぶん彼女はこういう〟的なゲームをしなくていいんだという安心感は、いまもなつかしく思う。

彼は冷えたコーラをごくごくと喉に流し込んだあとで答えた。「結婚はしていない」

さらりといえた。気楽な口調で。たいしたことじゃないというように――内心は、まだ名前も知らないこの魅力的な女性が今夜おれと寝てくれますようにと祈りながら、ぐるぐる走りまわって全速力で壁に激突している気分でいるなんて、つゆほども感じさせずに。彼女はおれに興味がある。まちがいなく興味をもっている。

「あら」彼女が、同じくらい気楽な口調でいった。そのあとで、明らかにまたかまをかけてきた。「紙袋のなかに野菜がたくさん入っていたけど……ひとりで住んでいるの？　ほら、ふつうの独身男性はタコスとピッツァで生きているじゃない、あくまでも一般論だけど……」

「たまたまいい日に当たっただけだ」だからセックスしにくるかい？　ばか、ばか、ばか、やめろ。彼女の名前をきけ。それからおまえの名前をいうんだ。ケンは咳払いした。「ところで、ケン・カーモディだ。それから、ああ、ひとりで住んでる。正真正銘。ひとりきりだ」

ああくそ。いまのはちっともさらりとしていない。

彼女がサングラスをはずした。目からレーザー光線を発する《X‐メン》のサイクロプスも、この女性にはかなわない。信じられないくらいにきれいな瞳だ。彼女の下着のことも、セックスのことも、もうどうでもいい。このまま一生、この瞳をのぞきこんでいられたらそれだけで。

「ぶったまげるほど《ファッキン》美人だな」思わず口から言葉が飛びだした。「うわあ、すまない。その、ごめん。仕事でいつも野郎たちにかこまれているからつい——」数ブロック先でサイレンの音がした。「こりゃいい。さっそく言語警察が逮捕しにきた」

彼女は笑っている。よかった。「サヴァナよ」

「サヴァナ。すごく、その……きれいな名前だ。きみに合ってる。苗字はあるんだろう、それとも名前だけ？　シェールみたいに」

へたな冗談だったが彼女はまた笑い声をあげ、ケンは焦った。どうしようもなく恋に落ちそうになったからだ。一瞬で。

マクドナルドのカウンターで超特大サイズのフライドポテトを注文するだけのことで、店員の女の子にぼーっとなってしまうところがあるのは知っているが、これはいつもよりさらにばかげている。サヴァナはほんの数日しかこの町にいないといっていた。つまり、仮にふたりのあいだになにかが起きるとしても、それははじまる前に終わったも同然だということだ。常日頃から過酷なトレーニングを積んでいるし、いまここで心臓を鍛えたいとは思わない。

「サヴァナ・フォン・ホッフよ」彼女は手を差しだしたが、指についた油を見ると鼻の頭にしわを寄せて手を引っ込めた。

ケンは自分の手を出し、これ以上汚くなりようがないことを示した。「サヴァナ・フォン・ホッフ——舌を嚙みそうだ」

彼女がまた微笑み、差しだされた彼の手を握った。ケンは息をしようとした、ふれた手のぬくもりに心臓がとまってしまわないように。

彼女の指は長く、ほっそりして、てのひらはやわらかかった。ケンはふつうより長くその手を握ったあとで、てのひらを上に向けて親指でなぞった。「で、仕事は溝掘りかい?」

「いいえ……上訴弁護士よ」彼女の目が大きく見開かれ、笑みも消えたが、手を引っ込めようとはしなかったので、ケンも放さなかった。

それじゃ、ふたりでおれの車に飛び乗って、ヴェガスで結婚式を挙げるってのはどうだい?

彼女にふれたせいで脳みそがショートしたのは確実だ。「セックスしにいくかい?」と「結婚しようか?」のあいだに、なにかもっと彼女にきかなきゃならないことがあるのはわかっているのに、頭のなかは完全に真っ白だった。

「ニューヨークからきたの」サヴァナがいい、ふたりの住む場所が三千マイルも離れているという事実が、空から降ってきた鉄床《かなとこ》のようにケンを打ちのめした。

「市のほうかい、それとも……?」それでなにかが変わるとでもいうように。

「ニューヨーク市から北に四十分ほど行ったところに住んでいるの」

「おれはサンディエゴに住んでる」

「ええ、知ってる」彼女は弱々しく微笑み、体をひねって、通りの先にあるケンの家のほうを手で示した。「さっき聞いたわ」

あの笑みにはいったいどんな意味があるんだ? ケンは彼女の車のほうに戻った。くそスペアタイヤはどこだ? タイヤを付け替え、彼女を運転席に押し込んで、さっさとさよならしたほうがいい。この女性に惚れるなんてばかげてる。「こっちにはどれくらいいる予定だといったっけ?」

「はっきりは決めていないけど。たぶん二、三日だと思う」彼女は咳払いをしてからつづけた。「こんなふうに助けてもらって、なにかお返しをしないと……その、お返しっていうよりお礼を……」

信じられない。「スペアタイヤがパンクしてる」

勇気を奮い起こしていおうとしていたことがなんであれ、彼女はひとまずそれを脇においてタイヤを見にきた。「そうなの？」

「ほら」タイヤは完全にふにゃふにゃだった。

「最初からそういうものなんじゃないの？」彼女は真剣だった。

「いいや」ケンはスペアタイヤをトランクに放り込むと、最初のタイヤを急いで元に戻してゆるめにボルトを締めた。「レンタカー会社の説明書がグローヴボックスに入っているよな？たぶんそこに路上サービスの電話番号がのっているはずだ」

彼女がうなずく。「わたしって救いようのないばか。もし知っていれば……こんなに汚れずに、あなたを汚さずにすんだのに。あなたに……無駄な時間を使わせてしまって」

ケンはジャッキをまわして車を地面におろした。「たいしたことじゃない。油は洗えば落ちるし」ジャッキをスペアタイヤの横におき、トランクを閉めた。

「本当にごめんなさい」彼女はすっかり恐縮していた。

「つまりきみは車オンチってわけだ――だからなんだ？　本物のトラブルを経験したい？　だったら、おれに弁護士の仕事を頼むといい」

大当たり。彼女から笑顔を引きだすことができた。「いつもこんなにやさしいの？」彼女がいった。

「いいや、いっただろう、たまたまいい日に当たっただけだ」

そうしてふたりはパンクした彼女の車の横に突っ立って、ばかみたいにへらへら笑っていた。

ケンがコホンと咳払いをした。「それで、その、どこに泊まっているんだい?」

「〈ホテル・デル・コロラド〉よ」

〈デル〉だって。こりゃ、たまげた。彼女が金持ちなのか、でなけりゃ彼女が勤める会社に金があるかだ。「わかった、じゃあこうしよう。五分くれたら食料品を家においてくるから、そのあとでホテルまで送るよ。それか——」それかきみがおれのところにきて、レンタカー会社に電話して、車はレッカーしてもらって、きみはそのままプールで泳いで、ひと晩家《うち》に泊まる。いや一週間、永遠に……。

「一緒に夕食をいかが?」サヴァナがきいた。

それだ。それこそ、おれが彼女にきくことだった。

口をきくには咳払いをしないとならなかった。「喜んで」

彼女が心底ほっとした顔を見せた——まるでケンが誘いを断る可能性が万にひとつでもあるかのように。「ホテルにいいレストランが——」

「〈デル〉で?」彼女はあのばか高い〈デル〉でおれとディナーを食べようっていうのか? あそこのレストランは超高級だ——四つ星が満点なら、五つ星だ。「ええと、サヴァナ、おれたちはほら、どう見ても〈デル〉に行けるような格好じゃないし」

「そりゃ、もちろん服は着替えないと——」

ああ、くそ、〈デル〉へ行って、コチコチに固まって座っているなんてまっぴらだ。それに彼女がいま着ている服を脱ぐことには大賛成だが、そのあとなにも着てほしくない。

「ハニー、着替えるだけじゃすまないよ。ホースで洗い流さないと。きみは油まみれだ、ほら、耳のうしろにも」ケンは腕時計に目を落とした。もうすぐ一八三〇時だった。「それに金曜の夜だし」

彼女がひどくがっかりした顔をし、ケンは観念した。もしかしたら〈デル〉に行くのも悪くないかもな。正装用の軍服を着ていけばいい――あの礼服にメロメロになる女性もなかにはいるし。「どうしても、っていうなら、予約が取れるか電話してみるけど、大金を賭けてもいいが、一九〇〇時からこっち予約でいっぱいだと思う」

「朝のうちに予約を入れておけばよかった」

これには笑うしかなかった。「そうだな、きみの水晶玉をのぞきこんでいたら、今日の午後にハンサムな王子とめぐり逢うことがわかっただろうに」

彼女がなんとも奇妙な表情を浮かべるのを見て、ケンはばかなまねをした自分を蹴り倒したくなった。冗談のつもりでいったのに、口から出たら本気みたいに聞こえた。王子だって、このおれが？　よくいうよ。

「かわりに明日、〈デル〉でランチというのはどうかな？」彼女が恐怖の悲鳴をあげて逃げだす前にあわてていった。「ほら、テラスにあるレストランで？」それならおれの財布にも少しはやさしいし。

「ああ」彼女の表情が曇った。「今夜はなにか予定があるの？」

「いや、そうじゃなくて……」ケンは説明しようとした。「金曜の夜にディナーの席を取るのは、どの店だろうとくそやっかい——いや、大変だと思うんだ。ひとが大勢いるところは得意じゃないし、それで……」しっかりしろ、ダメ男《お》、いうんだ。「思ったんだけど、きみさえよければ、おれの家で食事をするってのはどうかな。ステーキ用の肉があるからグリルで焼いて、あとはサラダと。そうすればほら、泳ぐこともできるし、水着ならおれのを貸す——」

「すてき」彼女はケンに笑いかけていた。

「すてき」彼はおうむ返しにくりかえした。「うん、すごくすてきだ。最高だ」くそ、これじゃばか丸出しだ。けれどサヴァナはただ微笑み返しただけだった。まるでばかな男が好きだとばかりに。

なんてこった、彼女がおれと一緒に家にくる。

彼女の顔をのぞきこみ、輝くような笑みをたたえたその瞳を見たとたんケンは知った。

『ペントハウス』に手紙を書くのはやめだ。

これはおれたちの孫に聞かせる話になる。

2

「わたしはいないと彼にいって、ラロンダ」きびすを返して自分のオフィスに戻ろうとして、アリッサ・ロックは、ＦＢＩの精鋭対テロリスト部隊の指揮官、マックス・バガットと危うくぶつかりそうになった。

マックス・バガット、彼女の直属の上司。

「おかしいな」マックスはいった。「きみはいないようには見えないが。いったいだれから隠れているんだ、ロック？」彼は受付のデスクに身をのりだし、階下のロビーを映しだしているいくつものモニターを見た。そしてドウェインを、チノパンツを穿き、ワイシャツの袖を少年っぽく肘のところまでまくりあげて、ミスター・パーフェクトよろしく立っている男性を指さした。

「この男か？　こいつのどこがいけない？」

彼はサム・スタレットじゃない。

「彼は傲慢で、自分勝手で、不誠実で、自分は女にモテると思っていて、〝ノー〟は〝ノー〟だということがわからない」とはいえ、そんなふうに挙げていくと、ドウェインは恐ろしいほどサムにそっくりだった。「教師のくせして、わたしがデートに興味をもっていないことを学べないらしいんです」アリッサは説明した。「何度もいったのに、いまは仕事に集中したいって」

「それは大変ありがたい話だが」マックスはいい返した。「うちのトップ・エージェントのひとりが教師ふぜいから逃げ隠れしているってのは、いささか気になるな。そんなことじゃ、AK－47をもったテロリストと対峙したらどうなる？」

「そいつを撃ちます」アリッサはきっぱりいった。「でもそれはドウェインへの対処法としては適当とは思えなかったし、かといって言葉でいっても効き目はないようだったから、プランBで行くことにしたんです。いもしない人間を追いかけることに彼が飽きるのを期待して透明人間になったの」

ラロンダが、あからさまな興味を隠そうともせずにこちらを見つめていた。この受付係がマックスに夢中なのは周知の事実だ。マックスは背はさほど高くなかったが——とにかくサムほどじゃない——肌が浅黒くてハンサムという、いい男の条件ふたつは満たしているし、深みのあるブラウンの目はものすごく魅力的だ。局には彼に熱をあげている人間が大勢いる。アリッサの相棒のジュールズを含めて。

「わたしはいないと彼にいってちょうだい」もう一度ラロンダにいった。

「ちょっと待った」マックスがいった。彼はアリッサに顔を向けた。「本当にこのドウェインってやつと、きっぱり縁を切りたいのか？　だったら手を貸すぞ」

よしてよ。「いいえ、結構。自分でなんとかします――」

「オフィスに戻って、やつが確実に帰ったとわかるまで三十分じっと待つのか？　よせよ。家に帰るところだったんだろう？」

否定はできなかった――手にブリーフケースをもって立っているのだ。「ええ、でも仕事なら山ほどあるし――」

「ラロンダ、はっきりはわからないがロック特別捜査官はたったいまロビーにおりていったようだと、われらがドウェインに伝えてくれ」マックスはそういうと、アリッサの腕をとってエレベーターのほうへ引っぱっていった。

「マックス」

彼は下りのボタンを押したが、エレベーターはすでにきて待っていた。ドアがすっと開き、マックスはアリッサを引っぱるようにしてエレベーターに乗った。

「マックス」

彼は無邪気を絵に描いたような顔でにっこりした。「うん？」

「わたしが考えているようなことをする気なら承知しないから」

「まあまあ、ドウェインを撃つつもりはないよ、もしそれを心配しているならな」

チンとベルが鳴って滑るようにドアが開くと、マックスはメインロビーに出ていきながらアリッサの肩にすばやく腕をまわした。はたからはさりげなく肩を抱いているように見えるだろうが、そのじつマックスの手は万力のようにがっちりとアリッサをつかまえていた。この手から逃れるには派手な騒ぎを演じるほかない。いいえ、たとえ大騒ぎしても、やっぱり逃げられなかったかも。アリッサは彼の足首を蹴飛ばしたが（それも思いっきり）、恐れ入ったことにマックスは眉ひとつ動かさなかったから。

「一九九六年のアッレグリーニ・アマローネをケースで買ったところなんだ」マックスはロビーにいる全員――このビルだけじゃなく隣のビルも含めて――に聞こえるほどの大声でいっていた。ドウェインと警備員のレニーが、ロビーの反対側からこちらを見ている。「極上のワインだが、きみとジャクージに入りながら飲んだら、さらに味わいが深まるんじゃないかと思ってね」声をあげて笑ったあとで、計算しつくされた低さまで声を落として囁いた。「もちろん、きみと一緒ならバドライトだってすばらしくうまいが」

そして彼はアリッサにキスした。

マックスの口はあたたかく、くちびるはやわらかで、彼はコーヒーとシナモンのような味がした。キスはといえば、ドウェインのときとは違って悪くなかった。それどころかすてきだった。甘くて。

安心できた。

そして彼がキスを終えたとき、あたかも魔法のようにドウェインの姿がついに消えてなくなったのがわかった。

でも、ああ、最低！　たったいまわたしはチームの指揮官と——直属の上司と——キスをしてしまった、それもワシントンDCのFBI本部のロビーで。

マックスから身を引きはがして力いっぱい腕を殴ると、今度は彼も放してくれた。「こんなことは二度としないで」

「悪かった。軽いキス以上のことをするつもりは毛頭なかった——」

「自分の問題は自分で解決できます」激しい口調でいった。レニーがまだこちらを見ている。

「いまのはお芝居だから」彼女は警備員にいった。

マックスはアリッサのあとについてビルを出て、夕方の蒸し暑さのなかに足を踏みだした。

「効果があったことは認めろよ。さよなら、ドウェインだ」

「ええ、完璧よ。これでドウェインは、わたしが彼とはつきあわない、だれともつきあいたくないといったのは嘘だったんだと思ってしまった。ありがたくて涙が出るわ」

「男のなかにはどうにもうぬぼれが強くて、自分と一緒にいるよりひとりでいることを選ぶ女性がいるってことが信じられない輩《やから》がいるんだ。連中は絶対にあきらめない。もしきみがドウェインにつきまとわれたかったのなら話はべつ——」

「ばかいわないで」アリッサはぴたりと足をとめて彼に向きなおると、目を大きく見開き、これ以上ないほど無邪気な顔をして見せた。「あら、ごめんなさい。わたし、いまあなたをばか呼ばわりした？　たぶんそんなふうにいうべきじゃなかったんでしょうね、あなたがわたしの上司だということを考えれば。でも待って。あなたはわたしにキスした。レニーの前で。そのほうがよっぽど不適切で、訴えられてもしかたのないふるまいじゃないかしら、ミスター・バガット」

マックスが笑い声をあげた。「なあ、きみのことが好きでたまらないよ、ロック」

アリッサは怒りが揺らぐのを感じた。

「いや」彼はすかさずいった。「そういう意味じゃない。もっとも、正直いまのキスはおれの予想を少しばかり上まわっていたが。少々よすぎたとは思わないか――おたがい、好きな相手がべつにいることを考えたら」

アリッサは背中を向けた。じめじめした晩で、歩道は実際湿り気を含んでいた。「なんのことかわからない――」

「きみとサム・スタレットのことは知っている」

アリッサは大勝負に出た。ふたたびマックスに向きなおり、まともに彼の目を見る。「なにを知っているつもりでいるのかわからないけど、わたしとサム・スタレット中尉のあいだにはなにもありません。いまの彼は妻帯者よ。娘もいる」小さなヘイリーが。サムは真っ赤な顔で泣きわめいている痩せこけた小さな赤ちゃんを抱いた妻のメアリ・ルーと自分の写真を、アリッサの相棒のジュールズに送ってよこした。赤ん坊がかわいくなかったこと、メアリ・ルーが妊娠で七十ポンドばかり太ったこと、サムが疲れた顔をしていたことに、アリッサはわずかばかりの満足をおぼえたものだ。

「きみらのあいだになにかあったとはいっていない」マックスがやさしい声を出した。「きみが彼を愛しているといったんだ」

「いいえ、違う」アリッサは嘘をついた。「たしかに去年、少しだけつきあっていた時期はあります。でもそれも終わった」

昔のガールフレンドが妊娠したことをサムが知ったときに。〝正しいことをする〟ために彼がカリフォルニアに戻ったときに。あまりに潔いサムを呪った。その潔さゆえに彼を愛した自分を呪った。

マックスがうなずいた。「そうか。だが立場上、おれにはチームの人間になにが起きているのか知る必要があることもわかってくれ。きみが愛しているのは単に妻子ある男性ではなく、妻子ある米海軍SEAL隊員だと、あいにく信じ込んでいたんだ。それが事実なら問題だからな」

「わたしが有能かつ優秀な捜査官であることをわかってくれていれば、あとはあなたがなにを信じようとかまわない」アリッサはいった。「話がすんだのなら失礼します、サー」

マックスは、駐車場ビルへ向かおうとするアリッサの前にすばやくまわりこんで行く手をふさいだ。「おいおい。それで秘密を分かつチャンスをふいにするつもりか？　今度はこっちの番だ。おれが夢中になっている女の子《ガール》のことを聞きたくないのか？　女性のことをそんなふうに呼ぶのは政治的に正しくないとかいうなよ。彼女は本当に少女《ガール》なんだ——おれの半分といっていいくらいの年齢で、大学《カレッジ》もまだ出ていない。さらに悪いことに、去年われわれが解決に手を貸したカズベキスタンの航空機ハイジャック事件の元人質だ」

その事件のことならおぼえている。少女のことも。「ジーナ」

マックスはうなずいた。「ジーナ・ヴィタリアーノだ」

アリッサは心底驚いていた。告白の内容にも、マックスがそれを打ち明けたことにも。「彼女と……会っているの？」

マックスは彼女のためらいを、性的な関係をほのめかす意味で〝会う〟という言葉をつかったことを正確に読み取った。彼の笑みは憂いを含んでいた。「ふたりでコーヒーを飲んだり、夕食を一緒に食べたこともあれば、彼女の両親の家を訪れたこともある――あれほど妙な気分だったことはないよ。なにしろ彼女の父親はおれと同世代なんだから。しかし、いや、彼女とは会っていない。きみがいうような意味では。彼女はあの飛行機の機内で……暴行を受けた」

今度はマックスが遠まわしな表現を用いる番だった。実際には、ジーナはハイジャック犯たちの駆け引きに利用されて手ひどく輪姦されたのだ。そしてマックスは、ＳＥＡＬ隊がハイジャック機に取りつけた隠しマイクを通じてその一部始終を聞きながら、彼女が襲われるのを手をこまねいて見ていることしかできなかった。

「その娘《こ》のことを本当に愛しているの？」アリッサはいま彼に尋ねた。「それとも自分の目の前で彼女がレイプされたことに罪の意識を感じているだけ？」

それはなんとも残酷な問いだったが、マックスは逃げなかった。「正直にいおうか。自分でもわからない。精神科医は口をそろえて、おれに対する彼女の気持ちは本物じゃないという。

あれは感情の転移で、あの恐ろしい試練のあいだおれが彼女の命綱だったという事実にいまだに固着しているだけだと。彼女と会うことは、毒にこそなれ薬にはならないとね。だから彼女のそばには近づかないことにしたんだが、そしたら彼女がなにをしたと思う？　電話をよこしたんだ。

おれは決まった時間に家にいないようにした。ところが彼女はなぜか、いつ電話をしたらいいかかならず知っている。それで最後には彼女と話すことになる、週に二度、ひと晩に二、三時間。この一週間は電話に出るのをやめたんだが、いまのおれは彼女の声が聞きたくてどうにかなりそうだ」

それがどんな感じか、アリッサはいやというほど知っていた。「気の毒に」

マックスは咳払いをすると作り笑いを浮かべた。「その、なんだ、べつにお涙ちょうだい的な話をするつもりだったわけじゃない。ただうちの部隊で秘密を抱えているのはきみだけじゃないことを知ってほしくてね」

アリッサはうなずいた。マックスの秘密も爆弾級だ。元人質といまだに関わっているのだから。性的な接触は慎重に避けているとはいえ、規則に抵触する恐れはある。もしもまずい人物の耳にでも入ったら……。「あなたの秘密は守ります、サー」

「きみの秘密もだ」マックスは彼女と並んで歩きだした。「つまりおれの人生は最低で、きみの人生も最低ってことで、一緒に食事でもどうだ？」

アリッサは尖った視線を彼に投げた。「遠慮します。それにあなたと寝るのも、ありがたい話だけど遠慮しとく。おたがいどうしようもないほどさびしいとしてもね。どうせ次はそういう流れになるんでしょう？」

マックスが笑った。「誓って、腹が減って死にそうなだけだ。だからもしきみも空腹なら――」

「マックス、いったいこれはなんなの？」今度はアリッサが、マックスがどこへも行けないように前に立ちはだかる番だった。「もしわたしたちがディナーに出かけたりしたら、きっとだれかに見られて噂が広がる。一緒に食事をする仲ならベッドもともにしているはずだって」なるほど、そういうことか。アリッサは自分の質問に自分で答えを出していた。マックスは筋肉ひとつ動かさず表情も変えなかったが、アリッサにはわかった。「噂を広げたいのね？　そうすれば、いつかはジーナの耳に入る。あなたは彼女には彼女の電話をやめさせたいのよ」

「そうだ。もっといえば、おれと一緒に数週間ほどニューヨークにきてもらえると大いに助かる。それで彼女とばったり出くわして……そうすれば彼女はきっとそれとなく何本か電話をかけて、そしてそう、おれが実際にきみとつきあっていることを知る……」

「わたしはどうなるの？　今後わたしが昇進しても、どうせ上司と寝ているからだと局の人間全員がそう考えるだろうとは思わなかった？」

「きみが他人の目を気にするとは思わなかった。きみが私生活をけっして表に出さないのは知っているが、ふだんの行動を見るかぎり……つまりその、きみの相棒は――大勢の候補のなかからきみが選んだ男は――ゲイだ」

アリッサは息をのんだ。「嘘でしょう、彼が？　ジュールズが？　ほんとに？」

「よくいうよ。考えてもみろ、おれたちが一緒にいるところを見たという噂が広がったらどうなるか。特殊作戦部隊は、きわめて緊密な集団だ」

マックスがいわんとすることがアリッサにもわかった。そうなれば、マックスとアリッサがつきあっていることがSEAL第十六チームの――サムのチームの耳に入るのは時間の問題だ。

「きみがここワシントンでひとりさびしく彼を想っているなんて、スタレットに思われたくはないだろう？」マックスがきいた。

アリッサは答えることができなかった。

「いいだろう。無理強いはしない。とにかく……考えてみてくれ、いいな？　というか、夕食はいつもジュールズと食べにいってるんだろう？」

「ジュールズはゲイよ」

「ああ、それをいうなら、おれもやつと同じくらい安全だ。なにしろ小児愛者だからな」

これにには笑ってしまった。「マックス、ジーナが二十一歳以上なのは知っているわ」

「まあな、でもおれが三十のとき彼女はたったの十二歳だった。そうそう、忘れないうちに……」マックスはブリーフケースのなかを探って一冊の本をとりだした。それをアリッサに放った。「これを読んでおいてくれ」

『二重スパイ――ブルックリンからベルリンへ』

インゲローズ・ライナー・フォン・ホッフという名の女性の自叙伝だった。アリッサは表紙の折り返し部分の説明文にざっと目を通した。それによると、インゲローズ――友人たちの呼び名ではローズ――はドイツ系アメリカ人で、第二次大戦の初期に航空機製造会社に関する情報を収集する目的でナチスに雇われた。どうやらナチスはドイツ系アメリカ人二世、とりわけ〈グラマン〉社のような企業に勤めるローズのような人間に話をもちかけていたようだ。ローズは祖国ドイツに貢献したいというふりをして、ベルリン滞在中にナチのスパイになることに同意した。ところがニューヨークに戻ると、家に寄って両親に〝ただいま〟のキスをする前にFBIに向かった。そして十八歳にして、アメリカで最初の女性二重スパイになったのだ。

「ああ、ナショナル・パブリック・ラジオのインタビューに答えた彼女の話を先日聴きました。びっくりするような内容だったわ」

「本人を見たら、もっとびっくりするよ」

「彼女に会ったことがあるんですか?」

マックスはうなずいた。「きみも会うことになると思う。ローズはまだ知らないんだが、アレックス・フォン・ホッフが、彼女の双子の息子のひとりが、インドネシアで失踪した」

「そんな」

「その知らせを聞いたら、彼女はきっと二十四時間以内にジャカルタへの飛行機をチャーターして、オートマティック銃を肩から提げて、息子を探すべく勇んでジャングルに分け入るはずだ」

「冗談、ですよね？」アリッサは本の裏表紙にある女性の写真を見た。写真は一九四〇年代のもので、魔性の笑みをたたえた二十代初めの娘が映っていた。同じ笑顔の年配女性の小さな写真が脇に添えられている。「だって彼女はたぶん、いくつ？　七十五歳？」

「八十だ」マックスがいった。「だが、いいや、冗談じゃない。ローズ・フォン・ホッフとけんかはするなよ。八十だろうがなんだろうが、こてんぱんにやられるぞ」

彼は歩道の反対方向を指さした。「おれの車はむこうに停めてある。もし気が変わったら――」

「変わらない」

「そうか、じゃまたな、ロック」

「おやすみなさい、サー」

「おい」マックスの声が追ってきた。「荷造りをはじめたほうがいい。チームはインドネシアに行くことになる。明日はないかもしれないが、週末までにはかならずだ」

ケンの水着とTシャツを着てバスルームから出てきたサヴァナは軽いめまいをおぼえた。とても現実とは思えない。ケン・カーモディの家で、ケン・カーモディの服を着て、ケン・カーモディそのひとと向かい合って、彼がつくるディナーを食べようとしているなんて。

こんなふうに会う予定じゃなかったのに。さあ、サヴァナ、どうやってケンにアレックスのことを話して、ジャカルタまで一緒に行ってほしいと頼むつもり？　この近所にいたのは、あなたがどんな家に住んでいるのか見たかったからだと打ち明けずに？

だって、どう言葉を選んだところで、ストーカーをしていたようにしか聞こえない。

打ち明けるチャンスは何度かあった。ケンが最初に車に近づいてきたときに。一度目は、顔をあげたら、まさにケン・カーモディ本人が車の外に立っていることに気づいたとき。こんなところでなにをしていたのかときかれたときが二度目のチャンスだったが、サヴァナはがちがちに固まってしまって、やっぱりあの場所にいた理由を告げることができなかった。正真正銘の変態だと思われるに決まっているから。

ひとり暮らしだといったケンの言葉が事実なのは、室内が証明していた。クリーニング店のビニールに入った清潔な靴下と下着が、居間のコーヒーテーブルのまんなかを占拠している。壁を飾るものは、ほとんどがSFかアクション映画のポスター。最新式のホームエンターテインメント・システムは驚きの充実ぶりだ。キッチンはといえば、食器洗い機を使うのは週に一度と決めているのは明らかだった。

バスルームを見ても、どうやら最近ハウスクリーニングを頼んだばかりらしいのがわかった。サヴァナはそのバスルームで手と顔についた油をこすり落とし——なんだっておでこと鼻の頭にまで汚れがついているの？——おかげで化粧もあらかたとれてしまった。

それでもバスルームから出ていくと、ケンがまぶしいものでも見るような笑顔を投げてよこした。〝ぶったまげるほど美人だな〟彼の目を見ると、自分でもそうかもしれないと思えてきた。こんな格好をしているというのに。

ケンは買い物袋の中身をすでに片づけ、汚れた皿を洗って、ボウルにサラダを用意していた。

「なにか手伝う？」サヴァナは尋ねた。

「大丈夫だ」ケンは彼女の手にワイングラスを握らせると、自分はステーキ肉とサラダをもって、引き戸を抜けて裏庭に案内した。

といっても、そこに〝庭〟と呼べるものはなかった。地面に埋め込んだプールとそれを囲む木のフェンスがあるだけで、テーブルとガスグリルは引き戸を出てすぐ横にある狭いテラスに並んでいた。

青く澄んだ冷たい水は、いかにも気持ちがよさそうに見えた。

ケンはステーキ肉をグリルの上においてサヴァナの手からワイングラスをとりあげた。と、背中をひと突きされて、サヴァナは水しぶきをあげてプールに落ちた。

水は見た目どおりの気持ちよさで、リヴァナは冷たい静けさにゆったりと包まれながら、そのまま水中に留まっていた。

するとあたりが急にあぶくだらけになり、ケンの手がサヴァナをぐいとつかんで水面に引きあげた。

「くそっ」プールの縁を片手でつかみ、もう片方の手で彼女をしっかり抱いたまま、ケンはあえぎあえぎいった。「泳げるかどうかきくところまで気がまわらなかった」

「泳げるわ」ケンにきつく抱き寄せられて顔と顔がくっつきそうで、彼のたくましい太腿がサヴァナの脚のあいだにあり、腰には彼の腕がまわり、手がTシャツの下のむきだしの背中にふれている。「浮いていただけよ」

「いいや、違う。〝浮く〟ってのは水面に浮かぶことだ。きみはプールの底にいた」ケンは目にかかった水をぬぐった。「ったく、びびったよ」

ケンの心臓がどくどくと音をたてているのがわかった。サヴァナの鼓動も速くなりはじめた。彼女がしがみついている彼の腕と肩は、信じられないくらいがっしりしていた。ケンは腰にまわした腕をほどかなかったし、サヴァナとしても……そう、いまいる場所から抜けだすつもりはなかった。ケンの腕に抱かれるのはどんな感じだろうと数え切れないほど夢に見た。せっかく夢が現実になったのだもの、ゆっくり味わっていたい。「ごめんなさい」

「いや、謝らなきゃならないのはおれのほうだ」ケンはいった。「押したのはこっちなんだから。ただ……きみはとても行儀のいいひとだから。おれが料理をしているあいだはプールに入らないだろうと思ったんだ――ちょっとした助けがないとね」

ケンのいうとおりだ、たしかに入らなかったと思う。「プールの底に寝て、水のなかから太陽を見あげるのが好きなの」サヴァナは説明しようとした。ケンの睫毛は濡れていた。これだけ近いと、長く濃い睫毛の一本一本についている、うっとりするほどきれいな雫《しずく》まで見えてしまう。ケンはきれいな睫毛をしていた。目も、口もきれい……。

「それなら、きみをダイビングに連れていかなきゃな。ダイビングをしたことは？」いまのケンは髪を短くして、顔も大学生のころのように痩せてはいない。それどころか、全体的にたくましくなっていた。

「以前クルーズに出かけたときにレッスンがあったんだけど……」彼の視線がじっとくちびるに注がれ、サヴァナは不意に気づいた。ケンはわたしにキスしようとしている。ようやく。長年の夢が叶う。

ところが、彼は動かなかった。それでばかみたいに彼にしがみついているのが気まずくて、サヴァナはしゃべりつづけた。「わたしって怖がりで。肺が破裂したひとの話を聞いたらとても……」

ああ、最低。キスを誘うなら、やっぱりこれよね。破裂した肺の話が一番。

ケンが口元をゆるめ、思ったとおり決定的な瞬間は去った。せっかくの雰囲気が壊れてしまった。

「そんなふうになるのはまぬけなやつだけだ。ごくごく単純なルールを守らなかったせいだ」

「ルールを守るのは得意だけど、度胸はあるほうじゃないから」サヴァナは認めた。腰にまわされたケンの腕がゆるみ、彼女はチャンスをふいにしたことを知った。ロマンティックな瞬間を、この手でぶち壊してしまった。なんてまぬけなの。肺が爆発しても文句はいえないわ。

けれどケンの濡れた髪から鼻のあたまに雫がしたたっていて、サヴァナは思わず手を伸ばして額に垂れた髪をかきあげ、そこで不意にケン・カーモディの髪に指を差し入れていることに気づいた。

そのとたん、なくしてしまったと思ったあの一瞬がよみがえった。ケンはサヴァナを放すどころか、腰にまわした腕に力をこめた。体がかっと熱くなり、その抱きかたはもう溺れかけたひとを助けようとしているようにはちっとも思えなかった。

プールの水までが熱くなった気がした。

ケンの目は濃いダークブラウンで、ほとんど黒に近かった。「サヴァナ、おれは……」

彼はサヴァナにキスした。このわたしに！　彼の口は甘く、くちびるはどこまでもやさしかった。尼僧を主人公にしたディズニーのファミリー向け映画に出てくるような、非の打ちどころのないファーストキス――軽くくちびるを合わせただけの、礼儀正しく、うやうやしいともいえるキス。

そのキスを次の段階に押しあげたのはサヴァナのほうだった。彼を食べてしまいそうなくらい激しいキスをしたのは。彼の首に腕を巻きつけ、彼の口を開かせて……。

そしてケンも、その挑戦を真っ向から受けて立った。

ケンは最高にキスがうまいの、アデルはいつもそういっていた。一部の男たちとは違って、ケンはキスをセックスにもちこむための単なる手段とは考えていない。ただキスを楽しみたくてキスをするの、と。

アデルのいっていた意味が、いまようやくわかった。

けれど次の瞬間にはアデルのことなどすっかり忘れてしまった。

少なくともケンがそっと彼女を押しのけ、プールの反対側へ泳いでいってしまうまでは。

「きみは危険なひとだ」プールからあがり、水を滴らせながらグリルのほうに向かった。「こいつはフィレミニヨンなのに、もう少しで黒焦げにしちまうところだった」

「でも間に合った」サヴァナもプールからあがったが、ケンが一度のキスを服を脱がせるゴーサインに受け取らなかったことを喜ぶべきか、それともステーキ肉を救うために脇へ押しやられたことに腹を立てるべきかわからなかった。

「ディナーをご馳走するときみに約束したことをふと思いだしてね、それにだ、ジェニファー・ロペス、どうやらきみに白じゃなく黒のTシャツを貸すべきだったみたいだ」

サヴァナは視線を下に向けた。Tシャツが透けて体に張りつき、想像の余地もないほどにすべてをあらわにしている。もっとも、想像をたくましくするほどゴージャスな体をしているわけじゃないけれど。

Tシャツの生地を引っぱって肌から離そうとしてみたが、たいして役に立たなかった。胸を隠すように腕を組んだところで、ケンが最初にちらりとこちらを見たきり、あとはずっと背中を向けていることに気がついた。

「寝室の化粧だんすの三段目。Tシャツが入ってる」彼がいった。「好きに使ってくれ」

家のなかに戻ると、カーペットにぽたぽたと水が落ちた。寝室は簡単に見つかった――廊下のつきあたりにある二部屋のうちベッドがあるのはひとつだけだった。

もうひと部屋はコンピュータでいっぱいだった。

サヴァナは戸口からひょいとなかをのぞきこんだ。ケンはパソコンを四台ももっているらしく、ほかにもスキャナー、カメラ、ジップドライヴ、それにサヴァナにはなにに使うか見当もつかないハイテク機器がずらりと並んでいた。

コンピュータおたくの帝王、アデルはケンのことをそう呼んでいた。コンピュータにかけてはケンは天才だ、と。

「アルバート・アインシュタインみたいなものよ。ううん、注意欠如障害《ADD》のアルバート・アインシュタインね。もしじっと座っていられるようになったら、ケニーはまちがいなく大金持ちになれるわ。なのに兵隊ごっこに夢中になっているんだから」

ケンがコンピュータ以上に愛しているものはたったひとつ。それはＳＥＡＬ隊員になること。アデルはそう文句をいっていた。わたしは彼にとって三番目でしかないの。だったら、離れ離れでいる何カ月かのあいだにほかの男の子とデートしたからって、だれがわたしを責められる?

いいえ、それは違う。こちらは下っ端の一年生でアデルは先輩の四年生だったから口にこそ出さなかったけれど、当時でさえケンに隠れて浮気をしているアデルはばかだとサヴァナは思っていた。そしていま、ケンとキスをしたあとで、アデルは本当にばかだったことがわかった。

ケンの寝室に入っていくと、カーテンを閉じたままの部屋は薄暗く、ひんやりして静かだった。ベッドは整えられておらず、クリーニング店の袋に入ったままのきれいな服がいたるところにおいてあった。

三段目の抽斗にＴシャツはなく——空っぽだった。Ｔシャツはたたんで、化粧だんすの上の

SEAL隊の徽章の横に積んであった。

部屋にある服の半分はさまざまなタイプの迷彩柄だった。扉の開いたクロゼットのなかには米海軍の二種類の礼服が、クリーニング店の薄いビニールに包まれて下がっている。この部屋に立てば、ケンが米海軍SEALの隊員だということはいやでもわかる。

サヴァナは迷彩柄のTシャツの一枚を手にとると、着替えるためにバスルームに入った。それで次はどうするつもり? 寝室から出てきたわたしがあの礼服のことに一切触れなかったら、かえって変に思われるかもしれない。海軍にいるという話をケンはわたしにしなかった。そもそも自分自身に関することはほとんど話していない。

それをいうならわたしも同じ。どこの大学に行ったのかという話にならないよう用心して、すでに何度か話題を変えていた。ケンに嘘をつきたくはなかったけれど、じつをいえば嘘はもうついている。車の窓を下げてケンの顔に気づいたときからずっと。前に会っていることを故意に伏せているのだから。

ふたりにとっては百万年も前の遠い昔に。

鏡に映った顔にちらりと目をやり、濡れネズミみたいな髪が少しはましになるようになおした。祖母のローズならこんなときどうするだろう。サヴァナはひとつ深呼吸をしてから外に戻った。

「つまり……SEAL隊員なのね」

「つまり……そういうことだ」ケンはちらりと彼女を見あげ、その顔から不意に表情が消えた。「それがなにか問題でも？」

いまだ。アレックスとジャカルタのことを話す、いいチャンスよ。「いいえ、ぜんぜん。問題などないわ。じつをいうとわたし——」

「なあ」ケンがさえぎった。「きみがもしＳＥＡＬ隊のグルーピーなら、そういうことは知りたくない」

「なんですって……？」

「グルーピーだよ。ＳＥＡＬ隊員だという理由だけでＳＥＡＬ隊員とやる女のことだ」

その言葉のどぎつさにサヴァナは怯んだが、ケンは気づいてもいなければ気にしてもいないようにガラス製のテーブルにステーキを運んだ。

「おれはいま最高にいい気分なんだよ、サヴァナ。きみがここにいるのは、きみの目をのぞきこんだときにおれが感じた衝撃をきみもまた感じたからだと信じているもんでね。ふたりは赤い糸で結ばれているんだって。それが事実じゃないとしても、いまはまだ知りたくない」

「わたしはＳＥＡＬ隊のグルーピーじゃない」サヴァナはいった。そんなふうに思うなんて信じられない。

ただし、ケンに会いにカリフォルニアまでやってきたのは、彼がＳＥＡＬ隊員だからだけれど。でもいまは、それを打ち明ける潮時ではないかもしれない。もっとも、潮時なんてこれからもこないかもしれないけど。そう思うと気が滅入った。

「もしそうでも」ケンは静かにいった。「きみを追いだす気はないよ。おれはそこまでとんまじゃない。きみがくれるものはなんだってありがたくちょうだいするつもりだ。ただ……こっちはひと晩かぎりの関係以上のものを期待していたっていう、それだけのことだよ」

「わたしはSEAL隊のグルーピーじゃない」サヴァナはくりかえした。「よしてよ、もう」

「なにかべつの話をしよう、な？　食事と一緒にもう少しワインをどうだ？　それともなにか違うものがいいかな」

「いいえ、べつの話なんかしたくない。この話がいいわ。なぜって、わたしがここにきたのはあなたと寝るためじゃないから。もしそんなふうに思っているなら、いますぐ失礼したほうがよさそうね。だって、あなたと寝るつもりなんてさらさらないもの」

いいわ、いまのは嘘。「今夜のところは」そうつけ足した。熱のこもった怒りのスピーチがだいなしだ。

でもかまわない、だってケンの顔がほころんだ。ケン・カーモディは、一週間降りつづけた雨があがったあとの太陽みたいにまぶしい笑顔をしていた。「へえ。それはつまり、明日ならおれと寝てもいいってことかい？」

どうやら、わたしのいったことは〝当たり〟だったようだわ。どうやら、わたしがグルーピーじゃないことを（冗談じゃないわよ、まったく）ケンにわからせることができたらしい。彼はわたしのことを信じてくれた。だからいまのはからかったのだろうけど、サヴァナはまじめに答えた。

「どうかしら。わたしたち、おたがいのことをほとんど知らないわけだし。明日でも早すぎる気がする。そうじゃない？」

「どうかな、今夜ひと晩かけていろいろ話をすれば、早すぎるとはいえないんじゃないかな」

いまのがもし口説き文句なら効果はあった。この男性が〝一夜かぎり〟という言葉にうろたえ、あろうことかそれ以上のなにかを求めているというだけでも、じゅうぶんそそられるのに、そのうえわたしとひと晩語り明かしたいと思っていると考えたら、膝からへなへなと力が抜けそうになった。

「さっきはその、失礼なことをいって悪かった」ケンはいった。「なんていうか、たまに早とちりをしてしまうんだ。どうも最悪のことを考えてしまう癖があって……。二カ月ほど前に……いや、もっと前になるな、とにかくかいつまんでいうと、ジャニーンが、最後につきあった娘《こ》が、まさにグルーピーだったんだ。で、ああいうことは二度とごめんだと思ったもんだから」

サヴァナはなんといえばいいかわからなかった。だから彼が椅子を引くと、そこに腰をおろした。

ああ大変、本当のことをケンに話さなければ。

話すわよ。

食事がすんだらすぐに。

一九四三年一月二十三日　ニューヨーク

高級アパートメントの最上階にある上司の自宅で開かれたそのパーティに足を踏み入れたときは、これもまたいつもと同じだと、戦争がもう一年以上もつづいていて、しかも状況はわたしたちアメリカ人の見込んだようにはまるで進んでいないという事実に目をつぶるための退廃的な試みにすぎないと、思っていた。

盟邦であるイギリスは、いまなおドイツ空軍《ルフトヴァッフェ》による連夜の爆撃に苦しめられていた。太平洋上では、わがアメリカ軍が日本軍から小さな島々を奪回すべく死闘を繰り広げていた。

けれどニューヨークでは、ひとびとは笑い、ダンスに興じ、シャンパンを飲み交わしていた。

当時わたしは二十二歳で、自分のことを世間慣れした冷笑家のおとなだと思っていた。わたしは大学《カレッジ》を卒業した。ヨーロッパへ旅をした。胸が張り裂けるような失恋も経験した。わたしは〝グレーテル〟の暗号名で、もう四年近く二重スパイとして活動していた。

知り合いの若い娘たちの多くは、戦争に伴うさまざまな不便に文句をいっていた――ストッキング用の絹が足りない、男のひととチョコレートが足りない、灯火管制のせいで夜の街からきらめきが消えた。明かりを消すことになんの意味があるの？　ヨーロッパははるか遠く、危険は遠い彼方のことなのに。

戦争はあなたたちが考えているより近くに迫っている、ときにはそういいたいのをぐっとこらえないとならなかった――現にわたしは〈グラマン〉社のオフィスで日々戦っているのだ、と。ジョナサン・フィールディングの秘書を隠れ蓑に一日十時間も働きながら、ナチの連絡員とも接触を保ち、第三帝国に偽の情報を流すことで。そのあいだもずっと、わたしの忠誠心が祖国ドイツではなく、自由の民と勇者の国に――大好きなブルックリン・ドジャーズはいうまでもなく――あることを、ナチの〝友人〟が知る日が今日でありませんようにと祈りつづけていた。

そう、なぜならわたしは〝グレーテル〟だったから、ニューヨークに暮らすふつうの二十二歳の女性よりはるかに多くのことを知っていた。ドイツのUボートがニューヨーク湾のすぐ外側を、音もなく、目にも見えずに航行していることを。Uボートがしばしばロングアイランドの海岸まで近づき、ナチのスパイと破壊工作員を上陸させていることも。アメリカ人に正体が〝ばれた〟ときには南米へ向かうように。ナチの連絡員からはそういわれていた。どうやらブラジルにナチの拠点があるらしく、それを思うと、ドイツ軍の分隊が――一九三九年にベルリンで見たような兵士たちが――あの膝を曲げずに脚を高くあげる歩調でメキシコを越え、テキサス州へ、さらにその先へと行進していく悪夢にうなされた。

そう、危険は遠い彼方のことではなかった。それでも一月二十三日のその夜、わたしは一張羅の服――襟ぐりの深いダークブルーのドレスで着飾っていた。ダークブルーはわたしの明るい色の髪と目を、大きくくれたネックラインはそれ以外の特徴を際立たせる。きれいな顔と女性らしい肢体は、いわばわたしの武器、そしてドレスは制服だった。その夜、わたしは任務に向かったのだ——ナチ狩りである。ナチのスパイのなかでもとりわけ有能な人物、暗号名〝ジャルルマーニュ〟が、今日にもニューヨークに到着する予定だという噂が耳に入ったのだ。ジョナサンのパーティにちょっと顔を出したあとは、〈サパークラブ〉と〈バブルルーム〉と——とにかく人気のナイトクラブのすべてに出向いて、新顔はいないか見てまわるつもりだった。

フィールディングのアパートメントの玄関で、わたしの冬のコートと帽子を受け取るときにメイドが見せた蔑《さげす》むような表情を、いまでもおぼえている。彼女はエスコート役の男性を捜すかのように廊下の先に尖った視線を投げたが、もちろん、そんなものはいなかった。一九四三年当時、付き添いなしには外出しないなどと悠長なことをいっていたら、女は家から一歩も出られなかったから。

それに、わたしがフィールディングの秘書兼愛人だと思われていたことを考えれば、その彼のパーティに顔を出すことのほうが、付き添いがいないことより、はるかに醜聞を呼ぶ行為だった。

ジョンの妻のイーヴリン・フィールディングが、氷河のあたたかさでわたしを迎えた。イーヴリンはわたしを嫌うのがとてもうまくて、人前で彼女と顔を合わせるときは、いつも危うく噴きだしてしまいそうになる。

わたしが夫の愛人ではなくFBIのために活動する二重スパイだということを、イーヴリンは重々承知している。ジョンは妻に最初から真相を明かしていたからだ。

それを聞いて、初めはひどくうろたえた。わたしの正体をジョンに知られることだけでも不安なのに、そのうえ彼の妻にまで……? わたしの命は——それにフロイデンシュタットのはずれの小村に住む母のきょうだいたちの命も——この秘密を守り通せるか否かにかかっているのに。

けれども、会ったとたんにイーヴリンは、わたしが現実にはもてなかった姉になった。ジョンがそれほどまでに彼女を信頼している理由が、彼女を崇めているわけが、たちどころにわかった。そしてジョンが週に一度わたしを——彼の〝愛人を〟——〈グランドホテル〉での昼の情事に連れだすときには、イーヴリンも合流して、三人でなごやかなランチを楽しんだ。

イーヴリンはいつだってわたしのことを心配して、毎回のようにクッキーやらお手製のスープやらをもってきてくれた。きちんと食事をする暇もないのでしょう、と彼女はいったが、たしかにそのとおりだった。

「あまり長居はできないんです」わたしはいまイーヴリンにいい、通りかかった給仕のトレイからシャンパンのグラスをとった。

「それは残念だこと」イーヴリンが気取った声でいい、そのあまりに見事な口ぶりに、わたしはつい笑い声をあげてしまった。

幸い、わたしたちの様子をうかがっていたひとたちはみな、わたしが悪意から彼女のことを笑ったか、でなければ愛人の妻と間近に接することで緊張しているのだと考えたようだった。

「気をつけて」イーヴリンは身をのりだして囁いたが、顔に貼りつけたほとんど完璧な冷笑のおかげで、あたかもいますぐ出ていかないとわたしの下着を熱湯で消毒してやると声を殺して脅しているかのように見えた。「九時の方角に〈ヨーロッパの神〉。あなた、彼のレーダーにかかったわよ、ローズ。面倒なことになりそう」

〝九時の方角〟〝レーダー〟、イーヴリンはいつもその手のいいまわしを使う。ニューヨークでの二重スパイの生活はそれほど刺激的なものじゃないと何度話しても信じないのだ。そのうちにイーヴリンにわたしの書類仕事――来る日も来る日も来る日もばかげた暗号を使ってメッセージを書き換え、来る日も来る日も『ニューヨークタイムズ』の案内広告に目を通しては〝祖母の愛犬が行方不明〟だとか〝屋根裏部屋貸します〟といった文句の入ったメッセージを探す――を見せるとしよう。それに余暇のほとんどをどうすごしているか――連絡員からの接触を待つ――も、その目でじかに見てもらおう。正体が発覚するのではないかという恐怖をさておけば、かなり退屈な生活といえるはずだ。

もちろん、ナチ狩りに出ているときは話はべつだけれど。

「期待しないで」わたしはイーヴリンにいった。それはイーヴリンが実際に口にしたことにも、わたしの下着を熱湯に放り込むとか、わたしの喉を掻き切るといったありもしない脅しにもふさわしい返事だったから、あえて声は落とさなかった。それからわたしは、イーヴリンのいう今週の〈ヨーロッパの神〉がどんな男か見ようと振り返った。

そして、危うくシャンパングラスを落としそうになった。

ハインリヒ・フォン・ホッフがいた。ここ、マンハッタンに。

いうまでもなく、彼はナチス親衛隊《SS》の制服を着てはいなかった。

ローズは朗読をやめ、声に出さずに五つ数えたあとでいった。「ひと息入れてもかまわないかしら？」

ミキサールームのマイクが入る音がして、ヘッドホンを通してデルヴィンの声が聞こえた。

「もちろんですよ、ミズ・H。コーヒーでもお持ちしましょうか？」

ローズはデスクから腰をあげて体を伸ばした。年季の入った骨、年季の入った筋肉、年季の入った痛みや軋み。実際、このうずくような腰の痛みは、レコーディングエンジニアのデルヴィン・パーカーより長く生きている。デルヴィンのアシスタントの、童顔で、生意気で、口の減らないアキームという名前のぼうやが生まれるずっと前からのつきあいだ。本人は二十五だといっているが、あの子は十六歳を一日だって超えているようには見えない。

「じつをいうと、休憩したい理由のひとつは、そのコーヒーを少し飲みすぎたからなのよ」ヘッドホンをコンピュータスクリーンの横においてドアのほうへ向かった。

ローズがドアにたどり着くより早く、反対側からアキームが飛んできた。そして録音ブースとミキサールームを隔てる防音扉を押すようにして開き、手で押さえた。「あんたが読んでるこのヤバイやつ――このナチのスパイの話だけど――全部本当のことなのかい？」

ローズはつい笑ってしまった。「ひとつ、いいことを教えてあげるわ、ぼくちゃん」そう呼ぶとアキームがもじもじするのは知っていた。「作家と話をするときはね、お世辞でもそのひとの著書を褒める言葉を使ったほうがいいわよ」

アキームは廊下までついてきた。「悪いなんていってないよ。実際、ヤバイくらいおもしろいって。いつもなら、おれ、居眠りしちゃうもんな」

「あらまあ」ローズはそっけない声を出した。「最高の褒め言葉だこと」

「だろう。マジであんなことがあったのかい、それとも『タイムズ』のベストセラーリストにのるように割り増しして書いたとか？」

婦人用トイレの前でローズは足をとめた。「あなたはどう思う？」

アキームは長いことローズの目をのぞき込んでいた。アキームのそういうところがローズは好きだった。近ごろの若いひとは、話すときに相手の目を見ないことが多すぎる。若いひとどころか、社会全体が年配者をないがしろにしているところがある。けれど、アキームは違った。

彼はにやりとした。「あんたはいまだにぶっ飛んだひとだ。たぶん二十二歳のころは、もっといっちゃってたんじゃないかな。いや、あの本は割り引いて書いてあると思うね。ポーカーで負けたら服を一枚ずつ脱いでいく〝お遊びの〟ことや、タイムズスクエアを素っ裸で走り抜けたことなんかは省いただろう――上流階級の家名に傷をつけないためにさ」

ローズは笑い声をあげた。

「なっ、当たりだろ？　いや、答えないでいい。ただひとつだけ教えてくんないか――ベルリンに行ったときヒトラーには会ったのかい？」

「本を読んで、自分で答えを探したらどう？」

「本なら読んだよ。あんたが初めて録音をした日の晩にね。さっきもいったけど、ヤバイくらいおもしろかった。だけど、あんたがもしもヒトラーに会っていたら、絶対ナンパされてたと思うんだ。〝こりゃ驚いた《ア・ドゥ・リーベ》、なんてぇホットな娘だ。おれとナチ式のセックスでもどうだぁ〟てさ」

「そうそう、アドルフ・ヒトラーのことで最初に気づいたのはそれよ。彼にきついイディッシュ語訛りがあること。キャッツキル（ニューヨーク近郊のリゾート地。東欧系ユダヤ人が集まる）のナイトクラブに出ているコメディアンみたいにね」ローズはやれやれというようにかぶりを振った。「冗談はさておき、ヒトラーに会ったことはないわ。オーバーグルッペンフューラー、つまりナチスの上級集団指揮官たちの目に留まらないように細心の注意を払っていたから。それに本を読んだのなら、ベルリンでわたしがひとりじゃなかったのは知っているでしょうに」

「まあね、もしかしたら、って思っただけだよ」

「ローズ。やっと見つかった。お元気でしたか？」

ローズが振り返ると、廊下のつきあたりに体にぴたりとフィットする洒落たダークスーツ姿の男性がいるのが見えた。たいていの捜査官より身なりはよかったが、ＦＢＩに長くいたローズは捜査官を見ればそれとわかった。

だけど、あれはまさか……？

「ジョージ・フォークナーです」男性はこちらに歩を進めながらそう名乗った。

やっぱり。アンソン・フォークナーのところのぼうやのジョージ。もっとも、もう〝ぼうや〟とは呼べない年齢だけれど。やれやれ、時が——数十年の月日が——経つのはなんと早いことか。

これが社交目的の訪問でないのは、彼の顔を見ればわかった。

「そうそう」アキームがいった。「ロージー、あんたに伝言があったんだ。このスーツのひとが、手が空いたらちょっと話がしたいってさ」

ローズの鼓動はすでに速くなり、八十歳の膝から力が抜けていく気がした。電話ではなく、直接会いにきた。よくない兆候だ。彼女は背筋をすっと伸ばし、なにを知らされても毅然とした態度でいようと気を引き締めた。「だれが死んだの？」

「だれも死んでいませんよ、マム」ジョージは婦人用トイレの扉を示した。「いまから行くところですか、それとも出てきたところ？　かまいませんよ、そう急ぐ話ではないので」

だれも死んでいない。よかった。だとしても……。「それなら、宝くじに当たったことを知らせにきてくれたのかしら？」ローズはいった。

父親に似てジョージも稀に見るハンサムで、ほとんど美しいとさえいえた。親子して疲れや緊張——精神的なものも肉体的なものも——によるしわが顔に出るタイプだった。ところが、世の女性にとっては不公平きわまりないことに、そうしたしわは彼らをより魅力的に見せるばかりだった。これが女性なら、老けてやつれて見えただろう。ところがジョージは、疲れていてさえセクシーに見えた。「いいえ、そうならよかったのですが」

ローズはアキームに顔を向けた。「ふたりだけにしてちょうだい」

「ええと」彼はスタジオのほうに戻りかけた。「わかった。だけど……平気かい？　このひととは知り合いなんだよね？」

「ええ、こちらと内々の話があるのよ」ローズは青年にいった。「さあ、行って」

ジョージはスタジオのドアが閉まるまで待っていた。「取り越し苦労かもしれないのですが――」

「アレックス、それともカール？」ふたりの息子のどちらかに決まっている。娘たちは正真正銘のトラブルに巻き込まれるほど愚かじゃないから。

「アレクサンダーです。出張でジャカルタへ行きました」ジョージはいった。

「ジャカルタなら、あの子はしょっちゅう行っているわ」

「ところがアレックスは今回、マレーシア支社とのあいだで予定されていた電話会議に姿を見せませんでした。ボブ・ヒースが、クアラルンプールにいるアレックスの個人秘書ですが、ホテルに電話を入れましたが、二日たってもアレックスと連絡がつかないので、インドネシアのアメリカ領事館に報告しました。というのもアレックスは――」

「わたしの息子だから」

「そうです。そのため、国防省は誘拐の可能性も視野に入れています」

ああそんな、アレックス……。「だって、あの子は糖尿病なのよ。毎日、インシュリン注射を打たないといけないのに」

ジョージは革表紙の手帳をとりだし、それをメモした。「知りませんでした」

とはいえ、まだたった二日のこと。「むこうでだれかと知り合ったのかもしれないわ。それでだれにも知らせず、衝動的に休暇に出かけた。そういうことは前にもあったし」これが最後でもないだろう。

「そうですね」ジョージはいった。

「でもあなたはそうは思っていない。でなければ、ここにいるわけがないもの」

「わたしがここにいるのは、あなたのことが好きだからです。あなたが父のためにいつも危ない橋を渡ってくれたからです。ある人物がこのことをあなたに知らせないと決めましたが――あなたの職歴を考えれば、あなたには知る権利があると思うからです」

この件を彼女に話すことでジョージがかなりやっかいな立場に追い込まれることは、ローズも知っていた。

「なんでもないかもしれない。当局はすでにアレックスを見つけたかもしれません」彼はつづけた。

「でも見つけていないかもしれない。捜査の指揮はだれが執っているの？」

「知りません。ジャカルタの現地職員が、アレックスは雲隠れしたのか、それとも行方不明なのかを調べることになるでしょう。実際に誘拐ということになれば……」

「マックス・バガットの出番ね」疑問の余地はなかった。「彼を知っている？」

ジョージがハッと大きく息を吐きだして笑うような音をさせた。「それは、彼について知っているか、という意味ですよね？　ええ、知っています。あの男の噂を耳にしないでいるのは至難の業ですから。都市伝説に関するウェブサイトに彼のページがあるそうですよ、スーパーマンの次にね。ですが、本人に会ったことはありません。つまり、夢のなか以外で、ということですが」

「アレックスが行方不明であることがはっきりしたら、あなたはマックスのチームに入ることになる」ローズは断言した。

ジョージが笑った。「だとうれしいですが……」

ローズは彼をキッとにらんだ。「わたしにできないと思っているのね？」

ジョージは明らかに落ち着かない様子で、体重を脚から脚に移した。「あなたの手を煩《わずら》わせるのはどうかと――」

「あなたのため、とはいってない。わたしのため、わたしのためにするの。仮にアレックスが行方不明なら、状況を逐一知りたい。だからあなたに捜査の最前線にいてほしいのよ」

「あなたがこうした情報をわたしの口から聞いたことがわたしの上司に知れたら……」ジョージはかぶりを振った。「もう昇進は望めないでしょう。わが国一優秀な対テロリスト部隊への異動など、もってのほかです」

「わたしはこの件をボブ・ヒースから聞いたの」ローズは彼にそう告げた。「アレックスの秘書のね。家にお戻りなさい、ジョージ。ボブに電話をしたあとで、くわしいことを聞くためにあなたに連絡するから。それまでになにか新しい情報を仕入れていてくれるとうれしいわ。そうそう、荷造りも忘れずにね。あなたはワシントン経由でジャカルタに向かうことになるから」

ジョージがため息をついた。「ローズ」彼女の機嫌を損ねないよう苦心する。「その、なんというか、バガットは自分の部隊をみずから精選するとか」

「あなたをみずから精選するよう、バガットはそう命じられるでしょうね」

ジョージは焦れたような笑い声をあげた。

「わたしにできないと思っているんでしょう」ローズはバッグから携帯電話をとりだした。

「まあ、見てらっしゃい」

一週間前、サヴァナはウラジミール・モドフスキーと――爵位と崩れかけた本物の城をもつルーマニア人の正真正銘の伯爵と――三度目にして最後のデートで食事に出かけた。

彼は支払期限の迫るローンも抱えていたが、そのことが口にされることは――公の場ではもちろん、大きな白い歯をしたヴラッド（ウラジミールの愛称）の前では絶対に――なかった。また母娘の電話という内々の場面でも、その話題は無視されるか、体裁よくごまかされた。まちがいない――ヴラッドはプリシラがいま一番お気に入りのサヴァナの花婿候補なのだ。

サヴァナはヴラッドと三回デートに出かけ――彼女にいわせれば一度でたくさんだったが

――それで義理は果たしたと思った。

ふたりは毎回、パパラッチに追いまわされた。大半は東欧の新聞社のカメラマンだった。アメリカのとある三流紙にも一枚だけ写真がのったが、幸い目立たない最終ページだった。

ヴラッドは注目されることをむしろ楽しんでいた。ふざけてカメラマンたちに投げキスをしたりした。

サヴァナはその最後のディナー――ヴラッドはスリーストライクでアウト――を歯嚙みをして耐えて家に戻ると、母親の留守番電話に伝言を残した。たとえなにがあろうと――アメリカ合衆国大統領に頭を下げられようとも――ヴラッドとは二度と会わない、と。

もちろん、母親は街を離れていて、あと一週間半は伝言を聞くことがないのだけれど。

「ご両親はご健在なの?」二杯目のワインを飲みながらサヴァナはケンにきいた。大きな歯をしたヴラッドとは違い、ケンは自分がいまアメリカ屈指の大富豪の娘と食事をしていることに気づいてもいない。ひとりっ子であるサヴァナは莫大な財産を相続する立場にあり、銀行の彼女の個人口座には、たいていのひとが一生かかっても稼げない額の預金がすでにあることなどまったく知らない。

彼女に対するケンの興味は心からのものだ。

そりゃまあ、わたしに対するケンの興味のもとにあるのはセックスだ。彼はわたしと寝たいのよ。それはわかってる。だとしても、ひと晩じゅうでもこうして話をしていたいというようにわたしの目をじっと見つめる彼の目的が、たとえセックスそれのみだとしても、やっぱり新鮮な感じがした。

日が暮れたあとでケンが灯したキャンドルの明かりが彼の顔にちらちらと影を投げ、黒っぽい瞳をさらに深い色に変える。謎めいた瞳。「親父は四年ほど前に大きな発作を起こして死んだよ」静かな声で彼は告げた。

いやだ。「それはお気の毒に」

「ああ、その……どうも。親父は……」かぶりを振り、すぐに笑顔を見せた。「母親はまだ生きてる。ニューヘーヴン。イェール大が、わたしの母校がある町。

ニューヘーヴンで元気にやってるよ」

「お母さんのお名前は？」

「メアリだ。親父はジョン。単純だよな？」

「うちはプリシラとカールよ」サヴァナは頬杖をつき、むかいに座る彼を見た。「お母さんのことを名前で考えることがある？」

彼が笑った。「いや。ないな」

「わたしはある。わたしの母は……人間スチームローラーみたいなひとなの。母のことをプリシラだと考えると、これはわたしの人生で、彼女のいうとおりに生きる必要はないんだって思いだすことができるのよ」

「ふーん。だれかのいうなりに人生を生きるなんて経験は、おれにはほとんどないな。昔つきあってた彼女が――」そこではたと口をとめ、長々とビールを喉に流し込んだ。

「彼女がなに?」興味をそそられ、そう尋ねた。ケンはアデルのことをいおうとしたんだわ。そうに決まってる。

ケンはじっと彼女を見つめ、キャンドルの火が彼の瞳に映って二倍あたたかに見えた。「いや、彼女の話はしたくない。もう終わったことだ。おれとはもう関係のないひとだし、きみとはまったく関係ない」

まあ。サヴァナは身をのりだした。「これまでにしたことで、あなたが一番後悔していることはなに?」

これでいい、これでケンに本当のことを話せる。彼が心のなかをさらけだしてくれたら、わたしもそうしよう。ちょっと前にひらめいたのだ。ローズならきっとそうしただろう、と。祖母の自伝からそのまま抜けだしたみたいに。

「うーん、ひとつに絞るのはちょっとむずかしいな」ケンもまた身をのりだした。「いまおれが心底後悔しているのは、ひと晩かけて話をしようとさっききみにいったときに、明日の〇四三〇時に訓練のために基地に行かなけりゃならないのを忘れてたことだ」

サヴァナは、ケンがテーブルごしに手を伸ばして彼女の手を握り、彼女の指をもてあそび、もしもふたりのあいだにテーブルがなければもう一度彼女にキスしているというような目でこちらをじっと見つめていることに気を取られないようにした。「わたしがいったのは……」咳払いをしないとならなかった。「真剣に悔やんでいるという意味なんだけど」

「これ以上ないほど真剣だけどな」そういいつつも、彼はにやりとした。「なあ、首にまだ油がべっとりついてるぞ」

サヴァナの顔がこわばった。嘘でしょう。「ほんとに?」

「ああ。左の耳のすぐ下にね」

サヴァナは握られていた手を引き抜いた。「あなた、食事のあいだじゅうそれを知ってて……?」椅子を押し下げ、バスルームに駆け込もうとしたが、ケンもまた立ちあがった。

「おい、ヴァン」彼女の腕をつかんで引きとめた。「待てって。それぐらいのことで逃げなくてもいいだろう。おれはただ……」

すぐそばにきて初めて、ケンもたぶん自分と同じくらいに緊張しているのだとサヴァナは気づいた。わたしが彼にキスしたいのと同じくらい、彼もわたしにキスしたいと思っている。

「きみがすごい美人だから、おれはちょっとびびっているんだ」静かな声で彼はいった。「きみがおれみたいな男とここでなにをしているのか、さっぱり理解できなくてね。だから食事のあいだもずっと落ち着かなかった。そんなときみが顔を右に向けて、そしたら左耳の下に汚れがついていた。それでおれは思ったんだ、よし、いいぞ、ってね。彼女がここにいるのは、手を汚すのをいやがらない女性だからだ。彼女はなにかに深入りすることを恐れない、危険を冒してでも一か八かやってみる、そういう勇気のあるひとだからだ、と」

サヴァナは声を失い、彼を見あげた。

たいていの人間は彼女の物静かな態度を気の弱さだと、礼儀正しさを保守性のあらわれだと考える。ところが、ケニーがわたしを見るとき、その目には強い女性が映っているのだ。

だからサヴァナはバスルームに逃げ込むかわりに彼にキスをした。

この首、もう二度と洗わないかもしれないわ。

3

落ち着け。落、ち、着、け。

だが、ちくしょう、サヴァナが彼のTシャツの下に両手を差し入れて肌を撫であげ、彼と同じ激しさでキスをしているいま、ケンが一番したくないのは落ち着くことだった。

そう、火照った背中にじかに感じる、ひんやりとした彼女の指の感触は、警戒心やためらいを呼び覚ます類のものではなかった。

サヴァナはぴったりと彼に体を押しつけていて、その体から一歩うしろに下がるなんてとても……そんなことができるのは聖人か頭のおかしな男ぐらいだが、あいにくケンはそのどちらでもなかった。

「サヴァナ」なんとか声をしぼりだした。「明日まで待ちたくない」

彼女がつま先立ちをし、またも魂を揺さぶるような口づけをした。ケンはそれをよい前触れと見なした。しかし本当の答えがわかったのは、サヴァナが彼のTシャツのなかから片手を抜き、その手を海水パンツのウエストバンドの部分にもぐりこませて彼の尻をつかんだときだった。ぶったまげるとはまさにこのことだ。この女性は自分の欲しいものを知っている。そして彼女がケンを欲しがっているのは（ありがとう、神さま、本当にありがとう）まちがいなさそうだった。

「わたしも待ちたくないわ、ケニー」彼女が囁き、あの途方もなくきれいな目で彼を見あげた。

ケニー。それはアデルが彼を呼ぶときの愛称で、ケンは十分の二秒ほど怯んだ。でもこの女性はアデルじゃない。それどころか、アデルとは正反対だ。サヴァナは背が低く細身だが、アデルは長身で肉づきがよかった。サヴァナは感じがよくて、礼儀正しく、正直だ。

ふたりの女性は、これ以上ないほど違っている。

もちろんアデルと同じでサヴァナも、ここからとんでもなく遠いアメリカの反対側に住んでいるという点を除けばだが。彼女にあまり惚れてしまうと、旅費ですっからかんになるか、会えないいらだちで気が狂うかするだろう。

それとも、その両方か。

サヴァナをさっと抱きあげて家のなかへ、寝室へ運びながらも、ケンは頭を冷やそうとした。

ところが彼が寝室のドアを足で蹴って閉めたときも、放りだすようにして彼女をベッドにおろしたときもサヴァナは声をあげて笑い、ケンはのっぴきならない事態に陥ったことを知った。こいつはひと晩かぎりの関係どころか、三夜でも終わらない。おれはきっとニューヨークに行くことになる。何度となく。まあ、それもいいさ。今回はうまくいくよう、どうにかこうにかやってみよう。

サヴァナはとてつもなくすばらしい女性だし、試すだけの価値はある。

サヴァナがベッドに倒れこみながら彼の手を引っぱり、気がつくとケンは望んでいたまさにその場所にいた――サヴァナの脚のあいだに。あとはふたりのあいだにあるわずかばかりの服を剝ぎ取り、コンドームを探せばいい。

ナイトテーブル、一番上の抽斗。パーティに出るためにサンディエゴにやってきたサラ・ミシェル・ゲラー（《バフィー～恋する十字架》の主演女優）と知り合い、彼女が家までついてくるという果てしない夢を見て、そこにしまってあるのだ。

ケンがシャツを脱ぎ――サヴァナはそれに手を貸した。

ケンが彼女のシャツを脱がせ――サヴァナはそれにも手を貸した。

まいったな、ケンは女性のすべてが好きだったが、とりわけおっぱいに目がなかった。サヴァナはいわゆるグラマーではなかったけれど、とても女性らしい体をしていて、彼のベッドで胸もあらわに横たわるその姿に、ケンは一瞬うれし涙を流そうかと思った。しかし、それでは時間がかかりすぎる。

だからかわりに彼女にキスし、愛撫し、舌で舐め、ふれた。サヴァナは高そうな香水のかおりに混じって、彼の石鹸と、彼のプールの消毒剤と、洗い立ての彼の洗濯物のにおいがした。

すでに彼のものであるような（とにかく部分的には）そんなにおいがした。

ああ、たまらなくそそられる。

彼女があげる悦びの声もまた興奮を掻き立てた。頭をあげて彼女を見ると、彼女の目は半ば閉じられ、その顔に浮かんだ表情は、墓場までもっていきたいくらいだった。

サヴァナはひとことも言葉を発しなかった。ただ彼を引き寄せてキスし、彼に体を押しつけ、こすりつけて、欲しいものをあからさまに伝えた。

ケンの欲しいものも同じだった。

ケンはキスをしながら海水パンツを押し下げ、コンドームを入れてある抽斗に手を伸ばした。ふたりは手足をからめながらもなんとか裸になり、彼の肌に触れる彼女の肌は、心臓がとまりそうなほどなめらかだった。ケンは彼女にふれてキスをするのをやめられなかったし、彼女もケンにふれるのをやめられなかったが、どうにかコンドームを着けることに成功した。手にふれる彼女の素肌の感触に周囲がぼやけ、彼女のやわらかな手が彼を探り、くちびるとくちびるが重なり、舌が湿った音を立て、キスをし、味わい、舐めて……。

「お願い」彼女がいっていた。「お願い……」

彼がなかに入ったときに彼女があげた声を聞いただけで、ケンは危うく達しそうになった。だがそこで彼女がクライマックスを迎えようとしているのに気づいた。彼の下で彼女の体が激しく痙攣し、ぐったりとベッドに沈み込んだ。瞬くうちに。彼がこの身を埋めただけで。

それはたまらなく彼の興奮をそそり、最後にセックスをしてから何カ月も経っていることも手伝って、ケンは自制を失った。

さらに四回突くと、ケンもまた目もくらむような快感のなかで果てた。

「ああ」彼女があえぎ、ぎゅっと彼にしがみついた。「ああ」

よかった、サヴァナはおれにどいてほしいと思っていないようだ、というのも、動けるかどうか自信がなかったからだ。ケンは彼女の上に乗ったまま枕に顔を埋め、焼けつくような快感に恍惚となった。

なんてこった、あっという間だった。

サヴァナがそれより先に達していなければ面目丸つぶれになるところだった。

急に不安に駆られ、ケンは頭をもたげた。「ちゃんと達したんだよな?」

彼女がまぶたを開けて微笑んだ。ケンにはそれだけでじゅうぶんだった。

ああ、彼女はきれいな目をしてる、きれいな体をしている。ケンは転がるようにして彼女の上からおりると、片肘をついて頭を支えた。こうすれば彼女を見ていられる。

「犬を飼ったことはある?」手を伸ばしてケンのくちびるを指でなぞりながら彼女がきいた。

なんだって?

彼の顔に浮かんだはずの表情を見て、彼女が笑い声をあげた。「順番が逆になっちゃったけど、これからひと晩かけて話をするのはどうかなと思って。せめてあなたが出かける時間になるまで」急に心許なくなって口ごもった。「かまわない?」

ケンの胸のなかで心臓が、ちょうどあのグリンチみたいに大きくなった。もっとも彼の心臓はとっくに、自分でも心配になるくらい大きく育ちすぎていたが。まいったな、あの大きな青い瞳で見つめられると困ったことになる。

「早朝訓練が終わったら二、三日休暇をとるから、一日かけて話をするのは明日にするってのはどうかな」彼はいった。「いまは三十分かけてきみにキスをして、そのあとでさっきしたことをもう一度やるってのは？　ただし、今度はスローモーションで」

彼が口づけをすると、彼女はゆっくりとした深く熱いキスでそれに応えた。欲望が電流のようにケンの全身を貫いた。三十分待つのは取り消しだ。十分で復活してみせる。

けれど彼女にふたたび口づけると、時間のことなど忘れてしまった。

モリー・アンダーソンは、こんなセスナで飛ぶのは生まれて初めてだった。

たぶん命の心配をしたほうがいいのだろう、ふっとそう思った。なにしろ、空を飛んでいるより地上でばらばらに分解されていることのほうが多い飛行機で、数千フィートの上空にいるのだから。

そのときジョアキンの母親が半狂乱のていで、エンジン音に負けない悲鳴をあげた。息子の呼吸がとまっている。

驚いたことに、ジョーンズが土地の言葉で母親に答えた。「気道を調べろ、異物が詰まっていたら取り除いてマウスツーマウスで――」

彼がモリーのほうに顔を向けた。目はサングラスの奥に隠れて見えない。「彼女にやりかたがわかるかどうかわからない」

「わたしがやる」モリーはシートを乗り越え、後部座席に移った。

ああ大変、少年はきわめて深刻な状態だった。くちびるは真っ青で、顔が腫れあがり斑《まだら》になっている。それどころか、指まで腫れていた。

「本当に息をしていないか確認するんだ」ジョーンズがてきぱきと指示を出した。「チアノーゼを起こしていないか調べろ」

「なに？」

「子供は青い顔をしているのか？」

「あなた、医者なのね」彼女は気づいた。

「くそ、モリー、いいから質問に答えろ。子供は青い顔をしているか？」

「ええ」

「喉になにか詰まっていないか調べろ」そう指示した。

モリーはジョアキンの口を開け……。

「なにも見えない」そう報せた。「でも喉が腫れてるみたい」

「たぶんアナフィラキシーだ」ジョーンズはいった。「まずいな」

「なんなの？」

「アレルギー反応だ。まったく、あんたは看護師だと思ってたが」

「違うわ。でもどうすればいいか教えてくれれば……」

「気管切開をする必要がある」

嘘でしょう。子供のころ、テレビで《M★A★S★H》をよく観ていたから、気管切開というのは、呼吸ができるようにジョアキンの喉に穴を開けてチューブを差し込むことなのは知っているけど。「わたしには無理よ」

「飛行機の操縦はわかるか？」

ええ、もちろん。「いいえ」

「こっちへきてくれ、いまからおぼえてもらう」

ジョーンズが助けてくれる、ジョーンズは医者だから、とジョアキンの母親に告げると、モリーは急いで前の席に戻った。

「おれは医者じゃない」ジョーンズはいい、モリーの手をぐいと引いて自分の膝の上に座らせた。彼の体は見かけどおりに引き締まり、どこもかしこも筋肉と骨と肝っ玉でできていて、やわなところはこれっぽっちもなかった。

「こいつをしっかり押さえて」おかしな形をしたハンドルをモリーに握らせると、彼女の下からするりと抜けだした。それからある目盛りを指で軽くはじいた。「これが高度」次にべつの目盛りをはじく。「こっちは機体が水平だってことをあらわしている。ここにあるのが翼だ。どれも現状を維持しろ。墜落しないようにな」

たいした授業だこと。

もちろん、こまかい説明をしている暇などない。ジョアキンには一刻の猶予もないのだから。

モリーは指の関節が白くなるほど操縦桿を強く握り締め、ジョアキンの母親に話しかけるジョーンズの低い声に耳を澄ました。ジョーンズがナイフをとりだすと母親が恐怖の声をあげたが、彼は母親を安心させるように抑えた声で話しつづけた。ジョアキンはかならず助かる。いまからぼうやが呼吸できるようにするから、そのあとで病院に運ぼう。おれを信じてくれ。信じなきゃだめだ。きみがモリーを信頼しているのは知っている。そしてモリーは、彼女はおれを信頼している。

まるで永遠にも思えたが、ダッシュボードの時計を見ると――飛行機もダッシュボードというのかしら――ジョーンズはほんの数分で戻ってきた。

「〈ビック〉のボールペンに感謝だな」懸命にクールを気取っているが、内心はそれどころではないのをモリーは知っていた。「あの子の呼吸は戻ったが、このポンコツの尻を叩いて急がせないと。おれの席からどいてくれ」

今度はモリーが彼の下から滑りでた。「救急車に待機していてもらうよう、無線で先に知らせたら？」

「使える無線があればな」

ジョアキンの母親は息子を腕に抱き、休むことなく祈りの言葉をつぶやいていた。

「彼女についててやれ」ジョーンズがいった。「いまの彼女には神さまがどっさり必要だ。わが子の喉に赤の他人がナイフを突き刺すのを許すには、かなりの信仰心が要ったはずだ。たぶん少しばかり信心を取り戻させる必要があるんじゃないか」

「彼女の信仰心なら大丈夫」モリーはいった。「彼女は神を信じているから」

ジョーンズは声をたてて笑い、彼女をちらりと見あげたが、その目は嫌悪に満ちていた。

「そうだよな、神はあの子のことを相当気にかけてくださっているようだし」

モリーは微笑んだ。「そのとおりよ」

彼は鼻を鳴らした。「そして神は八日目に、ジョーンズと彼のポケットナイフと〈ビック〉のボールペンを創られた、か？」

「ミスター・ジョーンズ、あなたが神の創られた最高傑作のひとつであることは一瞬たりとも疑わないわ」

「ちくしょう《ジーザス・H・クライスト》、よしてくれ」

「それともドクター・ジョーンズと呼ぶべきかしら？」

「パルワティの裏通りでおれに死んでほしけりゃな」にべもなくいった。「いいから席について、乗客に着陸の準備をさせるんだ」

明かりの落ちた寝室でケンが洗濯済みのTシャツを探していると、サヴァナが身じろぎをした。

いつもの抽斗は空で、探し物は化粧だんすの上にたたんでおいてあるのに気づいたときに、あやまって十五ドル分の小銭まで床に落としてしまったのだ。

驚いたことに、彼女の眠りを破ったのはコインの落ちる音ではなく、ケンが洩らした罵り言葉のようだった。

「ケニー？」彼女がうっすらと目を開け、やっとのことで頭をもたげた。

「しーーっ」ケンはいった。「起こして悪かった、ヴァン。もう一度おやすみ」

「出かけるの？」

「ああ、もう行かないと。じきに〇四〇〇時だから」ケンはベッドに近づき、眠気でぼんやりしている彼女に目をやるというまちがいを犯した。サヴァナの体はシーツで半分しか隠れておらず、彼女がベッドの上で伸びをしたとき、ケンは無許可離隊《UA》の罪を犯そうかと考えている自分に気づいた。懲戒裁判に立たされると、実際どれくらいマズイことになるんだろう？

来週いっぱいの休暇をとるチャンスとおさらばする程度にはマズイはずだ——それは、なんとしても避けたい。

なのにどうにも我慢できず、ケンはベッドの端に腰かけて彼女にキスした。それが、ふたつ目のまちがいだった。サヴァナが自分のほうに彼をぐいと引き寄せ、キスを返した。いつもするように——まるでいくらキスしてもしたりないというように。まるでケンが彼女の頭をくらくらさせる、いかしたセックスの神さまかなにかのように。

嘘だろう、まだ目も完全に覚めていないのに、こんなに熱いなんて。

そのときサヴァナが彼の名を囁き、ケンの運命は決まった。これでこの朝はずっとカチカチにおっ立ったイチモツをぶら下げて歩くことになる。ウェットスーツを着ても前のこわばりは隠せないだろう。もしもこの世に神さまってやつがいるなら、水はいい感じにひんやりしているはずだ。そして水中に潜ってしまうまで、あたりはまだ真っ暗だろう。

「二一〇〇時ごろまで、ここでこうしていてくれなんて、とてもいえないよな」小声でつぶやく。家を出るまでにあと十分しかないのに、彼女にキスするのをやめられない。

「行かないで」彼女がいった。「お願い、ケニー。あなたに頼まなきゃ……明日わたしと一緒にインドネシアへ行ってって」

いいとも。いったいどんな夢を見ているんだか。ケンの口から思わず笑い声が洩れた。とはいえ、半分寝ぼけながらも口にするほどだから、彼女にとってはきわめて重要なことなのだろう。

「頼むチャンスがなくって――」

「しーっ」キスとキスのあいだに彼はいった。「なにも心配しなくていい。いいからおやすみ――すぐに戻ってくるよ」その前に彼女が起きた場合に備えて、キッチンテーブルの彼女のバッグの下にすでにメモを残してあった。

「でも――」

ケンは彼女に口づけをした。「休暇をとろうと思ってる」そう告げた。「二週間ほどね――延び延びになっていたんだ」じつをいえば、少し休みをとれと（それもさっさと）ウォルコノク上級上等兵曹から半ば強制されていたところだった。「だからきみがもし望むなら、月にだって行ける」

「どこにも行きたくなんかない」もぐもぐとつぶやいた。「でも行かなきゃならないの」

「心配いらない」もう一度いうと、ケンは彼女の顔にキスをした。喉にも、さらにその下にも。「全部あとで考えよう、いいね？」

「お願い」彼女が体を弓なりにそらしてケンに押しつけた。「まだ行かないで……せめて……」

彼女の体をおおうシーツをはがすのは、自分のようにずば抜けてIQが高い男にはあるまじき行為だと、仮に遅刻でもしようものならひどくやっかいなことになるとわかっている男にはふさわしくないおこないだと、最初は思った。とはいえ、いまこの瞬間に彼女が求めているのは、おれのこのずば抜けたIQじゃない。

彼女がケンのショーツを押し下げ、そしてケンは――全身に酸素を運ぶ血液は彼の下半身だけに集中していたわけではなく、少なくともまだ一部は脳にもまわっていた証拠に――コンドームをひっつかんだ。ひと晩で三個目。

ピックアップに乗り込んで基地に向かうまで、あと三分。

けれども急いでいたのは彼だけではなかった。ケンがコンドームを着け終えたとたんに彼女が腰を突きあげ、彼を奥深く迎え入れて、濡れた熱で包み込んだ。

そして、またしても。最初の二回の愛の営みとちょうど同じように。ケンの期待どおりに。

彼女は爆発した。

彼女は信じられないほど感じやすく、彼がなかに入ったとたんに達した。もう少し時間があれば、もう一度、いや、もしかしたら二度――どちらかといえば頼りない彼自身の自制心が吹き飛んでしまう前に――彼女をクライマックスへと押しあげ、絶頂感を狂おしいほどに長引かせて、あえぎ声をあげさせ、目をくらませて、ぐったりするほど笑いと悦びを与えてやれるのはわかっていた。

それも、たったひと晩、体を重ねただけで。ほんの数時間、おたがいを探り合っただけで。まだ正常位しか試していないのに。これで口を使ったら彼女がどんなふうになるか想像してみろ。

彼女を口で味わうことを考えた瞬間、熱いものがどっとほとばしった。

ケンは後始末をして服を着ると、サヴァナに〝行ってくるよ〟のキスをして、眠気と、とりあえずの充足感に満ち足りたまどろみに彼女をゆだねた――とにかくいまだけは。ばかばかしいほどあわただしかったが、なにしろ時間がない。もう一度彼女にキスしたあと、予定よりわずか数分遅れで車に走った。

早朝のこの時間は車の往来と呼べるほどのものはなく、ケンはアクセルを踏み込んで、たちまち遅れを取り戻した。

今朝の訓練はダイビングの予定で――ダイビングは大好きだった。訓練が終わったら休暇の手続きをして、それからサヴァナに会おう、彼の自宅か彼女のホテルで。挨拶がわりのキスのあと彼女の服を脱がせて……。

ひとけのない通りを車で走り抜けながら、ケンはばかみたいにニタニタした。

まちがいない、おれはこの地球上で一番ラッキーなばか野郎だ。

一九三九年　初夏　ベルリン

おとなになる過程で少女のころの無邪気さをいくらか失うことは、どんな女にも避けられない道である。

わたしの場合は、十八歳にして、ふつうの女性が一生で失うより多くのものを失った。大学での最初の一年が終わったこの年の五月、わたしは〈ブルックリン・ドイツ系アメリカ人会〉の優秀奨学生賞の栄えある受賞者として、得意げに――そして無邪気そのもので――ベルリンへ向かった。ふたをあけてみればそれは、わたしが考えていたものとはまるで違ったのだが。

それでも、ブレーマーハーフェン出身の大工と、ドイツの黒い森（ドイツ南西部シュヴァルツヴァルト地方に広がる森）の田舎町の出の料理婦の娘であるわたしは、両親の顔に浮かんだ誇らしげな表情を胸に、大西洋を渡る船に乗り込んだ。

ニューヨークを発つわずか数週間前にベニー・グッドマンと彼のバンドをこの目でじかに見たときの思い出も携えて。

賞をもらったのは、ドイツ語の読み書きができて、しかもドイツの文学と歴史を学んでいることへのご褒美だったのかもしれないが、わたしは骨の髄までアメリカ人の若い娘だった。音楽が好きで、ダンスが好きで、ハリウッド映画――とりわけジミー・スチュワートの出ている映画――が好きだった。夏のコニーアイランドとクリスマスの五番街が大好きだった。それにもちろん、ブルックリン・ドジャーズの熱烈なファンでもあった。わたしはアメリカ人であるだけでなくニューヨーカーで——頭のてっぺんから足の先まで この街を愛していた。

旅は楽しかった——最初のうちは。

初日から三日目までは、黒い森の小村に住む母のきょうだいたちを訪ねてすごした。父《ファティ》さんはアインツィゲス・キント——つまりひとりっ子だった。幼くして母親を亡くしたあと、やはり大工の父親とともにニューヨークへ渡った。母《ムッティ》さんは、大きなお屋敷で料理婦をしている伯母を手伝うために十代でニューヨークにやってきた。

母はブルックリン・ドイツ系アメリカ人会で父と出会い、ふたりは激しい恋に落ちた。たちまちわたしが生まれた。ところが、その後、父がおたふく風邪にかかったために、わたしもまたアインツィゲス・キントのままになった。

きょうだいがいないおかげで享受できたさまざまなことを思うと、いまでもときどき父のおたふく風邪に感謝したくなる。息子をもてなかった父は、野球の試合にわたしを連れていった。壁のつくりかた、破れた配管の修理法、コンクリートの流しかた、錠前のとりつけかた、自宅のアパートメントの屋上に菜園をつくる方法を教えてくれた。それればかりか、母とふたりしてこつこつと貯めたお金でわたしを大学へあげてくれた。

そうしてわたしは両親の生まれ故郷を、ゲーテとバッハの国を見るこの絶好の機会を得て、ここベルリンにやってきたのだ。母さんが生まれ育ったおとぎ話に出てくるような村で、母さんの弟や妹たちに会った――マルリーゼ叔母さん《タンテ》は、わたしよりひとつかふたつ年上なだけだった。いとこたちにも――思いもよらないほど大勢いた――会ったが、金色の髪にかわいらしい顔をした小さい子たちは、わたしのアメリカ製の服と靴を目を丸くして見ていた。

その後は、有名大学のスポークスマン、眼鏡をかけ頭の禿げかかったヘル（ミスター）・シュミットという小柄な男性との公式の祝賀会のためにベルリンに連れていかれた。

わたしたちは長々と話をした――というより、話をするのはもっぱら彼で、わたしはそれを聞いていただけだったが。祖国ドイツの栄華について、ナチ政権のすばらしさについて、千年つづくに違いない輝けるドイツ帝国について。この美しい国に感銘を受けませんか？

はい、受けます。

ヒトラー総統閣下に感銘を受けませんか？

そうですね……あの方はドイツ国民を不況から救うために尽力なさったようですね、あの方が造った高速自動車道路網《アウトバーン》はきっと偉業と呼ばれることでしょう、わたしは如才なく答えた。ナチスの秘密国家警察《ゲシュタポ》は恐ろしい、熱情と恐怖で統治するヒトラーのやりかたは、筋金入りのアメリカ人であるわたしの信念にことごとく反する、水晶の夜《クリスタルナハト》にはじまるユダヤ市民迫害の話を聞いたときはぞっとした、ということはいわずにおいた。

わが国《ドイチュラント》の栄華を目にして、ドイツ人としての誇りに胸が打ち震えませんか？

もちろんわたしは賛意をあらわした――そうしなければ失礼だと思ったのだ。最近孫が生まれたという女性から、ぼけっとした顔でよだれを垂らした赤ん坊の写真を自慢げに見せられて、お世辞でも「まあ」とか「あらあ」と感嘆の声をあげないのは礼儀にもとるのと同じことだ。

彼は義務と名誉と誇りについて語り、そのあいだじゅうわたしは笑顔でうなずきながら、ブラウスの奥をのぞこうとする彼の視線を避けようとしていた。

ところが、そこで急に話題が変わった。

「あなたはニューヨークにある米国の航空機会社〈グラマン〉で働いている、そうでしたね？」シュミット氏がきいてきた。

わたしは「はい」と答え、大学に入ってから一年間、部長秘書の助手として書類整理のアルバイトをしているのだと説明した。いわゆる学生の社会奉仕活動の一環だ。部長は大学の先輩に当たるひとで、実際には書類整理係など必要としていなかったのだが、母校の後輩たちの力になれることを喜んでいた。わたしはといえば、書類の整理も少しはやったけれど、たいていは受付の女性が昼休みをとるあいだ彼女のかわりにデスクについて、たまにかかってくる電話をとりながら勉強をしていた。

そしてその電話もめったに鳴らなかった。わたしがいたのは製造部でも管理部でもなかった。R&D――研究開発部《リサーチ・アンド・ディベロプメント》だ。それはとりもなおさず、わたしたちが、ナチが喉から手が出るほど欲しがっている情報を扱っているということだった。

ヘル・シュミットは、〈グラマン〉社の最新情報をちらりとのぞかせてくれれば（そう、いまのはわたしの胸元をのぞこうとしている彼へのあてつけ）それなりの謝礼はすると申しでた。その瞬間、雷に打たれたような衝撃が体を貫き、世間知らずの無邪気さを蹴散らし、わたしは不意に悟った。このひとは、わたしにナチスドイツのスパイになれといっているんだ。

わたしは意味がわからないふりをして、キャサリン・マルヴェイニーを精いっぱいまねた笑顔を彼に向けた。キャットは、わたしと同じ寮生のひとり。物理学を専攻していて、本当は正真正銘の天才だったが、頭のいい娘は男の子たちの受けがよくないことを早くに学んでいた。それで〝口を動かさないと本も読めない女の子〟をアピールするための笑顔をつくりあげた。それが功を奏して、土曜の夜はいつもデートの予定でいっぱいだった。「まあ、でもミスター・フィールディングは、わたしの上司ですけど、彼はそういった情報を社外のひとに見せないと思いますけど」わたしはキャットの笑みを浮かべてヘル・シュミットにいった。まつげを二、三度ぱちぱちさせることまでした。

あいにくシュミットは、わたしがそれほど愚かでないのを知っていた。「そうした企業秘密は分かち合うべきなんですよ——人類の向上のためにね。考えてもごらんなさい、ニューヨークから船を使わずにすんだら、ここまでの旅がどんなに楽だったか。もしもドイツがそうした情報を入手できれば、空の旅をもっと身近なものにするのにひと役買うことができる」彼はわたしのほうに顔を近づけ、賭け金を引きあげた。「あなたほど成績優秀な学生なら、ここベルリンの大学の奨学金を受けることも可能です。ニューヨークの学校を終えたあとで、こちらでさらに学問を探求する気があるなら、心から歓迎しますよ」

そう、わたしはとても頭がいい。だからナチスが欲しがっているのは単なる企業秘密ではないだろうと察しをつけた。アメリカが現在開発中の軍用機に関する情報を知りたいのだ。

ナチスがしばしばわたしのような人間——ドイツ移民の子としてアメリカで生まれた若い二世で、ドイツ系アメリカ人会に所属しているか、もしくは学校でドイツ語やドイツ文学を学んでいる人間——に狙いをつけていることはあとで知った。その人物が〈グラマン〉のような企業で働いている場合は（ちょうどわたしのように）とりわけ。

ベルリンへのこの旅行はわたしを彼らの懐に引き入れるための餌だったのだ。

わたしはなんとか笑みを取り繕った。「そんなもったいないほどのお話をいただいて。よく考えてみます」心にもないことをいいながらも、ただただこの場から逃げだしたかった。この昼食会を終わらせて——。

「なにがあったか聞いたかい？」ジュールズがノックもせずにオフィスに入ってきた。

「あっちへ行って」アリッサは本から目をあげようともしなかった。「そうは見えないだろうけど、仕事中なの」

〝ただただこの場から逃げだしたかった〟とローズは書いていた。〝この昼食会を終わらせて、悪徳のにおいのしない空気を吸いたい。裏切りの悪臭のしない空気を〟ジュールズがそばにきて肩ごしに本を読みはじめたので（これにはいつもアタマにくる）アリッサは本を閉じた。「気が散るんだけど」

もちろん、アリッサに本を閉じさせることこそが、相棒の狙いだった。彼はアリッサのデスクの角にひょいと尻をのせると、足をぶらぶらさせた。「それがさ、このジョージって新顔がね、今朝ひょっこりあらわれたわけだよ。ただいま出局いたしました、って感じで。で、ラロンダはこう思った。いいわ、べつにこれが初めてってわけじゃないし。マックスがまたしてもわたしを蚊帳《かや》の外においたんでしょうよ。ジョージなんて人物がどんなかたちであれチームに加わるという話はラロンダの耳には入っていなかったけど、とにかく彼女はマックスに内線をかけてジョージがきたことを伝えた。そしたらマックスはいった、ジョージ？　だれだそいつは」

ジュールズは声をたてて笑った。「ぼくはちょうどその場に居合わせてね、自分宛ての伝言をより分けながら、さもそこにいる理由があるみたいなふりをしていたんだけど、すぐ横にジョージがいて、彼はふっと目をつぶったかと思うと小声で『くそ』って四回ほどつぶやいたんだ。彼がめちゃくちゃいい男だってことはいったっけ？」

「いいえ」アリッサは答えた。

「〈アルマーニ〉の広告から抜けだしてきたみたいなんだ。髪は濃いブロンドで、薄くなりはじめているけど、ゆるやかに歳を重ねてるって感じかな。スーツは高級。イタリア製の靴。一分の隙もなくて――まるでマックスの向こうを張ろうとしているみたいなんだ。もっとも、ただの〝ポーズ〟だとは思えないけど。だって彼のほうがマックスより背も高いし、体も締まっているし、髪の色も濃いからね」

ジュールズはすっかり悦に入っていて、口をはさむ余地はほとんどなかった。だけど、こちらにはやらなきゃならない仕事がある。「その話にオチはあるわけ？」

「オチと呼べるかどうかわからないけど、かなり奇妙な点があるのはたしかだな」ジュールズはいった。「きみもきっと気に入るって。謎に満ちているから。でもその前に、ジョージがゲイかどうかききたくてムズムズしているんじゃない？」

「悪いけど、彼の性的志向にとくに興味は――」

「彼は違うよ」

「まさか本人に尋ねたんじゃ……？」

「そうそう、そのほうが事がうまく運ぶってわかっているからね」ジュールズは小馬鹿にしたようにいった。「これから一緒に働くことになるストレートの男に、ぼくがセクシーだと思っていることをしょっぱなから伝えて、心底縮みあがらせるようなまねをすると思う？」

「だったら……？」

ジュールズはするりとデスクをおりると、ファッションショーの舞台に立つモデルよろしくゆっくりとターンをした。「ぼくを見なよ」

アリッサは思わず声をあげて笑った。ジュールズのいいたいことがはっきりわかったからだ。今日の彼は、非の打ちどころのない腰ときゅっと締まった生唾ものの小さなお尻にぴたりと張りつくブラックジーンズと、上半身の完璧なラインを余すところなく見せつける黒のTシャツというでたちだった。髪は本来のダークブラウンに近い色に戻っていて、極端に短く刈りあげたいつものスタイルが、黒っぽい色の瞳と絵に描いたように美しい頬骨を際立たせている。

ジュールズのキュートさは、十点満点で四百万点だ。彼がもしアイドルグループのオーディションを受けていたら、歌わずとも合格しただろう。

「ぼくってヴィレッジ・ピープルのファンの究極の夢みたいな男だろう。なのに、われらが新入りのジョージときたら、ちらっと見ることすらしなかったよ」またデスクにひょいと腰かけた。「だからきみにどうかなと思ったんだ――見たところ結婚指輪はしてなかったし。もっとも、噂じゃきみは非売品らしいけど。なんでもボスをモノにしたとか」

ああ、最低。アリッサはすでに首を横に振っていた。「それが事実じゃないことくらい知っているでしょうに」

「きみがマックスにキスしたってラロンダがいってた。なんだってぼくはいつもその手のことを見逃すのかな？」

「マックスがわたしにキスをしたの」アリッサは弁明した。「ドウェインを追い払うためにね。あれはお芝居だったの」

「へえ」ジュールズはいった。「お芝居ねえ」彼はウインクをして見せた。「なるほど」

「それ以上なにかおかしなことをいったら、そのお尻に蹴りを入れてここから追いだすから」

「わかったよ」降参だというように両手を挙げた。「悪かった」そこで真顔に戻った。「ただ……なんていうか、もしもそれが事実なら、つまりきみとマックスについてだけど、きみのためにはすごいいことだと思ったんだ、キャンディちゃん。ほら、そうすれば、だれかさんのことを考えないですむからね」

アリッサはため息を洩らした。「そろそろ、そのオチとやらを教えたらどう?」

「オーケー、で、ラロンダのデスクの前に立ってジョージがぶつぶつと――」

「くそ、とつぶやいていた」アリッサはいった。「それはわかったから。それで……?」

「そこへマックスがオフィスから出てきた」ジュールズはにやりとした。「そして、ジャーン、ふたりは顔を突き合わせた。デザイナースーツを着た双子がね。マックスは無言でジョージを見つめた、ほら、例のあの目で。『迫りくる核攻撃に関する情報以外のことでおれの邪魔をしたのなら、痛みという言葉の本当の意味を身をもって学ぶことになるぞ』ってあれだよ。ジョージは平静を装っていたけど、ぼくは彼のそばにいたから、左耳のすぐ横に汗がぽつんと浮かんでいるのが見えたよ。彼はマックスに自己紹介してからこういった。『どうやら電話より先に着いてしまったようですね』

マックスはなにもいわず、彼が説明するのを待った。ぼくなら泣きながら逃げだしていただろうな。ところがジョージは短く笑ってからいったんだ。『お気に召さないとは思いますが、サー、このたびあなたの部隊に配属されました』

　ラロンダはあごが床につくほど口をあんぐりあけて、椅子の上で固まったまま、まじまじとジョージを見ていたけど、そこで急にマックスのほうに顔を向けた。たぶんぼくと同じで、この見え透いた詐欺師野郎にマックスが銃を向けるんじゃないかと思ったんだろう。だって、マックスの部隊に配属される人間などいないことは、だれだって知っているからね。

　そのとき電話が鳴り、ラロンダがマックスに視線を据えたまま受話器をとり、マックスはむっつり押し黙ったまま、ただジョージをにらみつけていた。と、ラロンダが電話を保留にして……」ジュールズは笑って、ラロンダのハスキーな声をまねた。「『すいません、ミスター・バガット。大統領です。アメリカ合衆国の。一番です、サー』

　するとマックスはゆっくりと向きを変えて自分のオフィスに戻っていって、ところがドアを閉める前にジョージを振り返って『ローズとは長いつきあいなのか？』

　ジョージはいった。『彼女はわたしの名づけ親です、サー』

　マックスはただうなずき『チームへようこそ。ちょっと失礼する』そして言葉どおりにほんの三十秒ほどで電話を終えると、オフィスのドアを開けてジョージを手招いたんだ。ぼくはラロンダを見た、〝ローズ〟というのはいったい何者だ、ってね。だけど彼女も知らなかった」

　アリッサは手にしていた『二重スパイ』をあげ、裏表紙をジュールズに見せた。「ローズよ。謎は解けたわね。元FBI捜査官。大物《VIP》よ」

「この女性が大物？　嘘だろう」ジュールズはアリッサの手から本を奪うと、ページをぱらぱらとめくった。「どうしてみんな、かわいそうなこのぼくにひと言いっておいてやろうという気にならないのかな？」

「彼女の息子が誘拐された可能性があるの。アレクサンダー・フォン・ホッフ。インドネシアに出張中のビジネスマンで、滞在先のホテルから黙って姿を消した。しかも、やっかいなことに彼は糖尿病なの。昨日マックスからこの本を渡されて、読んでおくようにいわれたのよ」

「お芝居のキスのあとで？」ジュールズは眉毛をぴくぴくさせた。

「よして」

彼は栞を挟んであるページを見た。「仕事熱心なきみにしては、あまり進んでいないね」

「緊急事態だ、ってタイラが電話をよこしたの」アリッサの妹は〝悲劇のヒロイン〟タイプの女性で、彼女にかかると日常のすべてが太字で強調されて〝！〟がいくつもついてくる。「今回はホンモノだったわ。義理の父親が心臓発作を起こしたので、ベンと一緒に病院に行かなきゃならないって。だからラノーラの子守をするために急いでタイラの家に向かったんだけど、まぬけなことに自宅のキッチンテーブルにこの本をおいてきてしまったのよ。たぶんもっていっても同じだったろうけど。なにしろラノーラがいっときもおとなしくしていなくて、こっちはもうぐったりだったから。そういえばタイラが出がけにいっていたのよ、『この子、今日はたっぷりお昼寝をしたから、疲れておねむになるまでベッドに入れなくてもいいから』って。それで夜中まで『おやすみなさいおつきさま』を四千回は読んだわね。それもふたりして役になりきって。声色を使いながらずっと考えてたわ、タイラたちはこの子になにを食べさせているのか、はたしてわたしは食事にありつけるのか、そのお昼寝はどれだけ〝たっぷり〟だったのか、ってね」

「へえ」ジュールズが本に目を通しながらいった。「この娘《こ》、たった十八歳で二重スパイになったのか」

「わたしの話、ちょっとでも聞いていた？」アリッサは問い質《ただ》した。

「おやすみなさい、子ネコちゃん。おやすみなさい、てぶくろさん」本から目をあげずにジュールズはいった。「ぜひ見てみたかったな。きみはきっとかわいい〝てぶくろさん〟になっただろうからね。うん、ぼくも自叙伝を書くべきだな」

アリッサはジュールズの手から本をとりあげた。「そういった本は引退後に書いたほうがいいんじゃないかしら。全国の書店にあなたの顔がずらりと並んでいたら、潜入捜査がやりにくくなるでしょう」

「いえてる。それ、読み終わったら貸してもらえるかな？」

「いいわよ。出ていくときにドアを閉めてね」

なんと、ジュールズはいわれたとおりにした。

アリッサは本を開いた。


悪夢のような昼食会のあと、気がつくとわたしはベルリンの町を歩いていた。速足で何時間も、あたりが暗くなるまでただ歩きつづけた。あれくらいのことで簡単に魂を売る女だとあのひとたちに思われていることに、怒りと恐怖と嫌悪をおぼえた。

どうしたらいいのかわからなかった。

無性に家に帰りたかった。家に帰って母さんの腕のなかに飛び込みたかったけれど、ニューヨークに向けて船が出航するまでにあと三日あった。それに――ああ、大変――明日はまたべつの昼食会が予定されている。気分が悪いから出席できないといおう、わたしはそう心に誓った。必要なら喉の奥に指を突っ込んででも。

ついにわたしは疲れ果て、それにホテルへの帰り道を見つけられるかどうかもわからなくて、パン屋の店先の階段に腰をおろした。店の扉にはしっかりと錠がおろされ、店主はとうの昔に帰宅していた。

夜になって肌寒くなってきたが、わたしはセーターを着ていなかった。両手に顔をうずめ、わたしは子供っぽい自己憐憫の涙に暮れた。

「道に迷ったんですか?」

目の前の歩道に男のひとが立っていて、英語で話しかけてきた。どうやらわたしがアメリカ人だということは世界じゅうのだれが見てもわかるらしい。見知らぬひとに泣いているのを見られたのが恥ずかしくて、急いで涙をぬぐった。

「このあたりはあまり治安がいいとはいえませんよ」彼はさらにつづけた。見事な英語だった。ブリティッシュ・イングリッシュで、〝d〟を強く舌を打つように発音するところにわずかにドイツ語の名残りが見られた。〝グッド〟ではなく〝グッドッ〟というように。

彼は両手をポケットに入れて立っていたが――それが意図されたものであることに、彼のすべての行動が考え抜かれたものであることに、わたしはあとで気づいた。彼はできるだけ無難な人間に見せたかったのだ。というのも、道端に座り込んだそのときのわたしは、いかにも哀れで、どうしようもなく無防備に見えたはずだから。

そのひとはだぶだぶのズボンと肘当てのついたツイードのジャケットという、わたしと同じ大学にかよう男の子たちみたいな格好をしていた。ただし歳は彼らより――わたしより――少なくとも十は上だった。

濃いブロンドの髪と、はしばみ色の瞳と、この国にばら撒かれているナチの宣伝用ポスターのなかで見たような、いささか整いすぎた顔をしていた。凛と筋の通ったアーリア人特有の鼻。平らに近いほど強く張ったゲルマン系の頬骨。優雅な線を描く口元と尖ったあご。

「初めてベルリンにきたとき、ぼくも絶望的なほど道に迷ったことがありますよ。両親はなんとぼくのために捜索隊まで出した」そういって、彼はにっこり微笑んだ。「もちろん、そのときぼくは二歳でしたが」

それは童話に出てくる美しい王子のようなまぶしい笑顔で、顔と目はもちろん、全身がきらきらと輝くようで、彼をいっそうハンサムに見せた。その場で恋に落ちないようにするにはかなりの努力が要った。たいていの十八歳の娘と同じで、わたしもとびきりすてきな男性にすぐにぼうっとなってしまうところがあった。

「あいにく、わたしはそれよりちょっと年上だわ」わたしはいい、左右にちらりと目をやったが――ゴミひとつ落ちていない玉石敷きの通りには、きちんと戸締りがされた商店が長く連なるばかりで、わたしたち以外にひとの姿はなかった。

それでも不安は感じなかった。彼みたいな男のひとは、パン屋の店先で疑うことを知らない娘を襲う必要などないからだ。指をぱちんと鳴らすだけで、女性が文字どおり群れをなして駆け寄ってくるだろうから。あの笑顔で見つめられたら、わたしもそのひとりになってしまいそう。

「このあたり、それほど治安がよくないようには見えないけど」いいながらわたしは、口紅を塗りなおす時間があればいいのにと思っていた。

「ここの店の大半はユダヤ人がやっているんです」彼はいった。「窓ガラスがよく割られるんですよ――日が落ちてからはとくに」

「ひどい」思わず声をあげたあとで、わたしははっとした。ドイツ国民の大半がそうであるように、たぶん彼もナチ党員のはずだ。この旅のあいだに会ったひとのほとんどがそうだったし、反ユダヤ主義はナチ党の政策の柱のようだった。それでもわたしは彼のすばらしい目をまっすぐに見つめて、文句があるならいってみろとばかりにもう一度くりかえした。「ひどいわ」

「ええ、ひどい話です」彼はまたわたしに微笑むと、さらりと話題を変えた。「どこに泊まっているんですか？」

わたしはホテルの名前を告げると、立ちあがってスカートの埃を払った。

「八マイル離れた町の反対側じゃありませんか。その靴でずっと歩いてきたんですか？」

「そんなに遠いようには思えなかったけど」あのときは。でもいまは足が燃えるように熱かった。そして足以外の場所は凍えそうなほど冷えていた。わたしが寒さに縮こまると、彼は自分の上着を脱いだ。

「どうぞ」そういって、わたしの肩にかけてくれた。

上着は彼の体温であたたかく、かすかにたばこと、焼いたソーセージと、ザウアークラウトのにおいがした。たぶん街のビヤホールで食事をしてきたばかりなのだろう。旅行中に何度か店の前を通ったけれど、ひとりで入る勇気はなかった。急におなかが不満の声をあげた。「ありがとう」

「いいんですよ、お嬢さん《フロイライン》」彼のはしばみ色の瞳はあたたかく澄んでいた。男のひとがこんなに美しい目をしていていいはずがない。「ホテルまで車で戻ることに、なにか差し障りはありますか？」

ホテルまでタクシーに乗っていけるだけのお金はなかった。「バスか路面電車でなら」

彼が顔を曇らせた、「バスですか……？」

もってきたわずかばかりの小遣いは、両親への土産を買うのに使うと決めていた。たとえそのために、身を切るような寒い夜にハイキングには向いていない靴で、もう八マイル歩くはめになったとしても。

わたしは彼の上着の前をかき合わせて、いまのうちにできるだけあたたまろうとした。

「バスが何時まで走っているかご存じじゃありません?」

「残念ですが。なんならうちの運転手にきいてみましょうか。彼なら知っているかもしれない」

「うちのって……」わたしは口を閉じた。彼は運転手つきの車に乗るようなひとには見えなかった。それでも……。

「ベルリンの町で動くには、そのほうがはるかに楽なんですよ」わたしの心を難なく読んだようにいった。「ぼくは土地の人間じゃありません。じつはヴィーン――つまりヴィーンの出身なんです」彼は片手を差しだした。「ハインリヒ・フォン・ホッフといいます。アメリカの友人はハンクと呼びますが」

「インゲローズ・ライナーです」わたしはいった。「アメリカの友人はローズと呼ぶわ」ドイツの友人はなんと呼ぶかというと……まあ、ドイツの友人はそうたくさんいるとも思えないけど。わたしをスパイに勧誘するために、奨学生賞だと偽ってニューヨークからの船賃を払ったナチスは友人とはいえない。

「ローズ」彼はつぶやき、またしてもあの笑顔を向けたので、わたしは膝からへなへなと崩れそうになった。それでもなんとか気を落ち着け、握られたままの手をそっと引き抜いた。

「きみはこちらの大学の視察にきているアメリカの学生さんではありませんか。新聞で読みましたよ。アメリカの友人たちとの文化交流、じつにすばらしいことです。ベルリンの町を楽しんでいますか？」

「社交辞令と本音のどちらを聞きたい？」

彼が声をたてて笑い、目が生き生きと輝いた。「両方ですよ、もちろん」

わたしはキャット・マルヴェィニーの笑顔で彼に笑いかけた。「ええ、それはもう。とても楽しんでいますわ」

「おやおや、嘘がうまいひとだな。じゃあ本音は……？」

「ベルリンはニューヨークとはまるで違う。歴史のあるすばらしい町だと思うわ――建物もとても古いし。でも自分がいまどこにいるのかわからないのはおもしろくない。それに野球の結果が新聞にのらないし……」

「おっと」彼はつぶやき、口をすぼめて笑みを隠した。

「ホームシックにかかっているし、一日じゅうドイツ語で生活するのはドイツ語の本を読むよりはるかに大変だし、それにひともあまり親切じゃないし」いったあとですぐに訂正した。「全員が、というわけじゃないけど」

おなかがまたぐうと鳴り、ハンクが笑った。彼は本当にすてきな笑い声をしていた。

「それにきみはおなかがすいて凍えているし。どこかでなにか食べて、景気づけにメイワイン（ドイツでメイデーに飲まれる甘い白ワイン）でもいかがですか？」

ポケットのなかの乏しいお金のことを考えてわたしは躊躇した。ホテルに戻ってルームサービスを頼めば、勘定はあのひとたちにまわされる。ナチの世話役に。食事をするだけで、ますます彼らに借りをつくることになる。

ああ、神さま、ホテルには戻りたくない。家に帰りたい。恐ろしいことに、目に涙があふれるのがわかった。わたしは何度もまばたきをして涙を押し戻し、彼からわずかに顔をそむけて見られていないことを祈った。

彼はどんなことも見逃さないひとだった。それでも気づかないふりをしてくれた。

「すぐそこに車を待たせています」彼がそちらに顔を向けて手をあげると、はたして車のエンジンがかかってヘッドライトが灯った。「ドイツ帝国の大事な客人を食事にお誘いしてホテルまでお送りできたら、大変光栄で名誉なことですよ」

やっかいなのはどちらのほうだろう？　見ず知らずの男性の好意に甘えるのと、わたしにスパイをやらせたがっているナチスの世話になるのと。もしも彼がひとりだったら車には乗らなかったと思う。でも運転手つきの車なら……。それでもわたしを誘拐するかしら？　そうは思えなかった。だとしても、わたしはためらった。

ハンクが両手をポケットに入れた。「ぼくをきみの友達にしてくれませんか」静かな声で彼はいった。「いまのきみには友人が必要だと思う、違いますか？」

いいえ、そのとおりよ。

車が近づいてくると、ただの車ではないのがわかった。ロールスロイスだ。運転手が――お仕着せを着た年配の男性だった――さっと車を降り、お辞儀をしながら後部のドアを開けた。

ハンクが足を踏みだした。「ダンケシェーン、ディター、アバー――」

「殿下」運転手の男性が声を張りあげ、ハンクがたじろいだ。

ロールスロイスを見たときはなんとかこらえたとしても、いまのわたしはあごが地面につくほど口をあんぐりと開けていた。わたしはなんとかその口を閉じると、アメリカの友人がハンクと呼ぶその男性に向きなおった。きっとドイツの友人は、彼のことをまったく違うふうに呼ぶのだろう。「どうやらあなたの自己紹介はこまかな点がいくつか抜けていたようですわね、殿下？」

「怒らないでほしい」彼はいった。「ぼくはただ……その、きみたちアメリカ人が肩書きといったものにこだわらないのは知っているし……それに……」言葉に詰まりながら、さらにつづけた。「それに実際ばかげたことなんだ。じつにくだらない。ぼくはオーストリア人なんですよ、フロイライン。幸運にも王子として生まれたが……なんというか、ひどく込み入った話なんです。それに滑稽でもある。第一次大戦後、オーストリアは共和国になり、爵位の使用は禁じられました。ところが併合のあと――ヒトラーと彼の第三帝国によるオーストリア併合のことですが――爵位がまた復活した。ただし統治するオーストリアはすでに存在しません。いまではヒトラーとナチス党の支配下にあるのですから。国をもたない王子になんの意味がありますか？」

彼の笑みは硬く、わたしはふと、このひともまた友人を必要としているのかもしれないと思った。彼の富と、彼がばかげた爵位と呼ぶもの――口ではそういいながらも実際はとても大切にしているもの——に媚びないだれかが。

おなかがまた鳴った。

「どうか、道の真ん中で飢え死にする前にぼくにつきあってください。ここからそう遠くないところに、いい店があるんです……」

けれど、わたしはどんな王子とも〝いい店〟なんかに行きたくはなかった。白いリネンのクロスをかけたテーブルについて、給仕やソムリエがそわそわとまわりを飛びまわりながら、まちがったフォークに手を伸ばしたわたしに見下すような視線を向けてくる店はごめんだった。わたしは疲れていて、寒くて、今日はこれ以上、ひとの目にさらされたくなかった。

「そんなに堅苦しい店じゃありません」こちらの心を読んだかのように彼はいった。「ただのビヤホールですよ。オープングリルのある。テーブルに長椅子。それに音楽。きみがアメリカ人だってことはだれも知らない。それに、ぼくがたいていはハンク以外の名で呼ばれていることも。よく行く店なんです。料理が最高なんだ」

わたしは彼の上着の袖を鼻先にもっていき、母のつくる料理によく似たそのにおいを吸い込んだ。

「どうか」もう一度、彼はいった。

「いいわ」彼がわたしに向けた笑顔はまぶしいほどで、その笑みはわたしが彼に微笑み返して「ハンク」とつけたすと、さらに顔いっぱいに広がった。

4

サヴァナ・フォン・ホッフはケニー・カーモディのベッドでたったひとりで目を覚ました。

家のなかはしんとして、それはほかにはだれもいない家がよく醸しだす静けさだった。

日中の光のなかで見るケンの寝室はほの暗くもなければミステリアスでもなく、どちらかというとクリーニング店の保管庫のようだった。

ベッドの上に起きあがると、クロゼットのドアにかかった鏡のなかに自分の姿が見えた。自分の裸を直視できなくて、シーツを引きあげて肌を隠した。髪の毛が完全に爆発しているのを見ただけでたくさんだった。

サヴァナは倒れるようにしてケンの枕に頭を沈めた。わたし、いったいなにをしたの？

初めてのデートらしきもので彼と寝てしまった。どういうわけか、ゆうべはそう悪いことには思えなかったのだ。ケンがここにいて、あの強烈な魅力にくらくらしていたときは。日に灼けたハンサムな顔。くっきり割れたたくましい筋肉。ものすごくホットで、うっとりするほどセクシーで、たまらなくそそられた。

自分を抑えられなかった。ずっと前から彼のことが欲しかったのだもの。そう、たしかにすべてがあっという間だったけれど、だからなに？　ロミオとジュリエットだって一瞬で恋に落ちたじゃない。

ふん、それでふたりがどうなったか考えてもみなさいよ。

こうしてケンがいなくなってしまうと、急に不安でいっぱいになった。ゆうべの彼とのセックスが、じつはちっともロマンティックじゃなかったとしたら？　ただの安っぽい行為だったとしたらどうしよう。だれとでも寝る軽い女だとケンに思われてしまったとしたら？　なによりも皮肉なのは、わたしくらい〝軽さ〟とほど遠い人間はいないということだ――いろいろな意味で。

ケンは書き置きを残していなかった。とにかく見える範囲にはなかったけれど、たいしたことじゃないと思おうとした。出かける前、ケンは休暇をとるつもりだといっていた。わたしと一緒にインドネシアに行く、とも。もっとも、あまり関心はなさそうだったけれど。

もちろん、インドネシアへ行かなければいけない理由はまだ彼に話していない。ついてきてほしいと頼むためにわざわざサンディエゴまでやってきたことも。

ベッドから出ると、シーツをはがして体に巻きつけた。いやだ、家のなかが静まり返っている。バスルームに行ったあと、コーヒーがあることを祈りながらキッチンへ向かった。

キッチンテーブルにおいた彼女のバッグの下に、これまでに味わった最高のコロンビアブレンドよりはるかにいいものがあった。ケンからのメモ。

〈悪いが、出かけなきゃならない〉メモにはそうあった。ミミズがのたくったようなへたくそな走り書きで――まるでペンで字を書くことはめったにないという感じの文字だった。〈一一〇〇時までには戻れると思う。ゆっくりしていってくれ、キッチンにあるものはなんでも好きに食べてくれてかまわない。コーヒーは冷蔵庫のなかだ〉ああ、助かった。ケンは携帯電話の番号も残していた。〈もしも早く目が覚めたら電話してくれ〉下に二重線が引いてある。〈運がよければ、電波が届く範囲にいる〉

最後に〈ラヴ、ケン〉とあった。さらに追伸として〈こんなことをいうとキザに聞こえるかもしれないけど、サヴァナ、きみはおれの人生で最高のひとだ、きみにまた会えるまでの時間を指折り数えている〉

サヴァナはもう少しで泣きそうになった。かわりにキッチンの壁に備えつけてある電話に手を伸ばし、ケンが残していった番号にかけた。

二度目の呼び出し音が鳴る前にケンが電話に出たが、その声はいかにも事務的で――見知らぬひとのようだった。「カーモディだ」

急に気恥ずかしくなり、やっとのことでいった。「もしもし、ええと、わたし」

「ヴァン」とたんに声があたたかみを帯びた。よかった、ケンはわたしがだれかわかった。わたしのことをおぼえていた。ゆうべ何度も囁いた愛称でわたしを呼んでくれた。「ちょうどきみのことを考えていたところだよ。シニア・チーフと話をした。二週間の休暇をとっても、まったく問題はないそうだ」

胸が高鳴った。「二週間も？　すごいわ、ケニー。それでいつから……？」

「一一〇〇時以降に事務手続きを終えたらすぐに。いまは暇な時期でね、休暇をとるにはちょうどいいんだ」

サヴァナは目を閉じた。よかった。それなら今夜の便に乗れる。「最高だわ」

「だろう？　ごめん、もう行かないと。おれが帰るまでそこにいるかい、それとも……？」

「いえ、ホテルに戻るわ。これからタクシーを呼ぶつもり」

「わかった。あとでホテルへ行くよ」

「ケン？」

「聞いてるよ」

「キザなんかじゃなかったわ」サヴァナはいった。「あなたが書いてくれたこと。すてきだった」

「そうかな。本当は、きみに口でしたくてしょうがない、と書こうかと思ったんだ」ケンは笑っていたけれど、その笑いかたには聞き覚えがあった。冗談めかしていても、じつは大まじめにいっているのだ。

サヴァナは思わず椅子に座り込んだ。「ええと」弱々しい声でいった。「それも……いい考えね」

ケンがまた笑い声をあげた。「だろう？　その、ほんとにもう行かないと。またあとで。

好きだよ《ラヴ・ヤ》」

かちりという音がして電話が切れても、サヴァナはまだ受話器を見つめていた。ケンはいまなんて……?

ばかね。〝好きだよ《ラヴ・ヤ》〟と〝愛してる《アイ・ラブ・ユー》〟では意味がまったく違う。ケンは書き置きの最後にも〝ラヴ〟と書いていた。きっと関係をもった女性には挨拶がわりにいつもそういうのよ。たいしたことじゃないわ。

そう、彼が丸二週間の休暇をとったことにくらべたら半分も重要じゃない。わたしと一緒に地球を半周する旅に出てもいいと思ってくれていることにくらべたら。

それに彼が口でわたしに……部屋にいるのは自分だけなのに顔が赤くなるのを感じて、サヴァナはげらげら笑った。たしかにいい考えだわ。

でも、それは少しおあずけにしないと。

〝きみはおれの人生で最高のひとだ〟

この次ケンと顔を合わせたらすべてを打ち明けなければ。なにもかも。ここにきたのはあなたを探すためだと、それに住所はアデルに教えてもらったということも。

そして初めから本当のことを話さなかったわたしのばかさかげんをふたりで大笑いしたあとで、彼がわたしの服を脱がせて……。

それからふたりでジャカルタ行きの夜行便に乗って、わたしがアレックスへお金を届けたらそれでおしまい。あとは丸々二週間ケンとふたりでいられる。ハワイへ行くのもいいわね。でなければオーストラリア。サンディエゴのこの家に戻ってもいい。

〝好きだよ《ラヴ・ヤ》〟

きっとうまくいくわ。

ジョーンズが〈ティキ・ラウンジ〉のカウンターでビールをちびちびやっていると、モリーが店に入ってきた。

彼は隠れようとはしなかったが、彼女の注意を惹こうともしなかった。蒸留酒のボトルの奥の曇った鏡に映る彼女に目を向けることすらも。

たぶん彼女がこの店にきたのは喉が渇いたからだ。たぶんこちらが無視すれば、氷を山ほど入れたラムのカクテルかなにかを注文して、そいつをもって、観光客連中が港のむこうに沈む夕日を座って眺めている外のベランダへ向かうだろう。

そしてたぶん次はエド・マクマーンが入ってきて、アメリカン・パブリッシャーズの宝くじで一千万ドルが当たりました、とジョーンズに告げるのだろう。

ありえないことじゃないだろう？　どうやら今夜は予期せぬ客がやってくるめぐりあわせのようだし。ジャヤカトン・トージャヤ――略してジャヤ――が、いましがた帰ったところだった。ジャヤはインドネシア人の起業家で、先ごろバダルディン率いる反政府組織に加わった。パルワティ島の北にある小島に最大の拠点をもつバダルディンは、軍隊かぶれの尊大なくそったれで、政府はもちろんのこと、ジャカルタの外で活動する銃と麻薬の密売人、ろくでなしのスタノヴィッチ兄弟とも戦争状態にあった。

ジャヤはバダルディンの信奉者ではない。彼が私設軍隊に入隊したのは、ベレー帽をかぶり迷彩服を着た、自称将軍をインドネシアの独裁者にさせるためではなかった。とんでもない、将軍の右腕を務めることでより確実な輸送手段を確保し、もっと金を儲けるためだ。

そのジャヤがぶらりとあらわれ、薄っぺらな尻をジョーンズの隣のスツールにのせたのだ。ジャヤはジョーンズの飛行機がおしゃかになったことを知っていた（島の噂話はデジタルのインターネットより速く伝わる）。この午後に病院へ急ぐべくむちゃをしたせいで、エンジンの要《かなめ》の部品が焼き切れたのだ。

ジャヤはセスナの修理に必要な部品の名前まで——なぜだか——知っていた。

しかも、やつにはその部品を入手するつてがあった。

法外な手数料と引き換えに、ジャヤは、明日の午前中か遅くとも来週の初めまでにはその部品を届けてやれるといった。

商談がまとまると、ジャヤはそそくさと夜闇のなかに消えた。将軍のゲストのためにインシュリン注射を探すのだといって。

そして次にあらわれたのがモリーだ。彼女はジャヤが空けたばかりのスツールに当然ながら腰をおろし、当然ながらトロピカルフルーツジュースを注文した。

相変わらず彼女のほうは見ないまま、ジョーンズはビールをもうひと口飲んだ。だがいまは見えすぎるぐらいに彼女がよく見えた。昔から周辺視力がずば抜けているのだ。

モリー・アンダーソン。赤茶色のたっぷりとした三つ編みは少し前に編みなおそうとしたようだったが、せっかちな性格だけあって、お世辞にもきれいな仕上がりとはいえなかった。ところどころ髪が飛びだし、湿気でくるくるになっていたり、首筋や顔に張りついたりしていた。

美人とはいえない顔だった。いささか横幅が広すぎるし、大きすぎる口は口紅を塗る手間を惜しまなければ肉感的といえただろう。もっとも彼女のテントに泊まった数日間にかぎっていえば、モリーが口紅をつけたことは一度もなかったが。

目はきれいだった——金色に近いライトブラウン。しかし目のまわりの笑いじわが年齢をあらわしていた。そろそろ四十歳に手が届くぐらいのはずだが、過酷とはいえないまでもまちがいなく精力的な人生を送っていた。

彼女は、町へ向かうセスナのなかで着ていたのと同じモスグリーンのTシャツと、膝まで届くカーゴパンツといういでたちだった。足には革のサンダル。

足の爪はピンクに塗られていた。それが紅を差していないくちびるとあまりに対照的で、興味をそそられた。ジョーンズはその足に二度と視線を落とさないようにした。

「ジョアキンはよくなるそうよ」モリーがいった。「あなたのいったとおりだったわ、ミスター・ジョーンズ。闇売りのペニシリンへのアレルギー反応。足の感染症に効くだろうと考えて母親が与えたの」

ジョーンズは、モリーが空気を読んで彼をひとりにしてくれるというむなしい期待にしがみつきつつ肩をすくめた。

バーテンダーがジュースの入った背の高いグラスをモリーの前におき、彼女はありがとうといったあとでほとんど一気にグラスを空にした。

そんなふうに頭をのけぞらせた彼女は、吸血鬼をディナーに招いているように見えた。白く透き通るような肌、すらりと伸びた優雅な首。

店内で彼女を見つめていない男はおそらくジョーンズひとりだろう。まったく、これで彼女が店を出たあと、ここにいるクズどものだれかにあとを尾《つ》けられるんじゃないかと、気を揉むはめになった。

いや、そんなことは考えるな。どうなろうとそれは彼女の問題だ。これ以上モリーのことは考えないと、何週間も前に決めたはずだぞ。

それなのに、彼女がグラスをカウンターにおき、長く優雅な指でグラスについた霜にすっと線を引くと、ジョーンズは彼女の手を思いだしそうになるのをこらえなければならなかった。高熱を出して彼女のベッドを占領していたときに熱い額と顔にふれた、ひんやりと冷たい手。

「飛行機のこと聞いたわ」モリーは話をつづけた。もちろんそうだろうとも。この島の人間でおれの飛行機のことを聞いていないやつなどいない。「エンジンのどこかが焼き切れて、その部品がジャカルタから届くまで二週間待たないといけないって。悪かったわ」

ジョーンズはついに彼女を見た。彼女のおかげでこっちは大事な約束をすっぽかし、信じられないほどの大金を失い、しかもその過程できわめて危険な連中を怒らせてしまった。そのうえ明日までこのくそ溜めみたいな場所で足止めを喰って——それだってうまくいけばの話だ。ジャヤが必要な部品を手に入れるのに丸一週間かかることも大いにありうる。

それなのに悪かっただと。

いまいましいのは、モリーが本気で悪かったと思っていることだ。たいていの人間は口先だけだが、モリー・アンダーソンは違う。

なんだって彼女はいつもあんなにきれいでいられるんだ？　あの瞳、あの顔——化粧っ気もなければ、いわゆる美人でもないし、しわもあるというのに、なぜか輝いて見える。それとも、だからこそ美しいのか。ジョーンズにはわからなかった。

「大変な迷惑をかけてしまったことは承知しているけど」モリーはいっていた。「あなたがいなかったらジョアキンは死んでいた。だからそのビールを飲んでしまって。食事に行きましょう」

嘘だろう。よしてくれ。モリー・アンダーソンと食事をするなんてとんでもない。「遠慮する」

「ミスター・ジョーンズ、それじゃわたしの気がすまない——」

「なあ、これでとんとんのはずだろう」意図していたより大きい、尖った声が出た。ビールをひと飲みしてからふたたび口を開くと、今度はもっと淡々とした、いつもの自分らしい退屈した冷ややかな声を出そうとした。「セスナであんたがたをここに運んだことで借りは返した。もうあんたになんの義理もないと思うが」

モリーが声をたてて笑い、ジョーンズは顔を背《そむ》けないとならなかった。カウンターの奥の壁にピンで留めてある一九八七年七月の『プレイボーイ』のプレイメイトの写真に見とれているふりをした。色褪せ、端がぼろぼろになったポスターの女性は、モリーほどうまく歳を重ねてはいなかった。

「あなたに夕食をおごりたいの」モリーがいった。「つまり、わたしもちで。これ以上、あなたになにかを要求するつもりはまったくないわ」

「そうかな?」彼はスツールの上でわずかに体をめぐらせ、モリーと向き合った。「おれを食事に誘ったりしないほうがいい。男とつきあいたいなら、もっと害のない無難なやつにしておけよ。いっておくが、いまのおれにはもう、あんたのまわりにいるお上品な聖歌隊員みたいにふるまう義務はないんだ。なにしろあんたとおれは対等なわけだから。これでもまだ食事がしたいか? いいだろう。だが警告はしたからな。あんたの予想をはるかに超える事態になっても知らないぞ」

ジョーンズはまっすぐに彼女の目をのぞき込み、彼女を欲しいと思っていることを見せつけた。彼女を見ると、彼女のことを考えると、セックスのことで頭がいっぱいになる。原始的で荒々しい純然たるセックス。彼女のなかで彼のものが硬くなり、彼女の顔は欲望で紅潮し、彼にしがみつく。やさしさも、約束も、愛情もない――昔ながらの性交。

しかし、モリーがちょっとのことでは驚かないことを知っておくべきだった。

彼女は目をそらすこともなければ、顔を赤らめることも、あきれて店から出ていくこともなかった。

それどころかまっすぐに彼を見つめ返し、その顔にゆっくりとした笑みが広がった。

「ふーん。ずいぶんと自分に自信があるのね、ミスター・ジョーンズ」

彼はモリーの大きな口を無遠慮に見つめ、そのくちびるで彼女になにができるか想像した。

するとモリーが笑った。低くかすれた豊かな声で、心底おかしそうに。

「いったいなにが起こると思っているの？　その一時間かそこらの食事のあいだにわたしがあなたにムラムラっときて、デザートにあなたを食べたいからわたしの部屋へきてと懇願するとでも？」そこで彼女はなんと、ぺろりとくちびるを舐めてみせた。魔女め。

汗をかいているのはジョーンズのほうだった。

ところがそのときモリーが身をのりだし、ジョーンズは彼女の口ではなく目をのぞき込むはめになった。「うぬぼれないで。たとえあなたがシャワーを浴びて髭を剃ったとしても、今夜わたしがあなたのそのあふれんばかりの魅力に参るようなことはないから――もっともその可能性が格段に高まるのは否定できないけど。くさくない男は好みなの」

こんなはずじゃなかった。彼女は逃げだすはずだったのだ。そしておれはこのカウンターに座って、ビールを五本か六本か七本空けて、彼女のせいでこわばった股間のことを忘れるまで酔っ払うはずだった。

モリーがスツールからするりと降りた。「だからマッチョぶるのはやめて、さっさとそのお尻をあげなさい。食事に行くわよ」

ジョーンズはビールを飲み干して立ちあがった。そして彼女が彼の体にしたことを見せつけた。さすがのモリーもこれを見れば躊躇するだろう。「警告はしたからな」

「はいはい」先に立って外の通りに出ながらモリーはいった。そこで彼を振り返り、ちらりと視線を下に向けたあとでにっこりした。またしても、おもしろくてしかたがないというように。「怖くてちびっちゃいそう」

好きだよ《ラヴ・ャ》

いってしまった、電話を切る直前に。好きだよ

もしかしたらサヴァナは気づかなかったかもしれない。

いや、もしかしたら気づいたか、まいったな。

まあ、いまとなってはどうすることもできない。言葉が口から飛びだし、いった本人が一番びっくりした。おれは本当にあの女性に惚れているのか？　まだ何時間かしか知らないのに？　たったひと晩、ともにすごしただけで？

信じられないほどすばらしい一夜だった。

サヴァナがおれに〝なにか〟を感じているのはたしかだ。彼女は男ならだれかれかまわず寝るようなタイプじゃない。

そうだよな？

くそ、女性に関しては、前にもひどい思い違いをした経験がある。

二週間の休暇願いを手にパオレッティ少佐のオフィスに向かいながらも、ケンはサヴァナとの再会が待ち遠しいような、それでいて怖い気もした。

Lではじまる言葉を性急に使ったせいで、なにもかもをぶち壊してしまっていたらどうしよう。あれは本気だと受け取られて、あんな短時間で恋に落ちることもあると考えるような人間は情緒的にどこかおかしいのだと、サヴァナに思われてしまったとしたら？

実際、情緒的にどこか問題があったらどうすりゃいい……？

廊下の先にジョニー・ニルソンとサム・スタレットの姿が見えた。おおかたオムツ談義にでも花を咲かせているのだろう。ふたりの士官はケンの一番の親友で、どちらも既婚者で、どちらもごく最近父親になったばかりだったが、近ごろは死ぬほど退屈な連中だった。

なにしろいまじゃ、子供のウンチがどうとかということ以外に話題がないらしいのだ。

そんな話を何時間でもつづけていられるのだから呆れてしまう。

だが今日はそんな話はしたくない。

「なあ」ケンはジョニーの話をさえぎって声をかけた。「おまえたち、何度も連続で達するマルチ・オーガズムについてなにか知らないか？」

ジョニーとサムがそろってこちらに顔を向けた。サムの目は睡眠不足で充血していた。その顔にはショックと困惑の表情が浮かび——まるでオーガズムがどういうものだったか忘れてしまったかのようだった。

「女性のそれはどんな感じなんだろうと思ったんだ」ケンはもう少し具体的にいった。「二十分つづく完璧なビッグウェーブに乗る感じかな？　それとも小さいけど同じくらい完璧ないい波を連続で三、四回つかまえる感じだろうか？」

ジョニーが声をあげて笑った。「オーガズムをサーフィンにたとえたわけか。気に入ったよ、うん」

「三、四回？」サムがおうむ返しにいい、たったいま眠りから覚めたように血走った目に興味の色が戻った。彼は笑い声をあげた。「おいおい、ワイルドカード、おまえ二十分間に三、四回もいく女とやってるのかよ？」

スタレットの口から出ると、とんでもなく下卑た話に聞こえる。

「そんなこといってないだろう」ケンは強い調子で反論した。男たちがロッカールームでよくする、前の晩に釣った女についての自慢話がしたくて声をかけたわけじゃない。

「いわなくてもわかるって」またしてもサムは笑った。「ちくしょうめ。相手はだれだよ？」

まったく、話すわけがないだろうが。「いいか、スケベ野郎、おれはだれともやってなんかない」

「こりゃ失礼。おまえはオーガズムの世界女王と、うやうやしくも美しい愛の行為に励んでいるんだよな。その四回ってのは彼女にはふつうのことなのか、それともおまえは女についてなにか重要な発見をしたのか？　おれたち凡人には計り知れないなにかを」

「本人にきくべきじゃないかな」ジョニーがサムを完全に無視して忠告した。「女性のオーガズムは男性のそれとは違う。おれたち男は一度いったらそれで終わり、だろう？　だが女性の場合は、こちちがやりかたを心得ていれば、かなり長いことオーガズムを引き伸ばしてやれるんだ」そこで訳知り顔で微笑んだ。「もっとも、かならずしもそれをマルチ・オーガズムというとは思わないが」

ジョン・ニルソンが結婚してじきに二年になるが、彼と妻のメグはいまだにとんでもなく幸せそうで、ときどきおかしいんじゃないかと思いたくなる。ケンもサムもこの友人のために心から喜んでやりたいと思ってはいるのだが、たまにしんどくなることがあるのだ――なにしろケンはずっと独り身だったし、サムは元恋人のメアリ・ルー・モリスンが妊娠四カ月の姿であらわれたことで、愛のない〝できちゃった婚〟を強いられたからだ。

さらに厄介だったのは、サムが当時べつの女性に心底惚れていたということ。たぶんいまも変わらずに。

そしてケンは、サムがFBI捜査官のアリッサ・ロックに夢中だったことを知る数少ないひとりだった。当人たちは犬猿の仲だといっていたが、ケンは、メアリ・ルーが小さな爆弾を落としてサムの人生をこなごなに吹き飛ばす直前に、サムとロックが本気のキスをしているところを偶然見てしまったのだ。

「で、だれなんだよ?」サムがまたきいてきた。しつこいやつめ。

「たとえば、の話だよ」ケンはごまかした。

「こいつ、とんでもない嘘つきだぜ」サムはジョニーにいった。それからケンに向きなおった。「なんでそう隠すんだよ? まさか、アデルとよりを戻したんじゃないだろうな?」

「ばかいうな！」

「ならいいけどな。仮に彼女がきっかり六十秒ごとに達したとしても、あの女からは百マイルは離れていたほうがいいぞ」

「ちょっと情報が欲しかっただけだ。長いことアデルとしかつきあっていなかったし……」ケンはニルソンやスタレットとは違う。結婚する前、ジョニーはものすごく女性にモテた。そしてサムも女に不自由したことはなかった。ところがケンがこれまでにつきあった女性は全部で四人——サヴァナも含めて——で、しかも最初のひとりはハイスクール時代までさかのぼり、それもアデルよりさらに前のことで、実際には交際とも呼べないものだった。「だからおれの知らないルールみたいなものがあるんじゃないかと思ったんだ」

「ルール？」ジョニーがくりかえした。「というと……？」

「親密な関係になって三週間がすぎるまでは、動物のお面をかぶって空中ブランコをしながらセックスはしない」サムがいった。「おれが昔から堅く守っているルールだ——パーティのさなかに実家のキッチンで女の子とやらない、というのもね。以前そいつを破ったときは——恐ろしく面倒なことになったもんだ」

ケンはそれを無視した。「だから暗黙の了解みたいなやつだよ——かならず女性を先にいかせる、とか」

「ああ、くそ」サムがいった。「そうなのか？　だとすると、おれは今日までとんだ勘違いをしていたことになるな」

ケンはこれも無視した。「でも女性がすぐにいってしまったときはどうすりゃいいんだ？文字どおり、あっという間にだ。で、すぐにまた達して、そのまままつづけたらきっと三度目もあるとわかっていて、でもそのころにはこっちは頭が真っ白になっていて、なにしろ彼女は信じられないくらいホットで……」

　これがケンにとってこれほど重要な問題でなければ、ジョニーとサムの顔に浮かんだ表情はひどく滑稽だったろう。

「どうやら疑問のひとつは、いま答えが出たみたいだな」ケンは結局笑ってしまった。「女性の四人にひとりがそうだということはなさそう――」

「当たり前だ」サムがきっぱりいい切った。「四百人にひとりだ」

「おまえは未知の領域に足を踏み入れたんだ。前に進みながらルールをつくっていくしかないぞ、カーモディ」ジョニーがいった。

「ワイルドカードの異名をもつ通信員にそれをいうのは、かなり危険じゃないかな」

上級上等兵曹《シニア・チーフ》のウォルコノクと第十六チームの隊長トム・パオレッティが、パオレッティのオフィスから出てきた。「なにかおれが聞いておかなきゃいけないことはあるか？」

「いいや、シニア」ジョニーがいった。「カーモディに任せておけば大丈夫だ」

「おれのサインが必要な書類があるそうだが、上等兵曹？」隊長がケンにきいた。

「はい、サー」ケンが書類を渡すとパオレッティはペンをとりだし、うしろを向くようケンに手で合図して背中を机代わりにした。

「どうかしたのか？」ジョニーが尋ねた。

「二週間の休暇をとるんだ、中尉」パオレッティがサインを終えるとケンはいった。

「へえ、なるほどね」サムがいった。

「この男もやっと休暇をとる気になってね」シニア・チーフはケンに顔を向けた。「家に閉じこもってテレビばかり観てるんじゃないぞ。どこかよさそうなところへ出かけろ。これは命令だ、チーフ」

「心配いらないよ、シニア」サムがゆったりとした南部訛りでいった。それからケンに向かってニヤリとした。「たまたま知ったんだが、カーモディ上等兵曹は相当いい場所へ行っているようだから」


モリーは微笑んだ。ディナーのテーブルについてからというもの、ジョーンズはこの手の質問ばかりしている。ひどくぶしつけで、露骨な、個人的質問。

「歳はいくつだ？」

モリーはそのすべてに答えた。

セックスの体位でとくに好きなものはない――全部好きだから。

口紅をつけないのは、残っていた化粧品はすべて――本棚のうしろに落ちていたマニキュアひと瓶を除いて――仕事仲間の若い女性が着るウェディングドレスにつけるビーズと引き換えに隣村へあげてしまったから。

生まれはアイオワの小さな町で、母親はいまもそこに住んでいる。初体験は十五歳で――女の子たちのなかでもかなり早いほうだったけれど、後悔はしていない。相手の青年はその数カ月後に交通事故で死んだ。ええ、いまでも彼を愛してる。死んでしまった恋人を超えられる男性はそうはいないから。これだけ時間がたったいまでも。

「四十二よ」モリーはいまそういった。「あなたは？」

「三十三だ」

考えていたよりずっと若い。「きつい年齢ね」

「三十二歳ほどじゃない」

「そう？　イエスキリスト・コンプレックスはないわけ？」モリーはきいた。

ジョーンズが笑った。むさくるしい無精髭と、顔にかかる長すぎる髪と、こわもて風の態度と、シャワーを浴びる必要があるという事実にもかかわらず、笑うと表情が一変した。小さいころのジョーンズはきっとかなりかわいらしかったはずだわ。

「ああ、そうだな」彼は嘲るように笑った。「おれとキリストは――そっくりだからな。よくまちがえられるよ」

「ときどき――どういうわけか男性に多いのだけど――三十三歳になるとなにかよくないことが起きるんじゃないかと思うひとがいるの、イエスが死んだのがその歳だからよ。『自分はイエスの半分も立派な人間じゃないのだから、彼より長生きしていいはずがない』ってね」

「もしそれが事実なら、おれは七歳のときに雷に打たれていたはずだな」ジョーンズはまた笑い声をあげた。「いいや、イエスのことはあまり考えたことがない。関心がないもんでね」

「あなたは神を信じる？」

「いや」

モリーはうなずき、コーヒーをひと口飲んだ。即答だった。「なぜさよならもいわずにわたしのテントを出ていったの？」今度はこちらがぶしつけで個人的な質問をする番だ。

その質問にも、彼は躊躇しなかった。「おれはきみとやりたかった、だが看病してもらった礼にはふさわしくないように思えたんでね」

「そう」モリーはカップをテーブルにおいた。いわれたのがコーヒーを飲んでいるときじゃなくてよかった。長年、風変わりな土地で働き、意外なひとや予期せぬ状況に対処してきたおかげで、ジョーンズと同じくらいに淡々とした声を出すことができたが、実際には胸が高鳴っていた。

わかっていた。歳こそ離れているけれど、わたしが感じているこの磁力はけっして一方通行ではないと。バーでジョーンズがわたしに向けた好色そうな目つき、あれは単にかたちだけのもの——わたしを脅かして追い払うためにわざとしたこと。

でもいま彼が口にした言葉は、露骨なまでに率直な響きがあった。

「わからないわよ。もしかしたら最高のお礼になっていたかも」さりげないふうを装って、どうにか片眉をあげてみせる。「あなた、セックスはうまいの？」

これを聞いてジョーンズは笑った。露骨な物言いでわたしをぎょっとさせるつもりだったのだろうけど、まんまと御株を奪ってやったわ。一ポイント、リード。それを心に留めておくことにするわ」

「ああ。うまいよ」

「ふーん、今度あなたがインフルエンザにかかったときは、それはおたがいさまよ、ミスター・ジョーンズ」

ジョーンズが笑いながらかぶりを振った。「とんでもない嘘つきだな」

モリーはテーブルをはさんで彼をじっと見た。「それはおたがいさまよ、ミスター・ジョーンズ」

これまでに彼女がいったどんなことより、これが一番彼の気に障《さわ》ったようだった。「いいか、おれのことをそんなふうに呼ぶんじゃない」

「そりゃ、あなたがファーストネームを教えてくれれば、わたしだって――」

「ジョーンズだ」彼はいった。

「名前がジョーンズ・ジョーンズ？」苦り切った彼の表情を楽しみながらも、モリーは首を横に振った。「悪いけど信じられないわね。もしもミスター・ジョーンズ以外で呼んでほしいなら、ファーストネームを教えてくれないと。はっきりいって、ミスター・ジョーンズとしてしか知らないひととはセックスをする気にならない。だって変じゃない。『ミスター・ジョーンズ、もう一度そこにキスして……』なんて」モリーは笑った。「あら失礼、そんなことになる可能性はなかったわね」

ろうそくの明かりのなかでも彼の視線は揺るがなかった。「つまりおれがファーストネームを教えたら、きみはおれと――」

「ひと箱分の本をどうもありがとう」モリーは巧みに彼をさえぎった。「三日で全部読んでしまったわ。お礼の手紙を書いた――」

「礼状なら受け取った。話をちょっと戻していいか？」

モリーは身をのりだした。「いっそのこと、あなたがわたしのテントを出ていった日まで戻しましょうよ。あれだけひどい熱を出して。わたしのランニングシューズの上に嘔吐して。おなかを下してわたしのシーツを汚して。それだけのことがあったあとでようやくベッドから出て歩きまわれるようになったと思ったら、あなたはなにもいわずに出ていった」

ジョーンズはビールのボトルのラベルをはがすのに夢中になっているふりをした。店の照明がもっと明るかったら、彼が顔を赤くしているのが見えただろう。絶対だ。彼はわたしに体をきれいにしてもらったことを思いだすのがいやでたまらないのだ。わたしが看護師でないとわかったいまとなってはとくに。

彼はちらりと顔をあげたが、彼女と目を合わせることができなかった。「新しいシーツを送っただろう」

「とてもきれいなシーツだったわ、どうもありがとう。でもそんなことしてくれなくてもよかったのに。シーツは洗えばきれいになるもの。もしあなたが本当にわたしと、あなたの上品ないいかたをまねるなら、やりたかったのなら、わたしのまわりにいたほうが望みが叶う可能性が高まるとは思わなかったの？　でなきゃ夜に訪ねてくるとか？　話しながらときどきは〝プリーズ〟という言葉を使うとか？　たまには、そう、二、三日に一度は、わたしに笑いかけるとか？」

ジョーンズはビールのボトルをテーブルにおいた。「それはつまりおれがファーストネームを教えて、きみに会いにいって、上品に〝プリーズ〟といって、にっこり笑いかけたら……」顔を歪めて大きな作り笑いを浮かべた。

「ただし本気でよ」モリーは言葉を差し挟んだ。

「おれと寝るってことか」

「シャワーを浴びて、髭を剃るのも忘れないで」

「わかった。シャワーと髭だな」

「すごく大事よ」

ジョーンズが笑った。「完全におれをおちょくっているだろう？　笑いものにしているんだ」

モリーは肩をすくめた。「かもね。本当のところを聞きたい？」

彼はまた彼女の口に見入っていた。「もちろん」

「いまいったことを全部……」

「うん？」

「いまいったことを全部しないかぎり、わたしと寝るチャンスは絶対にないわね。わたしは古風な女なの。口説かれてからやるのが好きなの」モリーは椅子を引いて立ちあがった。「そろそろ失礼するわ。ここの教会にいる友人のところに泊まらせてもらっているの。車で迎えにくるといっていたし、もう外にいるかもしれない。あまり待たせたくはないから」

「今夜は、おれと一緒にいてくれ」ジョーンズはそういうと、椅子にふんぞり返ったまま目だけをあげて、モリーのことを生きたまま食べてしまいたいというような視線を投げてよこした。その声からは、からかうような調子が一切消えていた。欲望でかすれ、震えていた。

「頼む《プリーズ》」囁くようにいった。

モリーはやっとのことで笑みを浮かべた。「まあ大変」やはり小声でいい返す。「いまPではじまる言葉が聞こえた。ことによると男のひとも学べるのかもしれないわね」

これがべつのだれかだったら、モリーは彼にキスをしていただろう。でもジョーンズはあまりに魅力的で、思わず引き寄せられそうになる。これ以上近づいたら、自分がなにをしでかすかわからない。だから彼女はゆっくりとうしろに下がった。そして離れたところからキスを投げた。

「おやすみなさい、ミスター・ジョーンズ。ゆっくり休んで。それからジョアキンの命を救ってくれたこと、改めてお礼をいうわ」

ホテルの部屋のドアを開けたサヴァナはまるで別人のようで、ケンはその場に根が生えたようになった。

サヴァナは笑顔で彼を迎え、この腕のなかに飛び込んでくるものと思っていた。ドアを閉めるが早いか、その場で服を脱がせ合うところを想像していた。彼女を床に押し倒し、そして……。

「どうも」彼女がいった。

サヴァナは……美しかった。完璧だった。完璧すぎた。怖いくらいに。くるくるしていた毛先は一本の乱れもなく整えられている。あの途方もなく美しい目を際立たせる化粧をして、口紅もつけていた。キスなどしようもんなら、あの非の打ちどころのない化粧を台無しにしてしまう。

それに彼女の服ときたら……。

サヴァナは、見かけはあくまでも実用的だが、そのくせまったく実用にそぐわない類のハイヒールを履いていた。あれじゃ絶対に走れない――足首を捻挫するのがオチだ。ストッキングに包まれた脚はきらきらとした光沢を放ち、まるで細菌が入らないようにパッケージされているかのようだった。淡い色のビジネススーツ――スカートとジャケットに同じような色合いのブラウス――はぱりっとして、しわひとつない。

基地を出る前に手は洗ってきたが、あんな色のスーツにさわるには手の皮がむけるぐらいごしごしやらないとだめだ。

「どうも」ケンはまぬけな小心者みたいに（実際そうだったが）挨拶を返した。「その……すてきだよ」

明らかにおかしな空気が漂っている。というのも、サヴァナが見せた笑みは見知らぬひとのそれだったからだ。堅苦しくて、どことなく不安げで。「着慣れた服はやっぱり楽ね」

おいおい、彼女はこんなぞっとするような服を好きで着ているのか？　ケンはそうききたいのを歯を喰いしばって耐えた。どうやらそうらしい。

「まだ用意ができていなくて」サヴァナが告げた。

なんの用意だ？　会ってすぐにセックスになだれ込むものと頭から思い込んでいたから、彼女がなんの話をしているのかさっぱりわからなかった。

「そうか」ケンはへどもどしながらいった。「べつにかまわないよ」

ああくそ、サヴァナがドアを開けたときにぐいと引き寄せてキスするべきだった。彼女がバーバラ・ブッシュみたいな服を着ていたからってなんだってんだ。あのスーツの下には、あたたかくて、愉快で、聡明で、マルチ・オーガズムを感じることのできる女性がいる。あの服を脱がせて、髪の毛をめちゃくちゃに乱して、化粧を崩してしまえば、もっとユーザーフレンドリーなサヴァナに戻る――セクシーで、情熱的で、おれをくらくらさせるサヴァナに。二週間ずっと彼女に服なんか着させずに、そのあとでショッピングモールへ連れていってブルージーンズ一本とTシャツを何枚か買ってやろう。

なのに、おれはそのチャンスをこの手でふいにした。彼女にキスをするかわりにまぬけ面で突っ立っていたことで。おかげでふたりはいま〝奇妙な国〟にはまり込み、〝ふつうの国〟への出口はすべて塞がれたままだ。

「なかへお入りになって」サヴァナが礼儀正しくいった。まるで目の前にいるのが、ゆうべ彼女を五回も悦ばせた男ではないかのように。

ちくしょう、どうとでもなれ。ケンはサヴァナの腕をつかんで引き寄せ、キスを奪った。すると――ハレルヤ――彼の腕のなかでサヴァナがとろけた。熱く、やわらかで、激しく彼を求める。目を閉じてさえいれば、ゆうべのつづきだと思うことができた。

サヴァナが彼の腕から逃れようとしていることさえなければ。だが、ちくしょう、彼女を放したくない。

「やめて」サヴァナがいった。「ごめんなさい……ケニー、放して」

ケンは手を放したが、サヴァナは必要以上に彼から離れた。なんだよ、〝放して〟とあんなふうに声をあげられたのに、それでもまだ無理強いをするような男だと思うのか？

おれにも空気は読める。今日の彼女にはゆうべのつづきをはじめる気はない、と。最低だ、さらに悪いのはその理由がわからないことだ。これっぽっちも。わけがわからない。今朝彼女が電話をしてきてからいままでのあいだに、いったいなにがあったんだ？

そのときスーツケースが目に入った。大型のものが二個と、よくあるダイヤル錠つきの金属製のハードアタッシェケースがひとつ、荷造りを終えていつでも運びだせるようにドアの脇においてある。この町にはほんの数日しかいないといっていたのにスーツケースが二個？　ますますもってわからない。

「あなたに話さないといけないことがあるの」サヴァナがいった。顔が青ざめ、両手はそわそわと落ち着かない。

それを見てケンは合点がいった。彼女は夫のところに戻るつもりなのだ。あるいは尼僧院へ。あるいは火星へ。どこだろうと大差はない。

「ここを出るわけだ」平板な声で彼はいった。サヴァナはすっかりおれを手玉に取り、いまはどこだか知らないが元いた場所へ戻ろうとしている。

サヴァナはケンがスーツケースを見ていることに気づいた。「ああ」彼女はいった。「ええ、チェックアウトが十二時だから。でも空港に向かう時間まで荷物を預かってくれる場所が下にあるらしいわ」

おれがなにかまずいことをしたのか、ケンは彼女にききたかった。強引すぎたのか？ それともあの置き手紙、いや電話で話したときになにかへまをやらかしたのか？ 好きだよ《ラヴ・ャ》。ちくしょう、おれはなんておめでたいんだ。彼女はたぶん腹がよじれるほど笑っていたのだろう。

「どこへ行くんだ？」実際には、そうきいただけだった。胸はいまにも張り裂けそうなのに、こんなにも淡々とした声が出るとは驚きだ。彼女がどこへ行こうが大差はないとわが身にいいきかせていたにもかかわらず、こうも行先が気になることも。

彼女はぴたりと動きをとめて、ただ彼を見つめていた。ようやく「ゆうべ話したでしょう。インドネシアよ」

なんだって？ 今度はケンが彼女を見つめる番だった。話がこんがらがって理解不能だ。声がうわずった。「嘘だろう、あれは本気だったのか？」

「あなたは違ったの？」

話がどんどん妙なぐあいになっていく。彼女はおれにキスはされたくはないが、いまいましいインドネシアには一緒にきてほしいと思っている。ケンは〝タイム〟を要求したかった、でなければ〝やりなおし〟を。いますぐ部屋を出て、ドアの前に立つところからもう一度はじめるのだ。

「きみはおかしな夢を見たんだと思ってた。だから、その、本気だとは思わなかった」

「本気だったわ。いまもそう。ケニー、飛行機のチケットを二枚買ったの。今夜の九時四十五分のフライトよ」

「インドネシアまでの航空券をおれのぶんまで買ったって？」こんなにぎりぎりでチケットを押さえるとなると、料金はかなりのものになるはずだ。

サヴァナはうなずいた。「ジャカルタ行きよ」

ここは奇妙な国じゃない、不思議の国《ワンダーランド》だ。目の前にいるアリスはすっかりおとなになってしまったが、いまもあの幻覚きのこ《マジックマッシュルーム》を食べすぎているらしい。

どうにも話についていけないのは、たぶん睡眠不足のせいだ。ゆうべは全部合わせても三時間ほどしか寝ていない。ふだんならなんの問題もない。もっと少ない睡眠時間でもやっていける。しかし、それに加えて激しいセックスで体力を消耗し、感傷的で孤独で、それでもつねに望みを抱いている心まで酷使したとあれば……。

ケンはベッドに腰をおろした。「なんだってジャカルタなんかへ行きたいんだ？　いまあそこは情勢があまりいいとはいえない。三週間前、アメリカ領事館はインドネシアに関する渡航警告を更新した。安全に休暇を楽しめる場所とは思えないな、テロ行為と宗教抗争が国内に蔓延しているんだ。そうそう、海賊のことはいったかな？　船でどこかへ出かけようなんて考えないほうがいいぞ。ただし、あの国はどこもかしこも海と島だ。いまいましい船を使わなけりゃ、どこへも行けないけどね」

「ジャカルタへ行きたいわけじゃない」サヴァナはいった。「でも行かなきゃならないの」

「むこうにいるあいだ比較的安全でいたいなら、有名な麻薬密輸業者かテロリストのリーダーを見つけて、そいつにくっついているといい。アメリカのシークレットサービスに負けない警護がついているだろうから。なにしろ敵対する一味がそいつの命を狙って……」

「あなたがついてきてくれれば比較的安全だろうと思ったの。あなたがSEAL隊員だというのは知っていたし……」そこで彼女は目を閉じた。「ああ最低」

ケンは彼女をじっと見つめた。冷静沈着に。彼がSEAL隊員であることをサヴァナは知っている。だがいつから、いつから知っているんだ？　彼女の口調のなにかがケンを落ち着かない気分にさせたが、取り乱すまいと心に誓った。

「オーケイ」状況を理解しようとして、いった。「ちょっと整理させてくれ、サヴァナ、どうやらおれはなにかを見落としているらしい。まず初めに、なぜきみはジャカルタへ行かなきゃならないんだ？」

「こんなふうにあなたに打ち明けるつもりじゃなかった」サヴァナは明らかに動揺していた。

「ケニー、どうか悪く――」

ドアをノックする大きな音にサヴァナは飛びあがったが、すぐに冷静に戻った。完璧なまでに。見ていて怖いものがあった。

彼女は荷物カートを手にしたベルボーイにドアを開けると、なんの問題もないという顔で微笑み、落ち着き払った様子でにこやかに対応した。ベルボーイの少年が大きなスーツケース二個とたくさんのチップをもって部屋を出ていくと、彼女はドアを閉めた。

「ごめんなさい、話の途中で」ケンに向かっていった。

「上品ぶるのはいいかげんにやめて、質問に答えろ」待った、いまのはとても冷静沈着とはいえない。彼はふーっと息を吸った。「なぜジャカルタへ行かなきゃならないんだ?」

「叔父がそこにいるの。なにかのトラブルに巻き込まれたらしくて。数日前に電話があって、二十五万ドルの現金が必要になったといってきたのよ。今週末までに必要だと」

ケンは金属製のアタッシェケースに目をやった。

「ええ」彼女はいった。「そのなかに入っているわ」

嘘だろう。

ケンは笑いながら立ちあがった。とっととここから退散しないと。「いいだろう、サヴァナ。おれの完敗だ。ここできみがなにをしようとしていたのか、どんなマインドゲームをしていたのかは知らないが……とにかくきみの勝ちだ。文句なしに。妙ちきりんすぎておれにはとても――」

サヴァナはアタッシェケースを両手でもちあげてベッドまで運ぶと、ダイヤル錠を手早く合わせて開いた。

ぶったまげたことに、ケースのなかには百ドル札がぎっしりと詰まっていた。二十五万ドル分だ、賭けてもいい。

「こんな大金をどこで手に入れた？」ふたたびベッドに腰をおろしながらいったが、囁くような声にしかならなかった。

「銀行からおろしたの」

なるほど。

「つまりこういうことか。叔父さんがきみに電話をよこしてこういった、やあ、元気かい、じつは二十五万ドルほど入り用になったんで、銀行から引きだして飛行機でひとっ飛びしてくれないか？　きみの家族はかなり変わっているんだな」

「アレックス叔父さんとわたしは特別な関係なの」

ケンは目をつぶった。「その話は聞きたいかどうかわからない」

「やだ、ケニー、そんなんじゃないわ！　つまり、なんというか、アレックスはゲイなの、わかる？　わたしは十三歳のときにそのことに気づいた……なんとなくわかってしまったの。アレックスはわたしにきちんと話をしてくれたわ、自分がどういう人間なのか、ゲイであることは彼が住んでいる世界——わたしの両親やわたしが住んでいる世界ではなにを意味するのか。包み隠さず話してくれた。わたしはわたしのことをいつもおとなのように扱ってくれるアレックスが大好きだったけれど、このときの彼も例外じゃなかった。だからわたしはアレックスの秘密がほかの家族に——わたしの父や祖母に——知られないようにしたわ。信じられる、五十を過ぎてもまだクロゼットのなかに隠れているなんて？　でもそれがアレックスの選んだことだから、わたしはそれを尊重した。だから困ったことがあればわたしは彼に電話をするし、彼もわたしに電話してくる。おたがいを信頼しているからよ。特別な関係というのはそういうこと」

「それで、その話のどこにおれが入ってくるんだ、サヴァナ？」答えはすでにわかっている気がしたが——〝あなたがSEAL隊員だというのは知っていた〟——もしかしたら、それについてもきちんとした説明があるのかもしれない。「昨日おれたちが出会ったのは偶然じゃない、そうだな？」

サヴァナはアタッシェケースを閉じてロックすると、脇へどかしてベッドにどさりと腰をおろした。よくない兆候だ。

「おれの名前と住所はだれからきいた？」ケンは問い質した。

ちらりとケンと目を合わせたあと、サヴァナはようやく口を開いた。「アデルよ」

それは心臓に突き立てられたナイフだった。焼けつくような痛みに、ケンは身をよじって泣き叫びたかった。

できることなら、信じられないといった顔でサヴァナに笑い飛ばしてもらいたかった。「いやだ、誤解よ。わたしたちが出会ったのはまったくの偶然。人生最大の偶然ね。ジャカルタに行かなきゃいけないってときにあなたと出会って、それで……」といってほしかった。

「話したいことというのはそれだったの」彼女は静かに告げた。「それがあったから、あなたがきてくれたときにキスしたくなかった。もしもキスしてしまったら……その、話どころじゃなくなるのはわかっていたし、でもあなたには事実を洗いざらい話しておかなければと思った。そうすれば、ほら、ふたりで大笑いしたあとで先へ進めるでしょう」

大笑いする？ これが笑えるって？ 「そうだな」ケンは呆然としたままいった。「ほんと笑えるよ。きみがおれと寝たのは、インドネシアについてこさせるためだったなんて」

「いいえ、それは違う。わたしは――」

「アデルのことはどうして知った？」そんなことをきいてなんになる？ それでも知る必要があった。

「大学からの知り合いよ。寮の部屋が同じ階だったの。わたしたち、わたしとあなたということだけど、あなたが彼女を訪ねてきたときに何度か顔を合わせているのよ。たぶんあなたはおぼえていないと思うけど」

おぼえていなかった。あのころはアデルのことしか頭になかったから。

「きみもイェール大の学生だったわけだ」ちくしょう、こいつはくそがつくほど最低最悪の悪夢だ。アイヴィーリーグ出の、嘘つきの金持ち女がもうひとり。もっと早くに気づくべきだった。胃がむかついた。「で、アデルはきみになにを話したんだ？ どこに行けばおれが見つかるかってこと以外に、ということだが。おれをベッドに連れ込む方法でも教えたのか？ ちなみに、ゆうべのきみの話はなかなかだったよ。すっかり騙された。あれもアデルにいわれたことなのか？　誠実で純情そうにふるまえって？　ほかになにをいわれた？　おれをメロメロにする手管とか？」徐々に大声になっていったが、くそ、かまうもんか、おれはいま猛烈に腹を立てているんだ。「きみははたして下着をつけているだろうかと二時間ばかりおれを悶々とさせる、ってのも彼女のアイディアだったのか？　ちくしょう、気づくべきだったよ。どこにさわられるとおれが悦ぶかもアデルから教わったのか、サヴァナ？　答えろよ、くそったれ」

「いいえ。ケニー、そんなことじゃないのよ、誓って本当よ」

ケンは激怒し、傷ついていた。ちくしょう、こいつはキツイ。「彼女はきみにどんなくそ話をしたんだ？」

見あげたことに、サヴァナは縮みあがることも、わっと泣きだすことも、逃げることもしなかった。「アデルはあなたの電話番号と住所を教えて、あなたはいまも独りだといった。それだけよ。でもわたしは……たしかめたかった。タイヤがパンクしたときにわたしがしていたのはそれ。あなたの家に家族のいる形跡がないかどうかをたしかめていたの」

「もしも家族がいたらどうなんだ？　おれをこの部屋に連れてきて、たらしこむつもりだったのか？」

「わかってる。あなたがわたしに腹を立てているのはわかっているし、それも当然だと思う。パンクしたタイヤのことであなたが手を貸しにきてくれたときに、最初から名前を明かして、あなたを探しにきたのだというべきだった。謝ります」

「きみは助けが必要になると、いつもこういうことをするのか？」謝罪など受け入れてたまるか。悪気のないふりをしても、その手は二度と喰わない。少なくともこの現世では。「目的に合った男を探して、セックスを利用して思いどおりに操るわけか？」

「違う！」サヴァナの目はとても青かった。「わたし、ひとりでジャカルタに行くのが怖くて、そのときあなたのことを思いだしたの、あなたがSEAL隊員だってことを。それに……その……」彼女は実際にくちびるを噛んだ。うまい手だ。「昔からあなたが好きだったのよ、ケニー」

「その名前でおれを呼ぶな」ケニーはアデルがつけたニックネームだった。「ケンでもワイルドカードでもカーモディでも——とんちきでもかまわない。だがケニーと呼ぶのだけはやめてくれ」

「ごめんなさい。悪かったわ。でも信じて——あのセックスはあってはならないことだった。計画では、共通の友人から番号を教えてもらったといってあなたに電話をして——」

「なるほど、近ごろじゃおれとアデルは一番の友人だからな。くそっ」ああ、ケンは泣きたかった。しかしサヴァナの前で涙を見せるわけにはいかない。だから怒りをさらに掻き立てることにエネルギーを注いだ。傷を舐める時間なら、このあとたっぷりある。突然、二週間もの暇ができたのだから。

「計画では、あなたをディナーに誘うことになっていたの」サヴァナは説明しようと決意したようだった。いまさらなにをいっても手遅れだということがわからないらしい。「食事の席で叔父のことを話して、一緒にジャカルタへ行ってほしいと頼むつもりだった。それから、よくわからないけど、報酬は支払うというつもりだったのだと思う」

「たしかに報酬はもらったよな。世界最古の物々交換のかたちでね。ただし順番が逆だったな、ベイビー。おれと寝るのは、おれがきみの願いを叶えたあとじゃないと。褒美を与えるのが早すぎた」

「あなたと寝るつもりはなかった」

「へえ、そうか。ゆうべのあれ──あの三回は、不慮のできごとだったわけだ。なんとまあ。それとも──わかったぞ──エイリアンがきみの体を乗っ取っていた、そうだろ？」

「あれはまちがいだった」サヴァナの声は硬かった。「もちろんあなたと寝たのはわたしの意思よ。あなたと寝たいと思った。そして実際すばらしかった。でも最初からそのつもりでいたわけじゃない」

「そろそろ失礼するよ」ケンは立ちあがった。「そうだ、友人にコズモってやつがいる──そいつもSEAL隊員だ。きみみたいなアイヴィーリーグ出のお嬢さまタイプと寝るのが趣味みたいな男でね。やつなら何度かやらせてやれば、喜んでインドネシアまでついていくだろう。なんなら口を利いてやってもいいぞ。きみはとんでもない嘘つきだが、ベッドのなかでは最高だからな」

　サヴァナの顔から完全に血の気がひいた。

「ひどいわ」消え入るような声でいった。

「ひどいのはどっちだ？」ケンはいった。うしろ手にドアを叩きつけることだけはなんとかこらえた。

いつものように冷静くそったれ沈着に。

5

その夜ホテルの前でわたしを降ろすと、ハンク――ハインリヒ・フォン・ホッフ――は、明日また会えないだろうかといった。車で田園地帯をめぐって、お城《シュロース》の近くでピクニックをしませんか。

わたしは大学でのおぞましい昼食会のことを話した。

「そちらの方面には少々つてがある」彼はわたしにいった。「ちょっと電話をして、きみを自由の身にできるかどうかやってみましょう」

はたしてホテルの部屋に戻って十五分もしないうちにヘル・シュミットから電話があり、予定が変更になったと聞かされた。明日の午前九時、ホテルのロビーでハインリヒ・フォン・ホッフ皇太子のお越しをお待ちするように。時間厳守のこと。

翌日はすばらしいお天気だった。ハンクはお抱え運転手とロールスロイスを家においてきた。わたしたちはスポーツカーで郊外へ向かった、車のトランクにピクニックバスケットを積んで。

風景は目が覚めるほどに美しく、案内役は非の打ちどころのない紳士だった——感じがよくてウィットに富み、礼儀正しく親切だった。時と場所が違えば、まちがいなく恋に落ちていたと思う。

一日じゅう、ありとあらゆる話をした。差し迫った戦争の脅威のこと、アメリカの孤立主義政策のこと、女性の権利、ブルックリン・ドジャーズ、〈グラマン〉でのわたしの仕事と大学での勉強について。ハンクはわたしに関することはなんでも知りたがった。そしてそのお返しにウィーンでの子供時代のこと、第一次大戦の記憶と戦争が母国に及ぼした影響についてくわしく話してくれた。

おたがいのことを知れば知るほど、わたしたちは惹かれ合っていった。ハンクはわたしの率直なところが気に入った。わたしは彼の母国を想う気持ちと礼儀正しさに好感をもった。そしてどちらも相手を笑わせることが好きだった。

「きみの将来の計画を聞かせてください」ハンクはピクニック・ブランケットに横になり、片肘をついて頭を支えていた。

わたしは両肘をついて上体をそらし、空に浮かぶ雲のかたちを眺めていた。午後が暮れていく。そろそろ帰る時間だった。

「大学を卒業したら〈グラマン〉で働くのかい？」彼はきいた。

「たぶん……」

「おや。あまり、胸が躍る、という感じではないね」

「そうなの」わたしは体を起こした。「わたしが本当にしたいのはなにか聞きたい？」

「ぜひ」

「世界じゅうを旅して、女性のための旅の手引き書をつくりたいの」わたしはハンクにちらりと目をやった。彼が笑い飛ばさなかったので、先をつづけた。「いま手に入る旅行案内はどれも男のひとのためのものか、男性の同伴者がいる女性のためのものなの。ニューヨークを発つ前、わたしはドイツのなかで自分ひとりで行っていい場所といけない場所を知りたいと思った――女性がひとりで出かけても安全な場所ということよ。でもそういった情報はどこにもなかったわ」

「では、旅行が好きなんですね」

「冒険がね」わたしは認めた。「ええ、好きよ。有名な女性冒険家になったわたしを想像できる？　いつも男物のズボンを穿いて、葉巻をくわえているの」

「そして頭にはヘルメット帽」ハンクがいった。

「イブニングバッグのなかには装塡済みのピストル」

「ペットは大蛇」

「名前はハンクにするわ」わたしは宣言した。「あなたにちなんで」

「光栄ですよ」と彼はいった。「しかし少々紛らわしいかもしれませんね――ハンクがふたりというのは。というのも、ぼくもきみの随行団に加わるつもりだから。きみの魅力に溺れて、どこまでもきみのあとをついていき、きみのグラスにマティーニのお代わりを注ぐ大役を仰せつかりたいと躍起になっている男たちのひとりとして」

「グラスじゃなく水筒よ」わたしは彼の誤りを正した。「それでもサハラ砂漠にいるときなら喜んでお代わりを受け取って、あなたのくちびるに感謝のキスを授けるわ」

「そうなったら、ぼくはきっと歓喜のあまり目が眩むな」声は笑っていたものの目が急に真剣な色を帯びたので、わたしは話題を変える必要を感じた。

「あなたはどうなの？　あなたの将来は。というより、あなたがふだんどんな仕事をしているのかも、まだはっきりとは聞かせてもらっていない気がするけれど」

「仕事？」ハンクがきいた。「王子は仕事などしませんよ。王子らしくただごろごろしているだけです。たまには動物園に出かけることもあるけど。でなければ、きれいなアメリカ人のお嬢さんをピクニックに誘ったり」

「併合の前はなにをしていたの？」わたしは食い下がった。「ドイツがオーストリアを併合する前は王子でいることは許されなかったといったでしょう」

「王子と呼ばれることが許されなかったんです」彼はわたしにいった。「ともかく公然とは」

「茶化さないで、ハンク。いつもなにをして過ごしているの？」

「家族がぶどう園を少しばかり所有しています」彼はようやく認めた。「それにぼくはオーストリア政府の一員でもある。いまだにね……だがまさにお笑い種《ぐさ》なんだ、ローズ。ひとつの問題について何週間も議論を交わすことはできても、結局はヒトラーにいわれたとおりにするしかないのだから」

「つらいでしょうね」

彼は肩をすくめた。無理に笑顔をつくる。「生きていればつらいことはたくさんある。オーストリアは併合された、そういうことが起きたときには、ひとは為すべきことを為すまでです」彼はそこで黙り込んだが、次に出てきた言葉は驚くべきものだった。「ここへきてぼくにキスしてくれないか。そうすればどんなつらさにも耐えられる」

からかっているのではなかった。ハンクはこれ以上ないほど真剣だった。

彼は体を起こした。「キスしてもいいかい、ローズ？　そうしたくてたまらないんだ」

どうしたらいいのか、なにをいえばいいのかわからなかった。だから頭に浮かんだままを口にした。「明後日には、わたしはアメリカに戻るのよ」

「それなら早くぼくにキスしたほうがいい――時間がなくなってしまうよ」

「ハンク、キスは……したくない」真っ赤な嘘だった。わたしも死ぬほど彼にキスしたかったけれど、わかっていたのだ、もしもそうしてしまったら……「あなたを好きになりたくない」

彼に恋したりしたらどうなると思うの？　ニューヨークで大西洋のあちら側に住むオーストリアの王子を恋焦がれる。いいえ、遠慮するわ。

「きみはもうぼくに恋してると思う」そういう彼の声は自信に満ちあふれ、これがほかの男性だったら傲慢なうぬぼれ屋だと思うところだ。「どちらにとっても、もう手遅れだ。明日また会えますか？」

わたしは首を横に振った。昼間はずっとドイツ文学の講義で埋まっていた。夜は公式のレセプションがある。「残念だけど」

「それなら今夜会ってもらえませんか？」

「ハンク」

彼の心は決まっていた。わたしに選択の余地はなかった。「いまのは『いいわ、ハンク』という意味だと思うことにします。夕食をご一緒しましょう。今夜はきみを――」

「ゆうべ行ったみたいな店へ連れていって」せめてそれぐらいはこちらの意見を通そうとして、いった。

彼が両方の眉をあげた。「ビヤホール？」

「ええ」

ハンクの顔がほころんだ。「きみともっと早く会いたかった――きみがドイツに着いた初日に。そうすればまる一週間、クナックヴルスト（フランクフルトより短く太い香辛料のきいたソーセージ）とザウワークラウトをいやというほど食べられたのに」

その笑みを見て、わたしは守りの壁を厚くした。「夕食をつきあうとはいったけど、あなたにキスすることを承知したわけじゃないから。そんなふうに満足げな顔をするのはよして」

「なるほど、しかしこちらもきみの気持ちを変えさせる努力をしないとはいっていませんよ」

「わたしの決心は変わらないわ」

けれど、もちろんわたしの決心は崩れた。わたしは十八歳だったし、彼は魅力的でハンサムで、それにどこまでも決意に満ちていたから。

ハンクが生バンドの入ったビヤホールを見つけたので、わたしたちは当然のように踊った。笑い声と音楽に包まれていると未来への不安はどこかへ消え去り、現在だけが残った。いまこの時だけ。体にまわされた彼の腕が信じられないほど心地いい。彼の目はとても美しかった。

そのとき彼が「キスしてもいいかい、ローズ?」と囁き、わたしも囁くように「ええ」と答えた。

人前だったから、くちびるを軽くかすめるようなキスをされるものと思っていた。ところがハンクがしたキスは本物のキスだった。びっくりした。わたしたちはダンスフロアにいて、まわりにはひとがたくさんいた。それでもわたしは拒むことができなかった。もっとしてほしかった。

キスならそれまでにも何度もしたことがあったけれど、あんなキスは初めてだった。

「ああ《マイン・ゴット》」彼が吐息を洩らし、くちびるを離してわたしのおでこにおでこをくっつけた。

彼の息は荒く、白状するとわたしもそうだった。

わたしは思い切ってあたりに目をやった。そしてこれ以上ないほど驚いた。わたしの人生は、わたしの全世界は、たったいまひっくり返ってしまった。それなのにだれひとりそのことに気づいていない。まわりはだれもわたしたちにこれっぽっちも注意を払ってはいなかった。

「ここを出よう」彼がいった。「いますぐ」

「でも……」時刻は零時をまわったばかりだった。ダンスと音楽は明け方近くまでつづくといっていたのに。

「きみをホテルに送り届けないと」そういうと、ハンクはわたしを引きずるようにしてひとごみをかき分け、車を停めてある通りに出た。

ほとんど放るようにしてわたしを車に乗せると、タイヤを軋ませて通りに飛びだした。ハンクはひと言も口をきかなかった、ただ前方に目を据えて車を走らせた——両手をハンドルにおいて。

わたしはなにが起きたのかわからず、なにをいえばいいかもわからなかった。それでもホテル近くの見覚えのある建物が目につきはじめると、黙っていられなくなった。「わたし、なにかいけないことをした？」

「ああ」硬い口調で彼はいった。「ぼくたちふたりがね。きみのいうとおりだった。きみにキスしてはいけなかったんだ。一度のキスで満足できるわけがないんだから。それに、もう一度きみのくちびるを奪わずにいる自信も、ぼくにはない……」

そして、車はホテルに着いた。ハンクはギアをニュートラルに入れ、ついにわたしに顔を向けた。「きみはまるでぼくだけのためにつくられたかのようだ」囁くようにいった。「きみのすべてが……」彼は大きく息を吸った。「ローズ、正気の沙汰じゃないのは百も承知だが……ぼくは怖いくらいにきみに恋してる」

わたしは口がきけなかった。

「手紙を書いてもいいですか？」彼はきいた。

わたしはうなずいた。

「もしかしたら、そう悲観したものでもないかもしれない。ぼくがいつニューヨークに行かないともかぎらないし。先のことはだれにもわからない。もしかしたらきみのほうがまたすぐにドイツに戻ってくるかもしれない」

「それはないと思う」わたしはなんとか言葉をしぼりだした。「ええ、たしかに先のことはだれにもわからない。だけど……ハンク、わたしがいまここにいられるのは、ひとえにドイツ系アメリカ人会が旅費を出してくれたおかげなの。そんな大金、自分ではとても——」

「今後も大学でいい成績を収めつづければ、あるいはまたベルリンへの旅行を贈られるかもしれない。もしかしたらこちらの大学の奨学金を受けられるかもしれない」ハンクのまなざしは怖いくらいに熱かった。

奨学金なら受けられる。それはもう保証済みだった。でもそれにはまずナチスのスパイにならないといけない。それはできない相談だった。たとえハンクのそばにいるためだとしても。やさしくて、すてきな、愛しいハンク。彼がこのわたしを愛してくれている！　わたしは骨の髄までアメリカ人だったが、ハンクがまた口づけをしてきたときは危うく国を裏切ることを考えそうになった。

「この世界がこれほどまでに込み入っていなければ」ハンクは囁いた。「ぼくはこの車からきみを降ろさない。このままふたりで逃げるんだ。はるか彼方の……香港まで」

わたしは声をあげて笑った。でないと泣いてしまいそうだった。「香港？」

「そうだ」ハンクはまたも熱い口づけをした。「むこうで結婚して、極東の国々を探検して、男女それぞれに向けた旅行案内を書こう」

「結婚？」王子という立場のなによりうんざりする点のひとつは、王女と結婚するものと一族から思われていることだとハンクはいっていた。でなければ、せめてオーストリア貴族の娘と。

「きみはズボンを穿いた女性として有名になり、ぼくはズボンを穿くアメリカ人女性と結婚するために王位と財産を捨てた男として知られるようになるかもしれない」

「もしわたしが承諾したら？　そのときはどうするつもり？」

「あと数年待ってほしいと頼む」ハンクはいいながら、わたしの両手の指先にキスをした。「ぼくを待っていてほしい、わが国オーストリアがぼくをいまほど必要としなくなるときまで待っていてほしいと」

彼にまたくちびるを塞がれると、待つのはいや、ということしか考えられなくなった。わたしはどうしようもなく子供だった。キスはそれなりに経験していたし、なかにはブラウスのなかにぎこちなく手を伸ばしてくる男の子もいたけれど、せいぜいそこまでだった。処女を捧げるのは結婚まで待つべきだというのはわかっていたが、いまは次にハンクに会うのは何年も先になるかもしれないということしか頭になかった。本来ならそれが彼と親密になることへの強力な枷になるはずだった。でもだめだった、そうするにはわたしはハンクを愛しすぎていた。そしてハンクもわたしを愛しているといった。結婚を口にするほどに。もちろんわたしは彼の言葉を信じた。ほんの十八歳だったわたしは。

「そろそろ部屋に戻ったほうがいい」ついにハンクが囁き声で告げた。

一緒にきて。口に出すだけの度胸はとてもなかったけれど、本当はそういいたかった。だからわたしは助手席に座ったまま、ただ彼を見つめた。

ハンクはわたしの考えていることがわかっていたと思う。彼はじっと息を詰めていた、部屋まで一緒にきてほしいとわたしがいいだすのを待つように。祈るように。その反面、わたしが実際にその言葉を口にするのを恐れてもいたとも思う。

けれども、わたしにはいえなかった。ついに彼は車を降り、わたしのためにドアを開けた。

「さよならはいわないよ」ハンクは静かに告げた。「きみが発つ前に、かならずもう一度会うつもりだ。たとえ今日から二日間、きみを見送るために夜明けに駅のホームに立たなくてはいけないとしても」

それでも、わたしはまだためらっていた。「ハンク――」

マックス・バガットにはドアを開けながらノックをする癖があった。ひどく気に障る癖だったが、マックスは上司というだけでなく捜査の天才でもあったから、アリッサは彼を部屋から追いだしてノックをやりなおさせることはしなかった。

とはいえ、注意のすべてを彼に向けることもしなかった――とにかくローズがプリンス・チャーミングと一夜をともにするつもりでいるのかどうかを知るまでは。

〝それでも、わたしはまだためらっていた。「ハンク――」

彼はつづきを待った。

「おやすみなさい」そういうとわたしはホテルのなかに入った。

ひとりで〟

ばかな娘《こ》。これほどの愛と情熱は、人生でそう何度も経験できるものではないことをアリッサは知っていた。そんな相手に運よくめぐり逢えたなら、しっかりつかまえるべきなのだ――手遅れになる前に。

アリッサはページに印をつけて本を閉じ、デスクの上においた。

マックスはすでに話をはじめていた。「……ジョージ・フォークナーを紹介する。彼にはきみとジュールズと組んでもらうことにした。きみたち三人にはこれからの数日、必要なら数週間、ローズ・フォン・ホッフの機嫌を取り結ぶことに力のかぎりを尽くしてもらうことになる」

マックスは新入り捜査官を彼女のオフィスに連れてきていた。ジュールズのいったとおりだ。ジョージ・フォークナーは雑誌『GQ』から抜けだしてきたようだった。

アリッサはデスクの奥から出てフォークナーと握手をした。「いいスーツね」

「どうも。みなさんと一緒に仕事をするのが楽しみですよ」

そうでしょうとも。マックス・バガットの下で働くためなら、たいていの捜査官は命さえ差しだす。たとえこれが一時的な任務であっても、任務終了後にはジョージの経歴のトップを飾ることになるだろう。

「ローズの息子の誘拐が事実であることは確認されたんですか？」アリッサはマックスに尋ねた。

「まだだ」

ジョージも気の毒に。これでもしアレックス・フォン・ホッフが単にドラッグか売春婦に溺れていて、赤面しながらおずおずと姿をあらわしでもしたら、ジョージがマックスのチームとする〝仕事〟は、吉報をローズに知らせることぐらいだ。

「わたしはいまもアレックスがひょっこり姿を見せてくれるものと信じています。すべては勘違いだった、となってくれることを。アレックスは……なんというか、自由な精神のもちぬしなので、その可能性も大いにある」

「そうしたらあなたは……?」

「フィラデルフィアに戻りますよ」ジョージはそういうと笑みを浮かべた。「喜び勇んでね」

ジョージは最高に嘘がうまいか、でなければまったく裏表がないかだ。どちらもあまりうれしくない。悪魔と、少女ポリアンナの正直者の兄。どちらのほうが始末が悪いかアリッサにはわからなかった。

アリッサのインターコムが音をたてた。「マックスはそちらにいらっしゃいますか?」スピーカーからラロンダのひび割れた声が響いた。

アリッサはインターコムのボタンを押した。「ええ、いるわよ」

「お待ちになっていたお電話です、サー」

「失礼する」マックスは急ぎ足で自分のオフィスに戻っていった。

そして、アリッサと新入りだけが残った。

「ジュールズには会った?」彼女はきいた。

「あー、ええ、会いました」

「なにか質問は?」

ジョージはそれについて考えた。「ひとつだけ……あなたとジュールズはコーヒーを飲みますか?」

「わたしがいったのは……」アリッサはかぶりを振った。「気にしないで」

「あなたがなにをいおうとしたかはわかります」ジョージはさらりといった。「ですが、それについての質問はひとつも思いつかない、わたしには関係のないことですから。それよりわたしは〈スターバックス〉中毒なので、日に二、三度はコーヒーを買いにいくことにしているんです。だからあなたがたがコーヒーを飲むなら、ついでに買ってきますよ。わたしの好みはレギュラーとデカフェのハーフ・アンド・ハーフをブラックで、サイズはできるだけ大きく、熱ければ熱いほどいい。万が一、わたしに奢りたくなったときのために」ジョージは笑顔のまま戸口へ向かった。「お邪魔しました、仕事に戻ってください」

「わたしたち、うまくやっていけそうね」ジョージがうしろ手にドアを閉めかけたところでアリッサはいった。

ジョージが戸口から頭だけのぞかせた。「ええ、わたしを見送るときには涙なしではいられないでしょうね、きっと」

「わたしは泣かないの」

「それでコーヒーの好みは？」ジョージはきいた。

「ハイオクタンガソリンみたいに濃いやつをブラックで。もっとも午後にコーヒーを飲みすぎると、夜眠れなくなるんだけど」

「午後何時がリミットですか？　いまならどうです？」

「ここでのあなたの仕事はわたしにコーヒーを買うことじゃないわよ、ジョージ」

「目下のわたしの仕事は、まわりにいるすべてのひとをできるだけ満足させることですよ」彼はそう迎え撃った。「すぐに買ってきます」

「ジョージ」

彼は戻ってきた。

「レギュラーをデカフェで割ると——夜、少しは寝つきがよくなる?」

ジョージはしばらく考えをめぐらせた。「いいえ」

「やっぱり。だろうと思った」


電話をとりあげてケンの番号を押すと、サヴァナの心臓は喉元までせりあがった。このいいまわしは大げさだと前から思っていたけれど、わたしの心臓はいままさにそこにある。気管を見事に塞いでいる。

ケンが電話に出たらなんといおう、この二時間そのことばかり考えていた。ところが、電話に出たのはケンではなかった。留守番電話が応答し、サヴァナは頭が真っ白になった。

「カーモディです」録音された彼の声が聞こえた。「メッセージをどうぞ」

「ケニー——じゃなくて、ケン、わたしよ。サヴァナ。ほら、悪魔の化身の?」ああもう、最低。まるでケンのことを笑っているみたいな言い種じゃないの——これじゃ彼をますます怒らせてしまう。

サヴァナは咳払いをした。「心から後悔していることを伝えたくて電話をしたの。全部わたしがいけないの、最初から正直に話さなかったから。ただ……そこにあなたがいて、わたしがいて、あなたはわたしのことを気に入っているみたいだったし……ストーカーかなにかみたいにあなたのことを追いまわしていると思われるのが怖かったの。どう説明すればいいかわからなかった。ほら、〝もつれもつれて蜘蛛の糸〟という表現があるでしょう？　本当にそのとおりね。どんどんこんがらがって。食事のあとに話すつもりでいたのよ、嘘じゃないわ、ただあのあと急にわたしたち……あなたが……あんなふうになって……」

サヴァナは目をつぶった。「すばらしかったわ、ケン。とてもしっくりする感じがした」

声が震えないようにしなくては。ケンの前で泣くわけにはいかない。電話だから彼には顔が見えないとしても。「ただ知ってほしかったの、あなたがあんなことをいった理由はわかるって。あれはあなたの誤解だし、ものすごく傷ついたけど、わたしがあなたを傷つけたことも認める、だからあなたの気持ちは理解できるし、許すつもりよ。

もう一度いうけど、サンディエゴへきた理由を正直に話さなくて本当に悪かったわ。でもあなたと寝たことは悪いと思っていない。これまでの人生で最高の——極上の——夜については謝るつもりはないから」声がわなないた。どうやっても震えをとめることはできなかった。

「数日後にまた電話します。ジャカルタからサンディエゴ経由で戻る予定だから。お願いだからわたしを許す努力をしてみて。どうしてもあなたとまた会いたいのよ」

許す。

許すだって、彼女がこのおれを。

ケンはプッシュボタンを押してメッセージを再生した。〝ケニー〟——その呼び名はやめろといったはずだぞ。もちろん彼女はすぐにまちがいに気づいた。そして〝ケン〟といいなおした。

サヴァナの伝言を二度も聞くのは傷口に塩を塗ることだとわかってはいたが、電話を切ることができなかった。

〝とてもしっくりする感じがした……〟

ああ、ゴミみたいなセックスであれほど感じるなんて驚きだったよ。実際、人生最大のジョークのひとつだ。

〝これまでの人生で最高の――極上の――夜についてはは謝るつもりはないから〟

惜しいな、サヴァナ。なかなかよかったよ、声を震わせるところなんかとくに。だがその手は喰わない。おれはインドネシアに行くつもりはない。今回のことは自力でなんとかするんだな。

金の詰まったアタッシェケースを叔父に届けることがどれだけ大変だというんだ？　実の姪に危険な橋を渡らせるような人間がいるわけない。たぶん彼のオフィスかホテルのロビーで金を渡して終わりだ。

そうしたらサヴァナはまわれ右をしてアメリカに戻る。そしてケンの留守番電話に新たなメッセージを残す――戻ったら連絡するといっていたから。もちろん折り返し電話をするつもりはないが――そこまでばかじゃない――少なくとも彼女が無事に戻ったことはわかる。

ケンは電話を切ってテレビのスイッチを入れると、ソファに身を投げだしてクリーニング済みの洗濯物の包みに足をのせた。ケーブルテレビのチャンネルを次々に替えたが、見たいものはひとつもなかった。天気予報専門チャンネルで手がとまった。ちょうど旅行者向けの気象情報コーナーで、南太平洋の天気を二十秒でざっと解説しているところだった。

天気図は、この季節の典型ともいえるものだった。大型の熱帯性低気圧は発生していない。気象キャスターがアメリカ北東部の天気予報に移ると、ケンはテレビを消してコンピュータに向かった。五秒後には、アメリカ領事館のウェブサイトでインドネシアに渡航するアメリカ人のための最新の現地情報と旅行警告に目を通していた。

変化は見られなかった。このところのインドネシアはアメリカ人旅行者にとって世界一安全な場所とはいえないものの、アルジェリアやカズベキスタンほど物騒な場所でもなかった。

ケン自身、この数年で何度か彼《か》の地に赴いたが、危険な目にはまったく遭わなかった。

もちろん、おれは五フィート四インチのおとぎ話のお姫さまみたいなブロンド女性ではないが。まったく、あのサヴァナにくらべたら、おでこに〝どうぞ襲ってください〟と刺青を入れておくほうがまだ危なくない。

だからって、彼女についていく気はないぞ。機内で何時間も一緒にすごすなんてとんでもない。たとえ一秒だろうと彼女のそばにはいたくない、いやでも自分のまぬけぶりを思いだしてしまうから。

インドネシアなんかに行くもんか。絶対に。

ケンはキャスターつきの椅子をうしろに押してコンピュータから離れると、ごろごろと部屋を横切ってラップトップ型ワークステーションの前に移動した。

　このコンピュータには、ケンの傑作ともいえるプログラムの試作モデルが入っている。地球の軌道上に散らばる携帯電話用の衛星を利用した追跡システムのソフトとハードの両方を開発したのだ。

　ケンは今朝、潜水訓練を終えて岸にあがりながらコンピュータおたくの究極の夢を見ていた。サヴァナをここにつれてきて、この追跡システムを見せることを想像したのだ。しくみを説明し、小型の追跡装置を見せる。追跡装置はボールベアリング大の球形で、表面がイガのように尖っているので対象者に気づかれずに服にくっつけることができる――ハイテク版〝ひっつき虫〟というわけだ。

　ソフトは速くて使いやすく、機械オンチでも扱えた。

　ジェームズ・ボンドの秘密兵器ばりにイカしたシステムだ。

　とにかくケンはそう思っていた。

　そして〈テレ《T》・キネティクス《K》株式会社〉も同じ意見だった。ひと月前、彼らはこのシステムに七桁の金額を提示してきた――ただし百パーセントの買収契約だ。その契約書にサインすればケンの秘蔵っ子は完全にＴＫのものになる。ケンも含めて。ＳＥＡＬ第十六チームでの現在の任期の終了後、そのまま二年間ＴＫの研究開発室に入ることが契約の絶対条件だったからだ。そうすれば、一年につき、さらに二十五万ドルを支払うという。

　その昔、高校の理科の教師から、おまえはせいぜい「ご一緒にポテトはいかがですか？」というアルバイト店員どまりだといわれた劣等生にしては悪い話じゃない。

だからって、TKの申し出を受けるつもりでいるわけじゃない。それどころか、前に一度断っているのだが、先方がしつこく連絡してくるのだ。まだSEAL隊を辞めるつもりはないと、はっきりいってあった。研究室で働く時間なら、年をとって技術兵として通用しなくなったあとでもたっぷりある。いまのところは飛行機から飛びだしたり、なにかを吹き飛ばしたりするのを思う存分楽しみたかった。

それでもこのシステムを自分でつくりあげたこと、アイディアをかたちにしたら莫大な値がついたことは誇らしかった。

もっとも、サヴァナがこれを見て内心どう思ったかはわからない。たぶん「まあ」とか「わあ」とかそれらしい声をあげてケンの自尊心を満足させてはくれただろうが。

いや、自尊心以外も満足させてくれたはずだ。この椅子の上でケンの膝に座って……。

くそったれ。

ホテルの部屋から立ち去ったのは正しいことだったんだ。わかっているはずだぞ。こんなふうに自分を苦しめてなんになる？

ケンは追跡システムのソフトを起動させると、抽斗から追跡装置をひとつ出して、スイッチをオンにしてシャツのポケットに滑り込ませた。

べつにどこかへ出かけるわけじゃない。とくに意味はないんだ。そもそもこいつがインドネシアで使えるかどうかもわからない。なにしろまわりは海ばかりだし……。

やっぱり、どこかへ出かけるべきかもしれない。ハワイにでも行って、二週間サーフィン三昧の日々をすごすとか。

南へ向かう軍用機のフライトスケジュールを確認しようと、ふたたび椅子を転がしてインターネット用コンピュータの前に戻った。ところが気がつくと民間航空会社のサイトで、二一四五時発のジャカルタ行きはどの会社の便か調べていた。

こうしておけばなにかあったときにそれとわかるからな、自分にそういいきかせた。たとえばサヴァナの乗った飛行機が墜落するとか。そうさ、情報が欲しいのはそのためだ。くだらないまねをするつもりはこれっぽっちもない、空港へ出向いてアデルの友達とジャカルタ行きの飛行機に乗るとか。

まさか。おれはそこまでとんまじゃない。

ケンはパスポートを探しに寝室へ入っていった。

パルワティ空港でジョーンズは簡単に見つかった。

彼は離陸に備えてチェックリストを確認しているところだった。

「教会に残してくれた伝言を聞いたわ」挨拶がわりにモリーはいった。「わざわざ電話をくれて本当にありがとう」

「例の部品が届いた」ジョーンズはいった。「しかもちゃんと使えた。それで離陸の準備ができるまでにきみが間に合えば乗せていってやってもいいと思ってね」

見たところジョーンズはホテルでシャワーを使ったようだったが、モリーと同じで身につけるものは昨日と同じ汚れた服しかなかったらしい。剃刀は手に入らなかったらしく、しかも飛行機の修理をしているあいだに新たについた油で顔は汚れていた。

「空港のロビーで聞いた話だと、準備は四時間ほど前からできているってことだったけど」

くそ。ジョーンズは言葉に詰まり、怖い顔でモリーをにらみつけた。「だから、なんだ?」

「だから、ありがとう」彼女はいった。「わたしを待っていてくれて」

怖い顔が苦い表情に変わる。「さっさと乗れ」

モリーがセスナに乗り込むと、ジョーンズは彼女が扉を閉めてシートベルトを締めるのも待たずに、滑走路に向かってタキシングをはじめた。

セスナの無線機は壊れたままだったので、管制塔は——あの代物を管制塔と呼べればだが——旗を使って離陸の指示を出した。

機体が地上を離れるまで、モリーはなんとか口を慎んだ。もう少しで帰り着くというときまで。「今回のことは本当に感謝しているのよ」ついに彼女はいった。「あなたのおかげで人生の貴重な八日間を取り戻せたんだから」

ラバで山を越えて村まで戻ることになっても文句はいうまいと思ってはいたが、あの悪夢のようなキャンプ生活に耐えなくてすんだのは大いにありがたかった。五日間に及ぶ旅の一行が町を発つのは三日後だということはいうまでもなく。

「どれぐらい?」ジョーンズがきいた。

「えっ？」

「どれぐらい感謝してる？」

モリーは笑い声をあげ、ぐるりと目をまわした。「またその話なの？」

「そのなんだ、きみが感謝のほどを示してくれるんなら、町に用事のあるときはいつでもこいつに乗せてやってもいい」

ジョーンズがなにをいいたいのかはお見通しだったが、彼がどこまで低俗な男に成り下がるつもりか見てみたかった。

「片道、それとも往復かしら？」モリーは尋ねた。

「片道だ」

「やっぱりね」モリーはいった。

「乗せるのはきみじゃなくてもいい」ジョーンズは寛大なところを見せた。「たとえばまたどこかの子供が病気になったとする。で、その子と母親を病院へ運ばないとならない。おれが運んでやる」

モリーはうなずいた。「じゃわたしがお礼を……四回したら、親子ふたりの送り迎えをしてもらえるわけね」

「そうだ」

モリーは大げさにため息をついた。「どうしようかしら、ミスター・ジョーンズ。そんなに何度も膝をついて——祈《ヽ》り《ヽ》を捧げるなんて。あなたがいったのはそういうことでしょう？　あなたのために祈ることで感謝のほどを示せと？」

ジョーンズが彼女を見た。「おれがなんの話をしていたと思うんだ？　おしゃぶりか？　とんでもない。おしゃぶりくらいじゃ町の途中までしか行けないね。おれがいったのはペニスを突き立てるセックスのことだ。きみの奥に根元まで深く沈めて。ほかにもいろいろとね」

　モリーは声をあげて笑いだした。「あらあら。ゆうべはかなり怖い思いをさせてしまったようね。わたしが相当怖いんでしょう？　でもね、こんなことをしても効果はないわよ。あなたがどれだけ下品な口をきこうと、わたしは傷ついたりしないから。むしろ……褒め言葉に聞こえるわ。だからわたしのことをそこまで怖がってくれるのはとてもうれしいけど、あなたがわたしの奥に根元まで深く沈めて――ほかにもいろいろとする前に、こちらの条件リストのことも忘れないでほしいわね」

「ああ、そうだったな」ジョーンズは冷笑を浮かべた。「どうせその条件リストとやらはどんどん長くなるんだろうさ。まずは教会に行く、だったよな？　するといつの間にやらおれは、鼻風邪をひいた子供をかたっぱしからセスナに乗せて町の病院まで行ったり来たりすることになる。お次は村人たちに家畜の種付け法を教える――家畜をその気にさせるのはさぞかし楽しいだろう。そしてそうした仕事をすべて片づけたあとは？　シャワーを浴びて髭を剃って、〝プリーズ〟を散りばめながら笑顔で話したら？

　するときみはやさしくおれを諭す、神に仕えるきみみたいな女性は婚外交渉は罪だと信じている、と。だからもしきみが欲しいなら結婚しないとならない、ってね」耳障りな笑い声をたてた。「ありがたいが、ごめんこうむる」

　モリーも笑った。笑いがとまらなかった。「わたしが欲しいあまりに結婚してしまうんじゃないかと不安でたまらないのね。まあまあ！　ミスター・ジョーンズ、光栄だわ。でもね、わたしは永久《とわ》の誓いを求めてはいないの」

「頭がおかしいんじゃないのか」ジョーンズがにべもなくいった。「おれがいったのはそういうことじゃない」

「大事なのはあなたがなにをいおうと思ったかではなく」モリーは反論した。「それをいったということよ。いい、今日のあなたは最高にツイてるわ。わたしはあなたが好きよ、あなたが虫けらにも劣る最低最悪のげす野郎のふりをしていてもね。それに白状しちゃうと、わたしもあなたに肉体的に惹かれている――そのハン・ソロ風の外面にもかかわらずね。あなたと友達になりたくてたまらない。人目を忍んでたびたび――あなたの豊かな表現を借りれば――ペニスを突き立てるセックスをする、ごく親しい友人に。結婚指輪も、将来の約束も、くだらない駆け引きもなしで。

　わたしは聖人なんかじゃないけれど、ええ、いくつか心の底から強く信じていることはある。罪とは、望まない子供を身ごもらないための避妊を怠ること。罪とは、エイズ感染の予防のためにコンドームを使わないこと。罪とは、不誠実であること、だれかをベッドに誘い込むために嘘をつくひとは――男女を問わず――大勢いる」

　ジョーンズの飛行場が見えてきて、モリーは彼が小型機を着陸させるまで話のつづきを待った。全神経をこちらに向けてほしかった。

激しく揺れながらの着陸だった——絶対にわざとだ。ジョーンズはやっぱり死ぬほど怯えていて、モリーのことも怖がらせようとしたのだ。

けれどもセスナはジョーンズがわが家と呼ぶかまぼこ型兵舎のほうへとゆっくり滑走し、彼はエンジンを切った。耳が痛いほどの静寂。

「わたしと友達になりたいなら」モリーは静かに告げた。「あなたの訪問をお茶と笑顔で歓迎するわ。もしも親密な関係になりたいなら、そしてわたしに負けないくらいあなたもそれを望んでいると思うけど、まずはふつうの友達からはじめないと。あなたがどういうひとでなにを求めているのかを、ありのままに話してもらわなければ。すべての秘密を分かち合ってくれとはいわない——ほんの少しでいいのよ。あなたがわたしとの結婚を望んでいないことは知ってる。わたしたちのどちらも永遠の誓いなど求めていない、本当よ」

「女ってのはみな結婚を望んでいるものだと思ってたよ」それはジョーンズがその日、口にしたもっとも率直な意見だった。

「あなたの考え違いよ」モリーは告げた。

ジョーンズはおかしなかたちのハンドルを両手できつく握っていた、まるですぐ横にいるモリーにふれずにいる自信がないというように。その気持ちはよくわかった。

モリーはしてはいけないと知りつつ、手を伸ばしてジョーンズの顔にかかった髪を払った。想像していたとおりのやわらかな手触り。「あなたのような男性と生涯添い遂げるには、それこそ聖人のような女性じゃないとだめでしょうね。でもね、ミスター・ジョーンズ、さっきもいったとおり、わたしは聖人じゃないの。それでもたまにひと晩か二晩あなたとともにすごす、わたしの望みはそれだけよ」

ジョーンズが彼女のほうを向いたが、モリーはドアのロックをはずしてすばやく飛行機を降りた。

「よい一日を、ミスター・ジョーンズ」

「モリー」

彼女は足をとめたが、振り向こうとはしなかった。

「おれには無理だ」こわばった口調で彼はいった。「きみの友達にはなれない」

それは予期していた答えだった——ふたりのあいだのこの強力な磁力にジョーンズがすっかり恐れをなしたとしても無理はない。わたしだって死ぬほど怖いのだから。

彼はおそらく荷物をまとめて出ていくだろう。いまここで歩き去ったら、もう二度と会えないかもしれない。

うしろを振り返り、行かないでといいたい気持ちをこらえるには、ありったけの信念が要った。けれども、そんなことをしたらジョーンズが恐怖に駆られて逃げだすのはわかっていた。

「もう遅いわ」モリーはできるだけ明るい声で答えると、一度も振り返らずに村へつづく道に歩を進めた。

6

「そ、そ、そんな服でジャカルタへ行くつもりか？」

ケン。サヴァナは弾かれたように振り返り、危うくアタッシェケースを落としそうになった。本物だ。ケンが本当にこの空港にいる。

きっと留守番電話に残した伝言を聞いてくれたんだ。きっとわたしを許してくれたのよ。わっと泣きださずにいるには、ありったけの自制心が要った。

「スーツケースはどこだ？」彼はいった。「なにより先にそのばかげた服を着替えてもらう。二十三時間ぶっつづけの旅になろうが、窮屈だろうが関係ない。そのスカートは短すぎるし、もっと襟の詰まったものを着てもらう」

サヴァナはレモン色のスーツを見おろした。スカートの丈は短すぎるとはとてもいえない。

「なぜ？」本当にききたいことはほかにあったが、それしかいえなかった。

ケンの角張った顔のなかで、険しい口元がさらに真一文字に引き締まった。「それは、おれがそうしろというからだ。おれがついていくからには、まちがってもきみが誘拐されたり殺されたりしないようにしなけりゃならない。そのためにも、きみにはおれのいうとおりにしてもらう、文句は一切なし。それがいやならおれは帰る、わかったか?」

わかったのは、ケンがわたしを許してなどいないこと。今度こみあげてきたのは落胆の涙だった。

それでもケンはともかくわたしに手を貸すことにしたのだ、わたしについてくることに。それってすごいことよね? とにかく一歩前進よ。

「スーツケースはもう預けてしまったの」泣かないように——どんな種類の涙も流さないように気をつけながらサヴァナはいった。

ケンが悪態をついた。どうやらもうわたしの前で口のききかたに気をつけるつもりはないらしい。「しかたない。なら、ジャカルタに着いたら真っ先にきみの荷物を受け取るとしよう——荷物が無事届けばの話だが。届かないこともじゅうぶん考えられるからな。だが運が味方をしてくれれば、むこうに着いてからトイレでもっとふさわしい服に着替えられるだろう」

サヴァナはうなずき、ケンのやりかたに喜んで従うところを見せた。「わかった。ただ〝もっとふさわしい服〟というのはどういうもののことをいうのか、もう少しヒントをくれないと。ほら、いまだってストリッパーみたいな格好をしているわけじゃないし……」

ケンはにこりともしなかった。まるでゆうべからいままでのあいだにユーモアのセンスの除去手術でも受けたかのように。

「ひょっとするときみの叔父さんは現地の人間ともめごとを起こして、その金は袖の下かなにかに使うのかもしれない。インドネシア人の大半はイスラム教徒だ。むこうに着いてわれわれが取引する相手も、まずまちがいなくそうだろう。戒律にとくに厳格な宗派は、女性の行動を極端に制限している――服装に至るまでね。だからきみも体をすっぽりおおう服を着たほうがいい、足首から手首まで全部隠れるようなやつを。そうすればだれかの怒りを買って叔父さんの立場を悪くしないですむからな」

足首から手首まで？「でも、むこうはとんでもなく暑いんじゃない？」

「ああ。これでつらい思いをするのはおれだけじゃなくなる」

サヴァナはケンに目をやった。ケンはカーゴパンツ――あのポケットがいくつもついたやつ――を穿き、オリーブグリーンのタンクトップの上にグリーンと茶色の柄が入ったアロハ風のシャツを前を開けて羽織り、足元はサンダルだった。暑い気候にぴったりの服装だ――ゆったりして、涼しげで、いかにも快適そう。

「おれの分の航空券はまだあるのか？」ケンがきいた。彼は小ぶりのダッフルバッグを下げ、デイパックを肩にかけていた。

「ええ」サヴァナは勇気を奮い起こして彼の視線を受け止めた。「あなたが考えなおしてくれることを願って払い戻ししなかったから」

「へえ、おれの行動なんてお見通しってわけだ」

「一緒に行ってくれて本当にありがとう」サヴァナはいった。

「そのなんだ、休暇はとっちまったし、これといってすることもないからな」

「時間分の報酬は支払うつもりだから」言葉が口を衝《つ》いて出た瞬間に、しまったと思った。

「ほう、そりゃますます好都合だ」ケンは答えた。「きみにとってもそのほうが都合がいいんだろう？　すべての問題を金で解決するほうが」

「違う」サヴァナはいった。「ごめんなさい――」

「金なんかくそ喰らえだ」ケンはいった。「きみの金など欲しくもない。それより、きみの最初の申し出を受けることにするよ。この仕事の報酬はセックスで支払ってもらう」

たとえケンに横っ面を張られたとしても、これほどの痛みは感じなかっただろう。

「それならいますぐ家に帰ったほうがいいわ、あなたとは二度と寝るつもりはないから」

「おっと、前にも似たようなことを聞いたおぼえがあるが、そのときmiddleきみは二時間もしないうちにおれに飛びついてきたっけ。バッグに山ほどコンドームを詰めてきてよかったよ」

サヴァナはカッとなった。「なぜここにきたの？」そう問い質した。「わたしに嫌がらせをしたかったのなら成功よ――だからもう帰って。あなたにはわたしを許す気はないのよ、こんなまねをするなんてわたしを憎んでいるとしか――」

「それは違う。憎んでなどいるもんか、くそ」

「あなたと寝るつもりはないわ」サヴァナは重ねていった。

「知ってる。おれはただ……なんというか。くそったれ野郎になろうとしていたんだと思う」

「それなら努力する必要はないわ。もうなっているもの」

意外にもケンはにやっとした。「ああ、それだけはうまいとよくいわれるよ。行こう。チェックインをしたほうがよさそうだ」

「ここで待ってる」サヴァナはいった。

「だめだ」ケンが首を横に振った。「きみにはいまからおれのそばにぴったりくっついていることに慣れてもらう。ジャカルタに着いたら――いや、香港に着いた時点から――きみの行くところどこでもおれが影のようについていく。トイレだろうとひとりでは行かせない。四六時中そばに張りついて、ひとごみのなかとか、すべてに注意を払うことがむずかしい状況ではきみにふれなけりゃならなくなるだろう。手首か腕をもつか、手をつなぐか、スカートのウエストバンドをつかむか、なんでもいい――こっちの両手を空けておく必要があるときは、きみがおれのどこかをもつ。わかったか？」

ええ、よくわかった。つらい思いをするのは自分だけじゃないといったとき、ケンがなにを考えていたのかも。

これはとんでもなくやっかいなことになりそうだわ。

ジョーンズはモリーのテントの外でばかみたいに突っ立っていた。

いったい、おれはこんなところでなにをしているんだ？

荷物をまとめて出ていくつもりだった。彼の飛行場――彼のといっても、無断で利用しているだけだったが――は、ちょっとした財産ではあったが。申し分のない拠点だった。モリー・

アンダーソンとその友人たちが、理想に燃えた慈善家にしかできないやりかたであれこれひっかきまわしている村に近すぎるという点を除けば。

それなのに荷造りをするかわりに、ジョーンズは二十分ばかり昼寝をすることにした。ところが、ゆうべあまり寝ていなかったせいで、二十分のつもりが気がつくと午後も遅い時間になっていた。

目が覚めたときには腹は決まっていた。ここを離れたくはない。離れるのはよそう。ただし、モリーとは二度と顔を合わせないようにする。村にはなるべく近づかず、もしも彼女のほうから訪ねてきたら、足音が聞こえたとたんにジャングルのなかに姿をくらまそう。しごく簡単なことだろう？

その決断に意地の悪い満足をおぼえ、ジョーンズは自分で夕食をつくろうと思い立った。ところが次に気がつくと、シャワーの下にいた。髭をあたりながら。

しかも服を着る段には、清潔な服どころか新品をおろした。香港で買った濃いブルーのシルクのシャツ。そして特別な日のためにとっておいたズボン。

特別な日、なんてものが、このおれにめぐってくるとでもいうように。まったく、なにを考えていたんだか。母親が訪ねてくるとでも思ったのか？　おれがこうして無事でいることすらお袋は知らないのに。

ジョーンズはブーツを履く前に磨くことまでした。

そのときだ、手にぼろ切れをもちながら彼は不意に気づいた。完全に泥沼にはまり込んでいる。初めてモリーの姿に目を留めたときから――あれは飛行場を見つけたすぐあとだった――ずっと。

彼女から距離をおくなんてできない。やってはみたが失敗した。

惨めなほどに。

町からもち帰った生活用品の入った箱のなかをかきまわして、ようやく探していたものを見つけた。三冊の本――ミステリとロマンス小説と、どこかのばあさんが書いた自叙伝だ。どれも二週間前の『ニューヨークタイムズ』のベストセラーリストにのっていたもので、手に入れるのに大枚をはたいた。

モリーがロマンス小説を一番気に入るのはわかっていた。だからそれは最後にとっておくことにした。ジョーンズはノンフィクションを選ぶと、手漉きの紙で包んで麻ひもでくくった。包みは、それをつくった当人と同じくらいに滑稽に見えた。

拳銃をズボンのうしろに差し込み、お粗末なプレゼントを手にとると、ジョーンズは足を踏みだすごとに自分を呪いながら村へつづく道を進んでいった。

モリーのテントに着くまでは一度も足をとめなかった。ところが、テントの前まできて足がすくんだ。自分が愚にもつかないことをしようとしていることに気づいたのだ。たぶんモリーのいうとおり、おれは――彼女はなんといった？　そう、イエスキリスト・コンプレックスなのかもしれない。たぶん心のどこかで今年じゅうに死にたいと思っているんだ。

しかしジョーンズがその場を立ち去るより早く、モリーがテントの垂れ幕《フラップ》をあげて外に出てきた。

「外で物音がしたように思ったから」モリーは肩までの髪をおろし、サロン風のスカートが彼女の動きにあわせて流れるように揺れた。足元ははだしで、ピンク色のマニキュア以外はなにもつけていない。ジョーンズに向けた笑みは輝くばかりだった。「こんばんは、ミスター・ジョーンズ。驚いたわ。もっとも、うれしい驚きだけど。お茶を飲みに寄ってくれたのかしら？」

お茶なんか雷に打たれたいと思う程度にしか欲しくなかったし、モリーもそれを知っていた。ジョーンズが本当に欲しいものがなにかも、なんとしてもそれを手に入れるつもりでいることも彼女は知っていた。それでいて、ちっとも気にしていないようだった。それどころか、しごくうれしそうに見えた。

「きてくれてとてもうれしいわ」モリーはつづけた。彼女がジョーンズのシャツの袖にふれたとき指先が腕をかすめ、それだけで心臓が狂ったように高鳴った。なんなんだおまえは、ハイスクールのガキか？「ずいぶんとおめかしをしてきたのね」

「騙されるなよ」ジョーンズはつぶやくようにいった。「腐りかけの木もペンキを塗りなおせばきれいに見えるもんだ」

「ふーん」そういう彼女の目はおかしそうに躍っていた。「含蓄のある言葉ね。それにわたしに警告してくれるなんて、ずいぶん高潔なのね」

高潔だって？　とんでもない。「で、おれをなかに入れる気はあるのかないのか？」ジョーンズはぐっとこらえた。「すまないが《プリーズ》、入ってもかまわないかな？」

「きさま、ここでなにをしてる？」

「言葉に気をつけなさい！」モリーがいった。

「ごめん」

ジョーンズがうしろを振り返ると、宣教師のひとり――ひょろりと背の高い、髭をたくわえた長髪の男で、ボビーとかジミーとか、なにかそういう独創的な名前のやつだ――が、怖い顔でずんずんと近づいてくるのが見えた。しかめ面は、まっすぐにジョーンズに向けられていた。

「ミスター・ジョーンズはお茶を飲みに寄られたの」モリーが告げた。「あなたたち会ったことはあったかしら？　ミスター・ジョーンズ、こちらはビル・ボルテン。ビリーは布教活動をしているの」

「なるほど」ジョーンズはいった。「どうりで博愛の精神にあふれる、あたたかい挨拶だったよ」

ビリーは手に花束をもっていて、それをモリーに渡しながらキスをした。モリーがぎりぎりのところで横を向かなかったら、くちびるにしていただろう。

「無事戻ってくれてよかったよ」意味ありげなまなざしでモリーの目を見つめながら、いった。

おいおい、勘弁してくれ。ビリーはせいぜい二十五歳というところだ。モリーのようなおとなの女のお相手が務まると本気で考えているのか？

ただし、モリーは目に嘘偽りのないやさしさをたたえてビリーに微笑み返していたが。彼女は花束を鼻先にもっていった。「うーん、ありがとう。とてもきれいだわ」

ちくしょう。こんなくその役にも立たない本なんかじゃなく、花をもってくるべきだった。本はロマンティックじゃない。本は〝きみとしたい〟ということを花ほど雄弁には語らない。

ジョーンズは手をうしろにまわして本を隠そうとしたが、遅すぎた。モリーにすでに見られていた。

「それもわたしに？」彼女がきいた。

だからしかたなく手渡した。

すると、あろうことか。モリーはイエスの怒れる息子の前で包みを開けはじめた。

「本だわ」紙の上からさわりながらいった。「お願い、本だといって……」中身と同じくらい貴重なものであるかのように包み紙をはずす。「やっぱり！」彼女は裏表紙の説明に急いで目を通した。「すごくおもしろそう」胸の前で本を抱き締めてジョーンズを見つめた。「どうもありがとう」

あの本と同じようにおれのことも抱き締めてほしい、とジョーンズは思った。もしもビリーが横にいなければ彼女に手を差し伸べ、くちびるを奪おうとしただろう。だがビリーのように頬にキスするはめになって、あの若造を喜ばせるつもりは毛頭なかった。

「ふたりとも、どうぞ入って。すぐにやかんを火にかけるから」

ビリーと一緒にモリーのテントに入るなんてまっぴらだった。だがここで帰ったら、ビリーだけがなかに入ることになる。

だからジョーンズはテントのなかに入った。

負けじとビリーがあとにつづく。

テントにしては、なかはかなり広かった。床は板敷きで、風を通すときはあげてプライバシーを保つときはおろすフラップがいくつもついている。モリーがすべてのフラップをあげているあいだに、ビリーは村人のひとりが彼女のためにつくったテーブルについた。テーブルに椅子は二脚しかなかったので、ジョーンズはモリーのベッドに向かった。腰をおろす前に拳銃をとりだし、モリーがナイトテーブルとして使っている木箱の上のカンテラの横においた。インフルエンザで寝込んでいたときに銃をおいていた場所だ。

「おっと、なんとも上品だな」ビリーがいった。「ここに銃をもち込んでいいかモリーにきいたのか？」彼はモリーに目をやった。「こいつが銃をもっていることを知っていたのか？」

「このあたりのひとはみんなもっているわ」正真正銘のティーケトル——ホイッスルやなにかがついたやかん——にペットボトルの水を入れながら、モリーは落ち着いた声で答えた。「この山村で銃をもっていないのは、あなたとわたし、それにコリンとアンジーとボブ神父だけよ。知っているでしょうに」

そうだ、ビリー。ばかをさらすようなまねはよせ。おっと、悪かった、きっとどうしようもないんだよな。ばかはおまえみたいな連中の性分だから。

ジョーンズはモリーのベッドの上で上体をうしろに倒して肘で支え、いかにもきまりが悪そうなビリーを眺めて楽しんだ。そのあとで缶入りの固形燃料に火をつけてやかんをかけるモリーを見つめ、ビリーはそんなジョーンズを見ていた。

「今日の午後に戻ってこられたのはミスター・ジョーンズが飛行機に乗せてくれたおかげなのよ」モリーはビリーにいった。「頼まれてもいないのにわたしを待っていてくれたの」

「たいしたことじゃない」ジョーンズは、紅茶の缶と茶こしを取りに戸棚に向かうモリーのヒップにあからさまに見とれた。「待っている時間は荷を積むのにあてたから」

「へえ、そうなんだ」ビリーの声は敵意にあふれていた。「なにを積み込んだんだ？」

ジョーンズは青二才に注意を戻し、肩をすくめた。「いつものものだよ。わかるだろう」

「いいや、わからないね。あんたにとっての、いつものもの、ってなんなんだ、ジョーンズ？ドラッグか？」

「ああ、そうだ」ジョーンズはいった。「ヘロインとコカインをセスナに積んで戻ってきたんだ」

「それなのにきみはこの男をここに招いたのか……？」ビリーはつばを飛ばした。

「ミスター・ジョーンズはからかっているのよ」ビリーに向かってモリーはいった。「考えてみてよ、ビリー。ドラッグは山から町へ運ばれるの、売りさばくためにね」

「拳銃はまたべつの話だ」ジョーンズが助け舟を出した。「銃は町から山へ運ばれる。銃は上《アップ》、ドラッグは下《ダウン》へ。D、ドラッグ、ダウン。そうおぼえりゃいい」

モリーが〝いじわるはやめて〟という視線を投げてよこした。

ジョーンズは彼女に笑みを返した。実際、こいつは愉快だった。こうしてモリーのベッドに寝転び、あのちっぽけなテーブルをはさんでビリーと向かい合っている彼女が本当は自分の横にいるのだと空想をめぐらせるのは。ジョーンズの腕のなかのモリーはとてもやわらかで、彼の肩に頭をあずけて……。

「で、この午後にあなたの飛行機に積み込んだ荷物のなかに銃は何挺あったの、ミスター・ジョーンズ？」モリーが尋ねた。

ジョーンズは考えるふりをした。「ゼロだ」と認めた。

「じゃあ、いつもの荷物というのは、つまり……？」

「缶詰、生鮮野菜、それにいつでもひっぱりだこのトイレットペーパー。じつをいうとおれはインドネシアのトイレットペーパー王でね。もっとも、ＴＰ《トイレットペーパー》以上に金になるものを見つけた気がするが。その本は四週間分のＴＰとほぼ同じ値段だった。ハワイにでも飛んで本を二箱ほど買って戻れば、ついに念願の大金持ちになれそうだよ」

「空飛ぶ書店ね」モリーは彼に笑いかけた。「鼓動よ、静まれ」

「じゃあ、違法のドラッグや銃は一度も運んでいないというのか？」ビリーはジョーンズが悪魔とぐるだということをモリーに示そうと躍起になっていた。

「いや」ジョーンズはいった。「そうはいっていない」

「つまり運んだことはあると――」

こんなたわごとはもうたくさんだ。「会えてよかったよ、ビリー。もう帰らなきゃいけないなんて、じつに残念だ」

「ふざけるな、このゴキブリ野郎。ぼくはどこにも行かないぞ」

それは売り言葉だったが、ジョーンズは一切反応しないようにした。全身の筋肉が緊張していたものの、重要なのはあくまでもくつろいでいるように見せることだ——口調も含めて。

「ご婦人の前では口を慎めよ、ぼうず」ゆったりとした話しぶりでいった。「いいから、おやすみをいって帰るんだ」

「死んでもいやだ——」

ジョーンズは、ジョーンズ版早抜きを披露し、流れるような動きですばやく立ちあがりながら拳銃に手を伸ばした。ビリーの目に浮かんだ表情から、ぼうずにはこちらの動きがほとんど見えていなかったことがわかった。いままでベッドにいたと思ったのに、次の瞬間にはジョーンズはぼうずの頭に銃を向けていた。「本当に死んでみるか?」おだやかにいった。

「もういい」モリーが声をあげ、手を叩いてふたりの注意を引いた。「そこまでにして。ふたりとも。出ていって」

彼女は銃口の前につかつかと進んで戸口を指さし、ジョーンズは銃をおろして安全装置を元に戻した。

「なんでぼくまで叩きだすんだ?」ビリーが文句をいった。「銃を抜いたのはぼくじゃないぞ」

モリーは腰に手を当ててビリーを叱りつけた。「そうかもしれないけど、あなたは信じられないほど無作法だった。ここはわたしの家よ。わ、わ、わ、わたしの家でわたしの友人を侮辱したり、あんな汚い言葉を使うのは許しません──ついでにいっておくと、その言葉遣いを改めないと神学校で困ったことになるわよ。わたしは熱心な平和主義者だけれど、あなたのいけ好かない態度に、もう少しでこの手で銃を向けそうになったわ」彼女はジョーンズのほうに向きなおった。「それからあなた。その満足げなにやにや笑いをひっこめなさい」

「えっ？」

「あなたの肩をもつつもりは毛頭ないから、おれの勝ちだといいたげな顔をするのはやめて。よくもそんな物騒なものをわたしの家にもち込んでくれたわね」モリーは本気で怒っていた。

「おい、本当にそいつを撃つつもりだったわけじゃない」

「そのうえ猫までかぶって！　なにが『ご婦人の前では口を慎め』よ。今日の午後にわたしにさんざん汚い口をきいたくせに。笑わせないで！」

「ええと、そのことだが。機会があったら謝ろうと──」

「わたしのテントから出ていって」改めて命令した。「ふたりともよ。二度とばかなまねはしないという気持ちになるまで戻ってこないで。そうだ。ドアのところに大きな看板を出すことにするわ。〝ばかはお断り〟ってね」

気がつくとジョーンズはテントの外でビリーとにらみ合い、モリーはかなり荒っぽい音をたててすべてのフラップを閉めていた。

「彼女に近づくな」ビリーが尖った声を出した。「ここではあんたは招かれざる客だ」

そういうと、ビリーは足音も荒くほかのテントのほうへ戻っていった。

「息子よ、神の祝福がともにあらんことを」ビリーの背中にそう呼びかけたとき、モリーのテントのなかから笑いをあわててこらえるような音がたしかに聞こえた。

それで次になにをすべきかわかった。ジョーンズは自分の小屋へつづく小道を走りだした。汗をかいておろしたてのシャツを台無しにしない範囲でなるたけ速く。

香港行きの飛行機が巡航高度に達するとケンは寝たふりをした。

サヴァナの隣に座っていることだけでもじゅうぶんつらいのに、そのうえときおり思いだしたように世間話をしてくる彼女につきあうなんて耐えられなかった。礼儀正しいサヴァナのことだから黙って座っているのは失礼だと思っているのだろうが、実際なにを話すことがあるというんだ?

香港での三時間の乗り継ぎ待ちに関する話が二度出たところで、ケンはもうたくさんだと思った。

だからシートを倒して目を閉じ、胸の前で腕を組んで呼吸に意識を集中した。

ところが、それでもなおサヴァナが意識のなかに入り込んできた。彼女は香水をつけていた。ゆうべつけていたのと同じものだ。おかげでこれからはこの香りをかいだら目がくらむほどのセックスを思いだすことになる――永遠に。

サヴァナは耳にも入り込んできた。彼女の呼吸は乱れていた。きっといまにも泣きだしそうなのだろう。

すばらしい。まさにおあつらえ向きだ。涙に暮れる女――それこそケンのクリプトナイト

（スーパーマンの超能力を無力化する物質）だった。涙に訴える女性を前にすると、へなへなと無力になってしまうの

だ。アデルは早くからそのことに気づいていた。そのワザを弟子に伝授していないわけがな

い。

ケンは意地でも目を開けないようにした。無視するんだ。サヴァナなどいないふりをしろ。

だが数秒が数分になるころにケンは気づいた。サヴァナは必死に涙をこらえているのだ――

泣くまいとして。

目を開けると、サヴァナが顔を背けるのが見えた。彼女もまた目を閉じていて、少し前のケ

ンと同じように頑ななまでにこちらを無視しようとしていた。

こんなことは初めてだ。自分のわがままを通したいとき、アデルはあくどいまでに涙を武器

にした。

けれどもサヴァナはおれの前で泣くぐらいなら死んだほうがましだと思っているらしい。ケ

ンはようやく気づいた。彼女は信じられないほど気丈な女性だ。長いこと涙と懸命に戦い（ほ

ぼ三十分近くだ）結局は打ち負かした。

サヴァナがようやく眠り込んだときには、ケンのほうがくたくたになっていた。

サヴァナはたしかにタフだ。あのばかげたレモン色のスーツからは考えられないほどに。あ

の裸体からは想像もつかないほどに。

一糸まとわぬサヴァナの姿が、ずっと頭を離れなかった――いやというほどに。ケンは無理やり映像を振り払い、サヴァナにまんまと騙されたことを、彼女を完全に見誤っていたことを思いだそうとした。

ケンはサヴァナの寝顔を見つめた。このアデルの友人のせいで、おれはまたも永遠の愛を夢見てしまった。

なんたるお笑い種。

ケンは寝息を立てる彼女を見つめ、まつげが頬に影を落とすさまを、ホテルの部屋で彼をぞっとさせた、あの念入りにセットされた髪型を保つヘアケア製品でさえいうことをきかせられずにくるりとはねた巻き毛をじっと見つめた。口紅も落ちかけていて、このスーツさえなければ、その日の朝、出かけるまでにもう一度わたしを愛してとせがんだ女性のように見えた。

愛する、だと。よくいうよ。

サム・スタレットはいい線いっていた。やつは「やる」という言葉を使った。おれもそうすべきだったんだ、最初から。

まったくお笑い種もいいところだ。

飛行機が香港および東アジアへ向けて西へ進路をとるとケンは目をつぶった。

今度は彼が涙をじっとこらえる番だった。

ジョーンズが戻ってくるまでに二十二分かかった。

モリーが彼からもらった本をおいたとき――すでに四十ページ以上読んでいた――ドアを叩く音がまた響いた。

「モリー。おれだ」

戸口のところまで歩いていくと、近くのテントにいるひとたちに聞こえないように囁き声で話した。「わかってる。あなたのことではまだ腹を立てているの。帰って」

「今夜ここにきたのはあることをいいたかったからなのに、それをまだいっていない」ドアをはさんで、やはり囁き声で応じた。

「どうせ、すまなかった、とかいうんでしょう?」

「おれの名前はデイヴだ」

モリーは笑い声をたてた。そのあとでドアを少しだけ開けた。「違うわね。あなたはちっともデイヴって感じじゃないもの、嘘つき」

彼が手にもったなにかを挙げて見せた――新たな包み。べつの本。まったく、この男は悪魔だわ!

「入ってもいいか?」彼がきいた。

モリーは彼の目から本へ、本から彼の目へと視線を移した。彼は勝ち誇ったようににやにやしている。いやなやつ。わたしが部屋に入れると知っているんだわ。モリーは彼が体を通せる分だけドアを開けた。「あーあ、わたしって軽い女ね」

「悪かった」彼がいった。「今日の午後きみにいったことだが。飛行機のなかで」

「でもビリーに銃を向けたことは悪いと思っていない？」

「ああ」彼は同意した。「それについては謝る気はない」

彼はいまもモリーに笑いかけていた。無精髭や汚れと一緒に年も十歳ほどそぎ落としたようで、つるりとした顔と清潔な服にあのとろけるような笑みが加わると、むしろビリーの年齢に近いように見えた。

彼を褒めてあげないと。部屋に入れてもらったからといって押し倒してもいいことにはならないとわかるだけの分別をもちあわせているようだから。とはいえ彼がぐるりと部屋を見まわし、すべてのフラップが閉まっていることを見てとったのがわかった。外からはだれものぞけないことを。

おかしかった――彼の頭のなかがめまぐるしく回転しているのが目に見えるようだわ。

「ごめんなさい、ここは暑すぎるでしょう」当てつけるようにして、いった。「夜に読書をするときはフラップを閉じておかないといけないの。羽虫ときたら、どんなに小さな穴でも目ざとく見つけてなかに入ってこようとするから」

「炎に引き寄せられる蛾か」彼はぼそりといった。「わかるよ」

モリーは笑った。「あなたはどっちなの、ミスター・ジョーンズ？　蛾、それとも炎？」

「デイヴ。おれの名前はデイヴだといったろう」

「デイヴ。デイヴィッド・ジョーンズ」モリーは鼻を鳴らした。「あまり独創的じゃないわね」

「べつに独創的になりたいわけじゃない」

彼は包みを――本を――差しだし、モリーはそれを受け取った。「ありがとう」包みを渡すときジョーンズはわざと手がふれるようにしたが、モリーが笑みを投げてよこしたので、偶然ではないことを見抜かれているのがわかった。

モリーは包み紙を破らないようにして慎重に贈り物を開いた。んまあ、びっくり！「ロバート・パーカーの新作だわ！」彼女はテントのなかを跳ねまわり、ベッドに飛び乗った。

ジョーンズが声をあげて笑い――心からの笑いだった――モリーは彼の目のなかに子供時代の彼の姿を垣間見た気がした。「いい本みたいだな？」

「本はどれもすばらしいわ」ベッドの上からいった。「ちゃんと製本されていて、前に読んだことのないものならね。たとえエスキモーの氷の住居のつくりかたを教えるハウツー本であっても。だけどパーカーは……。パーカーの新作のためなら、いいわ、あなたと寝てあげる」

「よーし」ジョーンズはいった。「服を脱ごうか」

モリーはベッドから降りた。「冗談よ」

「こっちもだ」

モリーは目をせばめて彼を見た。「いいえ、あなたは違う」

「ああ、そうだな」ジョーンズは認めた。

彼は手を伸ばして彼女にふれようとはしなかった。近づこうとすらしない。ただドアのそばにじっと立ち、まっすぐに彼女の目を見つめて微笑んでいた。

「笑っているときのあなたはすてきよ」モリーは小声で告げた。「もっとたびたび笑ったほうがいいわ」

「それならおれと寝てくれ。きっとひと晩じゅう笑っていられる」

いまではどちらも笑っていなかった。ふたりのあいだにあるのは熱い情熱だけ。

モリーはふっと顔を背け、手にした本をテーブルのティーカップの横にもう一冊の本と並べておいた。いいわ。そういってしまいたかった。でもそんなのまともじゃない。でしょう？

「わたしたち、おたがいのことをよく知らないと思うの」そういったのは、自分を納得させるためでもあった。「いまはまだ」

「ここにきたのは、おたがいについてもっとよく知るためだ」ジョーンズはいった。

モリーはそれを笑い飛ばした。「あなたがここにきたのは、そのステキなブルーのシャツを着たあなたをひと目見たらわたしがメロメロになるんじゃないかと思ったからよ。悪いけど、ご期待に添えそうにないわ、ミスター・ジョーンズ。このテントにはひとつ決まりがあるの。村の広場の真ん中でできないようなことはここでもしない、というね。キャンバス地の壁はとても薄くて――」

「それなら、きみがおれのところまでお茶を飲みにくるというのは？」

「さあ、どうかしら――」

「明日だ」

「明日は日曜よ」モリーはいい口実があることにほっとした。「日曜の夜はいつも村でバーベキューをすることになっているの。明日の料理担当はわたしじゃないけど、それでも顔は出さないと。もしよかったら――」

「行くよ」

モリーは笑った。「わたしがなにをいうかなぜわかるの?」

「バーベキューに参加する」彼はいった。「きみがこいというなら地獄にでもついていく。あのビリーぼうやさえ近くにこないでくれるならね」

「まさか、本気で嫉妬しているわけじゃないわよね?」

「まさか」ジョーンズはモリーをまともに見た。「いや、少ししているかな」

「ならやめて。ビリーは……なんていうか。ただきびしいのよ。気晴らしを求めているのだと思う。ひとりでいることに飽きたのね」モリーは口元をゆるめた。「もちろん、あなたにも同じことがいえるのかもしれないけど」

「それは違う」ジョーンズは彼女の目をまっすぐに見つめ、一瞬すっと視線をそらしたが、あえてまた目を戻して彼女のまなざしを受け止めた。「孤独とはうまくつきあえる。むしろひとりのほうが……その、気が楽というか。なにしろそういうのに慣れているから」

モリーはうなずいた。ふつうならだれにも話さないことを、彼はいまわたしに話している。しかも話はまだ終わっていなかった。

「きみのいうとおりだ」ジョーンズはつづけた。「つまり、この午後にきみがいったことだが」咳払いをして、視線を合わすことをやめた。「きみは心底おれを震えあがらせた」

モリーはベッドにそっと腰をおろした。ジョーンズがこんなことをいいだすとは思ってもみなかった。口が裂けても認めないと思っていたのに。

けれども、まだつづきがあった。

「なにがどうなっているのか見当もつかない」ジョーンズは打ち明けた。「つまり、このざまを見てくれ。きみにやれといわれたら、おれは喜んで床を転げまわるだろう。だが、セックスだけが目的ってわけでもない。もし性欲を満たしたいだけなら……その、相手は見つけられる。山村にも町にも……ええと、そっちのほうの面倒をみてくれる女は大勢いるから」

笑ってはいけないのはわかっていた。ジョーンズは真剣だった。大まじめだった。しかも自分の言葉がいかに不遜に響くかにもまったく気づいていない。「でしょうね」モリーは小声でいった。「あなたはとてもハンサムな若者だもの」

とてもハンサムで、とても若い。たぶん若すぎる。でも昨日の夕食の席で、わたしは自分の年齢を正直に明かした。彼はまばたきひとつしなかった。

ジョーンズが頬をゆるめた。「そんなふうにいわれたのは初めてだよ」

「それで、セックスだけが目的でないなら……」モリーはやさしく促した。

「それがわからないんだ」ジョーンズはいった。「わからないが、命の危険を冒してでもきみと友達になりたいと思わせるほど強力ななにかだ」

「命の危険を冒す？」なんのことかわからなかった。

ジョーンズは、驚いたことに、説明しようとした。「恋愛関係になるのはたいしたことじゃない。恋人と別れるのは簡単だ、深入りさえしなければ」

「体だけの関係でいれば、ね」

モリーがはっきりさせた。

「そうだ。昨日きみにあんな話をしたのはだからだ」

「わたし専属のパイロットになる、ってあの話?」

「ああ」まあ、大変。もしかして彼は赤面している? ジョーンズでも恥じ入ることがあるの? 「きみは話に乗ってくるか、さもなければおれの顔など二度と見たくないというだろうと思った。いずれにせよ、おれの勝ちだ」

これには笑ってしまった。「それを勝ちと呼ぶなら……負けたらどうなるの?」

「死だ」ジョーンズはいい、彼女のほうに目を向けた。「死ぬことになる」モリーが理解していないのが見てとれた。「友人は贅沢品だ」彼は説明した。「危険な贅沢だ。友人をもつことは、おれのような人間には命取りになる。友人がいると、消えなければならないときにぐずぐずとためらうことになる。友人は弱みだ——おれにたどり着く道であり、餌にもなる。友人はおれの秘密を知るようになり、そして彼らは話す前につねに考えるとはかぎらない。だから秘密はいずれ秘密でなくなる。

それでも、おれはここにいる。きみがまだ望むなら友人になりたいと思っている」

モリーはなんといえばいいかわからなかった。

けれども話はまだ終わっていなかった。「おれの出生証明書に記されている名前を知りたいか?」ジョーンズは声を落とした。「グレイディ・モラントだ。きみがもしだれかに話したり、うっかり人前でおれをその名前で呼んだり、小声で囁くのをだれかに聞かれたりしたら、おれは死ぬことになる」

「やめて、それなら知りたくない」モリーはひそめた声でいった。

「もう遅い」それは今日の午後にモリーが彼に投げ返したのと同じ言葉だった。たしかにもう遅い。どちらにとっても。すでに一線を越えてしまった。ふたりして。

ジョーンズの正直さがモリーは怖かった。もちろん、彼がこんな話をする理由はちゃんとわかっている。わたしがルールを破って、いますぐ彼をベッドに連れていくことをまだ期待しているのだ。

だとしても、こんなことを打ち明けるほどわたしが欲しいだなんて……。

すべてが作り話だという可能性もある。でも、そうでないことも。嘘でないことを信じたかった。

「きみがおれの背中の傷のことを知りたがっているのは知っている」彼は静かにいった。「だがそれは……話したくない。いまはまだ。たぶんずっと」

「いいのよ」モリーはいった。「それについて尋ねるつもりはないわ」

「できることなら……話したい。だが……」彼はかぶりを振った。

「いいから」モリーはくりかえした。「本当に」

「おれは医者じゃない。きみがそう思っているのは知っているが、過去もいまも医者だったことは一度もない。衛生兵として訓練は受けたが、そのことはだれにもいわないでくれ。おれが衛生兵だったことが、ジョーンズが衛生兵だったことが知られたら、やつらがつながりに気づいておれの正体を見破るかもしれない。そうなったらおれは死ぬことになる。おれのいう意味がわかるか？」

「ええ」モリーはこみあげてきた涙をまばたきをして押し戻した。「デイヴ」彼は笑みを浮かべたが、それはあっという間に消えた。「こういうことを知ってしまったからには……たぶんきみにとっては……」咳払いをした。「いますぐここを出ていって二度と戻ってこないほうがいいか？」

これがすべて嘘だったら、ジョーンズはずば抜けた嘘つきだ。

「いいえ」モリーはいった。

ジョーンズがこちらに向かってきた。きっとキスをするつもりだわ。モリーは立ちあがった。彼がベッドのかたわらに座って、そのまま押し倒されるようなことになっては困る。そうなったら、すべてのルールを破ることになってしまう。

「明日の朝」彼がそばにくる前に最後まで話してしまえるように早口になった。早すぎる。それはわかっていた。でもだめ。待てない。「礼拝が終わったら？　伝道船で川をのぼる予定なの。上流に年配のご夫婦が住んでいてね、二時間ほどで着くわ。ピクニックランチを詰めていって、ふたりの様子をたしかめたら、午後は川を漂いながらゆっくり戻ってくるつもり。バーベキューより――」

「行くよ」彼はいった。

「――一緒にこない？」

ジョーンズが口づけをした。

彼の腕に抱かれるのは想像と違っていた。九千倍もよかった。彼は硬くてやわらかかった。体は硬く引き締まり、口はやわらかで、髪もそう。やさしくそっとふれてくる。いまから十二時間もしたら、人里離れた川の上で彼とふたりきりになれる。ボートの上でわたしは彼を迎え入れ、彼が望んでやまないものをすべて与えてそれ以上のものを奪うだろう。たぶん彼が夢にも思わないものまで。

これはきっと歴史上もっとも短い求婚期間だわ。もちろん、ジョーンズがわたしのテントですごしたあの数日間を勘定に入れなければだけど。あれも数に入れよう、モリーはそう決めた。いまふたりのあいだに起きていることはすべてあのときにはじまったのだから。

ジョーンズのキスがさらに長く、深くなり、彼女をさらにきつく抱き締め、ぴたりと体を押しつけて、重なった胸と胸のあいだに手を伸ばして豊かな乳房を包み込んだ。

わたしたちはルールを破ろうとしている。でも、ものすごく気持ちがよくて、身を引くことなどできそうにない。

それでもなんとかジョーンズをドアのほうへ、そしてドアの外へとやさしく押しやった。

「じゃあ、明日」モリーは小声で念を押した。

ジョーンズはただ笑い声をたて、モリーは彼がなにを考えているかわかった。おれが忘れるとでも思うのか。

ドイツでの最後の日は、朝の六時十七分にひどく取り乱したマルリーゼ叔母さんからの電話で衝撃的に明けた。

叔母さんは母の末の妹で、わたしと三つしか年が違わない。陽気なかわいらしい女性で、わたしと同い年のときにエルンスト・クレイマーというハンサムな見習い靴職人の若者と結婚した。生活は貧しかったが、つましい家は愛情に満ちていた。その週のあたまに訪ねたとき、家には愛らしい顔をした幼い子供がふたりいて、マルリーゼのおなかのなかでは三人目の赤ちゃんが順調に育っていた。

ゆうべの十時すぎにゲシュタポが家にやってきたの、マルリーゼは涙ながらにわたしにいった。彼らはクレイマー家のドアを激しく叩き、子供たちを怯えさせ、近所のひとたちの眠りを破った。そしてエルンストを家から引きずりだし、車に押し込んで連れ去った。

マルリーゼはふたりの子供を姉の家に預け、十二マイルの道のりを歩いてフロイデンシュタットの町へ向かった。エルンストがどこに勾留されるのか、そもそもなぜ捕えられたのか知りたかった。夫はいいひとよ、働き者のまっとうな人間だわ。税金もきちんと払っているし、ナチ党のことを一度も悪くいったことはないのに。

町のゲシュタポ本部の待合室で何時間も待たされた、とマルリーゼはいった。そして夜が明ける少し前にようやく部屋に通されて尋問を受けた。そう、こちらから質問をするどころか、彼女が質問をされたのだ——容赦なく。

ミュンヘンで先ごろ開かれた共産主義者の集会にエルンストが参加していたというのは

まちがいないか？

いいえ！　エルンストはミュンヘンに行ったことなどありません。一度も。あのひともわたしも村から二十マイル以上先には行ったことはありません。

反体制共産主義者の危険人物リストにエルンストの名前がのっているのはなぜか知っているか？

マルリーゼは茫然とした。わたしのエルンストが？

質問は延々とつづき、ようやく最後のひとつとなった。今週ベルリンに滞在しているアメリカ人学生のインゲローズ・ライナーはおまえたち夫婦の親戚か？

エルンストがどこに勾留されているかはもちろん、まだ生きているのかさえマルリーゼは教えてもらえなかった。そこで急いで家に戻ってホテルにいるわたしに電話をよこしたのだ。ゲシュタポがなぜエルンストのことでわたしについて質問したのか、その理由を知っているか尋ねるために。

もちろん、わたしは知っていた。すぐにわかった。エルンストの逮捕は、ナチのスパイになるようわたしに圧力をかけるために仕組まれたものだった。

わたしがヘル・シュミットのところへ出向き、〈グラマン〉からアメリカの軍事機密を送ることに同意すれば、エルンストは家族のもとに帰される。寒けとともにわたしは確信した。

わたしが拒みつづければ、母のほかのきょうだいたちまで逮捕されることはわかっていた。もしかしたら処刑されてしまうことも。

わたしは怒りと恐怖でわれを忘れた。どうすればいいのかわからなかった。なにを考えればいいのかすらわからない。

わたしは急いで服を着替えると、路面電車の路線図を一分で調べてハンクの家に向かった。

家？

そこは宮殿だった。

私道を駆けていくと、玄関先に彼のロールスロイスがエンジンをアイドリングさせて停まっているのが見えた。お抱え運転手のディーターが気をつけの姿勢でまっすぐに立ち、車のドアを開けて待っていると、凝った装飾を施した玄関からナチス親衛隊《SS》の制服を着て鉤十字の腕章をつけた男性があらわれた。

わたしははっと足をとめた。恐怖がこみあげる。警察はハンクのところにもきたの？わたしと関わったせいで彼まで危険にさらされた？

わたしは足を速めた。なにをするつもりだったのかって？ わからない。もしかしたらナチスという体制全体を組み伏せようとしたのかもしれない。わかっていたのは、これまでの過保護な生活のなかでこれほどまでになにかを、だれかを、憎悪したことはないということだけ。

「ちょっとすいません《エントシュルディゲン・ズイー・ミッヒ》！」わたしは怖い声で叫んだ。

親衛隊員が振り返った。

その瞬間、わたしのなかの純真さが死んだ。

制服姿の男性は、もちろんハンクだった。いいえ、ハインリヒ・フォン・ホッフ王子だ。あの蜘蛛が這っているみたいなおぞましいナチ党の紋章を腕につけた男性をハンクだと思うのはむずかしかった。

「ローズ？」彼はわたしを見てショックを受けていた。彼を見たときのわたしに負けないくらいに。少なくともショックを受けたふりはしていた。

彼はどこまで知っているの？

おそらくすべて。

ハンクと一日をすごすことを許可したのはヘル・シュミットだ。それに気づいて、わたしはぞっとした。真相は忌まわしいほどに明らかだ――わたしをナチのスパイにするこの企てにハンクは一枚嚙んでいるのだ。ハンサムな男性を差し向けて愛の告白をさせる。恋に恋する若い娘を両親の生まれ故郷に縛りつけるのに、これ以上いい方法があるだろうか？

そう考えればすべてに納得がいく――洗練された年上の男性と、世間知らずの娘。ハンクがわたしなんかに魅力を感じるはずがないじゃないの。ナチスに彼らが望む情報を与えられるということ以外に。

立ち直れないほどのショックを受けながらも、わたしはどうにか正気を保った。そのときだったと思う、この唾棄すべき連中の魔の手が襲いかかるのはマルリーゼや母のほかのきょうだいたちだけではないと気づいたのは。もしも協力を拒めば、わたしの身になにか恐ろしい〝事故〟が起きることはじゅうぶんに考えられた。

「だれだかわからなかったわ」わたしはハンクにいった。できるだけ真実に近い話をしたほうがいいと直感したのだ。「それはオーストリア政府の仕事をするときに着る制服?」

「いや」彼は答えた。「第三帝国のための特別任務というのがあって……それより、なにかあったのかい?　どうしてここに?」

ハンクはひどく心配そうな顔をしたが、これもすべて演技なのだ。そうに決まってる。

「大変なの」そういって、わたしは盛大に涙を流した。それらしく見せるのはむずかしくなかった。泣きたいのは本当だったから。

ハンクはわたしを連れて車に乗り込むと、車を出すようディーターにいった。

ハンクはわたしを引き寄せ、わたしの頭を自分の肩にもたせかけると、腕を体にまわしてしっかりと抱いた。彼の胸の奥で嘘つきの心臓がどきどきと脈打っているのが感じられ、どういうわけかそれがわたしに力を与えた。

その瞬間、わたしはなにをすべきか知った。ナチのスパイになることを承知しよう。そしてニューヨーク湾で船を降りたらすぐにFBIに直行するのだ。

たしかにナチスのスパイにはなる。ただし、くれてやるのは、祖国アメリカが彼らに見聞きさせたい情報だけ。

新たな決意がめらめらと燃えあがり、わたしはマルリーゼの電話のこと、共産主義者の疑いでエルンストが逮捕されたことを話すあいだだけ涙をひっこめることができた。そしてまつげに涙を張りつけたまま、お願いだから助けてちょうだい、とハンクに訴えた。「きっとなにかのまちがいなの。エルンスト・クレイマーはわたしと同じで共産主義者なんかじゃない。だって、ヒトラー総統の額入りの写真を居間に飾っているほどなのよ」

わたしは話に、孫娘たちがよくいうところの〝脚色〟を入れていた。

けれどもハンクは気づいていないようだった。彼は矢継ぎ早のドイツ語でどなるように運転手に通りの番地を告げた。それからわたしに向かって「たぶん力になれると思う。直接手を下すことはできないが……ぼくらの共通の友人のヘル・シュミットはゲシュタポにコネがある。彼なら手をまわせるはずだ」

ヘル・シュミットはもちろん、ナチスのスパイにならないかとわたしにもちかけた、あのおぞましい小男である。ハンクは無関係なのかもしれないという望みがたとえわずかながらに残っていたとしても、これでついえた。

大学にほど近いなんの変哲もないビルに到着すると、ハンクはわたしを促して車を降りた。エレベーターで四階にあがり、廊下を進んだ。堅木張りの床が輝くばかりに磨きあげられていたことを、いまでも鮮明におぼえている。

わたしはすぐにヘル・シュミットのオフィスへ通された。ハンクは外で待つようにいわれた。彼は初め拒んだが、わたしは大丈夫だからといって安心させた。じつをいうと、ハンクがこないでくれてほっとしていた。ハンクなら、いまからわたしがつこうとしている嘘を見破ってしまうだろうと思ったからだ。

ヘル・シュミットのオフィスのドアが閉まると、わたしは彼のデスクの前の椅子に腰かけてマルリーゼとエルンストのことを話した。「なにもかもとんでもない誤解なんです」ここでもまた同じことをいった。「もしもわたしの親戚を救っていただけたら、エルンストが家に帰れるよう取り計らっていただけたら、心から感謝します」

そしてわたしは（神さまお許しください）わたしの人生を永遠に変えてしまうことになる言葉を口にした。「感謝の気持ちと両親の祖国への忠誠心を示すためにも、ニューヨークに戻ったら職場の上司からできるだけ情報を集めて、喜んであなたにお教えします」

それが朝の八時半のこと。

昼までにはマルリーゼからホテルに電話が入り、エルンストが戻ったと聞かされた。「まちがいだとわかってもらえて本当によかった」マルリーゼは泣きながらわたしにいった。「終わってくれてとてもうれしいわ」

わたしにとって、終わったものはハインリヒ・フォン・ホッフとの幼稚な恋愛だけ。危険と陰謀と心すさむ皮肉に満ちたスパイとしてのわたしの人生は、しかし、はじまったばかりだった。

〝グリッチノイズ〟とやら（それがなにかは知らないけれど）のために録音のやりなおしをし

ていたローズが次の節に進もうとしたとき、ヘッドホンからアキームの声がした。

「邪魔して悪いね、彼女。MIBの一団があんたに会いたいってさ」

「だれ？」

「黒ずくめの男たち《メン・イン・ブラック》だよ」そう説明した。「ていうか、この場合は黒ずくめの男たちと最高にイカした女がひとりだな。あんたの知り合いのジョージだけど、今度はお仲間《フレンズ》を引き連れてきたよ」

お仲間《フレンズ》。複数形。好ましくない兆候だ。アレックスはやはり誘拐されたのだ。ジョージはそれを伝えにきて、残りの捜査官二名は、自分でアレックスを捜すからインドネシアのジャングルに連れていけと、わたしがジョージに圧力をかけるのを阻止するために送り込まれた〝助っ人〟だ。

ああ、アレックス。なんだってあなたはいつも危険と隣り合わせのような場所でばかり暮らそうとするの？　わたしの目を見て、ひと言いってくれさえすれば――。

スタジオのドアが開いてジョージ・フォークナーがなかに入ってきた。「邪魔をしてすいません――」

「あの子は生きているの？」

「そうでないと考える理由はありません」

ローズはうなずき、座ったままでいてよかったと思った。「アレックスを連れ去った人物の目星はついた？」ジョージのあとから男性と女性がスタジオに入ってきた。どちらもローズに情報を知らせるよりこちらの紹介が先だというようなうぬぼれ屋ではなかった。

「いいえ」ジョージはいった。「目下、調査中です」

「なにかわかったことは？」ローズはきいた。

「アレックスは月曜の夜にジャカルタにあるレストラン〈ザ・ゴールデン・フレーム〉から連れだされました。明らかに本人の意志に反して。彼がありふれた白の配達用トラックのなかに引きずり込まれるのを何人もの人間が見ています。アレックスはなにか叫んでいたとのことですが、意味がわかった者はいませんでした――どうやら町のそのあたりは英語を話す人間があまり多くないようです」ジョージはいった。

「拉致されたのは息子だけ？」ローズは尋ねた。

「はい、そのようです」

「あの子はだれと食事を？」

「レストランのオーナーによると、アレックスの連れはまだあらわれていなかったそうです。店には二名で予約が入っていました」

ローズはうなずいた。「ホテルの部屋は調べた？　マレーシアにある息子のマンションは？」

「いまやらせているところです。ですが、いまのところ〝月曜八時になにがしと食事。なお、なにがしはわたしを誘拐したがっているもよう〟と書かれたスケジュール帳や紙切れは見つかっていません」

「わたしの経験では、どんなときも足取りをたどれるメモの類があるはずよ。ほかには？」

ジョージは首を横に振った。「現時点ではそれだけです」

ローズは女性捜査官のほうを向いた。若く美しい女性で、アフリカ系アメリカ人の血が混じっていることだけはたしかだった。「わたしが知るべきことで彼が話していないことがなにかある？」

「いいえ、マム。入手したすべての情報をあなたにお伝えすることが彼の任務ですから」

ローズは女性捜査官からもうひとりの男性――彼女と同じくらいきれいな顔をした小柄な若者――に視線を移した。「では、おふたりにこう尋ねたほうがいいかしら。わたしが知るべきことであなたがたがジョージに話していないことがなにかある？」

若い女性が声をあげて笑い、すると美しさがなおいっそう際立った。「いいえ、マム。われわれはその手のことをするつもりはありません。あなたにはつねにすべての情報をお教えするつもりです」彼女は手を差しだした。「アリッサ・ロックです。お会いできて光栄です、ミセス・フォン・ホッフ」

アリッサ・ロックの握手は、短いが力強いものだった。

「それで、こちらがジュールズ・キャシディです」ジョージがローズにいった。

ジュールズもローズと握手をした。「よろしく、マム」

「きっとインシュリンが必要になるはずよ」ローズは彼らにいった。「アレックスのことだけど。あの子は糖尿病なの。月曜からずっと拘束されているとしたら……」すでに長すぎる時間が経過している。「誘拐犯がアレックスを生かしておくつもりなら、インシュリンを手に入れる必要が出てくる。薬局を狙った盗難事件に注意していれば――息子を見つける手がかりがつかめるかもしれない」

アリッサは三人から少し離れて携帯電話を開いた。「マックス・バガットにつないで」

「マックスとチームの残りのメンバーは、すでにLA経由でジャカルタへ向かっています」アリッサがインシュリンに関する情報を上司に直接伝えているあいだに、ジョージはローズにいった。「われわれに同行するというならむろん歓迎しますが、ニューヨークに残っていたいというのであれば――」

「荷造りはできてる」ローズは知らせた。「空港へはどちらの車で行く？　わたしの車、それともそちらの？」

7

「ジャカルタは今回が初めてか?」サヴァナを連れて空港の雑踏を抜けながらケンは耳元でいった。

サヴァナはうなずいた。ひとの多さと騒がしさと熱気と、西欧圏とはまったく異なる雰囲気に、明らかに圧倒されている。ケンは彼女の肘をつかみ、かならず横に並ぶようにした。

「アタッシェケースがつねにふたりのあいだにくるようにしろ」そう指示した。「なんならおれがもとうか」

サヴァナは両手でケースを抱えていた。「平気よ、ただ……そばにいて。お願い」

「ここにいる」ケンはいった。「絶対にこの手を放さないから」

「ありがとう」

それはカリフォルニアを発ってからふたりが交わした一番長い会話だったが、サヴァナの瞳が不意に涙で光るのを見て、やさしくするのは彼女のためにならないことにケンは気づいた。

「そんなばかげた靴でよく平気だな」彼はいった。「どう見ても空港を走るのには適さないと思うが」

「平気よ」嘘がへただな。きっと死ぬほど足が痛いに決まってる。

ケンは疲れていた。腹も減ったし、時差ぼけだし、二十四時間以上着っぱなしの服は薄汚れていたが――サヴァナは彼の十倍は気分が悪いはずだ。なにしろこういうことに慣れていないのだから。それなのに、なんと、ひと言の不平も洩らさない。

「あの……」サヴァナがあの目で彼を見つめ、ためらいがちにいった。「わたしたち、その、初めからやりなおすというのはだめかしら？　つまり、こうして地球の裏側まできたわけだけど、こんなところまでついてきてくれたってことは、少なくともあなたも心のどこかで――」

「ミス・サヴァナ・フォン・ホッフ？」

ふたりの行く手をふさいでいる男は巨漢だった、それも極めつきの。着ているスーツはオーダーメードで、明らかに値が張りそうだ。着るものにはかまわないケンが見ても、かなり高価なものだとわかった。

まわりではその大男をよけるようにして人波が流れていたが、ケンとサヴァナはいったん動きがとれなくなった。大男は〝フォン・ホフツ〟と書いたプレートを掲げた。「叔父上のところにお連れするためにきました」訛りの強い英語。インドネシア人ではない。おそらくロシア人だろう、とケンは思った。

「名前の綴りがまちがってるぞ」彼はそう指摘した。

「わたしがどの便に乗っているかどうしておわかりになったの?」（初めからやりなおしたいといった）サヴァナが怪しんだ。

いい質問だ。本来ならケンが思いついてしかるべきだった。もしも下半身でものを考えていなければ。彼のその部分はサヴァナと〝やりなおす〟ことに大乗り気だった。

「やあ、ご親切にどうも」ケンは世界一身なりのいい運転手にいった。「だがホテルへの足は自分たちで確保するから心配なく。だからミスター・フォン・ホッフのほうを迎えにいって、われわれがホテルで会いたがっていると伝えてくれないか。用心したいというこちらの意向を彼はきっと理解してくれるはずだから」

大男がケンを見た。「あなたは?」

「家族の友人だ。で、あんたは何者だ?」

「このひとと一緒に行くことにするわ」サヴァナがいった。

なんだって……?　ケンは彼女のほうに目を向けた。なんともおかしなことに——サヴァナの顔は真っ青だった。「まさか、冗談だろ」

「いいえ。本気よ」

すばらしい。〝初めからやりなおす〟って、あれはどうなったんだ?　「サンディエゴでおれがなんといったかおぼえているか?」

「さっさとこれを終わらせたいの」サヴァナはケンの目を見ようとしなかった。

「おれのやりかたで、だ」ケンは彼女に思いださせた。「それがいやならおれは手を引く。本気だぞ」

「わかった」サヴァナはいい、最高にへんてこな笑顔を見せた。「それでけっこうよ。むしろそのほうがいい……わ。本当に。それに……だから……急げば、香港行きの次のフライトに間に合うかもしれないわよ」

サヴァナはどうしてもおれを追い払いたいらしい。まるで……。

そのとき、ケンはようやく大男がひとりではないことに気づいた。サヴァナのまうしろに、もうひとり男が立っている。

その男は腕にコートをかけていた——コートだ、この熱帯のジャカルタで。武器を隠す昔ながらの、だが想像力に欠けるやりかた。今回の場合はダーティー・ハリーがもっていそうな銃身の長い拳銃で、男はそれをサヴァナの脇腹に押しつけていた。

「じゃ、さよなら」サヴァナはケンにいった。「あなたのやりかたに従うつもりはこれっぽっちもないの、だからさっさと帰って」

なんてこった、サヴァナは銃をもった悪党からおれを守ろうとしている。おれがけがをしないように追い払い、自分ひとりで不幸な運命に飛び込もうとしているんだ。

コートの男がもっている拳銃が第三世界に出まわっているちゃちな安物なら、サヴァナと銃のあいだにこの身を割り込ませて、ふたりのくそったれから武器を奪っていただろう。

しかしあのばかでかい銃が相手では、男がはずみで引き金を引きでもしたら、体に穴があくのはケンだけではすまない。銃弾はケンを貫通して、サヴァナの体にもでかい風穴をあけるだろう。そうなればふたりがやりなおすチャンスはない。二度と。

「わかった」のんきな口調でケンはいった。「きみのやりかたに従うよ、ベイビー。この紳士についていくとしよう」

ここから駐車場までのあいだに、あの武器を奪って主導権を取り戻すチャンスがきっとある。男ふたりに銃が一挺？　たとえ大男のほうも武装していたとしても、所詮はしろうとだ。楽勝なことに変わりはない。

ところが、サヴァナは事をできるだけ荒立てることにしたようだった。「すぐうしろに男がいるのよ、ケニー」喰いしばった歯の隙間から声をしぼりだすようにしていった。「わたしに銃を押しつけてるの」

そんなばかな、シャーロック。「ああ、知ってるよ、ご親切にどうも。おかげでおれが知ってることを彼にも知られちまった」

「早く行って」サヴァナはいった。

「それから、おれのことをケニーと呼ぶな」ケンはつけ加えた。

「ご同行願おうか」大男がいった。「ふたりとも」

サヴァナはロシア人に向きなおり、不意に声を荒らげた。「このひとはなんの関係もないから」

このひと、とはケニーのことだ。まったく。こういうときのためにサヴァナはおれについてきてほしかったんじゃなかったのか？　彼女を守るために？　それとも、トラブルのきざしに気づくやいなやおれがさっさと逃げだすと本気で思っているのか？

ケンは彼女の肘をつかんで前に押しだした。「この連中はおれが片づける」耳元で囁いた。

「だから……きみはもうなにもいうな。頼む」

「でも――」

ケンが肘を締めあげるとサヴァナは黙った。ありがたい。このうえ彼が米海軍ＳＥＡＬであることを洩らされでもしたら、サヴァナは孤立無援になる。テロリストを叩きのめすＳＥＡＬの噂はこのあたりの島々にも知れ渡っている。仮に真相が知られたら〝悪の将軍〟的な筋書き――ケンを縛りあげて捕虜にする――にはならないだろう。そう、この手の連中はＳＥＡＬを心底恐れているから、ケンはなにが起きたかもわからないうちに頭を撃ち抜かれることになる。

大男のうしろを歩きながら、ケンはほかにも仲間が三名いることに気がついた。やはりコートを腕にかけ、ひとごみを縫うようにしてついてくる。

くそ。五対一では楽勝とはいかない。

そして大男が案内したのが駐車場ではなくヘリポートだとわかった時点で〝くそ度〟は十段階で十一に達した。ヘリポートには双発機のピューマが待機していた。

待て待て。見た目ほど悪い状況ではないかもしれないぞ。ヘリでどこかの孤島に監禁されて身代金を要求されたとして、それがなんだというんだ？　こんなこともあろうかと、シャツのポケットに追跡装置を入れてきたじゃないか。

ケンが行方不明であることが判明すれば、ジョニーかサムかコズモか、とにかくケンのことをよく知るだれかが遅かれ早かれ彼の家に行ってコンピュータをチェックし、インドネシアのどことも知れない辺鄙な場所から安定した信号が送られてくることに気づくはずだ——そんな地域に携帯電話用の衛星があればの話だが。仮になくても、あいつらのことだ、きっと簡易式のサテライトタワーでも設置して、あっという間に探しだしてくれるだろう。もしもそれまでに竹と蔓でできた粗末な監禁小屋からサヴァナを連れて逃げおおせていなくても、いずれはＳＥＡＬの仲間たちが救出にきてくれる。

むろん、この男たちが実際にどこかのテロリストだとしての話だが。あのヘリがどこかの大邸宅の芝生の庭に着陸して、サヴァナの叔父のアレックスがゆったりとした足どりでふたりを出迎える可能性がないわけじゃない。ビニャコラーダのグラスを両手にもって。

「それは例の金だな？　わたしがもとう」大男はそういうと、サヴァナのアタッシェケースに手を伸ばした。

「だめだ」ケンがふたりのあいだに割って入ると、コートが一斉に地面に落ちた。二挺のウジと一挺のヘッケラー《H》&コッホ《K》・ＭＰ５（なんとしてもこいつは手に入れたい）があらわれ、ケンに狙いをつけた。しかし彼を留まらせたのは、いまもサヴァナに向けられている44マグナムだった。

大男がアタッシェケースを渡すよう身ぶりで要求し、サヴァナは即座にそれに応じた。

「よし」ケンはいった。「ここで誘拐のしくみを教えよう。金を受け取ったら人質を解放する。

簡単なことだ。基本中の基本だな。おまえらみたいな低脳どもでもわかるはずだ。おまえたちは金を手に入れた、だからあとは――」

がつん。

大男がケンを殴った。後頭部を金属製のアタッシェケースで。くそ、頭のなかがわんわんいっている。相手の動きが見えなかったから身構えることができず、ケンは衝撃で舗道にくずおれて手足をついた。

その姿勢のまま四本ある自分の手足を見つめながら、ふと思った。たぶん身構えていなかったからこそ、ノックアウトを喰らわずにすんだのだ。とはいえ頭が死ぬほど痛いし――それに頭に血がのぼってもいた――めまいもするが。

サヴァナが泡を喰って彼の横に膝をついた。きっとあのおしゃれなストッキングが破れてしまっただろう。

「ああ、ケニー」彼女はいった。「どうしよう……」

「心配ない」どうにかこうにかいった。「おれはかなりの石頭だから」あと一分もこうしていれば、目の焦点も戻るはずだ。

「お願い」サヴァナが彼の顔にふれた。灼けつく太陽の下でさえ、彼女の手はひんやりと冷たかった。「あのひとたちを怒らせるようなことはもうしないで」

「どうしようもないんだ。また例のくそったれ野郎が顔を出してね。たぶん遺伝子に組み込まれているんだな」

意外にもサヴァナが笑い声をたてた。しかし大男が彼女の腕をつかんで乱暴に立たせると、笑い声は悲鳴に変わった。

その声に、ケンもすばやく身を起こした。頭を振ってめまいの名残りを追いやる。「その薄汚い手で彼女にさわるな！」

そのせいでHKサブマシンガンの台尻を腎臓のあたりにもろに喰らうはめになった。焼けつくような痛みで、これから二日ほどは血の混じった小便というおまけまでついてくることがわかった。しかし、痛みそのものは我慢できないものではなかった。

これまでに散々ぶちのめされてきたおかげで――ありがとうよ、親父――殴り合いの喧嘩では、たとえ相手がだれだろうと、一秒でも長く立っていたほうが勝者となることをケンは知っていた。痛みを無視して立ちあがり、それでも相手がまだ地面に倒れたままだったら、こちらの勝ち。

しかし、いまは相手はひとりじゃない。五人だ。そして彼がいまここで、この〝お楽しみ〟のしょっぱなで死んだりしたら、サヴァナはひとりぼっちで残されることになる。

しかもひとたび殴り合いがはじまれば、サヴァナはきっとケンと一緒に戦おうとするだろう。そいつはまずい。

そのうえ、放るようにしてサヴァナをヘリに乗せたあと、大男は彼女に指一本ふれていなかった。だからケンは口を閉ざし、サヴァナにつづいてスライディングドアをくぐった。

「大丈夫か？」波型鉄板の床の自分の隣にサヴァナを座らせながら、ケンはいった。シートはなかった。どうやらこのヘリは貨物輸送用らしい。実際、小ぶりの木箱がところせましと積んであった。大男は、開いたままのドアからもっとも遠い隔壁と木箱のあいだにアタッシェケースを押し込んだ。

サヴァナが、大きなブルーの瞳をさらに大きくしてうなずいた。「あなたは？」

「生きてるよ」

「ケニー、本当にごめんなさい、こんなことに巻き込んでしまって――」

「しーっ」ケンはいった。「サヴァナ、黙っていろ。一切しゃべるな。いいな？」

「だけど――」

ケンがじっと見つめるとサヴァナは黙った。だがそれもほんの一瞬だった。

「チャンスがあったらあなたは逃げて」できるだけ早口でいった。「安全なところへ。わたしのことはいつだって助けにこれるから」

「口を閉じろ」

「約束して」

「いいから、黙れ！」信じられない。

「でもあなたなら逃げられる」この女性は黙るつもりがないらしい。「だってあなたはS――」

SEAL。ケンは彼女にキスした。サヴァナはいま、ヘリいっぱいのテロリストに向かってケンがSEAL隊員だと知らせるところだった。だからケンは唯一うまくいくとわかっている方法で黙らせたのだ――自分の口で彼女の口を塞ぐことで。

熱いキスで彼女の息を奪ったところでヘリの羽根がまわりだし、そのすさまじい音に大声で叫ばないと話もできないくらいになった。そしてヘリが離陸すると、ケンはサヴァナの耳元に口をもっていった。これならだれからもくちびるを読まれずにすむ。「やつらはおれのことを……おれが何者かを知ったら、きっとおれを殺す。だからおれが米海軍にいることをまちがっても口にするな、わかったな？　さもないと、おれは死ぬことになる」

サヴァナはうなずいた。彼女は震えていた。そんなふうにさせたのはキスのせいだと思いたいところだが、おそらくはもう少しでケンが命を落とすところだったと知ったせいだろう。

あのキスで震えたのはおれのほうだ。

ケンは開いたままのドアから外を見た。どうやら北東に向かっているらしい。ヘリはすでにジャカルタを離れて海上に出ていた。

ふたたびヘリの内部を見まわした。ＭＰ５サブマシンガンの男——ケンが奪い取りたいと思っている銃だ——が座っている場所までは距離がありすぎた。二挺のウジさえ、手の届かないところにある。

ケンはまずはアタッシェケースに、それからヘリそのものに注意を集中した。

反対側にもうひとつスライディングドアがあり、そちらは閉まっていた。ケンは目を凝らした。ドアは閉まってはいるが、ロックはされていない。ひょっとしたら掛け金《ラッチ》すらかかっていないかもしれない。だとすれば、押し開けるのは造作ないはずだ。

ヘリは無言で座る乗客を乗せ、優に一時間以上、大海原の上を飛んでいた。サヴァナはケンの手にしがみついていた。

ついに真正面に島があらわれると、急にロシア語が飛び交う議論がはじまった。友人のジョニー・ニルソンとは違い、ケンはどんな言語の達人でもなかった。

それでも、いわゆる〝生き残るためのロシア語〟ぐらいは話せたので、だいたいの内容はつかめた。まずはアメリカ人を落として、そのあとで引き渡しをする。それからジャカルタに戻って、大男の兄弟か彼のサボテンのオットーとかいうやつと夕食をとる。たぶん兄弟だろう、とケンは予想をつけた。

サヴァナはもう限界だった。「叔父はどこにいるの？」ミスター・大男に向かって、ヘリコプターの轟音に負けじと大声で叫んだ。「叔父は誘拐されたの？　これはそういうことなの？」

「じつをいうと、彼がどこにいるかわたしも知らなくてね」大男が叫び返した。「彼は重要な会合をすっぽかした……だから損失の一部を取り戻すことにしたというわけだ。電話のアレクシィの声はなかなか似ていただろう、ええ？」

「あれはあなただったの？」サヴァナは声を失った。

「『もしもし、サヴァナ』」大男が叫んだ。「『アレックスだ。こんなもてなししかできなくてごめんよ……』アレクシィは消えたが、ご親切にもホテルの部屋にパームパイロット（個人用の携帯情報末端）をおいていってくれてね。彼はお気に入りの姪のことをよく話していたから、金を届けるよう電話をするならきみだろうと思ったんだよ」

「そんな」サヴァナはつぶやくようにいった。「わたし、なんてことを」

つまり、すべては嘘、ペテンだったのだ。たぶんサヴァナの叔父のアレックスはすでに海の藻屑となっているのだろう。誘拐計画が頓挫したのだ、とケンは思った。人質が急死したため、大男とその一味は身代金を手に入れるために一計を案じる必要に迫られた。そこでサヴァナに電話をかけ、まんまと大金をせしめたわけだ。

「おまえたちは金を手に入れた」ケンは大声でいった。「欲しいものは手に入っただろう。なのに、なぜおれたちをこんなところまで連れてきた？」

「なぜなら、金だけの問題ではないからだ」大男がやはり大声で返した。「われわれには面目を保つ必要がある」

ああ、くそっ。いまのは聞きたくない言葉だった。大男のいう〝面目〟とは、脅しと恐怖によって保たれる類のものだ。やつをコケにしたばかな男を――でなければ、ばかな男の姪と家族の友人を――見せしめにすることで。こうなると、死というオプションも現実味を帯びてくる。

いまではヘリは島の上空にさしかかり、だんだんと高度をあげながら深いジャングルにおおわれた内陸部へと向かっていた。

サヴァナは押し黙っていた。自分からのこのこ危険に飛び込みにきたことに気づいてショックを受けているのだろう。彼女がケンと同じ結論に達しているとは思えなかった。彼女の叔父はたぶん死んでいて、いますぐなにかしないと、なにか行動に出ないと、自分たちの死も文字どおり時間の問題であると。

ケンは距離を見積もり、歩数を数えた。ヘリの反対側まで何歩。ＭＰ５サブマシンガンの男まで、大男まで、アタッシェケースまで、閉ざされたドアの取っ手まで何歩。

無言のままさらに一時間近く飛んだところで、大男がふたたびロシア語でどなるように命令した。

「このあたりまでくればいいだろう。じゅうぶんに――」

最後の言葉はケンの知らないものだった。おそらく飛行に関することだ。ロシア語をおぼえるとき、ケンは徹底的に単語を頭に叩き込んだ。どうやら飛行に関する章は抜けていたらしい。

ただ、パイロットはヘリの機首をかなり立てて、ぐんぐん上昇していた。そこでケンは思いだした。最後の言葉は〝高度〟だ。じゅうぶんに高度をあげろ。

高度をあげる、なんのために？

不意にケンは悟った。

なんてこった。アメリカ人を落とすというのは、文字どおりアメリカ人を落とすことだったんだ。飛んでいるヘリから数百フィート下のジャングルへ。

いきなり翼が生えて飛べるようにでもならないかぎり、ケンとサヴァナはきわめて困ったことになる。

伝道船にはエアマットレスと、舳先に渡すようにして陽射しをさえぎる幌がついていた。

それとも、さえぎるのは好奇のまなざしだろうか。

これほど緊張するのはいつ以来のことかジョーンズは思いだせなかった。それにこれほど興奮するのも。よくない組み合わせだ。

ある種の暗黙の了解によって、たとえ今日セックスをするとしても、それが起きるのはモリーが訪問をすませて川を下る帰途についてからだと理解していた。

そしてついにそのときが訪れた。昼食が終わり、別れの挨拶が交わされた。彼らはまたボートの上でふたりきりになった。

行きのボートのなかで、モリーはずっとジョーンズに話を聞かせていた。アイオワですごした子供時代のこと。母親のこと。十歳のときに死んでしまった、ホームコメディに出てくる満点パパのような父親のこと。

モリーは子供のころの彼女が目に浮かぶような個人的なエピソードまでくわしく語り、彼にもそうしてほしいと思っていることをジョーンズは知っていた。

それでも彼がいえたのはほんの数言で、それもためらいがちにぽつぽつとだった。「育ったのはオハイオだ」とか「野球をするのが好きだった」とか「母親とはもう十年会っていない」とか。

モリーはそれ以上詮索しようとはしなかった。貴重な贈り物でももらったかのように、ジョーンズに微笑みかけただけだった。

ジョーンズはボートを出そうと船外エンジンに手を伸ばしたが、モリーがそれをとめた。

えだ。

「流れにまかせましょう」

ジョーンズは声が出せなかった。だから黙ってうなずいた。流れにまかせる。うん、いい考えだ。

「レモネードはいかが？」モリーが尋ねた。彼女は陽のあたる船尾のベンチに腰かけた。

ジョーンズは朝からずっとこの瞬間を夢想してきた。モリーが彼の股間を石のように硬くさせるあの笑みを浮かべ、一枚ずつ服を脱ぎながら、幌の下へと彼を導く。そして一糸まとわぬ姿でエアマットレスに横たわる。その姿を時間をかけてたっぷり眺めたあとで、ジョーンズは彼女に近づく。そして彼女のなかに身を沈め……。

「わたしは少し飲むことにする」モリーはクーラーボックスに手を伸ばした。「気づいていないといけないからいうけど、わたし、ちょっと緊張しているの。だれかを誘惑するのは久しぶりだから。とくに自分よりだいぶ年下のひとを誘惑するのはね」

「暦の上の年齢に意味はない」ジョーンズはいった。「おれは二十五ですでに、たいていの知り合いより老けていたよ」

それを聞いてモリーが目をあげた。「二十五歳のときになにがあったの？」

ジョーンズはかぶりを振った。「その話はよそう。そもそも、もちだすべきじゃなかった」

モリーの目を見れば、それが彼の傷痕と関係があることだと知っているのがわかった。それでも彼女は問い質そうとはしなかった。「わかった」

モリーにも傷はあった——両手首に、ジョーンズのものよりさらに褪せた細い傷痕が。ゆうべ初めてそれに気づいた。二度目に彼女のテントを訪れたときに。けれども自分のことは話さずに彼女の傷について尋ねるのはフェアじゃない気がした。

モリーはレモネードの容器を開けてふたつのカップに注いだ。ひとつをジョーンズに渡したあとで、自分のカップからごくごくと飲んだ。「でもね、わたしのほうにはあなたに知ってもらわなきゃいけないことがあるの、ここから先へ進む前に」

ジョーンズは黙った。モリーがなにをいうつもりにせよ、じっと待っていさえすれば、いつかは話してもらえるだろう。

「真実の告白タイムってわけ」彼女はいった。

ジョーンズは待った。

モリーはまだぐずぐずしていた。「わたしたちが、その、あと戻りできなくなる前に」

彼女はまた喉を潤すと、カップを膝の上にうまくのせて、レモネードの容器をクーラーボックスに戻した。ボートはいつのまにか川岸に近づき、木漏れ日が彼女の顔の上にまだらの影を落としていた。ジョーンズはただモリーを見つめ、話のつづきを待ちながら、なにを聞かされるのか思い煩《わずら》うのはよそうとした。

わたし、結婚しているの。癌でもうすぐ死ぬの。じつをいうと男なの……。くそ、そうか。モリーは尼僧なんだ。

「話というのはね……」モリーは大きく息をした。「わたし、最近おばあちゃんになったの」

安堵のあまり笑い声が出た。笑わずにはいられなかった。「ほんとに?」

「ええ」

「そりゃ……おめでとう」

モリーは、もっとなにかいってほしそうな様子でこちらを見ている。

「男、それとも女？」彼は尋ねた。

「女よ。娘に……女の赤ちゃんが生まれたの。キャロラインというの」

「よかったな」

ところがモリーはまだ満足していないようだった。だからいった。「きみに娘がいるとは知らなかったよ」

「ええ、そうなの」そしてなおも期待するように彼を見た。

ジョーンズは降参した。「モリー、なにかおれがいうべきことがあるんなら、もっと大きなヒントをくれ。こいつはおれの経験の範疇を超えている。子供とか孫とか……。おれがいわなきゃいけないことで、まだいっていないのはなんなんだ？」

「なにも。なにもいう必要はないわ。ただ……」

やれやれ、いよいよだ。

「萎えてしまわない？　その、わたしがだれかの……おばあちゃんだと知って」

真顔を保つには、ポーカーで培ったワザを総動員する必要があった。「さあ、どうかな。たぶん、その最中は入れ歯をはずさないと約束してくれれば……」

モリーが声をあげて笑った。「デイヴ。わたしはいま自分をさらけだしたのよ。最大の弱点をあなたに明かしたのに、そんなふうにからかうわけ？」

ジョーンズはカップを下においた。それから立ちあがり、彼女の手からカップをとって、やはり下においた。そして彼女を立たせた。「手を貸して」モリーはいわれたとおりにした。ああ、モリーの手。すらりと伸びた優雅な指がたまらなくいい。「怒らないと約束するかい？」

彼女はうなずいた。

ジョーンズは彼女の手を自分の股間にもっていった。

そして、まさにその部分に押し当てた。ジョーンズのそこが萎えた状態とはほど遠いことをモリーが自分でたしかめられるように。

「まあ」声が洩れたが、モリーは手を引っ込めようとはしなかった。それどころか、大胆にも指で探ってきた。

ジョーンズは数秒ほど口がきけなくなった。声を出すには咳払いをしないとならなかった。

「『わたしはおばあちゃんよ』といってごらん」

モリーが笑った。「わたしはおばあちゃんよ」

「どうだろう」モリーの目を見つめながらいった。「いまのでさらに硬くなった気がするんだが。きみの秘密を知ったことと、きみの手の感触のどちらにより興奮したかは微妙なところだけど」

モリーがくれた微笑みとキスは、ジョーンズの想像をはるかに超えていた。

「午前中ずっとわたしがなにを想像していたか知ってる？」モリーが囁いた。彼は彼女を引き寄せ、ブラウスの下に両手を滑り込ませて、信じられないほどなめらかな肌に触れた。モリーはすごくやわらかだった。

「いや。願わくはおれも登場しているといいんだが」

「ボートで川を下りだしたら、わたしたちに言葉はいらないの。ついに愛し合うときがきたのだと知っているから。わたしはただあなたに微笑んで幌の下に行く。そして服を脱ぐの」

ジョーンズは思わず笑い声をあげた。「おれもそれとほとんど同じことを考えていたよ」

「そしてあなたはわたしを見るの、いつもわたしを見るときのあの目で」声がかすれた。「まるで世界一魅力的な女を見るみたいに」

「それからきみはマットレスに横たわる」ジョーンズはつづけた。「おれがきみのことをもっとよく見られるように――」

「それからあなたは服を脱ぐ。わたしがあなたを見られるように」モリーはそう締めくくった。

「その部分はおれの想像にはなかったが善処するよ」

「よかった」彼女はそういうと、彼の腕のなかから抜けだして幌のほうへ向かった。

サンダルを脱ぎ捨て、三つ編みにした髪を頭を振ってほどいた。

モリーはジョーンズを見つめながら、口元にかすかな笑みを浮かべてブラウスのボタンをはずし、その下にあるものをちらりとのぞかせた。黒のレース。透き通るように白い肌。豊かな乳房。

その三つが合わさると、心臓がとまるほどエロティックだった。

ついに最後のボタンがはずされ、ブラウスが肩からデッキに滑り落ちた。スカートが衣擦れの音をさせてそれにつづき、そして黒のレースの下着を、彼だけのために――そうとも――つけたモリー・アンダーソンがあらわれた。

彼女がブラのホックをはずし、ショーツをするりと脱ぐと……

頭に浮かんだ最初の言葉は〝おばあちゃん〟ではなかった。

モリーはアメリカのばかげた基準から見たらぽっちゃりしていたが、ジョーンズの基準では違った。彼にいわせれば、完璧だった。やわらかくてなめらかで、魅力的で欲望をそそられる成熟した女性だった。

彼女は母なる自然、母なる大地だ。濃い色の乳首をした、たっぷりとした美しい乳房。丸みを帯びた女性らしい腰は、ポキンと折れてしまうのではないかという不安を男にいだかせずにやさしくあやし、慰めて、楽園へと導いてくれる。

モリーが笑い声をたてた。「そんなふうに微笑んでいるあなたはすてきよ」

「そんなふうにすっぽんぽんのきみもすてきだよ」ジョーンズはそう返した。

「もう緊張はしていないわ」モリーはいった。「いまは……あなたが口癖のようにいっていた、例のペニスを突き立てるセックスをしたくてたまらない」

彼女はエアマットレスに体を伸ばし、枕に寄りかかるようにして上半身を起こした。髪の毛が顔のまわりに広がり、重力が乳房に驚くべき効果を及ぼして、硬く尖った頂を際立たせた。

とろりとした目をして、あの小さな笑みを口元に浮かべたモリーは、まさに欲情した女そのものだった。

駆けだしたいのをこらえるだけで精一杯だった。むしるようにして服を脱いで一気に彼女を貫きたい気持ちを抑えるだけで。

ジョーンズは抑制のきいた動きで頭からゆっくりとTシャツを脱ぐと、蹴るようにしてサンダルも脱ぎ捨てた。

ショートパンツに手をかけたところでほんの一瞬ためらったが、そこで思いだした。この女性はおれの裸をすでに見ている。おれの傷のことを知っている。

いくつもある傷のすべてを。

それなのに、なにも尋ねないと約束してくれた。

ジョーンズがショートパンツを押し下げると、モリーの笑みが大きくなった。「相変わらず下着をつけていないのね」彼女はいった。「好奇心からきくんだけど、デイヴ。好きで下着をつけないの、それともあまり高くないデパートが近所にないせい?」

「好きでつけないんだ」おかしな話だ。モリーも自分も全裸だというのに、彼が下着をつけないことについて話しているなんて。「もっとも、好き嫌いを云々する年になる前からつけていなかったんだが。いまじゃ下着を穿くと着ぶくれしている気分になる」ジョーンズはそこでふっと黙った。「それはそうと、きみは信じられないほどきれいだ」

「あなたもよ」モリーはいった。「こっちへきて」

「まだだ。まだ見たりない」

「あなたにさわりたい」

「うん、まあ、そう思っているのはきみだけじゃないけどね。でも悪いな。時間をかけたいんだ。なにしろこの瞬間を何カ月も待っていたんだから」

「何カ月も？」

ジョーンズはモリーに微笑んだ。「初めてきみを見た日からずっと、こんな状態でうろうろしてきたんだ。あと数分それが延びたからってどうってことない」あの日、ジョーンズは飛行場の片づけを手伝ってくれる人手を雇いに村まで出かけた。いったいどこのだれだとみんなが胡散臭い目を向けるなかで、モリーだけはあたたかな笑みで迎えてくれた。「おれは楽しみをあとにとっておくタイプでね。だからきみさえよければもうしばらくここに座って、期待に胸を躍らせていようと思うんだが」

ジョーンズが実際に腰をおろすのを見て、モリーは笑った。「嘘つきね。本当はおいしいものはすぐに食べたいタイプのくせに。あなたはわたしが懇願するのを聞きたいのよ。これはそういうことなんでしょう？」

モリーがそこまで彼のことをよく知っているとは驚きだった。おれは自分のことをほとんど話していないのに……。「たしかにここで懇願されると、この空想にいいひねりが加わるだろうな、うん」

モリーはひとつも言葉を発しなかった。ただジョーンズの視線をとらえ、彼の血を熱くたぎらせるあの微笑みを浮かべて脚を大きく開いた。

「いや」ジョーンズは立ちあがってモリーのほうに近づいた。「懇願されないのも効き目があるようだ」

ジョーンズが脚のあいだにひざまずくと、モリーは彼に手を差し伸べ、口づけをしようと上体を起こした。彼はモリーをきつく抱きしめ、重なるようにして体を倒した。モリーは早くもひとつになりたがった。ああ、おれだって早く彼女に包まれたい。だが、まだコンドームをつけていない。それにまずは彼女にふれたかった。彼女に触れ、キスして、彼女を味わい、その香りを吸い込みたい。

けれども彼の下には裸のモリーがいて、そのやわらかでなめらかな肌の感触はあまりによすぎた。

そのとき彼のキスから身を引いたモリーがあえぐようにいった。「いいわ。懇願する。お願い。して――」

家までは長い道のりだ。セックスをしたあとに前戯を楽しむ時間はたっぷりあるだろう。モリーはコンドームをもって彼を待っている。ジョーンズは記録的な速さでそれを着けると……。

ベッドでの女性の扱いには昔から自信があった。何時間でももちこたえて女たちを悦ばせることができる、自制を失うことなく彼女たちが欲しがっているものを与えてやれる、と。ところが、モリーの前だと――一緒にいられるなら死んでもいいと思わせてくれたただひとりの女性の前だと――ジョーンズはまるで十七歳の少年に逆戻りしたようだった。

最初のセックスは特別なものであってほしい、女性はそう考える。男にじっと目を見つめられ、初めてきみのなかに包まれたこの瞬間は格別にすばらしいと（畏敬の念をそれなりにこめて）いってほしいと思うものだ。

ところがジョーンズは、まるでモリーが流れ作業的サービスを提供するジャカルタの売春宿の女ででもあるかのように、荒々しく彼女のなかに押し入った。

モリーのなかに身を沈める前から彼は完全にわれを忘れ、いったん彼女に包まれたら、たとえ生死がかかっていたとしても自分をとめることはできなかっただろう。

ありがたいことにモリーは準備が整っていた。彼女のそこは熱く濡れて、なんと、とてもきつかった。モリーはこのうえない悦びに声をあげ「もっと」と叫んだ。

だから彼はもっと与えた。激しく、速く、深く。モリーは彼の舌を吸い、両脚を腰に巻きつけてきつく締めつけた。彼はモリーをファックしていた――そうとしかほかにいいようがなかった。ぶざまなくらい必死になって。

彼より先にモリーがクライマックスを迎えたのはまったくの幸運だった。これ以上もちこたえられない、ジョーンズにわかっていたのはそれだけだった。ここでペースを落としたところで、あっという間に果ててしまうだろう。あとで恥をかくことになるとわかっていても、抑えがきかなかった。

「ああ、モリー」あえぐようにいった。「もう我慢できない――」

だがそのとき彼女のまわりで彼女が弾け、ぶるぶると身を震わせて情熱を解き放った。

これでいい。次の瞬間、目がくらむほどの快感が体を突き抜け、ジョーンズは彼女の名前を叫んだ。

モリーはまだ彼にしがみついている。だからジョーンズは彼女の上に体を重ねたままでいた。心臓がまだ高鳴っている。いいにおいのする彼女の髪に顔をうずめた。

ふたりは漂っていた。二分、いや二十分だったかもしれない。このままずっと、ここでこうしていたい、ジョーンズにわかるのはそれだけだった。人生最後のときまで。

そのときモリーが声をあげて笑った。「ワオ」彼女はいった。「セックスがうまいといったのは嘘じゃなかったのね、デイヴィッド」

デイヴィッド。デイヴ。たぶん自分に腹が立っていたのだと思う。満足げな彼女の言葉にもかかわらず、もっとよくしてやれたはずだとわかっていたから。

理由はどうあれ、ジョーンズはモリーにデイヴと呼ばれたくなかった。とにかくいまは。金輪際。せめて愛しあっているあいだは。

「本名で呼んでくれ」顔をあげてモリーの目を見おろした。「グレイディと呼んでくれ」

「しーっ」モリーはジョーンズの下ですっと腰をずらして体を離した。「気でも違ったの？」

「ああ」まさしく。狂気の沙汰だ。「いいだろう、モリー。最後にその名前で呼ばれてから、どれくらいたつと思う？　おれを殺したいと思っている連中以外にということだが」

「悪いけど、わたしはあなたを死なせたくない。だからその名前を口にするつもりはないわ、絶対に」

モリーは本気だった、しかしそれをいうならジョーンズも同じだ。

「頼む」今度は彼が懇願する番だった。彼はボートのまわりを、川を身ぶりで示した。「これ以上安全な場所はない」

「癖をつけてしまいたくないのよ。そんなことであなたの命を危険にさらすわけにはいかない」

「お願いだ」

「そんなことをわたしにさせないで！」

「一度きりだ」ちくしょう、なんだっておれはこんなことにこだわっているんだ？「今日だけだ。今日だけモリー・アンダーソンにグレイディ・モラントを愛させてくれ、どこの馬の骨とも知れないジョーンズという名の男ではなく」声がうわずった。「頼む《プリーズ》」

モリーは目に涙をためて彼に手を差し伸べた。ふたりしてエアマットレスに倒れ込みながらも、ジョーンズにはどちらがどちらを抱いているのかわからなかった。

モリーは彼にキスを――甘いキスをしながら彼の髪を指ですいた。

「あなたは危険なひとね、グレイディ・モラント」囁きにもならない声でいった。「あなたといると、してはいけないとわかっていることをしたくなる」

ジョーンズが彼女に――彼女の口に、喉に、乳房に――キスすると、モリーがため息を洩らした。「たぶんわたしたち、このまま永遠にこの川で暮らすべきかもしれない」

「それはどうかな」ジョーンズはつぶやいた。「たぶん、きみがいないことに気づいただれかが捜索隊を出すんじゃないかな」

「あなたには捜索隊は出ない？」モリーはきいた。

「ああ。おれを私刑にかけるために捜す連中はいるかもしれないが。それだって、おれがきみを誘拐したと考えればの話だ」

「そんなばかな」

「たとえおれが消えても」ジョーンズは顔をあげて彼女にいった。「だれも気づかないよ、きみが一緒に消えたんじゃなければね」

モリーは彼の顔にふれた。「もう違うわ」

奇妙に入り混じった感情が胸にこみあげ、ジョーンズは彼女に口づけをした。喜び。恐れ。怒り。自分はいつかはこの地を離れる。ぐずぐずと長居をすれば、いつかは過去に追いつかれる。そうなる前に消えなければ。

そうなる前に消えよう。

だれかに恋しく思われるのはどういう感じだったか思いだそうとしたとき、モリーが囁いた。「もう一度愛して、グレイディ」

グレイディ。

はるか昔に過去に葬ったはずの人物に戻るのは思った以上に心地よく、ジョーンズは自分自身と、とうに忘れたはずの感情を思いださせたモリーの両方に怒りをおぼえながらキスを重ねた。

すぐにでも新しいコンドームを着けて彼女に溺れたかった、速く激しくこの身を突き立てたかったが、ジョーンズはなんとか思いとどまった。逸る気持ちを抑えて冷静になる。今度は、ちゃんと手順を踏んで彼女を愛そう。

そうとも。モリーが生涯、おれのことを恋しく思うように。

ケンがつないでいた手をそっとほどいた——それがなければ、サヴァナは彼が居眠りをはじめる一歩手前だと思っただろう。

この一時間、ケンは頭をうしろに倒して、開いたままのドアの下に広がる単調なジャングルの風景を、催眠術にでもかかったようにぼんやりと見ていたのだ。全身の筋肉からすっかり力が抜けているように見えた。

だから彼がいきなりヘリコプターの荷物室の反対側へ身を躍らせたときは、不意をつかれた。それは大型の拳銃をもった男たちも同じだったらしく、だれひとり動けずにいるうちに、ケニーはヘリコプターのもうひとつのスライディングドアを開け——そんなものがあることもサヴァナは知らなかった——例のアタッシェケースを、ケースを支えていた木箱ごとひっつかんで機体の外へ放り投げた。

サヴァナが座っている位置からも、首を伸ばせば、木箱とアタッシェケースがくるくるまわりながら地面に向かって落ちていくのが見えた。アタッシェケースのメタルの表面に太陽が反射してぎらぎら光っていた。

銃をもった大男——リーダーと思《おぼ》しきロシア人は怒り狂っていた。彼が声を発すると、四挺の銃がすべてあがってケンに狙いをつけた。ケンはいまにもアタッシェケースのあとを追おうとするように、ドア脇の壁にとりつけられたなにかのネットをしかとつかんでいた。

「ケニー！」さすがにこれはやりすぎだ、とサヴァナは思った。ロシア語は話せないけれど、銃弾を受けてハチの巣になったケンがまっさかさまに地面に落ちていくのは明らかに時間の問題だ。

そして地面ははるか下にある。

「あの金が欲しいなら、おれたちふたりを生かしておいたほうがいいぞ」大柄のロシア人に向かってケンが叫んだ。「あのアタッシェケースのかぎは外側のコンビネーションロックだけじゃない。内側にもうひとつ、音声認識ロックがあって——サヴァナとおれのふたりの合言葉がないと開かないようになっている。わかるか？　おれたちをひとりでも殺せば、金は一セントも手に入らない」

男たちのひとりがロシア語でなにか叫んだ。

「いいや、嘘じゃない」ケンが答えた。彼はロシア語を話せるの？　サヴァナはケンについて知らないことがたくさんあることに、知りたいことがたくさんあることに、気づいた。神さま、お願い、彼を死なせないで！

「ロックには安全装置が内蔵されている」ケンはつづけた。「なかに詰めた金は化学処理がしてあって、空気に触れると一瞬で高熱を発して燃えるようになっている。ああ、おまえたちが考えていることはわかるよ、だがこんな途方もない話を一からでっちあげられると思うか？」

ええ、思うわ。すべてケンの作り話だとサヴァナは知っていた。なにしろあのアタッシェケースはほんの数日前に彼女が自分で買ったもので、音声認識ロックなんてついていなかったから。でもあのロシア人はそれを知らないし、ケンの話しぶりはいかにもそれらしく、サヴァナですらあやうく信じそうになった。

「もしもアタッシェケースを壊したり、なんらかの方法でロックをいじったり解除しようとすると、化学反応をとめる薬品が出なくなって、おまえたちの二十五万ドルは灰になる。これは機密書類を運ぶときのSOP——標準作業《スタンダード・オプ》だ。通常、金の運搬には用いないが、こちらとしても保険が欲しかったんでね」

男たちはロシア語で激しくやりあっていた。例の大男が、片手を振りあげてそれを黙らせた。「なぜアタッシェケースをヘリから投げ捨てたりした？　その第二のロックをわれわれに見せるだけでよかっただろう」

「それで、いまこの場でケースを開けろとあんたらに脅されるのか？」ケンはかぶりを振って笑った。四挺の銃が狙いをつけているというのに笑うだなんて。やっぱりこの男性についてわたしが知らないことは山ほどある。「だめだね、こうすれば全員で地上に降りて、あんたとおれと、ここにいるミズ・フォン・ホッフで、おれたちが抱えるすべての問題を解決するべつの方法について話し合うことができる。どうせ四人の下っ端どもが金を見つけるのに二、三時間はかかるだろうからな」

ロシア人がヘリコプターの前部に目をやり、なにやら怒鳴った。パイロットが大声で返す。

またしても、そのやりとりを理解したかのようにケンはいった。「ああ、そうだ。ここから五キロほど戻ったところに川があった。そこにこのチョッパーを降ろせそうな空地があるのが見えた。簡単にはいかないだろうが、あんたのパイロットが優秀ならできるはずだ」

ロシア人は苦虫を嚙み潰したような顔をしていた。

ケンは肩をすくめた。「いやなら、金はあきらめるんだな」

ロシア人が大声でパイロットになにかいい、するとヘリコプター（ケニーのいいかただと〝チョッパー〟）が元の方角へ引き返しはじめた。

そのときケンが、彼女の手を離してから初めてサヴァナを見た。彼女の目をまっすぐに見つめ、次に彼女の靴に目を落とし、ふたたび彼女の目に視線を戻す。

明らかになにかを伝えようとしている。そして、その無言のメッセージの意味するところはただひとつ。

〝そんなばかげた靴……空港を走るのに適さない……〟

心臓の鼓動が激しくなり、サヴァナは片方ずつハイヒールを脱いだ。

するとケンが彼女にうなずいた。ほとんどわからないくらいに。けれどもサヴァナは見た。そして確信した。

このチョッパーが着陸したらすぐに走ることになる。

8

「〃わたしは、イーヴリンのいう今週の〈ヨーロッパの神〉がどんな男か見ようと振り返った。

そして、あやうくシャンパングラスを落としそうになった。

ハインリヒ・フォン・ホッフがいた。ここ、マンハッタンに〃」ジョーンズは声に出して読んだ。そして本ごしにモリーを見た。「〃いうまでもなく、彼はナチス親衛隊《SS》の制服を着てはいなかった〃ジャジャジャジャーン！」

ジョーンズはサスペンス映画風の不気味なメロディーを口にし、モリーは思わず笑った。

「いいところでやめないでよ」

「章の終わりなんだ」

「ならページをめくって。つづきを知りたいの」

ジョーンズは本をおいてモリーを抱き寄せた。「なんとね、彼女は戦争を生き延びるんだ」モリーにキスした。「で、八十いくつまで長生きして本を書く。それにほら、彼女の名前は

――表紙に書いてある――イングローズ・ライナー・フォン・ホッフだ。い、い、た、く、はないが、こいつは彼女とハンクのその後についてのかなり大きなヒントになる。ちょっと興がそがれると思わないか？」

「第二次大戦中にアメリカのスパイをしていた女性が、ナチスのスパイだとわかっている男性と実際に結婚するなんて想像できる？」モリーは、彼女の体を両手でそっと撫でおろしているジョーンズにきいた。たこのできたごつごつした大きな手をしているわりに、そのふれかたは意外なほどやさしかった。

「でも現にそうしたんだろう？」ジョーンズは反論したが、会話よりモリーの腰のくびれのほうにはるかに関心をもっていた。

モリーは彼の手から逃れて起きあがった。これはジョーンズの注意をじゅうぶんに引いた。

「さあ。だってほら、彼女が戦争を生き延びて、どこかの時点でハンクと結婚したとわかっていても、くわしいいきさつまではわからないもの。最後まで本を読んでいないわけだし。結婚したとき彼女はまだ彼を愛していたのか、それとも単に愛国心からそうしたのか。わたしは多少の愛情はあったと思う、そうじゃない？　だって夫婦としてひとつ屋根の下で暮らしていれば……」

「ふたりは出会った瞬間から燃えあがったと、きみがいったんだぞ」ジョーンズは指摘した。それからモリーがよく見えるように片肘をついて体を起こした。彼の視線を痛いほど肌に感じて、手で愛撫されているときと同じくらいに集中するのがむずかしかった。「ひと目で欲望を感じたと」彼はモリーの目を見て微笑んだ。「おれにも身におぼえがある」

すっかりくつろいで身を横たえた彼はとても美しかった。黒みがかった髪と目、いかつい顔立ち、引き締まった体、偏見のない心……。

肩と脚の裏側にある傷痕さえ見なければ、ジョーンズもまたモリーがかつて惹かれ愛を交わした男たちと少しも変わらないというふりをしていられた。彼のもうひとつの傷――彼を冷徹で、他人に気を許さない、怒りっぽい男に変え、ひとりのほうが気楽だといわしめた心の傷も、知らないふりができた。

友人をもたないひと。なぜなら――彼いわく――友人は命取りになるから。

もしも友人がいなかったら、わたしは何年も前にだめになって死んでいただろう。

「つづきを読んだほうがいいんじゃない」モリーはいった。

「人里離れた場所で裸でボートに揺られながらする、もっといいことを思いついたんだが」

「へえ。じつは〈裸でボートに揺られながら本を読む会〉をはじめようかと思っているんだけど、あなたも入らない？ ほら、定例会はこのボートで……」

からかうつもりでいったのに、ジョーンズはまるで真剣な話をしているかのように答えた。

「その、ちょっと思ったんだが……」ジョーンズが咳払いをし、モリーは彼がさりげないふうを装おうとしていることに気づいた。もしかしてあの完全にリラックスした態度もただのポーズなのかしらと、ついつい勘ぐりたくなった。「これは、今日のことは、あー、一度かぎりのことなのかな」作り物めいた笑みを浮かべた。「一時の気の迷いとか」

ジョーンズは懸命に隠そうとしていたけれど、どのみちモリーは見てしまった。彼の目に一瞬、希望の色が浮かぶのを。ふたりのあいだにあるもの――この友情とも恋愛ともつかないもの――が本物であればいいという願い。

たぶん本人にも自分の気持ちがよくわかっていないのだろう。もしもわかっていたら一目散に逃げだして、跡形もなく消えてしまうはずだから。だめよ、彼ともうしばらく一緒にいたいなら――ええ、一緒にいたい――彼が初めて村にあらわれた日から今日というこの最高にすばらしい瞬間までのどこかで、愚かにも彼に恋してしまったことを、まちがっても知られてはいけない。

恋したことそのものは意外でもなんでもない。モリーは自分という人間をよく知っていたし、どんなひとにも愛すべき点を見いだす才能があることも知っていた。それでも、目の前にいるこの男性への想いは、心臓がとまりそうなほど激しかった。

モリーの娘が孫娘を産んだことのなにが問題なのか、ジョーンズは本当にわからないようだった。男のひとのなかには――いや、男性にかぎらず――年をとることを極端に恐れているひとがいて、彼らはモリーが「おばあちゃん」とひと言囁いただけでボートから川に飛び込んで逃げだしただろう。けれどジョーンズは――精一杯タフな男を気取りながら、愛のないセックスを取引の道具にしようとしたことにやましさをおぼえるかわいいジョーンズは、ちっとも気にしていなかった。

ふたりの関係が長つづきすると思うほどモリーはうぶではなかった。だってそうでしょう?

わたしはパルワティ島にずっといるわけじゃない。それどころか、ここでの仕事はほとんど終わっている。わたしはじきに島を離れる。そしてジョーンズもここから出ていく。たぶんわたしより先に。

どうにもならないことを願うより、今日この日を、そしてこれから彼とすごす美しい日々のすべてを、大切に心に刻もう。この島を離れたあとで思いだせるように。

ジョーンズは彼女の答えを待っていた。だからモリーは笑い声をたてた。明るくふるまうのよ、モリー。彼を怖がらせてはだめ。

「たしかに気の迷いよね」彼女はいった。「でもわたしはこれが――あきれるくらい陳腐な表現でいうと――美しき友情のはじまりだと思っていたんだけど」

今度ジョーンズが見せた笑みは、はるかに自然だった。「わかった」彼はいった。「じつをいうと、おれも同じようなことを考えていた」

「わたしを夕食に招くならいまがチャンスよ」モリーはほのめかした。

「夕食？　いや、そいつはよしたほうがいい。おれの料理なんか食えたもんじゃないぞ」

「食べたいのは料理じゃないんだけど」

ジョーンズの目が、いっそう熱を帯びた。「明日はどうだ？」

「何時？」

「何時でもいい。おれのほうは、朝の六時にはもうきみとやりたくてしょうがなくて頭が変になっていると思うから」

モリーは思わず噴きだした。「ねえ、デイヴなんて名前は捨てちゃったら。いまからあなたをミスター・ロマンスと呼ぶことにする。だってこんなにロマンティックな話しかたをするんだから」

ジョーンズの口元がゆるんだ。実際、にやりと笑ったのだ、まるでこうして軽口を叩きあうのが楽しいみたいに。モリーはついほろりとなった。

「正直なのがいいといったのはきみだぞ。だから正直にいったまでだ」

「わたしのロマンス小説を何冊か貸してあげたほうがいいみたいね。心に秘めたわたしへの熱い欲望を正直に打ち明ける、もう少し……エレガントなやりかたを学べるわよ」

「おれの熱い欲望はいま、とても秘めておける状態じゃあないんだが」

ええ、たしかにそのようね。

モリーはジョーンズに読みかけの本を渡した。「どこまでだった？」

ジョーンズが鼻を鳴らした。「きみは理想に燃えた慈善家のわりに、ひとを苦しめるのを心底楽しんでるだろう？」

モリーは彼ににっこりした。「思いだした。ローズとハンクが何年かぶりに再会したところよ」

「本当にひねくれてるよな。まあ、きみのそういうところがたまらなく好きなんだが」

きみのそういうところがたまらなく好き。どうかしてる、たったそれだけのことで、こんなにも胸が高鳴るなんて。

「あなたは楽しみをあとにとっておくタイプなんでしょう」モリーはやり返した。「わたしはね、あなたに本を読んでもらうのが好きなの。だから、こうすればおたがいに大満足のはずだけど」

ジョーンズがじりじりと近づく。「あれは嘘だといっただろう?」

モリーは片足でそれを食い止めた。「あなたって、すごくセクシーな声をしてる。その声で本を読むのを聞いたら、わたしきっと……ムラムラしちゃうわ」

「ふふん、つづけろよ、デビル・ウーマン。そんな目でおれを見て、くちびるを舐めればいいさ。きみがそんなことをするのはおれを苦しめるためだと気づいていないとでも思うのか?おれをじらすことがきみを熱くすることぐらい、おたがい知っているだろうに」

「どちらにしても」モリーは指摘した。「五ページか、せいぜい十ページ進んだところで、わたしのほうは、もうあなたとやりたくてしようがなくて頭が変になっちゃうと思うけど」精いっぱい甘い笑みを浮かべて彼に微笑む。「ちゃんといえたかしら、ミスター・ロマンス?」

ジョーンズが大声で笑った。「まったく、モリー、おれは——」そこで急に笑うのをやめ、ぴたりと口を閉ざした。そしてなんともいえない奇妙な表情を顔に浮かべて、ただ彼女を見つめた。

「なに?」彼がなにを考えているのか知りたくて、モリーは答えを迫った。

しかし、ジョーンズは首を横に振って本を開いた。「〝今夜はご主人と一緒にきたのかい?〟」そう声に出して読みはじめた。

ハインリヒ・フォン・ホッフが最初にいったのがそれだった。最後に彼に会ってから三年半もの月日が流れていたというのに、挨拶の言葉もなしに。「結婚はしていないわ」そういったあとで、記憶が鮮明によみがえった。最初はなんのことだかわからなかった。

一九三九年の夏にニューヨークに戻ってほどなくして、わたしはハンクから手紙を受け取るようになった。冒険旅行をするというわたしたちの夢にふれたラブレター。わたしへの愛と献身をとうとうと綴り、きみが恋しくてたまらない、きみにもう一度口づけをするためならなにを差しだしてもいいと訴える情熱的な手紙。

彼の手紙を読むたびに、またしても胸の張り裂ける思いを味わった。彼の言葉はどれも嘘だとわかっていたからだ。

それでわたしはついに彼に返事を書いた。彼と同じように嘘をしたためて。本当にごめんなさい、じつは大学時代の恋人とよりが戻って婚約しました。

そのあと、彼からの手紙は途絶えた。

「だめになったのよ、わたしと……」架空の許婚《いいなずけ》の名前が出てこなかった。

「チャールズ」

「そう、チャールズ」なんとハインリヒはおぼえていた。

とわたしはいった。「彼は……そう、死んだの。戦死したのよ。真珠湾で。とても——ショックだったわ。だから一生懸命彼を忘れようとしたの——どうやらうまくいったみたいね」

ジョーンズは読むのをやめ、頭上をおおう日よけのほうに目をあげた。

モリーは片肘をついて体を起こした。「どうしたの――」

「しーっ」ジョーンズが彼女をさえぎり、モリーは彼が聞き耳を立てていることに気づいた。

そのとき、バリバリという音がモリーの耳にもかすかに聞こえた。「ヘリコプターだ。少し前にも聞こえたんだが、そのときは東の方角へ遠ざかっていた。それが戻ってきた、しかもまっすぐこちらへ向かってくる」

ジョーンズは本をおくと自分の服に手を伸ばし、モリーのスカートとブラウスを彼女のほうに放った。ヘリコプターの音は徐々に大きくなりながら近づいてくる。

モリーは下着をつける手間を省いた。散らばったコンドームの包み紙と一緒にエアマットレスの下に押し込んだ。

どこに隠していたのかジョーンズの手にはすでに拳銃が握られ、弾が装塡されていることをたしかめていた。

「そんなものが必要になると本気で思っているわけじゃないわよね？」そうきかずにいられなかった。

「この島でヘリを使える人間は、おれの知るかぎり、銃の密輸業者と、麻薬王と、頭のイカレたバダルディン将軍の軍隊だけだ。どれをとっても、武装しないでは電話で話すのも遠慮したいような連中だ」

ボートは川の中央に近いところを漂っていた。川幅は広いが、比較的浅い地点にきていた。

ジョーンズは大きな音とともに船外エンジンをスタートさせると、急いでボートを岸に向けた。そこならジャングルの緑が川の上にまで張りだしている。エンジンを切り、低く垂れた大枝の天蓋の下にボートを入れた。

空からは見えないだろうが、川からこられたら見つかってしまう。

「こっちへきて伏せろ」ジョーンズは手短にいった。

モリーが彼を見て眉をあげた。

「頼む《プリーズ》」ジョーンズはいい足した。「どうか《プリーズ》こっちへきてくれ、そうすればきみを守ってやれる。お願い《プリーズ》だ。ちくしょう、どうせ次はにっこり笑えとでもいうんだろう」

モリーは天蓋の下にいるジョーンズのほうに移動した。

「だれだか知らないけど、きっとわたしたちには気づかずに行ってしまうわ。三分か——そんなにかからないかもしれない。そうしたら笑えと命令しなくても、自然と笑いたくなるようなことをしてあげる」

ジョーンズはもう怖い顔をしていなかった。それどころか、いまにもほころびそうな顔でモリーにキスした。「きみが好きなのは本を読んでもらうことでも、おれをじらすことでもない。一番好きなのは、危険から救いだされることだ」

モリーは彼の目を見つめて微笑した。「白状しちゃうと、ハン・ソロみたいな〝行動する男〟

に弱いの。レイア姫になったみたいな気分になれるでしょう?」

けれどジョーンズはもう彼女を見ていなかった。その目は上流のほうに向いていた。そして小さく毒づいた。

三百ヤードほど先、ほんの数分前にボートで通りすぎた川べりの小さな空地に、ヘリコプターが着地しようとしていた。

責任はロシア人の大男にある。やつがこの誘拐の首謀者で、ヘリの男たちの指揮官であるのは明らかだ。だったらリーダーらしく、このピューマが運んでいる荷物を床にしっかり固定しておくべきだったのだ。

そうすれば、積荷の木箱が滑るようなことにはならなかった。

武器として使われることも。

ヘリが着地すると同時に、ケンは重い木箱のひとつをロシア人に投げつけた。大男はボウリングの一番ピンよろしく、ウジ一号、二号、それにHK-MP5を手にしたラッキーボーイにぶつかってなぎ倒した。

「走れ!」ケンが叫ぶと、サヴァナは開いていたドアから、なんと、オリンピックの短距離選手ばりの速さで飛びだした。

ただし、くそ、隠れる場所のない川沿いの平地に向かって。

「ジャングルに向かえ!」ケンは大声で叫びながらウジをつかんだ。鉄板の床を滑って手のなかにすとんと落ちてきたのだ——まさに僥倖のように。だが満点とはいえない。できればMP5にしてほしかったが、この際えり好みはいっていられない。

彼は銃をもって走った。

ブーーン。ケンに向けて44マグナムが火を噴き、大型の弾丸が音をたてて頭をかすめるのがわかった。秒速千三百フィートの速さでソフトボールが飛んでくる感じだ。マグナムにつづいて、すでに銃を構えなおしたウジ二号が発砲し、銃声がスタッカートで空気を裂いて現代的な死のリズムを刻んだ。

弾はどれもケンを威嚇してとまらせるため——あるいは足を狙った——もので、それはつまりアタッシェケースの内側の錠うんぬんの作り話を連中が信じたということだ。ロシア人とその一味におれたちは殺せない。そんなことをすれば、金がすべて灰になるかもしれないのだから。

こいつはきっと楽勝だ。ケンはサヴァナに追いつくと、腕をつかんでジャングルに向かって走った。

サヴァナをどこかに——あのヌケ作どもには絶対に見つけられないどこかの暗がりに隠して、連中におれを追わせるように仕向ける。

それからひとりずつ順に始末して、ついにはおれとヘリのパイロットのふたりになる。そして最後はおれだけになる。ピューマの操縦はしたことがないが、おれの頭脳をもってすれば、この島の海岸沿いに見えた小さな町までサヴァナを連れて戻るぐらいのことはできるはずだ。四時間か、せいぜい五時間もあれば、サヴァナを安全な場所に届けて帰国の途につけるだろう。

だが、まずはあのぼんくらどもをまいてサヴァナを隠さなくては。背後にさっと目をやると、ウジ一号と44マグナムの男がピューマから飛び降りてこちらに走りだすのが見えた。

ケンはふたりに向けて発砲した。殺せればしめたものだが、せめて弾をよけるためにヘリに引き返してくれるといい。あのくそったれどもは、おれとサヴァナを七百フィートの上空から突き落とそうとしたんだ。それにアタッシェケースを見つけてケンの話がはったりだとわかればすぐに、やつらだって膝頭以外のところを撃ってくるはずだ。

ウジとマグナムがヘリのなかに逃げ込み、ケンはなおも射撃をつづけてピューマをハチの巣にしながら、サヴァナを連れてジャングルへ走った。

そのとき、ありえないことが起きた。なんてこった、十億分の一のまぐれ当たりでもこんなことはありえない。

ピューマが火の玉と化したのだ。

いままでそこにあったのに、次の瞬間……ドーンという爆音が轟いた。

ケンが自分の体を盾にしてサヴァリをかばおうとしたとき、爆発の衝撃がふたりを吹き飛ばした。

地面に叩きつけられる寸前、彼は体重がサヴァナにかからないよう体を入れ替え、自分がクッションになってできるだけ衝撃をやわらげようとしたが、あいにくそううまくはいかなかった。

　耳鳴りがして体がひどく痛んだが、どの部分がなぜ痛むのか調べている時間はなかった。ウジをひっつかみ、サヴァナの手を引っぱって立たせると、最後の数十ヤードを走ってジャングルの茂みに身を隠した。

　なんと、ピューマは消えていた。油煙まじりの黒いきのこ雲がもくもくと空に立ち昇り、ヘリコプターの残骸――金属の骨組み――が炎に包まれていた。

「大丈夫か？」ケンはサヴァナにきいた。

　だが返事を待つことはしなかった。サヴァナはたぶんショック状態のはずだ。ケンはジェイ・ロペスのような衛生兵ではなかったが、それなりの知識はもっていた。サヴァナの手足にさわって骨が折れていないかたしかめる。

　サヴァナのブランド物のスーツは見るも無残に汚れ、ストッキングが破れて足に打ち身とひっかき傷ができていたが、幸い骨はどこも折れていなかった。驚いたことに、彼女はまだハンドバッグをしかと胸に抱いていた。

「血が出てるわ」サヴァナがいい、ケンは彼女の目が澄んで焦点が合っていることに気づいた。サヴァナはショックを受けてはいなかった。ただひどく震えていた。

「おれならなんともない」半分嘘だった。片方の肘がまずいことになっていた。いい知らせは、骨が折れていないこと。悪い知らせは、肘をひどく擦りむいていて、細菌がうようよしているこの地域では感染症は深刻な脅威になるということだ。

抗生物質はもってきていたが、それを入れたデイパックは、最後に見たときはヘリの床の上でウジ二号の足に踏まれていた。サヴァナと違って、ケンはデイパックやダッフルバッグをもちだすことまで気がまわらなかった。

サヴァナは茂みの奥から燃えあがるヘリの残骸を見やった。「みんな死んだのね」

それは質問ではなかったが、ケンはとにかく答えた。「ああ」

「彼らはわたしたちを殺すつもりだったのよね？」

「そうだ。そして連中がどこにせよ次の目的地にあらわれなければ、だれかがやつらの失踪とこののろしを結びつけて、調査のためにべつのヘリを送り込むだろう。そうなる前にきみの金を見つけてここを離れる必要がある。おれたちが逃げたことを連中が本拠に知らせていないことを祈ろう。もし知らせていたら、第二のヘリがあらわれるのは時間の問題だ。そいつらはなんとしてもおれたちを捜しだそうとするはずだ、血眼になってね」

サヴァナはうなずいた。青い目は冴え、まっすぐに彼を見つめた。「彼らが知らせたと思うのね」

「ああ、そう思う。あの大男――ロシア人は、ヘリのなかでずっと無線でやりとりしていた」

「全部わたしのせいだわ。アレックス叔父さんがあんな大金をわたしにもってこさせるはずがないと気づくべきだったのに。しかもキャッシュで。わたし、どこまでばかなの。彼は死んだんでしょう？　アレックスは？」

「その可能性はかなりあると思う」ケンは考えもなしに無情な真実を突きつけていた。サヴァナが目を見開くのを見て、自分が誤りを犯したことに気づいた。いまは涙に暮れている暇はない。

だが、サヴァナは泣くのをこらえた。それどころか、よろよろと立ちあがった。「わたしはあなたまで死なせるところだった。でも、もうそんなことはさせない。ここを離れて、どこか安全な場所へ行って——あなたを香港行きの飛行機に乗せないと」

川のほうでエンジンが——船外機だ——かかった。

ケンは自分の上にサヴァナを引き倒した。いったいだれだ？

そのとき、それが見えた。ちくしょう、どうして気づかなかった？　それはボートというより筏《いかだ》に近く、船底は浅く舳先に色褪せた布製の日よけがついていた。ボートは川岸の日陰の下から出てきた——それで見逃したのか。ボートに乗っているのがだれであれ、その人物は身を隠そうとしていたのだ。そしてケンはボートのことなど考えてもいなかった。サヴァナをヘリの男たちから逃がすことだけで頭がいっぱいで。

ウォルコノク上級上等兵曹がいたら頭をぶん殴られていたところだ。このあたりの地域は危険がいたるところに潜んでいるからだ。くそ、サヴァナが毒蛇の上に座らないように気をつけてやらないと。

いや、彼女が座っているのはおれの上だ。

「頭をあげるな」そういうとケンは膝からサヴァナをおろし、ウジが装弾されていることをたしかめた。

ジョーンズは頭上に張りだした木の枝や蔓の下からボートを出して、川下に向けた。水に浮かぶ靴箱の力学のようなものだろうか、ボートはなだめすかすと動いた。

「なにをしてるの?」船外エンジンの轟音に負けない大声でモリーが叫んだ。

「こういうのを〝とっととずらかる〟というんだ」ジョーンズは叫び返した。

「だめよ! あのひとたちを助けなきゃ!」

モリーは本気でいっていた。すぐそこの上流で第三次世界大戦が勃発した。マシンガンの撃ち合いがはじまり、ヘリコプターが派手な花火のように吹っ飛んだ。あんなのを見るのは生まれて初めてだ。

それなのにモリーは、よきサマリア人になるべきだといっている。

「いいか、モリー。AグループがBグループに向けて発砲した。Bグループは応戦し、そしてAグループのヘリが爆発して、ヘリの機内と周囲二十フィート以内にいた全員が死んだ。最低でもね」

「そうと決まったわけじゃない」モリーは逆らった。

「いや、そうなんだ。一方、Bグループは、まだあのでかくて物騒な銃をもってどこかにいる。そしてAグループのヘリが消えたことに仲間のだれかが――いいかい、連中が何者かは知らないが――気づいて調べにやってくる。だがそのときには、おれたちはここから遠く遠く離れた場所にいることになる」

「デイヴ。グレイディ。お願い。助かったひとが本当にいないのかどうかたしかめずに逃げだすなんてできない。もしも生き残ったひとがいたら、まちがいなく助けを必要としてるわ」

そこにきてジョーンズは気づいた。いま彼が引き返さなかったら、モリーはあとで戻ってくるだろう。ひとりで。そうなったら、あのヘリを失った人物と出くわすかもしれない。怒り狂い、血と復讐を求めただれかと。

彼はボートの向きを変えた。

「近づけるところまでいってみる」モリーにいった。「ただし、きみはこのボートを降りるな。いいな？」

モリーは合意ととれるような声を発した。

だが幸いなことに――ヘリに乗っていた連中にとっては不幸なことに――この世の地獄を行くにつれて、これではだれも助かりようがないことが（モリーにさえ）十二分にわかった。

「やつらはたぶん悪党だ。人殺しか泥棒だ」ジョーンズはいい、ボートの向きをふたたび変えて帰途についた。ヘリからだいぶ離れると、彼はエンジンを切った。「この世のためには、たぶん彼らがいなくなってよかったんだ」

「どんな悪人でも人生をやりなおすことはできるわ」モリーは静かにいった。「だれだって二度目のチャンスを与えられる資格はあるの。でも彼らにはもうそのチャンスがない」

では、彼女がおれにしているのもそういうことなのか？　おれには〝人生をやりなおす〟ことへの興味と願望があると考えて、一度目のチャンスを与えようとしているのか？　もしもそんなふうに思っているなら、モリーは苦い失望を味わうことになる。

村まではまだ数マイルある。彼は手を伸ばしてモリーにふれた。せつないほどに彼女を欲しながらも、求めてはいけないものを求めさせ、いまの自分とは違うだれかになりたいと思わせる彼女を憎んだ。自分にまだ血の通う心があったことを、夢を見ることを忘れていなかったことを、いまさら気づかせたモリーが憎かった。


ボートが川の湾曲部を曲がってようやく見えなくなると、サヴァナは立ちあがろうと体をずらしたが、ケンが手ぶりでそれを押しとどめた。

わけがわからない。わたしたちはいまどことも知れないジャングルの真ん中にいる。ケンは、新たなヘリコプターが銃をもった男たちを満載して、すぐにでも捜しにくると確信しているようだった。わたしたちを殺して、お金の入ったアタッシェケースを奪うために。だったら、ぴょんぴょん跳びはねてあのボートの注意を引いて、銃で撃ち合いをするようなひとたちのいない場所まで乗せていってほしいと頼めばよかったのに。お金のことなど忘れて。あんなものはヘリコプターの男たちに勝手に探させて、くれてやればいい。どっちみち失ったも同然なのだから。だって、わたしとケンで見つけだせるはずがない。まさに干し草の山のなかから一本の針を探すようなものだもの。どこからはじめればいいのかも、どの方向へ歩けばいいのかもわからないのに。

それに、たったいま失われた多くの命のことを考えたら、あんなお金になんの意味もない。死んだ男たちのことを、アレックスのことを考えたら吐き気がこみあげた。アレックスが死ぬなんて。あんなにも生き生きしていたひとが。サヴァナの父親でアレックスの双子の兄のカールは、多くの点でもうずっと生きながら死んだような生活をしていたけれども。

ケンがようやく川の偵察を終えて（なにを探していたかは知らないけれど）こちらに顔を向けた。「きみのそのジャケットを貸してくれ」

サヴァナはためらった。恐怖と、このうだるような暑さのせいで、全身汗だくだった。ごく率直にいって、サヴァナはにおった。ジャケットもそうだ。

「ほら、早く」ケンがいらだたしげな声を出した。彼はウジを地面におくと、ズボンのポケットに手を入れてなにかを探した。「ぐずぐずしてはいられないんだ」

「たぶんものすごく……くさいと思う」ジャケットを脱ぎながら詫びた。

「おたがいさまだ」彼はジャケットを受け取ると、ポケットナイフを使ってあっという間にふたつに裂いた。ちょうど背中の真ん中で。そして二枚に分かれたそれを投げてよこした。「足をくるむんだ」

サヴァナは彼をまじまじと見た。

「これからかなり深い藪のなかを歩くことになる。おれのサンダルを貸してやってもいいんだが、きみの足だとかんじきのようになってしまうだろうから」

サヴァナは地べたに腰をおろした。どうすればいいのか見当もつかない。足の擦りむいたところがひりひりする。さわるのさえためらわれた。だけどケンが待っている、じっとこちらを見ている。

まずはとにかく。サヴァナがもぞもぞとストッキングを脱ぐと、ケンは彼女を見るのをやめた。ジャケットの袖の片方に足を入れようとして、擦りむいた爪先が生地に触れて思わず息がとまった。

するとケンもその場に座った。小声でなにかつぶやいているようだったが、たぶん悪態だろう。彼はサンダルを脱いだ。「どうやらおれがまちがっていたらしい。やっぱりこいつを試したほうがよさそうだ」彼女のほうにサンダルを差しだした。

サヴァナは受け取らなかった。「わたしにそれを貸したら、あなたはどうするの？」

「きみにおんぶでもしてもらうよ」

こんな状況でケンはジョークをいってのけたが、いまのサヴァナには笑えなかった。硬い表情のまま右足をくるんでいった。「あなたをこんな目に遭わせたのはわたしよ。そのうえサンダルまで奪うわけにはいかないわ」

ケンはサヴァナの前でしゃがむと、彼女の左足をそっともちあげた。足はあざや傷だらけで、踵は血がにじんでいた。「かわいそうに」

サヴァナは左足を引っ込め、右足と同じようにくるんだ。「まあ、あれね、あなたのいったようにスニーカーを履いてくればよかったのよ。でも死ぬよりはましだわ。考えてもみて、一歩歩くたびに自分が元気でぴんぴんしていることを実感できるんだから」

ケンはサンダルの一方を手にとった。「もしかしたら大きさを調整できるかも――」

「やめて、お願い。とにかくここを出ましょう」

ケンはサンダルを履きなおした。「おれたちがしなきゃいけないのは、たぶんきみをどこかに隠すことだ。金を探すのはおれにまかせてくれ。こっちの方角へ戻ろうと思う――川からなるべく離れないようにして。そうすれば海岸沿いに見えたあの小さな町に出られるはずだ」

恐怖に駆られ、心臓が大きな音をたてた。ヘリコプターのなかではたしかに、わたしのことなど見捨てて、とケンにいった。だけどいまは、それが現実になるかもしれないと思うと、恐ろしさに身がすくんだ。たとえケンにわたしを見捨てるつもりがなくても、こんなところにおいていかれたら、二度と見つけてもらえないかもしれないじゃないの。

「わかった」できるだけ冷静な声を出そうとしたけれど――あまりうまくいかなかった。「あなたがそういうなら」

「いや、もしかしたら、なにがどうなっているのかわかるまで、一緒にいたほうがいいかもしれないな。ほら、仮に連中がおれたちを捜すのにヘリを四機送り込んだ場合は、一緒にいたほうがきみの心配をしないですむ」

サヴァナは大きく息を吸い込んだ。「ケニー、たぶんあなたは、お金のことも、わたしのことも忘れて、ここから逃げるべきなのよ。あのひとたちはあなたがいることを知らないかもしれない――あのひとたちが捜しているのはわたしなんだから」

ケンは大声で笑ったが、それはサヴァナがいったことがおかしかったからではなかった。情けなくて笑ったのだ。「まいったね。きみはおれがそんなろくでなしだと本気で思っているわけだ。きみをおいて逃げだすような？　こんなくそいまいましいジャングルの真ん中にきみを放りだしていくような？」

「あなたはわたしを好きでもないのに」サヴァナはケンにわからせようとした。「もう少しで死ぬところだった。今日あのひとたちが死んだのだってわたしのせいだし、あなたもあやうくそのうちのひとりになるところだったのよ」

サヴァナはふと、シルクのブラウスの裾をスカートのなかにきちんとたくし込もうとしている自分に気づいた。ばかみたい。体じゅう汗と泥で汚れているっていうのに。足にはブランド物を履いているけど、あのジャケットがこんなふうに使われるなんて、ダナ・キャランは夢にも思わなかったはずだわ。

泣いちゃだめ。泣いちゃだめ。泣いちゃだめ。

彼女はハンドバッグをひしと抱き締め、くるりと背中を向けた。いまケンを見たら、涙が堰を切ったようにあふれてしまいそうで怖かった。いままでずっとこらえてきたのだ、いったん泣きだしたら、きっととまらなくなってしまう。「あなたを二度と危険な目に遭わせるわけにはいかないの。だからわたしと一緒にいることであなたに危険が及ぶなら――」

「おれのことでアデルがなにをいったか知らないが」声にいらだちが感じられた。「要はこういうことだ、ベイビー。おれはこのくそみたいなジャングルにきみをおいていくようなくそったれたまねはしない。それがひとつ。その二。あの金はどうあっても回収する。きみみたいに気前のいいひとは、あれだけの大金をちょっとしたチップみたいに地元の人間にくれてやってもいいんだろうが、じつはあの金があればこの国を出る手段を買えるかもしれないんでね」

「二十五万ドルをあきらめるのは気前がいいからじゃない」サヴァナは否定した。「ただ命を賭けるだけの価値はないと――」

「その三」ケンは話をさえぎった。「きみを捜しているのがヘリの男たちと似たような連中だとしたら、そいつらはしろうとだ。おれのそばから離れず、おれのいうことに素直に従っていれば、やつらから逃げるのなんて屁でもない。おれはSEALなんだぞ、サヴァナ。いざとなれば、連中の目を避けて、このジャングルできみとふたりで一生自給自足の生活を送ることもできる。キャンプ旅行と同じだ、危険なことなんてありゃしない。

その四。あのケツの穴どもが死んだのはきみのせいじゃない。やつらが死んだのは欲張りすぎたからだ。きみの金を奪うだけでは満足せずに、きみの命まで奪うことで自分たちのワルぶりを世間に見せつけようとした。だから、ああなったのは自業自得なんだ、わかったか？」

サヴァナはうなずいた。ケンの言葉を信じたかった。

「よし。じゃあ行くぞ。ペースが速すぎたらいってくれ、いいな？」

彼女がまたうなずくと、ケンは迷うことなく川とは逆の方向に向かった。どちらへ行けばいいか、ケンはどうしてわかるのかしら？

サヴァナはあとにつづいた。「キャンプはしたことがないの」彼女はいった。

ケンがうしろを振り返り、疑わしげな表情で彼女を見た。「一度もか？ 子供のころも？」

「もしも生きて帰れたら、あなたに母を紹介するわ。そうすれば、いまのがどれほどばかげた質問かわかるはずよ」

「その必要はないね」ケンはいった。「きみを見れば、お母さんがどんなひとか、いやというほどわかるから」

ケンのうしろでサヴァナの足がとまった。自分もいずれは母親のようになってしまうのではないか、そんな不安を抱いていない若い女性はこの世にひとりもいない。「そんな失礼なことをいわれたのは生まれて初めてよ」

ケンは歩くのをやめなかった。「事実が失礼というなら、悪いのはおれじゃなくきみだ。違うか？」

「わたしと母は全然違うわ」

「へえ？　ならどうして母親の服を着ているんだ？」

彼女は足が痛むのも忘れて早足でケンに追いついた。「お言葉だけど、これは母の服じゃないわ。わたしのよ――仕事のときの。裁判所に行くときに着る」

「その服はサイテーだ。ダサく見えるし、ちっともイケてない。賭けてもいいが、きみはジーンズなんか一本ももってないだろう」

「もってるわよ」ぴしゃりといい返した。ケンはわたしのことを〝ダサい〟と思っているの？〝ぶったまげるほど美人だ〟といったあれはどうなったのよ？　それとも、あれはわたしの服を脱がせるためだけにいったこと？　「あなたのほうこそ、ポケットが五十個もついていないズボンは一本ももっていないくせに。賭けてもいいけど、自分のジャケットのサイズも知らないんじゃない？　きっとネクタイだってひとりじゃ締められないわ」

「有罪、有罪、全部有罪だ」ケンはためらいのない足取りでジャングルのなかを進んでいった。まるでお金のある場所を正確に知っていて、サヴァナをまっすぐそこへ案内しようとしているように。「気にしてる？　ってきいてみな」

ケンを喜ばせるのがいやでサヴァナは口を閉じた。「だとしても、賭けてもいいが、きみよりおれのほうがはるかに快適で幸せな日々を送っていると思うね」ケンはいった。

サヴァナはひと言も返さなかった。硬い表情のまま、痛む足でただ歩きつづけた。たぶんケンのいうとおりだ。賭けてもいい。


「すげえ」やわらかな土に半分埋まったアタッシェケースからそう遠くないところで壊れた木箱を見つけると、ケンは声をあげた。

「それはなに？」サヴァナは足を引きずりながらケンに近づき、肩ごしにのぞき込んだ。

「ダイナマイトだ」彼はいった。「こっちには信管もある。こいつはまさに組み立て式の爆破キットだ」

「ヘリコプターが吹き飛んだのはだからなのね」サヴァナがいった。頭が切れる女。

「ああ」なるほど、それでヘリが火の玉と化したわけか。おれの放った銃弾がエンジンの急所に奇跡的に命中して爆発を引き起こしたわけじゃなかったんだ。そう、弾は単に積荷に当たっただけで、その摩擦で火花が散って……ドッカーンだ。

あのヘリにはこの木箱と同じものが、たぶん三ダース近く積まれていた。〈死と破壊ザらス〉にこれを注文したのがだれであれ、そいつらはちょっとした日曜大工をしようとしたわけじゃない。庭に仮設便所用の大穴をあけるといったような。いや、あれだけの爆発物があれば、広いジャングルを吹き飛ばしてインドネシア・ディズニーランドをつくれる。でなければ何エーカーにも及ぶ大麻やケシの畑。こっちのほうがはるかにありそうだ。

「これが届くのを待っていた人間はうれしくないだろうな」ケンはいった。

つまり、そのうれしくない人間が山ほどこのあたりのジャングルをうろつくことになるわけだ——ケンも含めて。いい知らせは、アタッシェケースが頑丈だったおかげで地面に激突してもなお金が無事だったこと。悪い知らせは、これで金がぎっしり詰まったひしゃげたアタッシェケースを引きずり、しかも敵の目を避けながら、藪のなかを進まなければならなくなったことだ。

アタッシェケースは運ぶのにひどく骨が折れるだけでなく、ぴかぴかの金属製でもある。太陽の光を反射して、全世界に向けてシグナルを発するだろう。おれたちはここだぞ！　頭を吹き飛ばしにおいで！

まったく、カンペキだ。

ケンはダイナマイトの入った壊れた木箱を引きずって、サヴァナのほうに戻った。彼女はいまは金の上に座っていた。初めてのキャンプに挑戦中のサヴァナ。この状況を完璧にしているもうひとつの要因であり、ジャングルで着る服としてはこれ以上ないほどふさわしくない格好をしているサヴァナ。

オーケイ、いまのはいいすぎかもしれない。修道女の僧衣や、ストリッパーが乳首につけるタッセルとGストリングのほうがなお悪い。

いや、最後のは取り消しだ。タッセルとGストリングは、少なくとも励みになる。

サヴァナはジャケットの成れの果ての片方をはずして、足の親指のひどく痛そうな切り傷のぐあいをを見ていたが、ケンが近づいてくるのが聞こえると急いで足をくるみなおした。

歩いているときの息遣いから、足を踏みだすたびに痛みが走るのだろうということはわかっていた。しかしサヴァナはなにもいわなかった。泣き言ひとつこぼさなかった。

おぶってやろうか、という言葉が何度も口元まで出かかったのだが、そのたびに——まるでケンの心を読んだかのように——とんでもなく怖い顔でにらまれたので引き下がったのだった。

「きみのそのハンドバッグにダッフルバッグかバックパックが入っていたりはしないよな?」

ケンはいま彼女にそうきいた。「金とこのダイナマイトが全部収まるくらい大きいやつが」

半分は本気だった。アデルはいつもバッグのなかにびっくりするようなものを入れていたからだ。もっとも、アデルがもっていたバッグはサヴァナの倍はあったが。それをいうなら、アデルの体もサヴァナの倍はあったから理屈は合う。

サヴァナはノーというように首を横に振った。

「じゃ、そいつのなかにはなにが入っているんだ?」ケンは尋ねた。「おたがいの持ち物をざっと確認して、荷物を軽くできないかどうか調べたほうがいいかもしれないな」彼はいくつもあるポケットをすべて探り、出てきたものをみなサヴァナの前の比較的乾いた地面にばさっと落とした。「ナイフ、鍵、財布にパスポート、つぶれたパワーバーが二本――こいつはいい、腹は絶対にすくからな――それから……おっと」

コンドーム。

ケンは半ダースものコンドームを持ち歩いていた。あわててポケットに突っ込んだが、サヴァナに見られてしまった。

ケンは力のない笑みを彼女に向けた。「ええと、なんていうかほら、いつも持ち歩いているんだよ」

それが嘘だというのはサヴァナも知っていた。

「退屈したら、こいつを風船みたいにふくらませて動物をつくれるし」そうつけ足す。

サヴァナはにこりともしない。

「わかったよ。つまり、おれはまったくの好意からきみについてきたわけじゃないってことだ。きみは弁護士だ――なんならおれを訴えろよ。そっちのバッグにはなにが入っているんだ?」

あいかわらず無言のまま、サヴァナはハンドバッグを差しだした。

ケンはバッグのファスナーを開けた。なかはきちんと片づいていた――二年前のレシートも、袋からこぼれて干からびた〈エム・アンド・エムズ〉もない。それどころか、バッグの中身はくそこまかい潔癖症人間のチェックリストといった感じだった。革製の財布はクレジットカードが整然と並び、なんとケンのひと月分の給料より多い現金が、半分はアメリカドルで、残りの半分はインドネシアの通貨でぎっしり詰まっていた。

紙幣はすべて手の切れそうなピン札で、どれも表を上にして一ドル札から百ドル札まで順に並んでいて、すぐにでも現実版モノポリーができそうだ。

ケンはモノポリーのお札を全部いっしょくたにしてしまうタイプの子供だった。オレンジ色の五百ドル札も黄色の十ドルやピンク色の五ドルとまぜこぜだった。まちがいない。おれとサヴァナは最初からうまくいかない運命にあったんだ。

ケンの家のテラスでケンの服を着て、ケンの寝室でその服を脱いだ、くしゃくしゃ頭のホットな女は、本物のサヴァナ・フォン・ホッフではなかった。〈ホテル・デル・コロラド〉で彼を死ぬほど怖がらせた、ブランド物の服で身を固めて落ち着き払った冷静そのものの若い女性こそが、本物の彼女なんだ。おれと一夜をすごした女性は実在しなかった。

なんとも残念だ。

ケンはバッグの中身を出していった。

携帯電話。携帯電話！　ああ、どうか、どこかのリッチな麻薬王がこの近くに衛星アンテナを設置していてくれますように……。

ケンは携帯電話をぱっと開いた。サム・スタレットにかけよう。サムにつながらなければ、ジョニー・ニルソンに。さもなければ上級上等兵曹《シニア・チーフ》。そうだ、まずはシニアにかけよう。シニアなら何時間もしないうちに最寄りの米軍基地からヘリを送り込んでくれるはずだ。電話会社からばか高い追加料金を請求されるだろうが、かまうもんか。

　ところが、なにも起きなかった。「ただいまおつなぎしています」のメッセージもない。なにひとつ。まったく。ゼロだ。

「充電する時間がなかったのよ」サヴァナは知らせた。「いつもは夜にするのよ、かならず。だけど……」

だけど、ゆうべはべつのことに忙しくて、その暇がなかった。そうそう、思いだした。少々鮮明すぎるほどに。

　ケンは音をたてて電話を閉じた。「そうか。なるほど。ま、ここで電話が通じたら、ちょっとできすぎだしな」

　サヴァナは見るからにしょぼんとしていて、ケンはさらにいい添えた。「どのみち圏外だったんじゃないかな。だからそう落ち込むなって」

「この十年近く、毎晩ちゃんと充電していたのよ」サヴァナはいった。「本当よ、ひと晩も欠かさずにね。昨日と一昨日の晩を除いて」

　サヴァナは真剣にいっていた。たぶんベッドに入る時間も毎晩同じなんだろう。二三三〇時きっかり。その時間になったら携帯電話を充電して床につく。

　おっかねえ。

ケンはバッグの奥に手を入れた。小銭入れ、鍵、パスポート、アルトイズのミニ缶、高級そうなペン、コインが何枚か入った小銭入れ（コインが散らばって、要らぬ騒ぎを起こすことなど絶対にない）、携帯用ティッシュ、ジッパーつきのビニール袋に入れた（きっと漏れ防止のためだ）手の除菌ローションのボトル。ケンはローションをサヴァナに放った。「それを足に塗るといい。ほかの傷にもだ。できるだけ少しずつ使うようにするんだ」

サヴァナが足をくるんだジャケットをほどくと、ケンはまたバッグに手を突っ込んだ。のど飴が何本かあった。たぶん飛行機のなかでだれかが咳をしたら、あげるつもりだったのだろう。グラノーラ・バーが一本（自然食品の店によくある、砂利と枯れた小枝の味がするやつ）に、プラスチックの小さなボトルに入った鎮痛剤、旅行用の裁縫セット、紙マッチ一個、機内で彼女が手にしているのは見たが読んでいる様子はまったくなかったペーパーバックが一冊、予備のストッキングが一足、それと――うん？

こいつはなんだ？　上品なピンク色の小ぶりなプラスチックケースのなかには……。

ジャジャーン！　コンドームの包みが三つ。

「おやおや」ケンはいった。「きみが『やりなおしたい』といったのはこういうことだったんだ。で、どっちでやりなおそうか、ハニー、おれのコンドーム、それともきみの？」

サヴァナはたっぷり三十秒間なにもいわなかった。そしてようやく「あなたは信じがたいくそ野郎よ」

いわれなくてもわかっていた。言葉が口を衝いて出たとたんに、この口にチャックさえしておけたら、ここにあるコンドームのどれかを実際に使うチャンスははるかに増えただろうとわかった。それなのに、またしてもくそ野郎の遺伝子――それも超優性――が騒ぎだしたのだ。いや、たぶんそのほうがよかったんだ。情けないことにケンはいまでもサヴァナが欲しかった。サヴァナは最初から彼を騙すつもりでいたのだとわかってからも。彼女は運命の恋人じゃなかった――そんなことを期待したおれがばかだった。まったく、ばかにもほどがある。運命の恋人だって。いやはや。おとぎ話じゃあるまいし……。

だがじつをいうと、たとえこの女性と生涯幸せに暮らす見込みが皆無だとしても、彼女をいかせる機会はまた欲しいと思っていた。二度いかせるチャンスを。

三度でも。

ちくしょう。

こんなことを考えるのは浅はかだし、おかしいとも思う。結局どうしようもないことなのだが、それが本心だとケンは知っていた。もしも時計を巻き戻せるなら、まっすぐ〈デル〉の彼女の部屋に戻るだろう。そしてサンディエゴにきたのはケンを探すためだったのだという彼女の告白を聞き、その皮肉なめぐりあわせを、彼の興味をわしづかみにした彼女の才覚を無理にでも笑い飛ばす――彼女が望んだように。

それから彼女の服を脱がせて彼の興味を突き刺すのだ、いわば彼女の奥深くに。

ケンがこれほどまぬけでなければ、香港の空港でも、ジャカルタ行きのエアバスの機内でも、サヴァナと愛し合えたはずなのだ。世界一周セックスの旅だってできただろう。もしかしたらいまこの瞬間もケンのコンドームのひとつを使って、彼に命を救ってもらったことへの感謝の気持ちをサヴァナが体で表現していたかもしれない。

それなのに、現実のサヴァナはあの途方もなく美しい青い目を吊りあげて彼をにらみつけている。髪はまたくしゃくしゃに乱れ、顔と服を泥で汚して。

ケンは壊れた木箱に注意を戻し、どうやったらあのダイナマイトと金の入ったアタッシェケースの両方を運べるだろうかと、二十五回目にまた同じことを考えた。ひょっとするとアタッシェケースのなかにダイナマイトを何本か入れられるだけの余裕があるかもしれない。でなきゃ……。

「それだけ？」サヴァナが立ちあがった。「話はおしまいってわけ？　なにもいうことはないの？」

「なにをいえというんだ？　きみはおれがくそ野郎だと思ってる。それは世界の根底を揺るがすほどの一大ニュースじゃない。おれのことをくそ野郎だと思っている人間は大勢いるからな。なるほど、きみはおれに反論させたいわけだ。おれはくそ野郎なんかじゃない、って？　いや、たしかにおれはくそ野郎だ。おれはそれを知ってる。きみもそれを知ってる。どいつもこいつもあいつもそいつもそれを知ってる。くそっ」

サヴァナが大声で笑った。なんと笑ったのだ。

いうまでもなく、それはケンの怒りをさらに煽っただけだった。「ふん、上等じゃないか。

そうやってひとを笑いものにすればいいさ、ベイビー。きみに必要なのは、お茶会かなにかに呼べる上品な男なのか？　だったらおれを当てにするな。だがその命が惜しいなら、きみを殺したいと思っている連中から生き延びたいなら――」

「わかってる。ごめんなさい。そんなつもりじゃ――」

ケンはサヴァナより先にそれを聞いた。「ちくしょう。ヘリがこっちにくる」

まずいな、どこかに隠れなければ。ケンはあたりを見まわした。すぐ近くに巨大なシダらしきものが密集したかなり深い茂みがあった。同じぐらい生い茂った木々が頭上をおおっている。彼はその茂みを指さした。「手伝ってくれ、アタッシェケースと木箱をむこうに運ぶんだ」

　サヴァナがアタッシェケースを運び、ケンは木箱を引きずっていって、さらに木の枝や土をかぶせた。「手を貸してくれ」サヴァナはケンを手伝い、メタルのアタッシェケースはほとんど見えなくなった。

ヘリは螺旋状の捜索パターンを描きながら徐々に近づいてきている。音を聞いただけでケンにはわかった。次は頭上を通過するだろう。そう思ったら、鬱蒼と茂る木々の葉も急に頼りないものに感じられた。明るい色の服を着たサヴァナが一緒ならなおさらのこと。

ケンは彼女の腕をつかんだ。「体を低くしろ」シダの茂みの奥に彼女を押し込んだ。

くそ、くるぞ。サヴァナがしゃがんだ。

「伏せるんだ」ケンはいった。「腹這いになれ」

「嘘でしょう、虫は嫌いなのよ」そういいながらもサヴァナは指示に従った。「それに蜘蛛。

ヘビも……。ねえ、このあたりにヘビはいると思う？」

サヴァナはこれも相当嫌いだろうが……。

ケンは彼女の上におおいかぶさり、はるかにジャングルにふさわしい色で彼女の服を隠した。これで上空からはなにも見えないはずだ。

ありがたいことに、サヴァナはこの見るからに親密な体勢の意味を誤解しなかった。

それでも「ここまでする必要が本当にあるの？」と小声できいた。

「すまない」ケンは謝罪した。「もう少し時間があれば、この服を脱いできみにかぶせてやれたんだが」

「それであなたはどうするの？」

「地面に穴を掘ってそこに隠れる。でなきゃ、泥を使って即席のカモフラをする」

「カモフラ？」サヴァナが囁いた。

「小声で話さなくても大丈夫だ。おれたちの声はむこうには聞こえないから。ヘリの機内がどんなにうるさかったかおぼえているだろう？」

「頭のなかが真っ白なのよ」やはり小声でいった。「体の下でなにかが這いまわっている気がするの」

「なにかべつのことを考えるんだ」ちょうどケンがこの体の下に、サヴァナがいるという事実以外のことを考えようとしているように。なんてこった、それでもまだ彼女の香水のかおりがする。それがなんという香水で、いくらぐらいするものなのかもわからない。それでも大壜で売られるべきだということだけはわかった──壕の外側に〈S・E・X〉の三文字を入れて。

「カモフラってなに?」サヴァナがまた尋ねた。

「偽装《カモフラージュ》するってことだ──顔にグリースペイントを塗って、だれにも気づかれないようにするんだ。こうした場所では、SEALはたいてい黒とグリーンを使うんだが、頼むからじっとしていてくれないか?」

ヘリはいままさに真上にいた。いますぐ彼女の上から転がりおりれば、彼女におおいかぶさっていたせいでケンの体の一部がむくむくと大きくなったことに、おたがい知らないふりができるだろうが、いまは動くわけにはいかなかった。

サヴァナは動くのをやめたが、少々遅すぎた。もう一度体をずらし、そこではたととまった。

ああ、そうなんだよ、ベイビー。そこにやつがいるんだ。

彼のその部分が彼女のかわいいお尻に押しつけられているという事実も、状況を悪くするだけだった。

ケンがいまだに自分に熱をあげていることを疑う気持ちが、たとえサヴァナのなかに残っていたとしても、これで消えた。おれは正真正銘の負け犬だ。騙されてもまだ彼女のことが欲しくてたまらない。しかも、いまじゃそれを彼女にまで知られてしまった。

しかし屈辱感と怒りが──自分自身へ、サヴァナへ、そしてそもそも彼をこの世に産み落とした両親への怒りがうねりとなって押し寄せても、サヴァナがそばにいることで体が激しく反応することをとめられなかった。だめだ、どうやらケンの分身は、セックスはもうできないということがわかっていないらしい――少なくともここしばらくは。そしてサヴァナとはもうけっして。

おれは目の前にあったチャンスを完全につぶしてしまったのだ。

それがなんとも残念だった。ああいうことは二度と起きないということも、もう一度起きてほしいと自分が思っていることも。

ケンは目を閉じ、ここ数週間、空いた時間に取り組んできたプログラミング上の問題点に意識を集中しようとした。コードを考え、これで見境のない性欲がおとなしくなってくれることを祈った。

ところが彼女の香水がそれを邪魔した。そのかおりがジャングルのにおい――じめじめした土、腐りかけの葉、さまざまな植物――と、ケン自身のけっしてさわやかとはいえないにおいを抑えて漂っている。

これでは身を隠すのはとても無理だ、それに気づいてケンは目を瞠った。ヘリの男たちが足でおれたちを探しはじめたら面倒なことになる。

地面に穴を掘ってどんなにうまく隠れたところで、あたりをひと嗅ぎされれば見つかってしまうだろう。まったく、彼女の髪も同じかおりがするじゃないか。こうなるとふたりを見つけだすのに天才も、特別に訓練された警察犬も必要ない。銃と鼻がある人間でたくさんだ。

ヘリがようやくじゅうぶんな距離まで離れると、ケンはサヴァナの髪に埋もれていた鼻をあげて彼女の上からおりた。サヴァナは彼が手を貸す前に自分で立ちあがった。

彼女は目を合わせようとしなかった。むろんケンとしても、あえて目を合わせようとはしなかったが。

「すまない」なにかいうべきだろうと思い、ぼそっとつぶやいた。

「もっと自制心を働かせたほうがいいんじゃない」わざとらしいほどやさしい声でサヴァナはいった。「わたしのことを母親のような格好をしたダサい女だと思っているにしては、あなたの反応はちょっと、ほら、予想外のありがたくないものだったもの」

ダサい？「おいおい、きみがダサいなんて――」

「もちろん、あなたがわたしの母にひそかな思いを抱いているなら話はべつだけど」

「――いってないぞ。おれは――」

「もしそうなら、死ぬほど気持ち悪いけど」サヴァナは猛烈に腹を立てていた。

「――きみの服がダサいと――」

「やめて」彼女が声をあげた。「いいから……だ、黙ってて！」

ケンは黙り、ミス・お上品はたぶん二十数年の人生でだれかに〝黙れ〟といったことなどなかったのだろうと気づいた。

まったくもってすごい自制心だ。もしケンに自制心が足りないとしたら――たぶんそうなのだろう、サヴァナのいうとおりだ――サヴァナには多すぎる。これほどまでに気を張って、あらかじめラベルを貼った所定の場所にすべてをきちんとはめ込むのが好きな女性が、セックスの最中はまったく自分を抑えられなくなるとは、まさに皮肉以外のなにものでもない。マルチオーガズム。乱れに乱れて。そうなるたびに彼女はおそらく、とんでもなく怖い思いを味わっているのだろう。

ケンとすごした一夜は、たぶん彼女を死ぬほど怯えさせたはずだ。首筋についた油汚れ。体に合わない服。ばらばらの食器。いつ果てるともなくつづくセックス。

「もう一度あなたにさわられるくらいなら」彼女はいまいっていた。「このジャングルにひとりでおいていかれたほうがましよ」

たわごとだな。ケンは思わず笑った。「いいや、そいつは嘘だ」

「いいえ」喰いしばった歯の隙間からいった。「本当よ」

そうか。いいだろう。勝手にそう思っていろ。だが彼女をおいていくつもりはないし、彼女を救うために必要なら、嫌がられようがさわるつもりだ。

「すまなかった」ケンはもう一度いった。本当にすまないと思っていた。サヴァナを怒らせてしまったことを。内心をさらしてしまったことを。すべては彼女が考えていたほど簡単にはいかなかったことを。

それに自分を哀れんでもいた。サヴァナは、ゆうべ彼がぞっこん惚れ込んだ女性とは別人だった。ゆうべ？　いいや、どこかでもう一度夜がきたはずだ、だが飛行機のなかか空港だから、数には入らない。だからゆうべといえるのは、サヴァナとベッドですごした夜のことだ。いや、ひょっとしたらサヴァナによく似ただれかと。「きみのことをダサいなんて思っていないよ、サヴァナ。それだけははっきりさせておく。それどころか、きみは信じられないほど――」

「もうたくさん！」サヴァナはいまにも泣きだしそうだった。しかし泣くことはないと、ケンにははっきりわかっていた。涙はなんの役にもたたないし、たとえ泣くことで気分が多少よくなるとしても、そんなふうに取り乱すことをサヴァナは自分に許さないだろう。それなら死んだほうがましだ、と。

「――きれいで、すごくセクシーだと思ってる」最後までいったのはサヴァナの反応が見たかったからだ。おれになにか投げつけてくるだろうか。それとも、わっと泣きだすのが先か。もしかしたら頭が破裂するかもな。

サヴァナは口を真一文字に結んで顔を背けた。「あなたはどんなこともやりすぎないと気がすまないようね」

「いっておかなければと思っただけだ」ケンはシャツとランニングを脱ぐと、素肌にシャツをはおった。ここでいきなり引き寄せてキスをしたら、サヴァナはどうするだろう？　たぶん股間を蹴りあげられるだろう。たしかめるのはやめておこう。あの爆発で放りだされたおかげで、まだ体じゅうが痛む。「そのアタッシェケースのなかに余裕はあるか？」

「ないと思うけど」ぶっきらぼうに答えた。

「悪いが、開けてみてくれないか？」遠くでまだヘリの音がしている。音から判断して、西に七キロあたりのところを捜索しているらしい。

アタッシェケースに余裕があることは知っていた。ホテルの部屋でサヴァナがなかを開けて見せてくれたときに確認したのだ。一番上の部分に金を覆い隠すためになにかがのせてあった。数冊のファイルと、綴じていない書類が少し。四分の一の量のダイナマイトとすべての信管がそこに収まるはずだ。

残りのダイナマイトは、ランニングの裾を結んでつくった袋に入れて運ぼう。

サヴァナがロックをはずした。やっぱりだ、かなりの量のダイナマイトが入る。そのぶん運ぶのが厄介になるのはありがたくないが。

彼は書類とファイルをとりだした。「どうしても必要なものはあるか?」

サヴァナは首を横に振った。「いいえ、どれもコピーよ。ひとつはアレックスに渡すつもり――だった。もうひとつも……重要なものじゃないわ。いまやっている仕事に関するものよ。ニューヨークに戻ればコンピュータにバックアップがあるわ」

「なら埋めるんだ」ケンはいった。

「とっておいたほうがいいんじゃない? 火を熾《おこ》すときに紙があると便利でしょう?」

火を熾す? 彼女はマジでいっているのだ。

「悪人どもに見つからないためのルールその一、火は使わないこと」ケンはアタッシェケースにダイナマイトを詰めた。ダイナマイトと現金――絶好の組み合わせだな。「煙は何マイル先からも目につく。きみはこれまでに都会から出たことはあるのか?」

「祖母の夏の別荘がウエストポートにあるわ。コネチカット州の。子供のころはしょっちゅう遊びにいってた。最近はぜんぜんだけど」

ウエストポート。サヴァナにとってはあの都会が緑広がる田舎なのだ。

「いわれてみれば、その書類は少しとっておいたほうがいいかもしれない──もしもきみのバッグに余裕があれば」つづきを聞いたときのサヴァナの顔が見たくて彼は目をあげた。「トイレットペーパーとして使えるからな」

9

マンハッタンにあるジョナサンとイーヴリンのフィールディング夫妻のペントハウスのパーティで、わたしは立ったままシャンパンを口に運びながら、ハインリヒ・フォン・ホッフこそ目当ての人物だと気がついた。

今日にもニューヨークに到着すると噂に聞いていたナチのもっとも有能なスパイ、〝シャルルマーニュ〟は彼に違いない、と。

彼の顔は最後に会ったときより痩せて、貴族的な頬骨がひときわ目立っていた。顔以外の部分も細くなっていた。より硬く引き締まっていた。でも、はしばみ色の目だけはまったく変わらなかった。美しくきらめく瞳。彼はいまだに天使の目をしていた。

「きみはいっそうきれいになった」と彼はいった。「あのころですら、ありえないほどに美しかったが」そしてわたしの肘に手をかけた。「バルコニーに出よう。きみにいいたいことが山ほどある。内々に」

ああ、やめて、このひととバルコニーに出るのはいや。このひとはわたしが彼の真の姿を――ほかでもないナチス親衛隊《SS》の制服を着た彼を見たことを知っている。たとえ天使の目をしていても、この男はまぎれもない悪魔だ。わたしは彼の化けの皮をはぐことができる、彼はそれを知っている――スパイとして死刑にもできることを。

けれど、バルコニーから手際よく突き落とせば、わたしの沈黙は永遠に守られる。

ええ、読者のみなさんがなにを考えているかはわかる。もし彼がナチのスパイなら、わたしもまたナチのスパイのひとりと思われていることを知っているはずだ、と？

それが違うのだ。

ドイツの諜報網はきわめて周到につくられている。わたしのような下層に位置するスパイは上層部の人間の名前をほとんど知らない。もちろん、探りだそうとつねに努力はしていたが。同じように、ニューヨークで活動しているスパイ、〝グレーテル〟が、このわたしローズ・ライナーであることを知る親衛隊保安諜報部《SD》の人間もごくわずかしかいない。これなら仮にスパイのひとりが逮捕されても、ネットワーク全体の壊滅にはつながらない。

すでに長引きすぎている戦争にうんざりしていたわたしたち、FBIとOSS（戦略事務局）の人間にとっては嘆かわしいことだったが。

ハインリヒがわたしをバルコニーのほうにひっぱると、もちろんわたしは抗《あらが》ってやめさせようとした。ただあからさまに彼をぶったり、大騒ぎを演じることはしなかった。それどころか、いやがっていることを彼に悟られないようにすらした。

どうしてただ彼をひっぱたいて、このひとはナチのスパイだと叫ばなかったのか、自分でもよくわからない。たぶん声にならなかったのだと思う。

彼に会ったことに、もう一度彼にこれほど近づいたことにショックを受けていたのかもしれない。

もしかしたら、忘れることができたと思っていたのに、じつは彼を忘れていなかったことに気づいたせいかもしれない。彼にされた仕打ちや彼の正体――わたしの敵――にもかかわらず、わたしにとって彼はいまだにだれより魅力的で欲望を掻き立てる男性だった。それに、心のどこかでわたしはきっと気づいていたのだ、いまも彼を愛していることに。もっとも、それを自分に認めるのはもう少しあとのことだったけれど。

そのとき、ジョナサン・フィールディングが部屋を横切ってこちらに近づいてくるのが見えた。自分の縄張りを主張する芝居をするために。わたしが本当に彼の愛人で、その愛人によその男が手を出そうとしていたら、当然そうするだろう。

「外は寒いわ」時間を稼ごうと、わたしはハインリヒにいった。「体をあたためるのに、もう一杯ワインがないと」そして空のグラスを振って見せるためにシャンパンを急いで飲み干した。

ところが、彼はわたしの肘においた手を放すどころか、自分のシャンパングラスをもったもう一方の手をヨーロッパの貴族かケーリー・グラントにしかできないやりかたで優雅に操って、わたしの手のなかにあった空のグラスをトレイの上の新しいグラスと交換してしまった。

ありがたいことに、そのときジョナサンが横にきて、わたしのもう一方の肘をつかんだ。一瞬、自分が綱引きの綱になった気がしたが、そこでハインリヒが手をどかした。

「これはこれは、フォン・ホップ、わたしのローズと近づきになったようですな。どうです、すごい美人でしょう。だが用心したほうがいい、このかわいらしい頭には脳みそも詰まっていますからね」

イーヴリンがこれを聞いていたら、彼に平手を喰らわせていただろう。もちろん、彼女がわたしにした冷ややかな挨拶と同じで、女をばかにしたジョンの態度も——当時はそれがふつうだったのだが——役を演じるための純粋なお芝居だった。こんなたわごとを本気で信じている男はイーヴリンのような女性に求愛して結婚したりしない。とはいえ、わたしたちに頰をぴしゃりとやられる心配なしにこの手のことをいえる機会を、ジョンは楽しんでいたようだったけれど。

「ローズは公私に渡ってわたしの秘書をしてくれていましてね……もうどれくらいになるかな？」ジョンはわたしのほうに顔を向けた。

「そろそろ二年かしら」わたしは答えた。「あなたの下で働くようになってからは六年になります」

「六年」彼は感慨深そうにつぶやくと、わたしの深くくれたドレスの胸元に長々と視線を留めた。後日ジョンは、あんなドレスを着てはだめだとわたしをたしなめることになる。あれはきわどすぎる。よからぬ男によからぬ考えを抱かせることになる、と。彼から見れば、わたしはいつまでたっても吹きだまりの雪のように清らかな十八歳の少女なのだ。

「もうそんなに経つのか」つづけていった。「昨日のことのように思えるのに……」そしてハインリヒに注意を戻した。「わたしはとても運のいい男だ、そうは思いませんか、フォン・ホッフ？　これほど美しく有能な秘書をもてるなんて」

ハインリヒは微笑んでいたが、ジョンの手がわたしの肘から背中へ、さらにその下へと動くのを見ているのがわかった。彼のあごの筋肉がぴくりと動いた。

そのとき、あたかもキューを出されたようにイーヴリンがあらわれて、ジョンとわたしのあいだに割って入った。「あら、ローズ」いかにも物憂い声でいった。「ハインリヒ・フォン・ホッフと近づきになったようね」夫のほうに顔を向けた。「あなた、おふたりをきちんとご紹介したの？」

「ローズ、ハンク・フォン・ホッフだ」ジョンはニューヨーク流のストレートなやりかたで主人役を務めた。「ハンク、ローズ・ライナーだ」

ハインリヒがわたしを見ている。きっと、前に会っていることをわたしが認めるかどうか待っているのだ。ベルリンで。SSの制服を着た彼と。

「お会いできてうれしいですわ、ミスター・フォン・ホッフ、本当に」わたしは手を差し伸べた。

ハインリヒはその手をとってキスをした。それは、くちびるに受けた多くのキスよりずっと濃密だった。彼にじっと見つめられ、わたしは、たとえこの命がかかっていたとしても、彼から目をそらすことができなかった。

「ハンク・フォン・ホッフですって？」イーヴリンは夫をたしなめた。「もう少しくわしい紹介をしたほうがローズはきっと喜ぶと思うけれど。彼の名前はハインリヒ・フォン・ホッフ王子よ」もったいぶった口調でわたしにいった。「お国はオーストリア。併合から逃れていらっしゃったのよ——ナチスの支配から。そうでしたわね、ハインリヒ王子？」彼女はわたしに向きなおった。「王子はね、ナチスに逆らったために国外追放を命じられたの。国に残れば殺されるか、あの恐ろしい収容所に送られていたかもしれないんですって。いまはわたしたちとともに戦ってくださっているのよ」ふたたびハインリヒに顔を向ける。「具体的にはなにをなさっていらっしゃるの、殿下？」

ハインリヒはようやくわたしを見るのをやめ、イーヴリンに注意を向けた。「残念ですが、それはお答えできません」そういうと、あのうっとりするような笑顔を見せたが、その笑みはいまだにわたしの胸を高鳴らせた。「それからどうかハンクと呼んでください。そのほうがいい。とりわけここアメリカにいるあいだは」

思い切って、わたしはいった。「こちらにはどれくらい滞在する予定ですの？」彼がもし〝シャルルマーニュ〟なら——わたしは十中八九そうだと思っていたが——この情報は役に立つ。むろん、彼が嘘をつく可能性はある。けれど、わたしはベルリンを発つ前にナチからスパイ技術の特訓を受けていた。そのとき強くいわれたのは、できるだけ事実に即した話をしろということだった。だから彼もたぶんそうするはずだ。

ハインリヒはわたしに視線を戻した。「数週間の予定です。その後はまた戦いの渦中に身を投じます」

「なんてぞくぞくする話でしょう」イーヴリンは囁いた。

べつの部屋でバンドの演奏がはじまった。想像できるだろうか？ バンドを呼べるほど大きな部屋のあるアパートメントをニューヨーク市内に構えられるなんて。もちろん、費用は全額イーヴリンもちだ。彼女の祖父は下水管に不可欠な漏れ防止用パッキンの発明者で、おかげで下水ではなく金があふれるほど手に入ったのだ。

〈グラマン〉で働いているだけでは、とてもそんな大金は稼げない——もちろん、ナチスからも報酬を受け取っていればべつだ。一九三九年からこのかたドイツ軍から支給されている報酬を貯めていたら、わたしはきっとこのアパートメントの隣の部屋に引っ越してこられただろう。けれど、もらったお金はすべて戦争支援金として供出していた。OSS——ヒトラーの第三帝国を倒すためにもっとも重要となるアメリカの諜報機関——の創立にナチスが資金提供していると知って、わたしは意地の悪い喜びを味わっていた。

「ニューヨークに長くいられないんでしたら」イーヴリンはハインリヒにいった。「いまのうちに思い切り踊っておかなくちゃ。ローズがきっと喜んでお相手すると思いますわ」

イーヴリンはいまふたつの役を演じていた。いまこそきわめて魅力的な男性に夫の愛人を押しつけ──結果的に夫から遠ざけ──る、絶好のチャンスだと考えている女性と、みずからの結婚生活に心から満足していて、世のなかにカップルで歩きたくない人間がいるということが信じられず、ことあるごとに仲のいい女友達をズボンを穿いただれかと結びつけようとする女性。

「ローズは、長居はできないといっていただろう」ジョンが指摘した。

「いくらなんでも一曲ぐらいは踊れるでしょう」イーヴリンは新たなシャンパングラスに手を伸ばしながらいい返した。「ハインリヒ王子はローズにすっかり心を奪われてしまったようだもの。かわいいローズがこの部屋に足を踏み入れてからというもの彼女から目が離せないようじゃありませんか、殿下。いっそ彼女をさらってメリーランドへ逃げたらいかが？　真夜中前に結婚して。夜明け前に種を仕込んじゃいなさいな」

いくら大胆なイーヴリンでも、さすがにこれは行きすぎだった。だが彼女はシャンパンを飲みすぎたふりをしていた。ジョンは急に咳の発作に見舞われた。

ところがハンクは、いえ、ハインリヒは、いつものように感じよくこれをあしらった。わたしにとって不運なことに。

気でも違ったのかとイーヴリンを詰問するでも、無礼だと肩を怒らせてその場から立ち去るでもなく、おだやかな声でこういったのだ。「二週間で姿を消して、たぶん二度と戻ってこないような夫はローズにはふさわしくないでしょう。フィアンセのこともあったわけですし。同じ悲しみを味わう必要はありませんよ」

「フィアンセ?」イーヴリンはわたしを見つめ、それから笑いだした。「あなたにいつ婚約者ができたの? もう、ローズったら、この気の毒な紳士にどんな作り話を聞かせたの?」

万事休す。こんなとき名うてのギャングたちはみなそういったものだ。とにかく映画のなかではそうだった。嘘がばれてしまった。わたしはハインリヒをちらりと見た。きっとやましさが顔に出ていたと思う。

彼は険しい顔でわたしの手をとった。「踊りませんか?」

ハインリヒ・フォン・ホッフと踊ること、はわたしの〝したいことリスト〟のなかで、彼にバルコニーから突き落とされることよりほんの少し上にあるだけだった。

それでもわたしは彼に導かれるまま隣の部屋に向かい、ダンスフロアに出た。そして、気がつくとわたしはまたそこにいた。彼の腕のなかに。バンドはスローな曲を奏でていて、彼は必要以上にわたしの体を引き寄せた。

逃げださないでいるのがやっとだった。泣きださないでいるのが。彼はとてもいいにおいが、懐かしいにおいがした。これだけ時間が経っているというのに。ふたりですごした時間はあんなにも短かったのに。

「なぜ結婚するなんて嘘をいったんだ?」彼が耳元でそっとドイツ語で囁いた。

なにをいえばいいかわからなかった。返事ができなかった。彼にぴたりと体を押しつけられ、求めてはいけない、求められないとわかっているものを、だれかを欲しいと思わせるのは、このうえなく残酷な責め苦だった。

それでも、わたしは彼が欲しかった。ああ、彼にキスしてほしい。この指をやわらかな彼の髪に差し入れたくてたまらない。

そのときだ、いまも彼を愛していると気づいたのは。わたしは恐怖に慄《おのの》いた。どうしてナチを愛せるの？

「彼のせいなのか？」ハインリヒはきいた。「そうなったのはきみが――」彼はわたしが聞いたことのないドイツ語を口にした。「それをべつにすれば、彼はぼくにできないなにをきみに与えた？」

彼がだれのことを、なんのことをいっているのかさっぱりわからなくて、わたしは彼を見つめた。

「ジョンだ」怒りのこもった声ではっきりさせた。「ぼくとのことを終わりにしたのは、彼と一緒にいたかったからなのか？」

彼は真剣だった。わたしは呆気にとられ、ただ彼を見つめつづけた。

わたしがまだ理解していないと思ったのだろう、彼はもう一度いった。「ジョン・フィールディングのことをいっているんだ。きみの恋人なんだろう？」

きっとわたしの目になにかがよぎったのだ。でなければ、なんらかの感情が顔にあらわれたか。とにかく、わたしに向けられた彼の目が細まった。

「それとも、恋人だとまわりに思わせたいだけか」そして小声でいい足した。「たぶんきみの隠れ蓑にそれが必要なんだね？」

「違うわ、ジョンはわたしの……」でも、その先をつづけることができなかった。この数年で嘘はお手の物になっていたけれど、ハインリヒにはそれが通用しないとわかった。だから笑い飛ばそうとした。「隠れ蓑？　なんのことかさっぱり――」

「いいんだよ、ローズ」彼はわたしをさらに引き寄せた。強く。胸の鼓動まで感じられるほどに。

「知らないのかい、ぼくらは同じ側の人間なんだ」

知ってるわ、でもだれもがわたしを自分と同じ側の人間だと思っている。彼がいっているのはどちら側のこと？　あのナチの制服を着た彼の姿が、またしてもまぶたに浮かんだ。疑問の余地などないじゃないの。

「フィールディングはいつからきみに協力しているんだ？」ハインリヒがきいた。

わたしはかぶりを振った。「お願い、その話はやめて。ここではだめ。いえ、どこだろうと。絶対に」

「ああ、そうだった。すまない」

わたしたちは無言で体を揺らし、わたしは曲が終わることを祈った。けれどもバンドは切れ目なしに次のスローなナンバーに移った。ハインリヒはわたしを放さなかった。そのまま踊りつづけた。

わたしの頭は時速百万マイルで回転していた。彼はわたしを味方と考えている。だとすれば、わたしのほうが少し有利なわけだ。わたしたちが味方どうしでないことをわたしは知っているのだから。それに、彼にバルコニーから突き落とされる心配も、もうなくなった——もちろん、彼もまた嘘をついているとしたら話はべつだけれど。もしそうなら、きわめて不利な立場に立たされるのはこのわたし。

わたしは彼を見あげ、まっすぐに瞳をのぞき込んだ。

そして彼の目があからさまな欲望をたたえてわたしを見ていることに気づいて、彼がベルリンでわたしにいったあのひと言は嘘ではなかったのだとようやく確信できた。彼は本当にわたしが欲しかったのだ。

はるか昔のあの夜、もしも勇気を奮い起こしてホテルの部屋まで一緒にきてほしいといっていたら、彼はきっとそうしただろう。忠実なるナチ党員としての義務としてだけでなく、それが彼の望みでもあったから。

そのことが何年も頭を離れなかったのだ——祖国ドイツへの奉仕の一貫としてわたしを愛しているふりをするような男に、もう少しで体を許してしまうところだったのだということが。

「なぜ嘘をついたんだ?」彼がまた囁いた。「なぜ結婚するなんて嘘をいった?」

彼の顔を見あげているうちに、自分のすべきことがわかった。彼がニューヨークにいるこの二週間、できるだけ彼のそばにいられるように仕向けるのだ。そして〈ウォルドーフ・アストリア・ホテル〉の彼の部屋に出入りして、彼がなにか情報を隠していないか探す。つねに彼のそばにいて、彼がニューヨークにいる連絡員に会うときもぴったりと横にくっついていよう。FBIのオフィスで小型カメラを調達して、写真を撮り、名簿を作成する。そして二週間が終わるときにはFBIはシャルルマーニュを逮捕するだけでなく、ニューヨークのナチ・スパイ網の上層部の大半を摘発するのだ。

ハインリヒが拘留され、スパイの罪で死刑を宣告されるかと思うと、胃が痛くなった。そんなことが自分にできるとは思えなかった。しかし、やらないのは国への裏切りに等しい。それもできないことは知っていた。

でもなによりもまず、これからの二週間、確実にハインリヒのそばにいられるようにしなくては。

できることなら昼も夜も。

貞操という言葉が頭に浮かび、わたしは大きく息を吸い込んだ。

そして、わたしは彼に真実を告げた。

「嘘をついたのは、あなたを愛していたからよ」

彼はわたしにおなかを殴られでもしたように息を吐きだし、その目にまぎれもない涙を浮かべた。

「だがぼくにはわからない。ぼくもきみを愛していたことは知っていたはずだ。手紙にははっきり書いたじゃないか」

「とても本気だとは思えなかったの」

「本気だった。心から」

「そんなことは……ありえないと思ったの」わたしはいった。「わたしたちは……まるで違うもの」

彼は首を横に振った。「ぼくたちはまったく同じだ」

つくらなくても自然と声が震え、わたしの目も潤みだした。ベルリンで彼が本当にわたしに恋をしたなんてことがあるかしら。「つまり、あなたはわたしとはまったく別世界のひとだし。それにあなたは――あなたは海のむこうにいた」

「もう違う」

彼の目は期待と欲望が混じり合っていて、わたしは心が痛んだ。彼は本当にそんなふうに感じているの、それともこれもゲームの一部？　欲望が本物なのはわかっていた。こうもぴたりと抱き寄せられていれば、いくら世間知らずのわたしでも彼の体に起きた変化に気づかないわけにはいかなかったから。

そしてわたしは、この身を滅ぼす恐れはあっても、彼が今夜わたしを自分のホテルの部屋に連れていこうとするのはまず確実な真実を囁いた。

「いまも愛しているわ」

ハインリヒはわたしに微笑んだ。それは見たこともないほど奇妙な笑みだった。「ここを出よう」彼はいった。「どうしてぼくが泣いているのか、みんなが不審に思う前に」

彼はわたしの手を引いてダンスフロアを出ると、ふたりのコートを乱暴につかんだ。このひとは本気だと気づいたときには、もう階下へ向かうエレベーターに乗っていた。彼が床にコートを落とし、わたしを腕に抱いた。「もう一度いっておくれ」そう囁いた。「お願いだ、愛しいひと……」

彼がなにを聞きたいのかは知っていた。わたしは彼の顔に触れ、彼の目の縁に涙がたまっていまにもあふれそうになっていることに驚いた。「あなたを愛してる。きっと永遠に愛しつづけるわ」

「ぼくはきみを永遠に失ってしまったと思った」彼が囁き、その美しい顔に涙が流れ落ちた。そして彼はわたしに口づけをした。

泣いていたのは彼だけではなかった。

飛行機がロサンゼルス国際空港に向けて着陸態勢に入るとアリッサはローズの本を閉じた。

〝ぼくはきみを永遠に失ってしまったと思った〟

ああ。それがどんな気持ちかは知っている。だれかを失うこと。永遠に。

彼女は目を閉じたが、思い浮かぶのはサム・スタレットの姿だけだった。わたしの自宅のキッチンに座って。メアリ・ルーという名前のだれかと、彼が四カ月前に妊娠させた女性と結婚するとわたしにいっている。きみを愛しているが、正しいことをしなきゃならないのだ、と。

結婚すると決めたからには生半可なことはしたくない。だからたとえアリッサが彼をもうひとりの女性と共有することに異存がなくても、自分は結婚の誓いを偽りのものにするつもりはない――いまも彼女が欲しくてたまらないとしても。

サムにとっても死ぬほどつらいことなのは知っていた。けれど彼はあの日、彼女のアパートメントから去っていった。彼女の人生から。

そして、わたしは彼を永遠に失った。

ローズを失ったと思ったハンクと同じ。

ローズと違うのは、サムが実際にメアリ・ルーと結婚したこと。

「大丈夫かい?」ジュールズがきいた。

アリッサはうなずいた。「ええ、ちょっと……目にまつげかなにかが入っただけよ」


いやだ、なんなの、このにおい?

ケンがランニングの裾を結んでダイナマイトを詰めた袋を地面におろし、アタッシェケースを背中にくくりつけるのに使った蔓をほどくのを見て、サヴァナは自分の目を疑った。

ここで休むつもりなの? このいやなにおいのする場所で?

「休憩はもう少し先に行ってからにしたらどうかしら?」できるだけていねいにいってみた。十分ほど前に、少し休んでグラノーラ・バーを半分こしないと頼んだのはわたしだけど、いくらおなかがすいていても、こんな鼻が曲がりそうな場所でものを食べる気になんかなれない。

「先に進む前にやらなきゃならないことがある」ケンがいった。「休憩はそのあとだ」

「ここでなきゃいけないの?」

「ああ。そうだ。きみは気に入らないだろうが……。その服を脱いでもらいたい」

ていねいに。あくまでもていねいに。ケンはどうせ嫌がらせをしているのだろうけど、挑発に乗ってはだめよ。二度と平静を失わないようにしなくては。

「遠慮するわ」笑顔を見せることさえした。「このままでけっこうよ」

「ったく、いいから聞け。きみは〈ロード・アンド・テイラー〉の香水売り場みたいなにおいがする」

　これには笑ってしまった。「自分がにおうのは知ってるけど、どちらかというとアメリカンフットボールの試合のあとのロッカールームみたいなにおいだと思うけど」

「まあ、そんなにおいもしないではないが、香水のほうがまだ勝っている」

「だから……なに？　川で洗濯しろとでも？　この暑さだもの。どうせなら服を着たまま川に入るわ」

　ケンがかぶりを振った。「その服はどっちみち処分しなきゃならない。身を隠す秘訣は周囲に溶け込むことだ。気づいていないといけないからいうが、レモン色はほかならぬこの環境にはまったく溶け込まない。もしもだれかがおれたちを捜しにきたら……いや、捜しにきたときには、きみがそんな服を着ていたらとんでもないハンディを背負うことになる」

　この服を脱ぐ……？　さすがにこれに平静でいるのはむずかしかった。

「わたしの下着もレモン色よ」サヴァナはいった。「いっそ裸で歩きまわったほうがいいんじゃない？」

「そいつはゾクゾクする話だが、きみの肌も少しばかり白すぎる。とはいえ、全身日焼けをするだけの時間はないし」ケンはいつもの感じのよさでいった。「きみにはおれのズボンとシャツを着てもらう」

「へえ。で、あなたが裸で歩きまわるわけ」

「ボクサーショーツとサンダルでね、ベイビー」彼はサヴァナに笑いかけた。「きみに我慢できるかな？　ほら、半裸のおれのそばで自制心を働かす自信はあるか？」

サヴァナは片手を差しだした。「さっさとその服を貸して、着替えるあいだあっちへ行っていて」

「まあまあ、そう焦るなって、せっかちくん。まずはちょっとしたにおい消しをしないとな」

にやついたケンの顔が気に入らなかった。ちょっと楽しみすぎなんじゃないの。

「なんなの？　川で体を洗えっていうなら、まずはピラニアを寄せつけないようにする米海軍SEALの秘策を教えてちょうだい」

「いや」彼はいった。

「ピラニアはいないってこと……？」

「川とは――その、ちょっと違う」ケンはアタッシェケースの上に腰をおろしたが、お尻の下に彼を木っ端微塵にできるだけのダイナマイトがあるということはほとんど気にしていないようだった。「いいか、香水について肝心な点は、それが油性で、川に飛び込んだぐらいじゃ洗い落とせないってことだ。だからおれたちが――きみが――しなきゃならないのは、においでにおいをごまかすことだ」

　においでにおいをごまかす。話の先が見えてきた。嘘でしょう。そんなまさか。

「きみが嗅いでいるこのにおいは自然の力によるものだ」そういうケニーの顔はにやけきっていた。「おそらくこのあたりのジャングルは去年、川が氾濫して水浸しになったんだ。で、なんらかの原因で水が引かずに残った。たぶん木が倒れたかなんかだろうが、この際それはどうでもいい。大事なのは、水が引かなかったせいでこのあたりの植物相、つまりあらゆる草木が水浸しになったってことだ。

　だからこのにおいは、ハニー、腐敗臭だ。花瓶に挿した一ダースのバラを枯れたあともそのまま四週間放っておいたら、まちがいなくこれと同じにおいになる。きみもよくやるだろう、そういうこと」

　嫌味だった。彼女がなにかを四週間も放っておくことなど絶対にないのはよくわかっていた。

　しかし、彼女は首を横に振った。「だめ。無理。なにかべつの方法があるはずよ」

「べつの方法は」いまやケンはまじめそのものの顔で口元を引き締め、目にはもうおかしそうな表情は一切浮かんでいなかった。「〝死〟と呼ばれるものだ。べつの方法は、とんでもなく苦労して身を隠したのに、結局ＡＫ‐47をもったくそったれにきみのつけているシャネル・ナンバー６９《シックスティナイン》だかのにおいを嗅ぎつけられて、そいつのひとさし指のひと絞りでおれたちふたりがミンチになるってことだ。いやもしかしたら、おれたちを見つけた男は弾薬を無駄にするのをいやがって、かわりに鉈《なた》を使うかもしれない。そいつはまずおれを殺す、反撃に遭うと厄介だからな。

きみのことは、たぶんもう少し生かしておくだろうがね」

彼女がなにかいおうと口を開いたが、ケンの話はまだ終わっていなかった。

「いいや、きみをおいていくつもりはない」彼女の考えを読んだように、いった。「サヴァナ、いまからおれがいうことをよく聞け。全神経を集中して、おれのくちびるを読んで理解しろ——いくぞ。おれたちふたりが無事にアメリカ行きの飛行機に乗るまでは、きみの身に起きることはおれの身にも起こる。わかったか。じゃあ、教えてくれ。おれたちは生きるのか、それとも死ぬのか？」

ケンは実際、彼女に同情していた。

サヴァナは悪臭を放つよどみに下着姿で立ち、草木が腐ってできたヘドロを黙々と体に塗りつけていた。悪態も、文句も、泣き言も、なにひとつ口にしない。

ただ黙って、ケンにやれといわれたことをやっていた。

ケンは彼女のスカートとブラウスを泥のなかに埋めると、シャツとズボンを脱いでサヴァナに見えるように木の枝にかけた。彼女が下着だけでいる時間は短ければ短いほどいい。

ケンの下着はといえば……。

運がよかった。ケンが穿いていたのはジャニーンが去年ジョークでくれたボクサーショーツ

——ありとあらゆる迷彩柄を取り揃えたやつ——の一枚だった。アーバン迷彩だ。ジャングルにうってつけ、とはいかないが、ベージュのデザートプリントよりはましだ。ましてや、ふだん穿いている実用本位の白よりはずっといい。

「髪の毛も忘れるな」ケンはサヴァナに叫んだ。

「髪に香水なんてつけてないわ」彼女がきつい声で叫び返した。

「ところが、つけているんだ。香水をつけるときみは——空中に盛大にスプレーして、その下をくぐり抜けてるんじゃないか？」アデルはそうしていた。ケンには無駄なことに思えたものだ。それに、そんなことをしたら、そばにいるひとや物にまで香りがついてしまう。ケンは頭をさっと引っ込めて逃げる術を学んだ。でないと、基地に戻ったときに仲間に変な目で見られるからだ。

サヴァナは手を頭にもっていき、恐る恐る髪にヘドロを塗りはじめた。「いつ洗い流せる？」声がほんのわずか震えた。

「わからない」と彼は認めていった。「成り行きにまかせるしかないだろうな」

サヴァナがさっとこちらを振り向いた。さっきからずっと彼に背中を向けるようにしていた（とりわけ下着一枚になってからは）ことも忘れて。下着は、たしかに目にも鮮やかなレモンイエローで、しかもとんでもなく生地が少なかった。

「あなた、これに効果があるって本当に知っているの？」そう尋ねた。

「もちろん」ケンは答えた。

彼女の目が細まった。「嘘をついてる？」

「ちょっとだけな」サヴァナを怒らせようと、わざとそういった。

するとやった。まさにそうなった。

「このくそったれ！」サヴァナは片手いっぱいにヘドロをすくったかと思うと、腕を振りあげてケンに投げつけた。ヘドロはケンの胸に命中した。ビシャッ。

「いい球だ」感心したようにいった。やったぞ。まんまと彼女を怒らせて冷静でいられなくさせてやった。だが、まだ涙は流さない。女にしては信じられないくらいタフだ。

サヴァナは激怒していた。「単におもしろいからってだけで、この……この……くそみたいなものを体に塗らせたんだったら……あんたは最低のくそばか野郎よ、ケニー！」

次の一発はケンの額にまともに当たるところだったが、すんでのところでよけた。惜しい。

だが、たいした肩だ。

サヴァナは彼に突進した。オーデコロンならぬ汚泥《おでい》コロンを両手ですくい、一直線に駆けてくる。

ここで泥を吐かないと――泥まみれになる。

「さっきのは冗談だ」ケンはいった。「これに効果があるのはちゃんと知ってる。ただ……このやりかたを学んだときは、いつ洗い流せるかって部分に注意を払っていなかったんだ、正直いって、においはあまり気にならないから」

サヴァナは両手にもったどろどろしたものをケンの髪になすりつけようとしていたが、当の本人は髪はもちろん体にもおざなり程度にしかそれを塗っていないのがわかった。

ケンは軽々とサヴァナの手をつかむと――所詮、女は女だ――手のなかのものを彼女の頭に塗りつけた。それでもまだ香水のにおいを消すことはできなかった。

ケンが彼女を肩の上に抱えあげてぬかるみのほうへ戻ると、サヴァナは足をばたつかせ、強い声帯と、上品なミス・マナーズ（新聞のコラムニスト。マナーについて執筆）の十三歳未満《PG13》は保護者同伴のかぎられた語彙を駆使して、きわめて独創的な単語をつくりあげる能力の両方をもっていることを証明した。

おなら野郎。おなら野郎もくそばかも気に入った。

ケンはげらげら笑ったが、残念ながらそれは彼女の怒りを静める役には立たなかった。

サヴァナをぬかるみへおろし、逃げられないように片手でつかまえたまま、もう一方の手でヘドロをたっぷり塗りつけると、サヴァナは感心にもケンの股間に膝蹴りを入れようとした。しかしケンが腰をひねってよけると、膝は彼の太腿に当たり、たぶん痛い思いをしたのは彼女のほうだろう。ケンは彼女の体をくるりとまわしてむこうを向かせ、背中に自分の腹を押しつけて、彼女が大事な息子に手を出せないようにした。

ありがたいことに、今回息子はおとなしくしていた。

とにかくいまのところは。

「放して！」喰いしばった歯のあいだからサヴァナはいった。「わたしは本気よ、ケニー！放してってたら！」

「へえ？　で、放したらどうするつもりだ？　おれをぼこぼこにするのか？」自分の手がいま彼女のどこにふれているかも、その肌のなめらかさも考えまいとした。ただ彼女のうなじをにらんで、てきぱきと手を下に動かした。

「あなたのこと……絶対に許さないから」嚙みつくようにいった。

「へえそうか、おれもきみを許すつもりはないから、おあいこだな」

そのひと言でサヴァナの肩ががっくりと落ち、ケンは一瞬、ついに泣かせてしまったかと思った。

ところが、そうはならなかった。彼女はただ口をつぐみ、ケンに抵抗することもやめた。ただその場に立っていた。おとなしく。

そうされると、かえって彼女にふれるのが百倍むずかしくなった。サヴァナの胸。やわらかくなめらかな腹部。けれどもケンはしのいだ、できるだけ機械的に手を動かしてなんとかやり終えた。そして彼女を放した。

サヴァナは転がるようにして彼から離れ、土手をあがった。

「乾けばにおいも少しましになるはずだ」ケンはいった。

「ええ」サヴァナは丁重に答えた。「でしょうね」

ケンは悪臭を放つぬかるみを出て彼女のあとを追った。「サヴァナ――」

「とにかくここを出ましょう」彼女は静かにいった。「早くこれを終わらせましょう。ほかになにもいいたいことはないわ」

「ところが、おれにはある」ケンはいい、擦りむいた肘についたヘドロをぬぐった。サヴァナが彼のズボンを振ってから（蜘蛛や虫がついていないか絶えず用心しているのだ）足を通している横で、ケンは彼女のハンドバッグのなかから除菌ローションをとりだした。「足の傷に、もう一度これを塗ったほうがいい」

サヴァナはうなずき、ズボンのファスナーをあげて、ケンがポケットナイフで新しく穴を開けた革のベルトを締めた。彼女の腰は細すぎて、ベルトをしないとズボンがずり落ちてしまうからだ。

「いっておきたいルールがいくつかある」ズボンの裾を折り返しているサヴァナに向かって、ケンはいった。「水を見つけても絶対に飲まないこと。どんなにきれいそうに見えてもだ。水だけじゃない、おれが渡すもの以外は一切口にするな。いいか？」

「ええ」サヴァナは一方の裾を終えて、もう一方にとりかかった。

ケンは十セント硬貨大の除菌ローションをてのひらに出し、それを肘に――「くーーっ！」あまりの痛さに跳ねまわった。「こいつがこんなに沁みるなんてひと言もいわなかったじゃないか！」

「アルコールが入っているんだもの」冷ややかな調子でいった。「もちろん沁みるわよ」ちらりと投げてよこした視線が〝弱虫〟とあからさまに告げていた。

サヴァナは傷だらけの足にこいつを塗って、声ひとつあげなかったのか。

「知っておいてほしいんだが、きみのタフさには気づいている。きみが一切弱音を吐かないことに気づいているし——敬服もしている。ヘドロのことでからかったことは謝る。これに効果があるのは本当だ。どうしてもこうする必要があったんだ。でも、二時間ほどしたら洗い流してみよう。それでもまだ香水のにおいが残っているようなら——」

それはケンの見ている前で起きた。

ケンはしゃべりながら、彼が木の枝にかけておいたシャツにサヴァナが手を伸ばすのを見ていた。彼女がシャツを振ることは知っていた——そうなる前にわかっていた、、、、、、、のだ。シャツにもぐり込んでいるかもしれない薄気味悪い蜘蛛かなにかを振り落とすために。

「よせ！」ケンは除菌ローションのボトルを放りだして彼女のほうに突進したが、手遅れだった。サヴァナはいまいましいハリケーンよろしくシャツをばさばさと振っていた。

「ああ、くそっ！」

そしてケンは、サンディエゴでシャツのポケットに入れた小型追跡装置が腐臭を放つヘドロのなかに飛び込むのを見た。

追跡装置が落ちたと思われるところにあわてて飛び込んだが、くそ、どこにも見当たらない。ケンはヘドロのなかを這いまわり、ふつうの人間なら音をあげるぐらい長く探しつづけた。それでもついにあきらめ、てのひらを水面に叩きつけた。

「ちくしょう！」

サヴァナは気のふれたひとでも見るようにケンを見ていた。事情を知らないのだから当然だ。たぶんシャツのポケットから小型追跡装置が飛びだしたところも見ていないだろう。彼女が見たのは、おれがやみくもにこのくそ溜めに飛び込んで、狂人みたいに這いまわったことだけ。

さてどうするか。自分がたったいまなにをしたかを彼女に教えるべきか否か。

ケンは顔についたヘドロをぬぐい、髪をうしろに撫でつけると、重い足どりでぬかるみからあがった――脚に二匹のヒルのおまけつきで。「くそ！」彼は爪先でヒルの吸血口をはじいて、即座にはがした。

サヴァナはいまにも悲鳴をあげそうな様子で、ケンは彼女の〝ぞっとするものリスト〟にヒルを付け加え、川のよどみに彼女を近づけないことと肝に銘じた。

濡れてしまったボクサーショーツを脱がずにできるだけ水気を絞りながら、やっぱり話すべきだと思った。たぶんサヴァナはひどく落ち込むだろうが、それでも知る権利はある。彼女は真実から守ってやらなきゃならない子供とは違うのだ。

サヴァナもなにか大変なことが起きたらしいと気づいていた。「わたし、なにを見落としたの？」

だから彼はできるだけおだやかに話して聞かせた。小型追跡装置のこと。彼が開発した追跡システムのこと。そのシステムが作動しているかどうかをたしかめに、いずれサムかニルスが彼の自宅へ行くはずだったこと。そうなれば、たとえ彼とサヴァナが自力でここから脱出できなくても、一週間かそこらで米軍のどこかの部隊が捜索にきてくれると確信していたこと。

「小型追跡装置の寿命はあと数時間というところだろう」ケンはサヴァナにいった。「せいぜいもってそのくらいだ。完全防水のものはまだつくっていなかったから」

サヴァナは打ちひしがれた様子だった。「本当にごめんなさい」

「おれの責任でもある。いや、悪いのはおれだ。こうなる前にきみに話しておくべきだったんだ。ただ……なんていうか、こいつはおれの最後の切り札だったんだ。ほら、モノポリーの〝刑務所釈放カード〟みたいな」ケンはため息をついて額をこすった。「よくわからないが、たぶん機能しないいんじゃないかと不安だったんだと思う。実際、だれかが衛星アンテナを設置しているか、なんらかのシステムを導入していないかぎり装置は役に立たないし、だからきみにあまり期待をもたせたくなかった。いや、もしかしたら、仲間を乗せた海軍のヘリがいきなりあらわれたほうがきみを感心させられると思ったのかもしれない」彼は目をあげてサヴァナを見た。「サヴァナ、だからきみはなにも悪くない。全部おれのせいなんだ」

「感心ならもうしているわ」彼女はいった。「あなたには頭にくることももちろんあったけど……感心することのほうが多かった」

「そりゃどうも、でも今回は違う、だろ？」ケンは腹立ちまぎれに笑った。まったく、とんだダメ男だ。

「わたし、あなたを許すことにした」サヴァナがいった。

こうして座って、また彼の服を着た彼女を、濡れてべとべとになった髪が顔のまわりでくるくるとカールした彼女を見ていると、彼女の目を、あの途方もなく美しい瞳をじっと見つめていると、彼のほうがわっと泣きだしそうになった。

彼女は元のサヴァナに戻ったみたいに見えた。ケンの空想のなかのサヴァナに。彼があっという間に心を奪われた女性に。だがあの女性は存在しない。いるのは彼女の性悪な双子の、この女性だけ。

いや、もしかしたらそれほど性悪ではないのかもしれない。彼女は信じられないほどタフで意志の強い女性だ。ジャングルに一緒に取り残されてもいい相手リストのトップにはこないかもしれないが、最後でないのもたしかだ。

少なくともいまはもう。

彼は咳払いをして、いった。「ありがとう。そんなふうにいってもらえる資格はおれにはないが、でも……ありがとう」

ロサンゼルス空港ではマックス・バガット本人がじきじきに出迎えた。

「ミセス・フォン・ホッフ」彼は握手でローズを迎え、航空会社の電動カートから降りる彼女に手を貸した。空港のゲートからリムジンが待っているこの場所までカートに乗ったのは、急いでいるからで――高齢のローズには歩くのは無理だと考えたからではないとジョージは力説していた。

「こんなかたちで再会することになってしまって残念です、マム」

なにかわかったことはあるかと尋ねようとしたとき、アレックスの安否を案ずるローズの気持ちを察してマックスが先にいった。

「息子さんの所在はまだつかめていません」リムジンに乗り込むローズに手を貸しながら報告した。「あなたに嘘をいうつもりはないので、はっきりいいますが——これは朗報とはいえません。早い段階で身代金の要求があれば、われわれが相手をしているのはしろうとである可能性が高まる。誘拐に慣れた人物なら時間をおくはずです。人質の家族に心理戦を仕掛け、さんざん気を揉ませたあとで要求を突きつける」

「でも相手がプロ——つまり誘拐をビジネスにしている人物なら、むしろ人質を無事に家族の元に戻そうとするのでは？」ローズはそう反論した。「人質を健康な状態で帰さなかったら、取引に支障が出るでしょう」

「ええ、もちろんそれは大事なことです、もしもわれわれの目的が交渉にあれば。ただ、いうまでもないとは思いますが、合衆国政府はテロリストと交渉はしません」マックスはリムジンの彼女の横に座ろうとしたが、ふと思いなおして、むかいの席に移った。アリッサ・ロックの隣に。ふうむ、興味深いこと。

「あなたに交渉する気がなくても」ローズはいった。「わたしにはある。もしも身代金の要求があって、それが息子を取り戻すもっとも安全な方法に思えたなら、いくらだろうとわたしは払います。そのときはわたしの決断を支持してくれるのでしょうね、ミスター・バガット」

「ええ、マム。でもそのときは、犯人側との交渉についても身代金の受け渡しについても、われわれの協力は得られないものと思ってください」彼はジョージ、ジュールズ、アリッサに順に目をやり、アリッサにだけほかのふたりとは違った笑みを向けた。じつに興味深いこと。

「フライトは順調だったか？」

「ええ、ボス」

「ジャカルタ行きの便は明日の朝一番に出る」マックスは全員にいった。「空港に近い〈ハンプトン・イン〉に部屋をとってある」それからローズに向きなおった。「なにか必要なものがあれば――」

「あなたと一緒に今夜の便で発たないのにはなにか理由があるの？」ローズはきいた。「あなたは今夜現地に飛ぶものと思っていたけれど」

マックスはローズの目をまともに見た。彼はハンサムな男性だった。黒い髪に、とろけそうなチョコレートブラウン色の目。インド人の血をひくことを物語る、やや浅黒い顔色。彼の父方の祖父は第二次大戦直後にインドのライプルからアメリカに渡ってきたのだと、前回会ったときに聞いている。マックスの祖父はきわめて優秀な技師で、なんとも興味深いことに〈グラマン〉に勤務していたという。

「ミセス・フォン・ホッフ」マックスがいった。「失礼を承知でいわせていただくと――」

「いいからローズと呼んでちょうだい」彼をさえぎっていった。「きつい本音をいうつもりなら、いっそ他人行儀な呼びかたもやめてしまったほうがいいわ」

マックスは笑った。「わかりました。ローズ。あなたは八十歳だ。そしてニューヨークから飛行機で六時間かけて、たったいまLAに着いたばかりです。さて、あなたがいまも一マイルを八分で走れようと、ベンチプレスで二百ポンドを挙げられようと、わたしはいっこうに気にしない。あなたに少し休んでもらうまでは、太平洋をまたぐフライトで再度あなたの耐久力テストをするつもりはありません。それから香港でも一泊してもらいます」

香港。なんておあつらえ向き。よりにもよって香港で一夜をすごすとは。

マックスの携帯電話が音をたてた。「失礼」彼は上着のポケットに手を入れ、携帯電話を開いた。「バガットだ」しばしの間。「だれだって？」また間があき、今度はむかいにいるローズに目をやった。「もっと情報がいる。彼女はひとりで出かけたのか、それとも連れがいるのか。税関でなにか申告したものはあるか。この数日間に彼女が銀行から多額の現金を引きだしていないか調べてみてくれ」間。「そうだ、至急頼む。返事をくれ」

彼は携帯電話をカチッと閉じた。「どうやらサヴァナ・フォン・ホッフなる人物がつい最近、香港経由ジャカルタ行きの便に搭乗したようです」

「サヴァナが？」ローズは完全に呆気にとられた。

「彼女の孫娘だ」ジョージがアリッサとジュールズに知らせた。

「わたしの息子、カールの娘よ。正確にはカールの一粒種。サヴァナとわたしは昔はそりゃあ仲良しだったのよ、あのこのばかな母親がどうしてもアトランタへ戻るといいだすまではね」あれはプリシラがわたしの悪影響からサヴァナを遠ざけるためにカールに無理をいったのだと、ローズはいまもそう信じていた。

いまではサヴァナに会うのは年に一度か二度。ロースクールにかよったあとはニューヨーク地区に戻ったというのにだ。ローズはささやかながらも孫との関係を回復しようと試みていたが、それはサヴァナがまんまとプリシラのクローンに仕立てあげられてしまったように思えたからだった。

そのサヴァナが、ヘアスプレーで髪を大きくふくらませ、揃いの靴とバッグを身につけた女たちから二千マイルは離れたインドネシアのようなところへ行くなんて――万にひとつも――思わなかった。

「お孫さんが香港に到着したところまではわかっています」マックスは報告した。「航空会社は彼女がインドネシア行きの便に乗ったのはたしかだといっていますが、ジャカルタ到着後にふっつりと姿を消しています。スーツケースは受け取っていないし、ホテルにチェックインもしていません」

アリッサがマックスを見た。「それじゃ、あなたはサヴァナが……」彼女は最後までいわず、ただマックスの目をじっと見つめ、どうやら彼の心を読んだようだった。

マックスもまた彼女の心を読んだ。「ああ」とそういった。

「サヴァナがなんなの？」ローズとしては尋ねるよりほかになかった。

アリッサが答えた。「ひょっとすると、お孫さんはアレックスを誘拐した人物から連絡を受けたのかもしれません。それで身代金の受け渡しのためにジャカルタへ向かった」

「ああ、なんてこと」ローズはいった。

「その可能性はあると思われますか？」マックスがきいた。「お孫さんがだれにも知らせずにそのようなことをすると？　あなたにさえ知らせずに？」

「お恥ずかしい話だけれど、その質問に答えられるほどあのこのことをよく知らないの」

マックスの携帯電話がまた鳴った。「バガットだ」

彼は電話の相手の話に耳を傾け、全員がそれを見守った。ジョージが腕を伸ばし――彼に神の祝福があらんことを――ローズの手を握った。

「こんちく――」マックスはいいかけたが、そこでローズのほうに顔をあげ、〝ちくしょう〟の後半をのみ込んだ。「ああ」電話に向かっていった。「わかった。ありがとう。よくやった」

彼は音をたてて電話を閉じた。「サヴァナはこの水曜に複数の銀行から合計で二十五万ドルを引きだしています。木曜にJFK国際空港からサンディエゴに飛び、土曜の夜にジャカルタに向かっています」

「サンディエゴ？」アリッサが口を差し挟んだ。「なぜサンディエゴなんかでぐずぐずしていたのかしら？」

マックスはすでに車内電話をとりあげ、リムジンの運転手に指示を出していた。「Uターンだ。空港に戻る。サンディエゴへの定期往復便を出している航空会社はどこか調べてくれ」電話を切って、ローズに向かっていった。「ケン・カーモディという名前に聞き覚えは？」

ローズは首を振った。いいえ。

「ワイルドカード・カーモディ？」アリッサがいった。

ジュールズも、ぐっと身をのりだした。「彼がどうしたんです？」

「彼はサヴァナの友人か恋人では……？」マックスはローズに尋ねた。

「サヴァナはこのところルーマニア人の男性とおつきあいをしていると、あのこの母親はいっていたけれど。ヴラッドなにがしとかいうひとと」プリシラがさも満足そうに伝えてきたのだ。どうやらヴラッドは伯爵か公爵か、とにかくこの時代にはばかばかしいだけのなにからしい。なんだってわたしの息子はあんな頭がからっぽな女と結婚したのだろう。

「どうやらサヴァナはジャカルタへひとりで行ったのではないようだ」マックスはいった。「彼女はケネス・カーモディという人物の航空券も購入している。その人物は、パスポートに記載された情報から見て、われわれの知るSEAL第十六チームのケン・カーモディにまちがいない」

サヴァナは叔父のためにジャカルタまで身代金を届けにいったが、米海軍SEALの隊員を伴うだけの冷静さはもっていた。もしかしたら、あのこの脳細胞はまだ少しは働いているのかもしれない。

「きみにはサンディエゴに行ってもらう」マックスがアリッサにいっていた。「いまからすぐに。トム・パオレッティに話を聞け。ニルスとスタレットにも。カーモディがどこへ行ったか、ジャカルタからどこへ向かったか知っているかどうか確認するんだ。カーモディが住んでいるアパートメントかなにかのスペアキーをもっている人間を捜しだして、部屋を調べろ。やつがわざとスーツケースを捨ててべつのホテルにチェックインしたとしても、おれはちっとも驚かない」

彼はリムジンのむかいにいるローズに目を向けた。「彼は立派な男です。SEAL第十六チームのケン・カーモディ上等兵曹は。彼が〝ワイルドカード〟のニックネームで呼ばれているのは、多少気の荒いところがあるからですが――この状況では、それはかならずしも悪いことではありません――それ以上に、きわめて独創的な問題解決法を考えつく才能があるからなんです」

「カーモディはコンピュータの専門家です」アリッサはみずから進んでいった。「非常に優秀な。少しばかり型破りなところはありますが――」

「最高に控えめにいって、ね」ジュールズがぼそっといった。

「でも、あるひとが――SEAL隊員のひとりですが――以前こういったことがあります、カーモディがチームにいるのは、万能札《ワイルドカード》を手札にもってポーカーをやるようなものだと」アリッサはローズにいった。「それでそのニックネームがついたんです。ワイルドカード・カーモディがいれば、勝つための方策をいろいろ考えだしてくれる。彼が一緒なら、ミセス・フォン・ホッフ、お孫さんの身の安全は可能なかぎり守られるはずです」

ローズはうなずいた。「それは朗報ね」

ジュールズが身をのりだし、アリッサごしにマックスにいった。「すいませんが、ボス、サンディエゴにはロックではなくぼくが行きます」

マックスはただ彼を見つめて片眉をあげた。だれもが震えあがるその表情にもジュールズはひるまなかった。

「いいのよ」アリッサは小声で相棒にいった。

「いや、よくないね」ジュールズは小声でいい返した。「せめて一緒に行かせてほしい」それからマックスに向かって「ボス。朝一番のフライトに間に合うように戻りますから」

マックスはなおも言葉を発しなかった。

「お願いです」ジュールズは死のように冷たいマックスの目から視線をはがさなかった。「まさかと思うでしょうが、ボス、ぼくとサム・スタレットは友人なんです。ロックがパオレッティ少佐と会っているあいだにぼくがスタレットの話を聞きにいけばいい」

リムジンがターミナルビルの前で停まった。

「いいんだったら」アリッサが喰いしばった歯のあいだからいった。

しかしジュールズはひかなかった。「ボス。ぼくが一緒に行けば、必要な情報を半分の時間で集めることができます」

ついにマックスがうなずいた。「わかった」

ジュールズもまたうなずいた。「わかりました」そして笑顔を見せたが、明らかに安堵のあまり気が遠くなりかけていた。「ありがとうございます、ボス」

「行くんならさっさと車から降りろ」マックスが命じた。

青年はあわててリムジンから出ようとして、あやうく転びかけた。

「きみがやつをそばにおきたがるのも無理はないな」ジュールズにつづくべく座席を移動しているアリッサに、マックスは小声でいった。「凶暴な男だもんな」

「彼がそばにいるのもあと少しよ。わたしが殺してやるから」アリッサはいった。「わたしひとりでできたのに」

「ああ、知ってる。だが、ひとりでやらなきゃいけないことでもない」マックスは彼女のあとから車を降りた。それからまたひょいと車内に頭を入れた。「ちょっと失礼します」

「どうぞ」ローズはジョージに顔を向けた。「いまのはなんだったの?」

ジョージはかぶりを振った。「見当もつきません」

10

「ご主人はどんなひとだ?」

ご主人? モリーはジョーンズのほうに顔を向けた。破壊のあとを目の当たりにしたショックがまだ抜けず、初めは彼の言葉の意味がわからなかった。

村が近づいてきたので、ジョーンズもモリーのようにすでに服を着ていたが、そんなことはどうでもよかった。ショートパンツとTシャツ姿の彼も、裸の彼と同じくらいすてきだった。

ううん、同じとはいえないかも。でも、いい勝負だわ。

「夫はいないわ」モリーはいった。

「なら、元夫だ」

「元夫もいない」質問の意味はわかっていた。娘と孫がいるというわたしの話から、あれこれ推測したのだろう。「結婚は一度もしていないの」彼をグレイディと呼ばないようにするには努力が要った。呼んではだめ。「デイヴ」デイヴ、デイヴィッド、デイヴィー。本名以外ならなんでもいい。そもそもその名前を口にすべきじゃなかったのよ。まったく、あんなに簡単に押し切られてしまうなんて。

「そうか。悪かった。おれはただ……その、むろん、おれにとってはそのほうが好都合」いったあとで、猛烈な勢いで打ち消した。「いや……そうじゃなくて――」

「わかってる」モリーはいった。ジョーンズのうろたえぶりがおかしかった。「理想に燃えた慈善家のイメージにはそぐわないものね」ジョーンズが彼女に使ったいいまわしを、わざと口にした。

「ああ、もっともきみのやることなすことがそうだけど。なら、きみの娘の父親はどんな男かときいたほうがいいかな」

モリーは彼と向かい合うように船尾にあるベンチの一方に腰をおろした。「ええと、その質問にも答えられない。父親がだれかはっきりしないから」

その言葉に、ジョーンズはまた呆気にとられた。

ああ、こんなふうに口に出すと、ひどくふしだらに聞こえる。だからめったなことでは話さなかったのに。ジョーンズの目に咎めるような非難の色を見るのが急に怖くなり、モリーはすっと視線をそらした。

ところが、驚いたことにジョーンズは彼女の隣にきて座った。そして彼女の手をとった。「なにか事情があるようだね」

モリーは笑おうとしたが、彼のやさしさに面食らっていた。「ええ、まあ」

「話してもらえるかい？　いやなら、無理にとはいわないが」

彼はモリーの顔にかかった髪をそっと払い、そのやさしいしぐさにモリーは少し怖くなった。いま口を開いたら、彼をどんなに愛しているかを明かしてしまいそう。そんなことをしたら雰囲気ががらりと変わってしまうんじゃない？　たぶん彼はボートから川に飛び込むわ。目の片隅でちらりと彼を見た。「ひどく醜悪な話よ」

ジョーンズはただ待っていた。

だから彼女は大きく息を吸い、背筋をしゃんと伸ばすと、ジョーンズの目を見て話しだした。「十五歳のときにわたしはジェイミーと出会った。彼は十八で、もう高校を卒業していて。非の打ちどころがない、ってよくいうでしょう？」

ジョーンズはうなずいた。

「ジェイミーはまさにそうだったわ。それ以上だったわ。ハンサムで、スポーツマンで、頭がよくて、親切。そのうえ思いやりがあって誠実だった。イエスがロデオ乗りになると決めたら、あんな感じだったんじゃないかしら。もちろんわたしたちが住んでいたアイオワの町にはロデオはそんなになかったから、ジェイミーは年じゅう、巡業に出ていた。なのに、しょっちゅう町に戻ってきて、それがわたしのためだというのはわたしも知っていた。

最初のうち彼は、きみは若すぎる、ぼくたちは待たなきゃいけない、とそんなことばかりいってた。つまり、肉体関係をもつことについてだけど。でもわたしの心はもう決まっていたから、はっきりいって彼に勝ち目はなかったの」

ジョーンズが笑った。「よくわかるよ」

「母はわたしたちのことに反対で、それでわたしを連れて彼のショーを見にいった。わざわざ飛行機に乗ってカンサスシティまで出かけたのよ、もちろん彼には内緒で。母はきっと巡業中にジェイミーがいかに遊びまわっているかをわたしに見せようとしたのね。だけど現地に着いて、ジェイミーがどこにいるか尋ねてまわっているうちに、彼のニックネームが〝聖職者〟だとわかったの――どんな女性とも絶対に寝ないからよ。夜、自分のトレーラーハウスに戻ったら、そこが裸の女性でいっぱいだったとしても、ジェイミーはきっと失礼と謝ってドアを閉めて、トラックの運転席で寝るだろうって、もっぱらの噂だった。どうやら彼が話すのはわたしのことばかりだったらしいわ。

カンサスシティでわたしを見たときのジェイミーの顔は一生忘れないと思う。仮にそれまでにわたしに対する彼の愛情に疑いをもったことがあったとしても、その日を境に一切なくなったわ。母はといえば――もう二度とジェイミーのことを悪くいわなくなったし、彼とのつきあいをやめさせようとすることもなくなった」

モリーは深く息を吸い込んだ。「かいつまんでいうと、それからひと月ほどして、ジェイミーは酔っ払い運転の車に正面衝突されて死んだの。わたしに会いに戻る途中だった」

ジョーンズは罵りの言葉を吐いた。「残念だよ」

「ジェイミーが死んで、わたしはおかしくなった」モリーは認めた。「悲しみのあまり、文字どおり気が変になったの。自殺しようとしたわ――かみそりで手首を切って。いまでこそこうして話せるし、恥ずかしいとも思うけれど、当時は暗闇から抜けだす道はないように思えたのよ」彼女は両方のてのひらを上に向け、とうに薄れてほとんど見えなくなった傷痕をジョーンズに見せた。

ほとんど。

ジョーンズはひとさし指でその傷をなぞった。「ああ、昨日気がついた。尋ねるつもりはなかったが……その、気づいてはいた」

彼が尋ねなかったのは、それと交換に自分の傷痕のことをきかれるのがいやだったからだとモリーは知っていた。

「それでも死ねないと」モリーは話を進めたが、その部分は不思議と楽に話せた。「わたしはべつの方法で自分を殺そうとした。お酒と薬でね。ハイになったままひと月すごしたわ。そう、ジェイミーがいない人生という現実を忘れるためなら、なんでもした」

大きく息を吸い、いった。「セックスも利用したわ。よくわからないけど——たぶん、ジェイミーとのあいだにあったものを、せめて少しでも取り戻そうとしたんだと思う。彼と分かち合った親密さや愛情のかけらのようなものをね。

で、また話をはしょると、わたしは同じ学校の男子生徒のほとんどすべてと寝たの。隣町の男の子たちともたくさんやった。そのほとんどは忘れてしまったけど、ひとつだけ、どうにも忘れられない忌まわしい記憶がある。だれかのヴァンの後部座席でぐでんぐでんに酔って裸にされて、ハワードヴィルのアメフトチームの全員と順に、ときにはふたり同時にやったことよ。とにかくわたしは自暴自棄になっていて――」

ジョーンズはまだ彼女の手を握ったままだった。「モリー、もう一度つらい思いをしてまで話さなくてもいいんだ」

「いいの。そうしなきゃいけないのよ。あなたに話す、ってことだけど。もっとひどいこともしていたと思う、記憶の底に封じ込めてしまって、いまでは思いだせないようなこともね。でも遮断されなかった記憶は――それが消えずに残っているのは、わたしを謙虚でいさせるためだと信じているの」モリーは大きく息を吸い込み、一気に吐きだした。それからジョーンズの目をまともに見た。「いまここにいるわたしはあの自暴自棄の少女から生まれたの、そしてもちろんわたしの娘も。そんなふうにだれかれかまわず寝ていれば、じきに妊娠するのは目に見えていたもの」

「娘さんが生まれたとき、きみはまだほんの子供だったはずだ」

「十六歳と半年だったわ。妊娠していることがわかっても、できることはほとんどなかった。だって、なにをするっていうの？　町民会でも開く？　DNAテストをすれば父親はわかったかもしれないけど、そんなこと悪い冗談でしかないでしょう？　オーケイ、わが町内の尻軽女の赤ん坊の父親を探すためにDNAサンプルをとるから、この郡と、周辺三郡の十六歳から二十五歳までの男性は全員一列に並んでくれ、って。

まさかね。かわりに母は、わたしの人生を永遠に変えることになることをした。わたしを大学に行かせるために貯めていたお金を使って、問題を抱えたおなかの大きな少女たちを専門に薬物更正とカウンセリングをおこなう施設にわたしを入れたのよ。そこはわたしと同じ境遇にあったふたりの女性が運営している施設で、彼女たちの思いやりと理解のおかげで、わたしはようやくジェイミーの死と折り合いをつけられるようになっていった。彼女たちの助けを借りて、わたしはおなかのなかで育っていく赤ちゃんに、死ではなく生に心を向けていったの。創造主である神と新しい関係を築いていくうちに、心から生きたいと思っている自分に気づいたわ。わたしは、わたしの赤ちゃんを養子にしたいという夫婦と会って、このひとたちならわたしには与えられないことをあのこにしてやれると思った。もうばかなまねをすることこそなかったけれど、わたしの前にはまだ長く険しい旅が待ち受けていることは知っていた。だから書類にサインをして、娘を手放したの」

「さぞつらかっただろう」静かな声でジョーンズはいった。「おれの母親にはおれをあきらめるだけの強さがなかった。それでいやいやおれの父親と結婚して、その報いを家族全員が受けることになった。母も努力はしたんだが……」彼はかぶりを振った。「きみはきみの子供のために正しいことをしたんだ――おれがいうんだからまちがいない」

「ありがとう、そんなふうにいってくれて」ジョーンズはいま、かつてないほどに自分のことを語ってくれた。たくさんとはいえないけれど、最初の一歩であるのはたしかだ。しかもわたしを慰めようとして話してくれたのだ。モリーは彼の頬に手をふれた。「あなたはいいひとね」

ジョーンズは笑った。「おいおい、なに寝ぼけたことといっているんだ。いいひとはきみのほうだろう」

「このごろは自分のことがまああ好きよ。でも、あなたもそう思ってくれているとしたら、うれしいわ。わたしの乱れた過去の話を聞いたら、そう思ってくれないひともいるだろうから」

「ことわざかなにかに『罪を犯したことのない者が、まず石を投げよ』とかいうのがあっただろう。いいかい、おれはきみのことはもちろん、だれのことも見下せる立場にないんだ」

モリーが笑い声をあげた。「デイヴィッド・ジョーンズ、あなた、まさかいま聖書の言葉を引用した？」

「どうかな」そういい返した。「あれは聖書だったか？」

ジョーンズはまた彼女に笑いかけ、もう少し時間さえあればすぐにでもその服を脱がせにかかるのにと、目がそういっていた。

「さっき話していて思ったんだけど、アメフトチームのことはわたしたちがこうなる前にいっておくべきだったかもしれないわね。おばあちゃんの件で頭がいっぱいで考えもつかなかったけど、あなたの前に大勢の男たちが――それこそ行列をつくっていたと知ったら、気持ちが萎えたかもしれないでしょう」

「いったい何人の男と寝たっていうんだ、きみの娘が――名前はなんていうんだ？」

「チェルシーよ。名前は養父母につけてもらうようにしたの。それが正しいことのように思えたから」

「じゃ、そのチェルシーが生まれてから」

モリーは下くちびるを噛んで考えていた。「ええと、あれから二十五年で……うーん……三人？　そう、三人だわ」

ジョーンズが声をあげて笑った。「二十五年間で三人だって？」

「言葉もないわ。あいにくセックスが好きみたいで」

「ああ、気づいてたよ。だがな、モリー、二十五年で三人は大勢とはいわない。そんなことじゃ、おれが関係をもった女の数は知らないほうがいいかもな。なにしろきみの数にゼロがひとつか――ふたつつくから」

「だけど、わたしがまた性的関係をもつようになったのは三十歳になってからなのよ――わたしにとっては記念の年なの。養子斡旋業者からチェルシーがわたしに会いたがっているという手紙をもらった年だから。つまり正確にはたった十二年間ってこと」

「で、おれが四人目ってわけか？」

「いいえ、あなたが三人目」

「なんてこった、まさしく尼僧じゃないか」

「わたしはそうは思わないけど」この午後にふたりでしたことを思いだしてモリーが微笑むと、ジョーンズは笑った。

「きみのその笑顔は悩殺ものだな。道でばったり会ってそんなふうに微笑まれたら、自分の行動に責任がもてそうにない」ジョーンズは彼女にキスし、モリーはとろけそうになった。

そうしてふたりは十代のカップルのようにキスを重ねた。キスは信じられないくらい甘かった。

「わたしたち、もっとたびたびばったり会えればいいのに」ようやく、モリーが囁いた。「あなたと話をするのが好きよ。聞き上手だから」

ジョーンズはしきりに照れて、モリーは思わず口許をゆるめた。このひとはときどきとてもかわいらしくなる。

「あなたがわたしを上にして、下から深く突きあげるのも、すごく好きだけど」そういい足した。

今度は、もちろん、ジョーンズは照れるそぶりすら見せなかった。それどころか大笑いした。「ああ、なるほど、わかったぞ。午後じゅうずっと人生で最高のセックスをしてすごしたってのに、またしてもおれの股間を硬くさせて、そのままボートから降ろそうって魂胆だろう？」

「わたしはただ、もうしばらくこのあたりでゆっくりしないかな、と思っただけよ」モリーはそう白状し、こんなことをいって彼が恐れをなして逃げだしませんようにと祈った。人生で最高のセックス……。「それに、今夜あれこれ想像する楽しみを増やしてあげようと思って」

「そりゃどうも、だが想像することならもうたっぷりある」

モリーは彼に微笑んだ。「でもこれでわたしがなにを考えるかわかったわけだし」

「まったく、モリー、きみってひとは――」ジョーンズは途中で言葉を切り、かぶりを振った。それから彼女の腕をほどいて立ちあがり、船外機のほうへ移動した。そこでまたひとつかぶりを振ったが、それはまるで顔にパンチを喰らった男が頭をはっきりさせようとしているようだった。「そろそろ村の桟橋に着く。あの川の曲がりをまわる前におれは降りたほうがよさそうだ。おれたちが一緒にいるのをだれかに見られたら——おれのこのどうにもしまらないにやけ顔を見られたら——おれたちがなにをしていたかわかってしまうから」

「もしかしたら、わたしがあなたを改心させたと思うかもしれないわよ——あなたが神を見いだして、生まれ変わったって」モリーはからかった。

ジョーンズはコードを引いてモーターをスタートさせると、モリーのほうを振り向いた。モーターがかかるときの爆音に消されて声は聞こえなかったが、ジョーンズのくちびるの動きでなにをいったのかはっきりわかった。「あるいはそうかもしれない」

ボートを川岸へ近づけ、モリーにすばやくキスをしてから荷物をつかむと、ジョーンズは下ばえの茂みのなかに消えた。

ところが二秒後にまたあらわれた。

「今夜、食事にこないか？」大声で叫んだ。

えっ？　怒鳴り合わずにすむように、モリーはモーターを切った。「ごめんなさい——今日は一日じゅう出ていたから。夜も家を空けるわけにはいかない」

ジョーンズはうなずいた。「そうだな、すまない——ばかなことをいった」

「そんなことない、うれしかったわ。わたしもそうしたい、本当よ、だけど……」

「じゃ、明日だ」ボートが川下に向かって動きはじめた。

「明日」モリーはいった。「かならず」

それでもジョーンズはまだ行こうとしなかった。「なあ、おれもきみと話をするのがすごく好きだった。きみに本を読んで聞かせるのも。なにもかもが楽しかった――ヘリが爆発したところだけはべつだが。あれはよけいだった。でもそれ以外は……」

「わたしもすごく楽しかった」モリーも大声でいった。

ジョーンズはその場に立ったまま彼女を見送り、川の曲がりのむこうに消えるボートに軽く手を振った。

ケンはわたしを許すといわなかった。

それが最大の問題でないのは知っている。インドネシアのどこかにある名前も知らない島の熱帯ジャングルに取り残され、しかも大きな拳銃をもった男たちを乗せたヘリコプターがわたしを捜しまわっているのだから。わたしを殺すために。

ヘリコプターは戻ってきた。あれから二度も。執拗にわたしたちを捜している。

それでも、サヴァナはケニーのことを考えずにはいられなかった。〝あなたを許す〟とわたしは彼にいった。それに対するケニーの答えは〝ありがとう〟だけ。

彼はサヴァナを従え、無言のまま川づたいにずんずん歩き、立ち止まったのは流れがいくぶん速いところでサヴァナの体からヘドロを洗い落とすときだけだった。

「ここならヒルはいない」ケンがいったのはそれだけで、サヴァナは服を――ケンの服を――

着たまま川に入った。

サヴァナが川からあがると、ケンはまた速いペースで歩きはじめた。ついていくだけでやっとだった。このペースを保ちながら話をするのはサヴァナにはとても無理だったので、ふたりは無言で何時間も歩きつづけ、ときおり急に降りだす足元も見えないほどの豪雨がやむまでのあいだと、ヘリが頭上を通りすぎたときだけ足をとめた。

歩き、にわか雨が過ぎるのを待ち、ヘリから身を隠しながらも、サヴァナの頭にあったのは、あのヘドロの沼でわたしを許すといわなかったのだから、ケンはたぶんこの先ずっと許すつもりはないのだ、ということだけだった。

そしてケンはいま、ダイナマイトの入った袋を地面においた。「今夜はここで休むことにする」

冗談よね。そうに決まってる。だって、まだそんなに遅い時間じゃないでしょう？

腕時計は香港時間に合わせてあった。だからここがいま何時かはわからない。ここがどこだとしても。

「いまのうちに用を足しておいたほうがいい。ただしあまり遠くへは行くな、それからあとは埋めておくように。土をざっとかけるだけじゃなく――しっかり埋めるんだぞ。終わったらすぐにここに戻ること。このあたりはいったん日が落ちると、あっという間に暗くなるから」

「まじめにいっているのね」サヴァナは驚きの目でケンを見た。「わたしはてっきり……」

ケンはアタッシェケースをくくりつけた蔓をほどこうとしているところで、ちらりとこちらを見ただけだった。「てっきり、なんだ？　半日で海辺のあの村まで行けるとでも？」

「ええと……ええ」サヴァナはケンのほうに歩きかけた。「手伝いましょうか？」

「いらない」

その口調の激しさに、サヴァナは思わずあとずさった。

「あんなゆっくりしたペースで歩いていたら、村までは少なくとも二日はかかる」ケンはいった。

あの駆け足がゆっくりですって？

「考えてみろ。ヘリの下に島が見えてからあの丘の上空に達するまでに、どれくらいの時間がかかった？」

あの山が丘？

「わからないわ」サヴァナは認めた。「注意していなかったから」

「おれはしていた。一時間近かった。五十分かそこらだろう。で、ヘリの速度は……たしかピューマの巡航速度は時速百六十マイルというところだ」ケンはついにナイフを出して蔓を断ち切った。「こんちくしょうめ」

そしてサヴァナはケンが蔓をほどくのにあれほど苦労した理由を知った。アタッシェケースを背負うために使った蔓がむきだしの胸と背中をこすって、肌があちこち擦りむけていたのだ。「ケニー、大変、どうしていってくれなかったの？　いってくれれば、運ぶのを手伝ったのに」

「ペースを落としたくなかったからな」体をよじって荷をおろした。「たいしたことない。歩いているあいだは少し気になったが。いまはひりひりするだけだ。なんでもない。本当に」

「でも、明日はどうするの？」

ケンは休む間もなく今夜の寝床の準備をしはじめた。ヘビや虫がいる地面で寝るわけね。ああ、サイコー。

「今日と少し違う場所に荷をくるさ」ぶっきらぼうにいった。

「そんなことをしたら、またそこがこすれるだけよ」サヴァナはハンドバッグのなかをかきまわして除菌ローションをとりだした。まさかこれが一番貴重な持ち物になるなんて思ってもみなかった。このローションとお金の入ったアタッシェケースのどちらかをおいていかなきゃならなくなったら、迷わずお金をおいていくわ。「明日はシャツを返すからそれを着て」彼女はローションをもってケンに近づいた。「これを塗ってあげましょうか？」

ケンはすでに木の枝を切る作業にとりかかっていた。きっと寝床をカモフラージュするためにつかうのだろう。でも、彼がいっていたみたいにジャングルが暗くなるなら、そんなものは必要ないんじゃないのかしら。サヴァナがさらに近づくとケンは手をとめ、目に最高に奇妙な色を浮かべて彼女をまともに見た。「まだ香水のにおいがする」

サヴァナは一歩あとずさった。「そんなはずない」

ケンは彼女に近づき、彼女の髪、首、喉をくんくん嗅いだ。彼女のシャツ――彼のシャツ――を指で引っぱって襟ぐりのあたりのにおいを嗅ぐことまでした。

サヴァナは彼の手をぐいと振りほどき、さらに一歩うしろに下がった。「いいかげんにして」

「下着を脱ぐんだ」ケンはいった。「そこから香水のにおいがする。いったいなにをしたんだ、服を着る前に下着のままで香水をふりかけたのか?」

「そうよ。肝心なのはそれだもの——服じゃなく自分にいいかおりをつけること」

「下着を脱いで埋めるんだ」ケンはそう命令すると枝を切る作業に戻った。「そうそう、これで明日の朝そのシャツを返してもらうのが一段と楽しみになったよ」

ケンはわざと粗野な口をきいている。サヴァナはぐっと歯を喰いしばり、茂みのほうへ向かった。けれどそこできびすを返した。なにかいってやらなきゃ気がすまない。「角突き合わせる段階はもう終わったと思ってたわ。意地悪をいうのもそろそろ飽きたんじゃ——」

「あっという間に暗くなるといったのは嘘じゃないぞ。月の出の時刻は知らないが、今夜は三日月——それも欠けていくほうだ——だというのは知っている。だからたとえ月が出ても常夜灯のかわりにはならない。生理的欲求に応えたあとで帰り道を見失いたくないなら、急ぐんだな」

たしかに日が暮れはじめていた。暗くなるのが怖いくらいに速い。

サヴァナは向きを変え、ひりひりする足でジャングルの奥へ入っていった。でもその痛みも、あからさまな侮蔑がこもったケンの言葉がもたらした心の痛みには到底かなわなかった。

ジャングルの奥から戻ったあとも、サヴァナはまだケンに腹を立てていた。

いいぞ。怒っているサヴァナならなんの問題もない。やっかいなのは、若い雌鹿のようなやさしい目をした、弱くて脆《もろ》いサヴァナがそばにいるときなのだ。でなければ、彼女が下着姿で突っ立っているとき。でなければ、彼女がおれにふれたり、話しかけたり、笑いかけたりするとき……。くそっ。サヴァナが口を硬く閉ざしてむくれているときだけが、彼女をこの腕に引き寄せ、すべてうまくいくといわずにいられるのだ。ここから無事に連れだすだけじゃなく、この先ずっときみ専属の奴隷になるといわずに。

まったく。ケンは自分に腹が立った。そこまで彼女が欲しいのか。彼女のことを好きでもないくせに――まあ、とにかくそれほどは。あのヘドロの一件と、川に沿って何時間も、歩くというより走らせたのに文句ひとつついわなかったあとだけに、彼女を好きにならずにいるのはひどく骨が折れたが。

日没まで五分か――せいぜい十分というとき、サヴァナがつかつかと歩いてきてケンの顔に下着を投げつけた。予期していなかったので、まともに当たった。

いい腕だ。これほどコントロールのいい人間を好きにならずにいるのはむずかしかった。

「わたしの下着は香水のにおいなんてしないわ」サヴァナはいい張った。

彼女のブラジャーとショーツはケンの顔に当たって手のなかに落ちた。つるつるしたサテンとレモン色のレースでできたそれは、彼女のぬくもりがまだ残っていた。くそ、勘弁してくれ。ケンは下着を鼻先にもっていき、大きく息を吸い込んだ。「いいや、サヴァナ、それがするんだな。きみはにおいに慣れて、鼻がばかになっているだけだ」

サヴァナは、まるでケンにもうひとつ頭が生えてきたみたいに、目を丸くして彼を見つめ、ケンは自分が地面に座って彼女のショーツのにおいを嗅いでいることに気がついた。完璧だな、カーモディ。やってくれるぜ。これでおまえが並はずれた変態だってことがはっきりしたな。

「すまない」もごもごといった。「こいつは、えー、おれがあとで埋めておく」ケンは下着を背中のうしろに落とすと、ポケットナイフで頭の部分をカットして穴をあけたココナッツの実をひとつ、彼女に渡した。「飲むといい」

「ありがとう」サヴァナはその場に座り、今夜のメイン料理を見つけると目を見開いた。

世界じゅうには、タンパク源として昆虫を食べる人間が大勢いる。SEAL隊員であるケンも、これまでにいやというほど食べてきた。なかには（ハマグリや牡蠣を食べるのと似たような感覚なのだろうが）生きたまま食べるのが好きな連中もいる。とはいえ個人的には、くねくね動いているものは食べないですませたい。とりわけ今夜のように急いで移動を再開する必要のないときは。

倒れた幹の下で食べられそうな虫をひと揃い見つけてあった。ふたり分にはじゅうぶんとはいえないが、サヴァナが欲しいというとも思えなかった。

ケンは口にひとつ放り込んだ。「なかには後味が悪いものもあるが、こいつはまずまずだな」

サヴァナは無表情でただ彼を見つめた。彼女が虫を毛嫌いしていることを知っているだけに、嫌悪感とショックをまったく表に出さずにいることに正直びっくりした。

「きみが食べないと、明日はさらにペースを落とさなきゃならなくなる」

サヴァナは首を振りながら笑い声をあげた。いらだちの混じった笑いだった。「今度はどんな反応を期待しているの、ケニー？　わたしが気絶するとでも？　それとも泣きだすって？」

彼女はとりわけ丸々としたナメクジをつまみあげた。「これはきっとエスカルゴみたいな味がするわね。少しバターを添えたいところだけど、しかたないか」

サヴァナはナメクジを食べた。なんと食べたのだ。今度、あっと声をあげそうになったのはケンのほうだった。かろうじて口を閉じる。

「虫は嫌いなはずなのに」ばかみたいにそういった。

「牛だって長さが一インチで、ズボンを這いあがろうとしたら、やっぱり嫌いになるわ。だからって、おいしいステーキをあきらめようとは思わない」

ケンは笑った。「こいつはたまげた」

「子供のころ、アレックス叔父さんがよくニューヨークにある風変わりなエスニックレストランに連れていってくれたの。得体の知れないものを出す店にね。ふたりで全部試したわ。たぶん初めて虫を食べたのはあなたより早いはずよ、五歳のときだから。母の希望でアトランタへ移ってからは、アレックスったらイナゴのチョコレートがけを送ってよこすようになったの。あれはあんまり好きじゃなかったけど——バリバリした虫は得意じゃなくて——でも、プリシラへの嫌がらせでよく食べたし——いまでも食べてる」

プリシラというのは彼女の母親だ。

サヴァナはいっとき黙った。おそらく叔父が彼女になにかを送ってくることはもうないのだという事実に思いをめぐらせているのだろう。

けれどもケンがなにか少しでも慰めになる言葉を思いつく前に、サヴァナはかぶりを振ってそんな思いを振り払い、自分を現実に引き戻した。

「シャツのことを考えていたんだけど」ナメクジをもう一匹つまんで口に入れると、ココナッツジュースで流し込んだ。「あなたが貸してくれたこのズボンを切ってショートパンツにして、脚の部分で袋を二枚つくってダイナマイトを運んだらどう？　そうすればあなたのランニングが使えるようになる。わたしがそれを着て、このシャツはあなたに返す――こっちのほうが生地が厚いし、袖もある。これなら蔓がこすれて肌を痛めることもないでしょう」

なかなかのアイディアだ。ただし。「ここに穴を掘ってきみの寝床をつくったら、ちょっと偵察に出ようと思う。あたりを歩きまわるつもりだ。例のボートがどこからきたのかわかれば、服やなにかを拝借できるかもしれない」

「拝借？」サヴァナが目を丸くした。「盗むってこと？」

おいおい。

「金をかわりにおいてきてもいいが、それだとデカイ武器をもった悪人どもをここに引き寄せる恐れがある。つまりだ、もしきみがこのあたりに住んでいて、予備のシャツがなくなって、かわりにアメリカの百ドル札が一枚おいてあったとしたら。だれかにその話をするんじゃないか？　大騒ぎして？」

ケンのいいたいことはまちがいなく伝わっていたが、サヴァナはまだ不満顔だった。

「なあ、どうしても気になるなら、ここから無事脱出したあとで現金なり食料なり服なりを送ってやればいい」

「インドネシアのお金をおいてくれれば?」サヴァナがいった。

なるほど。彼女が現地通貨でぱんぱんにふくらんだ財布をもっていたことを忘れてた。それでも……「ニコニコマークを添えた礼状もな。そいつも一緒においてきたほうがいい」

サヴァナは折れなかった。「あなたがだれかの予備のシャツを盗んで――拝借じゃなくね、ケニー――デカイ武器をもった悪人どももそのシャツを狙っていたことがわかったらどうするの? わたしたち以上にそのシャツを欲しがっていたとしたら?」

くそ、サヴァナはまたしてもおれのことを〝ケニー〟と呼びはじめた。その呼び名がおれをいらだたせることなど、さほど気にしていないように。

だから、いらついてたまるか。

だが、ちくしょう、いらいらする。

そのとき、最後の残照が消えて、いきなり夜の帳《とばり》がおりた。

「やだ」サヴァナが声を洩らした。「わたしをかついだんじゃなかったのね」

「怖いのか?」ケンのなかの悪魔は、このままじっと座ってだんまりを決め込み――彼がどこかへ行ってしまったとサヴァナに思わせてやれといっていた。彼女がパニックに陥るまで何分かかるか見てやれ、と。だがケンがいくらろくでなしでも、そこまでひどいことはできなかった。

「どっちが上か下かもわからない」声が震えていた。

「閉所恐怖症なのか？」まいったな、もしそうなら、彼女を懐に抱いて一緒に寝て、落ち着かせてやらないとならない。けど、そいつは非常にまずい、そうだろう？

サヴァナが引きつった笑い声をあげた。「これまではそうは思わなかったけど、これからはそうなりそうな気がする」

サヴァナが近づいてくる気配がし、彼女の手が脚にふれるのを感じた。彼の横にぴたりと座り、足首にしがみついた。

ケンは手を伸ばして彼女の手をとると、自分のほうに引き寄せて肩と肩が触れ合うようにして座り、うしろにある倒木の幹に背中を押しつけた。

「お願い」サヴァナは囁き、ケンの手をぎゅっと握った。「今夜はどこにも行かないで」

ああ、くそ。「サヴァナ、かならず戻ってくる、本当だ。きみがいなければずっと速く動ける――きみを侮辱するとかそういうことじゃなくて――」

「ええ、わかってる。ただ――」

「きみを寝かしつけて、ちょっと仮眠をとったら、数時間かけてここから出る最短ルートを見つける。そうすれば明日がずっと楽になるから」

サヴァナは黙っていた。彼女が心底ひとりになりたくないと思っているのは知っていた――

にもかかわらず、これ以上ごねないだろうということも。

「勘弁してくれ」ふたたび雨が降りだし、ケンは悪態をついた。なんといっても、ここは熱帯雨林なのだ。一日じゅう苦しめられたあの豪雨ほど雨脚は激しくないものの、あっという間にやむこともないはずだ。ったく、ついてない。

サヴァナは隣で体をこわばらせ、つられてケンまで肩に力が入るのがわかった。どろどろの水たまりのなかでヘビや虫とひと晩添い寝をすることを彼女が楽しみにしていないのは明らかだ。なのに、ひと言もそういわない。

「どうしてなんの文句もいわないんだ？　きみは禅の師範かなにかなのか？」

それを聞いてサヴァナは「ハッ」と笑った。「文句をいってなんになるの？　まわりにいるひとをいやな気分にさせるだけじゃない。それでも、どうしようもなくつらかったり泣きたい気分になったときは……祖母のことを考えるの」

「なんでまた。泣き言をいうたびに太い棒切れで叩かれたのか？」

またしても引きつった笑い声。まずいな、サヴァナはかなりぴりぴりしている。それでも、とにかくしゃべってはいる。彼女の頭が破裂しかけてはいないという証拠だ。とりあえず、いまのところは。

「そうじゃなくて、祖母はＦＢＩとＯＳＳの特別捜査官だったの——第二次大戦中に任務についていたのよ。ナチスは祖母を仲間だと考えていたけど、実際は違った。祖母はあれだったの。そう、二重スパイ」

嘘だろう？

「もしも正体を知られれば」サヴァナはつづけた。「ナチスに殺される。当時まだドイツに住んでいた彼女の母親――わたしの曾祖母――の家族もろともね。祖母はわたしには想像もつかない危険を冒して、何年間も日々背後を気にしながら生きてきたのよ。祖母がどんな苦難を体験したのか、この何日間かでほんの少しだけわかった気がする。祖母のことを考えたら、急にこれしきのことで文句なんかいっちゃいけないって思えてきたの、わかる？」

ああ、よくわかるよ。「おれはしょっちゅう文句たらたらだ」ケンは恥ずかしくなった。「きっときみはおれのことを筋金入りのくそったれだと思っているだろうな」

「ええ、でもあなたをくそったれだと思うのは、あなたがしょっちゅう文句をいっているからじゃないわ。実際そんなのは気づきもしなかった。たぶん、それ以外のくそったれな部分がすごく目立つからでしょうね」

「ははは。すごく笑える」

「まだ生きているのよ」サヴァナはいった。「祖母のことだけど」

「ほんとに？」

「ええ、いま八十すぎだけど、最近本を書いたの――自叙伝をね。もちろん出版されてすぐに『タイムズ』のベストセラーリストにのったわ。なにごともそこそこで終わるひとじゃないから」

「きみのバッグのなかにあった本か」ケンは気づいた。

「そう。何カ月も持ち歩いているんだけど、まだ読んでいないの。読まなきゃいけないとは思うのよ、でも話は知り尽くしているから。家族の伝説ってやつ？　子供のころからくりかえし聞かされたわ。なんていうか、あれほど自信をなくさせるものはないわね。本を開くことすらできなかったもの。だって考えてもみて、あなたがワンダーウーマンの孫で、ただしなんのパワーももっていないとしたら？　そうそう、そのうえ痩せっぽちで寄り目なの」

「きみは寄り目じゃない」言葉が口を衝いて出たとたんに、まずいことをいったとわかった。

「まあ、それはどうも、ケン」

「おれはつまり――」

「わかってる」彼女はつかのま黙った。「もしもアレックスが本当に死んでいても……」長いこと無言で座っていたが、やがて言葉を継いだ。「それで祖母が死ぬことはないと思うけど――ときどき彼女は不死身なんじゃないかと思うの――心に深い傷を負うでしょうね。わたしの父に死なれるよりずっと。ローズと――わたしの祖母とアレックスのあいだには、口にされていないことがたくさんあったから」

ケンは暗闇のなかに座り、サヴァナの声があたたかい雨のように体を包むにまかせた。

「アレックスに何度もいったのよ、ローズのアパートメントを訪ねて、居間に入っていって『やあ、母さん。ぼくはゲイなんだ』といえばいいんだって。それくらいのことでローズの愛情を失うとアレックスは本気で考えていたのかしら。実の息子なのに？」

「どうかな。その手の問題にぶつかったことがないから……」

「あなたの家族はどんな？」サヴァナがきいた。

まずい。そっちの方向に話が行くのは非常にまずい。

「たしか、少し前にお父さまを亡くされたといったわよね？　でも、お母さまはまだご健在なんでしょう？」

やれやれ、記憶力がいいんだな。「ああ。いまもニューヘイブンで元気にやってる。ところで、ずっとききたいことがあったんだが」

「あのお金のことでしょう？」

「いや。だがいわれてみれば、それも……」

「わたしの父は十七の会社を所有しているの。違った、いまは十八だわ。配管製品の製造会社からハイテク企業までいろいろとね。わたしはそのほとんどの株をもっているの」

「つまりきみは……」

「鼻持ちならない大金持ち？」サヴァナは笑ったが、ちっともおかしそうではなかった。どこか非難がましいその笑い声は、おもしろいことに、これまででもっとも不満の声に近かった。

「女相続人？　そのとおり。どう、少しはわたしを好きになった？」

「いいや」

彼女はまた笑い声をあげ（今度のはずっと自然だった）、それからケンの手をぎゅっと握った。「でしょうね」

「おれにとって、金はさほど重要じゃないってだけだ」ケンはいった。「そりゃ、期日までに勘定が払えればうれしいが……そのために本当にやりたいことがやれないなら、意味がないだろう？」

サヴァナは黙った——彼女の頭のなかで歯車が回転している音が聞こえる気がした。「でも……これがあなたのやりたいことなのよね？　いまわたしたちがしていることが。雨に打たれながら泥んこのなかに座って。虫を食べて。ジャングルのなかを騒々しく動きまわることが」

サヴァナは大声で笑いだした。

「騒々しくなんかない」傷ついて、いった。「こっそりやってる」

笑い声がさらに大きくなり——ヒステリーの一歩手前になった。「どっちにしても、あなた、かなりイカレてるわ」

レンタカーをサム・スタレットの家の前に停めると、ジュールズが顔をこちらに向けた。

「いいえ」アリッサはいった。「車のなかで待っているつもりはないから」

最低だ。ここにこないですむ理由がなくなってしまった。ケン・カーモディの友人のジョン・ニルソンは演習で町を離れていた。そしてケンの隊長のトム・パオレッティ少佐は会議中で、午後遅くまで手が空かないというのだ。面会できるのは一六三〇時とのことだったが、待たされるのを覚悟で早めに行けば、それより何分か前にお目どおりがかなうだろう。それまではサム・スタレットを捜して話を聞くしか、ほかにすることがなかった。

サムとニルソンとワイルドカードは第十六チームの三銃士か、でなければ三ばか大将で——アリッサとしてはどちらか決めかねていたが、たぶん後者だろう。ワイルドカード・カーモディがなにを企んでいるのか知っている人間がいるとすれば、それはサムだ。もしくはニルソン。でも、話を聞こうにもニルソンは近くにいない。まったく、ついてない。

ジュールズがため息をついた。「ねえ、スウィーティー――」

「〝スウィーティー〟なんて金輪際呼ばないで、キャシディ」噛みつくようにいったあとで、アリッサは目をつぶった。「やだ、ごめん。ただちょっと……」

ジュールズは車のギアをパーキングに入れてエンジンを切った。「ちょっとぴりぴりしてる？」

「ええ」彼女は窓の外に目をやった。私道にサムのピックアップトラックはなかった。かわりに白のミニバンが停まっていた。テキサス生まれでテキサス育ちのサム・スタレットがミニバンに、それも白のミニバンに乗るなんて絶対にありえない。「彼は留守みたいね」

ジュールズが車のドアを開けながらうなずいた。「ぼくが行ってたしかめてくる」

アリッサも自分の側のドアを開けた。「ふたりで行ってたしかめるのよ」

「彼女には会ったことがあるのかい？」玄関に通じる手入れの行き届いた小道をたどりながら、ジュールズはきいた。小さな家だったが、小道には――それに猫の額ほどの庭にも――ゴミひとつ落ちていなかった。

「いいえ」ジュールズはメアリ・ルーのことをいっているのだ。サムがアリッサに愛していると告げた、その文字どおり数時間後に、サムの人生に――妊娠四カ月のおなかで――ひょっこり舞い戻った女性のことを。

ジュールズは足をとめた。「ねえ、ここから半マイルほど行ったところにショッピングモールがある。車でそこまで送っていくから、きみは新しいハイキングブーツでも買ったらどうかな？　きみをここに送り込むなんてまねをしたマックス・バガットのお尻に、それで蹴りを入れてやれば――」

　アリッサは玄関前のステップをあがって呼び鈴を鳴らした。

「まったくもう」ドアが開きかけ、ジューズルはあわてて彼女の横に並んだ。「話はぼくにさせてくれ、いいね？」

　ジュールズったら、わたしがなにをいうと思っているのよ？　〝どうも。あなたはご存じないでしょうけど、わたし、あなたがご主人と結婚する前に、ご主人と最高にすばらしいセックスをしていたんですよ。しかもその関係は、彼がもしばかがつくほど誠実な男じゃなかったら、いまでもつづいていたはずなんです。不倫なんてぞっとするし、あなただけじゃなくわたし自身も傷つくことだけど、彼を拒むなんて絶対に無理だから。あのころも、そしていまも〟

　網戸のむこうに立っている女性はずんぐりした体形で、疲れきった顔をしていた。着ている服は……マタニティドレス？　嘘でしょう、また妊娠したの？

「ミセス・スタレット？」アリッサは尋ねた。

「そうだけど」かつてはきっと、かなりの美人だったのだろう。でもいまのメアリ・ルーは人生にドロップキックをされたみたいに見えた。今日はまだ――もしかしたら今週に入って一度も――シャワーを浴びていないようで、茶色の髪をうしろでまとめて脂じみたポニーテールにしていた。青い目の下には灰色の大きなくまができている。口元はこわばり、にっこり微笑んだり声をあげて笑うことはあまりないかのようだった。

ドリー・パートン並みのおっぱいはいまだ健在だったが、それを除けばドリーに似たところはひとつもなかった。ブラウスには食事のしみがついている。たぶん赤ん坊がこぼしたのだろうけど、でも勘弁してよ。そこまで汚れたら、ふつうは着替えるでしょうに。

「FBIのジュールズ・キャシディ捜査官とアリッサ・ロック捜査官です、奥さん」ジュールズが口を開いた。どうやらアリッサが玄関先に突っ立ってサムの妻をじろじろ見る以外になにもしそうにないとわかったのだろう。「スタレット中尉におうかがいしたいことがあるのですが。ご主人はご在宅ですか？」

「ちょっと」メアリ・ルーはメーソン＝ディクソン線のはるか南の出身であることを物語るアクセントでいった。「なんて名前といった？　ジュールズ・キャシディと……？」彼女はアリッサに顔を向けた。

「アリッサ・ロック特別捜査官です」アリッサが告げると、今度はメアリ・ルーが彼女をじろじろと見た。いやだ。いくらサムでも、わたしのことを奥さんに話すようなばかなまねはしないわよね？

まさか、そんなことがあるわけないじゃないの。サムはきっぱりとわたしたちの関係に終止符を打ったのよ。メアリ・ルーだろうと、ほかのだれだろうと、サムがわたしのことを話す理由なんてひとつもない。サムはそんな残酷なことはしない――メアリ・ルーとうまくやっていくつもりだと、はっきりいい切ったのだから。

「サムはいらっしゃいますか、奥さん」ジュールズがもう一度いった。

家のなかのどこかで赤ん坊が泣きだした。

「ええ」泣き声に気をとられ、メアリ・ルーは肩ごしにうしろを振り返った。「いま呼んでくるわ」

しかし、その必要はなかった。家の奥の部屋からサムが姿を見せた。ブルージーンズにTシャツ、カウボーイブーツに野球帽といういでたち。長身で小麦色の肌をしたハンサムな男。郊外の小さな家の廊下を歩くときでさえ、流れるような優雅な身のこなしは変わらなかった。

「また起きちまったぞ」おなじみのカウボーイ風の訛りでメアリ・ルーにいった。声にいらだちが混じっている。

「ええ、聞こえた」メアリ・ルーはつっけんどんに答えた。

サムは目を眇《すが》めてドアのほうを見た。どうやら網戸が邪魔をしてよく見えないらしい。「お客さんか？」髪は肩まで伸びていたが、顔はきれいに髭をあたってあった。口髭とあご髭がないところを見ると、このところチームでさんざんダイビングをしているのだろう。髭があるとフェイスマスクに気密シールを巻きづらいんだと、前に話してくれたことがある。

「FBIよ」メアリ・ルーは手短にいうと、泣き声の聞こえるほうに戻っていった。

「ったく、家のなかに通してもいないのか」サムはいらだたしげに首を振りながら、こちらにやってきた。「すまない、うちのやつときたら――」

そのときサムがふたりに気づいた。アリッサに。一瞬、足をとめたものの、なんとかそのまま歩を進めた。そして網戸を押し開けた。

「今回は職務上の訪問なんだ」ジュールズがいった。

サムはかぶりを振り、あの百万ワットの笑顔をちらりと見せた。「元気だったか、ちびのホモ野郎」

「元気だよ、でかくてホモ恐怖症のレッドネック野郎」ジュールズも笑い返した。

「その髪、いいじゃないか」サムはいった。

「だろう。そろそろ本来の色に戻していいころかなと思って」

「似合うよ」サムはアリッサに顔を向けた。そして片手を差しだしたが、ブルーの瞳は入念にすべての表情を消してあった。「アリッサ」

アリッサは気を引き締めて彼と握手を交わした。サムの手はあたたかで、相変わらず汚れていた（指の一本にバンドエイドが巻いてあった）。

「ロジャー」挨拶がわりにいった。〝サム〟は彼のニックネームのひとつだ。本名はロジャーだが、実の母親も、もう彼をロジャーとは呼ばない。そう呼ぶのはアリッサただひとりだ。

サムが微笑み、その目を見てアリッサは理解した。サムはなんでもないふりを装っているだけなのだ。本当は自宅の玄関先にアリッサが立っているのを見て、心臓が狂ったように高鳴っている――わたしの心臓と同じくらいに。わたしが彼を忘れられないように、彼もわたしを忘れられずにいるんだわ。アリッサは声をあげて泣きたかった。それなのにメアリ・ルーはまた彼の子供を宿している。

サムは彼女の手を放すと、網戸を押さえたまま うしろに下がった。「なにかあったのか？ さあ、入ってくれ。コーヒーかレモネードでもどうだ？ それとも……まいったな、この家になにがあるかも知らなくて」

ジュールズがアリッサに目をやり、アリッサはごく小さく首を横に振った。お願いだから、この家のなかに入らせないで。メアリ・ルーの居間やキッチンに腰をおろさせないで。お願いよ。

「気持ちだけでじゅうぶんだよ。それより外で話せないかな？」ジュールズは自分の意向のようにいった。

「いいとも」サムが外に出ると、三人は庭を抜けて道路脇に停めたレンタカーのほうへ向かった。「これはどういうことなんだ？」

「ワイルドカード・カーモディがどこにいるか知ってる？」アリッサが尋ねた。

サムは笑った。「朝の十時に子供たちがどこにいるかきみにはわかるか？ いいや、おれにはわからない。カーモディのやつ、今度はなにに足を突っ込んだんだ？」

「それをきみが教えてくれるんじゃないかと思ったんだけど」ジュールズがいった。

サムは車に寄りかかり、広い胸の前で腕を組んだ。「あいつ、女の子と知り合ったんだ」そこでちらりとアリッサを見た。「悪い、女の子じゃなく女性だ。で、二週間の休暇をとった。なんの前触れもなしにね。どこで知り合ったのかもいわなかった。名前すらも。ただ……」サムはまた笑った。「どうやらひと目でさかりがついたらしい。それ以上のことは……おれの口からいうのははばかられるな」

「どこへ行くつもりかあなたに話した?」

「いいや」

ジュールズがため息をついた。「インドネシアのことはいってなかったかい?」

サムは体をしゃんと起こして、ジュールズを、次にアリッサを見つめた。「ワイルドカードがインドネシアくんだりにいるっていうのか?」

アリッサはジュールズに目をやった。ジュールズはうなずいた。「確信はないんだけど、カーモディはサヴァナ・フォン・ホッフという名前の女性に雇われて、先週の月曜からジャカルタで行方不明になっている彼女の叔父の身代金の受け渡しに同行したんじゃないかと、ぼくらは考えているんだ」

サムはかぶりを振っていた。寄りかかっていた車からぱっと離れ、その場を行ったり来たりしはじめた。「いいや。そんなはずない。彼女が、ワイルドカードが一緒にすごそうと休暇をとった女性がどこのだれだろうと、彼女は報酬なんか払っちゃいない。その、少なくとも現金では。インドネシアのことなんか、あいつはなにもいっていなかった。ワイルドカードが話したのは……」サムはまた首を振った。

「カーモディが行方不明になっているのよ」アリッサはいった。サムはなにやら言葉を濁しているけど、これですべてを話してくれるといいのだが。「カーモディとサヴァナはジャカルタに着いた直後に消えてしまった。彼らは二十五万ドルの現金を運んでいたの。そちらの行方もわからなくなってる」

「嘘だろ！　あのばか、いったいなにをやらかしたんだ？　飛行機に乗る前に銀行でも襲ったのか？」

「サヴァナ・フォン・ホッフの父親には八億ドルの財産があるんだ」ジュールズがいった。「二十五万ドルは彼女が用意した。たぶん〝万が一、叔父さんが誘拐されたときのため貯金〟を引きだしたんじゃないかな」

「まいったね。だけど、ワイルドカードはなぜジャカルタへ行くことをいわなかったんだ？　どうにも解せない。思うに、おれやニルスと話したとき――あれはいつだった……そう、土曜の昼前だ――やつは国外へ出ることになるのを知らなかったんじゃないだろうか」彼はアリッサに向きなおった。「彼女はどういう女性だ？　そのサヴァナは？」

「面識はないの。弁護士で、ニューヨーク市のはずれに住んでいて、二十代後半。ブロンドで目はブルー、小柄。わたしが知っているのは表面的なことだけ。彼女は金持ちで、ものすごい祖母がいるけど、いまは疎遠になっている」アリッサは肩をすくめた。「悪いわね、役に立たなくて」

「彼女はセックスを利用して男を操るような女か？」

「本当に知らないのよ」

サムは目をつぶった。「ちくしょう、彼女がただの性悪女でケンを騙したんだったら、神にかけて彼女を見つけだして、ケンに目をつけたことを――ほかにもいろいろな部分をくっつけたことを――後悔させてやる。こんなこと、ケンには必要ないんだ」

「カーモディが彼女と寝たと思っているんだね」

それは質問ではなかったが、サムは質問されたかのように答えた。「そいつはまちがいない」まぶたを伏せて息を吐いた。「あー、このことはくそ報告書には書かないでくれ、いいな？　どうやらこのサヴァナって女性はマルチオーガズムの女王らしいんだ」

「なんですって？」

「おいおい、アリッサ。二度もいわせるつもりか」

「ちゃんと聞こえたわ。ただ……カーモディが実際にそんな話をしたってことにぞっとしただけ」信じられない、サムがわたしの人生から立ち去って以来初めて交わす会話がこれだなんて。セックスの話。なにもセックスの話じゃなくてもいいんじゃない？

サムはわたしのことを考えることがあるのかしら。わたしたちのことを……。

サムは彼女を見ようとしなかった。「誓って、エロ話じゃないんだ。ケンは彼女の名前すらいわなかったし、自慢することも、くわしい話をすることもなかった。やつはただ情報が欲しかったんだ、つまり、女性がつづけて三回も四回もいったらどうしたらいいのかって。そんなことを」

「ああもう。サヴァナ・フォン・ホッフのそんなことまで知りたくなかったわよ」

「まあ、その、ワイルドカードのことは知ってるだろう」サムはちらりと目をあげて彼女を見た。「やつはとにかく……ワイルドカードなんだ。ありとあらゆるデータを集めようとする。最高の仕事をするためにね」笑い声をあげた。「たとえていうならな」

「で、きみはなんて答えたんだい？」ジュールズがきいた。アリッサが彼をぶった。「痛っ。なんだよ、ちょっと興味があっただけじゃないか」

「必要な情報はすべて手に入ったわ。とにかく、カーモディとサヴァナ・フォン・ホッフの関係のある一面だけはね」

「頼むから、報告書には書かないでくれよ」

アリッサとサムの視線が合い、彼女は彼をじっと見つめた。「報告書には書かない」そういった。「だけどマックスには話すわ」

「マックスね」サムのブルーの瞳の奥をなにかがよぎった。「マックスはどうしてる？」

「元気よ」アリッサはそっぽを向いた。サムの目を見ただけで、彼女とボスのことを噂に聞いているのがわかった。アリッサの努力の甲斐もなく、いえ、もしかしたらその努力のせいで、噂はいっこうに消える気配がなかった。

「ケン・カーモディのアパートメントの鍵をもってるなんてことはないよね、サム？」ジュールズが尋ねた。

サムはまた車に寄りかかった。「わかっていることはすべて話してくれたんだろうな？　わざといい忘れているようなことはないよな、ワイルドカードになにかの……嫌疑がかかっているとかなんとか」

「わたしたちは彼が面倒なことになっていると考えているの。でも、FBIとは関係ない、本当よ。わたしたちは彼を見つけて助けたいのよ」

サムはアリッサの目を長いこと見つめ、それからうなずいた。「きみを信じる」彼は勢いをつけて車から離れた。「基地に出向くまでにまだ一時間ほど余裕がある。ワイルドカードがインドネシアに行ったのなら、きっとMTDを――小型追跡装置をもっていったはずだ。やつの家へ行って、見つけられないかやってみよう。そのあとでコロナドまで送ってもらわないとならないが……」

「かまわないよ」ジュールズがいった。「ぼくらも基地に行く予定だし」

サムは家に向かった。「ケンの家の鍵とおれの荷物を急いでとってくる。それから、ええと、女房に出かけるといってくるよ」

彼は家のなかに戻ったが、次の瞬間にはもうドアの外にいた。「基地に戻る」大声でいって、叩きつけるようにして網戸を閉めた。

メアリ・ルーが赤ん坊を抱いて戸口へ出てきた。「帰りはいつ？」怒鳴るようにいった。

「遅くなる。起きていなくていい」車の後部座席に先に荷物を放り、自分も乗り込んだ。

サムがジュールズに町の反対に向かうよういったあと、車内は静まり返り、アリッサはだんだんと気が変になりそうになってきた。サムのにおいがする――とても懐かしいにおい。

ジュールズをちらりと見て、なにか話してよと目で懇願した。音をたてるのでも、世間話でも、なんでもいい。この重苦しい沈黙を破って。

ジュールズは〝どうかした？〟という顔を向けた。やるじゃないの。ずいぶんとタイミングよく、お得意のテレパシーを失ったものね。

だから彼女はシートの上で少しだけ体をねじって、サムに顔を向けた。「そういえば、おめでとうをいわないと」

サムはぽかんと彼女を見つめ、トレードマークの率直な物言いでずばりといった。「なにがだ？」

「だって……」メアリ・ルーの名前が喉にひっかかった。「……奥さん、またおめでたなんでしょう？」

サムは彼女をまじまじと見た。それから大声で笑った。「とんでもない、違うよ。四六時中ぎゃあぎゃあ泣きわめく赤ん坊がもうひとり増えるなんて勘弁してくれ」

「ごめんなさい。わたし、てっきり……」

「ああ」サムはいい、少しだけ身をのりだしてジュールズに道を教えた。「その信号を左だ」それからまたシートにもたれ、アリッサとちらりと目を合わせた。「きみがなにを考えたかはわかる。でも、赤ん坊ってやつは手がかかるもんなんだ。メアリ・ルーは妊娠で増えた体重を元に戻す暇がなかった。昔の服はどれもサイズが合わないのに新しい服を買いたがらない。何度もいったんだが、頑としていうことをきかないんだ――負けを認めるような気がするんだろうな。よくわからないが。次を右だ」ジュールズに向かっていった。

「ごめんなさい」アリッサはもう一度謝った。「そんなつもりじゃ……」彼女はかぶりを振った。

「まあ、いいさ。ようこそ、わが人生へ。おれもこんなつもりじゃなかった」サムは窓の外に目をやり、あごの筋肉がぴくりと動いた。

アリッサはサムの顔に刻まれた疲れからくるしわを、険しい口許を見つめ、彼がいつだってすぐに笑顔になったことを思いだした。そうしてじっと見つめていると、サムのことが気の毒になった。それにメアリ・ルーのことも。サムはしきりに家を離れたがっていた。〝基地に戻る〟傷ついたのはわたしだけじゃない。ときどき、ついそれを忘れてしまう。

前に向きなおるとジュールズと目が合った。彼の顔に書いてあることは容易に読めた――〝やれやれ、あんなことを彼にきく必要があったのかい？〟けれど彼はすぐに目に同情の色をたたえて、サムには見えない下のほうで〝愛してるよ〟と手話でいった。

アリッサはそれとはかなり意味の違う、だれにでもわかる手を使うサインを送り返した。

ジュールズはにやつかないよう必死にこらえていた。

わたしにできる世間話なんてこの程度よ。


「眠るんだ」

サヴァナは喰いしばっていた歯をゆるめていった。「無理よ」鼓動がすごく速い。心臓が肋骨に当たっているのがわかる、体を揺るがすほど激しく。

周囲にめぐらせたカモフラージュの内側の情け容赦のない暗闇のなかで、ケンがため息をつくのが聞こえた。

「目をつぶれば、それほど暗く思えなくなる」

「でも開けると、めまいがする」

沈黙。それからまたため息。「おれがなにをいいたいかわかるよな？」

「だったら目を閉じておけ。そうよね。ご忠告をありがとう。でも、いうほど簡単じゃないのよ。やだ！」さっと体を起こしたが、そのまま倒れ込みそうになった。目の前にあるはずの自分の手さえ見えない。「あなたの擦り傷に除菌ローションを塗るのを忘れてた」

ケンがふたたびため息を洩らした。今度はとても大きく。「サヴァナ、おれなら大丈夫だ」

どうしよう、すごく暗い。体の両脇の地面に手をついてバランスを崩さないようにしないとならなかった。心臓が、まるで一マイル走り終えたばかりのようにどきどきしている。胸が痛い、頭がずきずきする、息がうまくできない。「こういう場所ではちょっとしたことでも感染症にかかるって、あなたがいった――」

「わかった、わかった。自分のいったことぐらいおぼえてるよ。ただ――」

「ケニー」あえぎながらいった。「本当にごめんなさい、なんだか心臓発作が起きたみたい」

狭い空間のなかでケンがこちらに近づいてくる音が聞こえ、彼の手が脚に当たったのがわかった。「大丈夫だ」ケンはいった。「心配ない、だからゆっくり息をするようにするんだ、いいね？　大きく吸って。そうだ。これは心臓発作じゃない――きみは過呼吸になったんだ。呼吸が乱れたせいで酸素を取り込みすぎただけだ」

彼の手が反対側の脚にふれ、そのまま上にあがってサヴァナを引き寄せると、背後から腕をまわしてそのまま地面に横になった。「しーーっ」片手でサヴァナの口と鼻を軽くおおった。

「目をつぶって、できるだけ深く息をして」

「ごめんなさい」過呼吸。みっともないったらないわね。あなたの祖母はナチのスパイと一対一になってもひるまなかったよ。それなのに、ただ暗いってだけでパニックになるなんて。

「きみはよくやってる」耳元でケンの声がした。「きみに二度と手をふれちゃいけないのは知ってるが、こうしてると少しは楽だろう？」

ええ。ケンの手はジャングルの土と、頭上をおおう屋根をつくるために切った木の枝のにおいがした。ケンの体はとてもがっしりしてあたたかい。

ケンが身じろぎをし、サヴァナは彼の腕にしがみついた。「行かないで！」

「行かないよ。ただ……」彼はまたもぞもぞした。「体の下に石があって。もう大丈夫だ」

「ごめんなさい《アイム・ソーリー》」もう一度いった。泣いちゃだめ。泣いちゃだめ。泣いちゃだめ。

「石がおれを痛めつけないのが残念《ソーリー》だって？　そいつはちょっと手厳しいんじゃないか」

「違うわ、ただ……ごめんなさい」

いまでは呼吸もずいぶんゆっくりになり、ケンは彼女の顔から手をどかした。

「ああ、きみが謝っているのは気づいてるよ——もう二百万回はいってるからな」

「ごめ……」ごめんなさい、といいそうになるのをあやうくこらえた。

「きみの鼓動が伝わってくる。たぶんきみはパニック発作を起こしたんだ。死ぬことはないけど、ちょっとおっかないよな。こういうことはよくあるのか?」

「初めてよ」いったとたん、また呼吸がうまくできなくなった。「ああ、また! どうしたらとめられるの?」

ケンはもう一度彼女の鼻と口をおおった。「夜の海に潜ったことはあるかい。ちょうどこんなふうに真っ暗なんだ。でもその暗さに身をまかせれば気分がよくなる——プールの底にいるみたいにね。あれと同じように水が体を包むんだ、わかるかい?」

サヴァナはうなずいた。よくわかるわ。

「そうだ、きみにずっとききたいことがあったんだけど、いまがいい機会かもな。きみは眠っていないし、おれも起きているわけだし。あの夜のことなんだ。おれたちが、その、セックスした?」

「いいえ」ケンの手の下でサヴァナの声がくぐもった。「あなたとは二度とセックスするつもりはないといったはずよ」そうはいっても、ここでセックスをしたら気持ちがまぎれるかもしれない。いまケンがキスしてきても押しのけたりしないわ。

だけど、彼はキスしてはこなかった。残念なことに。

「おぼえてるよ、きみにあれほどはっきりいわれたんだし。そうじゃなくて……」ケンの笑い声はばつが悪そうだった。「ことによると、ひどくばかげた質問かもしれないし、もしそうだったら謝る、だけどきみは歩くオーガズムみたいだった。つまり、初めてだったんだ、そのなんていうか、なかに入ったとたんに……爆発する女性と寝たのは。まるで……触発引き金かなにかがついているみたいだった。ふれたとたんにバンって感じで」

サヴァナは自分の耳が信じられなかった。彼女はまた歯を喰いしばったが、今度はまったく違う理由からだった。「そうね、ケン、ひどくばかげた質問だわ」

「ちょっと待った。いまのは質問じゃない。おれが知りたいのは、たとえば外を歩いていて誤ってなにかにぶつかったときにも、えー、オーガズムに達したりするのか？」

サヴァナは呆気にとられて笑いだした。「なんですって？」

「どうしても知りたいんだ」ケンは本気でいっていた。「これはおれにとって初めての体験で、だから――」

「あ。あなたいまわたしにぶつかったわね。うう！　もうだめ！　あーーーーっ！」

「いいよ、そうやってからかえばいいさ。おれは本当に興味があったのに、なぜって……」

サヴァナは待った。

「すばらしかったから」静かに言葉を終えた。「最高にすばらしかったんだ。きみをあんなふうに感じさせることができるなんて……」

サヴァナはふたたびつづきを待った。ケンはこのくだらない質問でまんまと彼女の気をそらすことに成功したけれど、今度はまったく違う理由から心臓がどきどきしだした。

「なあ、これまでの最高記録は連続何回だ？」

まったく。なんでも競いたがるところが、いかにも男よね。「さあ。数えたことないから。回数の問題じゃないし」

「そうなのか？　おれがきみだったら、そう、あれこれ実験して——」

実験？　サヴァナは笑った。「どうやって？　バイブレーターをもって何日間もぶっ通しで部屋にこもるわけ？」

ケンは、サヴァナがまじめにいったかのように、その質問について考えていた。「うーん、おれだったら、生身の人間を相手にしたいけど——」

「女にとってセックスは単に体のしくみじゃなくて……」サヴァナは適当な言葉を探した。愛という言葉は絶対に使いたくなかった。ケニーの前では。この場では。彼女は最初からいいなおした。「セックスは単に体だけのことじゃない。心とか気持ちも大切なの。わたしだって、魔法のボタンかなにかがあるみたいに、〝ああん、そこを、その一番感じるところをさわってくれたら、すぐにいっちゃう〟ってわけじゃないわ。大切なのは、だれがわたしにふれているか、彼にふれられることをわたしがどれだけ望んでいるか、そしてわたしにふれているときに彼の目のなかになにが見えるか、よ」

ケンは無言だった。彼女のいったことについて考えているのだと知れた。たぶんさらにとんでもない質問をするつもりなんだわ。

「この話はもう終わりにしない？」多少やけになっていった。

「話は終わりにしてセックスをするってのはどうだ？」耳のすぐ横に彼の口があって、熱い吐息がかかるのを感じた。顔をめぐらせればケンにキスできる。

「もう寝て」かわりにそういった。「あなたってほんと——」

「くそ野郎」ケンがあとをひきとった。「ああ、知ってる。それでもきかないわけにはいかないからな。だってほら、きみの決心に変化があったかもしれないし。だが寝るのも――いい考えだ。セックスほど楽しくはないが、まちがいなく今夜やりたいことの第二希望だよ」

ケンはしばらく黙っていたが、やがていった。「もう大丈夫か?」

ええ。あなたがこうして抱いていてくれれば。「行かないで」サヴァナはいった。「お願い」

ケンはあたりを偵察にいくつもりだといっていた。この暗闇のなかで目が覚めて、もし彼がそばにいなかったら……。

「行かないよ」ケンは請け合った。「今夜はね、それでいいか?」

よかった。「こんな体勢で寝ても大丈夫?」大丈夫じゃないといわれたらどうしたらいいかわからなかったけれど、それでもきかないわけにはいかなかった。

ケニーが小さく笑った。「そりゃまあ、大丈夫とはほど遠いけど。なんとか切り抜けるよ」

11

「ここでなにをしてるんだ?」

非常にいい質問だったが——その答えは手にもっていた。ジョーンズは昨日の午後のボートでどういうわけか彼のバッグにもぐり込んだ本をあげて見せた。

「モリーのだ。こいつを返しにきた」

今朝、荷物にまぎれているのを見つけたのだ。モリーはたぶんゆうべ寝る前にこれを読もうとして、本がないことに気づいたはずだ。返すのを今夜まで先延ばしにするのは悪い気がした。

ビリー・ボルテンの声は敵意に満ちていた。「彼女はいま授業の真っ最中だ」

わかっていた。木陰でモリーが十人ほどの幼い子供たちと一緒にいるのが見えた。

ビリーは本に手を伸ばした。「授業が終わったら渡しておく」

ジョーンズはうしろに下がった。「いや、それには及ばない。待つよ」

モリーのほうにもう一度目をやると、ちょうど彼女が目をあげてジョーンズに気がついた。そしてにっこりした。

まるで雷に打たれたようだった。

ふふん、ここにきたのは本を返すためだ、って。そいつはへたな口実だ。本当はモリーに会いたかった。あの笑顔を見たかった。うまい言葉で彼女をおだてて、彼の小屋までつづく小道を一緒に走ってほしかった。そうすれば彼女をこの腕に抱き寄せてキスをして、スカートをめくって熱くやわらかな彼女のなかでわれを忘れられるから。

ああ、モリーが欲しい。今朝、目覚めたときにはもう欲しかった、きっとそうなると思ったとおりに。

ビリーが嘲るように笑った。「完全な時間の無駄だね、おっさん。彼女はあんたの手に負えない」

「そうかな」モリーがまたこちらを見たが、今度は彼女の目に浮かんだやさしさと、そして――ちくしょう――賞賛の色がジョーンズをいらだたせた。

モリーはおれのことをヒーローかなにかだと思ってる。おれは特別な人間で、親切な善人だと思っているのだ。ちょうど彼女と同じような。

しかし、それはまちがいだ。

おれは嘘つきの泥棒だ。彼女に飽きたら、彼女のなけなしの持ち物を奪って二度と戻らない。

二度と戻らない、そう考えたら胸が痛んだ。だがその日はきっとくる。ここを去るときは、おれがそれを望んだときだ。

「彼女の友情をべつのなにかと勘違いするなよ」ビリーは警告した。

「わかってる」ジョーンズは嘘をついた。「おれとは友達のままでいたいと、ことあるごとにいわれるよ」

「ほんとに？」

「ああ」

「じつはぼくも同じことをいわれた」それを聞いて、ビリーはぐっとジョーンズに親近感をおぼえたようだった。期待どおりだ。いまやふたりは同じ痛みという絆で結ばれていた。

ビリーがため息をついた。「彼女が年上なのは知ってるけど、彼女には、なんていうか、不思議な魅力があるんだ。彼女が微笑むと……」声を落とし、ジョーンズのほうにかがみ込む。「あの口で彼女がなにをしてくれるか、つい想像しちゃうんだよ」

ジョーンズもまた声を落とし、おだやかな口調でいった。「もう一度そんなことをいったら——いや、そんなことを考えただけでも、真夜中におまえのテントに忍び込んで、寝ているおまえのタマを切り取ってやる」彼は年下の男に笑いかけた。「わかったな、ひよっこ」

ビリーは目をぱちくりさせた。なにかいおうとするように口を開いたが、どうやら思いなおしたらしく、くるりと背を向けて歩き去った。絆なんて脆いもんだな。

空き地のむこうで、モリーが好奇の目をこちらに向けていた。彼女はジョーンズに首を振り、それから小さな紙切れになにか走り書きしているのが見えた。その紙をふたつに折り、さらにふたつに折ってから、それをひとりの少女に手渡し、なにかいったあとでジョーンズのほうを指さした。

すると少女は駆け足で彼のほうにやってきた。モリーが渡したメモを手にもって。

少女はくすくす笑いながらジョーンズにメモを手渡すと、青空教室のほうへ急いで戻った。

ジョーンズはメモを開いた。モリーの字は肉太でへたくそだった。読むのに苦労した。〈あなたがいると気が散る〉メモにはそうあった。その部分にアンダーラインが引いてあり、!が三つ並んでいた。〈わたしのテントで待っていて、そのほうが授業が早く片づくから〉

それはモリーのテントへの招待状だった。ジョーンズはテントまでほとんど走りどおしだった。モリーにテントのなかでしていいことといけないことのルールがあるのは知っていたが、ジョーンズの経験からいって、ルールは破るためにある。

テントのなかはひんやりとして、フラップも閉じてあった。ひんやりして、薄暗い。

ジョーンズはあたりを見まわし、モリーのかおりを吸い込んだ。部屋の中央に渡したロープに洗濯した服が何枚か干してあった。下着も。触れるとひんやり湿っていて、指をやさしくくすぐった。

テーブルの上にノートが開いたままおいてあった。〈愛するチェルシーへ〉声に出して読んだ。〈先日、信じられないほどすばらしいひとに出会いました。彼はわたしに勇気をくれて……〉

成人した娘に宛てた手紙だ。日付は昨日の夜。読む権利がないのはわかっていたが、モリーが彼のことをどういっているのか知りたい気持ちを抑えることができなかった。勇気をくれる、だって。おいおい、モリー、ひとを見る目がなってないぞ。

〈……それでようやく、ひと月後にここパルワティ島での任期が終わったら、どこでなにをすることになるかわかったというわけ〉いったいなんの話だ？　モリーはあとひと月でこの島を離れるのか？

〈彼の名前は……〉えっ？

ジョーンズは読みなおした。

〈彼の名前はベンジャミン・ソルダーノ神父といって、町の教会でひょんなことから知り合いになったの。村の子供が急病になって、山に住むアメリカ人のひとりに直談判して（あなたがこの前の手紙で、注意するように、といっていたあの男よ、チェル！）飛行機で病院まで送ってもらったのよ。彼はまさにヒーローでした——だから心配は無用よ。彼がどこからきて、それまでなにをしていたのかも——どんな目に遭ったのかも知らない。ただ多くの重荷を、きわめて個人的な重荷を山ほど背負っているのはわかる。でも「おれにふれるな、さもないと命はないぞ」的な見かけの下は親切でやさしいひとよ。はっきりいって、彼にならためらうことなくこの命を預けられる〉

そいつはまちがいだ。おれは頼りになる男じゃない——なんだってモリーはああも確信をもったいいかたができるんだ？　二、三度話をして、半日セックスをしてすごしただけで、命を預けてもいいと思うほどおれという人間がわかったと思ったのか？　どうかしてるんじゃないか？

〈彼のことはここにはあまり書けないのだけど〉手紙はさらにつづいた。〈あと何週間かしたらあなたに会いにいくからそのときにくわしく話すわね。

かわりにベンのことを話させて。あなたもきっと彼のことを大好きになると思う。わたしたちが出会ったのは、わたしがジョアキンと彼の母親を病院に連れていった日の夜にお世話になったネイディーンとアイラの家に彼も泊まっていたからなの。驚いたわ！　初対面なのに、すぐに昔からの友人みたいになれたんだから。すぐに意気投合して、ひと晩じゅうほとんど寝ないで話をしたのよ〉

モリーに夕食に誘われた晩だ。彼女はおれにおやすみをいったあと、このベンというやつと夜を明かしたわけだ。

なんてこった、このおれが嫉妬するなんて。モリーがべつの男と話したことに。ほかでもない神父と。おれには嫉妬する権利などないのに。

〈アフリカで活動している彼の伝道団に加わらないかと説得されて、だからわたしが次に向かうのはそこです。この場所と、ここに住むひとたちに別れを告げるつらさをアフリカの大地が癒してくれればと思う。心から大事に思うようになったひとがたくさんいるから——多すぎるくらいに。ああ、チェルシー、わたしがしでかしたとんでもなくばかなことをあなたに話せたらいいのに。だけど、とてもここには書けない〉

それだけだった。手紙は書きかけのまま途中で終わっていた。

モリーがしでかしたばかなことというのは、もちろんこのおれのことだろう。天才じゃなくても容易に想像がつく。

ジョーンズはテーブルから離れた。モリーが彼との情事をばかなことと考えているという事実より、彼女がこの島を離れてアフリカに行き、そこでベンという名の神父と夜ごと話をするのだということのほうが、ショックが大きかった。

そもそもおれとかかわりをもつこと自体が愚かなことなのだ。ジョーンズはそれを知っていたし、モリーも知っているとわかって、むしろ少しほっとした。たぶんモリーもある程度知っているのだ、ジョーンズが彼女が手紙に書いたようなヒーローでも、〝親切〟で〝やさしい〟男でもないことを。

モリーのベッドに腰をおろし、足を床につけたまま上体だけうしろに倒した。シーツと明るい色のベッドカバーはモリーのにおいがした。ジョーンズはテントの天井を見つめた。モリーがここを離れる、そのことが頭のなかをぐるぐるまわって、よけいな感情をいだかせた。

怒り。

痛み。モリーはなぜ、じきにここを離れることを話してくれなかった？

ふん、そういうおまえは、一生同じ場所に留まるつもりはないことを恋人に話したことがあったか。

だが彼女はモリーなんだぞ。モリーはここで、この村で、ずっと精力的に人助けをしていなきゃいけないんだ。そうだろう？

この地を去るのはおれのほうだったのに。

こんちくしょう。

ジョーンズは体を起こし、まだ手にもっていた本を開くと、モリーが木の葉を栞がわりにはさんでいたページをめくって読みはじめた。心をかき乱すさまざまな思いを静められるならなんでもいい。

わたしたちは明け方の四時まで踊りつづけ、わたしはシャンパンに酔ったふりをした。それが大きなまちがいだったのだが、気づいたときはとうに遅かった。じつをいうと、ふりをするまでもなくわたしは酔っていた。実際にふだんより速いペースでグラスを空けていたから。お酒が勇気を与えてくれることを祈って。〈サパークラブ〉でダンスをしながらハインリヒ・フォン・ホッフを見あげて「今夜はあなたの部屋に連れていって」と囁く必要があったから。

でも、できなかった。言葉が出てこなかった。

彼はわたしをタクシーに乗せてアパートメントの前まで送り届けたが、部屋に引き入れようとするわたしのつたない企てを優雅にかわした。

それがわたしにできる精一杯の誘惑だった。

「きみはシャンパンを飲みすぎた。明日の昼食時に会おう」そう囁いてそっとおやすみのキスをすると、ステップを駆けおりるようにして、待たせていたタクシーに乗り込んだ。

その夜はずっと眠れなかった。

部屋のなかを行ったり来たりした。悪態をついた。歯ぎしりをした。スパイの罪で逮捕され裁判にかけられるハンクを想像して、うめき声をあげた。顔に黒いフードをかけられて吊るされている、だらりとした彼の死体の報道写真が見える気がした。

ああ、神さま、そんなことになるのはいや。ハンクを死なせたくない。

けれどハンクを当局に引き渡さずナチスドイツのために活動しつづけることを許せば、アメリカ人の命がどれだけ失われるかわからない。

それでも、わたしは彼を愛していた。いまでも。ほんの数時間前に彼に告げた言葉は嘘ではなかった、悲しい真実だった。

コーヒーポットを火にかけ、全部飲んだ。

日が昇るころには心は決まっていた。

それはこれまでの人生でもっともつらい決断だったけれど、わたしはアメリカ人だ。そしてこれは戦争なのだ。

ゆうべから着たままのイブニングドレスの上に急いでコートを羽織ると、わたしは朝の冷たい空気のなかに飛びだし、地下鉄に乗って――だれかに尾行されている場合に備えていつものように遠回りをして――マンハッタンにあるFBI本部に向かった。

ケンは目を開け、夜明け前の淡い光のなかでたちまち身構えた。うなじがぴりぴりして、だれかいると本能が告げる。

そりゃそうだ、だれかいるに決まってる。人目につかないようにカモフラージュを施した潜伏所のなかで、サヴァナ・フォン・ホッフを腕に抱いて眠っているのだから。サヴァナは夜のうちに寝返りを打ったらしく、ケンのあごの下にブロンドの頭をあずけて、片脚を彼の脚の上に投げだしていた。しかしケンが目を覚ました理由は彼女じゃない。

ガサッ。

まただ。だれか、もしくはなにかが、静かにジャングルのなかを進む、ごくかすかな物音。

ズズズ。

パキ。

ひとりじゃないのはたしかだ。おそらくは三人。音もなく移動する能力のほうはかなりお粗末だが。

全身をジャングル迷彩の装備で固めた男がひとり、ふたり――やっぱりだ――三人いる。ケンは木の枝を使った潜伏所の隙間からじっと見守った。戦闘服姿の男たちは目と鼻の先だ。

ガサッ。ポキン。グシャ。音が徐々に大きくなる――サヴァナが目を覚まさないのが信じられなかった。

ケンはそれこそ音もなく動くと、サヴァナを抱えなおして片手を自由にした。その手で彼女の口をおおう。寝言でもいわれたらしゃれにならない。

口を塞がれてサヴァナは当然はっと目を覚ましたが、ケンは彼女の顔を自分のほうに向けて目と目が合うようにした。口と口がくっつきそうなほど顔を近づけ、自分のくちびるに指を当てて〝静かに〟と世界共通の合図を送る。

サヴァナが目を丸くしてうなずくと、ケンは彼女の口から手をどかしてジャングルのほうを指さした。それから指を三本あげた。

サヴァナの目に恐怖の表情が浮かび、彼女はまたうなずいた。サヴァナはケンのメッセージを理解した。小枝の隙間から外をのぞき、ＡＫ‐47が視界をよぎると、目を閉じてまたケンの胸に顔をうずめた。

サヴァナが呼吸をゆっくり一定に保とうとしているのが聞こえた――ゆうべ過呼吸を起こしたとき自分がどんなに荒い息をしていたか思いだしたのだろう。

サヴァナは利口で、タフで、しかも呼吸を落ち着かせないといけないことをなぜか知っていて、自分たちを捜している連中から本能的に目を背けた。ケンはそんな彼女を誇りに思った。

あのランボー気取りの三人がアメリカ人を捜しているのはまずまちがいなかった。おれたち、、、を捜しているのは。

男たちが北の方角へ消えたあともケンはしばらくサヴァナを懐に抱え込んでいたが、あたりにだれもいないことがはっきりし、あの三ばかトリオはもう引き返してこないと確信がもてると、ようやく腕の力をゆるめた。

サヴァナはケンの脚にからめていた脚をほどくと、地面に仰向けになって、震える息を長々と吐きだした。「あのひとたちがヘリコプターから降りなければいいと思っていたのに」

「あれはヘリコプターの男たちじゃないと思う」

サヴァナはケンに顔を向けた。「ならだれなの？」

「まだわからない」

サヴァナは肘をついて体を起こし、ぱっと顔を輝かせた。「わたしたちを助けにきてくれたのかも」

「かもな、連中が携帯していた武器は、客を歓迎するときの定番だもんな」ケンはサヴァナが穿いているカーゴパンツのサイドポケットを開けてナイフを出すと、彼女の手に握らせた。「おれが出ているあいだにこのズボンの脚の部分を、ゆうべきみがいったみたいに切っておくんだ――ダイナマイトを入れて運べるように。きみのバッグのなかにあった裁縫道具を使って裾を縫い合わせて――」

「ちょっと待って」サヴァナは体ごとケンのほうに向きなおった。「あなたが出ているあいだ……？　どこへ行くの？」

「さっきの男たちのあとを尾《つ》けるつもりだ。やつらがどこへ向かったのか、できればどこからきたのかも突き止めたい。少し時間がかかるかもしれない。数時間か。もしかしたら一日がかりになるかも。きみはここに隠れていろ。絶対にここから出るな。わかったか？」

「ええ、でも――」

ケンはウジを彼女のそばにおいた。「これをおいていく。使いかたはこうだ」ケンはやってみせた。「これを強く引くんだ――ただし、いざというとき以外は使うな、いいね？」

サヴァナはうれしそうではなかった。「ケン――」

「まちがって、戻ってきたおれを撃たないでくれよな」

「撃ちたくて撃つならいいってこと？」

「すごく笑える」サヴァナがまだジョークをいえることがわかって、彼女をひとり残していく不安が少しだけ軽くなった。日が昇り、刻一刻と明るくなってくれば、サヴァナはきっと大丈夫だ。ケンは彼女のズボンの反対側のポケットに手を伸ばして、パワーバーをとりだした。

「腹がへったら、これを食べるんだ。いまココナッツの実をふたつばかり採ってくるから、飲み物のほうはそれでなんとかなるはずだ」

「ねえ、ケニー、たぶんあなたはここに戻らないほうがいいと思う」サヴァナは顔を少しだけ彼のほうに向けていった。

ケンがちらりと目をやると、彼女はあの目で彼をじっと見つめていた。その顔は真剣そのものだった。

「いまのは聞かなかったことにする」ケンは尖った声でいった。

サヴァナはやめようとしなかった。「そのまま助けを呼びにいって、そのあとで戻ってくれればいい」

「いやだね」小枝のカモフラージュに穴をあけ、体をくねらせて外に出ると、自分の作品に数秒間見とれた。ケンはコンピュータの専門家で、潜伏所――森林やジャングルのなかで身を隠す場所――の設営は得意分野ではないと思っていたが、こいつはなかなかうまくできてる。なんでもやってみなけりゃわからないもんだな。

サヴァナが穴から顔を突きだした。「ケン――」

「いやだね」重ねていうと、ココナッツの実をひとつ、それからもうひとつ彼女に渡した。

「連中のあとを追うつもりなら、そろそろ行かないと」

「気をつけて」サヴァナはいった。不安そうな目でくちびるを嚙み、くしゃくしゃの髪が顔のまわりでカールしている。

ケンは身をかがめて彼女にキスした。愚かな行為だったが、彼はなにも考えていなかった。ただキスをした。なんといってもひと晩じゅうサヴァナを抱いて眠っていたのだ、ふたりの（いわゆる）ベッドルームから出ていく前に彼女にキスするのは当然のことに思えた。

そのキスは完全にサヴァナの不意をつき――まるで魚にキスするような感じだった。まあ、ケンがなにをおいてもセックスしたい、甘くてあたたかい魚だったが。

最悪なのはそのあとだった。ケンがたったいましでかしたことが、してはいけないことをしてしまったと気づいたケンと、呆気にとられた表情のサヴァナのあいだに宙ぶらりんになっていた。

「すまない」ぽつりというと、ケンはあけた穴を枝で塞いだ。サヴァナの口から七千回目の〝くそ野郎〟を聞く前に、さっさと出かけよう。

いわれなくてもわかっているから。

「バガットだ」

「ボス、ロックです」アリッサは電話に向かっていった。彼女がいるところは、米海軍コロナド基地内のSEAL第十六チーム司令部がある建物の、スタン・ウォルコノク上級上等兵曹《シニア・チーフ》のオフィスだった。ウォルコノクは周囲を気にせず電話ができるよう自分のオフィスに彼女を案内すると、すぐに消えた。

「なにかわかったか？」

「たいした成果はありません」いまでは太平洋の向こう側にいるボスにアリッサはいった。「パオレッティとスタレット、それに海外に出ているジョン・ニルソンを除く第十六チームの全員に話を聞きました。ですが、サヴァナ・フォン・ホッフの名前を聞いたことのある者はひとりもいません。スタレットだけはカーモディが最近――それもつい最近――だれかと知り合って親密なつきあいをはじめたことを知っていましたが」

「親密な？」マックスがさえぎった。

「性的な、ということです」そう説明した。「カーモディはインドネシアについてもだれにも話していません――サンディエゴを発つ数時間前に話をしたスタレットにも。カーモディは最後までインドネシアに行くことを知らなかったのではないかと思われます、彼女との関係のそれ以外の詳細についてはまったく隠し立てしていませんから。おそらくサヴァナはセックスを利用して、カーモディが彼女の行くところならどこへでもついていくようにしたのではないでしょうか」アリッサはそこでちょっと躊躇した。「お許しいただけるなら、この部分はローズ・フォン・ホッフには伏せておきたいのですが」

「そうだな」

「ロサンゼルス支局にすでに連絡を入れてあります」ウォルコノクのデスクの上には、黒い髪に茶色の目をした美しい女性の写真が飾られていた。彼の妻で、沿岸警備隊のヘリコプター・パイロットをしているテリーの写真だ。写真のなかの彼女はジャクージの縁から身をのりだし、まっすぐにカメラのレンズを見つめていた。欲望と純粋な愛情がないまぜになった表情を目と顔に浮かべて。

アリッサはデスクの反対側に移動せずにはいられなかった。その写真を見ていると、彼女自身のわびしい人生に欠けているすべてのものを痛いほど思い知らされる。

「航空会社の人間から話を聞くために捜査官を二名、ロサンゼルス国際空港に派遣してもらいました」アリッサは話をつづけた。「カーモディとサヴァナが飛行機に乗っていたことをおぼえている人間はいないか。ふたりにどこかおかしなところはなかったか。カーモディは強要されていたり薬を飲まされているような様子はなかったか……もちろん単なる憶測ですが――」

「かまわない。憶測だろうと大歓迎だ。カーモディのアパートには入れたのか？」

「サムが鍵をもっていました」ついサムと口走ったことに、アリッサは声に出さずに悪態をついた。スタレットよ。あの男のことはスタレットと呼ばなくては。この事件の情報源のひとりにすぎないというように。「カーモディは一軒家に住んでいました――寝室がふたつある。そのうちのひとつはコンピュータだらけです。彼はチームのハッカーですから。筋金入りのおたく」

「やつの才能のことなら知ってる。で、なにがわかった？」

「カーモディは一台のコンピュータに追跡ソフトの試作品をインストールしていました。サンディエゴを発つ前にそれを起動させています。おかげで香港経由でジャカルタに入るまでの彼の足跡《そくせき》のかなり正確なデータを入手できました。ジャカルタの空港からは船かヘリを使ったようです。ですが、その直後に海洋上で足跡が途絶えました。当初はまずいことが起きたのではないかと考えました――船から海に放りだされたというような。でもサムが――」しまった。「スタレットがプログラムをあれこれいじって通信エラーのメッセージを見つけたので、カーモディが生きている可能性はあります。とはいえ、彼が向かっただいたいの方角がわかったことは大きな収穫でした。データは追跡ソフトも含めてすべてダウンロードしてあります。コピーの一枚は本部宛にすでに送り、もう一枚はトム・パオレッティに渡しました。最後の一枚はわたしがそちらへ運びます」

「よくやった。ニューヨーク支局がサヴァナの通話記録を入手した——彼女は水曜にジャカルタから一本電話を受けている。おそらくそれが身代金の要求だったんだろう。ただし、電話はアレックスのホテルの部屋からかけられている。ホテルの監視カメラのテープをいまふるいにかけて——問題の部屋に入って問題の電話をかけた人物の身元を確認できないかやっているところだ」

「すごい。蓋を開けてみたら簡単だったということになるかしら？」

「心からそう願いたいもんだ」マックスはいった。

「パオレッティ隊長はすでにチームに招集をかけました。あなたのゴーサインでいつでも出動できます。パオレッティはワイルドカード・カーモディをよく知る隊員を何名か現場へ入らせてはどうかと考えています。ちょうどあなたに電話をしようとしているころじゃないかしら」

「じつはいまパオレッティからの電話を保留にしてある。彼の電話に出る前に、ほかになにかおれにいうことはあるか？」

「電話では話せません」

「おっと。スタレットとの再会はそんなにひどかったのか？」

アリッサが考えていたのは、ワイルドカードとサヴァナの関係の秘密の詳細についてだった。「いいえ、ボス。それについてはなんの問題もありませんでした」すらすらと嘘をついた。

マックスが笑った。「ふふん、もう少しで信じるところだったよ」

「ボス」彼女は冷ややかにいった。「パオレッティ隊長がお待ちですよ」

「知ってる。アリッサ、そっちへ行かせてしまって悪かった」

「ボス、わたしはプロの捜査官で――」

「わかってる。だとしても、すまないと思ってる。じゃ、さっさとロス行きの便に乗れ。ジャカルタで会おう」

　カチリと音がして電話は切れた。

　アリッサは受話器をおき、ジュールズを捜しに出たところで――廊下の少し先にあるサムのオフィスの前にいる、サムとメアリ・ルー・スタレットと鉢合わせしそうになった。幸いむこうはこちらに気づいていなかったので、アリッサはあわててウォルコノクの居心地のいいオフィスに飛び込んだ。

「ここでなにをしているんだ？」サムがそういうのがはっきり聞こえた。

　メアリ・ルーはとうとうシャツを着替えていた。なんだかおどおどして、ひどくうろたえているように声が少し震えている。「電話をくれたとき、どれくらい留守をするかわからないといってたでしょう、だから……」咳払いをしてつづけた。「出発する前に会っておきたかったの。あなたもヘイリーにバイバイをいいたいかと思って」

　アリッサが戸口からそっとのぞくと――たしかにチャイルドシートにもなるベビーカーのなかにサムの赤ちゃんがいた。

「眠ってるじゃないか」サムはにべもなくいった。

メアリ・ルーはふっと押し黙ったあと、いった。「ええ、そうね。家にいられるわずかな時間にあなたがいつもしているみたいに」

サムは深々とため息をついた。「出動前にやらなきゃならないことがあるんだ。いまはこんなことをしている暇は――」

「あなた、寝言をいうのよ」メアリ・ルーがそれをさえぎった。「知ってた?」

「よしてくれ」

「なんていうか知ってる?」

「メアリ・ルー、いいかげんに――」

「アリッサっていうのよ」メアリ・ルーがいい、アリッサはたじろいだ。ああ、サム……。

「『ああ、リス……行かないでくれ、リス……アリッサ、ああ……すごくいい……』」

「ああ、くそっ《ファック》」

「ええ、あなたがどんな夢を見てるかをひと言でいうとそうなるわね」

「すまない」サムは静かにいった。「夢の内容までは自分じゃどうにもできない。どうにかできるもんならやってる。だが誓って、結婚を決めたあの日からきみを裏切ったことは一度もない」

「彼女、黒人じゃない」メアリ・ルーがいった。

サムが寝言で彼女の名前を呼んだと聞いて戸口から離れようとしていたアリッサは、だがその場に釘づけになった。サムがなんと答えるか、その返事を待った。

「アフリカ系アメリカ人の血が一部混じっているのはたしかだな」サムの声は、いまではあまり静かとはいえなかった。「なぜだ、それがきみにとってなにか問題なのか?」

「あなたにとって問題じゃないなんて信じられない」メアリ・ルーはくってかかった。「セックスだけの関係なら話はべつだけど」サムの顔になにかを見たのだろう、というのも、こうつづけたからだ。「嘘でしょう、あなた——あの女と結婚するつもりだったの? うまくいくと本気で思ってたの? 白人の男と黒人の女が? いい、彼女のような女はあなたみたいな男とは絶対に結婚しない! 仮に彼女がうんといったとして——いったいどこに住むつもり? 彼女があたしたちの家がある通りに住むと思う? それともあなたは町の反対側にある黒人地区に住んでもいいわけ?」彼女は大声を出した。「あたしを捨てないで!」

「おれにどうしろというんだ?」サムの声は低く、張りつめていた。「実際には起こらなかったこと——もしかしたらそうなったかもしれないってだけのことで、どうしておれを責める? おれはアリッサと結婚しなかった。きみとしたんだ。きみとヘイリーの待つ家に毎晩帰ってる。あの家と、きみがあのなかに詰め込みたがる品物の支払いのために、しゃにむに働いている。ほかになにが必要なんだ?」

アリッサは声をあげて泣きたかった。ドアを閉め、耳を塞いでなにも聞こえないようにすべきだとわかっていた。これはサムたち夫婦のごくプライベートな会話よ。わたしが立ち聞きしていいことじゃない。それでも聞くのをやめられなかった。

「彼女があなたと結婚したはずがないじゃない」メアリ・ルーは完全に頭に血がのぼってい

た。それは彼女だけではなかったが。「あの女はあなたをもてあそんだだけよ、サム。彼女があなたを大切に思っているなんて、まさか本気で考えていたの？　彼女にしたら、あなたなんて立派なアレをもった色男ってだけ――」

サムが話をさえぎり、声の聞こえかたからして、立ち去ろうとしているようだった。「もう行かないと。留守のあいだ赤ん坊によくしてやってくれ――それからきみ自身にも」

「話はまだ終わってない！」

「こっちは終わったんだ！」サムは息を大きく吸い込み、少し声を落とした。「喧嘩はしたくない。とくにここでは。頼むよ、メアリ・ルー」

「で、あなたは世界を救いにいくのよね――彼女と一緒に。そうなんでしょう？　あの女も行くんだわ。なのに黙って見送れって？」

「こんなばかげたことでまた酒に手を出すんじゃないぞ。家に帰ったらＡＡ（断酒会）の後見人に電話するんだ、いいね？　約束だ。おれが最低でも数週間は留守にすると伝えるんだ」

メアリ・ルーはサムのあとを追いかけた。「たぶんこの機に乗じて彼女とまた寝ればいいのよ」金切り声でいった。「彼女のところへ行って、あなたがはじめたことを終わらせればいい。そうすれば彼女があなたを捨てて、今度こそ本当に終わりになる。そうすればこの先ずっと、もしかしたらそうなったかもしれないと思いながら暮らさなくてすむわ」

サムは彼女を振り返った。「アリッサ・ロックと浮気をしろといってるのか？　もしきみがそれを本当に望んでいるなら、おれは喜んで――」

「そんなわけないじゃないの！」メアリ・ルーはいまでは泣いていた。

「だったら、なにが望みかいってくれ」サムはくりかえした。「血管を開いてきみのために血を流せばいいのか？　それで少しは気がすむのか、メアリ・ルー？　正直いってほかにどうすればいいのか、くそほどもわからない」

「ごめんなさい」メアリ・ルーは泣きじゃくりながらいい、アリッサが戸口からちらりとのぞくとサムにすがりついているのが見えた。「あなたが努力しているのは知ってる、本当よ。怒ったりしてごめんなさい。あたしってすごく嫉妬深くて、それに……それに……」

それに心の狭い人種差別主義者の陰険女よ。

「それに彼女と会って打ちのめされたの。彼女はあんなに美人なのにあたしはデブだから」

「きみはデブじゃない」ケンは、まるで同じ会話をいやというほどくりかえしているというように、疲れた声を出した。「赤ん坊を産んだってだけだ。あまり自分にきびしくするな」

「あたしがあなたに開いてほしいのは血管じゃないわ、サム」メアリ・ルーは静かにいった。「心を開いてちょうだい。あなたは一度はあたしを愛した。もう一度愛することはできないの？」

「なあ、おれだって精一杯やってるんだ」

それを聞いてアリッサは知った。サムがかつてメアリ・ルーになにを感じていたにせよ、それは愛情ではなかったんだわ。そして彼がわたしとふたりで見つけたものの夢をいまだに見ているのなら、この先それが愛に変わることもない。

アリッサはなにをすべきか知った。サムと話をしなくては。

運のいいことに――ほんと、ここ最近は幸運つづきよね――わたしも彼もまもなくジャカルタへ発つわけだし。

ケニーが出かけて三時間がすぎると、サヴァナはパワーバーを二本、たてつづけに食べた。それからケニーにいわれたように、ナイフを慎重に使ってズボンをショートパンツほどの長さに切った。切り落とした脚の裾の部分を縫い合わせると、ダイナマイトを運ぶのにじゅうぶんな大きさの妙な形の袋が二枚できた。針を動かしながら、ちょっとだけジャングルのマーサ・スチュワートになった気がした。

これまでダイナマイトを運ぶのに使っていたケンのランニングシャツは、すっかり伸びて形が崩れていた。着てみたが――裸でいるのとほとんど変わらなかった。袖ぐりは大きすぎ、コットン地はとんでもなく薄い。だとしても、ケニーが戻ってきたら――きたらじゃなくてきた、、、ときた、、、とき。いままで借りていたシャツは彼に返さないと。でないと蔓がこすれて、もっと肌を痛めて――。

サヴァナはハンドバッグのなかを漁って予備のストッキングを見つけた。もう、なんで昨日思いつかなかったの？　さすがはマーサ・スチュワート。ストッキングの活用法その四三五一六。これだけではアタッシェケースの重さに耐えられないだろうけど、ケースを背負うときに蔓と合わせて使えばいい。そうすれば――きわめて重要だとケンがいいつづけているように

——両手が空いて、いつでもウジが使える。

サヴァナは彼がおいていった銃器にちらりと目をやった。ケンがいないあいだの唯一の友。わたしの不安を少しでも軽くしようとしておいていってくれたのだろうけど、正直いって、よけいに落ち着かない気分になった。サヴァナはだれも撃ちたくなかった。こんなもの、さわりたくもない。ケンがもっていってくれればよかったのに。

ウジのことを考えると、思いは決まって出かける直前にケンがしたキスのことに戻ってしまう。この四時間、なにをしていても最後はあのキスのことを考えていた。

あれはなんだったの？

さっぱりわからない。空港にいきなりあらわれたときからずっと、ケンはむっつりと黙り込んでいるか、でなければひとを見下すような失礼なことをいうかだった。

そりゃまあ、正確にいうなら、ケンが大声で笑ったり、とんでもなく親切だったときもたくさんある。あの夜、彼の家で怖いくらいに欲望を掻き立てられた男性に戻る瞬間が。あの夜、わたしは自分で決めたすべてのルールを破って彼と寝た。

ヘリの機内でもケニーはわたしにキスしたけれど、あれはわたしを黙らせるためだけにしたこと。それはちゃんとわかってる。

今朝のキスもあれと同じようなものだったの？

ケンにきこう。彼が戻ってきたらすぐに、まっすぐに目を見て問い質すのよ。

それまでは、この暑さのなかでうとうとするぐらいしかすることはなかった。それとも、ついに祖母の本を読むとか。

こんなときローズだったらどうする？　それは、この大失態がはじまったときからサヴァナが何度となくわが身に問いかけてきたことだった。

家族の伝説によると——その話は、それこそ数え切れないほど聞かされたから本を読む必要などまったくなかった——ローズはスーパーウーマンに一歩及ばないだけだった。それはもちろん空を飛べないからだけれど、それを除けばだれにも負けない力強さがあった。決然として、なにごとにも屈しなかった。

ローズは必要に迫られれば昆虫だって食べるだろう。ヘドロを体に塗りたくられても、文句ひとついわないはずだわ。ローズならアレックスは死んでいないと信じて、彼を見つけだして無事に連れ帰るだろう。ついでにすべてのひとを——味方も敵も——その魅力の虜《とりこ》にして。

ローズを見習うのは至難の業だ。これまでのところ、サヴァナはことごとくしくじってきた。ものの見事にケニーに嫌われた。わたしはお荷物で、面倒をみないとならないやっかい者で、彼のペースを遅らせる原因。

たぶん彼がキスしたのは、そうすればわたしの頭がそのことでいっぱいになるのを知っていたからよ。きっと自分が戻るまでわたしを忙しくさせておこうと思ったんだわ。

サヴァナはローズの本の真ん中へんの章を開き、これから十五分はケニー・カーモディのことを考えるのはよそうと決心した。

やっぱり五分にしておこう。最初から欲張ってもなんだし。

「お金を貸してもらいたいの」

「いいわよ」イーヴリン・フィールディングはティーカップをテーブルに戻して財布に手を伸ばした。

「違うの、イーヴリン」わたしは彼女の腕に手をおいた。「八千ドル貸してほしいの。理由はいえない。それに返すのに何年も——何十年も——かかるかもしれないけど」

イーヴリンは笑ったが、目は怖いくらいに真剣だった。「あらあら、そんなふうにいわれたら、とても断れないわね。小切手でいい？」

お金を借してもらえる！　わたしは有頂天になったが、それでも用心することは忘れなかった。「いいえ、できれば現金でお願い」なにかまずいことが起きた場合に備えて、イーヴリンの銀行小切手にわたしの名前を残したくはなかった。「感謝します」

「銀行まで一緒にきてくれればすぐに渡せるけど」

わたしはうなずいた。「お願い」

それぞれにコートをまとめ、町の反対側に向かうタクシーに乗るまでイーヴリンはなにもいわなかった。

そこでようやくわたしのほうを向いた。「なにか困ったことになっているなら、ローズ、力になれるかもしれない。わたしに話すのがいやなら、いつだってジョンが——」

「わかってる」

「あなたが二週間の休暇を願い出たとジョンはいってた――緊急の治療を要する病気で休むって」

その言葉が宙に浮いた。それがわたしたちスパイがFBIの任務に百パーセント集中するときに使う暗号であることを、イーヴリンは知っていた。

「そうなの」ようやくそれだけいった。それから咳をして、それらしく見えるようにした。

イーヴリンが小さく笑った。「自分がなにをしているかわかっていることを祈るわ」

タクシーが銀行の前で停まり、イーヴリンは車を降りた。「ここで待っていて」彼女はふたりに――運転手とわたしの両方にいった。

自分がなにをしているかわかっていることを、わたしも祈った。

その日の朝早く、わたしはFBI本部に出向き、ベルリン滞在中に知り合った人物から接触を受けたことを明かした。すると直属の上司のアンソン・フォークナーばかりか、彼の上司や、そのまた上の人間にまで会うことになった。

彼らはわたしにコーヒーをふるまい、わたしはイブニングドレス姿のまま、問題の人物がナチの高官で、自分が調べられていることを少しでも察すれば姿をくらますだろうと話した。でも、彼はわたしのことは疑わないはずです。わたしが彼に恋してると考えていますから。

彼の考えが当たっていることは話さなかった。

　わたしは計画をざっと説明した。恋する女を演じて彼のホテルの部屋に出入りできるようにもっていき、私信の類に目を通し、彼がひとと会うときはかならずついていって、彼の下で働いている人間を特定する。彼のことはもちろん、彼を中心としたスパイ網全体を摘発したい、わたしはアンソンたちにそう話した。

　彼らは計画そのものには賛成のようだったが、それを実行する人間がわたしだということにはあまりいい顔をしなかった。

　わたしは説得しようとした。計画の成功に必要なのはあとはお金だけです、わたしが戦争支援金として寄付した例のお金の一部さえあればいい。わたしが長年ナチスの下で働いていることをこの男性に信じさせるために八千ドル用立ててください。

　これには、みなまったくいい顔をしなかった。

　それを見て、わたしはとっさにハンクの名前をディーター・マンハイムだと彼らに告げた。もちろんでまかせの嘘だったが、もしもハンクの本名を明かせば彼らはすぐにでも尾行を開始し、それに気づいたハンクが逃げだすだろうと思ったのだ。

　きみの役目は終わった、と彼らはいった。あとの調査はわれわれにまかせて、きみは自分の身を守ることだけ考えるように。何週間か仕事を休んで、マンハイムに見つからないように身を潜めていたまえ。

　わたしは神妙な面持ちでうなずいた。FBIの力を借りられないとしても、わたしは(彼らにはああいったけれど)この手で計画を実行するつもりだった。お金はイーヴリンに借りればいい。

本部を出る前、アンソン・フォークナーがわたしを脇へ呼んでいった。「ばかなまねはするなよ」

「わかってる」わたしはいったが、それが嘘であることは彼も知っていた。アンソンはまだ若く、のちに本人から聞いたのだが、当時はわたしにかなり参っていると思っていたそうだ。

「そのナチの愛人になっても平気なのか？　やつは当然それを求めてくるぞ、ローズ」

わたしは彼の目をまともに見つめ、ことさらにあるきゅうりのように精一杯涼しい顔をつくった。「この戦争に勝つために犠牲を払っているひとはたくさんいるわ」

ドアが開いて、イーヴリンがタクシーに乗り込んできた。彼女はわたしに封筒を手渡した。「全額入ってる」

わたしは彼女をぎゅっと抱いた。「かならず返すから」

「ええ。あなたを信じてる」少し躊躇してからつづけた。「どういうことなのか、どうしても話せないの？」

わたしはうなずいた。「ええ」だって、なにがいえる？　わたしはこれから不可能なことをしようとしている。人生最大の危険を冒して、勝ち目のないシナリオに勝ちにいこうとしているのだ。どうすればそんなことができるのか見当もつかないし、これほどの恐怖をおぼえるのは生まれて初めてだった。酸っぱいものが喉元にこみあげたかと思うと、今度はわっと泣きだしたくなった。これからやろうとしていることをもしもあなたに話したら、あなたはきっとやめるよう説得するでしょう。決心がぐらつくような危険は冒せないのよ。「幸運を祈っていて」わたしはそれだけいった。

「女は自分の手で幸運をつかむのよ」イーヴリンもわたしをきつく抱き締めた。「頭を使って慎重に行動することでね。それから助けを求めることを恐れないこと。どんなときもわたしはあなたの味方よ。なにかあったら頼ってきて。なにも尋ねないから」

それこそ、わたしが聞きたかった言葉だった。わたしたちはただ抱き合って泣いていた。

〝あなたを信じてる〟

そのタクシーのなかでわたしは気づいた、わたしも自分を信じていることを。かならずやり遂げてみせる。絶対に引き下がらない。あきらめない。

絶対にしくじらない。

そうであることを祈った。

12

延々と歩かされた末に、迷彩装備の三人はようやく八名ほどの男たちが野営している場所に戻った。

偵察から戻った三人が黒いベレー帽の男になにかを報告するのを、ケンはジャングルの茂みの陰から見ていた。ウールのベレーだって、このくそ暑いのに。

話の内容がわかるほど近くはなかったが、ケンは彼らの声の調子を聞き、ボディランゲージを読んだ。三人はベレーの男に（こいつがボスなのはまちがいない）なんの朗報ももたらせなかったようだ。ベレーの男は不満そうだったが、それでもべつの男のほうを手で示し、三人はその男からパックに入った食料を受け取った。

嘘だろう、あれは米軍のＭＲＥ——前線の兵士に支給される携帯口糧——じゃないか。

ケンの腹がぐうと鳴った。やれやれ。ＭＲＥを見てよだれを垂らす日がくるとは思わなかったよ。

ベレーの男が手をうしろに組み、なにかを考えるようにその場を行ったり来たりしているあいだに、ケンは野営地全体を観察した。どうやらここは仮の休憩所のようだった。ひと張りしかないテントは、たぶんベレーの男が使うのだろう。残りの男たちは戸外で休んでいた。火は焚いておらず、ゆうべの焚き火の跡もない。人目を引きたくないと思っているのは明らかだ。茂みのなかに隠れて周囲を監視している歩哨が少なくとも二名いる。ケンはすぐにそれに気づいたが、むこうに気づかれないようにするのはばかばかしいほど簡単だった。野営地の反対側にも最低でも二名以上の見張りがいるはずだ、とケンは思った。

ベレーの男の歩きかたは、いかにも軍の指揮官然としていた。これ見よがしに肩をそびやかして、その場を行きつ戻りつしている。ただし、兵士たちにはなにかが欠けていた。それらしい服装をして大型の武器を携帯してはいるが、服装と武器が軍隊をつくるわけじゃない。

この連中が何者かは知らないが、インドネシア共和国軍（ＡＢＲＩ）でないのはたしかだ。軍旗や徽章の類がどこにもないからだ。追跡を開始したときは、対立する武器商人の一味かなにかだろうと思った。でなければヘリの男たちに雇われたプロの殺し屋か。

だがベレーの男は金のために動いているようには見えなかった。こいつらは政治的、もしくは宗教的グループだ。それともその両方か。

ケンはそうでないことを祈った。ジャングルをうろちょろしている武器や麻薬の密輸業者なら、いくらでも対処できる。彼らの本質はわかっている。金、復讐、権力だ。彼らの反応はたいてい予測がつく。しかし、政治や宗教の狂信者の行動はいまひとつ予測がつかない。彼らは大義のためなら命を捧げることもいとわないし、進んで死を選ぶことすらある。

野営地のほうにさらに接近しながら、ケンは男たちがなんらかの訓練を受けていることを見てとった。だがそのせいで、むしろなんの訓練も受けていない人間より穴が多かった。こいつらは自分たちのことを有能な兵士だと思い込んでいる。すべてを掌握していると考えている。標的が一般市民なら、たぶんそのとおりだろう。けれどもSEALやデルタフォースの隊員が相手となったら……。

彼らは、陣地周辺の防御線に大型の武器を手にした歩哨を配置している集団がやりがちな過ちを犯していた。歩哨任務以外の者はリラックスしてもかまわないと考えるのだ。目を閉じて。午後の暑さのなかでうつらうつらしていた。

おかげでケンはMREの入った袋にやすやすと近づき、半ダースほどのパック入り食料と、なにかの液体が入った水筒をひとついただいてから、音もなくジャングルの茂みの奥にまぎれた。

迷彩のシャツも盗もうと思えば盗めたが、さすがにそれはだれかが気づく恐れがあった。自分がここにいたことを知らせるようなまねはしたくなかった。

ベレーの男が歩きまわるのをやめて号令をかけ、野営が急に活気づいた。どうやら移動するようだ。

ケンは追跡に備えながら、この機会を利用して〈チキンの野菜添え〉と書いてあるMREを食べた。好物ではなかったが、腹がすききっていたので、ねばねばした生ぬるい料理もおいしく感じられた。

食べながら、潜伏所で彼の帰りを待っているサヴァナのことを考えた。出かけてからすでに数時間が経っている。カメ並みに足ののろい三人のタンゴの追跡から解放され、自分のトップスピードで動いたとしても、サヴァナのところに戻るのに三時間近くかかるだろう。たぶん彼女はもうおれのことを心配しているはずだ。忠告どおり彼女を置き去りにすることにしたのではないかと考えはじめているかもしれない。

ち、く、し、ょ、う。

この期に及んでもまだあんなことをいいつづけるサヴァナに腹が立った。見捨てるつもりはないと彼女に信じさせるにはどうすりゃいいんだ?

まずは、とにかく戻ることだ。できれば日が沈む前に。そうして数日もして――彼女を安全な場所に送り届けるころには――見捨てないといった彼の言葉が真実だったことがようやくわかるだろう。

だがいまはこの連中がどこに行くかを知りたかった。せめてどの方角へ向かうか、その見当だけでもつけておくのが利口なやりかただし、もっと賢明なのはやつらがどこからきたのか、そしてこのあたりをうろついている仲間がほかにいるのかどうかを探ることだ。

それでも、日が傾くなか、ひとりで潜伏所にいるサヴァナの姿が頭に浮かんで離れない。なお悪いことに、ケンの想像のなかのサヴァナは、彼が戻ってこないと決めてかかって、ひとりで行動に出るのだ。

まずい、そんなことになる前にいますぐ戻らないと。

隠れていた茂みを出て丘の斜面を半分ほど行ったところで、ケンはふっと足をとめ、ひとつ深呼吸をして考えた。

おれはいまサヴァナにやられてあんなにも頭にきたことと、まさに同じことを彼女にしようとしている。かならず戻る——少し時間はかかるかもしれないが絶対に戻ってくる——とケンが約束したように、サヴァナも潜伏所から出ないと約束した。あそこに隠れているかぎり彼女は安全だ。

だったら、なぜ焦って戻ろうとしている？

それは彼女の言葉を信用していないからだ。

己の欲するところをひとにも施せ。サヴァナに信じてほしいなら、まずおれが彼女を信じなくては。

ケンはベレーの男とその一行のほうへ引き返し、彼らがようやく動きだすとそのあとを追った。

昼食のあとモリーが自分のテントに戻ると、グレイディ——ジョーンズよ——は彼女のベッドでまだ眠っていた。

彼のかたわらには、彼がもってきた『二重スパイ』がおいてあった。きっと読んでいる途中で眠ってしまったのだろう、ページに指が挟んであった。

モリーは好きなだけ彼を見つめた——彼女の恋人を。あと何時間かしたら、そう、ちょうど日没前ぐらいに、彼の小屋へ行ってまた愛し合うのだ。夕方から夜遅くまで。いまからそれが待ちきれない——早く一日が終わってほしい。

ジョーンズは運がいい——眠って時間をやり過ごせるのだから。

このひとの目が好き、ジョーンズの顔を見おろしながらモリーは気づいた。眠っているときのジョーンズはとてもおだやかな顔をして、あの目を閉じているとひどく若く純粋に見えて、長く濃いまつげが頰に影を落としている。彼は並はずれて美しい男だった。その口は真一文字に結ばれているときも、思いっきり笑っているときも、眠ってゆるんでいるときも、たまらなくセクシーだった。あごの形は非の打ちどころがなく、しかも彼は今朝また髭を剃っていた。

わたしのために。

モリーは手を伸ばし、なめらかな彼の顔にほんの軽く触れたが、そのとたん彼の手がさっとあがって彼女の手首をつかんだ。

彼はたちどころに目を覚まし、油断のない目でモリーを見あげた。

「ごめんなさい——起こすつもりはなかったの」モリーは一瞬、夜の色をした彼の瞳に見とれた。眠っているときの彼もすてきだったけど、眠りから覚めてあの途方もなくゴージャスな目で見つめられると……。彼にはわたしの胸を高鳴らせる力がある。

「いま何時だ？」眠気でざらついた声で彼がきいた。

「もうすぐ一時よ。起こすのはやめておいたの」モリーは微笑み、どきどきと脈打つ胸の鼓動が彼に聞こえませんようにと祈った。「昨日あれだけ疲れさせちゃったから、休息が必要だろうと思って」

彼はモリーが愛しく思うようになったあの笑い声でくっくと小さく笑うと、彼女の手をぐっと引いてベッドの自分の横に座らせた。

「きみに会うのが待ちきれなかった」つぶやくようにいった。「それにこれも……」

なにが起きたのかモリーにはさっぱりわからなかった。いままで彼の横に座っていたと思ったのに、次の瞬間にはベッドの彼の隣に横たわり、彼が半ば上に乗っていた。彼はもう彼女にキスしていた――ゆっくりと激しい、信じられないほどエロティックなキス。そしてモリーの手を下にもっていき、男性自身に押しつけた――ちょうど今日の午前中に、モリーが最年少のクラスに説明したことの成人バージョンだ。彼のそこは硬くそそり立っていて、自分のテントでしていいことといけないことのルールにはずれるのはわかっていても、モリーは手をどけたくなかった。

いい、わたしが彼をこんなふうにしたんだわ。そう思うとたまらなく興奮した。

「昨日ボートを降りてからずっとこんな調子だ」囁きながら彼女のシャツをめくると、ブラを押しあげて、熱く濡れた口で飢えたように乳房を強く吸った。強すぎるほどに。

目がくらむほどの強烈な快感に思わず声が洩れそうになり、モリーは歯を喰いしばって耐えた。

だめ。彼にそういわなくては。ここじゃだめ。

けれど彼女の手はショートパンツの上からいまも彼のものを握っていて、彼がベルトをゆるめてじゃまなズボンを押し下げると、今度はじかに彼にふれた――硬くてなめらかで、大きくて熱い。

テントのドアには鍵をかけていなかった。ルールを破るのはいいとしても――だめよ、なにいってるの――ドアに鍵をかけないまま、こんなことをするつもりはないわ。

けれども彼は乱暴にスカートをまくり、ショーツをずらして彼女にふれた。彼女のそこは彼が欲しくてもう潤っていて、彼が数本の指で満たすと、モリーの喉からあえぎが洩れた。ああ、彼になかに入ってほしい。でもここじゃだめ。

「グレイディ！　お願い……」

「わかってる」彼はいった。「もうちょっと……」

彼は片手だけでコンドームをつけようとしているところで、気がつくとモリーは彼を手伝っていた。

「お願い」囁くように彼女はいった。「ここじゃだめよ！」でも、彼が欲しい。こんなになにかを、だれかを求めたのは生まれて初めて。彼をとめるにはただ押しのければいい。彼の腰に脚を巻きつけるのではなく、ベッドから降りて服の乱れをなおして、もう少しあとまで待ちましょうといえば、それでいい。

でも、待ちたくなんかない。

「やめて」必死に叫びながらも、モリーは彼の体を引き寄せていた。「お願い！　やめて。できない」

　すると彼はやめた――彼女の乳首に口で快感を与えるのを中断して顔をあげ、驚いたように彼女を見おろした。「本当におれにやめてほしいのか？　冗談だろう？」

「いいえ！」熱く張りつめた彼が当たるのを感じて、モリーは自分から腰を突きあげて彼を迎え入れようとした。「わたしにはルールがある。守るべきルールが。正しいことをしなくちゃ――」

「ルールなんてくそ喰らえだ」そういうと、彼は先端だけを彼女のなかに押し込み、彼女が体を開いてふたたび腰を浮かせると、さっと引き抜いた。

　モリーは自分が泣き声のような声をあげるのを聞き、ジョーンズが笑った。

「なんだよ、きみがやめろといったからやめたんだぞ。きみはおれをどんなヒーローだと思っているんだ、モル？　おれが正しいことをするのは見返りがあるときだけだ。それを忘れるな」

「お願い」モリーはいったが、もう自分がなにを懇願しているのかわからなかった。ジョーンズは彼女をじらしつづけ、少し入れてはすぐに抜き去った。

「こいつはきみのルールだ。守りたいなら、ひとりで守るんだな。おれにはおれのルールがある――きみがここを出ていく前にできるだけたくさんきみのなかでいくというね」

　ジョーンズは一気に彼女を貫き、モリーは自分が大声をあげるのを聞いた。

ああ、すてき、すごくいい。彼はモリーがあげた声をキスで塞ぎ、熱く濡れた舌を口のなかに差し入れた。

モリーは彼にしがみつき、ずん、ずんと腰を叩きつける性急なリズムに合わせて動きながら、彼の髪に指を差し入れ、背中に爪を立てた。彼は速度をゆるめなかったし、モリーもそうしてほしくなかった。

彼女はルールのことも、鍵のかかっていないドアのことも忘れた。あるのはグレイディと、彼女に対する彼の欲望と――そして彼に対する彼女の飽くことを知らない渇望だけ。

彼は手と口で荒々しく愛撫しながら、彼女のなかでいっそう速く激しく動いた。何度も何度も何度も。

「もう我慢できない」耳元で彼の声がした。「一緒にいってくれ――ああ、モリー！」

彼女もまた情熱を解き放ち、次々に打ち寄せる悦びの波に身を震わせた。ああ、いい、すごい、いい！

「しーーっ」彼は小さく笑いながら彼女の口を手でおおった。「しーーーっ！」

そして、ふたりは現実に戻った。モリーのテントに。モリーのベッドに。たったいま彼女の最大のルールを破って息をあえがせている。なんてこと、本当のことをいえば、あれが唯一のルールだったのに。

ふたりのどちらかが分別を失わずにいれば、こんなことにはならなかったのよ。冷静でいないといけないのがいつもわたしだなんて、フェアじゃないわ。

グレイディが――違うでしょう、ジョーンズよ、ジョーンズ。そう考えるようにしなくては

——ため息をついた。いかにも満足げで、少しばかり鼻についた。

だからモリーは彼の指を嚙んだ。思いっきり。

「痛てっ！　なんだよ！」彼が手をさっと引っ込め、わずかに体を離した隙に転がるようにしてベッドから降りた。急いで乱れた服をなおす。いやだ、ジョーンズは胸のところにキスマークをつけていた。ほかにも見えるところにつけていないか、急いで鏡でたしかめた。

髪の毛がくしゃくしゃだった。それに顔ときたら……。

たったいまとんでもなくワイルドなセックスをしました、という顔をしている。昼の日中に。彼女と仲間たちが初めてこの村に足を踏み入れたときからずっと、安全なセックスと節度について説いている伝道キャンプの真ん中にあるテントのなかで。モリーは目を閉じ、自分の弱さを呪った。

ジョーンズが背後にやってきた。「大丈夫か？」

モリーは目を開け、鏡のなかの彼を見た。

ジョーンズは本当に心配していた。「痛くしなかったよな？　あんなに乱暴にするつもりはなかったんだ。ただ……それにきみも気に入ってたようだったから、それで……」

「やめて、といったのに」彼を責めるのはフェアじゃないというのは知っていた。たしかに〝やめて〟といったけれど、本当はやめてほしくなかった。これっぽっちも。だから悪いのはもっぱらこのわたし。

モリーの目に涙がこみあげ、ジョーンズは悪態をついて彼女を腕に引き寄せた。「悪かった。

くそ、絶対に謝らないつもりだったんだが。頼むから痛い思いはさせなかったといってくれ。きみを傷つけるくらいなら死んだほうがましだ」

「痛くなかったわ」モリーは囁いた。あなたはわたしを傷つけてない。とにかくいまのところは。とはいえ、この男と真っ昼間にてっとり早くすませる安っぽいセックスをするために、あんなに簡単にルールを窓から捨ててしまうとしたら、わたしは自分で思うよりずっと深みにはまっているのかもしれない。

彼をいくら求めても、まだ求め足りない。こんなことじゃ、ここを離れたらどうなるの？あとほんの数週間でわたしはパルワティ島を出ていく。もちろん先に出ていくのはジョーンズのほうだろうけど。

このテントから彼を追いだすことすらできないのに、彼がいなくなったらどうしたらいいの？

「まだ今夜うちにくるかい？」ジョーンズがきいた。

モリーはなんとか微笑んだ。「あら、そうだといいけど」

ジョーンズも笑ったが、ひどく曖昧なその笑みを見てモリーは不意に思った。もしかしたら、このひともわたしと同じくらい動揺しているのかもしれない。いくら否定しようと、彼にとってもこれはただのセックスではないのだ。目と目が合う、たったそれだけのことで通い合うもろもろの感情がこんなにもわたしを怯えさせるとしたら、彼の恐怖はどれほどのものだろう。

「つまり、あなたがまだわたしにきてほしいならってことだけど」モリーは静かな声でつけ足し、彼にいい口実を与えた。「飛行機で運ばなきゃいけないものがあるなら、べつにかまわないのよ。こうして会いにきてくれたことで、午前中と午後の半分がつぶれてしまったわけだし」

「セスナはまたしても故障中でね。部品が届くのを待っているところだ。ジャヤが──知り合いの男が──手配してくれている。どうしても飛ぶ必要が出てくれば、間に合わせの部品でなんとかなると思うが、それにはかなりの危険が伴う。だがここ数日は──なんていうか──死の願望があまり強くないもんでね」

モリーは涙がまたこみあげるのを感じた。たぶんジョーンズにとって、これは愛の告白にもっとも近いもののはずだ。

モリーは彼に手を差し伸べ、彼は彼女をふたたび腕に抱いた。

神さま、お願いです。このうえなくおだやかで、甘くやさしいジョーンズの口づけを受けながらモリーは祈った。このひとの愛はつかのまの恵みなのだということを──ありのままに受け入れる強さをわたしにお与えください。

「ニュージャージーになにかあるのかい?」わたしのアパートに向かうタクシーのなかで、ハインリヒがきいた。

自分に課した任務の五日目、まだなんの成果もなかった。まる五日経ったというのに、依然としてハインリヒのスパイ網のことはなにひとつわからなかった。彼のホテルのスイートルームに入ったのは一度きり——それも二日前の晩に、ふたりで食事に出かける前に十五秒ほどいただけだ。わたしはマタハリのようなスパイにはなれない。というのも、この男を誘惑する勇気を奮い起こすことができなかったからだ。そしてどうやら彼のほうも、わたしの体面を汚すようなことをする気はないようだった。

その一方で、わたしはイーヴリン・フィールディングから借りたお金の一部を使って〈ウォルドーフ・アストリア〉のハインリヒの部屋のむかいに部屋をとっていた——もちろん彼は知らなかったが。毎晩、彼はアパートメントまでわたしを送り届け、わたしは部屋に入る。けれども彼の乗ったタクシーが動きだすと、すぐにあとを追った。そして毎晩、彼は決まってまっすぐホテルに戻った。

彼に気づかれないように用心しながらホテルのなかまであとを尾け、彼が自室に入ってドアに錠をおろすのを陰から確認する。そのあとでこっそり廊下に出て、彼の部屋のドアに糸を一本渡した。翌朝は朝食が届く前に起きだしてドアを見にいくのだが、糸は毎朝切れずにそのまま残っていた。それでハインリヒ・フォン・ホッフは夜中にどこかへ出かけることも、だれかを部屋に入れることもなかったとわかるのだ。

がっかりだった。ふたりですごす時間は楽しかったが——彼がナチであろうとなかろうと、愛するひととすごす一分一秒を、わたしは心から楽しんだ——わかったことはなにもなかった。

彼はよく午前中にひとに会いに出かけたが、あとを尾けようとしても数ブロックも行かないうちに見失うことがたびたびだった。彼は尾行をまくのがわたしと同じくらいうまかった。

彼が上着の左の内ポケットに手帳を、はぎ取り式のメモ帳を入れているのは知っていた。ちらりとしか見たことはなかったけれど、名前のリストがあるはずだと、わたしはにらんでいた。ナイトクラブやパーティなどひとの集まる場所に出かけたときに、彼がその手帳になにかを書き留めるのを見て、ますますなかを見たい気持ちが高まった。

もっと大胆な行動に出なくては。そうするよりほかにない。彼がホテルの部屋に招いてくれないのなら、こちらから押しかけるまでだ。

「ニュージャージー？」わたしはいま、そう白《しら》を切った。わたしたちはわたしのアパートへ向かっていて、タクシーの窓から流れ込む街灯の明かりが彼の顔をよぎった。彼はわたしを家に送り届けるところだった。またしても。わたしがどんなに濃厚なキスをしても、一度として彼は自分の部屋に一緒に戻ろうとはいわなかった。

彼は手になにかを握っていた。「クラブを出たとき、これがきみのコートのポケットから落ちたんだ」

わたしは目を凝らした。それはニュージャージー州ミッドランドパークまでのバスの乗車券だった。日付は昨日。そこへ行ったのは、いまわたしが抱えるさまざまな問題を解決してくれるはずの、ある計画の最後の仕上げをするためだった。けれどそれを彼に話すわけにはいかない。

「きみのだろう?」ハインリヒが尋ねた。

スパイの鉄則その一。できるだけ事実に即した話をすること。「ええ」わたしは笑顔で答えた。ただし、必要とあればためらわずに嘘をつくこと。おぼえやすいように嘘はなるべくシンプルに。「話さなかったかしら? 大学時代の親友のロレインに数カ月前に赤ちゃんが生まれたの。昨日はあなた、一日忙しいっていっていたし、それで彼女に会いにいったのよ」

「いや、そんな話は聞いていないな」

「未婚の女性が男性の前でするのを避ける話題のひとつだもの。幸せな結婚をした女友達に赤ちゃんが生まれたなんて」わたしはさもいやそうに首を振った。「いった女性のほうにはとくに深い意味はなくても、男のひとはなにかをほのめかされているように受け取るでしょう。早くわたしの薬指に指輪をはめて。さっさとわたしのおなかに赤ちゃんを仕込んで。なにぐずぐずしてるの? 結婚ってすごく楽しいらしいわよ」

タクシーの運転手は明らかにぎょっとしてバックミラーをちらちらのぞき、ハインリヒはシートの上で身をのりだした。「次の角で停まってもらえるかな?」それからわたしを見た。「少し歩いてもかまわないかい?」

わたしはうなずいた。

ハインリヒが料金を支払い、わたしたちはタクシーを降りた。寒い夜だったが、身を切るほどではなかった。

「あの運転手がぼくらの会話に少々興味をもちすぎていたのでね」タクシーが走り去ると、ハインリヒがいった。

「わたし、あなたに恥ずかしい思いをさせちゃった？」

「いや」いったあとで笑い声をあげた。「そう、少しね。でも恥ずかしかったというより、あの運転手に困惑したんだ。使用人が会話に聞き耳を立てたり、話に口をはさんだりするアメリカのやりかたには慣れていないので。オーストリアでは、従者は節度を守って接するものだから」

「オーストリアの使用人だって話は聞いているわ」わたしは指摘した。「聞いていないふりをしているだけ。ただの幻想よ」

「そうかもしれない」わたしのアパートは二ブロックほど先だった。わたしたちは並んで歩きだし、彼はわたしに腕を差しだした。「だとしても、ぼくは幻想のほうがいい」

わたしは彼の腕をとらなかった。「なら、わたしも話すのをやめたほうがいいのかしら、ハンク？　なにしろ、わたしも使用人だし」

どうかしていた――あとほんの数分でわたしのアパートの前に着くというときに、彼の機嫌を損ねるようなことをいうなんて。今夜は彼を乗せて走り去るタクシーはいない。うまくすれば、ハインリヒはわたしと一緒に部屋にあがるだろう。部屋にさえ入ってしまえば、もう彼を帰さない。

ホテルの彼の部屋で——極秘の文書があるはずの場所で誘惑することにくらべたら、実りも報いも少ないかもしれない。だとしても、彼の部屋に入るための一歩にはなるはずだ。それに彼が例の手帳を身につけているのは知っていた。

ハインリヒは足をとめ、真剣そのものの顔でわたしに向きなおった。「きみにそんなふうに思わせることを、ぼくは本当にしたのだろうか？」

「いいえ、もちろんしてないわ」わたしは認めた。「たいていはね。でも実際そういうことなのよ。つまり、あのタクシーの運転手が使用人だというんなら……あのひととわたしのどこに違いがあるの？　わたしも彼も、生活のために働いて他人に奉仕している。彼はタクシーを運転して。わたしは秘書をしてね」

「許してほしい、きみの気分を害するつもりはなかったんだ。ただ……」悲しげに微笑んだ。「少しプライバシーが欲しかった。そんなもの、いまはないことは知っているが。ぼくたちには話せないことがたくさんあるし」

ここニューヨークに暮らすナチのスパイたちのネットワークのこととか？　彼の知る情報をできるだけ探りださなければ。

「この歩道でならだれかに聞かれる心配はないわ。だからなんでも話して」わたしは彼に身を寄せた——いまにも抱き合いそうなほど近く。ふたりとも冬のコートを着ていたけれど、とても密着している感じがした。

「ぼくがここにいる理由は、きみもぼくも知っている」静かな声で彼はいった。「それについては話せない――たとえ相手がきみでもね、ダーリン。ぼくらの会話を盗聴する敵側の技術がどの程度のものかわからないかぎりは」

「だけど――」

彼はわたしに口づけをした。やっかいな話を終わらせたいときに、いつもそうするように。ああ、彼のキスときたら。彼がくちびるを離したときには、お願いだからわたしの部屋にきてと懇願する用意はできていた。口を開いてそういおうとしたのに、彼に先を越された。

「子供についてきみはどう思う？」

その質問はあまりに突飛で、わたしはその場に突っ立ったまま、たぶんばかみたいに目をぱちくりさせて彼を見ていたと思う。

「いずれは家族をもちたいと思うかい？」そうききなおした。

「そりゃ、いずれはね。どこからそんな話が出てきたの？」

「知りたかったんだ。きみが友人の子供の話をしたときに、そういえばそのことについてきみと話し合ったことがないと気づいたものだから。つまり、子供のことについて」

「だれだって子供は欲しいんじゃない？　育てるだけの余裕があれば、ってことだけど」

当時のわたしは若くて世間知らずだった。自分ではそうは思っていなかったけれど。

彼がわたしの手を自分の腕に通し、わたしたちはまた歩きだした。「そうとはかぎらない」

「まあ」

しばらく無言のまま歩きつづけ、すると突然わたしたちはそこにいた。わたしのアパートの前に。わたしはきかずにはいられなかった。

「あなたも子供が欲しくないひとたちのひとりなの？」

ハインリヒはわたしを見つめた。彼の顔に浮かんだ表情を読み取ることはできなかった。「じつをいうと、ぼくがなによりしたいのは、きみと子供をもつことだと考えていたところだよ」

それは、彼にしては驚くほどぶしつけな言葉だった——とりわけ、これまでずっと信じられないくらい礼儀正しかったことを考えると。

わたしは声をたてて笑った。恥ずかしさと怖さが半分半分だった。いよいよだわ。彼がわたしと子供をもちたいなら。「赤ちゃんが欲しいなら、まずはつくらなくちゃ」

ハインリヒはうなずいた。彼の目は片時もわたしの顔から離れなかった。「ああ、そうだね。それもぜひきみと一緒にしたいことだ」

「部屋にきて」わたしは囁いた。聞き取れないほど小さな声だったが、彼に聞こえたのはわかった。

彼の心臓もわたしのと同じくらい激しく打っていたのだと思う。なぜなら、急に一マイルも走ってきたみたいな息をしはじめたから。「ローズ、あと数日でぼくはここを離れるんだ」

「それでもかまわない」無謀にもわたしはいい、不意に極秘文書などどうでもよくなった。この気持ちは本物だった。わたしは彼に部屋にあがってほしかった。

「もうここには戻ってこないんだ」彼はわたしの肩をつかんで揺さぶるようにした。「わからないのか？　たぶん二度と——この戦争が終わるまでは絶対に」

「だったら、なおさら一緒にきたほうがいいわ」わたしは彼にキスし、彼が返してよこしたキスで勝利を確信した。今夜はひとりで部屋に戻らなくていい。今夜は違う。「残された時間がそれしかないなら——おお、ハンク、あなたを愛してるわ——せめてその時間を完璧なものにしましょう」

　彼の美しい目に涙があふれた。「ああ、そうしよう」けれど、わたしと一緒にわたしの部屋に行くかわりに、彼は身を引きはがした。「明日」ステップをおりながらいった。「ぼくのホテルで食事をしよう」

　わたしはその場に棒立ちになって彼を見つめ、まちがいなく口をぽかんと開けていたと思う。彼は……帰ろうとしているの？　あんなキスをしたあとで？　わたしにあんなことをいわせて？　嘘でしょう……？

「昼間はずっとやらなければいけないことがあるんだ。でも五時半までには戻れると思う。それでかまわないかな？」

　わたしはばかみたいにうなずいた。

「きっと完璧なものになる。約束するよ。ぼくも心からきみを愛してる、ローズ」

彼はきびすを返し、走っていってタクシーをとめた。

そして、あっという間に行ってしまった。

アリッサはローズの本を閉じた。この長時間のフライトを利用して少し眠っておかなければいけないのはわかっていた。

でも、目を閉じるたびにサムの顔が浮かんでしまう。〝おれだって精一杯やってるんだ〟サムはメアリ・ルーの夫になろうと努力している。けれど、いまだにわたしのことを夢に見ているのなら、それはたやすいことではないはずだ。

アリッサも人間だ。サムが夜に彼女の夢を見ていると知ってぞくぞくしたことは否定できない。サムはわたしを愛してる。メアリ・ルーと結婚したかもしれないけれど、彼が愛しているのはこのわたし。

だとしてもサムに妻と別れる気がないなら、その不毛の愛は、これっぽっちもわたしたちの役に立たない。

ジョージがきて隣に座った。「大丈夫かい？」

アリッサはうなずいた。ジョージにくらべると、自分がよれよれで薄汚れているように思えた。

「疲れた顔をしているね。サンディエゴでなにをやらされたんです？　DUB／S（基礎訓練）の障害物コースでも走らされたのかい？」

アリッサは彼のジョークに控えめに笑った。SEAL隊員の訓練に使われる過酷な障害物コースも、サムとの再会ほどきつくはないだろう。メアリ・ルーと一緒にいる彼を見ることにくらべたら……。

アリッサの左の窓側の席でジュールズが目を覚ました。「ミセス・フォン・ホッフのそばについていなくていいのかい？ ファーストクラスで背筋を伸ばして座っているのがいやになったんなら、ぼくが替わるけど？」

「フライトアテンダントが彼女のことに気がついてね」ジョージはふたりにいった。「ローズはサインをしていますよ。ファンに囲まれて。それでいまのうちに、今朝入ってきた情報をあなたがたに知らせておこうと思ったんです」

ジョージ・フォークナーが話をしているあいだ、アリッサは彼をじっと見ていた。ジョージは細面をした昔風のハンサムだった。ヨットクラブでよく見かけるような顔——ゴルフかセーリングでうっすらと小麦色に灼けて、五十、六十、それこそ七十代になってもさらに魅力が増していくタイプ。

「あなた、結婚はしているの？」アリッサはきいた。

「離婚しました」真のFBI捜査官である彼は、アリッサがただの好奇心から質問したとは考えなかった。いまでは前より注意深い目を彼女に向けて、彼女はなぜそんなことを知りたがるのか、もしかして自分に興味があるのだろうかと考えている。

「心配しないで、ジョージ」アリッサはいった。「あなたはわたしのタイプじゃないから。単なる好奇心よ」

ジョージは信じなかった。男って、ほんとどうしようもないばか。「今朝、マックスと話をしましたよ」彼は上司の名前を出してアリッサの反応をうかがった。

アリッサは、目をぐるりとまわしたくなるのをこらえた。どうやらジョージはわたしとマックスのあいだになにかあると考えているらしい――世界じゅうの人間がそう考えているように。男ばかりの職場で働いている魅力的な独身女性は同僚のひとりと寝ているに違いないってわけ？

「それで？」アリッサは尋ねた。

「サヴァナ・フォン・ホッフに電話をかけた人物の身元が割れた。名前はミッシャ・スタノヴィッチ。一九五三年、ロシアのスモレンスク生まれ。弟のオットーとふたりで、おもに銃と麻薬の闇取引をしている。

どうやらミッシャが問題のホテルに入る前に、メインの監視カメラは手下の手で壊されたようなんだが、電話がかけられる四十分ほど前にやつの警備主任がロビーにいたことが確認されている。さらにミッシャは気づいていなかったが、アレックスの部屋には隠しカメラが一台仕掛けられていたんだ。そこにやつが映っていた。まちがいなくミッシャ・スタノヴィッチだった。どうやらかなりの長身で、がたいのいい男らしい」

ジュールズが身をのりだした。「ホテルの部屋に隠しカメラが？」

「ええ、おそらく強請《ゆす》り目的の」ジョージは笑った。「どうやら珍しいことじゃないらしい。

だからジャカルタのホテルでは、インターネットで見たくないようなことはしないほうがいいですよ」

「心に留めておくよ」ジュールズはいい、アリッサに意味ありげな視線を投げてよこした。ちょっと、なにがいいたいのよ？ アリッサは信じられない思いで、たっぷりと険を含んだ視線をジュールズに返した。わたしがサム・スタレットをまたホテルの部屋に招き入れると本気で思っているわけ？ いまでは妻子のある彼を？

「まだつづきがある」とジョージ。「ボブ・ヒース――アレックス・フォン・ホッフの個人秘書ですが――がマックスにした話によると、アレックスとミッシャは二カ月ほど前までかなり親密だったようだ。ビジネス上のつきあいだけでなく、個人的にも――友人関係にあったそうです。ミッシャには妻がいる。われわれの知るかぎり彼は、え――……」

「ゲイじゃない」ジュールズはなんの苦もなくその言葉を口にした。

「そう。ところがヒースによると、約二カ月前にアレックスはミッシャの経営する貿易商社が、じつは武器と麻薬を密輸するための隠れ蓑にすぎないことを知った。どうやらミッシャはアレックスにも自分の会社を使って同じようなことをさせようとしたらしい。アレックスはそれをはねつけ、スタノヴィッチ兄弟とのすべての縁を切った。ヒースにもミッシャからの電話は取りつがないようにといったそうだ。アレックスはミッシャと一切関わりたくなかった。ボブ・ヒースはそう断言している。どうやらそれがミッシャを怒らせたようだ」

「それで、そのスタノヴィッチを捜しだして連行したの？」アリッサがきいた。

「それが、このあたりから話が混乱してきてね。ジャカルタの町の噂によると、オットー・スタノヴィッチが復讐だと大騒ぎしてなにかを、あるいはだれかを、血眼になって探しまわっているというんだ。たぶん金を。莫大な金がジャングルのどこかにあるらしいという噂が広がっている。それはサヴァナが銀行から二十五万ドルを引きだしたという、われわれの知る事実とも一致する。

さらにミッシャが死んだという噂もある。彼のヘリコプターがどこかで墜落して、乗っていた全員が死んだというんです。ヘリが墜落したことが事実なのかも、墜落したといわれる現場がどこなのかもまだ確認できていない。しかし、これまでにわかったことから考えて――むろん、どれも噂にすぎませんが――仮にヘリの墜落が事実だとしたら、それが起きたのはサヴァナの乗った飛行機がジャカルタに到着したわずか数時間後ということになる」

ああ、そんな。アリッサはジュールズに目をやり、ジュールズは彼女が考えていたことを代弁した。「それじゃ、マックスは墜落したヘリにサヴァナとワイルドカード・カーモディが乗っていたと考えているんだね？」

「その可能性はたしかにある」ジョージはきまりの悪そうな顔をした。「じつはその部分はまだローズに話せずにいるんです」

「でも」アリッサは指摘した。「だとしたらオットーはだれを捜しているの？ 彼が血眼になってだれかを捜しているのなら、そのだれかはまだ生きてるのよ。あなたがローズにいわないなら、わたしから話すわ。でも、わたしならこういう。ええ、お孫さんが死亡した可能性はあります、ですが、わたしは生きている可能性のほうが高いと考えます。そして彼女が生きているなら、彼女にはワイルドカード・カーモディがついている。カーモディはお孫さんを死なせません。わたしはそう確信しています」

「ありがとう、あなた」なんとローズだった。通路に立って話を聞いていた。機内の騒音のせいで、彼女が近づいてくることにだれも気づかなかったのだ。ローズは咎めるような目でジョージを見た。「情報を伏せるだなんて、恥を知りなさい」

ジョージは謝罪しようとしなかった。「話すつもりでした、ただ飛行機が香港に着陸する直前まで待とうと思ったんです。それまでに新たな情報が入っている可能性がありますから。なにもできない機内で、ただ気を揉ませるなんてことはさせたくなかった。そんなことをしてもなんの役にも立ちませんからね」

ローズはアリッサにいった。「むこうでわたしと一緒に座らない？　そのワイルドカード・カーモディについてもっと聞きたいわ」

「イエス、マム」アリッサはすっと席を立ち、ジョージは脚を横にずらして彼女を通した。

「気を遣った結果がこれだよ」ジョージはジュールズにぼやいた。「エコノミーに格下げだ」

夕闇が迫るころ、サヴァナはついに観念して本格的にケンのことを心配しはじめた。

最初に戻って一から読みはじめたローズの本は半分以上まで進んでいたが、ジャングルのなかは日中の一番明るいときでも薄暗く、じきに字も見えないくらい暗くなってしまうはずだった。

それに祖母の本がどれだけおもしろくても、ケンのことを考えずにはいられなかった。ケンが出かけてから、もうかなり経つ。もしも彼が捕まっていたら？　撃たれていたらどうしよう。このジャングルのどこかで、いまにも出血多量で死にかけているとしたら？　それともとうに死んでいて、かっと見開いた虚ろな目でジャングルの空をおおう木の葉の天蓋を見あげているとしたら？

ああ、そんな。

それともまだ生きていて、わたしの居場所を明かすよう拷問を受けているとしたら？

ケンは絶対に口を割らない。たとえ死んでも。サヴァナはそう確信し、吐きそうになった。

ケン・カーモディはわたしのために死ぬだろう。

〝きみをおいていくつもりはない。きみの身に起きることはおれの身にも起こる。で、おれたちは生きるのか、それとも死ぬのか？〟

ケンがこの潜伏所から出てあの兵士たちのあとを追ったのは、ほとんどわたしのせいなのだ。もしもわたしが正直になって、まっすぐに彼の目を見て「お願いだからわたしのそばを離れないで。一分だってひとりになるのはいや。死ぬほど怖いの、あなたがここで抱いていてくれなかったら、きっと完全に頭がおかしくなってしまう」といっていたら、彼はたぶん行かなかっただろう。

いいえ、絶対に行かなかった。

ぶっきらぼうで、怒りっぽくて、喧嘩腰の態度の下には、とんでもなく繊細で思いやりにあふれた男性が隠れているのだから。

そんなやさしいひとを、わたしはひどく傷つけてしまった。タイヤがパンクしたあのときにすべてを正直に話さなかったから。

そう、自分がどこのだれで、なぜあそこにいたのかを正直に話していたら、あの晩、彼とベッドをともにすることはなかったかもしれない。とにかくあんなに急には。でもいずれはそうなったはずよ。そしていったんそうなったら、わたしはたぶん彼のベッドを離れなかった。

最初からケニーに本当のことを話していたら、もしかしたらわたしのことを好きになってもらえたかもしれないのに。

ああ、ケンに愛されるのはどんな感じかしら！　彼みたいなひとはいつまでも変わらぬ愛で一生愛しつづけてくれるはず。ハインリヒがローズを愛したように。

神さま、どうか、ケニーを死なせないで。道に迷ったとか、監禁されたのでもいいです。あのひとたちを追いかけて遠くへ行って、朝まで戻ってこられないというのでも。

それまではここでひとりでがんばろう。日が暮れたって――あの真っ暗闇は恐ろしくてしようがないけれど――大丈夫よ。

なんとかやり過ごしてみせる。これくらいなんでもないわ。寝てしまおう。そうすれば、朝になって目を覚ましたときにはケンは戻ってきているわよ。

地面に横になると、目の前のカモンラージュにかなり大きな穴があいているのがわかった。

絶対にここから出るなとケニーはいったけど、サヴァナにもトイレに行く必要があるということを考えていなかったのだろう。

もちろん、ジャングルにトイレはないけれど。

それでも数十ヤード離れたところまで行って、すぐに戻ってきた。ただし、あけた穴を上手に塞ぐことはできなかった——とにかくケンがやったようには。

サヴァナは目を閉じ、テレパシーでケンにメッセージを送った。〝どこにいてもいいから、どうか無事でいて。わたしなら大丈夫。だから急いでここに戻ろうとして面倒なことにならないで〟

カサッ、ザクッ。

サヴァナははっと体を起こした。ケン。

けれど、潜伏所の外ではなにも動かない。

あたりはどんどん暗さを増していく。そろそろ動物たちが餌や水を求めて隠れ場所から出てくる時間じゃない？　子供のころテレビの《ナショナル・ジオグラフィック・チャンネル》を数え切れないほど観ていたのに、インドネシアのジャングルにどんな動物が棲んでいたかは、どうしても思いだせなかった。

でも……ベンガルトラがいるのはここじゃなかった？　比較していえば、インドネシアはベンガルにかなり近いわよね？

ニューヨークよりはまちがいなく近いわ。

カサッ、ザクッ。

潜伏所のすぐそばの茂みに絶対になにかいる。あそこの大きな葉がかすかに動いた。

片手でウジを引き寄せ、反対の手をダイナマイトを入れた袋に伸ばすあいだも、サヴァナはトラの隠れ場所から一瞬たりとも目を離さなかった。

ビニールに包まれたダイナマイトを一本、袋から引っぱりだし、潜伏所の穴から問題の茂みに投げつけた。ところがカモフラージュの小枝にひっかかり、ダイナマイトはぶざまにも音もなく地面に落ちた。

ああ、もう。

しかし、トラはサヴァナを夕食にしようと跳びかかってはこなかった。だから彼女はべつのダイナマイトをつかみ、今度はひっかからないように穴から手を出して力いっぱい投げつけて――狙った葉に命中させた。

鮮やかな色をした大型の鳥が、ぎゃーぎゃーと不満の声をあげながら飛び立った。

鳥。トラじゃなかった。

安堵のあまり力が抜けてサヴァナはその場にへたり込み、ケンの無事を祈る合間にすべてのトラを――ベンガルトラもそうでないトラもみんな――ジャングルのこのあたりには近づけないでくださいと願った。

そのときまた、ちょうど昨日と同じように、夜の帳がおりた。一気に。漆黒の闇。

ダイナマイトを拾いに外に出るつもりだったけれど、顔の前にあげた自分の手さえ見えないようでは、とても見つけられるとは思えなかった。

ああ、まったくもう。ダイナマイトを投げるのは、あのときはいい考えだと思ったけど、いまはとんでもなく浅はかな行動に思えた。

よい知らせは、暗くてわたしに見えないなら、ほかのだれかにも見えないってこと。

それでも明日は夜明けとともに起きだして探しにいかなくては。


そろそろ日も暮れようというころ、ジョーンズは自宅の前の小道を八分の一ぐらい行ったところでモリーに出くわした。

ひどく妙ちきりんな気分だった。ジョーンズは一張羅でめかしこみ、また髭を剃っていた。一日に二度も。新記録だ。

「早かったな」彼はいった。

「知ってる」

モリーはサロン――大判の一枚布を胸のところで巻いてロングドレス風にしたもの――を着て肩を出していて、ジョーンズはその布を剝ぎ取りたくてたまらなかった。髪をおろし、化粧っけもなかったが、それでも百万ドル級の美しさだった。

午後にあんなことがあっただけに、モリーはこないのではないかと思っていた。だからこちらから迎えにいくところだった。必要なら担いででも連れてくるつもりで。

モリーは彼に挨拶がわりのキスをした。あたたかくて甘く、あっという間に終わってしまったが、それでもジョーンズは気に入った。恋人がするようなキスだった——親しげで、将来の約束に満ちた、所有権を主張するようなキス。最後にそんなキスをされたのは、ずいぶん昔のことだ。

「すごくすてきよ」モリーはいった。

「きみこそ」

「ありがとう。ねえ、わたしたち、ひと晩じゅう、ここに立ってるの？」モリーがあのぞくぞくするほどセクシーな笑みを浮かべた。「それとも、わたしをあなたの家に連れていって、本を読んで聞かせてくれる？」

ジョーンズは彼女の手をとり、住まいのほうに道を戻りはじめたが、そこでふとモリーが彼の贈った本をもってきていることに気づいた。「もちろん、それがきみの本当にしたいことならね」

モリーは笑った。けれどすぐに笑うのをやめた。「本気でいっているのね？」

「ああ。今夜はすべてきみ次第だ。きみのしたいことをしよう」

モリーの口の両端が上にあがりはじめた。「まあ、ほんとに？　わたしのしたいことはなんでもしてくれるの？」

ジョーンズは彼女の手から本をとって、もってやった。あの笑顔がたまらなくいい。「うん」

「じゃ、わたしのためにパンケーキを焼いてくれる——裸で？」

ジョーンズはちらりと彼女を見た。「いっただろう、料理はへただって」

「でも裸になるのはすごく得意じゃない」

これには笑わずにはいられなかった。「そっちこそ」

「ええ、そうなの。気づいてくれてうれしいわ」

かまぼこ型兵舎の前までくると、ジョーンズはドアを開けてモリーを先に通した。

「まあ」モリーが声を洩らした。

彼は部屋じゅうに何百ものキャンドルを灯していた。数カ月前に手違いで積荷に加えてしまったものだった。すべてのキャンドルを並べて火をつけるのに一時間かかったが、モリーの顔に浮かんだ表情を見て、それだけの甲斐はあったと思った。

テーブルにはレースの布を——これも売りさばけなかった品だ——かけてあった。その上にプラスチックの皿を——精一杯おしゃれに——並べた。

ジョーンズはモリーの背後でドアを閉めると、カセットデッキのところへ行ってテープをかけた。貴重なバッテリーの無駄遣いだったが、これ以上の使い途は思いつかなかった。

カセットデッキの横にモリーの本をおく。「一曲踊ってもらえるかい?」

「信じられない」なにもかもモリーのこの表情が見たくてやったことだった。ジョーンズは彼女を腕に抱いた。ダンスはうまいほうではなかったが、一本しかないカセットテープは一九九三年の《グレーテスト・カントリー・ヒット》で、その大半がスローな曲だった。だからモリーを抱いて揺れていればよかった。「これを全部わたしのために?」

「料理ができないくせにきみを夕食に招待するんだから、せめてほかのことで記憶に残る一夜にしないといけないと思ったんだ」

モリーは部屋じゅうのキャンドルを見まわした。ベッドのそばに彼が飾った花を見た。踊れるように彼が片づけた床を見た。キャンドルの火に虫が寄ってくるからと、ベッドの上に彼が吊るした蚊帳《かや》を見た。

「今日の午後にあんなことがあったからなんでしょう?」モリーはきいた。

ジョーンズは笑った。「なんだって? 違うよ」

「あなたは罪悪感に苛まれているのよ。それでその罪滅ぼしをしようとした」

「罪悪感なんて感じてないね。悪いことはひとつもしていないし」

モリーは食い下がった。大げさな手振りでキャンドルと花を示した。「それじゃ、こんなことをしたのは……?」

「それはろうそくの明かりのなかできみと……愛し合いたかったからだ」

モリーのまなざしがやわらぎ、彼女はジョーンズの腕のなかでさらに体の力を抜くと、彼のうなじの毛を指先でもてあそんだ。ああ、いい気持ちだ。

「ありがとう。べつの言葉を使わないでくれて」

もう少しで使うところだった。「今夜はロマンティックにいきたいからね」

「もうロマンティックよ。とっても。だけど……なぜなの?」

どう答えれば底抜けのばかみたいに聞こえないですむかわからなかった。

「あなたはわたしをモノにした」モリーはつづけた。「わたしはあなたに夢中。離れたくてもあなたから離れられない。だからロマンティックな演出なんて必要ないのに」

アフリカに行ってからも今夜のことおぼえていてほしい、おれのことをおぼえていてほしいからだとは、口が裂けてもいえなかった。「おれがそうしたかったんだ」

モリーはその答えに満足したようだった。「あなたって世界一やさしいひとね」

「ふん、そいつは大まちがいだ」

「残念だけど、その意見には賛成しかねるわ」モリーは彼にキスすると、手を引いてベッドのほうに向かった。

まちがっているのはモリーで正しいのは彼だったが、いまは議論している暇はなかった。

「サヴァナ」

静寂。ああ、どうか、サヴァナがまだここにいますように。ケンは少しだけ声を張り、少しだけ語気を強めた。「サヴァナ」

依然、反応はない。ケンは危険を承知でマッチを擦った。ようやく暗さに慣れてきた視力を棒に振り、暗闇のなかに潜んでいるかもしれない何者かにこちらの位置を明かすようなまねをしたのは、単純にもう一分だって待てなかったからだ。白状してしまえば、サヴァナが彼に見切りをつけてひとりでどこかへ行ってしまったんじゃないかと、くそも出ないほど怯えていたのだ。

ところが、彼女はいた。

ケンがつくった潜伏所のなかで無事でいた。体を丸め、目をきつくつぶって、ぐっすり眠り込んでいた。

正直いって、彼女は過呼吸を起こしているか、気が狂いそうになっているか、ひょっとしたら泣いていることだってあるかもしれないと思っていた。ところが予想に反して、彼女はどうにかして眠ったらしい。

サヴァナが絶対に涙を流さないことぐらい知ってるはずだろうに。ただ、マッチの火で指先を焼きそうになってあわてて振り消したときに、彼女の顔にはっきりと筋がついているのがたしかに見えた。その筋が意味するところはただひとつ。

おれはついに彼女を泣かすことに成功したわけだ。

もっとも、その場に居合わせなかったのだから、おれが泣かしたとはいえないかもしれないが。

夜目が利かないながらもケンは音もなくサヴァナのいる潜伏所のなかに入ると、カモフラージュにあけた通り穴を完全に塞いだことを確認した。

暗闇のなかを手探りで彼女を捜し、なめらかなシルクのような彼女の太腿に手がふれると、彼女がいわれたとおりにズボンの脚を切ってショートパンツにしたことがわかった。

彼女が身じろぎした。「ケニー？」

「ああ、おれだ。大丈夫か？」

「あなたは？」彼女はいきなり起きあがり、ケンの鼻にまともに——ちくしょう、きっと肘だ

――一発喰らわせた。

「うっ！　イテテ！　きみに殴られるまでは大丈夫だったよ」

「やだ、ごめんなさい」今度はもっとそっと彼の顔にさわった。ちょうど目の不自由なひとがするように。彼女の手の感触は少々気持ちがよすぎて、ケンは思わず彼女の体に腕をまわして自分のほうに引き寄せていた。だがなんと！　サヴァナは押しのけようとはしなかった。

「謝らなきゃいけないのはこっちのほうだ。日が暮れるまでには戻ろうとしたんだが――」

「いいのよ」今度こそ本気で殴られてもおかしくなかったが、そのかわりに彼女はぎゅっとしがみついてきた。「あなたが無事でよかった」

それを聞いてケンは笑った。これ以上きつくすがりつかれたらサヴァナが膝の上にのってしまいそうで、それもおかしかった。「もちろん無事に決まってる。あの連中はしろうとだったし」

「わたし――」声が詰まり、サヴァナは懸命に気持ちを落ち着かせようとした。

「なあ、サヴァナ、もしきみが泣いてもだれにもいわないから」ケンはそっといった。「約束する」

「怖かったの、あなたにもう一度、ちゃんと謝れないままになってしまうんじゃないかって」彼女の声はとてもか細かった。「わたしがだれで、なぜサンディエゴにいたのかを正直に話さなかったことを。あの夜、あなたの家で欲望に流されてしまったことを。あなたが欲しくてたまらなくて、いつもの分別をかなぐり捨ててしまったことを」

ああ、くそ、サヴァナにそんなふうにいわれたら……。

「お願いだからわたしを許して」消え入るような声でいった。「この先なにか大変なことが起きたとして……あなたを怒らせたまま死にたくない」

ケンは笑わずにはいられなかった。「おいおい、サヴァナ、きみを死なせるつもりはないよ」

「お願い」彼女はまた彼の顔にふれた。「わたしを許してもらえない？」

「わかった」サヴァナの哀願するような目が見えなくて助かった。あの目を見たら、なにを約束してしまうかわかったものじゃない。「きみを許す。これでいいか？」

「ほんとに？　口先だけじゃなく？」

やれやれ。「ああ、本当だ」許すことならできる。ただ忘れることはできないだろう。「血でなにかに署名でもして証明したほうがいいか？」

「あなたが心のなかで笑っているのは知ってる」こわばった口調でいった。「でもわたし、あなたは死んでしまって、わたしもトラに食べられるんだって本気で思ったのよ」

「嘘だろう、トラを見たのか？」

「いいえ、ただの鳥だった。だけどわたしはトラだと思ったの。死ぬほど怖かったんだから」

サヴァナはまじめにいっているんだ。ケンは天才的なひらめきで、ここはたぶん笑わないほうがいいだろうと判断した。

「わかった、二度ときみをおいていかないと約束する」笑うかわりに、サヴァナに負けないくらいまじめくさっていった。「いいね？」

「ありがとう」

「どういたしまして」

沈黙が落ちた。サヴァナはそれ以上なにもいわず、息遣いだけが聞こえた。まだ彼にしがみついていた。もうどこへも行かせないというように。ケンが約束したにもかかわらず。念のために。

腕のなかの彼女がやわらかくてあたたかいことを、ケンはいやというほど意識した。彼女は彼の肩に頭をもたせかけ、彼女の髪が首筋をくすぐる。彼女のくちびるのありかは、たとえ暗闇で目が見えなくても正確にわかった。このまま頭を下げてそのくちびるにキスして、許すといった彼の言葉の効力をたしかめるのはさほどむずかしくはなかったが、さすがにみっともない気がした。サヴァナの弱みにつけ込むことになる。

もう何日もこの機会を狙っていた——サヴァナが彼を利用したように彼女を利用してやろうと思っていた。ところが、いざそのチャンスがめぐってきたら、できなかった。体のほうはこれ以上ないほど準備が整っているのに、心がそれを拒んでいた。

そうするには、ケンはサヴァナのことを好きになりすぎていた。まったく、女性の下着のなかに手を突っ込まない理由として、これほどばかげたものはないんじゃないか？

「それにしても、どうやって眠ったんだ？」ケンはいったが、それはおもにセックスのことを、いまここでサヴァナの肉体に溺れるのはどんなにすばらしいだろうと考えないようにするためだった。

「よくわからないけど」サヴァナは心もち頭をもたげ、口許をケンの口にさらに近づけた。「寝なきゃいけないと思ったから、とにかくそうしたの、わかる？」

ああ、よくわかるよ。ケンもそうやってBUD／Sにパスしたのだ。とにかくやることで。闇のなかで彼女が待っているのが聞こえた。期待に胸をふくらませているのが感じられた。それとも、単なる気のせいか。くそ、もうなにがなんだかわからない。彼女にキスすべきなのか、それとも押しのけるべきなのかも。

どちらもしたいような——したくないような。

そのときサヴァナのおなかが鳴り、ケンはMREのことを思いだした。「そうだ、腹がへっているか？」

「ええ、パワーバーは二本とも、あなたが出かけてすぐに食べちゃったから」

嘘だろ。彼女のことだから三食に分けて食べると思っていた。一本をきっかり三等分して——一度に食べるのはそれ以上でもそれ以下でもないだろうと。ケンはそっと彼女の腕をほどき、闇のなかでMREを一パック見つけた。

「中身はなにかわからないが」パックを開けながらいった。「虫にくらべたら、はるかにましなはずだ。飲み口をくわえるまでパックを強く握らないように」

「なにをくれるの？」

「おれがあとを尾けた男たちだが、ここから数十キロのところに野営を張っていたんだ」話しながら、サヴァナがMREの飲み口をくわえられるよう手を貸した。指先が彼女のくちびるにふれ、あわてて手を引っ込める。「そこに食料が余分にあった。米軍の配給品のMRE――携帯口糧だ。戦闘に向かうときに部隊に配られるものだ。むかつくほどまずい。きっと料理を全部ミキサーに入れて、ガーーッとやってからパック詰めするんだろうな。どろどろしてて――室温のベビーフードみたいなんだ。敵の攻撃を受けていてもすばやく飲み込めて、しかも喉に詰まらないようにそうなっているんだろうけどね」

「すごくおいしい」サヴァナは、うやうやしいともいえる口調でいった。「気に入ったわ」

「この次きみをディナーに招くときは、そいつをおぼえておかないとな。高いフィレ肉はやめてMREを用意するよ」

サヴァナが食べるのをやめた。「次があるの？」

ジョークを飛ばすにはまずい話題だった、気づいたときには遅すぎた。いまのは微妙な質問だ。ケンは答えをぼかそうとした。「とにかく、まずはアメリカに戻らないと。そうだろ？」

「今朝、どうしてわたしにキスしたの？」

その質問に驚いてケンは笑った。彼女の口調からは、怒っているのかどうかを判断するのはむずかしかった。とはいえ、面と向かって切りだすとは肝が据わっている、それだけはたしかだ。

「わからない」ケンは認めていった。「たぶん一時的に頭がおかしくなったんだ。謝るよ」

サヴァナは一瞬押し黙り、それから「戻るまでにこんなに時間がかかったのはなぜ？」

その質問なら答えられる。「あの三人のあとを尾けて野営地まで行った、そこまでは話したよな？　三人がベレー帽をかぶったリーダーらしき男に報告をして、軽く腹を満たすと、一行は――合わせて十五人近くいたと思う――野営を撤収して移動しはじめた。そのころにはもう遅い時間になっていたし、かなり遠くまで行っていたんだが、連中がどこに向かうのかさらにあとを尾けてたしかめたかった。きみはここから出ないと信じていたし、だからそのまま追跡をつづけたんだ」

「あのひとたちはだれだったの？」

「わからない、ただ例の銃の密輸業者とは関係ない。それはたしかだ。ひとつには、服装が違う。ヘリの男たちはみな街着を着ていた――それも派手なやつだ。金まわりがいいことを身なりで周囲に見せつけようとしているみたいに。それに対してこちらはＢＤＵ――つまり戦闘服でめかしこんでいた。標準的なジャングル迷彩だ。はっきりしたことはわからないが、革命派の一味なんじゃないかと思う。ことによると、どこかのテロリスト集団かもしれない――最近はそのふたつの境目が曖昧になってきているから。ベレーの男が何者かは知らないが、ユニホームより隊員の訓練に金を使ったほうがいいな。あの手のぼんくらどもは、戦闘服を着ただけで自分は無敵だと思い込む。きみの弟が変身ごっこをしているようなもんだな」

「弟はいないわ。ひとりっ子だから。少し欲しい？」

「いや、せっかくだが。全部食べていいよ」

　ケンはぽかんとし、サヴァナがＭＲＥの話をしているのだと気づくまでに何秒かかかった。

「それで、彼らはどこへ向かったの？」

だれが？　ああ、そうか。「あとをついていくと川に出た——おれたちがたどった川とは違う川だ。まちがいない。そこに兵士がもう三人いて、巡視船と、かなり大口径の大砲を搭載したヘリの警備に当たっていた」

「ヘリ。もしかして同じ——」

「いいや。違うヘリだ。おれたちが乗せられたピューマと、おれたちを捜して頭上を飛びまわっていたヘリはほぼ最新鋭に近かった。今日見たのは、図体がでかいだけの過去の遺物だ——ヴェトナム戦争当時のヘリの部品をかき集めて組み立てなおしたとしても驚かないね。

ベレーの男はなにかを命令したあとでヘリに乗り込んだ。やつが何語を話していたかは知らないが、おれが最初にあとを尾けた三人以外の全員は巡視船に乗ってそこを離れた。おれの友人たちがひどく浮かない顔をしていたのを見ると、どうやらあとに残って任務を完了しろと命じられたらしいな」

闇のなかでサヴァナがそわそわした。「彼らもわたしたちを——わたしを——捜していると思うのね？」

「ああ、やつらが行方がわからなくなっている金のことを耳にした可能性はある。二十五万ドルあれば、タンゴはかなりデカいことがやれるからな。きみを捕えられれば、さらに大金が手に入ると思っているのかもしれない」

「タンゴ？」

「Tの文字をあらわす通信用語だ、おれの仕事ではテロリストをいいあらわすときによく使われる」

「テロリストに銃の密輸業者」サヴァナはなにかを考えていた。「彼らをおたがいに戦わせる方法はないかしら？　相打ちになるように？　ほら、両方とも相手を攻撃するのに忙しければ、その隙にこっそり逃げられるかもしれない」

ケンが笑い声をあげた。「SEAL隊員みたいに考えるんだな」

「くる日もくる日も上訴記録を読むのは退屈だなんて、もう二度と、絶対に文句はいわない臆病者みたいに考えているのよ」

ケンは地面に横になって頭の下で両手を組んだ。「それがきみの仕事なのか、その、弁護士としての？」

「そう。読んだり書いたりばかり。ペリー・メイスンみたいなことはそうないわ。というより、皆無ね」

「ほんとに？　きみならうまくやれると思うけど」

「わたしがうまいのは」サヴァナの声は彼を包む闇のようになめらかだった。「他人が犯したばかなまちがいを見つけること」

ああ、そうだろうな。

「検事や、ときには判事までがルールをごまかすことがいかに多いか知ったら、びっくりするわよ。司法制度は規則がかならず守られて、すべてのひとが――ひ、と、り、の、例外もなく――つねに公正な裁きを受けられて初めて機能するの。そう信じないと、この仕事はやっていけない。

だって、わたしが上訴請求をする被告人のなかには正真正銘の人間のクズもいるから」ケンは硬い地面の上で少しでも寝心地をよくしようとした。「たとえばどんな？」自分もそのクズのなかに入るのかどうか知りたかった。

「第二級殺人で収監されている男の上訴を担当したことがある。その男はお酒を飲んだあとで標的射撃《ターゲットシューティング》をしに出かけた。それもぐでんぐでんに酔っ払って。彼はじゅうぶんに森の奥まで入らず、あとになってそこがキャンプ場の近くだったことがわかったの。十歳の子供が流れ弾に当たって死んだわ。ところが、彼の公判は瑕疵だらけだった。まず判事による陪審への説示に不備があった、検事の最終弁論に伝聞による情報がいくつか含まれていた、そのうえ法廷に連れてこられる途中で被告が転んで頭を打つという事故があって、脳震盪を起こした兆候が見られた。被告人は頭がぼうっとしてとても裁判を受けられる状態ではないと主張したのに、医者に診せることはもちろん、いかなる医療的処置もとられないまま裁判はおこなわれた。つまり、上訴すべき理由はごまんとあったというわけ。

その一方で、被害者の十歳の少女の命を奪った銃弾は貫通してしまっていて発見に至らなかったから、線条痕の確認はできなかったのだけど、少女が撃たれたときに犯人がどの位置にいたかについては、法医学の専門家が証明しているの。そしてまさにその地点で、わたしの依頼人にきわめて不利な証拠が見つかった。彼のライフルに使われているものと同じ薬莢よ――彼の指紋がべったりついた。

彼は、だれも見なかったたし、だれかにけがをさせたことも知らなかったと主張しているけど、少なくとも故殺では有罪だわ。それなのに、わたしは彼の裁判を一からやりなおさせようとしていたの。殺された少女の両親はもう一度地獄の苦しみを味わわなければならないわけで、それはとんでもないことよ。だけど、すべてのひとに与えられた公平な裁判を受ける権利がないがしろにされるようになったら、もっとんでもないことになる。ああ、いわれなくてもわかってるわ、公平な裁判なんて彼には必要ない、彼が脳震盪を起こして法廷で目の焦点を合わせられなくても、そんなことはどうでもいい、なぜなら彼は有罪なんだから、でしょう？でもそれは違う。どんな人間も公平な裁判を受けないといけないの。それが司法制度を正常に機能させるための唯一の方法なのよ」

「すごいな」ケンはいった。

「ごめんなさい、ときどき……なんていうか、熱くなりすぎてしまって」

「熱くなりすぎる、なんてことはないと思うけど」ケンはそう反論した。

「ううん、そうなの」

「いや、違うね。もしいまのが熱すぎるんなら、たぶんきみはつきあう連中をまちがっているんだ」

暗闇のむこうでサヴァナがにっこりするのが、目ではなく耳でわかった。「あなたはSEAL隊員だもの、ケニー。ちょっとやそっとじゃ驚かなくて当然よ。でも、わたしがときどきいまみたいに熱弁をふるうと、ふつうのひと——男のひと——は一目散に逃げだすものよ」

「ほんとに？　逃げだすって？　おれなんか、そう、うっとりと聞き惚れてたっていうのに」

サヴァナは笑った。「ねえ、あなたって、あなたが最高のくそったれ野郎だってことをわたしが忘れそうになるとかならず思いださせてくれるのね」

ケンは彼女の笑い声に頬をゆるめた。

「わざとやっているんでしょう？」サヴァナがきいた。

「なにを？」ケンはとぼけた。

「あなたはたぶん、オールAの優等生じゃなく道化を演じることで成功してきたひとなのよ。違う？」

「サヴァナ、サヴァナ、サヴァナ。おれって人間を分析しようだなんて百年早いぞ。おれという神秘の前では、その道のベテランだって途方に暮れて、なかには泣きだすやつもいるんだからな」

サヴァナはまた笑い声をあげた。ケンが期待したとおりに。彼女は最高にセクシーな笑い声をしている。低くてハスキーな。「あなたはそこまでわかりにくいひとじゃないわ」

「すばらしい。アメリカに戻ったら、そいつを報告書にまとめてくれないか。次回の精神鑑定にもっていくから。専門医による精神状態のチェックで、隊員は全員定期的に受けることになっているんだ」ケンはきかれる前にそうつけ足した。

「いいわよ」サヴァナはあくびをしながらいった。「書いてあげる」

「そろそろ眠ったほうがいいかもな」ケンはそれとなくいった。「夜が明けたらすぐに動きだしたいし」

「ごめんなさい。わたしったら、くだらないことをべらべらしゃべって。あなたは疲れているのに」

「謝ることなんかない。おれなら平気だ。きみのほうこそ疲れただろう。でも、きみがもっと話したいなら――」

「いいえ」

「そうか」ケンはがっかりした声を出さないようにした。「わかった。じゃあ、おやすみ」

「おやすみなさい」

正直なところ、ケンは興奮しきって眠るどころではなかった。これほど切実に性欲を発散したいと思ったのは、思いだせないくらい久しぶりだ。実際、あそこが痛いくらいだった。もしもひとりだったら……だがそうじゃない。それに二度とそばを離れないとサヴァナに約束したから、彼女が寝つくのを待ってこっそり抜けだすわけにも……。ああ、くそ。そんなことを考えるなんて、おれはいったいなにをしているんだ？　おれがなにを考えているか知ったら、サヴァナはきっと吐き気をもよおすだろう。自分でもむかつくのだから。

皮肉なのは、そもそもこの会話はリヴァナがはじめたようなものだということだ。サンディエゴでケンが欲しくてたまらなかったと認めたことで。

サヴァナを笑わせることには成功したが――あれはうまくいった――いまもまだ少しは彼に気があるんじゃないかと尋ねるところまで会話をもっていくことはできなかった。だって、もしそうなら彼女の弱みにつけ込むことにはならない、そうだろう？　サヴァナもおれを欲しくて、おれも彼女を欲しいなら。

「ケン？」小さな声でサヴァナがいった。

「うん」神さま、頼む、抱いて眠ってほしいなんて彼女にいわせないでくれ。彼女もおれとのセックスを望んでいるならともかく。

「もし……」咳払いをしてからつづけた。「もしよかったら、その、体に腕をまわしてもらえない？」

なんだ。欲しいのはおれの腕だけか。

だったら、彼女の願いを叶えてやってなにが悪い？　そうしたところでいま以上に彼女が欲しくなるわけもないし。いま以上に体がうずくことも。「かまわないよ」よくよく考える前にケンはそういっていた。

ま、まずい。サヴァナはもうそばにやってきていた、暗闇のなかを手探りしながら。その手がケンの尻を見つけ、ケンは一マイルほども跳びあがった。「うわぁ、ヴァン！　ちょっと待った。アドレナリンが男の体にどんな影響を及ぼすかはきみも知って――」

ケンは言葉を切った。サヴァナは彼の隣で体を丸め、彼の肩に頭をのせ、手を彼の胸においたが、脚だけはふれないようにしていた。

「わたしがなにを知ってるって？」

「なんでもない」よし。これなら大丈夫だ。彼女の手が下のほうにさまよっていかないかぎり。夜のあいだに脚を彼のほうに投げださないかぎり。

よせ、そんなことは考えるな。ほとんど眠りに落ちかけている彼女を熱く燃えあがらせるのはわけもないなんてことは。彼女のショートパンツを押し下げ、おれの腰の上に引っぱりあげて……。

「おやすみなさい」サヴァナがもう一度、耳のすぐそばでいった。

「わかった」自分がそういうのが聞こえた。まったく、なんてざまだ。おやすみなさい——わかった、だと？

暗闇のなかでサヴァナが動くもぞもぞという音が聞こえ、ひんやりした彼女の膝が太腿にふれて、ケンはあやうく大声をあげそうになった。彼女がさらに身じろぎし、ケンは必死の思いで彼女のほうに顔をめぐらせた。「サヴァナ——」

彼女はケンにキスした。彼女のくちびるはあたたかくやわらかで、かすかにMREに使われていたトマトソースもどきの味がした。サヴァナは彼の口にまともにキスしたが、たぶんこれは事故だ。ケンが頭をめぐらせなかったら、きっと頬を軽くかすめるキスだったはずだから。

「ごめん」ケンはほとんど怒鳴るようにしていうと、くるりと向きを変え、彼女をきつく抱き締めて喉の奥まで舌を差し込みたい衝動をぐっとこらえた。ああ、サヴァナにキスしたい。そうするかわりに、彼は無理やり笑った。「まいった。これほど場違いなこともないよな。最初はきみがおしゃべりでひと晩じゅうおれを眠らせないようにして、次は、ああ……なんてこった」

まさに、なんてこった、だ。

ケンは昔からペニスはピノキオの鼻みたいであるべきだと思っていた。ただし嘘をつくたびに大きくなるのではなく、ばかなことをするたびに萎《しぼ》めばいいと。ところがどうだ。とんでもなく愚かなことばかりいっているってのに、彼の息子はものともせずにさらにむくむくと頭をもたげ、うれしそうに直立していた。

サヴァナは彼の肩にまた頭をもたせかけた。やれやれ。

「おやすみなさい」もう一度、そういった。

「ああ、おやすみ」ケンはいった。

眠れるわけもないくせに。

13

ハインリヒの尾行は、いつものように無駄な試みだった。ホテルからわずか四ブロックでわたしは彼を見失った。そのまままっすぐホテルに戻って彼の部屋に忍び込めば、ゆっくり部屋の捜索ができたのに、わたしはそうしなかった。

かわりに買い物に出かけた。

それも婦人服店へ。ただし、ものすごくゴージャスでとびきりセクシーな赤のイブニングドレスを試着したところで、必要なのは新しい外出着ではないことに気づいた。わたしに必要なのはネグリジェだ。

肌が透けて見える、きわどいもの。ホテルの部屋というプライベートな空間でしか着られないような。わたしの意図をはっきりと伝えてくれるもの。彼が読み違えることのないように。あるいは無視できないように。

わたしは胸を張ってランジェリーショップに入っていった。でも、だめだった。信じられないほど値が張ったということもあるけれど（絹は希少品だった）、最大の障害はわたし自身だった。わたしのサイズに合うものを見せてほしいと店員に（彼女はちょっとばかりわたしの母に似すぎていた）声をかける勇気がなかったのだ。左手の薬指に結婚指輪があれば、もしかしたら……でもわたしの指にはなにもはまっていなかった。たとえ指輪があっても、恥ずかしくてだめだったと思うけれど。

こうなったら、あとはあそこへ助けを求めにいくしかない。

「なにを貸してほしいですって？」

「聞こえたでしょう」わたしはイーヴリンを振り返り、無理をして彼女の目をまっすぐに見た。きっと真っ赤な顔をしていたと思う。「ものすごく重要なことでなければ頼んだりしないのは知っているはずよ」

わたしがペントハウスのスイートを訪ねたとき、イーヴリンはちょうど昼食から戻ってきたところで、彼女は壮麗な玄関ホールのテーブルに帽子をおいた。

それからわたしの顔をしげしげと見た。かなりたったあとで、ようやくいった。「そのひとを愛しているの？　あなたにネグリジェを借りたいと思わせたその男性を？」

わたしはためらわなかった。「ええ」

するとイーヴリンの表情がやわらいだ。「まあ、ローズ。だったらいいのよ。一瞬、ナチの疑いがあるだれかを誘惑しようとしているんじゃないかと思ったものだから。もしそうなら協力するつもりはなかったけれど、愛のためなら……」

彼女は寝室に通じる階段をあがり、ついてくるよう手招いた。「で、だれなの？」

「できたら、くわしいことは伏せておきたいんだけど」

「まさかあの〝ヨーロッパの神〟じゃないでしょうね。ハンク、とかいったかしら？」

わたしはイーヴリンのあとについて寝室に入り、いくつもあるドレッシングルームの一番手前の扉のほうに向かった。「その話はしたくないの、どうしても」

「まあ、じゃあやっぱりハンクなのね？」イーヴリンはわたしに向きなおった。「ダーリン、彼はどこかの王子なのよ。彼みたいな男性はあなたと結婚はしないわよ」

「お説教は必要ない――」

「悪いけど」イーヴリンは扉をさっと開けた。「ネグリジェを借りたいならお説教も聞いてもらわないと。このふたつはセットになっているの」彼女は大きく息を吸い込んだ。「ローズ、スウィートハート、とてもロマンティックなことに思えるのはわかるわ。彼はじきにここを離れて出征する、そうよね？　そうなったら彼は死ぬかもしれない、それはたしかにそのとおりよ。でもね、戦死しても生きて帰っても、どのみちあのひとはあなたのところには戻ってこないのよ」

そこは衣類用のクロゼットとして使われているかなり広い部屋で、イーヴリンに手を引かれてなかに入ると、一流デパートも顔負けするほどのネグリジェがずらりと並んでいた。黒、白、赤、ピンク、紫、菫色、ブルー。素材もシルクやレースとさまざまだ。

「彼のアメリカの愛人になりたいの？」イーヴリンはわたしにきいた。「本当にそれでいいの？」

「ええ」たくさんのネグリジェのなかから赤い一枚を抜きだすと、それは完全にすけすけだった。わたしは口をぽかんと開け、イーヴリンはわたしの手からそっとハンガーをとって元の場所に戻した。

「あれを本当に着るの？　ジョンの前で？」ついきいてしまった。

イーヴリンはやわらかな声で笑った。「おぼえてる？　初めて会ったとき、あなたすごく気にしていたでしょう、ジョンがわたしに隠れてあなたと浮気をしないか心配にならないかって」

わたしはうなずいた。そうだった。当時はまだふたりのことをよく知らなかったのだ。

「ちっとも心配じゃないとあのときいったのは嘘じゃないのよ」イーヴリンは微笑した。「白がいいわね」彼女はそう決めていった。「あなたの白い肌とブロンドの髪に合わせたら天使みたいに見えるわ」

「処女みたいに見えちゃうわ」わたしは反論した。「そんなふうに思われたら困るの。彼はきっとわたしの荷物をさっさとまとめて、頭を撫でてから部屋から押しだすもの。そういうのはすごく得意なひとだから」

「つまり彼はあなたと親しくなりすぎないように気をつけているのね？」イーヴリンは理解した。「さすがは王子ね、優等生だこと。自分から誘うような勇気があなたにあったなんて、思ってもみなかったわ。ねえローズ、彼が正しいことをしているとは考えなかったの？」

「赤がいいわ。でなきゃ黒ね」わたしは黒いシルクのネグリジェを引きだした。さっきのほど生地は透けなかったが、背中がぱっくり開いていて紐を通して結ぶようになっていた。片側に腰の上まで届きそうなスリットが入っている。んまあ。

「彼のしていることのほうが正しいのだとは考えなかったの？」

「彼は正しくないわ」

「ローズ――」

「彼と結婚できないことは知ってる」わたしは泣きだしてしまいたい衝動と戦った。「彼が戻ってこないことも。わたしたちが一緒にいられるのはあとほんの数日で、わたしはその時間のすべてが欲しい。一分一秒まで」

イーヴリンの目にも涙が浮かんでいた。「おお、ローズ」

わたしは黒のネグリジェを体の前に当てて鏡を見た。泣いてたまるか。「どう思う？」

イーヴリンは急にてきぱきしだした。「それは脱ぐのにすごく時間がかかるの。ムードが壊れるわ。それにあなたに黒は似合わない。せっかくの魅力が色褪せてしまう。それよりロイヤルブルーのほうがいいわ」クロゼットのなかをかきまわしながら彼女は笑った。震えてはいたが、まちがいなく笑い声だった。「あなたに手を貸したことをジョンが知ったら、きっと殺される」

「このなかのどれかを着ているときなら大丈夫よ」

イーヴリンは一番濃いブルーのシルクのネグリジェを掲げた。控えめともいえるほどシンプルなデザインだったけれど、それでも光が透けて見えた。「これに決まりね」彼女はいった。「絶対よ」

イーヴリンはネグリジェとおそろいの部屋履きももっていたので（当然だ）、その両方を包んでもらってわたしはホテルに戻った。イーヴリンの家でネグリジェを着てみることはしなかった——そんなことをしたら怖じ気づいてしまうのはわかっていたから。そう、これを身につける最初で最後の場所はハインリヒの部屋でなくては。これを着て、彼が、どこかは知らないがとにかく彼が出かけていった場所から戻るのを待つのよ。

でもその前に、まずは彼の部屋に入らないと。

それはわけもなかった。わたしはホテルの廊下にある館内電話でフロントを呼びだした。

「五四一二号室のミセス・サリー・ウエストですけど」ハインリヒのむかいの部屋をとるときに使った偽名を伝えた。「ぼんやりしていて、キーを部屋のなかにおいたままドアをロックしてしまったみたいなの。申し訳ないけど、どなたかよこしてくださる？」

何分もしないうちに、ベルボーイが勢い込んでエレベーターから降りてきた（チェックインのときにチップをたっぷりはずんでおいたのだ）。

彼はマスターキーですぐにドアの錠を開けてくれた——ただし、開けたのはわたしの部屋でなかった。廊下をはさんで反対側にあるハインリヒの部屋だ。というのも若いベルボーイが近づいてきたときにわたしが立っていたのがそのドアの前だったからで、当然ながら彼は部屋番号を確認することなど考えもしなかった。

「どうもありがとう」わたしは笑顔で残りわずかな五ドル札の一枚を彼に渡すと、すばやく部屋に入ってドアに錠をおろした。

あっけないほど簡単だった。

スイートルームはカーテンが引かれ、薄暗くひんやりしていた。部屋はハンクのにおいがした――彼が使っている石鹼と高価なコロンの香りが。

居間は片づいていた――そこが使われたことを示すものは、朝食用のテーブルの上に広げられた『ニューヨークタイムズ』の朝刊だけだった。

幸先のいいスタートではなかったが、ナチに関するファイルや情報提供者のリストが部屋じゅうに散らばっているとは最初から思っていなかった。

寝室も居間と大差はなかった。彼の身のまわりの品はほとんどなかった。服はクロゼットのなかに吊るされ、その下に靴がきれいに並べてあった。わずかばかりの化粧品がドレッサーの上にきっちり一列に並んでいた。

わたしはすべての部屋を順にまわり、念入りに調べるまではどこにも手をふれないように注意した。思ったとおり、ドレッサーの抽斗に髪の毛の仕掛けが巧みに施してあった。バスルームの革の洗面道具入れにも。わたしはすべての仕掛けを元どおりにして、持ち物を調べたことを彼に悟られないようにした。

いうまでもなく、なにも見つからなかった。小型カメラも、鏡の裏や抽斗の奥に隠された大金も。合衆国の戦争準備をくじくための、ナチの込み入った命令書も。ハインリヒのスパイ網を形成する下級諜報員の名簿もなし。

しかし、金庫はあった。寝室の壁に掛けられた、ごく平凡な草原の油絵のうしろに。その金庫はタンブラー錠でもダイヤル錠でもなく、キーを錠前に差し込んで開けるようになっていた。

わたしはさっそく錠を開ける作業にとりかかった。そんなばかなと思われるかもしれないが、これがそうでもないのだ。なにしろわたしの父親は大工で、あらゆる種類の錠の取りつけかた（と開けかた）について、二、三、大事なことを教えてくれていたから。

ただし、この錠前はヘアピンで開けられるような単純な代物ではなかった。それから少しして、わたしがまだ金庫の前で空しい努力をつづけているとき、スイートルームのドアに鍵が差し込まれる音がした。

ハンクが帰ってきたのだ。

予定より早く。

ジョーンズがふと頭をめぐらせると、モリーはいつのまにか目を覚ましていて、ろうそくの明かりで本を読む彼を見つめていた。

「おもしろいでしょう？」彼女はいった。それだけだった。彼をからかったり、赤面させるようなことはいわなかった。こんな夜遅くまで寝ないでなにをしているのかと尋ねることすらも。

「ああ、ふだんならこの手の本はまず読まないんだが……」ジョーンズは肩をすくめた。

モリーはベッドの上で伸びをすると、手を伸ばして彼の胸毛に指をからめた。「あなたも回顧録を書くことを考えてみたらいいかもしれない」

ジョーンズは笑った。「ああ、そうだな」

「まじめにいっているのよ。ひとが名前を変えて、まったくの別人になるには理由があるはずでしょう……」

「ああ、世界一利口な男の生き残り術ってやつがね。正体を隠さないようなまぬけは生きていけないし、やつらになにをされても自業自得ってもんだからな」

「〝やつら〟って？」

「指名手配ポスターを見た連中だよ」ジョーンズはモリーにキスした。「飛行機のファーストクラスでアイオワに戻りたいか？　だったら、おれがそのチケットだ、ベイビー。しかるべき人間の耳元でおれの本当の名前を囁けば――」

モリーはベッドに体を起こし、真顔に戻った。「そんなことをいうなんてひどいわ」

「おいおい、冗談だよ」

「なら、冗談はよして。このことに関しては。わたしはあなたを裏切ったりしない。絶対に。

信じてもらえないなら……」モリーは服を探しはじめた。くそ、彼女を帰したくない。「いま何時？」

ジョーンズの腕時計はベッド脇の木箱の上においてあった。彼は身をのりだして時間を見た。「十一時二分だ」

「村に戻らないと」モリーは蚊帳からするりと抜けだすと、ショーツを見つけて穿いた。サロンドレスはそのそばにあった。ドレスを体に巻きつけ、ジョーンズにとめる間も与えずにドアから外へ出た。

「おれはタイ最大の麻薬王を裏切ったんだ」嘘だろう、おれはいま実際に声に出していったのか？　モリーの顔に浮かんだ表情がそうだと告げていた。

「ナン・クラオ・チャイ？」

「じゃ、チャイの噂は聞いたことがあるんだな？」

「ええ」モリーは部屋のなかに戻り、蚊帳をくぐった。「あるわ」

ベッドに腰をおろし、大きく見開いた目でジョーンズをじっと見つめて話のつづきを待っている。

嘘だろう。おれは本当にこの話をするつもりなのか？

「話のはじまりは、かなり昔までさかのぼる。おれが衛生兵として……いや、どのチームかはこの際どうでもいい。米軍特殊部隊所属。それだけ知っておいてくれ」モリーの目を見れば、いまからする話がジョーンズの背中の傷に関係のあることだと承知しているのがわかった。

「この話を聞きたいなら夜明けまでここにいると約束してもらわないとな。口直しのセックスに四時間はかかりそうだから」

モリーはくすりとも笑わなかった。ジョーンズの言葉を真に受けて、ためらわずにいった。

「あなたがいてほしいだけ、そばにいるわ」

すばらしい。だが、ひと月後に彼女が永遠におれの元から去るのをとめるためには、なにをすればいいんだ？

「第一章。おれは米陸軍に入隊し、衛生兵になる訓練を受け、特殊部隊のなかの精鋭部隊に選抜されて、さらなる過酷な訓練を受け、そして麻薬組織と戦う米軍を支援する秘密作戦を遂行するために海外に派遣されることになった。ちなみに、その戦いにおれたちは敗れたんだと思う。

対麻薬戦争には敗れなかったとしても、秘密作戦が失敗したのはまちがいない。あの日、いったいなにが起きたのかいまだにわからない。何度となく思い返してみたんだが、とにかく混乱の極みだったんだ。おれたちは待ち伏せにあった。それはわかっている。まるでおれたちの正体も、どこへ向かっていたかも知られていたみたいだった。まさに血戦だった。全員が死んだんだ、モリー」

モリーは彼の手をとった。「つまり、あなた以外の全員が、ということね」

その点も、いまだにはっきりしなかった。「第二章。おれは死ぬはずだったのに生き残った。そして次が最高にばからしいところなんだが――やつらはおれを病院に運び、五カ月かけて傷の治療を受けさせた。退院したら徹底的に痛めつけるためにね。おれは病院から監獄に移されたが、そこは木星にあるも同然だった。実際は山奥のジャングルのなかにあったんだが、重要なのはそれが石造りの古い要塞で、壁の厚さが三フィートもあって、窓が——というより穴が、独房のかなり高いところに開いていたんだが——通り抜けるには小さすぎたってことだ。脱出できる望みはつゆほどもなかった。

むろん、おれはそんなことは信じなかった。地面を掘ったり、石壁を削ったり、とにかくできることはなんでもやった。それに……それに……」

あの独房は湿っぽかった。雨季には膝の高さまで水が溜まった。横になると溺れてしまうので座ったまま眠らなければならなかった。しかし、最悪なのはそれではなかった。なによりこたえたのは、どうしようもなく孤独だったことだ。石壁を叩いてモールス信号を送ってみたが、返事が戻ってきたことはなかった。一度たりとも。ほかの囚人の存在を唯一感じさせるものは叫び声だったが、聞こえてくる言葉を完全に理解することはできなかった。少なくとも初めのうちは。看守との接点も、鎖でつながれ銃を突きつけられて拷問部屋まで連れていかれるときの無表情な男たちに限られていた。

尋問、連中はそういっていた。取り調べ、と。とんでもない。はじまりは毎回同じだった。まずジョーンズをテーブルの前に座らせる。そしてていねいな口調で敬意をもって話しかける、あたかも人間扱いするかのように。そして毎回、申し訳なさそうにジョーンズの爪の下に針を刺し、睾丸に電気ショックを加え、背中の皮膚が裂けるほど鞭で打って、気が遠くなるまで痛めつけるのだ。しかも、それですめばその日はいいほうだった。

「グレイディ」モリーが彼の体に腕をまわし、胸に押しつけられた乳房がひんやりとやわらかかった。「話さなくていいのよ。そこでなにがあったかは想像がつくわ。そうした監獄の劣悪な環境も、そこでつづけられている拷問のことも耳にしたことはあるから」

「ひどかったよ」なんとかそれだけいった。

「ああ、かわいそうに。あなたが生きてそこを出られて本当によかった」

「独房から出されて拷問にかけられる日は、食事が与えられる日でもあるんだ。だんだんと苦痛に喜びを感じはじめていたような気がするよ。きみはいまのおれがぶっ壊れていると思うかもしれないが、当時はこんなもんじゃなかった」

モリーは彼の顔にかかった髪を払った。「あなたが、その、ぶっ壊れてるなんて思っていないわ」

「いや、そうなんだ。気をつけろよ」

「そこにはどれぐらいいたの？」

「三年と三カ月と十二日だ。それだけかかってもあのくそったれどもにおれの口を割らせることができなかったのは、おれがまだ生きていることを本国は知らないんだとおれが信じていたからだ」心の底からそう信じていた。「おれがここにいてまだ息をしていることをどうにかして外の世界に知らせることができれば、特殊部隊の仲間たちがすぐにでも飛んできて、監獄の壁を蹴り破って助けだしてくれると信じていたんだ」

ジョーンズは笑ったが、その声は自分の耳にも張りつめているように聞こえた。「ところが、そこにチャイがあらわれて、あのくそったれどもが三年以上かかってもできなかったことを二十分でやってのけた。やつはおれに、合衆国政府はおれが生きていることはもちろん、正確な居場所まで知っていることを示す書類を見せたんだよ。おれが政治の犠牲にされたことを示すペンタゴンのメモをね。ただそれだけだ。それでおれはついに屈した。チャイはそんな簡単なことでおれを寝返らせたんだ。おれは赤ん坊みたいに泣いて、やつの知りたがることはすべて話した。もちろんそのころには情報は古くなっていたが、でもやつはそれをおれから引きだしたんだ。くそっ、おれはやつに話したかった。話させてくれと頼んだほどだよ。チャイの手下に米軍が使うワザのすべてを教えると申し出ることすらした。チャイはおれをここから出すと約束し、二カ月後にその約束を果たした。やつの下で働くことを条件にね。

あのときはやつの行くところならどこにでもついていっただろう。おれはチャイと二年近く一緒にいたんだ、モリー」チャイのためにひとも殺した。最悪なのは、約束どおりチャイの私兵たちに特殊部隊の戦闘技術を教えたことだ。

「第三章。おれはチャイが、アメリカにおれを売ろうとしていることを知る。そうなったらおれは脱走と反逆と、とにかくよくはわからないが、その他もろもろの罪で告発されることになる」チャイの裏切りに気づいた日のことは、あの瞬間のことはいまでもおぼえている。

「ただ立ち去ることもできた。ジャングルのなかに姿をくらますこともできたんだ。でも、そうしなかった」くそったれどもにくそを喰らわせてやりたかった。チャイに仕返しがしたかった。だからそうした。ジョーンズはヘロインが山と詰まれた倉庫を焼き払い、チャイが所有するすべての船舶を航行不能にし、組織のコンピュータシステムを徹底的にぶち壊した――バックアップのジップドライブも含めて。「おれはチャイの組織を壊滅させ、当局の手中に落ちるようお膳立てした。いうまでもなく、当局はまんまとやつに逃げられた――低脳のぼんくらどもめ」

「それでチャイはいまあなたを追っている」モリーはいった。

「もう何年もだ。やつはふたたび勢力を盛り返し、そして、ああ、おれの首に五百万ドルもの懸賞金をかけて復讐に燃えているらしい」

「じゃ、なぜあなたはここにとどまっているの？」

「どこへ行けというんだ？」彼は尋ねた。

「もう、グレイディ、どこへでも行けるじゃないの！」

「そう簡単にはいかないんだ。おれに関する書類はみな――パスポートも――偽造品だ。それもどうしようもなくお粗末な。どこかから大金でも転がり込めば、もっとできのいいパスポートを手に入れられるかもしれないが――」それでもアメリカに戻ることは考えられなかった。それは絶対にありえない。それに……。「もしかしたら、おれはやつに捕まりたいのかもしれない」

モリーは無言のまま、あの目で彼を見ていた。

「冗談だよ。本当だ、チャイにだけは絶対に捕まりたくない」チャイの手にかかったら、あの監獄での日々が遊園地みたいに思えるだろう。

「これまであなたが信じたひとは、みなあなたを裏切った」モリーはそっといった。「そうなのね？」

そんなことをきかれてどう答えればいい？

「わたしは違う」モリーはいった。「神にかけて誓うわ、グレイディ、わたしはあなたを裏切らない」

モリーにそんなふうに見つめられると、ほとんど信じてしまいそうだった。

「ケン？」

潜伏所の闇のなかで、ケンは寝たふりをするかどうか七秒ほど迷った。「うん」

「寝てた？」サヴァナがきいた。

「いや」

「今日あったことの話をしてもいい？」

ケンがアデルとすごした夜は数えるほどしかなかったし、そんなときふたりは話らしい話をしなかった。最後につきあったジャニーンとは何度も夜をともにしたが、ふたりには共通点がほとんどなかった。ジャニーンもケンと同じ朝型人間で、たいてい二二〇〇時には眠ってしまうので、明かりを落とした部屋で睦言を交わすことは、やはりあまりなかった。

ばかげてる。いや、ばかなのはおれだ。しかしケンには昔から憧れていることがあった。彼のことを愛してくれる女性がやわらかであたたかい体をかたわらに横たえて、その日にあったことを話して、秘密を分かち合ってくれること。

たしかに、おれはここで寝ている。サヴァナもいる。少なくともかたわらに体を横たえているという部分は当たってる。

「ああ、もちろん。今日なにがあったか聞かせてくれ。でも、例の獰猛なトラの話じゃないよな？」

サヴァナが小さく笑い、ケンの腕のなかでかすかに身じろぎした。「違うわ、そうじゃなくて……。あのね、あなたが出かけているあいだに祖母の本を途中まで読んだの。で、なにがわかったと思う？」

「そうだな……彼女は宇宙からきたエイリアンだったとか？」

暗闇のなか、サヴァナの笑い声が波のようにケンを満たし、ほのぼのとした気分にさせた。

「まさか」

「きいたのはきみだぞ」ケンはそう指摘した。「きみは彼女のことをワンダー《W》・ウーマン《W》みたいだといっていたし、おれの気に入りのコミック本関連サイトでたしかめないといけないかもしれないが、WWはべつの惑星からやってきたんじゃなかったかな？」

「そこなのよ。ローズはワンダー・ウーマンじゃなかったの。彼女はわたしみたいだったの、ケニー」

サヴァナはその発見にとても興奮しているらしく、ケンは彼女がうっかり〝ケニー〟と呼んだことをたしなめる気になれなかった。もう一度セックスして、ケニー。その台詞を何度聞いたことか。アデルは単刀直入が一番だと信じていた。そして彼女がなにより欲しがったのはセックスと、彼女の宿題や学期末のレポートをケンがかわりにやることだった。いや、いまにして思えば逆だったのかもしれない。アデルがケンに望んだのは宿題をやってもらうことで、そしてケンが芸を仕込まれたアザラシよろしくいい仕事をしたときのご褒美がセックスだったのだ。

　なんてこった。

　ケンはイェール大には行きたくなかった。ところが行ったも同然だった、アデルをつうじて。しかも優等で卒業までした。アデルのかわりにやってやったすべてのレポートと課題でAの成績を収めることで。

　だが、そんなことはケンにはどうでもいいことだった。彼がAをとったのは、そうすればアデルが「もう一度セックスして、ケニー」といってくれるからで、その言葉は若く愚かなケンの耳には「愛してるわ、ケニー」と聞こえたのだ。

「わたし、祖母はものすごく意欲的で、ひとりよがりで、自信満々のひとだとずっと思ってきたの」サヴァナはいっていた。彼女の祖母で、ＦＢＩの二重スパイだったローズのことを話しているのだ。立派すぎるお手本をもつことの苦悩について。ナチの尻を蹴っ飛ばすおばあちゃん、か。どうしたってかなわないよな。

「女ジェームズ・ボンドみたいなひとなんだろうと想像していたのよ」

ケンは現実に自分を引き戻し、サヴァナの話に集中しようとした。これはおまえがずっと望んできたことなんだぞ。暗闇のなかでだれかが大事なことを打ち明けてくれることが。

「つねに冷静で、落ち着いていて、なにごとも恐れない」サヴァナはさらにつづけた。「でもそうじゃなかった。彼女はいつも死ぬほど怯えていた。本のなかの彼女はたいてい泣いているの。どうしていいかわからずに。心の底では怯えきっているのよ」彼女は小さく笑った。「もしかしたら、彼女もわたしとそう変わらないのかもしれない」

「そりゃすごいな。でも……きみはたしか、これまでその本を読まずにいたんだよな？」

「読むのを避けていたの」彼女は認めた。「だって、小さいころから何度も聞かされてきた話だし、だからてっきり……」大きく息を吸い込んだ。「彼女とわたしが同じだといっているわけじゃないの。わたしは彼女の半分も強くない。ここから脱出できたときにその足でまっすぐFBIに行こうとは思わないもの」

「とき、か」ケンはいった。「いいね」

「なにが？」

「きみは脱出できたときといった。もしも脱出できたらじゃなくね。じつにすばらしい。つまりきみはかならずやり抜くと決めているんだ。大事なのはそれなんだよ」

「そりゃあ、もしここにルビーの靴があったら、踵をカチンと合わせて――」

「ルビーの靴なんかいらないね。家に戻るのに必要なものをきみは全部もってる。きみ自身とおれだ」

「より正確には、わたしにはあなたがいるけど——あなたはわたしというお荷物を抱えているということだと思うけど」サヴァナはまじめにいっていた。声がひどく小さくなったことでケンはそれに気づいた。「わたしのせいでひどい目に遭わせてしまってごめんなさい。心から謝るわ。あなたはわたしのことがとくに好きでもないのに——」

「おれがきみを嫌っていると思うのか？　どうしてきみを嫌うんだ？　それにきみはお荷物なんかじゃない——まあ、なんだ——最初に思ったほどは。いいか、きみは信じられないほど頭がよくて——独創的な考えかたのできるひとだ。どうせジャングルで身動きがとれなくなるなら、相棒はきみのほうがいい。BUD／Sの水泳訓練でおれと組んだジェリー・リートだったら、ただ頭を抱えておろおろするばかりだったろう。ちなみに、やつは地獄の週間の初日で脱落したけどね。きみなら最後までやりとおすことができたんじゃないかと思いはじめているところだ」

サヴァナは笑いとも怒りともとれる声を発した。「いいのよ、いわれなくてもわかっているから。あなたにとってこれが——」

「そりゃ、きみが一番安心できるのは、すべてを自分でコントロールできる状況にいるときだろうから、ここ数日は試練の連続だったろうし、おれにとってもそうだったが——」

「——悪夢以外のなにものでもないことは」

「悪夢？　冗談だろ？　いいか、きみはたしかにくそがつくほど緊張していたが、それをべつにすれば愚痴ひとつこぼさなかったんだぞ！　そのことで心からきみに感謝していなかったと思うのか？」

「ケニー――」

「『セックスして、ケニー』だ」ケンは訂正してやった。「アデルがしたみたいにおれを『ケニー』と呼ぶつもりなら、そっくり同じにしてくれ。アデルが『ケニー』というときは、かならずその前に『セックスして』がついたんだ」

それはかならずしも事実ではなかったが、サヴァナを黙らせるのには効果があった。

「いいか、おれはきみが好きだ。本当に。ここがジャングルの真ん中でほかに話をする相手もいないから、そういってきみをおだてているわけじゃない。ぶっちゃけていえば、最初はきみが好きじゃなかった。利用されたのが気に入らなかったんだ」

サヴァナがなにかいいかけたが、ケンはかまわずつづけた。「いまだに気に入らない。だがきみのことが少しずつわかってきたいまでは、あのときさみがなにを考えていたのか想像がつく。だからおれと寝るつもりはなかったというきみの言葉を信じる――本当だ。じつのところ、むしろ光栄なことだと思うことにしたんだ。あの晩、きみはおれの魅力に抗えなかった。男冥利に尽きるってもんだ。もしかしたらあれも嘘だったのかもしれないけど、そうじゃないふりをしたほうがずっと気分がいいと思ってね」

「嘘じゃないわ」

「最初はとんでもなく冷たい女だと思った。でもだんだんとわかってきたんだ、きみがむっつりと押し黙っているときはひどく取り乱しているか、もしくは、そう、死ぬほど怯えているんだと」

「怯えているのはいつもよ」サヴァナがぽつりといった。「いいや、違う」

「いえ、そうなの。わたしはずっとびくびくしながら生きてきた。どうしようもない臆病者よ」

「サヴァナ、きみはおれがこれまでに出会ったもっとも勇気のある女性——いや、そうじゃない——もっとも意志が強くて勇気のある人間のひとりだ。勇気があるとはどういうことか知っているかい？」

サヴァナは答えようとするかのように息を吸い込んだが、ケンはそれをさえぎった。

「恐ろしくてパンツにちびりそうなときでも引き下がらないということだ。恐怖でいっぱいでも職務を果たすということだ。恐れを知らない人間は勇気があるとはいわない——どうしようもなく愚かで、自分の身に危険が迫っていることに気づかないだけだ。でなければ、イカれすぎていて気にしていないか。勇気があるというのは、恐ろしくても正気を保って、とにかく最後までがんばるってことだ。おれがきみのなかになにを見ているか知っているかい？」

またしても、ケンは彼女に答えさせなかった。「BUD／Sを無事終了し、晴れてSEALの一員となった男たちのなかに見たのと同じ強さだ。きみなら最後までやりとおすことができたんじゃないかといったのは冗談じゃない。きみには訓練に楽々と——あの試練を表現するのにこの言葉が適当かどうかはわからないが——合格した連中と同じところがある。彼らはとにかく進みつづける。寡黙だが強い意志をもっている。頭を低くし、ただただやめないことで訓練にパスしたんだ」

「あなたもそうしたの？」サヴァナは尋ねた。「SEAL隊員が受けないといけない訓練のことは聞いたことがある――」

「忘れたのか、おれはくそったれ野郎だ。なにをするにも楽な道なんかなかった。なにかというと教官の標的にされるのがおれだった。真っ先に脱落すると思われていた。最初から生意気なろくでなしとレッテルを貼られて、こてんぱんに痛めつけられた。四六時中、教官のひとりがおれのそばにへばりついて、おまえはだめなやつだとうるさくいいつづけた。おまえのことなんかおれたちが小枝みたいに折ってやる。おまえのような負け犬は尻尾を巻いて逃げだすのがオチだ、ってね」

「だけど、あなたは逃げなかった」

「ああ、そこがおもしろいところでね。教官のいびりがあれほどひどくなかったら、たぶん挫折していたと思う。でも、おまえには絶対やり遂げられないといわれたから……。

　ほら、ときにはだれかがきみの力を信じてくれなかったり、きみの前に壁やハードルをおいて、きみには絶対に乗り越えられないということがあるだろう――でもそれが一番の贈り物になることがあるんだ。というか、おれにはそうだった。たぶんおれのろくでなしの親父から学んだことだと思うんだが、おまえはだめなやつだというそのひと言が、おれにとってはポパイのほうれんそうの缶詰めになるんだ。突然力が湧いてきて、三倍遠くまで五倍速く行けるようになる。むしろ『ノー』といわれたほうがいいこともあるんだ。それによって自分がそのなにかをどれだけ望んでいるのか、『ノー』を『イエス』に変えるためにがむしゃらにがんばるだけの甲斐があるのかどうかを真剣に考えるようになる。そしてついにそれを手に入れたとき」ケンは最後にいい足した。「それがいかに価値のあることだったたかがよくわかるんだ」

サヴァナはしばらく口をきかなかった。「ありがとう、話してくれて」やがてそういった。

「そろそろ寝よう」ケンはいった。「明日はかなり歩かないといけないから」

「おやすみなさい」サヴァナは囁いた。「ケニー」

ケニー。

サヴァナは深く息をつくとケンに体をすり寄せ、熱い息が首筋にかかった。

ケンはいいたい言葉をぐっと飲み込んだ。いまいましいことに、サヴァナにそう呼ばれるのが好きになりはじめていた。


わたしはあわてて壁の絵を元に戻し、イーヴリンのところからもってきた包みをつかんでバスルームに駆け込み、内側から錠をおろした。

ついにきた。ここが正念場よ、ぐずぐずしている暇はない。心臓が早鐘のように打ち、わたしは急いで服を——一枚残らず——脱ぐと、かすかな光沢を放つブルーのネグリジェを頭からかぶった。ひんやりとした生地がするすると脚を滑り落ちて、タイルの床にわずかに広がる。イーヴリンの室内履きに足を入れ、ヘアピンをすべて抜いて髪をおろし、頭を振って肩に払った。震える手で口紅を引きなおしたとき、いきなりドアノブがガチャガチャと音をたて、あやうく口紅があごまではみ出しそうになった。

「だれだ、そこにいるのは？」ハインリヒのいつもはおだやかな声が、いまは厳しく威圧的な響きをたたえている。彼は同じ質問を荒っぽいドイツ語でくりかえした。

口紅をハンドバッグに放り込むと、ドアを開ける前に自分の姿を見ようと鏡から一歩離れた。

イーヴリンの見立ては正しかった――ネグリジェはゴージャスだった。サイズはほとんどぴったりで、体のラインにきれいに張りつき、それでいて締めつけることはなかった。鏡の前では生地はまったく光を通さなかったが、体を動かして明かりがべつの角度から当たると、急に唖然とするほど肌が透けて見えた。

わたしは動くことができなかった。こんなこと、とてもできない。

ハインリヒがドアを激しく叩いた。「いますぐここを開けろ、さもないとホテルの警備を呼ぶぞ！」

「わたし」ドアのこちら側からいった。「ローズよ」でも彼はすでにべつの部屋へ行ってしまっていた。おそらくは電話をかけに。

もうあとにはひけない。こうなったら大きく息を吸ってドアを開けるまでだ。

「わたしよ」大声で叫んだ。ホテルの従業員を巻き込む前に、なんとしてでもハインリヒをつかまえなくては。わたしが五四一二号室のミセス・サリー・ウエストであることにその従業員が気づきでもしたら、一巻の終わりだ。ハインリヒのあとを追って居間に入りながらも、わたしは部屋じゅうの明かりがつけられていることに気づいていた。わたしはその場をぐるぐる歩きまわった。動いていればネグリジェの下の裸をあまり見られずにすむ。

「少し早めにここにきても、あなたは気にしないだろうと思ったの。あなたを驚かせたかったから」

ハインリヒは十二分に驚いていた。彼は片手に受話器を、もう一方の手に小さいながらも恐ろしげな拳銃を握っていた。それを見てわたしも驚いた。彼が銃をもっているなんて知らなかった。夜、わたしと一緒に出かけるときは、そんなものをもっていなかったのに。彼はわたしを見つめ、次第にわたしがなにを着ていて、なぜここにいるのか、その理由がのみ込めてきたようだった。なにより驚いたのは――彼が感情をまったく隠そうとしなかったことだ。わたしを見つめるその目にはむきだしの心があらわれていた。もうこの部屋で裸同然の格好をしているのは自分ひとりだという気はしなかった。

彼は上着の下につけたホルスターに拳銃を戻すと、受話器に向かっていった。「五四一一号室のスイートだが。このホテルで最高のシャンパンを一本届けてもらいたい、大至急だ。二分以内にもってきてくれた者には二十ドルのチップが待っている」電話を切り、わずかに体をめぐらせて、部屋のなかを飛びまわるわたしを目で追った。

「じっとしてくれないか」

「怖くてだめ」わたしは白状していった。

「お願いだ」

わたしは彼のほうに向きなおった。

「きみはぼくのものだ」彼は囁いた。「きみのすべてが。きみがぼくに伝えたかったメッセージはそれだと思っていいんだね？」

急に口がからからに渇き、わたしはただうなずいた。

彼はわたしに一歩近づいた。「そうだ、といってくれ」

「そうよ」わたしはほんの少し頭をうしろにそらした。「あらかじめいっておくけど、あなたをこの部屋に閉じ込めて独り占めしたい気分なの。だってほら、いまからはあなたもわたしのものだから」

彼は高揚した笑い声をあげて喜びを爆発させたが、それはすぐにべつのなにかに変わった。もっとおだやかであたたかいものに。「知ってる。でも心配はいらない――初めて会ったあの日からぼくはずっときみのものだから」

彼の腕に飛び込もうと足を踏みだしたとき、ドアをノックする大きな音がして、わたしははっと動きをとめた。シャンパンが届いたのだ。わたしは急いで寝室に隠れ、ハンクは大金と引き換えにシャンパンを受け取り、ルームサービスのウエイターはきたときと同じくらいすばやく消えた。

「今朝ぼくがどこへ行ったか知っているかい？」ハンクはコルクを抜きながら声をかけ

た。

薄暗い寝室から出てきながら、わたしはたちまち身構えた。「いいえ」

彼は泡立つワインをそれぞれのグラスに注いだ。「当ててごらん」

「見当もつかないわ」彼はわたしにグラスを渡した。「今日の午後、あなたがどこへ行ったのかも知らないし」わたしがこんな格好でいるっていうのに、よく平気な顔で会話をつづけられるものね。

ハンクは手を振ってその質問を退けた。「午後は仕事だった。でも今朝は……」笑いながらわたしを見つめた。「きょうは最高にすばらしい日だ。わかるかな、なにもかもが文句なしにうまくいくというような。白状すると不安だった……でもきみがここに、そう、い、い、い、い、きみがここにいてくれて、それで尋ねる前に答えをもらったことがわかったんだ。不安が吹き飛んだよ」

わたしの顔に浮かんだ表情はとまどい以外のなにものでもなかったのだろう、ハンクがまた笑った。「今朝出かけたのはこれを買うためだった」上着のポケットから宝石店の小箱をとりだした。「さあ、サンドイッチをもって出かけよう。車を借りたんだよ、ローズ、ガソリンの配給切符もたっぷりあるから今夜のうちにメリーランドに着ける」彼はわたしの手を引いてソファの自分の横に座らせると、小箱を差しだした。「そのドレスのままでいてほしいときみを説得することはできるだろうか。上にぼくのオーバーを着れば、だれにも見られない……」

わたしは小箱を開け、一個ではなく三個並んだ指輪を見て思わず目を丸くした。

「ぼくらが結婚したときさみの手にはこの指輪が光っていたと、永遠に記憶にとどめておきたい」

その小箱に入っていたのは結婚指輪だった。ひとつはハンクに、残りのふたつ――シンプルな金の指輪と、とてつもなく大きな一粒サファイアをあしらった優雅ですっきりとしたデザインの指輪――はわたしに。

気がつくと、ハンクはわたしの前の床に片膝をついていた。彼はわたしとの結婚を望んでいる。今夜――いますぐに――わたしをはるばるメリーランドまで連れていきたいと思っている。そこならすぐに結婚式を挙げられるから。

ああ、神さま、でも彼とは結婚できない。いますぐメリーランドへ飛んでいけない理由は山ほどあるけれど――そのひとつは、あの金庫の中身を見たい、いいえ、見る必要があるということだった。メリーランドへ行くことになれば、戻るまでに丸一日――ひょっとしたらそれ以上――かかってしまう。

でもハンクは、心得違いをしているわたしの愛するひとは、本当にわたしと結婚したいと考えている。

だけど彼と結婚して――そのあとで彼を裏切るなんて、そんなことがどうしてできる？ だって、それがわたしの計画だった。この恐ろしい戦争に勝とうとするナチスの企みにハンクが二度とふたたび手を貸せないようにすることが。彼を愛していることだけでもじゅうぶん悪いのに、そのうえわたしたちは不倶戴天の敵なのだ。ハインリヒ・フォン・ホッフがこれ以上祖国アメリカの脅威とならないようにするためなら、わたしはなんでもするつもりでいた。

「きみの考えていることはわかるよ」豪華な青い石をわたしがじっと見つめていると、彼はいった。

いいえ、わかりっこない。少なくとも、わかっていないと思いたい。

「ぼくがこの王位に口でいうよりはるかに重きをおいているのを知っているのはきみだけだ。ぼくが王家とわがオーストリアに名誉と義務を感じていることもきみは知っている。それにいうまでもなく、きみは母がぼくのお妃候補として選んだ女性ではないから、かなり面倒なことになるだろう。ぼくがもしこの戦争から生きて帰ることができればの話だが」

「もし……？　そんなこといわないで！」わたしは音をたてて小箱を閉じた。

「きみに嘘はつきたくないんだ、ローズ。ここ何週間かなんとなく不吉な予感がしていてね。なにかよくないことが……間近に迫っているような」

「ハンク！」まさか、わたしがしようとしていることに感づいた？

「きみと再会したあの夜に結婚を申し込まなかったのは、だからなんだ。しかし、きみはぼくらが恋人どうしになると決めているようだったし――」

「結婚してほしいなんていってない。それはあなたもわかっていると思っていたのに」

「きみを愛人にすることで、きみへの想いを安っぽいものにしたくはない」彼は怖いくらいに真剣だった。「きみを愛してる。お願いだ、ぼくとメリーランドへ行ってほしい。結婚しよう、ローズ。今夜のうちに。きみなしではなにもかも——オーストリア皇太子という身分さえ——なんの意味もない」

それを聞くと、わたしは彼の横の床にひざまずいた。ただ彼にキスして、すべてを約束するほかなかった。

「いいわ、ええ、わたしもあなたと結婚したい」それは嘘ではなかった。心からそう望んでいた。ただ実現することがないというだけ。「でも今夜メリーランドまで行くのはやめましょう。ね、ハンク、お願い。明日の朝一番で出発すればいいじゃない」

そういうとわたしはまた彼に口づけをして、ハンクが体を引くまでにかなりの時間があった。でもそう、彼は体を引いたのだ。そのうえやっとの思いで立ちあがると、手を貸してわたしも立たせた。ところが、すぐにその手を放してオーバーをとりにいってしまった。

「自分に誓いを立てたんだ、きみの手に指輪をはめるまでは絶対に……」

わたしは光がネグリジェに当たる角度を意識しながら寝室のほうに近づき……ここぞというところで立ちどまって彼を振り返った。すると彼は動くのもしゃべるのもやめた。

わたしもまた誓いを立てていたのだ。愛するひとの腕のなかでせめて一夜をすごそうと。ネグリジェよ、さあ、今度はちゃんと役目を果たして。

最後にもう一度名残惜しそうな視線を彼に送り、くるりと背を向けて寝室に入った。

わたしが足を踏みだすより早くハンクはすでにオーバーを床に落とし、わたしのあとについてきた。

彼はしかし指輪ケースを寝室までもってきて、わたしにもう一度キスする前にどうしてもわたしの指にふたつの指輪をはめるといい張った。

そして、彼はふたたびわたしにキスした。さらにもう一度。何度も。

そうしてわたしたちの誓いはどちらも守られることとなった。

アリッサ・ロックが本のどの部分を読んでいるかローズにははっきりわかった。

隣に座るこの赤の他人に近い若い女性が、ハインリヒ・フォン・ホッフを誘惑したあの夜のきわめて個人的な記述を読んでいるかと思うと、なんとも妙な気分だった。

もちろん、本に書かなかったことはたくさんある。世間に知らせる必要のないささいなこと。だれとも分かち合いたくないこまかなこと。

わたしの指に指輪をはめるときにハンクの顔に浮かんでいた、純粋なまでの熱愛と欲望。

指輪を受け取ることにはかなりの葛藤があった。結婚を正式なものにする牧師も治安判事もいなかったけれど、そのささやかな行為で彼はわたしを妻にしようとしていたのだから。〝この指輪をもって汝を娶《めと》らん〟ハンクはなにもいわなかったが、その目をのぞき込めば彼の考えていることはわかった。

それでわたしは——ばかみたいに——泣きだしたのだった。おかげでかなり手間取ってしまった。ハンクがまた一緒にメリーランドへ行こうといいだしたものだから、ついにわたしは彼を黙らせるために強硬手段に出た——ブルーのネグリジェを脱ぎ捨てたのだ。

イーヴリンのいうとおりだった。そのネグリジェはいとも簡単に脱ぐことができた。

けれどハンクはどこまでもハンクで（彼に神の祝福があらんことを）、それでもまだぐずぐずいっていたので、ローズは最後には彼の膝にのってキスで彼の口を塞いだ。そのままもつれるようにしてベッドに倒れ込むまでに、そう長くはかからなかった。

素肌にふれた彼の手の感触は、目がくらむほどすばらしかった。あの触感は死ぬまでこの胸に秘めておくつもりだ。急いで服を脱ごうともがいていた彼の姿は、これだけの歳月が流れてもいまだに彼女の胸を熱くさせ——頬をゆるませる。あの上品で洗練されたハインリヒ・フォン・ホッフ王子が、わたしとひとつになろうと急ぐあまりベッドから落ちたのだから。

ハンクは美しかった。あの洒落たビジネススーツの下には、雪のように白い肌とがっしりとしたたくましい筋肉が隠れていた。

わたしの夫。

結婚する気はなかったとはいえ、あの夜この手に指輪をはめるのをハンクに許したことでローズもまた彼を夫にしたのだ。

彼はこのうえなく巧みに、甘美なまでにやさしくローズを愛した。けれど彼の口づけを、愛撫を、やさしく囁かれる愛の言葉を受けながらも、ローズはある思いから逃れることができなかった。夜が明けたら、わたしは彼を裏切ることになる。

目を開けるとケニーの手が口をおおっていた。

あたかもデジャ・ヴのように、サヴァナは明け方の薄明かりのなかで彼を見あげた。

「だれかくる」聞き取れないほどの囁き声でケンはいった。「まだかなり離れているし、たぶん見つかることはないだろうが——なんだこれは！」

ケンの視線を追うと、そこにはサヴァナが小枝のカムフラージュにあけた穴があった。やわらかな光のなかで大きな口を開けてふたりを見おろしているかのようだった。

「ちゃんと塞げなかったの」サヴァナはいった。「やってはみたのよ、でも——」

「絶対にここから出るなといっただろう！」ケンはなんとか穴を塞ごうとしたが、それには枝が足りなかった。

「トイレに行かなきゃならなかったんだもの」

「絶対といったら絶対なんだ！　こんちくしょう！」外に出ないかぎりケニーにできることはほとんどなかったが、もうその時間はなかった。サヴァナにも声が聞こえた。こちらに向かっているのがだれにせよ、音をたてない努力はしていないようだ。

「ごめんなさい、でもどうすればよかったの？　隅っこで用を足せって？」

「そうだ」ケンはまじめにいっていた。「そうすれば隠れたままでいられる。穴を掘ってそこに——ちょっと待った、サヴァナ、あそこにあるのはダイナマイトじゃないか？　くそっ、やっぱりそうだ！」

ダイナマイト。ああ、大変。「昨日、何本か投げたの……」咳払いをしてからつづけた。

「ほら、トラに？」

ケンはマシンガンをとりあげて険しい顔で確認をした。身につけているのはボクサーショーツとサンダルだけだったが、引き締まった肉体と泥で汚れた顔は、写真で見たヴェトナムの男たちのようだった。鍛えぬいた歴戦の兵士。ケンはまさにその兵士なのだとサヴァナは気づいた。

「何本投げた？」硬い声でケンがきいた。

「二本だけよ」だけ。真っ赤なダイナマイト一本でも、緑のジャングルではじゅうぶんなのは明らかだった。「わたしを外に行かせて。あなたはここに隠れて――」

ケンの目がぎらりと危険な光を帯びた。

「違うわ。ほら、わたしが出ていけば、あなたはわたしたちのあとを追って……それであとから救いだして――」

彼が動くのは見えなかったが、どういうわけか手でまた口をおおわれた。

だれかが――だれかは知らないけど――近づいてくる。

行き過ぎて。行き過ぎて。行き過ぎて。

だがそのときサヴァナが二本目のダイナマイトを投げた茂みのあたりで、興奮した声が彼女には理解できない言葉を叫んだ。するとさらにたくさんの声が最初の声のほうに近づいてきて、やがてカモフラージュにあいた穴を通してサヴァナにも姿が見えた。男が少なくとも五人、ひょっとすると六人いて、全員が銃を携帯し、たいていは太い革紐かロープで肩から提げていた。

ケンが緊張するのを感じて、くるべきものがきたことがわかった。男たちが潜伏所に気づくか、そのまま行ってしまうか。ふたつにひとつ。あと数秒でわたしたちの運命が決まる。

と、だれかが大声でなにかを叫び、それが号令になって銃が一斉に構えられ——サヴァナたちの潜伏所にまっすぐに狙いをつけた。

次にべつの声が響き渡り、意味はわからなかったがロシア語だとサヴァナは気づいた。ヘリコプターで銃の密輸業者が話していた言葉。

サヴァナは一瞬にして悟った。わたしたちは死ぬ。全部わたしのせいだ。

14

どこのだれかは知らないが――この武装した男たちがしゃべるロシア語のお粗末さはケンといい勝負だった。

ひとつだけわかったことがある。やつらはダイナマイトについてなにか尋ねている。この単語だけは、たとえ何語だろうとわかるのだ。

この連中がだれにせよ、ベレーの男のケチな軍隊の一員ではなさそうだ。いかにも寄せ集めという感じで、どこかちぐはぐしている。それにだれひとりジャングル迷彩を着ていなかった。

ベレーの男の部下で島に残ったのは三人だけだし、ここから見るかぎり集団のなかに見おぼえのある顔はなかった。

もちろん、ロシア人の密輸業者に雇われた地元の人間という可能性もあるが。

ケンは潜伏所のなかから男たちの顔をじっくり眺め、リーダーと思しき人間に目星をつけた。なめし皮のような肌に年輪を思わせるしわが深く刻まれ、じっと油断のない黒い目をした年配の男。だれかがロシア語とは違うべつの言葉でなにかいうと、男は静かな声で短く命令を発した。

待て。

たとえその言語をしゃべれなくても「待て」という言葉は聞けばそれとわかる。年かさの男がべつのだれかに合図した。

すると、ふたたびロシア語で質問が発せられた。なんとかなんとかダイナマイト。なんとかなんとかなんとかアメリカなんとか。

うん？

支払った。いまのを英語に訳すとたぶんそうなる、とケンは思った。それの代金はアメリカドルで支払ってある。それ、というのはおそらくダイナマイトだ。

なるほど。この男たちは買い手か——あのヘリに積んであったダイナマイトはこの連中に届けられる予定だった。そうに違いない。

どの顔も険しい表情を見せていたが、どうにかして意思の疎通を図れれば、この窮地を脱する方法が見つかるかもしれない——自分もサヴァナも無傷のまま生きてここから出られる方法が。

「英語はしゃべれるか？」ケンは大声で叫び、サヴァナの驚きが伝わってきた。

なめし皮のような顔の男がみずから答えた。「英語。英語ダメ。パルレ・ヴ・フランセ？」

フランス語？　あいにくだな、兄弟。「アブラス・エスパニョール？」スペイン語も得意とはいえないが、なにもないよりましだ。

なめし皮が、だれか通訳しろというようにまわりに目をやった。どうやらスペイン語を話せるやつもいないらしい。

「オーケイ」ケンははっきりとした発音でゆっくり話した。「ここは英語でいくとしよう。あんたがたに危害を加えるつもりはない、わかるか？」彼の手はいまもサヴァナの口を押さえていた。外にいる男たちが一丸となって翻訳作業に当たっている隙に、ケンはサヴァナの耳元に口を近づけた。

「地面に穴を掘って隠れろ」できるだけ声を抑えていった。「それまでおれが時間を稼ぐ。やつらはきみがここにいることを知らないし、知る必要もない。おれが出ていって、やつらにダイナマイトを渡してここから遠ざける。明日の夜明けまでにおれが戻らなければ、川に沿って歩きはじめろ。わかったか？」

サヴァナが目を大きく見開いてうなずくと、ケンは彼女の口から手をはずした。

「ジュ・パルレ・アン・プー・ル・フランセ」サヴァナが声を張りあげた。音のないジャングルに響いた彼女の声は美しく澄み、そしてそう、いかにも女性らしく聞こえた。外の男たちがぎょっとしてあたりをきょろきょろする様子は、頭に血がのぼった無法者たちがこんな人里離れた場所で、無力で無防備な女を見つけたらどんな暴挙に出るか知らなければ滑稽に思えただろう。

「サヴァナ、なんのまねだ!」

「これはわたしが蒔いた種よ」抑えた声で嚙みつくようにいった。「わたしがこんなことに巻き込んだんだから、次はここから脱出するのを手伝う番よ。わたしはフランス語を話せる、あなたは話せない」

彼の直接命令を無視してばかげた決断を下したことをどやしつけるのはあとまわしにしないと。いまはプランBを進めなければ——ただしそのプランBがまだないときている。

サヴァナがフランス語でなにかいい、なめし皮がすぐに四パラグラフにも及ぶ返事を返した。

サヴァナがそれに答える。

「いまなんていったんだ?」ケンはきいた。「やつはなにを話した?」

「あのひと、早口すぎるの。だからもっとゆっくりしゃべってと頼んだのよ。フランス語を話すのは大学以来だから」

またしてもフランス語による理解不能な会話が交わされ、ケンはもどかしさに頭が変になりそうになった。

「わたしたちがミッシャ・スタノヴィッチとかいうひとに雇われているのかときいているみたい」サヴァナは報告した。「だから違うと返事をした。わたしたちはだれにも雇われていない、ここにはきたくてきたんじゃなく強制されたんだって。『連れてこられた』といったの。『強制された』をフランス語でどういうか知らないから。とてもつらい目に遭ったから、いまはだれも信用できない。だから少しうしろに下がってほしいと頼んだのだけど――どうやらまともに受け取ってくれなかったみたいね」

なめし皮がまたなにかいった。

サヴァナは一心に耳を傾け、目を細めて懸命に理解しようとした。「自分たちは近くの村からきたといっているみたい。同じことをくりかえしているんだけど、わたしの知らない言葉なの――海へ出る道がどうとかって何度も何度も。うん、やっぱりだわ、ラ・メール。海よ」

なめし皮がフランス語でなにかつけ足した。フランス語なんかくそ喰らえ。なんだってフランス語なんだ？　ケンはフランス語が大嫌いだった。フランスを嫌悪していた。アデルがピエールという名のフランス人交換留学生に熱をあげて、二カ月ほどケンを放りだしたことがあったのだ。フランス人はクズだ、フランスはクズだ、フランス語はクズだ。

「出てこいっていってる」サヴァナが伝えた。

おう、いいとも。

どうせどこにも行き場はない。この潜伏所のなかにいれば安全だというのも幻想にすぎないのだ。男たちのうちだれかひとりでも銃をぶっぱなせば、潜伏所のなかだろうが外だろうが一瞬にしてミンチにされることはわかっている。それでも、ケンは動こうとしなかった。

「こちらには半自動小銃が一挺あるが、それを引き渡すつもりはないとやつにいうんだ」

サヴァナは彼を見た。「大学レベルのフランス語で？」

「ああ、大学で最初に習う動詞が〝引き渡す〟なんじゃないのか？　フランスにいるときに他国が攻撃してきた場合に備えて」おれはまたくそったれたことをいっている。わかってるさ。サヴァナも同じ意見なのは目を見ればわかった。

それにしても、話の内容が正確にわからないのが気にくわない。会話がこれだけ長くつづいているのはいい兆候だ。とはいえ、なめし皮とその一味が何者で、その望みはなんなのかはいまだにわからなかったが。

サヴァナはなめし皮になにかいい、次にケンに向かっていった。「村はどこにあるのかきいたの。電話か送受信兼用の無線機はあるかって。あたたかい食事とシャワーとホテルの部屋を用意してくれたら謝礼ははずむと話したわ。少なくとも話したつもり」

なめし皮が答えた。

「電話も無線もなし」サヴァナは通訳した。「ああもう、それにホテルもないわ。でも村には――アメリカ人がいるって！　名前は、たぶんモリーといって、英語のほかになにか話せる……よくわからないわ、たぶんインドネシア語だと思う。彼女のインドネシア語がわたしのフランス語よりましなのはまずまちがいないから……」

なめし皮がまたなにかいった。

「もう彼女を呼びにやったといってる」サヴァナはケンにいった。「じきにここにくるだろうって」

なんと、プランBがいきなりできた――そのモリーというアメリカ人がおれたちを救いだしにくるのを待つとしよう。

頭がガンガンと痛むのはゆうべあまり寝ていないせいか、それともなめし皮のような顔をした村長のトゥングルが、下劣で危険このうえない悪党のスタノヴィッチ兄弟から無謀にもダイナマイトを買おうとしたことを知ったせいか、それともグレイディ——ジョーンズよ——から聞いた胸も張り裂けんばかりの痛ましい話のせいか、それとも——これが一番怪しかったが——今朝、人目につかないうちにこっそり自分のテントに戻ろうとした試みが無残にも失敗に終わったせいか、モリーにはわからなかった。

ほんの二十分の違いで、どこにも逃げ隠れできなくなってしまったのだ。

リフキ・リアスがモリーのテントにやってきてドアをさんざん叩いたが、もちろん彼女は家にいなかった。

モリーが消えたと村じゅうが大騒ぎになって、あやうく捜索隊が出されるところだった。ボブ神父は明るい色のサロンドレスを着たままの——というより、改めて着なおした——モリーをひと目見て、彼女がいままでどこにいたかはわからないまでも、なにをしていたかは見抜いた。

ありがたいことに、神父は非難がましいことをいうタイプのひとではなかったので、すぐにモリーを彼女のテントに押し込んでもう少し地味な服に着替えさせると、彼女が無事見つかったという知らせを出した。神父はなにもいわなかったし、これからもいわないだろうが、かなりの数の村人がモリーの姿を見ていた。きっと噂が広がって——もう広がっているのはまちがいない——ついには彼女がジョーンズの家に泊まったことが村じゅうに知れ渡るのだ。

秘めやかな関係もこれまでね。

でもいまは、そんなことをいっている場合じゃない。リフキがこんな明け方にモリーのドアを叩いたのは、ジャングルのなかに二名のアメリカ人が潜伏していたからだった。トゥングルと友人たちがダイナマイトを——ダイナマイト！——探しているときにふたりを発見し、この八方塞がりの状況にけりをつけるために通訳が必要なので、いますぐきてほしいといってきたのだ。

だからそうした。寝不足で、グレイディ——ジョーンズだったら！——の話の内容の衝撃も、彼が自分のことをあそこまで明かしてくれたことの衝撃もまだ冷めやらぬまま。

そしていきなり《ギリガン君SOS》のお話のなかに飛び込んだ。

見知らぬふたりのアメリカ人は降ってわいたようにあらわれただけじゃない。この村に、パルワティ島のこんな片田舎にあらわれたのだ。とても現実とは思えなかった。

しかし、現にふたりはいた。ケンにサヴァナ。傷だらけでげっそりして、お世辞にもいいにおいとはいえなかったけれど、それでもまちがいなくアメリカ人だった。

モリーはまず、すべての銃に安全装置をかけたと話した。それからケンとサヴァナに隠れ場所から出てもらって、全員で村に戻った。村ではボブ神父がケンのために服を何枚か調達してくれていた。もっとも、そんなもの彼には必要なかったけれど。彼は服などじゃまに思えるような、たくましい肉体のもちぬしだった。

モリーたちはいま仮設テントの教会で（教会の木造の建物は修復中だった）テーブルについていた。

全員が顔をそろえていた。トゥングルと村議会の最高幹部二名に、モリー、ケン、サヴァナ、ボブ神父。ビリー・ボルテンは近くをうろうろしながらモリーのほうに不機嫌そうな視線を投げていたが、たぶんありがたいと思うべきなのだろう。

にらまれてうれしいというわけではもちろんなくて、ビリーが目の届く範囲にいてくれれば、ジョーンズのところに決闘を申し込みにいってはいないとわかるからだ。これ以上のやっかいごとはごめんだった。

しばらくぶりのまともな食事をとりながらケンが語ったところによると、彼とサヴァナはミッシャ・スタノヴィッチにまずまちがいない男に銃を突きつけられてパルワティ島に連れてこられた。スタノヴィッチはふたりを殺すつもりだったが、ふたりはヘリコプターの爆発――ヘリはトゥングルが注文したダイナマイトを満載していた――に乗じて逃げだした。

では、モリーとジョーンズが川で目撃した炎上するヘリはスタノヴィッチのヘリだったのだ。ダイナマイトはすべて――ケンがトゥングルに引き渡した一箱分を除いて――破裂し、ケンとサヴァナを除く全員が死亡した。

そしていまはオットー・スタノヴィッチが――ミッシャの弟だ――深い怒りと悲しみと復讐心に燃えてふたりの行方を追っている。

モリーはトゥングルに顔を向けた。「なぜなの？　なぜスタノヴィッチ兄弟なんかとダイナマイトの売買契約を結ぼうとしたの？」

武器の密輸業者と取引することは、いってみれば村の領空に入る事実上の許可証を彼らに与えることだ。この村を麻薬王、武器の密売人、海賊、政治革命家の飛行および立入禁止領域とするのに何年もかかったのだ。

しかも困ったことに、インドネシアのこの地方にはその手の連中がごまんといる。なかでもスタノヴィッチ兄弟の侵入を阻止することは重要だった。というのもスタノヴィッチは現在、地元の革命家で、パルワティ島北側の山地に対する支配権を主張しているバダルディン将軍と戦争状態にあるのだ。オットー・スタノヴィッチがこの村を乗っ取ろうとしていると考えたら、バダルディンはすぐにでも飛んできて、村はあっという間に縄張り争いの渦中に巻き込まれるだろう。そんなことになったら大変だ。

トゥングルはいつものように落ち着いていた。その答えも、いつものように論理的だった。

「港でダイナマイトを買ってラバで村まで運ぶ方法ももちろんある。だがそれだと途中でスタノヴィッチの手下どもに略奪されるに決まっとる。スタノヴィッチから買えば、たぶん多少は値を吹っかけられるだろうが、ダイナマイトが確実に届くのはわかっているからな」

モリーは首を振りながらケンとサヴァナのために通訳した。

「ダイナマイトをなんに使うのかきいてもらえませんか」ケンがいった。

ケンはとてもジョーンズに似ていた。歳はケンのほうがいくつか下だが、目の奥にあるもの——内に秘めた激しさというか、自信というか——が酷似していた。

「あなた、特殊部隊員なの？」モリーはケンにきいた。

彼はトゥングルのほうにちらりと目をやった。トゥングルはその単語の意味がわかる程度には英語を話せる。それから大声で笑った。「何年か陸軍に所属していたことはあるが……答えはノーです。がっかりさせて申し訳ない」

嘘をついてる。まあいいわ。わたしがもし特殊部隊員だったら、やっぱり他人に知られたくないと思うはずだから。

サヴァナは——くるくるとカールしたブロンドの髪にかわいらしい顔をした女性だった——急に皿の上の料理に全神経を集中させた。まさか彼女も特殊部隊員なの？　とてもそうは見えないけど、でも……。考えられないことじゃないわよね。《チャーリーズ・エンジェル》のあの三人だって同じような感じだったけど——目がぱっちりした繊細な顔立ちの文句なしの美人——とんでもなく強かったじゃない。

「ダイナマイトは、村から島の海岸にあるパルワティ港までの道を通すために使うの」モリーはふたりに（ふたりがだれだろうと）説明した。「七年ほど前に地震が何度かつづいて道路が完全に破壊されてしまったのよ。わずかに残った数十マイルは、落ちてきた岩が塞いでいる。だからこの村に出入りするにはラバで四、五日かけて山を登るしかないの。でもそれだと、だれかが病気になって病院に行かなきゃならなくなったときに困ったことになる、わかるでしょう？　そうはいっても、道を塞いでいる岩を取り除くのに必要なだけのダイナマイトを買うとなると……いったいいくらかかるのか想像すらできない」彼女はトゥングルに目をやった。

「いま助成金の申請をしているところよ。そうすれば爆破は専門家にやってもらえる。そうすれば、村の人間が誤って手を吹き飛ばすこともない」

トゥングルは英語は達者ではなかったが、モリーがなんの話をしているのかわかっているはずだった。この件についてはいやというほど話し合ったから。

「この村に無線はないんですか？」ケンが尋ねた。

「手に入れるたびに盗まれてしまうの。だから答えはノーよ、悪いけど」

「じゃ、無線機を盗んだ連中は？　どこに行けば見つけられる？」

モリーは笑った。「よしたほうがいいわ。本当よ」

「一刻も早く無線機を使いたいんです、マム」

ボブ神父が咳払いをした。「そのなんだ、ジョーンズは無線をもっていないのかな？」

モリーは赤面しないようにした。「彼の飛行機にはついていません」そっけなくいった。

「飛行機」ケンはいい、まさに目を輝かせた。「飛行機があるなら、それに越したことはない。その男のところへ案内してくれますか？　ジョーンズといいましたね？」ボブに目を向けた。

「何者です？」

「村に住む外国人よ。そう、名前はジョーンズ。でも彼の飛行機はまたしても故障中なの」少ししゃべりすぎたのではないかとモリーは急に不安になった。「部品が届くのを待っているところらしいわ」

「とにかくその男のところへ案内してもらえますか？」

もしもサヴァナとケンのふたりが――どちらも苗字は明かそうとしなかった――特殊部隊員で、グレイディ・モラントを見つけだして逮捕――あるいは殺す――ために送り込まれたとしたら？　不意にジョーンズが住んでいた闇の世界のことを本当の意味で理解し、背筋がぞくりとなった。

「彼に話してみるわ」モリーはいった。

「ありがとう」ケンはいった。それからトゥングルのほうに顔をめぐらせた。「で、あのダイナマイトのことだが……」

　ジャカルタはアリッサの想像どおり暑かった。

　ＦＢＩは、すでに役目を終えた、とあるオフィスビルのワンフロアを丸ごと提供されていた。かなり広いフロアだったが仕切りはまったくなく――延々とつづく天井を支える柱が何本も並んでいるだけだった。

　ラロンダはドアの近くにおいたくたびれた金属製のデスクの奥に納まり、不機嫌きわまりない顔で〝強〟にした扇風機の風に当たっていた。

「バッグを床においちゃだめよ」挨拶がわりにアリッサにいった。「ほんのちょっとともね。ここ、虫がいるのよ、あなた。家にもって帰りたくないでしょう」ラロンダは広い部屋のむこう端を指さし、アリッサはマックスの姿を認めた。それにサムも。嘘でしょう。サムがすでにここにいるなんて。思ってもみなかった。「みんな会議室にいるわ。あれを部屋と呼べればだけど。あなたを待ってる。マックスがあなたはまだかときいたのは、この四時間でたった二万回よ。まるでわたしが机の下かなにかに隠しているみたいに。あのひと、もう少し忍耐力を身につけるべきよね」

「ありがとう、ラロンダ」アリッサは大きく息を吸い込むと、部屋のむこうへと歩きだした。がらんとした部屋に靴音が響き、全員が彼女のほうに顔をあげた。マックス。サム。SEAL第十六チームの三羽烏――トム・パオレッティ少佐、副長のジャズ・ジャケット大尉、スタン・ウォルコノク上級上等兵曹――もいる。ほかにも八名ほどがテーブルについていた。SEAL隊員が数名いたが、残りの大部分はFBI捜査官で、アリッサの知った顔も多く見受けられた。

全員が立ちあがった。

「やれやれ」マックスが声をあげた。「やっときたか。ミセス・フォン・ホッフはなにごともなくホテルに落ち着いたのか？」

「そちらはジョージとジュールズにまかせてきました」アリッサは部屋の端まで聞こえるように声を張りあげた。「みなさん、どうぞかけてください」

全員が腰をおろしたが、マックスだけは立ったままアリッサを待っていた。

アリッサはサムの視線を感じたが、そちらにちらりと目をやることすらしなかった。マックスの顔だけをじっと見つめる。マックスは実際、輝くばかりの美形だった。荒削りなサム・スタレットとはまるで違う正統派のハンサム。マックスはスーツの着こなしも、どんな髪型が似合うかも知っているし、そのうえマナーもわきまえている。

そして彼は心からアリッサに好意をもっていた。最低男のサムは、わたしに愛してると告げる寸前までわたしを憎んでいたのに。

ああ、でもいまもサムが欲しい、おなかのあたりがうずくほどに。

「ローズが最新情報を一刻も早く知りたいというので、わたしはこちらに直行しました」アリッサはいった。それから彼女は行動に出た。マックスに向けた笑みにほんの少し含みをもたせた。少しよけいに視線を交わした。無言のメッセージ〝ねえ、会えてとってもうれしいわ、ベイビー〟をこめて。そのつづきを——〝早くふたりで思いっきり楽しみたいわね〟——サムが埋めることはわかっていた。

そしてマックスは、ありがたいことに、アリッサがなにをしようとしているかを察して、似たようなメッセージをすぐに返してよこした。

天才捜査官であるマックスは、ちらりと、ほんの一瞬だけパオレッティ少佐を盗み見た。あたかも部下のひとりと寝ていることをできれば知られたくない相手は——この部屋で最高位の士官であるトム・パオレッティだというように。これならサムは、これが彼に見せるための芝居だとは気づかない。自分は騙されているのだということも。

見事だった。

サムが椅子の上でもぞもぞして、コホンと咳払いした。

いまやサムは——それにこの部屋にいる全員も——マックス・バガットとアリッサが男女の

関係にあるのではないかと疑っている。いや、疑うどころか、たぶん確信しているだろう。妙な気分だった。ほんの数年前だったら、他人にそんなふうに思われるくらいなら死んだほうがましだと考えたはずだ。評判がすべてだったから。なのに、いまは評判なんかどうでもいいと思っている。

マックスは初対面の人間にアリッサを手短に紹介し、アリッサは彼らと握手を交わした。空いている席はサムの隣とむかいだけだった。アリッサはむかいの席に腰をおろし、バッグは床におかないように注意した。それでなくても問題は山ほどある。

「それで、なにかわかったことはあるの？」アリッサは馴れ馴れしい口調でマックスにいった。

マックスのくちびるがひくひくし、テーブルの上座に腰をおろしながら歯を喰いしばって笑いをこらえているのがわかった。「ああ、その、じつは……」

いいわよ。たしかにいまのはちょっとわざとらしかった。でもこうして芝居をつづけていれば、原始人並みのサム・スタレットの脳みそでも、さすがに自分はきれいさっぱりお払い箱になったのだとわかるはずだ。

「身代金を要求する手紙が届いた」マックスはアリッサにいった。

「アレックスが生きていることを示す証拠も一緒に？」ああ、神さまどうか……。

「ああ、アレックスの写真が一枚添えてあった。昨日の新聞が一緒に写っていた――見出しがはっきり見えていたよ」マックスはポラロイド写真をアリッサにまわすよう、サムに手ぶりで示した。

サムはテーブルのむこうから写真を滑らせ、アリッサはうなずいてそれを受け取った。目は合わせず、テーブルの彼の前においてある〈エム・アンド・エムズ〉のピーナッツチョコのパックも見ないようにした。あの男はチョコレート中毒なのだ。アリッサは経験からそれを知っていた。

一度、ぐでんぐでんに酔っていたときに、サムとふたりでチョコレートソースを使って、ひどくワイルドな一夜をすごしたことがあるのだ。チョコレートのにおいを嗅いだだけで、いまだに記憶がよみがえる。

そして、どっと汗が噴きだす。

アリッサは写真に神経を集中した。

アレックス・フォン・ホップは五十代後半で、いくぶん太り肉《じし》だった。白髪まじりの髪はふさふさとして、あご髭をたくわえ、丸みを帯びたひとのよさそうな顔をしている。ベッドに横たわり、目は半眼で、具合が悪いか、さもなければ薬を与えられているのは明らかだった。

「だれが彼を誘拐したの？」アリッサはマックスのほうに目を向けた。「手紙以外の手がかりは？」

「犯人に関しては調査中だ。容疑者リストのトップに地元の組織が五つほどあがっている」

「最近インシュリンが盗まれたという報告は？」アリッサはアレックスの写真を指でトントン叩いた。「彼、ひどく具合が悪そう」

「薬局への押し込み強盗事件の報告書がないかどうか地元警察が調べてくれている、手でね」マックスはうんざりした声を出した。「コンピュータ化されていないうえに、おれたちをファイルに一切近づけようとしないんだ」

「サヴァナかケン・カーモディに関する記述は?」ホテルに戻ったらローズにきかれるであろう質問を予測して、そう尋ねた。

「身代金要求の手紙のなかにはない、まったくね」

「ワイルドカード・カーモディのMTD——小型追跡装置のことだが——が発する信号を受信できないかどうかやってみた」サムがいい、アリッサはいやでも彼のほうを見ないわけにはいかなくなった。ほんの一瞬、彼と視線を合わせる。「いまのところは成果なしだ。MTDが作動していないか、ワイルドカードと孫娘がわれわれが捜索した地域の外にいるかのどちらかだと思う」

「地元警察がオットー・スタノヴィッチに対する令状を用意した」マックスがつけ足した。「兄のヘリがどこに墜落したかオットーが知っているのはまちがいない。やつが見つかり次第、墜落現場にチームを派遣するつもりだ」

アリッサはアレックスの写真を掲げた。「ローズはこれを見たいというと思う。それに身代金要求の手紙も」

「この会議を終えたら、おれもきみと一緒にホテルへ戻るつもりだ」といってマックスが見せた笑顔は、本来なら胃のあたりがもやもやするようなセクシーな笑みだった。

けれどサム・スタレットがそこでまた咳払いをして、アリッサの胃はむしろ重く沈んだ。

「それであなたたち、本当はインドネシアでなにをしているの？」モリーという名のアメリカ人宣教師にきかれたとき、サヴァナは懸命に不安を鎮めようとしていた。

ケンは単に村の反対側へ行っただけ。そこでトゥングルという名前の男性にダイナマイトの使用法の速習講義をしているだけよ。宣教師のビリーを通訳にして、手元にある限られた量のダイナマイトで道路の障害物をできるだけ取り除く、もっとも効果的な方法を村人たちに教えているのだ。

なにか問題が起きたらケンはすぐにわたしのところに飛んできてくれる。それはわかっている。サヴァナはケンのことを知っていた。そしていまでは自分のことも知っていた。なにが起ころうともふたりでうまく切り抜けてみせる。

ただし、今後はきれいな体で。

モリーが案内してくれた戸外のシャワー室は、日向水を入れた袋が頭上に吊るしてあった。髪を洗えるのは最高にうれしいけれど、声の届く範囲にケンがいてくれたらもっと満喫できるのに。

「それにケンが肌身離さずもっている、あのアタッシェケースにはなにが入っているの？」モリーが尋ねた。

「お金です」と答えると、モリーが間に合わせの衝立の上からのぞくサヴァナの顔を振り返った。

そして彼女の顔をのぞき込んだ。「まじめな話？」

サヴァナはうなずいた。「わたしの叔父が電話をかけてきたんです。とにかくあのときは叔父がかけてきたんだと思いました。お金をもってきてほしい。ジャカルタで会おう、って。でも空港に着いたら、あのロシア人たちに無理やりヘリコプターに放り込まれて……。わたしたちを殺すつもりだったんです。たぶん叔父に腹を立てていたから」口に出していってみると、自分たちのおかれている現実がまるでパンチのようにサヴァナを打ちのめした。「きっといまもわたしたちを捜しています。もし見つかったら……」

「見つからないわ」モリーがいうと、それはたしかなことのように聞こえた。彼女はサヴァナより少なくとも十歳は年上の色気と母性をあわせもった美人だったが、たとえ歳を重ねても自分はこんなふうにはなれないだろうとサヴァナは思った。「あなたのケンにまかせておけば大丈夫。彼はこの村全体を味方につけたもの」

ケンはヘリからもちだしたダイナマイトの使用法を村人たちに教えたばかりか、ひと月ほどしたら町までの道路をすべて通れるようにするか、あるいは新たな道を通すのに十分な量の爆発物をもって戻ってくると、なんとも気前のいい申し出をしたのだった。日に灼けたしわ深い顔の男性トゥングルはケンを気に入り、信用したようだった。それは意外でもなんでもなかった。ケニーはとても人好きのするひとだから。彼のあけすけな物言いは——本人はくそったれだからだといっているけれど——気持ちがいいくらいストレートで正直だった。

「正確にはどこで彼を見つけたの？」モリーがきいてきた。

「大学時代の知り合いです。ひとりでジャカルタに行くのが不安で、それで彼が……何日か休暇をとってくれて」サヴァナは髪に残った石鹸をきれいに洗い流した。「でも、彼はわたしのケンじゃありません」

モリーはうなずいた。「じゃ、彼はあなたのためにここにきたのね。極秘任務を担うデルタフォースの隊員とかじゃなく？　ほら、彼って明らかにふつうの旅行者とは違うでしょう……でも彼の目的は無線か飛行機を見つけてあなたと一緒にここを出ること、それだけなのね？」

この女性はなにかを恐れている、ケンを恐れている。その理由はサヴァナにはわからなかったが、このいかにもさりげない質問は、じつはちっともさりげなくはないのだ。なまぬるい水の最後の一滴がぽたりと頭に落ちた。「サンディエゴを発つ当日まで、ケンはわたしとジャカルタへ行くことになるのを知らなかった。だからあなたがだれを、なにを心配しているにせよ、安心してくれていいです」サヴァナはビーチタオルを体に巻いて衝立のうしろから出た。「ケンの身の安全のために、あなたの語彙のなかから〝特殊〟と〝作戦〟という単語を削除してください。ケンはただの旅行者です」彼の命は、まわりの人間がこれを信じるかどうかにかかっている。ケンはわたしにはっきりそういったし、今度はわたしがモリーにわからせる番だ。サヴァナは年上の女性の金色がかったブラウンの目をまっすぐに見つめた。「いいですね？」

モリーは微笑した。「わかった」不意に彼女の顔から笑みが消え、時を同じくしてサヴァナ

なる。

ブルブルとうなるような音は聞きまちがいようがなかった。まだ遠いが、音が刻々と大きくなる。

サヴァナはショートパンツとシャツをつかんで手早く身につけると、最後にケンを見た場所に向かって駆けだした。

ジャングルに入れ。ケンならそういうとわかっていたけれど、ここは村の真ん中だし、どちらの方向へ走ればいいか見当もつかない。

そのとき、ああよかった、ケンの姿が見えた。片手にアタッシェケース、もう片方の手に拳銃をもって、全速力でこちらに駆けてくる。「サヴァナ！」

「教会へ！」モリーの声が響き、サヴァナはすぐうしろから彼女が駆けてくることに気がついた。ヘリはさらに近づき、森の際まで迫っている。「教会のテントに入って。礼拝よ！」最後はサヴァナではなく——村人と宣教師の両方に叫んだ。「急いで！」

サヴァナの腕をつかんでテントの下に引っぱっていきながらも、モリーは村人たちに今度は土地の言葉で叫びつづけていた。

「サヴァナ！」気がつくと、息を切らしたケンがかたわらにいた。彼がジャングルまでの距離を目算し、ヘリが真上にいるのではとても逃げ込むのは無理だと判断したのがわかった。「一戦交えることになりそうだ」ヘリコプターの男たちから身を隠すのにもっとも適した場所を探して、あたりを見まわした。教会の建物は修復中だったが、木造の建物は見たところそれしかない。ケンはそれを指さした。「きみと女子供はあそこへ行くんだ。急げ！」

だがそこへボブ神父があらわれ、丈の長い法衣を差しだした。「賛美歌は歌えるかね？」ケンにそうきいた。「信徒たちの前で何曲か披露してはどうかな？」

ボブ神父と宣教師たちがなにをしようとしているか、ケンとサヴァナは同時に気づいた。テントの下の長椅子は多種多様な村人たちでいっぱいだった。ケンとサヴァナをあえて見えるところに隠そうというのだ。

トゥングルがケンの手からアタッシェケースをとりあげ、ボブ神父の手を借りて法衣を着ると、肩にかけていたウジはゆったりとした服の下に隠れた。

数人の男が間に合わせの祭壇をおおう布と十字架とろうそくをどかすと、トゥングルは祭壇の上にアタッシェケースをおいた。布がかけられ、十字架とろうそくが戻されると、アタッシェケースは消えた。あとかたもなく。

「でも法衣は一着しかない」ケンは着陸しようとするヘリの轟音に負けじと叫んだ。ヘリはいまにも村の真ん中におりてこようとしている。「サヴァナが宣教師になりすますのは無理だ。やつらは彼女の顔を知ってる！」

ケンはこの計画が気に入らないんだ、とサヴァナは気づいた。真っ向から対決したいんだわ。行動に出たいのよ、たとえ命を落とす危険が高いとしても。

「この法衣ならふたりとも隠すことができるよ」ボブ神父は落ち着いたものだった。「じつは前にもやったことがあるんだよ」

「でもクリスマスキャロルしか知らないんだ」これほどうろたえたケンを見るのは初めて。

「ならクリスマスキャロルを歌いましょう」モリーのかけ声で、村人たちは《もろびとこぞりて》を高らかに歌いはじめた。「なにかきかれたら、クリスマスソングのCDをつくって〈神は愛プロジェクト〉のカタログを通して販売するのだといえばいいわ」

ボブ神父はケンとサヴァナのふたりを説教壇の奥に連れていった。丹念につくられた木製の台は、上の部分が少しかしいでいる。「ここに立って」神父はいい、ケンの足を大きく開かせた。「さあ早く」サヴァナの手を引いてしゃがませ、ケンの足のあいだの地面に座らせた。

「どちらにとってもあまり快適とはいえないだろうが、法衣の裾は地面につくほど長いからサヴァナはすっぽり隠れるはずだよ。ただし、彼女がいることを忘れて歩きださないように」

「おれが宣教師なんかじゃないことは、ひと目で見破られてしまうよ」ケンがいった。

「ニコニコしてればいいのよ」サヴァナはいった。

「ふん。ニコニコね。なるほど。アドバイスをどうも」

「それから悪態をつかないこと」

ボブ神父は法衣のファスナーをあげようとしたが、ケンは途中でそれをとめた。サヴァナはこちらを見おろすケンの顔を見た。緊張でこわばっている。「かならずきみを守るから」

「心配はしてないわ」抑えた声でサヴァナはいった。「あなたがそばにいてくれれば、怖いものはなにもないもの」

ケンは、まるでサヴァナに中国語で話しかけられたかのようにまじまじと彼女を見つめた。

「おならはしないでね」サヴァナはつけ加えた。ケンの顔にリラックスした笑みが浮かぶのが見えた。

「さあさあ」ボブ神父の声がいった。

法衣のファスナーがあげられる前に、わたしは彼を起こさないように

真夜中をとうにすぎてハインリヒがようやく寝入ると、わたしは彼を起こさないように

してベッドから抜けだした。

スイートルームの居間の明かりはつけたままだったので、何時間も前に彼がぞんざいに投げ捨てた上着を見つけるのは造作もなかった。

ホルスターに収めた銃は床にはなかった。たぶんどこかの時点で——たぶんわたしがバスルームを使っているあいだに——金庫のなかに戻したのだろう。彼の手帳もまた上着のポケットのなかから消えていた。

鍵はズボンのポケットにはなかった。当然だ。その鍵を使って金庫を開け閉めしたのだから。でもそのあとは？　彼はどこに鍵を隠した？

寝ている彼が鍵を身につけていないのは知っていた——身につけようにも、ポケットがどこにもないのだから。

何人《なんぴと》たりとも信じるな。それが、ナチスと連合国の両方からいやというほど聞かされたモットーだった。わたしはどちらのスパイ特訓コースも受けているが、この一点に関しては両者の意見は完全に一致していた。

一か八かの賭けはするな。きみの周囲には敵国のために働いている人間がいるかもしれないのだ。一瞬たりとも油断はするな。

だれかに探される可能性のあるものを隠すときは、その人物がけっして探そうと思わない場所に隠せ。その人物の身のまわりに。

服のポケット——でも、わたしにもポケットはない。もしくは鞄。

足音を忍ばせて居間に入り、急いで自分のハンドバッグを見つけた。

そこにも鍵はなかった。

テーブルにはルームサービスで運ばせた夕食がまだ残っていて、デザートはほとんど手つかずだった。ふたりともベッドに戻るのが待ちきれなかったから。

わたしはテーブルに近づき、チーズケーキをひと口食べた。たまらなくおいしかった。ひどくおなかがすいていた。

そして、そこにあった。

ハンクの鍵が。

シャンパンクーラーの横に。そういえば、ハンクがシャンパンのお代わりを注ぎにいったことがあった。きっとそのときに鍵をここにおいたのだ。

何人たりとも信じるな。

それなのに、ハンクはわたしを信じた。

食欲が失せた。

鍵を手に音をたてずに寝室へ戻り、ハンクが眠っているのをたしかめるために一瞬待ってから金庫を開けた。なかのものをすべてとりだし――ハンクの手帳、拳銃、そしてアメリカ紙幣のぶ厚い束――元どおりに閉めた。

拳銃は弾が入っているのをたしかめたあとでハンドバッグにしまった。手帳は、にらんだとおり、たくさんの名前で埋まっていて――そのほとんどはニューヨークの著名な実業家と上流夫人だった。ハンクはひとりひとりの簡単な説明を書いていて、そのあとに〝たぶん〟〝確実〟〝応諾〟とコメントが添えてあった。

この全員がナチスドイツのスパイになることに同意した？　だとしたら、合衆国はわたしが考えていた以上にまずいことになっている。

もう疑問の余地はなかった。この手帳を一刻も早くアンソン・フォークナーの手に渡さなければ。

ハンクの鍵をシャンパンクーラーの横に戻すと、彼を起こすために寝室に戻った。白状すると、急がなくてはいけないとわかっていたのにわたしは甘美な時間を長引かせた。わたしがキスをすると彼は微笑み、わたしの体に腕をまわしてベッドに抱えあげた。

「ああ、たまらなくきみを愛してる」ハンクが囁き、わたしはさらに激しく彼に口づけをした。目に浮かんだ涙を見られないように。

わたしは祖国を愛していた。でも、このひとのことも愛していた。そして、こんなふうにふたりですごせるのはこれが最後になることもわかっていた。

なぜなら、あと数時間もしたら彼はわたしを憎むようになるからだ。

ジョーンズは近づいてくる足音を聞いて——村からつづく小道をだれかが音をたてないようにして歩いてくる——モリーの本を下においた。

まあ、たとえ客がこなくても、ローズと彼女の心情——〝愛してるわ、でもより崇高な目的のためにあなたを裏切らなきゃならないの〟——に病的にのめりこむのは、そろそろよしたほうがいいだろう。そう、彼女がどうやってフォン・ホッフを当局に引き渡すかというくだりは読みたくもなかった。

たしかに彼はナチかもしれない、でもあの愚かな男は彼女のことを愛してる。それだけははっきりしていた。

愛なんてくだらない。

何人たりとも信じるな。

その点についてはローズは正しい。フォン・ホッフも、そのルールにもっと注意を払うべきだったのだ。自分以外はだれも信用するな。自分のことだけを考えろ。百パーセント信じられる人間は、この世で自分ただひとり。

ジョーンズは痛い思いをしてそれを学んだ。

小道をやってくるのがだれかは知らないが、ジョーンズは拳銃を抜いて装塡してあることをたしかめた。

少し前に上空を行くヘリの音が聞こえたから、おそらくジャヤがセスナの部品を届けにきたのだろう。ジャヤとはこれまでもたびたび商売をしてずっとうまくやってきたが、それでもいざというときのために武装しておくのは悪くない。なんといっても、あの男はバダルディン将軍の手下なのだ――そしてバダルディンは、ジョーンズの命を狙うタイの麻薬王とつながりがある。結局、クズはクズを呼ぶってことだ。

何人たりとも信じるな。

ああ、ローズ、おれのモットーもそれだよ。

「ジョーンズ」

おっと、銃の照準内に入ってきたのはモリーだった。ジョーンズは銃に安全装置をかけ、モリーから見えないようにショートパンツの背中に差した。

モリーの姿を見て声を聞くと、例によって体がばかみたいに熱い反応を示した。脈が速くなり、血液が全身を駆けめぐる。最後に愛し合ってからどれだけ時間が経ったかすぐにわかった。五時間と二十分とちょっとだ。ふつうならセックスなしでも我慢できる長さだ。

だが、モリーとの関係ではふつうなことなどひとつもない。

昨夜、彼はモリーにすべてを話した。

それなのに彼女はもうここにいる。明らかに戻ってきたのだ。信じられないことに。

ただし、彼女はひとりではなかった。連れがふたりいた――男と女。どちらもアメリカ人だ。

女性はブロンドで二十代半ば、すらりとした体つきをしていた。陶器の人形を思わせる、ひどく繊細で手がかかりそうな美人だ。ジョーンズは彼女には一瞥をくれただけだった。この女性は無害だ。

しかし男のほうは……。背も体格もとりたてて大きくはなく、痩せてはいるが筋骨たくましい疲れを知らないタイプだ。黒っぽい髪をして、角ばった顔はむさくるしい無精髭でおおわれていた。

だが、ジョーンズに拳銃をしまうのではなかったと思わせたのは男の目だった。鋭い目。ぎらぎらしている。だれかは知らないが、この男はなにかに駆り立てられている。なにかの任務を負っている。こいつは工作員だ、まちがいない。やつの動きを見ただけでジョーンズは瞬時にわかった。

拳銃に手を伸ばすことも考えたが、男は装塡して安全装置をかけたウジを携えていたし、その手つきは、こいつの使いかたは心得ているし、しかもうまく使えるといっていた。

工作員をここに連れてくるなんて、モリーはいったいなにを考えているんだ?

「こちらはケンとサヴァナ」モリーがいった。「オットー・スタノヴィッチに追われているの。炎上したあのヘリコプターに乗っていたのはオットーの兄だったのよ」

では、あのとき聞いたのは頭のイカレたえせ将軍のヘリじゃなく、スタノヴィッチのだったわけだ。くそ。地上に縛りつけられるのはいやなんだ——体がむずむずしてくる。ジャヤはまだ例の部品を手に入れられないのか。

　いや、もしかしたら、むずむずするのはモリーのせいかもしれない。

「あなたのところに送受信兼用の無線機はある？」モリーは尋ねた。「飛行機の無線が使えないのは知ってるけど、もしかしたらって――」

「いや、ない。悪いな」

　工作員――ケン――は滑走路とセスナをじっと見つめていたが、セスナが大がかりな修理を必要としているのはだれの目にも明らかだった。ケンはウジのほかにばかでかい金属製のアタッシェケースをさげていた――ワシントンＤＣで、よくもちぬしが手錠で手首につないでいるようなやつだ。

「あの飛行機を飛ばすにはなにが必要なんだ？」ケンがきいた。

「奇跡だ」ジョーンズはにべもなくいった。

　ケンがこちらに目を向けた。頭のなかで歯車が回転しているのが見えるようだった。どうやらこの男の任務はスタノヴィッチからこのブロンド女性を逃がすことらしい。無理もない。スタノヴィッチとその一味は卑劣な連中だからな。

「パルワティ港までおれたちを飛行機で運んでくれたら一万ドル払う――それもひとりにつきだ」ケンはいった。「奇跡を起こすにはそれでじゅうぶんだろう？」

　こいつはぶったまげた。

ジョーンズは雄叫びをあげそうになるのをなんとかこらえた。そしてさも退屈そうな声をつくって答えた。「それだけもらえりゃ初子だって売ってやるが、あんたがたをセスナで運ぶのは無理だ。オルタネーターなしで離着陸する方法をあんたが知っているというなら、話はべつだが。明日また寄ってみてくれ」頼むから寄ってくれ。

ケンはジョーンズの品定めをしていた。やつとやつのブロンド娘がジャングルの奥へ消えたとたんにオットー・スタノヴィッチに火炎信号をあげるような男かどうか、見定めようとしているのだろう。

「こうしよう」ジョーンズはいった。「もし連中があんたがたを捜しておれのところへきたら、そのときはもう一度商談をするチャンスをあんたにやるよ」

それを聞いてモリーはいい顔をしなかったが、ケンはうなずいた。

真実を話したほうがケンが話にのってくる可能性が高まることは経験から知っていた。だからこういった。「安心していい、もし地元の極悪人にあんたがたを売ったりしたら、おれの恋人はたぶんおれと寝てくれなくなるからな」

恋人をもたないほうがいい理由がまたひとつ。

「あんたはこの村のスーパーマーケットみたいなものだとモリーがいっていたが。二、三、必要な品を用意してもらえるだろうか？　食料、浄水タブレット、もしあれば銃弾も。それと、このあたりの地図はあるか？」

「海岸へ出るラバ道は、地図がなくてもはっきりわかるわ」モリーが申しでた。

「その道は使わない」とケンがいったのと「そのルートはとらないほうがいい」とジョーンズ

がいったのはまったく同時だった。

工作員なら、よく使われる道には近づかないというサバイバルスキルぐらいは知っていて当然だ。

「オルタネーターはいつごろ届く？」ケンが尋ねた。

ジョーンズは肩をすくめた。「急送便《フェデックス》で届くわけじゃないんでね」

「さっき話した品物はあるのか？」

「金はあるのか？」

どうやらケンはジョーンズがどんな人間か多少はわかったらしい。というのも、口で説明するより実際に見せたほうが早いと正しい判断をして、ショートパンツのポケットから札束を――現地通貨とアメリカドルの両方があった――ひっぱりだしたからだ。

札束はびっくりするほどぶ厚く、そして――ビンゴ！――それは正解だった。

サム・スタレットのスケジュールを探りだすのはたいしてむずかしくなかった。

その情報があったからこそ、アリッサはSEAL第十六チームの中尉がホテルの正面玄関から入ってきたその瞬間にロビーを横切ることができたのだ。

サムは私服姿で――ショートパンツにTシャツ、野球帽にスニーカーといういでたちは、ジャカルタのダウンタウンにSEALの一チーム全員が集結していることを地元の人間になるべく知られないようにするためだった。

フロントのすぐ横に〈スターバックス〉もどきのコーヒーショップがあり、アリッサはスタレットがこちらを見ているのを知りながら客の列に並んだ。

サムはウォルコノク上級上等兵曹と話をするために足をとめたが、顔はコーヒーショップのほうを向いていたのでアリッサの姿を視界にとらえることができた。

ほら。わたしはここよ。コーヒーを買う列にひとりで並んでる。ジュールズは近くにいない。ローズも。マックスはまちがいなくいない。わたしだけ。じゃま者はひとりもいない……。

「やあ」

声のほうに振り向くと、真横にサムが立っていた。あんまり近くにいたので、驚くふりをするまでもなかった。

間近に見る彼は大きかった。たくましい肩、長い脚、広い胸。サムは日焼け止めと陽射しのようなにおいがして、そのにおいを吸い込んだとたんアリッサは一瞬パニックに陥った。わたしはなにをしようとしているの？　こんなのどうかしてる。この男の十フィート以内に近づくなんてわたしはどうかしてる。

「あら」アリッサはなんとか返事をした。彼と目を合わせてはだめ。あのきれいな青い目に溺れてはだめよ。それに——ああ、神さま——絶対に彼にふれてはだめ。

「ちょっといいか？」

「ええ。コーヒーはどう？」危険を承知でちらりと彼に目をやり、視線を合わせた。ところが彼の目は、礼儀正しい慎重な態度と同じくらいによそよそしかった。見知らぬ他人の目のようだった。

「いいね。ちょっと座らないか？」

「いいわよ」ふたりはそれぞれのコーヒーを注文し、支払いをして、カップをもって店のまわりに点々とおかれたテーブルのほうに向かった。

「ええと、むこうに座ったほうがよくないか？」サムは奥のほうの照明の陰になっているテーブルを示した。

アリッサは、ロビー全体を見渡せる正面のテーブルにコーヒーをおいた。「ここでいいわ」

「おれはただ……ほら、おれとコーヒーなんか飲んでるところを、その、マックスやなんかに見られるのはあまりうれしくないんじゃないかと思ったんだ。くそ、よくわからないが」

礼儀正しいサムにわずかにひびが入り、いつものサムが顔をのぞかせた。アリッサはもう彼と視線を合わせる勇気はなかった。かわりに喉まで火傷をするのを知りながら熱いコーヒーをすすった。

「マックスは嫉妬深いタイプじゃないから」話ができるようになるとすぐにいった。

サムは彼女のむかいに座った。この小さいテーブルの下にあの長い脚が収まるわけもなく、彼は体を斜めにして通路に脚を投げだした。「それじゃ、やっぱり彼とつきあってるんだ？」

ああもう。やっぱりサムはマックスのことをきいてきた、それも直球で。サムに嘘はつきたくない。明らかな嘘は。だからはっきりとした答えは返さないことにした。どうにか笑顔をつくる。「彼はすばらしいひとよ。わたしたち、共通点がいっぱいあるの。それってすごいことよ。幸せなことだわ」

「そいつは……よかった」サムはうなずいた。「それを聞いておれもうれしいよ、リス。おれは……」コーヒーをテーブルにおき、片手で顔をこすると、笑い声らしきものをあげた。「くそ、嫉妬で息ができないくらいだ」

率直な彼の言葉に心がぐらつきそうになった。もう少しで本当のことを打ち明けるところだった。

「すまない」他人行儀なよそよそしさが一気にはがれ落ちた。目がいつものサムの目に戻った。熱く真剣な、飢えたようなまなざし。「おかしな言い種だってのは知っている。おれにそんな資格はないってことも——結婚したのはこのおれのわけだし。それに……メアリ・ルーは、彼女は……」サムはかぶりを振った。「きみは一番いいときの彼女を見ていないんだ。彼女は善良な人間だ。しゃかりきになって赤ん坊の面倒をみてくれている。それもまったくのしらふで。もう八カ月近く酒を断っているし、それは楽なことじゃない。毎日毎日、おれがこれまでに出会っただれよりも一生懸命に働いて、しかも一滴も酒を口にしない。まったく頭が下がるよ」

「彼女のことをとても大事に思っているのね」アリッサは静かにいった。それにサムに彼女と別れる気がないこともわかった。正しいことをするという彼の決意はいまも揺らいではいないのだ、そのために自分が不幸になろうとも。

「彼女はヘイリーのことを心から愛してるんだ。それに、その、おれのことも。いいもんだよ、家に帰るといつも手間ひまかけたあったかい食事が待っているってのは。それに洗濯物もいつもきれいだしね」

「嫉妬しなくちゃいけないのはわたしのほうみたいね」アリッサはいった。「マックスはわたしのために洗濯なんかしてくれないもの。彼、家事はへたくそだから」

サムは笑った。「だろうな。でも……あっちのほうはすごくうまいんだろう？」

あきれた。アリッサは信じられない思いでサムを見つめた。彼は真剣だった。「本当にそんな話をしたいの？　だって――」

サムは彼女のほうに身をのりだした。「きみだって知っているはずだ。おれたちのセックスは信じられないほどすばらしかった。おれたちの関係は――」

アリッサはかぶりを振って目をつぶり、次にあきれたように目玉をぐるりとまわした。エゴイストの大ばか野郎。どうしてこんな男をこんなにも愛したりできるのかしら。

「わたしたちの関係は、つきあったともいえないくらい短いものよ。よく考えてよ、サム。わたしたち、さかりがついたみたいにセックスする段階の先へ進む暇もなかったのよ。あなたとのセックスがよかったか、って？　ええ、よかったわ。マックスとのセックスよりもよかったか？」なんてこと。わたしはいまとんでもない嘘をついている。「いいえ」

アリッサもまた身をのりだした。「あんなことがなかったら、わたしたちの関係は数カ月では終わらなかった？　わたしはそうは思わない。だって、スタレット、あなたとわたしよ。そりゃ、つづいているあいだは楽しかったわ。それに白状すると、もう少しつづけていられたらとも思った。でもある意味、こうなってよかったのよ。おかげで自然消滅するのを見ないですんだ。おたがいに愛想を尽かさずにすんだんだから。はっきりいわせてもらうわね。あのままつづいていたら、わたしは絶対あなたにうんざりしたと思う」

サムはかなり長いあいだ無言のまま、身じろぎもせずにじっと座っていた。

「気を悪くしないで」アリッサはいった。

「ああ」そういうと、ようやく体を動かした。腕時計に目をやる。「ええと……」

「なにか用事があるのね」アリッサはかわりにいってやった。サムが一刻も早くこの場を去りたいと思っているのと同じくらい、彼女もサムを追い払いたかった。ここで急に泣きだしたら、これまでの話はすべて嘘だと気づかれてしまうかもしれない。彼を傷つけたことでわたしの心もまた張り裂けてしまったことを。

「ああ」サムは席を立った。「悪かったな、その……」

アリッサはなんとか笑顔を見せた。「いいのよ。わたしも話ができてよかったわ——ほら、こんなふうに腹を割って」

「そうだな」

サムは一度も振り返らずに歩き去った。

もう二度と振り返ることがないのをアリッサは知っていた。

15

「あなたはなにもしちゃだめ」モリーがサヴァナにいった。「いいから横になってなさい。あなたに立っていられると、こっちまで足が痛くなるわ」

ケンは、ジョーンズと呼ばれている男から五十ドルで買った地図を見ているところだった。地図一枚に五十ドル。それもケンが値切ったあとの値段だ。

サヴァナはケンの姿を見ているうちに、銃の密輸業者のヘリコプターがなにごともなく村を離れたあとで彼にきつく抱き締められたことを思いだした。あのまま離してほしくなかった。永遠に。

ケンがサヴァナのほうにちらりと目をあげ、彼女は見つめていたことを知られたくなくて周囲を見まわした。

ジョーンズのかまぼこ型兵舎は倉庫だった。トイレットペーパーから缶詰めまで、ありとあらゆるものが無数のダンボールに納まっていた。兵舎そのものは、外から見るよりはるかにきちんとしていた。ドアにかけたがっしりとしたかんぬきは、ハイテクのキーレス・エントリーになっている。しかし押しボタン式のパネルも、錆の浮いた金属製のフラップの下に隠れていた。

兵舎の一角は住居になっていて、蚊帳を吊ったベッドとテーブルと椅子がおいてあった。教会で灯されるようなキャンドル——小さなガラスの容器に入ったやつだ——が点々と、それこそあたり一面においてあった。そのほとんどは完全に燃えつきている。

ジョーンズは闇商人か、もしかしたら麻薬の密輸業者かもしれないけれど、ロマンティックなひとであることだけはたしかだ。それにモリーに夢中だということも。

そのモリーは、蚊帳を脇へ寄せてジョーンズのベッドを整えていた。「ほら」そういって、きれいにならしたベッドカバーをぽんぽんと叩いた。「ここに横になって」

サヴァナがためらっていると、モリーはこうつけ足した。「いっておくけど、デイヴのベッドによその女性を招くような習慣はわたしにはないの。それなのにこんなことをしているんだから、あなたは足を休めなきゃいけないとわたしがいかに本気で考えているかわかるってものでしょう」

サヴァナが笑い声をあげ、モリーはさらにつづけた。「あなたとケンに必要なものを彼がすべて集めるにはしばらくかかりそうだし、いまのうちに休んでおいたほうがいいわ。わたしならそうする」

それでサヴァナはベッドにあがったが、村の女性から借りたサンダルを脱ごうとして身をすくめた。

「やだ、あなた、その足じゃパルワティ港まで歩くなんてとても無理よ」モリーはいった。それからケンとジョーンズ――どうやらデイヴというのが彼の名前らしい――にも聞こえるように声を張りあげた。「彼女はここにいたほうがいい。ふたりともここにいたほうがいいわ」

「なんなら匿《かくま》ってやってもいい」デイヴが親切にも申しでた。デイヴ・ジョーンズね、サヴァナははっとした。ええ、もちろんそれが彼の本名でしょうとも。まちがいない、モリーが守ろうとしているのはこのひとなんだわ。「当然、手数料はもらうがね」

けれどもケンは首を横に振っていた。彼は宣教師のひとりから借りたショートパンツを穿いて、シャツをまた羽織っていた。残念だわ。ターザンみたいに半裸でいるほうが彼には似合っているのに。「そのオットーとかいう男は遅かれ早かれここにあらわれるはずだ」

「だから匿うといってるだろう。やつには見つけられないさ」

「だが、やつはあんたを見つける」ケンがいい返した。

ジョーンズは肩をすくめた。「なるほど。おれだっておれのことは信用できないからな」

「まったくもう」モリーがしびれを切らした。「危険な男を気取るのはいいかげんやめなさい」

彼女はジョーンズにいった。それから絶対の自信をこめてケンにいった。「彼は信用できるひとよ。わたしは信用してる。彼は、あなたであれだれであれ、オットー・スタノヴィッチに売るようなまねはしない」

への字に曲がったケンの口許を見て、彼は納得していないのだとサヴァナは思った。でもモリーもまた頑固だった。「いい、セスナの部品はいずれ届くのよ。そうしたらひとっ飛びで港まで行けるのに、なぜサヴァナを延々歩かせるの？　彼女はここに残って、たとえば、そう、ケンがジャングルのなかに入ってスタノヴィッチをおびき寄せたらどうかしら。あなたとサヴァナはジャングルのなかにいると思えば、ここには捜しにこないはずでしょう。考えてみたほうがいいと思う。彼女の足、かなりひどい状態だから」

いまではケンはがらんとした部屋のむこうからサヴァナをじっと見つめていた。サヴァナは問題の足をお尻の下にたくし込んだ。「大丈夫よ。本当に。いうほどひどくないから」

「そいつはあまり感心しないな」ジョーンズはケンにいった。「それだと彼女を隠しておく役目がおれにまわってくる、だがあんたも一緒なら、彼女のことはあんたの責任になる、おれじゃなくね」サヴァナのほうにちらりと目をやった。「悪く思わないでほしいんだが、きみはパニックを起こさずに暗い場所にひとりで何日も隠れていられるタイプには見えなくてね」

「いや」ケンはいい、またサヴァナのほうに目を向けた。「彼女はタフな女性だ。彼女ならやれる。それについてはこれっぽっちも疑っていない」

それを聞いてサヴァナが最初に感じたのは、このうえない喜びだった。ケンはわたしをタフだと思っている。でもすぐにケンの言葉の意味に気づいて愕然となった。

「ケン、お願い。わたし、あなたと一緒にいたい」ケンにおいていかれると考えて、心臓が胸から飛びだしそうなほど激しく打っているわりには、なんとか冷静な声を出すことができた。

ケンはまた彼女を見つめていた。その表情からも暗色の目からも、なにを考えているのかは読み取れなかった。それでも彼はうなずいた。「ああ、たぶんそれが一番だろう。一緒にいるのが」

「好きにするさ」ジョーンズはいった。

モリーはそう簡単には納得しなかった。「サヴァナ――」

「見た目ほど痛くないから」サヴァナは年上の女性にいった。よかった、ああよかった。ケニーはわたしをおいていかないといってくれた。

モリーはかぶりを振った。サヴァナの言葉を信じていないのは明らかだった。「デイヴを手伝ってくるわ。用があったら大声で叫んで。それから足はあげたままにしておくこと」

「わたしなら大丈夫」そうよ、ケンがそばにいてくれるかぎり、わたしは大丈夫。

モリーがダンボールの山のむこうに消えると、サヴァナはベッドの上で好きなだけ体を伸ばした。

本物のベッド。本物のベッドがこんなに気持ちのいいものだったなんて、ほとんど忘れていた。ただ横たわっているだけなのに。実際にここで眠れたらどんなにすてきかしら。ケンの腕に抱かれて。

そんなことは二度と起こらない

ジョーンズのベッドの脇に逆さまにしておかれた木箱の上に、見おぼえのある本が放りだされているのに目が留まり、サヴァナは身をのりだして表紙を見た。やっぱり『二重スパイ』だわ。サヴァナは思わず笑ってしまった。考えられない。インドネシアの辺鄙な島に住むこわもての闇商人が、わたしの祖母の本を読んでいるなんて。

ジョーンズがどこまで読んだのかたしかめようと、サヴァナは本に手を伸ばした。ジョーンズは、彼女が読みかけていたところとそう違わないページの隅を折っていた。ケンは地図とにらめっこをしているし、彼においていかれる心配はないとわかっていたので、サヴァナはベッドに深々と身を沈めてつづきを読みはじめた。

わたしはギアチェンジをするハンクをじっと見ていた。計画どおりに事が進めば、自分でこの車を運転して街まで戻らないといけないから。

「そこを左よ」そう指示を出す。

夜明け前の暗闇のなかでハンクはちらりとわたしを見やり、それから左にハンドルを切って砂利道に毛が生えたような未舗装の道に入った。「メリーランドへ行く道とは到底思えないな」

「いったでしょう、びっくりさせることがあるって」

「びっくり、ね。こんなどことも知れない辺鄙な場所に？」

「ニュージャージー式のびっくりなの」

ほっとしたことにハンクは依然として上機嫌で、たぶんわたしのいうところならどこにでも喜んでついてきたと思う。セックスのもつ絶対的な力を、わたしは初めて目の当たりにしていた。ハンクが低い声でくっくと笑った。「じつに好奇心をそそられるね」

「それはわたしが好奇心をそそる女だからよ」

「そのとおりだよ、ダーリン」彼はわたしを引き寄せ、片目は路面にすえたまま口づけをした。

わたしはキスを返した。目的地は目と鼻の先だったし、これがわたしたちの最後のキスになることはよくわかっていた。たぶん二度とないキス。

「そのびっくりのあとはメリーランドへ行くんだね？」マンハッタンで車に乗り込んでからハンクがそうきくのは、これが初めてではなかった。

そして、わたしもその日何度目かに答えをはぐらかした。「ええと、そこを右。スピードを落として！　そこよ。左にある私道に車を入れて」

そこは一軒の家だった。二階建てのこぢんまりした農家の母屋で、周囲を森と畑に囲まれていた。一番近い隣家までは道をさらに二マイル半下らなければならなかった。

ハンクはわずかに身をかがめ、フロントガラスごしに家を見あげた。「だれの家か知らないが、朝の四時に客が訪ねてくるとは思っていないんじゃないのかな」

「わたしの家よ」わたしはハンクにいった。

ハンクは笑ったが、わたしが次にこういうと冗談ではないと気がついた。「最近買ったの。いまいろいろ手を入れているところ。なかを見て」

ハンクはわたしにつづいて車を降りた。「この家を買った？　きみの給料で？」

「ばかね、わたしの給料で買えるわけがないじゃないの」わたしはキッチンのドアの錠を開けながら陽気な声で笑った。わたしの人生が終わろうとしていることなどないかのように。「どうぞ入って」

わたしはキッチンの明かりをつけた。

ハンクは改装途中で雑然とした部屋を無言で見つめ、わたしはお茶をいれようと流しでやかんに水を満たした。手がぶるぶる震えていたが、なんとかやかんをガス台にのせて火をつけ、それからにこやかな笑みをハンクに向けた。

「なかを案内しましょうか？　見たとおり、ここはキッチンよ。というか、改装が終わったらキッチンになる予定。地下室から手を入れはじめて――一階ずつ上にあがってきているの。それでこっちが居間」

ハンクは帽子を手に、ひどくむずかしい顔をしてあとをついてきた。「ローズ。この家を買って修繕するための金をどこで手に入れた？　きみはいったいだれのために働いているんだ？」

なんとも都合のいいことに、ハンクのほうから話を切りだしてくれた。

「わたしがだれのために働いているかは知っているでしょう」そういいながら、どうかうまくいきますようにと祈った。いまなら、だれにも話を聞かれる心配のないこのニュージャージーの真ん中でなら、ハンクも彼がひと役買ったアメリカ国内のナチスのスパイ網について明かしてくれますように。「わたしはあなたと同じ大義のために働いているのよ、フォン・ホッフ親衛隊中尉《オーバーシュトゥルムフューラー》」

ハンクの反応は、わたしが期待したものとはまるで違った。その場に棒立ちになったまま、ひどく奇妙な表情を浮かべてわたしを見つめている。

「なんてことだ《マイン・ゴット》」

「ヤー」わたしはいった。「神と祖国ドイツのために《フュア・ゴット・ウント・ファーターランド》」

「ローズ」彼はいいかけて、やめた。そしてかぶりを振った。明らかに動揺している。

「考えないと。考える時間が必要だ」彼がポケットから車のキーを出すのを見て、帰るつもりなのだと気がついた。ハンクは車で出ていこうとしている。

なにが彼の心をこうも苦しめているのかわからなかった。わたしはおたがいがすでに承知していることを口に出しただけなのに。ただし、これはなにかの罠ではないかと彼が危ぶんでいるのだとしたら——ああ、大変。

ハンクはキッチンのドアのほうに向かっている。でも彼を行かせるわけにはいかない。

心臓が大きな音をたて、わたしはハンドバッグから拳銃を出してハンクに向けた。「動かないで。車のキーを床に落として、それから両手をわたしに見えるところに出しておいて」

わたしが手にしていたのは彼の銃——彼の部屋の金庫から失敬してきた銃だった。ハンクがそれに気づいたのがわかった。その顔からは血の気が引いていた。

「ではこれは罠なんだな。なるほど——最初から罠だったわけだ」

「両手を頭の上にあげて、ゆっくりこちらにきて」わたしは両手で銃を握り、そう命じた。ハンクを撃つつもりはこれっぽっちもなかったし、彼がそれに気づいてくれることを願った。「キッチンに入って」

「完全にしてやられたよ」ざらついた声でハンクはいった。「ゆうべのきみは……」笑い声をあげた。「ぼくは救いようのないまぬけだ。すっかりきみを信じてしまった」わたしに向けたその目にはまぎれもない憎しみが浮かんでいた。

わたしは心を鬼にした。ハンクに憎まれるのは我慢できる。でも彼が死んでしまうのは耐えられない。

「ドアを開けて」わたしの声はほんのわずかだけ震えていた。「左にあるそのドアよ。ゆっくりやって――右手だけを使って」

「地下貯蔵庫か。これは驚いた。いっておくが、みずから墓穴《はかあな》を掘るつもりはないぞ。きみがやるんだな、ダーリン。その手を汚して」

「地下貯蔵庫じゃないわ」わたしは彼に知らせた。「地下室よ、コンクリートの床がある。だからこの家を買ったの。階段の右横に明かりのスイッチがあるわ。つけてちょうだい」

ハンクはいわれたとおりにした。

「階段をおりて」わたしは命じた。「あまり急がないで、お願い」

地下は、上階と同じぶ厚い石の土台からなる独立した部屋になっていて、わたしがそこになにをしたかを見て、ハンクは声をあげて笑った。

わたしはハンクを監禁するべく、部屋の入口にがんじょうな鉄の門を取りつけていたのだ。

　窓にも鉄格子をはめてあった。窓は外からも板でふさいであったが、日が昇るまではハンクはそれに気づかないだろう。

「居心地がよさそうじゃないか」ベッドと小さなテーブル、本でいっぱいの本棚に一週間分の缶詰めが並んだ戸棚を見てハンクはいった。狭いつづき部屋には洗面台とトイレもついていた。おそらく召使い部屋かなにかだったのだろう。石壁には漆喰が塗ってあって、実際とてもいい部屋だった。

　だからこそ、わたしはこの家を買ったのだ。

「なかに入って」わたしはいい、ハンクは部屋に足を踏み入れながら険しい目でわたしの仕事ぶりを吟味していた。「そのまま、うしろの壁際まで進んで」

　彼の目が、鉄の門を留めてある頑丈そうな金具を見て取った。父はわたしにいろいろなことを教えてくれたのだ。わたしが鉄門を閉め、あらかじめ買ってあった何本もの鎖とたくさんの錠をかけるに至って、ハンクは自分が相手にしているのがそのへんのしろうとではないことに気がついた。

　石造りのこの家は一度入ったら出られない。床はコンクリート張りで、天井は――これはいささか骨が折れたが――ツーバイフォー工法で補強した。だからそちらからも逃げることはできない。

　わたしが立ち去ってしまえば、ハンクはここから出られない。

そのときハンクが飛びかかってきたが、もう遅かった。すでに何重にも錠をかけたあとだった。彼は門に体当たりしたが、門はびくともしなかった。

「なぜいまここでぼくを撃たない？」吐きだすようにいった。

わたしは彼の拳銃をハンドバッグに戻した。ハンクを無事、自作の監禁部屋に閉じ込めたいま、わたしの手は本格的に震えだした。「あなたを撃つつもりはないわ、ハインリヒ」

それに疲れ果ててもいたが、やらなければならないことはまだ山ほどあった。まずは車でマンハッタンに戻り――わたしたちの指紋をきれいにぬぐってから、ホテルから遠く離れたどこかに乗り捨てる。ホテルのハンクの部屋にある彼の私物を片づけ、わたしが借りた部屋もチェックアウトしなければ。

それからハンクの手帳にあった名前のリストに目を通し、吟味して、だれが彼の情報収集ネットワークの一員なのかを探りださないといけない。

計画では、ハンクのリストにあった人物の何人かに接触して、ハインリヒは敵国のスパイに殺されたと話す予定だった。わたしはハンクの恋人で、ハンクはわたしを信用して自分の任務を託したのだ、と。そうして彼らの口からドイツに情報を送る手順をなんとかしてききだす。どうすればそんなことができるのかわからないけど、とにかくやるしかない。そして知りえたことをすべてＦＢＩに伝えてナチスの動きを封じるのだ。

ハインリヒが死んだというくだりは、もちろん嘘だ。そのあいだ彼はずっと、危険の及ばないニュージャージーのわたしの家の地下室に幽閉されることになる。

「なぜ待つんだ、ローズ？」ハンクは怒り狂っていた。手をいっぱいに広げ、鉄格子のむこうからわたしにつかみかかろうとした。仮に手が届いたら彼は嬉々としてわたしを絞め殺すだろうと、本気でそう思った。

　こうなることはわかっていたはずだった。けれど、これほどまでの憎悪を向けられるとは予測していなかった。

「当局の手に引き渡すのも、その拳銃の引き金を絞るのも、ぼくを殺すという点ではなんら変わらない」彼は断言した。「だったらいまここで殺してくれ。やるんだ」鉄格子を激しく叩いた。「ぼくはきみに殺されたい。きみにこの胸を撃たれたい！」

「食べ物は戸棚のなかよ」できるだけ冷静な声でいった。「一週間分はじゅうぶんあるはずよ。次に戻ってこられるのはいつかわからないけど――」

「撃ってくれ、頼む！　撃ってくれ、撃ってくれ、撃ってくれ――」

　もうだめだった。わたしは彼に負けない大声で叫んだ。「やめて。やめて！　あなたを撃つつもりはない！　撃てない！」

　ハンクはその場で足をとめ、たったいま徒競走を終えたばかりのように荒い息をつきながら、わたしを見つめた。「ダーリン、ぼくはもう死んだも同然だ」静かに告げた。「さっさと終わらせたほうがいい」

「いいえ」わたしは涙ながらにいった。「それは違う。すべてはあなたを生かしておくためにしたことよ」

彼が理解していないのは顔を見ればわかった。

「この戦争が終わったら」わたしは彼にいった。「ドイツが負けて、あなたがもう連合軍に損害を与えることがなくなったら、そのときはあなたを解放する。それまではここにいてもらうわ」

ハンクはかぶりを振った。「連合軍……？」

「わたしはアメリカ国民よ、ハンク」わたしは目をぬぐった。「あなたを愛してる、でもこの国のことも愛しているの。あなたがナチスのためにスパイ活動をつづけるのを許すわけにはいかなかった。だからって、あなたを当局に差しだすことなんてできない。処刑されてしまうもの。そんなこともさせられない。わたしの国とあなたの両方を守るためにはこうするしかなかったの」

「この戦争が終わるまでぼくを――ここに閉じ込めておく」いまだに理解に苦しんでいるかのように、おうむ返しにいった。

「ええ。かなりの期間になるかもしれないし、それについては申し訳なく思ってる。本をもってくるわ、書くものが必要なら紙とペンも――時間をつぶす足しになるものならなんでも」

するとと彼は声をあげて泣きだし、床にへたり込んで両手で顔をおおった。

わたしは彼のほうに一歩近づいた。「ごめんなさい」

彼が顔をあげてわたしを見た。ハンクは泣いていたのではなかった――笑っていたのだ。

「ローズ、いいかい、ぼくも連合軍のために働いているんだ。最初からずっとそうだった――ベルリンで初めてきみに会ったときからね。だがきみが誤解したのも無理はない――ローズ、ああ、ローズ、ぼくは連中の制服を着ていたかもしれない、でも誓ってナチではない。一九三六年からずっと反ナチ工作に携わっているんだ」

わたしは目を瞠り、立ちあがる彼を見つめた。

「キッチンでのあれは、ぼくの口を割らせるためにナチ支持者のふりをした、そうだね？」

わたしは階段のほうに向かいかけた。「もう行かないと」彼がなにを企んでいるにせよ、それにひっかかるつもりはない。

「待ってくれ！」

「惜しいわね、ハンク。でもその手にはのらない。二、三日したら戻るわ」

「ぼくの手帳」ハンクはいった。「あれをもっているか？」

わたしは彼を振り返った。

「もしまだなら、ホテルの金庫のなかにある」ハンクはまくしたてるようにいった。「金庫の鍵はここだ」ホテルの部屋の鍵を通したキーホルダーをわたしの足元の床に放った。「金庫を開けて、あの手帳をもってＦＢＩに行くんだ。ジョシュア・タリングワースという男に渡してくれ。あの手帳には重要な情報が記されているんだ、ローズ。もしもまちがった人間の手に――ドイツ軍の手に――渡ったら、この戦争を終わらせるために戦っている多くの同胞が死ぬことになる。だからあの手帳をもってタリングワースに会うんだ。コードネームの〝ムクドリ〟を使えば、またたく間に彼のオフィスに入れる。さあ、ローズ。鍵をとれ」

「手帳なら、もうもっているわ」わたしはいった。

「よかった。なら、それをもってFBIに行くんだ。タリングワースが真実を話してくれるはずだ――ぼくがナチの一味なんかじゃないことをね」

わたしは彼を見つめた。ハンクが本当のことをいっているなんてことがあるだろうか？

「さあ」ハンクはせかした。「ぼくはどこにも行かない。きみが戻るまでここにいる」

階段をあがりかけたところで、急に頭が痺れたようになった。わたし、なにをしてしまったの？

「きみが戻ったら」うしろからハンクが呼びかけた。「ふたりでメリーランドへ行くからな。きみの約束をぼくが忘れるなんて思わないでくれよ」

それを聞いてわたしの足がとまった。「まだわたしと結婚したいの？」とても信じられなかった。「わたしにこんなことをされても？　あなたの話が事実なら……」

「事実だ。そうそう、ローズ……？」ひどくおだやかな彼の笑い声が聞こえた。「ぼくもきみを愛しているよ」

「村に戻らないと」

「送っていく」ジョーンズはいった。モリーの予想どおりに。今日はとりわけたちの悪い連中がこのあたりの山中をうろついているらしいという疑いが、それでいっそう強まった。

ジョーンズは、彼が売ったナップザックに食料やなにかを詰めているケンに目をやった。

「おれの目をごまかそうなんて思うなよ。ほかにいるものがあればもっていってかまわないが、テーブルに金をおいていけ。それとおれが戻る前に出発するときは、ドアをロックしていってもらいたい」紙の切れ端にいくつかの数字を書いた。「これがいまの組み合わせだ。この数字を打ち込むとセキュリティシステムが作動するようになっている。喜んでも無駄だぞ、組み合わせは毎日変えているから」

「世話になった」ケンが片手を差しだし、男たちは握手を交わした。ケンは次にモリーの手を握った。「あなたはおれたちのケツを救ってくれた恩人だ」

「そのすてきなお尻に無茶をさせるのは忍びないわ」モリーは言葉を返した。「幸運を祈ってるわ、ケン」彼女はジョーンズのベッドにちらりと視線を投げた。サヴァナは『二重スパイ』を手に体を丸めていた。本を胸に抱いてぐっすりと寝入っているところは十二歳くらいにしか見えなかった。「できることならゆっくり歩いてあげて。あの足はかなり痛いはずだから」

ケンはうなずき、サヴァナのほうを見ると目元がやわらいだ。「サヴァナは信じられないほどタフな女性なんだ。いまから五マイル走るとおれがいっても、文句ひとついわないはずだ」

「『痛い』といわないからって痛くないわけじゃないのよ」モリーは念を押した。「気をつけて」

「あなたも」

ジョーンズはモリーのためにドアを押さえ、それからきっちりと閉めた。そして彼女の腕をつかんでぐいと引き寄せ、激しいキスで呼吸を奪った。

「うーーん」ジョーンズが声をしぼりだしてくちびるを離し、モリーはようやく息ができるようになった。「あのふたり、一生出ていかないんじゃないかと思ったよ」

「出てきたのはあのひとたちじゃなくこっちよ。それより、わたしは帰らなきゃいけないの。それもいますぐに」

ジョーンズは彼女の首筋にくちびるを押しつけた。「いますぐ？　それより、いまから二十分後にしたらどうだい？　じつは見せたいものがあるんだ」

太陽が照りつける滑走路を横切り、その先のジャングルのほうへ引っぱっていかれながらも、モリーは抗議した。「だめだったら。髪をくしゃくしゃにして、裏返しのシャツをうしろまえに着て村に戻るわけにはいかないのよ。なにしろ村じゅうの人間が目を光らせているんだから。わたしがゆうべあなたと一緒にいたことも、わたしたちがトイレットペーパーの値段を吊りあげる、あなたの極端な反共主義、資本主義びいきのやりかたについて議論していたわけじゃないことも、全員が知っているのよ」

ところが、ジョーンズは地面から露出した岩にはめ込まれた、扉のようなものを開けているところだった。ジョーンズにつづいて扉を抜けると、そこはひんやりと湿った狭くて薄暗い空間になっていた。十二×三フィートほどだろうか。城壁にあるような小窓は、銃を撃つためのものだろう。明かりがほとんど入ってこないのは、伸びすぎた雑草に岩がほぼ完全に――戦略的に草を刈った狭い一角を除いて――おおわれているからだった。

「オルタネーターが届くまであのふたりを――ケンとサヴァナを、匿おうと思ったのはここなんだ。まあ、やつが断ったのも無理はないが。おれという人間を知らないわけだし」

そこからは滑走路全体と、ジョーンズが家と呼んでいる兵舎が見渡せた。

「第二次大戦中に日本軍が建てたものだ」ジョーンズの声はコンクリートと石でできた壁に当たって軽くこだました。エアマットレスがあり、食料と水も隠してあった。「トーチカ（機関銃などを備えたコンクリート製の防御陣地）のようなものだと思う。これと似たようなのがこの飛行場のあちこちにごまんとあるんだ――探さないと見つからないがね。おそらく飛行場は無人だと思わせて、アメリカ兵がくるのを待ち構えて皆殺しにする計画だったんだろう。もっとも、成果があったとは思えないが――なにしろこのあたりで戦闘がおこなわれた形跡は一切ないんだ。いっちゃなんだが、米軍がわざわざパルワティ島へ進攻したとは考えられない。それだけの価値はないからな」

「それじゃ、日本軍はこんなものをつくって、起こりもしない攻撃をじっと待っていたわけ？」モリーは小さく笑った。「ひどく悲しい気がするのはなぜかしら。わたしって相当ひねくれているのね」

「ああ。それはとっくに確認ずみだと思うけど」ジョーンズは彼女の背後に近づき、耳に、喉に、首と肩のあいだの敏感な部分にキスした。熱く硬い彼のものが当たるのを感じた。興奮の証《あかし》が。彼はまたわたしを求めている、モリーはそれがうれしかった。「今夜は何時にこられる？」ジョーンズがきいた。

彼の手がスカートの下にもぐりこみ、乳房の下を撫でると、モリーは自分のうめき声を聞いた。ジョーンズはそれをゴーサインととって、豊かなふくらみを両手で揉みしだいた。

「だめ」ああ、彼がしていること、すごく気持ちがいい。「今夜はこられないわ。本当はきたいのよ、グレイディ、ええ、すごく。でもみんなが見ているもの」

「見させておけばいい」ジョーンズは彼女のショートパンツのボタンをはずして、手をなかに滑り込ませた。

ああ、いいわ……。「わたしは村の女性たちのお手本にならなきゃいけないの」

「きみは最高のお手本だよ」

「軽はずみなことはできないのよ」あえぎながらいった。「本当に。ボブ神父に予定より早く送り返されるようなことはしたくない」

それがジョーンズの注意を引いた。「今夜がだめなら、次はいつ会える？」

「お茶を飲みにきたらいいわ、ただしテントのフラップはあげておくけど」

「お茶は飲みにいく。じゃあ、質問のしかたを変えるよ――次はいつきみと愛し合える？」

「わからないわ。ボートを出す口実を考えてみるけど――」

「いまは？」耳元に熱い息がかかった。「いますぐというのは？」

「村に戻らなきゃ」モリーはいったが、その声は最初のときとくらべてかなり説得力に欠けていた。とりわけジョーンズが彼女のショートパンツのファスナーを下げ、下着ごと膝まで引きおろしていては。そして、ああ、彼がなかに入ってくると、モリーはもう「イエス」としかいえなかった。

ケンは眠っているサヴァナを見つめた。

サヴァナの足はたしかにひどい状態だったし、疲れ切っているのもまちがいない。そんな彼女を起こしてまた歩かせなければならないかと思うと、胸が痛んだ。

ジョーンズのことはさておき、モリーは信用できるひとだ。サヴァナを宣教師たちのところにおいていくよう話をするべきだったんだ。あそこにいればサヴァナは安全だ。そしておれは――おれはモリーの忠告に従う。銃の密輸業者をおびき寄せて山奥へ誘い込む。

いや、だめだ。そのほうがサヴァナのためだとわかっていても、彼女をおいていくなんて考えられない。

例のヘリが村に近づいてきたとき、あれほどの恐怖を味わったのは生まれて初めてだった。ケンはけっしてチーム一の俊足ではなかったが、あのときはオリンピック記録を破ってサヴァナのもとに駆けつけた。

死ぬほど怖かった。生まれて初めて、くそも出ないほど怯えた。あんな思いは二度としたくない。

あのときのことを考えると、サヴァナを見つけていたらオットー・スタノヴィッチがしていたかもしれないことを考えると、いまでも吐き気がこみあげる。

なぜならスタノヴィッチはおそらく拳銃を抜いて、サヴァナの頭に向けて引き金を引いただろうから。バン。サヴァナは地面に崩れ落ち、死んでいたかもしれない。その場で処刑されて。

そしてケンは――遠く離れた村の反対側で――ただそれを見ているしかできなかったかもしれないのだ。

だめだ、サヴァナは連れていく。おれと一緒に。それなら彼女は安全だ。

彼女の足については……。荷物を軽くすればいい。アタッシェケースから多少の金を抜いて、残りは隠していこう。サヴァナを無事に文明世界に帰したあとで、とりに戻ってくればいい。

それまでは金はどこかに埋めておく。そして、土地の闇商人の裏庭ほどそれに適した場所がほかにあるだろうか。あのジョーンズとかいうカウボーイは、ケンに信用されていないことを重々承知している。そのケンがアメリカドルの詰まったアタッシェケースをやつの兵舎の目と鼻の先に隠すとは、夢にも思わないはずだ。

アタッシェケースがなくなれば、荷物はいまさっき買った食料やなにかを入れたナップザックだけになる。それならサヴァナに手を貸してやれるし――なんなら途中でおぶってやってもいい。

トゥングル——村の長老で、なめし皮みたいな顔をした老人——が、島の北側へ行けば、つまりパルワティ港から離れれば、ボートを売ってくれる人間が見つかるかもしれないといっていた。

それは、二重の意味で好都合だった。スタノヴィッチはケンとサヴァナが町とは逆方向に向かうとは思っていないだろうからだ。

ベレーの男とその軍隊のあとを尾けていたときに見かけたあの川のほうへ向かおう。頭を下げて頼み込むか、買うか、借りるか、盗むかしてボートを手に入れたら、海に沿って島をまわって港をめざす。

ただし大きな障害がふたつある、とトゥングルは警告した。

ひとつ。島の北側は地元の反政府組織の息がかかっている。ベレーの男はほかならぬアルミンド・バダルディンという革命家で、いざとなればテロ戦術を使うことも厭わない。

ふたつ。外海に出たら、海賊の標的になる恐れがある。

とはいえ、バダルディンのしろうと同然の偵察隊を避ける自信がケンにはあった。さらに都合がいいのは、バダルディンの縄張りに足を踏み入れるのをスタノヴィッチが躊躇するだろうということだ。

海賊については——くるならこいというところだ。海賊の大半はお粗末な武器しかもっていないとトゥングルもいっていた。それにひきかえ、こちらにはまだウジ機関銃があるし、いまでは弾薬も、ちょっとした戦争をはじめられるほど揃っている。

サヴァナがなにやら寝言をつぶやき、ケンは彼女を起こす気になれなかった。かわりにアタッシェケースをもってそっと外に出ると、忘れずにドアをロックした。

モリーは彼にもう一度キスした。その目は怒っているようでも楽しんでいるようでもあった。「まったく困ったひとね。いくらわたしが帰らなきゃいけない、自分のテントで愛の営みをするつもりはないといったからって、無理やりここで押し倒すなんて」

「おいおい」ジョーンズはいった。「ちょっとは感謝してくれよ——きみの髪をくしゃくしゃにしなかっただろう」

モリーが笑った。「たしかに」

モリーはまた彼にキスしたが、そのとき兵舎の外でなにかが動くのが見え、ジョーンズははっと体を引いた。

いったい……？　ケンだ。一方の手に例のアタッシェケース、もう一方にウジをもって兵舎を出ようとしている。

モリーもうしろを振り返った。「なに——」

ジョーンズはすかさずモリーの口を手でおおい、自分のくちびるにひとさし指を当てた。

ふたりが見守っていると、ケンはその場に静かに立ってジャングルをじっと見ていた。一分が二分になり、そして三分がすぎた。彼がなにをしているかジョーンズは知っていた。おれたちが本当に村に戻ったかどうかたしかめているんだ。特殊部隊のテクニックに不慣れなモリーは居場所を明かさずにジャングルのなかに長く潜んでいられないことを知っているからだ。

ただし、モリーが日本軍の要塞跡に安全に隠れているとなれば、話はべつだ。

ケンはどうやら満足したらしく、兵舎のすぐ裏のジャングルのなかに消えた。

「くそっ、あいつ、あのブロンドを見捨てるつもりだ」ジョーンズはモリーの耳元でいった。なんてこった。あのお嬢ちゃんをどうすりゃいい？

「ただ、おしっこをしにいっただけだと思うけど」

「アタッシェケースをもってか？」ジョーンズは鼻を鳴らした。「いいや、やつは逃げたんだ。それはそうと、あのなかにはなにが入っているんだろう」

「お金よ」

ジョーンズはモリーに顔を向けた。「なんだって？」

「あのアタッシェケースのなかにはお金が入っているってサヴァナがいってたわ」

「金って、どれくらい？」嘘だろう、あの大きさからして……いや、入っている紙幣の額面にもよるが。もしも百ドル札だったら……。

「きかなかったわ」

そうだろうとも。だが、二万ドル以上あるのはまちがいない。ちくしょう、もしもセスナが飛べる状態だったら、二万ドルの謝礼が懐に転がり込んでいたってわけか。まいったね。

「どうしてその金のことをもっと前に話さなかった？」彼はモリーにいった。

「重要だとは思わなかったから」

「知ったら、おれが盗もうとすると思ったんだ」

モリーは目玉をぐるりとまわした。「あいにくだけど、そんなことは考えもしなかったわ」

「ふふん、たぶん考えるべきだったな」

「本当に行かないと」モリーはいった。

「おっと」ジョーンズは彼女の手首をつかんだ。「冗談じゃない。きみはあのブロンドについていてくれ。おれはケンを追いかけて、やつのケツをここに引っぱってくる」

「ケンがどこに行ったにせよ、かならず戻ってくるわよ。彼はサヴァナをおいていったりしない。彼女を見るときのケンの目に気づかなかったの?」

「彼女と一発やりたいって目のことか?」モリーを怒らせるためだけにいった。

しかし、モリーはまばたきひとつしなかった。ただじっと彼を見つめ、降参したのはジョーンズのほうだった。

「すまない。ああ、気がついたよ。やつは彼女にくびったけだ。きみのいうとおりね。だが、あのアタッシェケースには十万ドル近い金が入っているはずだ。愛情は大いにけっこうだが、それだけの大金を前にしたら、ひとの心も変わるさ」

「ケンは食料を入れたナップザックをもっていなかったわ」モリーは指摘した。「まあ見てなさい。すぐに戻ってくるから」

「ケン!」兵舎のなかに叫び声が響き渡り、ドアを叩く聞きまちがいようのない音がそれにつづいた。

ジョーンズは毒づいた。「あの野郎、彼女を閉じ込めていきやがった」

サヴァナは信じられなかった。「ケニー、この……この……く、そ、っ、た、れ！」

彼は行ってしまった。

お金をもって。わたしをひとりここに残して。

置き手紙も、説明もなしに。忽然と。

しかも、あいつ、外から鍵をかけていった。よくもこんなことができたものね。サヴァナはふたたびドアに体当たりしたが、ドアはびくともしなかった。でも、出入り口はここしかない。窓にはすべて格子がはまっている。

「ケン！」

そりゃ、足はひどい状態よ。でも、泣き言はいわなかったし、これからだっていうつもりはない。遅れずについていくつもりだった——たとえ這ってでも。

「ケニー！」叫んでも無駄なのはわかってはいたが、それでもやめられなかった。かまわずドアを叩きつづける。

わたしをおいていくなんて信じられない。

ケンがそんなことをするなんて思いもしなかった。だって、ありえないでしょう——まるであのガンジーが子犬を蹴飛ばしているところを目撃したみたい。

いいわ、たしかにケニーはガンジーじゃないかもしれないけど、でもあんなにはっきりいってくれたのに。おれはどこにも行かない。最後の最後まできみと一緒にいる、って。それなのに、なぜいまになってわたしをおいていくの？　それとも、わたしはここに、ジョーンズとモリーのところにいたほうがいいとでも思ったの。

「ケニー！」

叫んでいる途中でドアが開いた。じつにあっさりと。そして、ケニーがそこにいた。ドアのむこうの陽だまりのなかに立っていた。

「おっと」彼はいった。「怒ってるのか。悪かったよ。すぐに戻るつもりだったんだ。きみは眠っていたし、だから——」

サヴァナはわっと泣きだした。

ついに。

サヴァナが崩壊した。

忍耐力がついに限界を超え、ふだんはきっちりと抑え込まれている感情が堰を切ってあふれだしたのだ——もっとも、今回はその気はまったくなかったのだが。

彼女は泣きながらケンの胸に飛び込んだ。

「わたしをおいていかないで」泣きじゃくりながらいった。「二度と、二度とひとりにしないで！」

「ええっと」ケンはすっかり困惑していた。「違うんだ、ベイビー。そんなつもりじゃなかった。まさか本気で――」

サヴァナは声をあげてわんわん泣いていた。「あなたがまたくそったれなまねをして、わたしを置き去りにしたんだと思ったわよ！」

ケンは思わず笑ってしまった。

サヴァナが顔をあげ、咎めるような目を向けた。「笑いごとじゃないわ！」

「そうじゃない」あわてていった。「自分のことを笑ったんだ。おれは……メモを書いておくべきだった」彼はサヴァナの頰に手を当て、親指で涙をぬぐおうとした。ところが、だめだった。涙が次から次へと落ちてくるのだ。ケンは胸が締めつけられた――実際、心臓をぎゅっと鷲づかみにされた感じだった。胸の痛みとともに彼は知った――これ以上、サヴァナのことなどなんとも思っていないふりはできない。「悪かったよ、ヴァン。本当に。アタッシェケースを隠しにいっていたんだ、もち歩かずにすむように。二度ときみをおいていったりしない。約束する。神にかけて誓う。死んでもきみをひとりにしない」

サヴァナは彼にキスした。

いままであの瞳に涙をいっぱいに浮かべてこちらを見あげていたのに、次の瞬間には、まるで明日がないかのようにケンにキスをしていた。

サヴァナは塩辛く、甘く、そして激しかった。あやうくケンを押し倒しそうなほど。目も眩むようなキスだった。雷鳴が轟き、地面が揺れた。パルワティ港までの道路を塞ぐ岩をトゥングルたちが爆破しはじめたのだとケンが気づいたのは、二度目の爆発音がしたときだった。

彼はサヴァナの腕をほどいた。「あのばか！　きみのことじゃないぞ」急いでつけ足す。三度目の爆音が響いた。「村民たちが発破をかけている。二十四時間待ってくれといったのに——山が揺れることぐらい、いらない注意を引くものはないからって。スタノヴィッチはいまにもこのあたりに戻ってくるだろう。一刻も早くここを出たほうがいい」

サヴァナはその場に突っ立ったまま、目を見開いて彼を見ていた。顔にはまだ涙の筋がついていて、その口はもう一度キスしてといいたげだった。だがいまは荷物をもって急いでここを出る以外にない。

「サヴァナ、おれのために強くなってもらえるか？」あの筋金入りの自制心がほんの少しでも残っていることを祈りながら、ケンはいった。「できるかい？　もう少しだけがんばれるか？」

彼女はうなずき、手のひらのつけ根で急いで目と顔をぬぐった。「ごめんなさい。みっともないまねをしてしまって」

どっちだ？　泣いたこと、それともおれにキスしたことか？　だがいまはきいている暇はない。

「重要なことだからよく聞いてくれ。アタッシェケースはジャングルに埋めた。この兵舎の南西の角から十五歩のところだ。ただし、おれの歩幅で。きみの足だと、もう少しかかるはずだ。わかったか？」

「十五歩ね」

「サンダルを履くんだ。急ごう。一刻を争う」

ケンはナップザックをつかみ、サヴァナはサンダルを履いてあっという間に彼の横に戻ってきた。

「ルールは知っているな」兵舎のドアをロックしながら念を押した。「おれが伏せろといったら伏せる。走れといったら――」

「走る」サヴァナはいった。「わかってる」

彼女の鼻は赤く、まつげにはまだいくつか涙が張りついていたが、それを除けば落ち着きを取り戻していた。SEAL第十六チームのタフな大男たちでもヒーヒー泣き言をいいそうな足で走ろうとしている。

「なんならおぶってやっても――」

「平気よ」手短にいった。「行きましょう」

いいかたを間違えた。〝きみを背負いたいと思う〟あるいは〝いまからきみを背負う〟というべきだった。なんでもコントロールしたがる仕切り屋のわりに、サヴァナは驚くほどすなおに命令に従う――適切な言葉を選んでいれば、サヴァナはきっとおとなしくおれにおぶさっていただろうに。

サヴァナの先に立ってジャングルのなかに分け入りながら、北に向かうことと足跡を消すことだけに集中しようとした。

しかし、脳みそはマルチタスキングをしたがっていて、ついに冷静さを失ったときにサヴァナの顔に浮かんだ表情のことをついつい考えてしまった。足並みに合わせるようにサヴァナの言葉がくりかえしよみがえる。〝わたしをおいていかないで！　わたしをおいていかないで！〟

あのあと、信じられない、サヴァナは彼にキスをした。ものすごいキスだった。なんのためらいもなく、積極的に激しく舌で攻め立てる、脳天にくるような強烈なキス。〝あなたが欲しい、あなたが必要なの〟と叫んでいるようなキス。

ケンは自分の足につまずき、低く張りだした木の枝でしたたかに顔を打った。くそ、とんだまぬけだ。

そう、サヴァナはおれを欲し、必要としている——危険から守ってもらうために。

彼女の必要と欲求にそれ以外の理由があるかどうかの可能性は、無事その任務を果したあとで初めて考えるべきだ。可能性だって？　大げさだな。サヴァナがキスしてきたからって、なんだってんだ。安堵のあまり、ついしてしまったのかもしれないだろうが。

サム・スタレットとジョニー・ニルソンを乗せたヘリがいきなり頭上にあらわれて、ロープをおろしておれたちを無事引きあげてくれたら、おれだってあいつらにぶちゅっと盛大にキスするに決まってる。

「大丈夫？」サヴァナがきいた。

「ああ、ちょっと考えごとをしていて……この一件が片づいたらどんなにうれしいかってね」

「わたしもよ」気持ちのこもったそのひと言で、サヴァナがここから脱出するのを待ちきれずにいるのがわかった。

〝わたしをおいていかないで〟

無事にジャカルタへたどり着けたら、たぶんサヴァナの意見も変わるさ。

またしても足がもつれ、またしても枝で顔を打った。ケンは集中するべく、オットー・スタノヴィッチがサヴァナを見つけて彼女の頭に銃弾を撃ち込むところを想像した。

「いまからきみを背負う」ケンはサヴァナにいった。「そうすれば、さらにペースをあげられるからな。きみの意向をきいているんじゃなく、これは命令だ。だから返事は必要ないし、受けつけない」

ケンが抱えあげても、サヴァナはなにもいわなかった。これで彼女の命は文字どおり彼の肩にかかったことになる。雑念が消え、ケンはたしかな足どりで薄暗いジャングルを突き進んだ。

ケンがアタッシェケースを隠した場所は十分で見つかった。

じつをいえば、そんなに早く見つけられたのは、ケンがジャングルに入っていった正確な方角をジョーンズが見ていたから、つまり運がよかったからにすぎない。

アタッシェケースを掘りだすのに約二分、鍵を開けるのに――三十秒。

そして、そこにあったのは。

こいつはたまげた。

「ね？」モリーがいった。「お金だったでしょう。サヴァナは嘘はつかないわよ」

ああ、そいつはたしかだ。アタッシェケースの中身はジョーンズの想像より若干少なかったが、それでも優に二十万ドルは超えていた。

モリーはアタッシェケースを閉じ、ふたたび土をかけはじめた。

「なあ、ジャングルには、拾ったものは自分のもの、ってルールがあるんだけど」ジョーンズは指摘した。

「これを掘りだしたのは、くそみたいな災難が降りかかるようなものをケンがここに隠したんじゃないことをたしかめたいからだと、あなたいったわよね」

ああ、一字一句まちがいなしに。だとしても……。「これだけの現金があったらどんなことができるかわかるか？」

モリーは首を横に振った。「これはあなたのお金じゃない」

ただし、モリーはアタッシェケースを戻しただけだった。元あった場所に。彼女が村に帰ったあとで難なく戻って掘り返せる場所に。

モリーはなにを考えているんだ？　自分の土地にひと財産が埋まっているってのに、おれがただ指をくわえて見ているとでも？

そりゃまあ、厳密にはおれの土地じゃない。無断で住んでいるってだけだが、だとしても……。

「仮にあのひとたちが、そうね、ひと月経ってもお金を取りに戻らなかったら」モリーはいった。「そのときはあなたがもらってもいいと思う。でも、かならず戻ってくることはあなたも知ってる。これだけの大金を忘れてしまうひとなんていないもの」手を拭いてから腰をあげた。「村まで送ってくれる？」

ジョーンズもまた立ちあがり、あたりをざっと見まわして、アタッシェケースを埋めた場所を頭に叩き込んだ。「ああ。だが村の手前までだ。それからお茶もパスしたほうがよさそうだ。さっきの発破でじきにオットー・スタノヴィッチが戻ってくるだろうし、おれたちが一緒にいるところを村のやつらに見られないほうがいいだろう」

モリーはなにもいわなかったが、がっかりしているのが伝わってきた。会えない理由を女性にここまで説明するのは後にも先にもこれが初めてだったが、ジョーンズはなおもつづけた。

「じつはスタノヴィッチ兄弟とは一種の協定を結んでいるんだ――こちらがおかしなまねをしなければ、むこうもちょっかいは出さないというね。ケンに物資を売ることで、おれは公然とスタノヴィッチに喧嘩を売ったことになる。そいつはあんまりうまくない。だから村に戻ったら、おれは協力するのをいやがったのにケンとサヴァナにごり押しされたとみんなにいうんだ。で、オットーがやってきてまた傍若無人にふるまいだしたら、ふたりはおれのところに連れていったと、きみはうっかり口を滑らせる。それでオットーがここにきたら、おれは、ふたりは山道を下って港のほうへ向かったと話す」

「でも、ふたりは港には向かわないわ」

ジョーンズは両手を広げて肩をすくめた。「彼らがどこにいったか知らないし、知りたいとも思わない。だがラバ道を使わなかったことだけは知ってる。それはたしかだ」

「つまりあなたは二度もオットー・スタノヴィッチに楯突こうとしているわけね。最初はケンとサヴァナを助けることで、次にまちがった方角をオットーに示して」

モリーはヒーローかなにかを見るようにこちらを見ている。ジョーンズは肩をすくめた。

「そんなたいしたことじゃない。おれは機会さえあれば、だれにでも楯突くんだ」

モリーはうなずいたが、その顔を見れば彼の嘘を見破っていることが知れた。彼女は彼に口づけをした。甘く。やさしく。

ジョーンズは兵舎の裏に埋まっている金のことを考えた。あの金があれば、欲しいものはたいてい手に入るだろう。

金では買えないひとつのものを除いて。

16

「町はいまパルワティ島に関する噂で異様に盛りあがっている」マックス・バガットは会議室のテーブルに広げた大きな地図で、問題の島を赤い円で囲った。「どこかに大金がころがっているらしいという話でもちきりだ——金がヘリの墜落を逃れたとすれば、カーモディとあなたのお孫さんもおそらく無事と思われます。SEALの一個チームを現地に派遣し——旅行者に扮して民間のヘリをレンタルしました——なにが見つかるか調べさせているところです」

「それで……？」ローズはいった。

「無線で連絡が入ることになっています、マム。間もなくのはずですが、連絡が入り次第、知らせるようにいってあります。そうしたらスピーカーフォンに切り替えますので」

「ありがとう」焦燥感に押しつぶされそうだった。けれど、たとえなにがあろうとも、自分はジャカルタより先には行けないという事実を受け入れなければ。

サヴァナとアレックスがパルワティ島で右往左往しているとしても、ふたりを見つけるのはプロのチームにまかせよう。いまのわたしにできるのはじっと待つこと。でも、昔から待つのは得意じゃなかった。

もうひとりの息子のカールと妻のプリシラとも、ようやく連絡がついた。ふたりはこちらに向かっているところで、今夜には到着する予定だった。ひとりで知らせを待つローズが退屈するといけないから。

「ところで、あなたも興味をおもちだった薬局への押し込み強盗ですが、つい最近インシュリンが盗まれる事件が起きています——ここで」マックスは地図を指で軽く叩いた。「パルワティ港にある病院で」

「すべて同じ島ね」ローズはいった。「偶然にしては少しできすぎてるわ」

「それがむずかしいところで」とマックスは答えた。「パルワティ港は、開拓時代のアメリカ西部の鉱山町のようなものなんです。アリゾナのトゥームストーンのような。やっかいごととやっかい者が引き寄せられるように集まってくる。仮にわたしがインドネシアのこのあたりで薬局を襲うとしたら、やはりパルワティ島に向かいますね」

「まだ確認はとれていないのですが」アリッサ・ロックが身をのりだした。「押し込み強盗のあった晩に、ジャヤカトンなる人物がパルワティ港の病院の近くで目撃されています。われわれの情報源によると、ジャヤカトンはアルミンド・バダルディンの右腕だそうです」

バダルディン。アレックス誘拐の短い容疑者リストのなかにその名前があったのをローズは思いだした。

「バダルディンの本拠地はここ」マックスが次に×印をつけたのはパルワティ島の北にあるべつの島だったが、ボートかヘリコプターを使えば簡単に行き来できる距離だった。

ローズの記憶によると、バダルディンを突き動かしているのは金銭欲ではなく政治的な動機だった。これは吉報とはいえない。

ジョージが咳払いをした。「インシュリンを盗んだということは、彼らの目的はアレックスを生かしておくことのはずです」

さすがはジョージ。わたしの心が手にとるようにわかっている。

電話が鳴り、短いやりとりのあとで、マックスは約束どおりスピーカーフォンに切り替えた。

「聞きにくいかもしれませんが――スタレット中尉と無線がつながっています。なんとかやってみましょう」マックスは声を張った。「話してくれ、中尉」

「サー、すでに申しあげたように、われわれはパルワティ島で墜落したヘリと思われるものを発見しました」中尉にはテキサス訛りがあった。「現在、機体の横に立っていますが、ひどく焼けてはいますが、墜落による破損は見受けられません。どうやら小川沿いの平地に着陸したあとで火が出たようです。付近で薬莢もいくつか見つかっていますので、なんらかの銃撃戦があったものと思われます。どうぞ」

ローズは大声でいった。「足跡はどう、中尉？　だれかがそこを離れた形跡はある？」

「マム、島のこのあたりは、日に二、三度は豪雨に見舞われます。どんな足跡も数時間のうちにすっかり消されてしまうはずです。ですが、それはむしろ幸運でした。というのも、このヘリを最初に発見したのがわれわれでないのはまちがいありませんから。どうぞ」

「もしもあなたがカーモディ上等兵曹で」アリッサが尋ねた。「サヴァナ・フォン・ホッフを伴っているとしたら、そこからどこへ向かうかしら？　どうぞ」

スタレットはためらわなかった。「下流に向かいます、マム。カーモディのあとを追う許可をいただきたいと思います。どうぞ」

「カーモディがそこにいたのは二日前のことだ、中尉」バガットはいった。「そこにいたとしての話だが。どうぞ」

「やつはここにいます、サー」スタレットは断言した。「ヘリで島に接近しているとき、山のなかで連続して爆発が起こったんです――三度に分けて。地元の人間が道路の障害物を除去していたのですが、導火線の長さを調節するのにワイルドカードの助けを借りたのはたしかです、断言できます、なぜなら爆発にパターンがあったからです。ちょうどドアをノックするような。バン、バ、バン、バンと。つづけざまに三回。あれは自分はここにいるというワイルドカード・カーモディのメッセージです。発破をかけた住民に話を聞こうとしましたが、言葉の壁に阻まれました。それに正直いってワイルドカードには、なんというか、他人にはないユニークなところがあって。仮にやつが住民たちと関わりをもったとしても、彼らはそのことをだれにも口外しないでしょう。カーモディを知る人間はやつのことを死ぬほど恐れるようになるか、あるいはやつのファンクラブの新会長になるか。ふたつにひとつですから。失礼ですが、パオレッティ隊長、そこにいらっしゃいますか？ 隊長はどう思われますか？ どうぞ」

その時点までトム・パオレッティ少佐は一切口を開かなかった。しかしいま、椅子の上で腰をずらした。「スタレットの意見に同意せざるをえないな。どうやらその爆発はわれらが失踪人のしわざのようだ。帰還しろ、中尉」少佐は命じた。「ただし、装備を身につけたらすぐにまた出動だ。どうぞ」

「アイ・アイ・サー」スタレットはいった。「通信終了」

「二チームを現地に派遣したい」パオレッティはゆったりとしたおだやかな口調でいった。ローズは彼とその副官のジャズ・ジャケット大尉に大いに好感をもった。「パルワティ島と、バダルディンの本拠がある島に一チームずつだ」彼はローズに顔を向けた。「チームはボートで島に向かいますが――途中から泳いで上陸します。目撃される危険はありませんから、お孫さんにも息子さんにも危険が及ぶ心配はありません」

ローズは彼に微笑んだ。「どうもありがとう」

マックス・バガットがうなずいた。「よし」それからローズのほうを見た。「なにかつけ加えたいことはありますか、ミセス・フォン・ホッフ？ ただし、パルワティ島へ行かせてほしいというのはなしですよ。それだけは絶対に聞き入れられませんから」

「あのね、ミスター・バガット、わたしには遠い昔に学んだルールがあるのよ――いわせてもらえば、あなたが生まれる前にね。そのルールというのは、おのれの強みだけでなく限界も知れということ。ときにはうしろに下がって、高額な費用をかけた教育と訓練の成果を、その道のプロに行使してもらわないといけないこともあるの。ですから、わたしはホテルで知らせを待つことにします」

ローズが腰をあげると、まるで女王に対するようにテーブルについていた全員が立ちあがった。

ジョージと、ローズ付きのFBI局員ふたりも彼女についてドアに向かった。だがそこでローズは振り返った。

「そうそう。もしそのワイルドカード・カーモディがあなたがたのいうように優秀なら、パルワティ港にもだれかを配置したらどうかしら。目立つ安全ネットのようなものを。こちらが彼とサヴァナを見つける前に、むこうがこちらを見つけるかもしれないでしょう？　もちろん、そんなつまらない仕事に貴重な人材を割きたくはないでしょうから——」

「うまいことを考えましたね」マックスはいった。「でも、あなたにはジャカルタに残ってもらいます」

「もしも最後までいわせてくれていたら、あなたのスタッフを三人もわたしにつける必要はないという言葉が聞けたはずですよ。ええ、ミスター・バガット、スタッフはひとりでじゅうぶんです。あなたから指示があるまではホテルの部屋から出ないと約束するわ。この若くて優秀なひとたちには、孫娘を助けるために働いてもらったほうがいいと思う」

見事だった。ジョージとアリッサとジュールズは——彼らの心に神の祝福があらんことを——ぴくりともしなかった。顔色ひとつ変えなかったが、三人とも現場に出たくてうずうずしているのをローズは知っていた。ええ、知っていますとも。わたしにもそんな若いころがかつてあったのだから。

ところが、ジョージが咳払いをしていった。「わたしはミセス・フォン・ホッフとジャカルタに残りたいと思います」

ローズは彼を見た。

「そうしたいんです」ジョージは嘘をついた。嘘がとてもうまいこと。

「ありがとう」ローズはいった。

マックスはアリッサとジュールズを、ローズを、最後にジョージを見てからうなずいた。「いいだろう。しかし彼女から絶対に目を離すなよ。俊敏なひとだからドアはロックしておくように。それから、もしも逃げたらタックルしてでもとめるんだぞ」

ジョージに案内されてドアのほうへ向かいながら、ローズはにっこりした。「とてもおもしろいわ、あなた。それから、気をつけてね」アリッサとジュールズにそういい足した。

「彼女、おれが冗談をいっていると思ってるぞ」マックスがそういうのが背後で聞こえた。彼は声を張りあげ、うしろから怒鳴った。「約束しましたからね。だれか紙にちゃんと書いておいてくれ」

「つまりローズは勝ち目のないシナリオに勝つ方法を考えついたってわけだ」ケンはいった。

こう暗くてはケンに見えないのはわかっていたが、それでもサヴァナはうなずいた。「そう、第三の道を見いだしたの。ハンクをFBIに引き渡せば、おそらく裁判の末にスパイとして処刑されることになる。かといって彼がドイツに戻るのを許せば、あらゆる秘密情報を入手する機会をナチスに与えてしまうかもしれない。だからそう、もしもとるべき道がこのふたつしかなかったら、ローズにとっては完全に八方塞がりだったわけ」

「ところが彼女は奇策を思いついた」ケンは忍び笑いをした。「ニュージャージーの一軒家に秘密の独房をつくるなんて——とんでもなく冴えてるよな。ハンクが死ぬこともないうえに、これ以上秘密情報を明かされる心配もないんだから」サヴァナの祖母の巧妙さに感服したというように、そこでまた笑い声を洩らした。「そんなふうに考える人間はまずいない。たいていはA案とB案のどちらが最良の選択かで悩みに悩んで、結局は害が少ないほうを選ぶもんだ」

「あなたも奇策をたくさん思いつくんでしょう?」

「ああ、いつもなら奇策はお手のものだ——少なくとも、ある種のことに関しては。だから今日のことはいささか恥ずかしいよ。その、宣教師たちがおれたちを匿ってくれたときのことだけど」

サヴァナは声のするほうに顔を向けた。ケンの顔が見えるといいのに。「恥ずかしいってどうして? あなたは立派だったわ」

「とんでもない。おれは死ぬほどびびってた——恐怖のあまり、まともに頭が働かなかった」ケンはしばし黙り込んだ。「ふだんのおれはもうちょっとましなんだ、ヴァン。だがあのときは恐怖に駆られて……」ふたたび声が途切れた。「自分でもよくわからないんだ。パニックをきたすことなんてふつうはないのに、今日のおれは逃げるか戦うかのふたつにひとつしかなかった。柔軟な発想どころか、頭がコチコチに凝り固まってしまったんだ。今日みたいなことがあるから、SEALは女性隊員をチームに入れないんだ」

「どうして？」サヴァナは理解できなかった。「ジャングルに身を隠すのにどの方向に走ったらいいかわたしが知らなかったから？　そんなのおかしいわ——SEALを志願するような女性なら、当然そういった訓練は受けているはずだし——」

「違う。そういうことじゃなくて……」ケンは大きく息を吐きだした。「この話はやめにしないか？　そもそももちだすべきじゃなかった」

「ごめんなさい」むしろケンは、わ、た、し、の今日もっとも恥ずかしかった瞬間について話したいのかもしれない。ケンは恐ろしい状況にちょっと緊張しただけ。でもわたしは完全に頭がどうかしてしまった。ばかみたいに泣きだしたばかりか、彼にキスまでしてしまったのだから。あのあとケンは片時もわたしから目を放さず、絶えずわたしの安全に気を配っている。

今夜の潜伏所に落ち着く際にケンのほうから話題をもちだしてくれればいいと思っていた。彼はまた周囲にカモフラージュを施したが、そのあいだもあの一件についてはひと言も口にしなかった。ところで、あのキスのことだけど……？　そういいだすどころか、あんなことなどなかったかのようにふるまっていた。

「きみのおばあさんの話がまだ途中だった」真っ暗闇のむこうからケンはいまそういった。サヴァナのところから数フィートしか離れていなかったけれど、月にいるのも同然だった。「つまり彼女はハンクをその家の地下室に監禁し、ハンクは、違う、それはきみの誤解だ——自分は連合軍のために働いているんだといった。もちろん彼女はそれを信じようとしなかった。当然だよな。で、そのあとは？」

「彼女はハンクの手帳を——彼が肌身離さずもっていた名前のリストをもってFBIに向かった。だれに話をすればいいかハンクが教えてあったからよ。で、そのとおりにしたら、なんと、ハンクの話は事実であることがわかった。彼はオーストリアの憂国の士だった——ナチスを憎み、一九三六年からずっと反ナチス工作に携わっていたの。ハンクは二重スパイで、でもその活動拠点はほとんどがベルリンだった。実際にSSの将校だったのよ——ナチの組織にそこまで深く潜入していたの」

「すげえ」

「ほんとに」真情のこもったそのひと言に、サヴァナは思わず笑ってしまった。ああ、ケンのこういうところが大好き——周囲のできごとにすなおに反応するところが。「真実がわかると、ローズはニュージャージーに戻って独房の鍵を開けた。それからどうなったと思う？　ハンクは彼女をメリーランドに連れていって結婚したのよ」

ケンはそれを聞くとサヴァナと同じくらい喜んだ。抑えた声で笑った。「その男、気に入ったよ。彼女がなぜあんなことをしたのか、ちゃんとわかっていたんだ。ほら、なかには彼女に監禁されたそのことに腹を立てるのに忙しい男もいるからな。女性にまんまとしてやられたことでプライドを傷つけられ——カッとなる。それで彼女がそんな行動をとった理由にまで頭がまわらないんだ。だって、彼を愛していたからこそそうしたわけだろう？　ローズは彼のためにとんでもない危険を冒したんだ。彼女がしたことは厳密には叛逆罪には当たらないかもしれないが、それに近い行為だからね」

「わたしの祖父は驚くべき人だったわけね」サヴァナは賛意を示した。

闇のなかでケンがわずかに身じろぎをし、サヴァナは思わず息をのんだが、彼はそれ以上近づこうとはしなかった。「彼とは会ったことがあるのかい？」

「いいえ」

「残念だよ」ケンはいった。またしても心のこもった言葉。

サヴァナは泣きたかった。「わたしもよ。おもに祖母のためにね。この本を読むまでは、祖母がこんなにも深く祖父のことを愛していたなんてちっとも知らなかったから」咳払いをして、ちくちくする痛みをとめようとした。でないと、またしても取り乱してしまいそう。一日に二度も。だめよ、そんなことをしたらケンがどう思うか。彼女はもう一度咳払いをした。

「とにかくふたりは結婚して、その月の終わりにハンクがドイツに戻るときには、その、祖母は自分も一緒に連れていくことを彼に納得させたの」

「嘘だろう、ベルリンにか？　ローズはいったいどんな手を使ったんだ？」

サヴァナは説明しようと口を開いたが、ケンは先をつづけさせなかった。

「もしも明日目が覚めて一九四三年のニューヨークに移動していたとしても」昂ぶった口調でいった。「きみをベルリンに連れていくようおれを納得させるなんて無理だからな、絶、対、に」

「そりゃあまあ、あなたはわたしを愛していないわけだし……」ジョークのつもりでいったのに（たしかに、つまらないジョークだけれど）ケンは愛想笑いのひとつもせず、サヴァナの言葉は完全に宙に浮いた。それどころか、彼はすっかり黙り込んだ。

サヴァナは咳払いをして、いった。「ローズは、ええと、セックスを武器にしたの——本の言葉を借りればね。彼女はハンクとの関係を赤裸々に語っているの。もちろん、細部まで事細かに記しているわけじゃないけど、ベルリンに行くことがいかに危険かをハンクがうるさくいいはじめるたびに、ローズは彼をベッドに誘って、あなたと一緒にいるかぎりわたしは安全だと説得したんですって」

ケンはようやく笑った。「やつを洗脳したってわけだ。彼女をドイツに連れていくと考えただけで強烈な快感をおぼえるようになるまでに、そう長くはかからなかっただろう。気の毒だが、ハンクに勝ち目はないな。ベッドでのローズがきみみたいだったら、なおさらね」

いきなりの褒め言葉——のようなもの——にサヴァナはどうしていいかわからなかった。

「ありがとう」ようやくいった。「ケニー」

今度は彼が黙る番だった。サヴァナは息をつめた。ゆうべ、わたしがそう呼んだときに自分がなんといったかケンはおぼえているかしら。〝セックスして、ケニー〟いくじなしでお上品なサヴァナはとても声に出していえなかった。けれど彼女の望みはそれだった。今夜は彼の横で眠るだけじゃいや。彼と寝たい。もう一度恋人どうしになりたい。せつないくらいに。

沈黙がつづき、サヴァナはいたたまれなくなって、いった。「ふたりはある策略をめぐらしたの。ローズとハンクは。ドイツにいるローズの連絡員は——彼女が長年、偽りの情報を流してきた人物よ——FBIが相当数のナチのスパイを逮捕し、インゲローズ・ライナーもそのなかに含まれていたと聞かされた。その後、ローズはわたしの祖父とともにドイツにあらわれ、ハンクの手引きで逮捕を免れたとナチスに話したの。彼の手を借りて南米に渡り、そこからドイツに連れてこられたって」

サヴァナはそこで言葉を切ったが、ケンはなにもいわなかった。だから先をつづけた、おもに沈黙を埋めるために。「結婚したことはナチスには隠していたの——いったところでだれも信じなかっただろうけど、なにせハンクはオーストリアの王族のわけだし。彼みたいなひとが一介のアメリカ人女性と結婚するはずがないものね。ただ、旅のあいだにごく親密な間柄になったというふりをして、ハンクの助手兼愛人としてベルリンに連れてきたことにしたの。ふたりはベルリンに住み、一九四五年初頭まで連合軍に情報を送りつづけたそうよ」

ようやくケンが口をきいた。「なんてこった。そんなに長く？」

「ええ。一九四五年に米露両軍がベルリンに接近するにつれて、味方の砲弾が深刻な脅威となったうえに——連合軍側のスパイであることが発覚すれば、ナチになにをされるかわからない。そこでハンクはローズをロンドンへ連れていったの——もちろん、ローズは行きたくないと大騒ぎしたわ。当時ローズはわたしの父と叔父を身ごもっていたのだけど、本人もハンクもそれを知らなかったの。戦争はまだつづいていたから祖父はベルリンに戻った。わたしが読んだのはそこまでよ」

「すごい話だな。しかも、それを書いたのがきみのおばあさんだなんて最高じゃないか。さぞ鼻が高いだろうな。だって、それがきみのルーツのわけだろう。そんなすばらしいひとたちを家族にもてるなんて」

「祖母がヒーローだからって、孫まで自動的にヒーローになれるわけじゃないわ」

「でもきみはゆうべ、ローズは自分とよく似ている気がするといったじゃないか」つまり、ケンはゆうべの会話の一部は少なくともおぼえていたわけね。

「怯えていた」サヴァナはいった。「ローズはわたしと同じように怯えていた。そういったのよ。わたしはナチスをスパイするために一九四三年のベルリンに行ったりしないわ、絶対に」

「だが、叔父さんを救うために二〇〇二年のジャカルタまできただろう」

サヴァナは自嘲するように笑った。「それとこれとは話が違うわ」

「まあ、自分じゃわからないかもしれないが、きみは彼女によく似てるよ。きみのおばあさんに」

サヴァナは鼻を鳴らした。「わたしは母似だとばかり思ったけど。母親の服を着てるんでしょう……?」

「ああ、そうそう」なんとケンは笑い声をあげた。恥知らずなやつ。「それもいえてる。でも、そっちは簡単になおせるさ。あのとんでもない服を着るのをよせばいいだけだからな」

「ふーん、で、わたしはなにを着ればいいわけ？」サヴァナはきいた。ローズとひとつひとつ比較されるよりは、この話題のほうがはるかに気が楽だわ。

「おれの服を着せたいな」ケンは答えた。「カットオフのジーンズ。ノーブラにTシャツ――うん、いいねえ」

「カットオフジーンズにTシャツ。法廷で？」

「わかった、じゃあ、あの村の女性たちが着ていたようなドレスがいい」

「サロンドレスのこと？　まあ、上訴裁判官にはさぞかし受けがいいでしょうね」

「大いに気に入るね。きれいな色のドレスで。肩は出す。もちろんブラはなし。うーーん」

「なんだかパターンが見えてきた気がするんだけど」

「きみがきいたんだぞ」上機嫌でいった。「どうせなら、その恐ろしい頭もやめたほうがいい」

「なにが……恐ろしいですって？」

「髪型だよ」ケンは説明した。「ホテルに会いにいったときのきみは……髪の毛一本すら乱れていなかった。ドライヤーなんか捨てちゃえよ、ベイブ。マーサ・スチュワート風はきみには似合わない」

サヴァナは啞然として笑いだした。「わたしの髪は彼女みたいじゃ――」

「きみの髪はすてきだ。くるくるの巻き毛がサイコーにかわいい。どうしてそれを活かさないんだ？」

「お褒めいただいて光栄だけど、なかにはサイコーにかわいくなりたくないひともいるのよ。〝サイコーにかわいい〟女を甘く見るひと――男のひと――がいるから」

「きみのおばあさんはそれで——おそらくはそれがあったからこそ——見事に任務を果たしたじゃないか」ケンは反論した。「だれもが彼女を甘く見たが、その彼女がなにを成し遂げたか考えてみろよ。なあ、シャワーを浴びたら濡れた髪を振って——あとは自然乾燥させるといい。そうして、あれはなんていったっけ？　サロン。そう、それだ。そのサロンか、ヒッピーの女の子が着るような紗のワンピースを着る。あの薄くて透けるやつだ。あれもいいんだよな」

「まあ、おしゃれのヒントをどうも、ミスター・迷彩柄ボクサーショーツ。うへぇ」

「きみがきいたんだ」笑いながら、そうくりかえした。

「あら、きけばなんでも答えてくれるわけ？　それは興味深いわね。ずっとあなたのお父さんのことをききたいと思っていたの」

ケンは笑うのをやめた。

「それもいいかもな」ケンはいった。潜伏所の壁がわりの倒木によりかかったまま尻をずらし、さらに楽な体勢をとる。「親父のことでなにを知りたい？　底意地の悪いくそったれ野郎だったという、いわずもがなのこと以外に」

ケンはサヴァナがどんなことをきいてくるか待ち構えた。〝お父さんはあなたをぶったの？〟〝やり返したことはある？〟〝彼が死んだと聞いたときは祝杯をあげた？〟

暗闇のむこうでサヴァナがわずかに動き、静かな息遣いが聞こえた。ふーっと小さく息を吸ケンはびっくりして笑いだした。よりによってこんな質問をしてくるとは……。「ああ」闇のなかで言葉が宙に浮き、いたたまれずにさらにつづけた。「なんといっても実の父親だからな。だが反面、憎んでもいた」

「なぜ？」

まいったな、またしても予想外の質問だ。父親が暴力をふるっていたことをサヴァナは重々承知しているが、あたかも既成の事実のように〝お父さんはあなたを叩いたの？〟とか〝彼はあなたを殴りつけたの？〟という質問はしたくなかったのだろう。彼女はどちらだと思っているのか？　なぜなら〝叩く〟と〝殴る〟ではまるっきり違うからだ。両方を経験したケンはそれを知っていた。

「親父は気まぐれだった。おれが親父を憎んだのは、信じられないほど気まぐれな男だったからだ。あるときは部屋が汚いといっておれをぶちのめしたかと思うと、今度は部屋がきれいすぎるといってぶちのめすんだ――掃除をするなんて、母親のいいつけを守る女々しいマザコン野郎だってね。親父がルールを決めてくれれば、おれだってそれに従ったよ。でも、いつだってはっきりいわないんだ」

「ルールを決めてしまったら、あなたをぶちのめす理由がなくなってしまうもの」サヴァナがいった。

「ああ、たぶんそうなんだろうな。親父は根性のひねくれたくそったれだった。でも、おかげで痛みへの対処法にはずいぶんくわしくなったよ」ケンは笑った。

「おかしくないわ」サヴァナの声は尖っていた。

「ああ」ケンは真顔に戻った。「そうだな。たしかにおかしくない。親父は……おれをどう扱えばいいかわからなかったんだと思う。親父はアメフトの選手だったんだ――大学リーグの。町の高校でコーチをしていた。おれはひとり息子で、できそこないだった」

「お父さんにいわせれば、ね」サヴァナは指摘した。

「いや、本当にできそこないだったんだ。おれは年のわりにチビの痩せっぽちで、それはガキのころにはなんの得にもならない。しかも、いってはいけないことを口に出さずにはいられない性分だった。いまでもときどきやらかしてしまうことがある。そう、最初に頭に浮かんだくだらないことをうっかり口走ってしまうんだ」

「だからって、できそこないということにはならないわ」

「高校生にとってはそうなんだよ。おれは〝クール〟の対極にいる男だった。おたくのうえにおしゃれをする金もないという散々な状況だったんだ。

　そんなおれがアメフト部の連中とそりが合うわけもないのに、親父はチームに入りさえすればたちどころにおれが理想の息子になると思い込んでいた。いやだ、チームには入らない、面と向かって親父に楯突いたのはあのときが初めてだったよ。それまでは親父に逆らったことは一度もなかった――無言の抵抗を除けばね。ほら、サンドバッグ役に徹して――死ぬほど蹴られても絶対にしゃがみ込まないようにするんだ。痛がっているところを親父にはけっして見せなかった。たとえそれで脚の骨が折れても、親父が部屋にいたらその足で歩いてみせたと思う。いや、踊ってみせただろう。でもあのときばかりは……どうしてもアメフトはやりたくなかった。おれには向いていなかったんだよ。スポーツが苦手だったわけじゃない、ロッククライミングは好きだったしね。クロスカントリーにハマっていた時期もある。持久力には自信があったんだ。いまでもそうだけど。アデルとあんなに長くつづいたのも、たぶんだからだろうな」

アデル。

しまった、自分からアデルのことをいいだしてしまった。サヴァナがプライベートな質問をしてくるのはわかっていたので、先手を打つことにした。「彼女とはどれくらい親しいんだ？」

「たいして親しくないわ」間髪を入れずにサヴァナは答えた。この話題を待っていたとばかりに。喜ぶべきか悲しむべきか、ケンにはわからなかった。「わたしが大学一年のとき彼女は四年生だった。それがどういうものかはわかるでしょう。彼女は絶対的な存在で、わたしは乾燥機にたまる綿ぼこりより多少はましってだけだった。

アデルとは寮が同じで、彼女と彼女のルームメイトはわたしとわたしのルームメイトに目をかけてくれていたの。いくらかね。ビールを奢ってくれたり、パーティに連れていってくれたり。まあ、そんなところね。アデルは天才だといわれていたけど……正直いって、優秀なひとだと感じたことは一度もないの。話していてもそんな感じはちっともしないし。むしろ最初は彼女のカリスマ性にぼうっとなったんだと思う」

「ああ、たしかにカリスマはたっぷりあったな。いえてるよ」

「わたしはインテリのふりをしてた——イェール大の学生なのよ、ってね」サヴァナは笑い声をたてた。「だからアデルが書いた論文が本になったと聞いたときは、まるで女神かなにかのように崇《あが》めたものよ」

「嘘だろう！　本になった？」

「アデルから聞いていないの？」

「ああ」

「おかしいわね」

「どこから出版されたんだ？」

「はっきりとはおぼえていないけど。たしか有名な英文学の雑誌だと思ったわ」

「英文学？　数学じゃなく？」頭がくらくらした。

「英文学にまちがいないわ。論文のひとつはトーマス・ハーディに関するものだったのをおぼえているもの。とても高尚な論文だったわ」

　ケンは笑いだした。「なんとまあ、たまげたな」

「あなたに話さなかったなんて信じられない」

「彼女が話さなかったのは、その論文を書いたのがおれだからだ」

「ええっ？」

「アデルが得意なのは数学と科学だった。歴史と英文学の課題は、最初から全部おれが面倒をみていたんだ」

サヴァナは無言でいま聞いた話を理解しようとしていた。無理もない。おれだって信じられずにいるんだから。おれの書いた論文が本になった？ 英文学の論文が。そんなことだれも信じないだろうな。ケンは笑わずにいられなかった。

「あなたは自分もカレッジに通いながら海軍にも属していた。そのうえ、どうしてアデルの課題までやってあげたの？」ついにサヴァナは尋ねた。

たしかに、いま思えば、あまり褒められたことじゃない。どう説明したらいい？ セックスに目がくらんでいた、って？ 「とことんだめなやつだと思っているだろう」

「ばかだとは思うけど……きっと彼女のことをそれだけ愛していたのね。わかる気がする。アデルと一緒にいるときのあなたを見れば。ふたりでいるところを見たのは数えるほどしかないけど……」

「ひとつきいてもいいか？」ケンはいった。

「あなたが町を離れているときに彼女がほかのだれかと寝ていたか？」サヴァナはいい当てた。「本当に知りたいの、ケニー？」

知りたいのか？ 「ああ」もっとも質問の答えは、たったいまサヴァナから暗にもらったも同然だったが。それなのに……ケンはなにも感じなかった。おめでたい夢を見ていたかつての自分の棺に、最後の釘が打ち込まれたことへの一抹のさびしさがあるだけで。

「いまでも彼女を愛してる？」サヴァナが小声で尋ねた。

ケンは笑ったが、急に死ぬほど怖くなった。アデルとのことをサヴァナに正直に打ち明けたかったが、そうするにはすべてを話すしかない。ただその覚悟はまだできていなかった。

「そいつはなかなかむずかしい質問だな、ヴァン」いつになく言葉を慎重に選びながら、ゆっくりといった。「なにしろ、たったいま、その、アデルについて新たな発見をしたばかりだろう？　で、あらためて考えてみると、おれは長年、なんていうか、アデルを愛していると思い込んでいただけなのかもしれないって気がしてきた」

「つまり、本当は愛していなかったってこと？」

「どうかな。たぶん愛していたんだろうが、十段階でいくと――愛の深さを程度で測れるとしてだけど――せいぜい三か四だったんじゃないだろうか。十点満点の愛というのは、よくわからないけど、ほら、その人のためなら死ねると思う反面、その人のために生きたいとも思えるような愛だと思うんだ」

サヴァナは黙り込んだままで、ケンは彼女にわかってもらいたい一心でつづけた。「アデルとのことは……なんていうか、一種の執着のようなものになっていたんだと思う。あらゆる意味で彼女のことが欲しかった。恋に恋していたというか……完全に舞いあがっていたんだな。なにしろ自分では十点満点の恋愛をしていると思っていたのに――じつはまったくの別物だったんだから。たぶん、のぼせあがっていたんだろう。でなければ欲情していたか。その両方かも。ふつうは両方だよな。のぼせあがって欲情する。アデルがもう少し――努力してくれていたら、もしかしたら、そう、八か九ぐらいまで行っていたかもしれない。ただ……」

「彼女はあなたにふさわしい相手じゃなかった」サヴァナの声は刺々しかった。目を吊りあげた彼女の顔が見える気がして、つい頬がゆるんだ。

「どうかな」空気をやわらげようとしてケンはいった。「もしかしたら似た者どうしだったのかも。当時のおれはどうしようもない男だったから。ものすごくしつこかったんだ。アデルはおれのことを『わたしのブーメラン』と呼んでいた。投げ捨ててもすぐに戻ってくるからってね。もっとも、戻ってくるのは彼女も同じだったが。とんでもなく不健康な関係だったんだ。修羅場の連続だったよ。アデルがおれに対して接近禁止命令を申し立てたのを知ってるか？」

「嘘でしょう」サヴァナはいった。「知らなかった」

「あれは彼女がおれにしてくれた最良のことだった」ケンは認めた。「でも、当時はショックだったよ。なんの前触れもなかったからね。だが裁判所命令をとったところで、おれたちの関係はそれまでとなんら変わらなかった。ほら、アデルはなにかというと、これで終わりだ、もう別れましょうというけど、そのくせ決まって、かならず戻ってきたんだ。だからどうせ今度も同じだと思っても当然だろう？　で、おれはいつもしていることをした。四十八時間の上陸許可が出れば彼女に会いにいった。しょっちゅう電話をかけた——たしかに度を越していたかもしれない。でも前はそれでうまくいったんだ。もちろん暴力をふるったことはない。アデルには。そりゃ、映画館のロビーで彼女の新しい恋人をぶちのめしたことはある。でも、先に手を出してきたのはむこうなんだ。おれは女性に手をあげたことはない。一度だって」

「知ってる」

「とにかく、その恋人には弁護士をしている妹がいてね。でもおれを告訴することはできなかった、むこうが先に殴りかかってきたのを二十人近い人間が見ていたからだ。ところがそのあとアデルがメールで、接近禁止命令の申し立てをするようにいわれた、といってきたんだ。自分の考えじゃない、と彼女はいった。でもあなたのためにそうする、と。それで終わりだ。それ以降もゲームをつづけたければ法を犯さなくてはならない。たとえだれかを十点満点で愛していたとしても、そいつはできない相談だ。接近禁止命令はそれくらい重いものなんだ。そのうえ相手を三か四しか愛していなかったら……それはもうゲームオーバーにするしかない」

「残念だわ」

「おれはそうは思わない。じつはアデルは電話をよこしたんだ。彼女のメールに返信しないでいたら電話をかけてきてこういうんだ、接近禁止命令の有効期限が切れたら、もう延長するつもりも——その他の措置を講ずるつもりもない。だからたまには家に寄ってくれてもいいわよ、って。へえ、そうかい、って感じだよな。結婚しようと思っているからおれに会っておきたいんだとアデルはいった。でもおれにはわかってた、実際はこの先十年間、さらにおれを振りまわしたいだけだってね。だからおれは彼女の招待を丁重に断り、幸運を祈ったあとで、三カ月のOUTCONUS——米国本土外任務を買ってでたんだ。

それでアデルはついに結婚した。いまでもときどきメールをよこすが、返信はしていない。できるわけないだろう。それにその気もないし」

ケンは話を終えたが、サヴァナはなにもいわなかった。ふと、すべてのいきさつを聞いて彼女はどう思っただろうと不安になった。「な、みっともない話だろう？」

しばらくのあいだ息遣いだけが聞こえていたが、やがてサヴァナはいった。「アデルから住所を教えてもらったといったときに、あなたがかんかんに怒ったのも無理はないわね。そんなことがあったなんてちっとも知らなかった」

くそ、でもこれだけはきいておかないと。「不安になったんじゃないかい？　元恋人に近づかないように接近禁止命令が必要なくそったれと、きみはいまジャングルの真ん中に取り残されているわけだし」

「いいえ」

ケンはまた息ができるようになった。「そいつはよかった」

「くそったれはアデルのほうよ」

「いや、まあ、なんだ、いまは彼女がああしてくれてよかったと思ってる」

「あのころ、よくアデルに腹を立てたものよ。あなたと会ったときのことはおぼえてるわ、じつはね……」小さく笑った。「のぼせあがって欲情したの」

「そうなのか？」ケンは暗闇のなかで天を仰いだ。これ以上間の抜けた返事があるか？　そうなのか、だって？　このまぬけが。もっと涼しい顔で落ち着きはらっていれば、サヴァナに近づく勇気が出るような話が聞けたかもしれないのに。サヴァナにキスする勇気が。ジョーンズの兵舎の外で彼女がしてきたみたいなキスを。ああ、くそ、もう一度サヴァナにキスしたい。

「そうなの。もしかしたら、あなたがイェールにかよう男の子たちとはまるで違ったからかもしれない。でもあなたに会って、アデルはなんにもわかっていないことがはっきりした。自分がいかに恵まれているか、彼女はちっとも気づいていなかった。そのときからよ、彼女のことが大嫌いになったのは。でもそんなそぶりは見せなかった。あなたが町に戻るたびに彼女が開くパーティにわたしも呼んでもらいたかったから」

「ほんとに？」つい口が滑り、ケンは内心毒づいた。いいからサヴァナに話をさせろ。

「よく空想したものよ」小さく笑った。「パーティにやってきたあなたを、アデルの部屋に行く前になんとかつかまえて、あなたが町を離れているあいだに彼女がなにをしているか洗いざらい話して聞かせるところを」ふたたび笑い声をたてた。「そのあとであなたを慰めて、最後にはふたりとも全裸になって、あなたはもうアデルになんか目もくれなくなるの」

口をきくには咳払いをしなければならなかった。「ワオ」ワオは、そうなのかよりさらに間が抜けていたが、度肝を抜かれてそれどころではなかった。

「あなたと寝ることは、空飛ぶ自動車〝チキ・チキ・バン・バン〟号に乗ることをべつにすれば、たぶんわたしのなかでいちばん長くつづいている空想よ。だからこそ、あの晩、その空想を実現せずにはいられなかったの。だって、そんなチャンスを与えられたところを想像してみて」

想像してみて。

サヴァナが口を閉じたので、今度は自分がしゃべる番だとわかった。いまみたいなことを打ち明けたあとだから、彼女はきっとケンがどう思っているか聞きたいはずだ。だから、彼は口を開いた。

「男にしたら、そいつは大変なプレッシャーだな。あの晩、愛し合う前にそれをいわないでくれてよかったよ、聞いていたら怖じ気づいていただろうから。そんなふうに大きくふくらんだ期待にどうやって応えればいい？　相当びびるね、うん」サヴァナの顔が見たいような、それでいて見えなくてよかったような気もした。彼女はいまなにを考えている？　おれにどうしてほしいんだろう？　「おれと二度寝たあとで、もう二度と寝ないときみが決めたのは、あまり幸先のいいことじゃないと思ったほうがいいんだよな？」

サヴァナが身動きする音が聞こえたが、彼にふれてこようとはしなかった。ちくしょう、彼女の手にふれられたい。

「あのときはあなたに腹を立てていたから」サヴァナはいった。「本気でいったわけじゃないわ。わたしを押しのけたのはあなたのほうじゃない」

ケンは仰天して笑いだした。「ああ、おれがきみを押しのけたのは、あんな丸見えの場所できみがキスしてきたからだ。もしも頭上を行く飛行機がいたら、おれたちに気づいたはずだ。ジャングルのなかをぶらついていた人間がいたら、そいつもね。まったく。なんなら安全な隠れ場所にいるいま、もう一度試してみろよ。あのときとはまるっきり違う反応が得られると保証する、なにせおれはいま、もう一度きみにキスしたくてたまらないんだから」

口を開く前に、サヴァナはさまざまな答えを吟味した。〝いいわよ〟いい答えだわ。簡潔で。

わたしが口を閉じるより先にケンはキスの雨を降らせるだろう。で、そのあとは？　愛を交わす。それが当然のなりゆきね。でもいつかは日が昇るし、そのあとは？

〃あなたを愛してる〃そういって、身も心も彼に捧げることもできる。だけどそれにはかなりのリスクが伴う。

〃わたしたちの関係に単なるセックス以上のものを求める気がないなら、キスしてほしくない〃完璧だわ。条件つきの愛。でも本心は違う。ケンがくれるものなら、なんだっていい。たった一度きりのキスでも。もう一夜、彼の腕に抱かれるだけでも。

「サンディエゴではおれがまちがっていた」ケンがいい、耳になじんだ声が闇のなかでサヴァナの体を包んだ。「おれはきみと恋に落ちたかった――これこそ十点満点の恋だと勝手に思い込んだ。ばかだったよ、だって恋愛ってのはそんなふうにはいかないもんな。ひと目で十点満点の恋人を見つけるには相当運がよくないと。でも、おれはきみとそうなりたかった。きみのことをたいして知りもしないのに。つまり、わかっている部分は気に入っていたけど、わからない部分を自分の好みに合わせて埋めてしまったんだ。で、理想の恋人をつくりあげた。それにもちろん、あのセックスはすばらしかった。それでさらに事実を見るのがむずかしくなったんだ――その事実がなんであれ、ようやく見えはじめたところだったのに。

だからサンディエゴにきたのはおれを捜すためだときみがいったとき、つまり、前の晩にきみがそれを隠していたことは、おれが勝手につくりあげた理想の女性とそぐわなかった。あのときおれがすべきだったのは、きみの話を最後まで聞いて、おれにわかるように説明するチャンスを与えることだったんだ。だれだってまちがいを犯すことはあるもんな。きみはおれの魅力に参って判断を誤ったわけだし」ケンは笑った。「まったくなにを考えていたのやら。きっと一時的に頭がおかしくなっていたんだ、いま考えると、あんなことで腹を立てたなんて信じられないよ」

「わたしの話を信じてくれるの？」サヴァナは思い切ってきいた。

「ああ、信じるよ」

「わたしとセックスしたいから、そういっているんじゃなくて？」

「サヴァナ、おれがかれこれ一時間以上も喉が嗄れるほどしゃべりつづけて、だれにも話したことのないたわごとをきみに話しているのは、おれと寝てもいいときみを納得させることをなにか、なんでもいいから、いえないかと思っているからだ。でも、きみに話したことはすべて神にかけて真実だ。誓うよ」

「だったら」サヴァナはいった。「セックスをするかわりに愛し合うというのはどう？」

「いいね」囁くようにケンはいった。

しかし、どちらも動かなかった。

「わたしたち、どうして待っているのかしら？」サヴァナが囁いた。

「怖いからじゃないかな？」

「あなたはなにを恐れているの？」彼女がきいてきた。しまった、最初に頭に浮かんだことをそのまま口に出すのは、いいかげんにやめないと。

とはいえ、怖いのは事実だった。サヴァナが。彼女が掻き立てる感情が。いやでもふくらむ期待が。愛が。そう、ケンは愛が怖かった、サヴァナを愛しすぎてしまうことが。この愛が彼にとっては正真正銘の十点満点なのに、サヴァナはたったの一・五点しか彼を想っていないと知るのが怖かった。

「すべてだ」彼はいった。

「わたしがちょっぴり怖いのは、いったん愛の営みをはじめてしまったらきっとやめられなくなって、しまいにはすべての食料とこのあたりにいる虫という虫を食べつくしてしまって、五十年後ぐらいにぴったり重なり合ったままミイラ化したわたしたちの死体が発見されることね」

ケンは笑い声をあげた。「いずれはやめないと。コンドームがなくなってしまうよ」

「それくらいのことじゃ、わたしたちをとめられないわ。口ですればいいんだし」

暗闇のなか、ケンはくらくらする頭でサヴァナのほうに手を伸ばし、彼女の脚を、なめらかな太腿を探り当てた。ああ、すてきだ。「きみはなんにでも答えをもっているのかい?」

「ええ、たいていは」

「きみのそういうところが好きだ。以前は腹が立ったもんだが、最近はすごくそそられるようになった」

脚さえ見つかれば、あとは指を上に這わせていけば、あっという間に彼女の顔まで行き着いた。そして気がつくと腕のなかにサヴァナがいて、ケンは彼女にキスしていた。サヴァナはいまにも燃えあがりそうだった——欲望に身をわななかせているのがわかった。おれのことが欲しくて。たった一度のキスと、たくさんのおしゃべりのあとで。無理もない——ケンは彼女にとって支えのようなものだった。あの日の午後に彼女がキスをしてきたときからずっと。

彼女はケンの服を引っぱりながら自分の服も脱ぎはじめ、ケンは彼女がショートパンツを脱ぐのを手伝いながら、自分たちと虫がうじゃうじゃいる地面のあいだにあるのは、彼が切り落とした虫がうじゃうじゃいる木の枝だけだと気がついた。サヴァナをその小枝の上に寝かせるかわりに自分が仰向けに横たわり、彼女を抱えあげて自分の胸にまたがらせた。そして体を下にずらすと同時に彼女を引き寄せて……。

「ちょっと、ケニー」サヴァナがはっと息をのみ、逃れようともがきながら笑いの混じる声でいった。「いったいなにを——?」

わざわざ説明してエネルギーをむだにはしなかった。ただ彼女のそこに顔をうずめてキスした。

するとサヴァナはうめきを洩らし、体を引こうとするのをやめた。それどころか——ああ、すてきだ!——むしろ押しつけてきた。

なんと、彼女はたまらなく甘かった。何日も前からずっとこうしたいと思っていたが、現実はケンのもっとも淫らな妄想より二千万倍もよかった。ただし、この暗闇を除けば。この絶妙な位置からサヴァナを見ることができたら。彼女が情熱を解き放すところを眺めたい。

その瞬間はいまにも訪れようとしていた。サヴァナはあえぐように彼の名前を何度も呼びながら、強烈な快感に小さく声をあげ、悦びのうめきを洩らし、ひんやりとなめらかな腿がケンの顔を甘美なまでに締めつけた。

どこに口づけをすれば彼女を絶頂に押しあげられるかは正確にわかっていた。そして、思ったとおり、たちどころにそうなった。

サヴァナは叫び声をあげて情熱をほとばしらせ、ケンはうれしさに笑い声をあげながら、なおもキスをつづけ、彼女のオーガズムをできるだけ長く引き伸ばした。

息をあえがせ、笑いながら、ついにサヴァナがわずかに体を引き、ケンは彼女を放した。

「なんてこと」サヴァナは何度となくくりかえした。「なんてこと！」

だれにでもこんなふうに感じるわけじゃない、とサヴァナはいっていた。ケンだからこそだと。長年、彼とこうなることを夢見てきたのだと。

そのことが、ケンを少し不安にさせた——といっても、胸にサヴァナがまたがっていて、彼女の香りがまだ顔に残っているいま、あえて不安を感じるとしたらということだが。

じつをいえば、サヴァナの欲望の対象にはなりたくなかった。率直にいって、彼女の性的空想に登場したくなかった。

ケンの妄想に出てくるサラ・ミシェル・ゲラーのように。こうした妄想の元にあるのは憧れと性欲だけだ。サラ・ミシェル本人のことなど、ケンはなにひとつ知らない。でも彼女とふたりですることを想像するときに彼女についてとくに知る必要はないし、知りたいとも思わない。ケンが好きなのは頭のなかにいるサラ――バフィーであり、魅惑的なハリウッドスターでもある彼女だからだ。

すべては夢の世界のこと。現実になることはけっしてない。

ただしサヴァナは違った。夢が現実になった。夢を生きて、ずっと夢見ていた男とセックスした。では彼女がいま愛を交わしているのはだれなんだ？　彼女の空想のなかのケン、それとも欠点だらけの生身のおれだろうか。

サヴァナがようやくひと息つき、彼の上からおりるようなそぶりを見せたが、ケンは彼女のヒップをつかんで引き戻した。

「まだだ」彼はいった。「次はゆっくり丹念にやりたいと思うんだけど、かまわないかい？」

サヴァナはびっくりして笑いだした。「まさかわたしが何度達するか数えようとか、そんないやらしいことを考えているわけじゃないわよね？」息を弾ませながらいった。

ケンは返事をするあいだだけキスをやめた。「一回」

またしてもサヴァナは笑った。「いやなひと！」

「そのとおり」そういいながらもケンは彼女の言葉にほっとしていた。空想のなかに〝いやなひと〟は絶対に登場しない。ということは……。

ゆっくりと時間をかけた長いキスに全神経を戻すとサヴァナの体に震えが走り、ため息が洩れるのが聞こえた。彼女は彼の髪に指を差し入れ、もう身を引こうとはしなかった。

「ケニー、これ、やみつきになっちゃいそう」囁くようにいった。

「いいね、望むところだ」


〇二三〇時になってもジョーンズの目はまだ冴えていた。さもなければ、その音に気づかなかっただろう。

ドアをコンと一度叩く音。

すばやく拳銃をつかんでベッドを抜けだし、音をたてずにドアに近づく。

金属製の頑丈な扉を二度叩くと、正しい合図が返ってきた。軽いノックが三度。

ジョーンズは銃を構えたまま部屋の明かりをつけ、ドアのロックをはずした。

思ったとおりジャヤカトンだった。セスナの部品をもってきたのだ。

ジョーンズは箱を開けてオルタネーターを調べた。欲しかったものにまちがいない。これで夜が明けたらセスナのエンジンを修理して、ここからおさらばできる。

「ろうそくだらけだな」ジャヤがいった。「それに花まである。あんたのことをよく知らなかったら、まるで――」

ジョーンズは最後までいわせなかった。「女と寝るためなら、男はびっくりするようなことをするもんだな」

「女に惚れた男はびっくりするようなことをするもんだな」ジャヤはいい返した。

「へえ、そうなのか、そいつは知らなかった。で、最近なにかあったか？」ジョーンズは話を変えると、ジャヤから目を離さないようにしながら部品の代金を——すべて現地通貨——とってきた。

「アメリカ人二名がジャングルで行方不明になった。男と女だ。見かけなかったか？」

ジョーンズは相手の目をまっすぐに見た。「いや」

「噂じゃ、大金を持ち歩いているらしい」

ジョーンズは肩をすくめた。「噂ががせだったことは前にもあった」

ジャヤがにやりとした。痩せこけた顔で笑うと悪鬼のように見えた。「噂じゃ、女のほうは数百万ドルの価値があるとか」

数百万ドル。ジョーンズは無表情を保つのに苦心した。とても信じられない。

「どこかの王族だとバダルディン将軍がいっていた」

「そりゃすごい、ただしアメリカに王族はいないけどな」そう指摘して、ジャヤの手に金を放った。

インドネシア人は入念に紙幣を数えた。「もしもふたりを、そのアメリカ人を見つけたら、将軍は百ドルの謝礼を出すそうだ」

「おぼえておこう」ジョーンズはふたたびドアのロックを解除し、ジャヤはいとまも告げずに姿を消した。

ジョーンズはドアに錠をかけなおし、だが明かりは消さずにいた。生ぬるいビールのボトルを手にテーブルの前に座り、もはや外のジャングルに埋まってはいない金のことを考えた。そう、今日の午後にアタッシェケースを掘りだし、札束をダッフルバッグに詰めなおして——そのほうが運びやすいから——兵舎に運んで保管したのだ。ダッフルバッグは荷造り用木箱のなかに隠し、その上にはいまオルタネーターが入った箱がおいてあった。

ジョーンズは金を数えていた。

ダッフルバッグのなかには、二十一万七千ドルが入っていた。

ビールを飲みながら、それだけの現金があったらなにができるか考えた。セスナの用意が整うまでに何時間かかるか——空が白み出したらすぐにとりかかるとして——考えた。

それから、モリーのことを考えた。

あとひと月もしないうちにアフリカに発つ彼女のことを。

「これじゃ寝るに寝られないな」ケニーが小声で囁いた。彼の手が背中を撫でてはさすり、とろけそうなくらいに気持ちがいい。

サヴァナは彼の肩に頭をあずけ、両脚を腰に巻きつけていた。楽な体勢ではないはずなのに、なぜか安らぐ。「わたしは平気よ」

「まだきみのなかに入ったままだ」ケンはいった。

「わかってる」

「よくないいんじゃないかな」

「わたしの意見は違うけど」

　ケンは笑った。彼の笑い声が大好き。「じゃ、こういいなおすよ。このままじゃ危険だ、妊娠したいのならともかく」

「したいわ」サヴァナは間をおいた。「いつかはね」頭をもたげ、ケンの頬にキスした。「一瞬、ひやっとしたんじゃない？」

「どうかな。そうでもない。コンドームなしできみとセックスできるなら最高だし」ケンは間をおいた。「いっそ結婚しようか？」

　心臓がとまりそうになったが、笑ってごまかした。だって冗談に決まってる。「それを聞いたら、わたしの両親は大いに喜ぶでしょうね。『ねえ、パパ、ママ。わたしの結婚相手を紹介するわ――ワイルドカード・カーモディよ……』タトゥーは入れてる？」

「ああ」

「ほんとに？」

「おいおい、サヴァナ、マジかよ」

「だって、ここは暗いし」

「おぼえていないなんて傷つくな」ケンはサヴァナにキスした。ちっとも傷ついていないのは明らかだった。

「どこに入れているの？　なにを？」

「ふたつのハートだ。ほら、トランプみたいに。なんにでも使える万能札《ワイルドカード》。右の。上腕。それと――」

「まだあるの?」

「そうであります、ミス・観察力。ミス・一時間に四回もオーガズムに達することはできるのに、精力絶倫のたくましい恋人の身体的特徴にはちっとも気づかないお嬢さん。カエルのタトゥーもある。尻にね。きかないでくれ」

サヴァナはくすくす笑った。「最高だわ。『パパ、ママ、こちらはワイルドカード・カーモディ――』みんな、ほんとにそう呼ぶの? ワ、イ、ル、ド、カ、ー、ドって?」

「ああ」

「ほんとに?」

ケンは笑った。「本当だ」

「変な気分じゃない?」

「いや、むしろ気に入ってる。もちろん自分のことを万能札《ワイルドカード》だなんて思っちゃいない、ほら、頭のなかではいまだに十二歳のどんくさいケニーのままだし。だけど連中がそう呼びたいなら……賛辞としてありがたく受け取るよ」

「『タトゥーをふたつ入れていて』」サヴァナはつづけた。「『ひとつはお尻のカエルなの――結婚の決め手は、彼がコンドームなしでセックスしたかったから』それって、プリシラがわたしに結婚を勧める理由といい勝負よね――ヴラッドは貴族の肩書きがある。本物の伯爵だ、って」

「伯爵と尻にいれたカエルの刺青はたしかにいい勝負だが」とケニー。「伯爵に勝ち目はないね」

　サヴァナは声をあげて笑った。

「ケニーったら、わたし——」自分がなにをいうつもりでいたのかわからなくなり、ふっと黙った。あなたを愛してる？　そんなことをいったらケンがどんな顔をするか見当もつかない。それに、いまのいい雰囲気を壊したくはなかった。

「うん？」

「わたしたち、アメリカに戻ったらまた会える？」かわりにそういった。

「そりゃまあ、会わないでいるのはむずかしいだろうな、なにしろおれたちは結婚するわけだし？」

　サヴァナはわずかに身を引いた。「もう、まじめな話よ」

「まじめな話、後始末をしないと、ヴァン。野暮なコンドームをわざわざつけたのにきみを妊娠させてしまったら、しゃれにならない」

　サヴァナはあわててケンから離れ、暗闇のなかで服を探した。「なぜ臀部にカエルのタトゥーなの？」

　ケンが笑った。「SEALへの入隊が正式に決まったあと、同期の仲間と祝杯をあげにいってね。で、全員で臀部にカエルの刺青を入れたんだ」

　サヴァナはシャツとショートパンツをさっさと身につけた。「アザラシ《SEAL》じゃなく？」

「戻っておいで」ケンにいわれ、サヴァナはまた彼に身をすり寄せた。「服を着たのか？」がっかりしたような声。

「虫がいるから」と説明した。

「なぜカエル《フロッグ》かというと、SEALの前身が海軍水中破壊工作部隊《ネイヴィー・フロッグマン》だからだ。なぜ臀部かは、まさかと思うだろうけど、海軍は刺青にあまりいい顔をしないんだ。で、尻なら隊長もさすがに気がつかないだろうってことになったんだよ。冗談はさておき、アメリカに戻ってからもぜひきみと親しくしたい。でも前もっていっておくと、おれは遠距離恋愛ってのにほとほと嫌気がさしていて、二度とああいうのはいやなんだ」

「なるほどね」サヴァナはのろのろいった。「だけど『わたしたち、遠距離恋愛です』と『わたしたち、無関係です』のあいだには、いろいろな選択肢があるんじゃないかしら」

「うん、そうかもしれない。でも……おれはSEALの一員だし、留守にすることが多いんだ」

　たしかにそれは胸躍るニュースとはいえない。

「恋人やかみさんには楽なことじゃないと思う。だけどどうにもならない。チームを離れるつもりはないからね。少なくともここしばらくは。じつをいうと、仕事のオファーを受けたこともあるんだ——それもかなり条件のいい。でもいまの仕事が気に入っているし、できるだけ長くつづけたいとも思ってる」

「SEALを辞めてほしいなんて思ってもいないわ」サヴァナは静かに告げた。「それは選択肢に入っていない」ケンにキスした。「SEALへの入隊が決まったときお父さんはなんて？」

「そして彼女は話題を変えました」ケンはいった。ため息をつく。「たぶん転職を考えたほうがいいのはきみだ——弁護士を辞めてセラピストになるべきだよ。なにしろ、いままでだれにもいわなかったことをおれに話させるんだから。というか、話したい気分になるんだ。いったいどうなってるんだ？」

「わたしに話を聞かせたいのは、そうすればあなたとセックスしたい気分にさせられるからでしょう」サヴァナは思いださせた。「たしか効果てきめんだったわよね？」

ケンは笑った。「そうだったな。親父は基礎訓練の終了式にやってきた。わざわざコロラドまでね。で、式のあとでおれにこういった。『どうして士官じゃないんだ？』」

「んまあ！　なんてひとなの！　彼が死んでいてよかったわ、でなきゃわたしが殺してる！」

「いいんだ」ケニーは彼女に口づけをした。「その前からとっくにわかってた、これはおれの人生だって。おれは親父に誇りに思ってもらうためにSEALに入隊したんじゃない。自分を誇りに思うためにそうしたんだ。自分自身のためにね」

サヴァナがケンにキスを返すと、ふたりがなにをするあいだもずっと表面下でくすぶっていた火花がぱっと燃えあがった。けれどケンはキスしかしようとしなかった、何度も何度も。ゆっくりと、けだるげに、深く。

ああ、ケンはなんてキスがじょうずなの。もうだめ、サヴァナが思ったちょうどそのときケンが彼女の服を剝ぎ、コンドームをつけて……。

すると瞬く間にふたりはふりだしに戻った。

暗闇のなかでケンがにんまりと笑う気配がした。
「五回」そうつぶやいた。

17

目が覚めると、サヴァナがこちらを見おろしていた。「やあ」昨夜の鮮烈な記憶が次々と頭をよぎり、頬がゆるむ。たちどころに眠気が吹き飛び、たちどころに幸せな気分になり、たちどころにもっと欲しくなった。しかも今度は彼女の顔がはっきり見える。ケンはいきなり起きあがった。「しまった、夜が明けてどれくらいになる?」

「しばらく、だと思うけど」

だったら出発しないと。サヴァナの姿が見えるのは妙な気分だった。ゆうべあんなふうに愛し合ったあとで、ついに彼女の目を見つめるのは。自分がばかみたいににやけているのは知っていたが、サヴァナも微笑み返していた。

「ゆうべはすばらしかった」彼はいった。

サヴァナはこくんとうなずいた。すでに服を着ていた——虫が寄りつかないようにというのは単なる気休めにすぎないと思うのだが。「わたしもよ」

ケンは彼女にキスした。くちびるが重なる寸前までじっと目を見つめて。ああ、すてきだ。サヴァナはまだ彼を求めていた、ケンが彼女を欲しいのと同じくらいに。日の光の下で愛し合うのは、サヴァナの姿を眺め、たがいに見つめ合いながら愛を交わすのは、抗いがたい誘惑だった。

「いくら愛しても愛し足りない」サヴァナが囁いた。

ああ、おれだって。「すぐに出発しなくてもいいかもな」ケンの心は決まった。「ええと、あと三十分ぐらいなら」サヴァナのショートパンツのボタンに手を伸ばす。

ところが、サヴァナは彼の手を振りほどいた。「トイレに行かないと」

ケンは潜伏所の隅を手で示した。「穴を掘ってやるよ」

それがサヴァナの求めていた返事でないのは顔を見ればわかった。

「見ないって」ケンはいった。

「やだもう、冗談じゃないわよ」

「なにが？　たいしたことじゃない。おれはすませたぞ——たしか明け方前だと思うけど、きみがまだ寝ているあいだに」

「ケニー、森のなかで用を足すのだって、わたしには奇跡みたいなものなの」サヴァナは木の枝でつくったカムフラージュに穴をあけはじめた。「さっと行って、大きなシダの茂みを見つけて、すぐに戻ってくるから。そのあとで……」

サヴァナは微笑み、暗黙の約束をにおわせた。

「行っておいで」ケンはいった。「でも遠くへ行かずにすぐ戻るんだぞ」

モリーはひとりで目覚めて憂鬱な気分になった。

ばかね。これまでもほとんどの夜を独り寝ですごしてきたじゃないの。ジョーンズの腕のなかでひと晩すごしただけで、いつもの生活がこなごなになるなんておかしいわ。

急いで服を着替え、そのあいだもハミングをして気持ちを引き立てる。

今日の料理当番はアンジーで、モリーは笑顔で挨拶するとフルーツの入った皿に手を伸ばした。「ほかのみんなはどこ?」

「ボブ神父はお弔いのためにボートで下流の滝へ向かったわ。モンテマラノ家の子供が亡くなったのよ。敗血症らしいわ」

モリーは目を閉じた。「わたしも行きたかったわ」

「神父は今朝早くに出たんだ」目を開けると、ビリーが自分のカップにコーヒーを注いでいた。「きみを起こしたくなかったんだろうよ」

「起こしてくれればよかったのに」

「徹夜明けのきみには睡眠が必要だと思ったんじゃないか?」

モリーは音をたててテーブルに皿をおいた。「わたしかわたしがしたことになにか文句があるなら、はっきりそういいなさいな、ビリー。あてこすりをいうのはやめて」

ビリーはコーヒーカップを下においた。「きみはジョーンズと寝たんだ」

「そうよ。お気遣いはありがたいけど、自分の心配は自分でするわ」

アンジーは昼食のサラダ用の野菜を刻むのに熱中しているふりをした。

ビリーはモリーのほうへ一歩足を踏みだした。「本当に心配しているんだよ、モリー。だれもあの男のことを知らない――」

「わたしが知ってる」

ビリーがしているのは心配ではなく嫉妬だとわかっていたが、モリーはあえて調子を合わせた。そのほうがこちらも都合がいい。

「あいつは闇商人で、盗人で、ほかにも神のみぞ知るようなことをしているんだぞ」

「そうね、彼がなにをしているかは、まさに神が知っていらっしゃるわ。ジョーンズはいい人よ、それにわたし、心から彼を愛しているの」だれにも打ち明けるつもりはなかったのに、なぜだかビリーは知っていた。不意にモリーの目に浮かんだ涙を見たせいかもしれないけれど。

「ああ、モリー」その声は本物の同情に満ち、目には偽りのないやさしさがあふれていた。彼はモリーに手を差し伸べ、モリーは彼の胸に顔をうずめた。

「わたし、どうしたらいいの？　あと数週間でここを離れなきゃいけないのに。でも行きたくない」

「なら行かなきゃいい。残れるかもしれないじゃないか」ビリーは彼女の頭のてっぺんにキスをした。「きみの相手がぼくだったらよかったのに。ごめんよ、こんなやきもち焼きのくそったれで」

モリーは笑った。「その言葉遣いを改めないと、いつまでたっても神学校を卒業できないわよ」

「これでも努力してるんだ」抱擁を解いてモリーを見おろした。「やつに話したのかい？　ジョーンズに、ってことだけど」

「それは……」彼を愛していること。モリーは首を横に振った。「いいえ」

「いうべきだよ。彼は知る必要がある。たとえ愛なんていらないと彼が考えているとしても――本当は求めているんだ。嘘じゃない。愛がなくちゃ人は生きていけない。愛はそれほど貴重で永続的なものなんだ。そいつを忘れちゃだめだ。たとえきみの告白を聞いてやつが逃げだしたとしても、きみの言葉は彼の心に残る、一生ね。彼はその贈り物を与えられて当然だとは思わないかい？」

「ありがとう」モリーはいった。

ビリーはさびしげに微笑むとコーヒーカップをとりあげた。「運のいいくそ野郎だ。腹の底からむかつくぜ」そういい残して歩き去った。

「言葉に気をつけなさい！」モリーとアンジーは声をほとんどひとつにしていった。

サヴァナは目で見るより先に音を聞いた。木の枝がポキンと折れ、ジャングルの鬱蒼とした茂みがカサカサと鳴る音。

最初はケンが様子を見にきたのだろうと思った。だからあわてて用をすませて、ショートパンツのファスナーをあげた。

そのとき音をたてているのはひとりじゃないと気づいた。偵察隊かなにかだわ、でも足音を忍ばせる努力を一切していない。サヴァナは半秒ほどその場に立ちすくんだ。

ケンが潜伏所を出るなといったのは、こういうことだったんだ。いうことを聞いていれば、いまもあそこにいたのに。安全に身を隠していられた。それなのに……。

もしここでわたしが見つかったら、あのひとたちはこの付近をくまなく捜して、すぐにケンを見つけてしまうだろう。そしてケンが米海軍ＳＥＡＬだと知ったら彼を殺す。たちどころに。

純然たる恐怖にとらわれ、サヴァナは地面にしゃがみ込んだ。

あのひとたちに見つかる前に潜伏所からできるだけ遠く離れなくては。そして夜のうちにケンにおいてきぼりにされたのだというふりをするのよ。

本当は動きたくなかった。このままこのシダの茂みの陰で体を丸めて、見つからないことを祈りたかった。

けれどそうするかわりに四つん這いになり、できるだけ音をたてないようにしてじわじわと進みはじめた。潜伏所から、ケニーから離れるのよ。

あと一分待ったらサヴァナを捜しにいこう。

まったく、なんでこんなに時間がかかっているんだ？

ケンはふたたび腕時計に目をやった。そのとき、それが聞こえた。

まずい。

ひとが動く音。だれかが、それも大勢のだれかが、ジャングルのなかにいる。

サヴァナもだ。

ケンはウジ機関銃と予備の弾薬を入れた包みをつかむと、音もなく潜伏所をあとにした。

アリッサはジュールズとふたりでパルワティ港の露天カフェのテーブルにつき、ひたすら待機していた。こうして人目につく場所に陣取り、ケンとサヴァナがあらわれたら即刻ジャカルタへ避難させるための用意を整えていたのだ。

パルワティの町は一見、マックスがいっていた開拓時代の物騒な西部の町とは似ても似つかなかった。折衷主義の建築物と派手な色の看板が混じった、かわいらしい小さな町で、そのむこうには言葉ではいいつくせないほど美しい海の風景がつねに広がっている。

吸い込まれそうなほど青く澄み、日の光を受けて誘うようにきらめく海を見ていると、サム・スタレットのことを考えずにはいられなかった。海を愛するがゆえに、米陸軍レンジャー部隊やデルタフォースといったエリート部隊ではなく米海軍SEALに入隊することを選んだ。

「ああ、もう」サヴァナがつぶやくと、ジュールズがクロスワードパズルから顔をあげた。

といいよ」

「もしもいらついているんなら、ミセス・フォン・ホッフがいまどんな気持ちでいるか考える

「違うの、そうじゃなくって……」サムのことを考えていたのよ。またしても。彼のことを考えなくなる日がいつかくるのかしら。「ええ、そうよね」

彼女はローズの本をとりあげた。残りのページが少なくなるにつれて、読むスピードが落ちていた――結末を知るのが怖くて。前回読み終えたところでは、ローズはロンドンで双子の出産を間近に控え、ハンクの安否はいまだ不明のままだった。

ドイツが無条件降伏！　一九四五年五月八日。戦勝記念日となるこの日、わたしは終戦の知らせに沸くロンドンのひとびとと同じくらい喜んでいた。いいえ、もっとだ。だって、ついにハンクが戻ってくるのだから。

一週間がすぎた。そして二週間。いまだに便りはなかったけれど、心配はしていなかった。噂ではベルリン及びドイツ周辺の地域は混乱のさなかにあるということだったから。

五月が六月に、さらに七月になり、わたしは妊娠七カ月のおなかを抱えてベルリン行きの準備にとりかかった。ベルリンをめぐって米ソの対立が激化しているにもかかわらず。

しかし、ドイツの衛生状態は劣悪だった。病気が猛威をふるっていた。わたしは高血圧症ですでに一度入院していて、医者から無茶をするようなら病室に監禁しますよと脅されていた。

知らせが届いたのはそんなときだ。戦略軍事局の諜報員のひとり、イヴァン・シュナイダーが、ドイツの無条件降伏直前にベルリンでハンクを見たというのだ。ハンクはけがを負っていて、イヴァンには瀕死の重傷に見えた。わたしは信じられなかった。信じたくなかった。

けれどもその数日後、陸軍省から電報が届き、ハンクは死亡したものと推定されると公式に伝えられたのだ。

もちろん、わたしはイヴァンに直接話を聞いた。気の毒なくらいに彼を問いつめたが、ハンクがまだ生きている望みをわたしに与えることは彼にもできなかった。

それでも、わたしは望みを捨てなかった。

二週間後、わたしは合衆国に送還されることになった――赤ちゃんが生まれたらすぐにベルリンへ向かうつもりだと公言していたわたしを、実の両親ならとめられると考えたのだと思う。アイゼンハワー司令官を運ぶ軍用輸送機に同乗させてもらうことになったのだが、機中のことはほとんど記憶にないし、この偉大な人物との初めての出会いについてはそれ以上におぼえていない。

双子は予定日より早い八月の終わりに、ニュージャージーのあの小さな家で生まれた。母は子供のひとりはハインリヒと名づけたらどうかといったけれど、わたしは断った。だって、ややこしすぎるわ、わたしは母にいった。一家にハンクがふたりもいるなんて。息子たちにはアレクサンダーとカールという名前をつけた――わたしの小さな王子たちにふさわしい高貴な名前を。

数カ月がすぎた。カールが肺炎にかかり、何週間も入院させられたときは怖い思いをした。一年近くかかって、ようやく旅行しても大丈夫なまでに元気になったと太鼓判を押されると、わたしはまたベルリンへ行くことを考えはじめた。

そんなときにそれは起きた。一九四六年十月十七日。ドイツの降伏から十七カ月以上がすぎたその日。FBIの元上司のアンソン・フォークナーがわたしを訪ねてきた。ハインリヒ・フォン・ホッフがソ連の刑務所病院にいることが判明したのだ。

ああ、その知らせにどれだけ泣いたことか。わかってた。わかってたわ！　ハンクはきっと生きていると！

ハンクはかなりの深手を負い、ドイツ軍の占領捕虜とともにソ連に送られたのだった。傷はいまも深刻な状態だが、ようやく祖国ウィーンに戻ることがかなった。

わたしは狂喜し、すぐにでも赤ちゃんたちを抱えてウィーンに発つ気でいたが、アンソンがそれをとめた。「ぼくが読んだ報告書によると、ハンクが見つかったのはひと月前なんだよ、ローズ」

「ひと月？」それなのにわたしはいまそれを聞かされた？　「どうして教えてくれなかったの？」

「われわれも知らなかったんだ。今日までね」

「だけど……」なぜハンクはわたしに連絡しようとしなかったの？　わたしが心配で気も

狂わんばかりになっていることは知っているはずなのに。あれから一年以上たっているのに。

アンソンはまじめくさった顔でポケットから新聞の切り抜きをとりだし、わたしに手渡した。

それはイギリスの新聞の切り抜きだった。イギリスの某卿——正確な爵位は忘れてしまった——の娘エリザベス・バーカムと、戦争の英雄オーストリアのハインリヒ・フォン・ホッフ皇太子の婚約を伝える社交欄の記事。

三、四回、目を通して、ようやく意味がのみ込めた。わかりすぎるほどに。

記事はハインリヒ・フォン・ホッフが先ごろウィーンに帰還したことも伝えていた。子息が無事戻ったことに両陛下は大いに喜ばれ、ナチの脅威を打ち砕くことに尽力した凱旋の勇士をウィーンじゅうが歓迎した。ハインリヒ王子は現在、王室の夏の御用邸で療養中だが、年が変わる前には花嫁を連れ帰るためにロンドンを訪れるものと思われる。

「とても残念だよ」アンソンがいった。

自分を抑えることができなかった。わたしはまた泣きだした。「彼が生きててよかった」それしかいえなかった。「生きててよかった」

ハンクがわたしと結婚したのは、戦争で死ぬと確信していたからだ。最初からそうではないかと思っていたけれど、いまははっきりわかった。戦争は終わったがハンクはいまも生きていて、そして日常の生活が——さまざまな責任とともに——戻ってきたのだ。

その日の午後わたしは弁護士のもとを訪れ、日が暮れる前には離婚に必要な書類にサインしていた。

サヴァナは這うようにして進みつづけた。ジャングルの奥へ一ヤード進めば、その分ケニーは危険から遠ざかる。

這ってはしゃがむをくりかえしながら、すでにかなり遠くまできたけれど、まだじゅうぶんじゃない。まだ。

低い声がしたかと思うと、彼女には理解できない言葉を大声で叫ぶのが聞こえた。声は後方の、いましがたサヴァナが通ってきた方向から聞こえ、彼女は地面に突っ伏し、下ばえの奥深くに潜り込んだ。

神さま、お願い、どうか行きすぎてしまって……。

重なり合った枝のむこうに人影が見えて、サヴァナは息をつめた。男は慎重にゆっくりと動いていた。まっすぐにこちらに向かってくる。

男がサヴァナに気づいた。男がさっきと同じ低い声でふたたび叫んだことでそれがわかった。言葉がわからなくても、それの意味するところは明白だった。「おい、こっちだ！　掩護を頼む！」

心臓が早鐘を打ち、耳の奥でどくどくと音をたてている。もう潜伏所からじゅうぶんに離れただろうか？　ここでわたしが捕まってもケニーは安全でいられる？

わからなかった。

だからサヴァナは駆けだした。下ばえの茂みの奥から飛びだして。

彼女の足跡をたどっていた男がぎょっとして悲鳴をあげ、あたふたと銃に手を伸ばした。

サヴァナも悲鳴をあげ、全速力で走った。

ジャングルの静けさを破ってサヴァナの悲鳴が聞こえ、つづいて銃声が響いた。

ケンはあたかも自分が撃たれたように全身に衝撃を受けた。

くそ、くそ、くそおおっ！　ケンは音のしたほうへ走った。サヴァナの身を案じて感覚が研ぎ澄まされる。同じ方角からいくつもの声が聞こえ、さらなる動きが——だれかが走っている。それも大勢。

どうかサヴァナを死なせないでくれ。神さま、頼む……。

音をたてずに地面を這ってできるだけ声のほうに近づくと、なんと周囲は歩哨だらけだった。みな制服を着ている。ベレー帽の男——村の住民とジョーンズによればバダルディン将軍——の兵士たちだ。

ちくしょう、ずいぶん大勢いやがる。少なくとも一個小隊はいるだろう。

そして、その中央にサヴァナがいた。

彼女の姿がよく見える位置まで、危険を承知で移動する。

サヴァナは地面に腹這いになり両手を頭の上で組んでいたが、ここから見るかぎり、けがはしていないようだった。死ぬほど怯えている。生きている。彼女はランニングでもしたように荒い息をしていた。でなければ、死ぬほど怯えているように。

当然だ——ケンでさえ死ぬほど怯えているのだから。いまでこそサヴァナは無事だが、あの阿呆どものひとりのひとさし指がぴくんと引きつっただけで無事ではいられなくなる。

「だれか英語がわかる人はいる？　フランス語は？　パルレ・ヴ・フランセ？」がなりたてる男たちの声に混じってサヴァナの声がはっきり響いた。その声は冷静そのもので落ち着いていて、まるで彼女は捕われたのではなく、自分のために男たちを呼び集めたかのようだった。

それは、ホテルの部屋でベルボーイを見事にあしらったあの女性だった。パニックのさなかにありながらも自分の要求を伝えられる。笑みさえ浮かべて。

自分はいま、サヴァナのなかの母親似の部分が行動を起こしているのを目の当たりにしているのだ、とケンは気づいた。こんな状況でなければ愉快だったかもしれない。くそも出ないほどに怯えていなければ。百万もの危険に身のすくむ思いをしていなければ。タフガイ気取りのこの男たちのだれかが、出すぎたまねはするなとサヴァナの頭にライフル銃の台尻を振りおろす。でなきゃ、あのショートパンツに包まれた最高にいかしたヒップに目を留め、彼女がか弱い女性だという事実につけこむことにする。

「パルレ・ヴ・フランセ？」サヴァナが重ねて叫んだ。

ああ、よせ、ヴァン。フランス語はだめだ。やつらにフランス語で話しかけるな。

兵士たちはがやがやと議論していた。もうちょっと人数が少なければ、近くにいるやつらを音もなく排除し、残りの連中にはウジを使ってサヴァナを救出しただろう。しかし、一個小隊を相手に銃撃戦になったら、こちらに勝ち目はない。

首にスカーフを巻いた痩せぎすの男がサヴァナに近づいた。態度からして、小隊の指揮官であるのは明らかだ。

「金はどこだ？」男は、たったいまオハイオ発のバスから降り立ったかのような完璧な英語でサヴァナにきいた。

「わたしはもってない」サヴァナは顔をあげて男を見あげた。「わたしと一緒にいた男――彼がゆうべお金を奪って、わたしをここに置き去りにしたの」

いい、いい、なんだって？

「とっくにいなくなってしまったわ」サヴァナはさらにつづけ、ケンはどういうことか理解した。彼女はおれを守ろうとしているんだ――しかも念には念を入れ、やつらがおれを追わないように仕向けている。「どっちの方角へ行ったのか見当もつかない」

痩せぎすは小隊のリーダーたちと議論を交わした。

「失礼だけど」サヴァナがいった。「こちらからもききたいことがあるんだけど。あなたがたはだれ？　わたしを安全な場所へ連れていってもらえないかしら？」

ちくしょう、もうだめだ。痩せぎすはきっとあのブーツでサヴァナの頭にすばやい蹴りを入れるだろう。

「それと、もう起きあがってもいいかしら？　この体勢はちょっとつらいんだけど」

「だめだ」痩せぎすは明らかにいらだった声でぶっきらぼうにいうと、ふたたび話し合いの輪に戻った。

口を閉じておくんだ。ケンはテレパシーでサヴァナに伝えようとした。それから、いまだけサヴァナを口がきけないようにしてくださいと短く神に祈った。そいつを怒らせるな、ヴァン。そのくそったれは怒らせないほうがいい。

奇跡的にサヴァナは黙ったままでいた。

そのとき、痩せぎすがようやくサヴァナに向きなおった。数名の部下に命令して彼女を立たせる。

サヴァナは泥まみれだったが、服に血は一切ついていなかった。よかった。片方の膝を擦りむいて血がにじんでいたものの、けがらしきものはそれだけのようだ。

一方の痩せぎすは、ケンの肌が粟立つような目でじろじろとサヴァナを眺めまわしていた。そこで今度は男のほうにテレパシーを送ろうとした。サヴァナに指一本でも触れてみろ、おまえは即刻あの世行きだぞ……。

反乱軍の指揮官はようやく口を開いた。「あんたはプリンセスのようには見えない」

「なんですって?」とサヴァナ。どうやら彼女も聞き違えたらしい。

「われわれはバダルディン将軍からサヴァナ・フォン・ホッフ王女を見つけるよう命じられている。パルワティ島を走りまわっているアメリカ人女性がふたり以上いるんでなければ、あんたが彼女であるはずだ。だが、そう決めてかかるのもよくないかもしれないな。失礼だが――

あんたは王女か？」

なるほど、その将軍とやらは筋金入りの阿呆だ。これこそ人類に必要なもの——世界征服の野望をいだく狂人がまたひとり。

しかし、サヴァナの返事にケンははたと動きをとめた。「ええ」

ええ？

「そうよ」

そうなのか？

なんてこった。祖父はオーストリアの特権階級だとサヴァナはいっていた。まさか皇太子かなにかなのか？　だとしたら、そう、サヴァナは王女ってことになる。とにかく半分はお姫さまだ。

「わたしのことをどうやって知ったのかしら？」サヴァナは威厳たっぷりにいった。

痩せぎすがにやりとした。あまり上品とはいえない、ぞっとするような笑みだった。「パルワティであんたはとびきりの有名人だ。この島であんたを捜している人間は大勢いる」

「でしょうね。でもあなたがたがオットー・スタノヴィッチの仲間でなくてよかったわ。あのひとたち、わたしを殺そうとしたの。わたしの叔父のアレックス・フォン・ホッフ王子は現に殺されたわ」

アレックス王子？　おいおい、どうにも奇妙な話だが、でもそう考えればテレビの《ライフスタイル・オブ・リッチアンドフェイマス》を地で行くようなセレブぶりにも納得がいく。

痩せぎすが声をあげて笑い、サヴァナは高飛車にいった。「わたしの叔父が死んで、なにがおかしいのかわからない」

ケンは手痛いしっぺ返しを喰らうものと身構えたが、興味深いことに痩せぎすはサヴァナに軽く頭を下げた。「アレックス王子は死んじゃいませんよ、妃殿下。体調を崩していらっしゃったが、だいぶ回復してきています」

新情報が続々と飛び込んでくる。サヴァナは妃殿下で、アレックス・フォン・ホッフはバダルディンのところにいる。違った、アレックス・フォン・ホッフ王子だった。なんだか頭がくらくらする。アレックスを誘拐したのは、そもそも将軍の私設軍隊だということはあるだろうか？　スタノヴィッチ兄弟はアレックスが行方不明だという事実を利用し、サヴァナに電話をかけて濡れ手で粟をつかもうとした。

スタノヴィッチの下司どもは気に入らないが、今回の奇抜なアイディアはあっぱれとしかいいようがない。

「叔父はどこ？」サヴァナがきつい口調で問い質した。落ち着け、ベイビー。妃殿下だろうとなんだろうと、あまり強く出るな。

痩せぎすはサヴァナに近づいた。近すぎる。ケンはまたしても冷や汗をかいた。

「お願い、叔父に会わせて。叔父のところへ連れていったあとで、わたしたちふたりをジャカルタまで送ってくれたら謝礼を出すわ。二十万ドル。最低でも」

「将軍はアレックス王子と引き替えに、それよりはるかに多額の金を要求している。あんたとふたり分となれば、値はさらに吊りあがるだろう」

では、アレックスへの身代金の要求はすでになされたわけだ。そいつはいい。アレックス・フォン・ホップが誘拐されたとなれば、たちどころに人質事件の処理を専門とする米軍のプロ集団が召集されるのはまちがいないからだ。ローズ・フォン・ホップのワシントンへの影響力を考えれば、ペンタゴンのお偉方はたぶんアレックスを無事救出しようと大いにあわてているだろう。おそらくＦＢＩをジャカルタに派遣し、いずれかの特殊作戦部隊を支援させるはずだ――ひょっとするとＳＥＡＬ隊もきているかもしれない。そうだ、ＳＥＡＬ第十六チーム〝紛争調停人《トラブルシューターズ》〟分隊が呼び寄せられた可能性もある。

草の根を分けてアレックスを捜索しているのがだれだろうと、彼らはきっとサヴァナ――じゃない、サヴァナ王女だった――とケンもまた、この数日間ジャングルのなかをさまよっていることを知っているはずだ。

身代金の要求がなされたなら、賭けてもいいがＦＢＩはすでに犯人を割りだしている。おそらくはバダルディンの本拠地の周辺にすでに特殊作戦部隊の分隊が潜伏していて、アレックスを安全な場所へと救出する時機をうかがっているはずだ。彼らにとって都合がいいのは、敵の陣地のなかに特殊部隊の隊員が――つまりケンが――いるってことだ。

おまけに、こちらにはあの金がある。その隠し場所をケンとサヴァナが知っていて、バダルディンの手下たちが知らないかぎり切り札にできる。

いや、ひょっとしたら痩せぎすと直接取引できるかもしれないぞ。身代金とひきかえに解放されるまでサヴァナの身の安全を保証してくれたら、バダルディン将軍には知らせるに及ばない、ちょっとしたボーナスを渡すといって。

ジャングルを巡回していた兵士たちがまっすぐにケンのほうにやってきた。連中に見つからないようにするのはわけないことだ。侵入者を捕えたと連中に思わせることはさらに簡単だ。ケンはウジを隠すと――やつらに撃たれてしまっては元も子もない――見つかる準備をした。

ヘリコプターが村の中心地に近づき着陸体勢に入るのを、モリーは陽射しを手でさえぎりながら見つめた。

「まったくもう」隣にやってきたビリーにいった。「明日、あそこに木を植えましょう。大木を何本も」

「くそっ。オットー・スタノヴィッチと用心棒どもだ」

まさに、くそだわ。ふたりの足元で砂ぼこりが渦巻いた。

「なにをしにきたんだろう?」プロペラの音に負けじとビリーが声を張りあげた。

「さあ、でも礼拝に出席するためじゃないことだけはたしかね」ものごとを悲観的に見るのはモリーらしくなかったが、スタノヴィッチの用件がなんであれ、楽しい展開にはならないような気がした。

「どうやらあんたの友だちを見つけたようだぞ」息のくさい痩せぎすの指揮官にそういわれ、サヴァナはぞっとした。

叫び声につづいて格闘するような音がしたかと思うと、五人の男たちに引きずられるようにしてケンが連れてこられた。

ケンは血まみれで、ばったりとその場に倒れた。泥のなかに顔から突っ伏して、ぴくりとも動かない。

サヴァナは彼のほうに駆けだした。「ケニー!」

しかし、たどり着く前に手荒に引き戻され、先ほどまで彼女を捕まえていた二名の兵士にまたしても押さえつけられた。サヴァナは抗い、手足をばたばたさせて逃れようとした。まったくの偶然にだれかの敏感な部分、鼻か、たぶんくちびる、にパンチが当たり、その見返りに横っ面を思い切り張られ――脳みそが揺さぶられ、耳鳴りがするほどの一撃に、彼女は尻もちをついて悲鳴をあげた。

すると、ケンが地面に手足をついて体を起こした。鼻血を流しているのがわかったが、彼はまっすぐにサヴァナを見つめていった。「そいつらに逆らうんじゃない!」

「すぐれた助言だ」英語を話す指揮官がいった。「みずから実践すべきだったな」

「彼女から手を放せとやつらにいえ」ケンは命じた。

「金のありかをいってもらおうか」

サヴァナを押さえつけていた男たちが、彼女を乱暴に引っぱって立たせた。

血まみれでまともに立つこともできない男が危険に見えるなんてことはありえないと思っていたけれど、ケンはなぜかそう見えた。「おまえのくそったれの部下に、彼女からそのくそったれの手を放すようというのが先だ！」

「ケニー、やめて！」サヴァナは声をあげたが遅すぎた。

指揮官がひとつうなずくと、ケンは脇腹を思い切り蹴られて宙に飛んだ。ドスンという身の毛のよだつような音とともに地面に落ちてうめき声をあげた。

「やめて！」すすり泣きながらサヴァナはいった。「やめてったら！　お金はジョーンズというひとの飛行場の、兵舎の南西の角から十五歩のところに埋めてあるわ！　ここから半日ほど歩いたところにある村の近くよ！」

ケンがごろんと仰向けになり、片手で顔の血をぬぐった。「完璧だ」彼はいった。「くそ完璧だよ」

電話が鳴ったとき、ジョージはホテルのスイートルームのベランダで椅子に座っていた。ガーゼのようなカーテンを抜けて部屋に足を踏み入れたとき、ローズが受話器をとった。

「もしもし？」

「ミセス・フォン・ホッフ、こちらはアリッサ・ロック。いい知らせです」若い女性は返事を待たずにつづけた。「アレックスの所在を特定しました。パルワティ島の真北に位置する小島にある、バダルディン将軍の屋敷のゲストハウスに監禁されています」

「あの子は生きているのね」

「はい、マム。スタレット中尉から目視確認したとの報告がありました」

神よ、感謝します。

ローズが背後にあるはずのソファを手探りしていると、ジョージがすっとかたわらにきて座らせてくれた。不安はしばしばひとをしゃんとさせるが、安堵感は膝を萎えさせる。

「あのひとたち、アレックスを見たって」ジョージに告げると、彼はローズの手をぎゅっと握った。「怖くてたまらなかった」ローズは認めていった。

「わかります」電話口から聞こえるアリッサの声はあたたかかった。「あなたは不安を顔に出さないようにしていましたが、実の息子さんのことですから。わたしにも姪がひとりいます、もちろん同じでないことは承知していますが、この数日あなたがどんな気持ちでいたかは想像がつきます」

「いまは頭が少しふらふらしているわ」ローズはいい、笑い声をあげた。

「ジョージはそこにいますか?」アリッサが尋ねた。「ちゃんと座ってますか?」

「答えはどちらもイエスよ」ローズはいった。

「もしよろしければ、つづきがあります。われわれはサヴァナの所在もつきとめたと考えています。バダルディンの副官のひとりからの無線通信を傍受したのですが、彼はパルワティ島でサヴァナを発見し、彼女とその連れを連行するといっています——金と一緒に。確証はまだつかめていませんが、これは願ってもないほどの朗報です。なぜなら、敵陣内に海軍ＳＥＡＬの隊員が一名いることになるわけですから。彼がアレックスに接触できれば、救出に備えさせることができます。もちろん救出は秘密裏におこなわれますが、アレックスに心の準備ができていれば、なおいい。バダルディンの屋敷に潜入し、アレックスとサヴァナを助けだすのに、SEALのチームは一度も発砲せずにすむはずです」

「すべてが計画どおりに進めば」ローズは口をはさんだ。

「むろんなんの保証もできませんが、もしもわたしの息子が人質にとられ身代金を要求されていたら、スタレット中尉とそのチームに息子を救出してもらいたい。わたしは彼らを信じています」

ローズはくすくす笑った。「この人生でひとつ学んだことがあるとすれば、取らぬ狸の皮算用はよくないということよ。でもこの午後は、息子と孫を連れてニューヨークへ戻る、明日の退屈なフライトを楽しみにしながらすごしてしまいそう」

「ジュールズとわたしはこれからジャカルタ行きの便に乗ります、もうここにいる必要はないので。ジョージにいってFBIの司令部に連れていってもらったらいかがですか、そうすればなにがおきているかすぐにわかりますし。ジュールズとわたしも一時間か、うまくいけばそれより早く、そちらに着けると思います」

「ありがとう、あなた」電話を切ると、ローズは堰を切ったように泣きだした。

ジョージは、ありがたいことに、なにもいわないだけの分別をもっていた。ただ彼女の体に腕をまわして、好きなだけ泣かせておいた。

「あなたが殺されちゃうと思ったのよ」サヴァナは小声で囁いた。

「おれはあの金を切り札にしようと思ったんだ」将軍のヘリが到着するのを待ちながら、ケンはやんわりいい返した。

痩せぎすとその一味には、すでにアタッシェケースの特殊な錠について一席ぶってあった。なぜアタッシェケースを開けるのに、サヴァナとケンの両方を生かしておかなければいけないかを。自分の身分やサヴァナとの関係についても大ぼらを吹いた。自分はコロナドのケネス王子で、王女の婚約者である――ケンは痩せぎすにそう説明した。サヴァナは彼の子供を身ごもっていて、そのため人質としての価値はあがる。なぜならケンの両親――コロナド国王夫妻――は未来の王族の身の安全を守るためなら、いくらでも金を積むだろうから。しかしサヴァナの名誉が少しでも損なわれた場合は――つまり、おまえの部下がその薄汚い手で彼女にふれでもしたら――オーストリア、コロナド両国はバダルディン将軍に宣戦を布告する。

ケンがしゃべったことのなかでもっとも真実に近いのは、この一見途方もない脅しだった。もしも彼らがサヴァナを傷つけたり、殺したりしたら、おれはかならずこの地に戻ってやつらを皆殺しにする。指揮系統の下から順にひとりずつ。

痩せぎすはばかではないが、王室問題は明らかに専門外だった。金を回収し、そのもちぬしもろともバダルディン将軍に届けるというのが彼の計画らしかった。あとのことはイカレポンチの親玉にまかせよう、ってわけだ。

「どうしてわざとつかまったりしたの？」痩せぎすが声の届かないところまで離れると、サヴァナはきいた。ヘリが近づいてくる。バリバリという音が遠くから聞こえた。「あのひとたちをあなたから引き離すつもりだったのに、そうすればあなたが……なのにあなたときたら……」愛想がつきたというように首を振った。

「おれに腹を立てているのか」ケンは気づいた。「金の——おれたちの奥の手のありかをバラしたきみが、おれに腹を立てているとはね」呆気にとられて笑いだした。

「なら、どうすればよかったの？　あなたが殺されるのを黙って見ていればよかったわけ？」

「おれを殺すには、鼻血を流させて脇腹に一発蹴りを入れるぐらいじゃ足りないね。まったく、あんなもの痛くも痒くもなかったんだぞ。そんなふうに見せかけてただけだ」

「そんなこと知らなかったもの」

「ああ、結局おれたち、おたがいのことをそれほどよく知らないってことだよな。きみのほうこそ、王女だって話を一度か二度はしていると思ってるだろう」

サヴァナはあきれたといわんばかりに目をぐるりとまわした。「わたしの王女だって、コロナドのケネス王子と似たようなものよ。わたしの祖父はたしかにオーストリアの王子として生まれた。ただし、一九一八年にオーストリアは王位や爵位を名乗ることを禁じているの。つまり祖父は王子じゃなくなったわけ。でもなかには特権階級に憧れて大騒ぎするひともいるのよ。勘弁してほしいわ、だって百年近くも前の話なのよ！　そろそろもっと大事なことに目を向けるべきだわ。わたしはアメリカ人で、ちょっとだけ王女の遺伝子をもっている、それって血友病の息子をもつ可能性が高いってことよ、たぶん。まったく、うれしいおまけだこと」

彼女がケンのほうを見たとき、その目が涙で光っているのがわかった。「あなたのことなら、よおく知ってるわよ、ばか」小声でいった。「でもあのひとたちがあなたを傷つけるのを黙って見ているなんてできなかった。できなかったの」

「潜伏所に戻ってくるべきだったんだ」サヴァナを抱き締められないのが腹立たしかった。そもそも彼女を隠れ場から出した自分に腹が立った。一体全体なにを考えていたんだ？　それでもきかずにはいられなかった。「おれじゃきみを守れないと思ったのか？」

サヴァナは笑い声と思しき音をたてたが、そのとき涙がひと粒頰を伝って落ちた。いらだたしげに手でそれをぬぐう。

「あなたが守ってくれることはわかってた。でもわたしにあなたが守れるとは思えなかった。あなたの身に危険が及ぶくらいなら死んだほうがましよ、ケニー」

ヘリが着陸態勢に入り、痩せぎすが大声で命令を発した。見張りに立っていた兵士が、手振りで立てとふたりに命じる。またしてもヘリの旅に出発だ。

ケンはサヴァナを見た。「いつなにがあってもいいように準備しておけ」いいながら、彼女がくちびるを読めますようにと祈った。こううるさくてはこちらの声はまず聞こえないはずだ。

サヴァナはうなずき、両手で目をぬぐってから、ケンがまちがいなく彼女のくちびるを読めるように口を大きく開けていった。「十点満点であなたを愛してる」

見張りの兵士がヘリのほうに乱暴にケンを押しやったが、ケンは首をめぐらせてサヴァナを見た。

同じように急きたてられて怖くてたまらないはずなのに、それでもケンと目が合うとサヴァナはなんとか微笑んだ。

兵士がまたもヘリのほうにぐいと押したが、ケンは笑い声をあげた。

「信じられないかもしれないが」仮にこの騒音のなかで声が聞こえたとしても、なにを話しているのか理解できるはずのない相手に向かってケンはいった。「この二十四時間は、おれの人生で最高の二十四時間だよ」

18

「申し訳ないけど」モリーは、おそらく十四回目ぐらいにオットー・スタノヴィッチにそういった。彼女はビリーの腕に手をおき、なにもいわないようにと、ぎゅっと力をこめた。重装備の八人の男とビリーが怒鳴り合いをはじめることだけは、なんとしても避けたい。「なにか誤解しているようね。あなたが捜している人たちはここにはいないわ。ミントをもう少しいかが？」

彼らは台所と食堂を兼ねている脇が開いたテントのなかにいて、アンジーが人数分のグラスにアイスティーを注いでいた。そしてオットーがこれ見よがしにおいた、とんでもなく大きな拳銃の横に、グラスを滑らせた。

「たわごとはもうたくさんだ！」オットーがすべてのグラスを手で払って地面にぶちまけた。グラスはどれもプラスチック製で、割れずに跳ね返っただけだったから、さほど劇的な効果はあがらなかったが、それでもモリーは縮みあがり、水がかかってシャツが少し濡れた。「おれの兄貴が死んでるんだ！」

モリーは思わずテーブルのむこうに手を伸ばし、オットーの手を握ろうとした。「お悔やみを申しあげるわ」

彼はその手をぴしゃりと払い、大型拳銃をとりあげた。

ああ、大変、彼を怒らせてしまった？

「やつらはどこだ？」詰問した。「金はどこにある？」

「申し訳ないけど」モリーがそうくりかえすと、オットーはいきなり銃を構えてビリーの眉間にぴたりと狙いをつけた。

「十秒やるから、本当にすまないと思っているのか、それとももっとすまない気持ちになりたいのか決めるんだ」

「ふたりをジョーンズのところに連れていったわ、でも彼は手を貸すのを拒んだ」ジョーンズにいわれたとおりにいった。「でもきっと村のだれかから地図を買ったのね、なにしろ最後に見たときふたりはパルワティ港のほうへ向かっていたから」

「モリー、よせ」ビリーが息だけの声でいった。事実を知らないのだから当然だ――ケンとサヴァナが港ではなく北へ向かったことを。それでいい。そのほうが話の真実味が増す。

彼女はビリーに目を向けた。「どこのだれかもわからないひとたちのために、あなたが撃たれるなんていやよ！」それからオットーに向きなおった。「たぶんラバ道に沿って進むつもりよ――道には出ずに、でもその近くを」

オットーの目をなにかが——どうかいかにもありそうな話だと思ってくれたのでありますように——よぎった。それでも彼はビリーを撃とうとするように撃鉄をあげた。

「やめて」モリーはさらに早口でいった。「お願いやめて。お金のありかは知ってる。あのひとたち、ジョーンズの兵舎の近くに隠していったの。ビリーを撃たないと約束するなら、その場所に案内する」

オットーはうなずいた。「ようやく話が進展したな」

サヴァナはヘリコプターのケンとは反対側に座らされたが、離陸するあいだもずっと彼を見つめていた。

〝いつなにがあってもいいように準備しておけ〟

神さま、どうか、ケンに無鉄砲なことはさせないで。ケンの鼻は腫れあがり、シャツは血で汚れていたが、サヴァナと目が合うとにっこり笑ってみせた。

サヴァナは泣きたくなった。

十点満点であなたを愛してる。ケンにそう告げるだけの勇気が自分にあったなんて信じられないけど、伝えられてよかった。これでふたりの身にたとえなにがあろうと、ケンがわたしの気持ちを知っていることだけはわかるから。

ヘリコプターの羽根の音に心臓の鼓動が速くなる。それとも、どきどきするのはわたしを見つめるケニーの目つきのせい？　彼はセックスのことを考えていた。あの目と、口の端に浮かぶ小さな笑みを見ればわかる。眉ひとつ動かさずに人殺しをするような男たちに囲まれているというのに、ケンが考えているのは……。

セックスじゃない。愛の営みよ。ゆうべわたしに口づけをし、わたしにふれ、怖いぐらいにわたしを満たしたこと。いまわたしに笑い声をあげさせたかと思うと、次の瞬間には悦びにあえがせたこと。ずっと欲しかったのは、求めていたのはわたしだけだというように、わたしの名前を囁いたこと。

サヴァナはケンの目をまっすぐに見つめ、同じように微笑んだ。

もうなにが起きても怖くない。

ジョーンズのセスナは消えていた。

心配したらいいのかほっとすべきなのかわからないまま、モリーはアタッシェケースを探して地面を掘り進んだ。

きっと例の部品が届いたのよ。それで朝一番でセスナの修理を終えて仕事に出かけた。ここ何日も飛んでいなかったから、たぶん片づけなきゃならない仕事が山ほどあるんだわ。

指先が硬い金属にあたり、モリーは安堵のあまり気が遠くなりそうになった。疑惑がまちがっていたことが証明されるまで、そもそも自分が疑惑をいだいていたことにすら気づかなかった。ジョーンズはお金を持ち逃げしてはい<u>な</u>かった。

見張りに立っていた男たちが、モリーとアタッシェケースの両方を引きずるようにして、滑走路のヘリコプターがつくる日陰でビリーとともに待っているオットーのところへ連れていった。

アタッシェケースはオットーがみずから開けた。ジョーンズのような見事な手際でロックを解除したわけではなかった。

そして、そのまま地面に投げつけた。ただ叩き壊した。アタッシェケースのなかは空だった。

「そんな！」モリーはいった。「嘘よ！」

そこからは、すべてが早回しのようだった。

オットーがひとつうなずき、男たちがビリーをヘリコプターのむこうへ引きずっていく。オットーが拳銃をあげて――。

「待って！」モリーはむせび泣きながらオットーの腕にしがみつき、銃をおろさせようとした。「お願い！　間違ったのはわたしよ。お金はここにあったの、誓って嘘じゃないわ。殺すならビリーじゃなくわたしを殺しなさい！」

恐怖と憤怒で口のなかに苦い味が広がる。わたしはジョーンズを見誤っていた――完全に。

オットーに銃で顔を殴られ、モリーはその場に倒れたが、その痛みも心の痛みには到底及ばなかった。

「お願い」懇願しながらオットーの脚にすがりついたが、彼は銃をあげてビリーの眉間にふたたび狙いをつけた。

ところがビリーが逃れようともがいたため、オットーが発射した銃弾はビリーの頭ではなく肩に当たった。

ビリーはうしろに吹き飛ばされた。モリーは悲鳴をあげ、オットーは悪態をついた。とどめを刺そうと再度狙いをつける。

オットーは脚にしがみつくモリーを引きずりながら、ビリーのほうに近づいた。とどめを刺そうと再度狙いをつける。

吐いてしまいそう、ところが口を開くと、思いがけない言葉が飛びだした。「グレイディ・モラント！」

まるで魔法の呪文を唱えたかのようだった。

オットーはビリーから目を離し、モリーを見おろした。「いまなんて？」オットーばかりか、その手下たちも彼女に注目していた。

「ビリーを撃たないなら、どこに行けばグレイディ・モラントが見つかるか教えるわ」声こそ震えていたが、ジョーンズとの約束を破ろうとしているいま、涙は急に底をついた。「最近の彼がどんな様子をしていて、どんな飛行機に乗っているか――赤のセスナよ。〝ジョーンズ〟という名で通っていて、お金を盗んだのも彼よ」モリーはオットーとその部下にいった。「昨日の午後の時点でグレイディ・モラントはここに、この飛行場にいたわ」

尾根を越えるとジョーンズの飛行場が見えてきた。

セスナはどこにも見当たらなかったが――くそ、なんてこった！――滑走路に停まっているのはオットー・スタノヴィッチのヘリだ。

それなのに、このヘリは着陸しようとしている。バダルディンとスタノヴィッチ兄弟は不倶戴天の敵じゃなかったのか？ いったいどうするつもりだ？

痩せぎすが騒音に負けない大声で命令を叫ぶと、兵士たちがヘリの開けっ放しの扉の前で戦闘位置と思しきものにつきはじめた。着陸するんじゃない、格好の標的とばかりに一斉射撃を加えるつもりだ。

攻撃がはじまるとケンはヘリの反対側に身を躍らせ、自分の体を盾にしてサヴァナを守った。

なにか熱いものに腕をぴしゃりと叩かれた気がして、モリーは撃たれたのだと気づいた。痛みはなかった。とにかくいまのところは。だからビリーの体を引きずって、攻めかかるヘリコプターから、吐き気をもよおすような自動火器の音から遠ざかり、ジャングルの奥の暗がりへ逃げようとした。

一発だけですんだなんてとても信じられない。

オットー・スタノヴィッチが胸に真っ赤な血の花を咲かせて倒れるのが見え、モリーはビリーを引っぱる手にさらに力をこめた。もう、どうしてこんなに重いのよ？

「モリー、走れ」ビリーがいった。「おれをおいて走るんだ！」

「あなたをおいていけない！」

襲いかかるヘリコプターはオットーのヘリの倍の大きさがあった。その巨大な戦闘用ヘリがまたも急降下し、モリーはビリーの上に身を投げだした。危険なほど近くで銃弾が爆《は》ぜ、コンクリートの破片が飛び散った。

サヴァナは悲鳴をあげていた。

無理もない。彼女は基礎訓練を経験したことも、無数の演習をくぐり抜けたことも、ケンのように間近で戦闘を体験したこともないのだから。百戦錬磨のケンでさえ、マシンガンと自動火器が一斉に火を噴く音にあやうく悲鳴をあげそうだった。

彼はサヴァナの耳元に口を近づけた。「サヴァナ。おれの話を聞くんだ。おれの話を聞くんだ。おれの話を聞くんだ」いいつづけると、ようやく彼女は静かになった。「聞いてるか?」

サヴァナはうなずいた。そして彼の耳に口を寄せた。「ケニー。死にたくない。ようやくあなたを見つけたのに、これで終わりなんていや」

「おれがきみを死なせない」そのとき、スタノヴィッチ側が放った銃弾がふたりの頭のすぐ上の隔壁に当たった。

サヴァナがキャッと声をあげ、ケンは彼女の上におおいかぶさったまま、さらに体を小さくしようとした。「いつでも走れるようにしておくんだ、いいね?」

彼女は今度もうなずいた。

「ヘリが着陸すると同時に兵士の大半は外に飛びだすだろう。準備をしておけば、騒ぎに乗じてジャングルに逃げるチャンスがあるかもしれない。いってることがわかるか?」

サヴァナがうなずく。

「最短距離を行く。いいね？」

もう一度。

「おれが『行け』といったら走るんだぞ」

ヘリが急旋回し、サヴァナはあたかも命がけで彼にしがみついた。

スタノヴィッチ側の人間はすべて死んだ。死んでいないとしても、少なくとも発砲するのはやめていた。なかのひとりがハンカチを振っているのを見て――白旗だ――モリーは自分もなにか振れるものはないかとポケットのなかを探ったが、結局降伏を意味する世界共通の意思表示として両手を高くあげた。

「本当にごめんなさい」ビリーに向かっていった。「全部わたしの責任だわ」

「ああ」ビリーはいい、痛みに歯を喰いしばった。「インドネシアで起こるギャング団の抗争は、すべてきみに責任があるんだろうさ」

ヘリコプターが着陸すると制服姿の男たちがどっと飛びだしてきて、スタノヴィッチたちの死体を手際よく確認し、武器を取りあげた。

白旗を振っていた男がなにか話している。ひどく真剣な顔で最初はひとりの兵士に、次に巨大なヘリから降り立ったひどく痩せこけた男に向かって。

旗振り男はしゃべりまくり、それから指さした。まっすぐにモリーを。

四人の兵士が滑走路を横切って彼女とビリーのほうに駆けてくる。

「両手を頭の上にあげて」モリーはいった。「武器をもっていないところを見せて」

頭上にあげたビリーの手は血で真っ赤に染まっていた。

兵士たちはふたりの腕を乱暴につかんで立たせた。

「気をつけて」モリーはいい、このあたりでよく使われているふたつの方言で同じことをくりかえした。「彼、けがをしているの」

「きみこそ出血してる」ビリーにいわれて、モリーは初めてそれに気づいた。

腕を撃たれたのだった。射入口と射出口の両方があったが、どちらもまあまあきれいな状態だった。

このまま生き延びられたとしたら、ひどい傷が残りそうだわ。

いまだ。なにかするとしたらいましかない。

ケンはサヴァナの手をつかみドアのほうへ――。

い、いい、

ちくしょう！

AK‐47をもった見張りがひとり、油断のない黒い目をしてふたりの前に立っている。見張りは手ぶりで、下がれ、と合図した。ドアから離れろ。それからふたりに目を光らせていられるよう、ヘリのなかに少しだけ移動した。

「べつのドアはないの？」サヴァナが小声で尋ねた。

「このヘリにはない」ケンは見張りににこやかに笑いかけたが、男は怖い顔でにらみ返した。まいったね。バダルディンの軍隊のなかで唯一油断のない男が、おれたちの監視をまかされるとは。

「どうする？」サヴァナがきいた。

もしもケンひとりなら、この男を取り押さえていただろう。一対一ならあのAK‐47を奪うのは造作もない。問題は、完全に銃をこちらのものにする前に、やつが二発は撃てるってことだ。SEAL隊員なら流れ弾に当たらないようよけることができるが、サヴァナの勘はといえば……。まあ正直いって、この十年かそこらでサヴァナが《ウォリアー・プリンセス》チームをつくることはなさそうだ。

「待とう」ケンはサヴァナにいった。「落ち着いて次のチャンスを待つんだ」

「このひとは医師の治療が必要よ」チリーはいったが、彼女を引っぱっていく兵士はそれを無視した。

「わたしたち、オットー・スタノヴィッチに無理やりつれてこられたのよ」やってはみたが、歩く角材に話しているようなものだった。

「わたしたちは宣教師――神の僕《しもべ》よ。お願いだから、このひとをパルワティ港の病院へ連れていかせて！」

兵士たちは表情ひとつ変えずに、彼女とビリーを痩せぎすの士官と負傷した旗振り男――オットー・スタノヴィッチのギャング団の最後の生き残り――のほうへ連れていった。

痩せぎすの士官は英語を話した。「グレイディ・モラントの所在をあんたが知っていると、この男はいっている」

周囲に広がる死と破壊の光景に胃が泡立ち、失血で頭がふらついていたが、それでもモリーは首を横に振った。すでに一度ジョーンズを裏切っている――たとえ彼が大嘘つきのろくでなしでも、裏切るのは一度でたくさんだ。「そのひとは嘘をいっているのよ。わたしたちは宣教師です。この道の先にある村に――」

「その女は嘘をついてる」旗振り男がいい返した。「グレイディ・モラントが昨日ここにいたとたしかにいった、やつが赤いセスナに乗っていて、ジョーンズと名乗っていると」

「よしてよ。あれは本気じゃないわ。オットーにビリーを撃つのをやめさせるために、口からでまかせをいったの。モラントという男の噂は聞いていたから、彼を知っているといったのよ」

士官は周囲を見まわし、かまぼこ型兵舎に目をやったあとでモリーに視線を戻した。「ジョーンズがグレイディ・モラントとはねえ」笑い声をあげた。「おれにはそんなこと、ひと言もいわなかったくせに。まあ、それをいうなら、やつとおれは恋人どうしじゃないからな。おれのために部屋じゅうにろうそくを灯してくれたこともないし」彼は部下に顔を向けた。「全員をヘリに乗せろ」

ジョーンズはジャカルタが大嫌いだった。ここにくるのはやむをえないときだけで、たいていは一刻も早く離れようとする。なのに今日は空港の薄汚いバーに、まるで尻に根が生えたみたいに五時間以上も居坐っていた。彼のセスナは燃料を補給し、いつでもマレーシアに向けて飛び立てる。そのためにここに寄ったのだ。燃料を補給し、風のなかの塵のように永遠に消えるために。

だったら、なにをぐずぐずしている？

金の詰まったダッフルバッグはかたわらにおいてある。おれが持ち逃げすることはないと、モリーが確信していた金。

悪いが、ダーリン、こいつはもらっていく。彼女がおれをどんな男と考えていたかは知らないが、いまごろは真実に気づいているだろう。

ジョーンズは腕時計に目をやった。

モリーがおれの家にやってきて、おれがいないことに気づくまでにまだ二時間ある。

モリーのことだから、おれが戻ってこないことに気づくまでに、たぶん二日か、もしかしたら何週間もかかるかもしれない。

モリーのことだから。

それがなんともやっかいな問題なのだ。すべてはモリーを知ることからはじまった。

ジョーンズは残ったビールを一気に空けた。新しいパスポートを手に入れよう。このバッグのなかには新しい身分を丸ごと買えるだけの現金が詰まっている。そうしたければアメリカに戻ることも可能だ。

もっとも、戻りたいわけじゃないが。

これだけの現金があれば、うまくやれば一生働かずに暮らせる。

マレーシアの片田舎に行って家を買うのもいい。日がな一日なにもせずに、ぼうっとすごすんだ。

そして最後にはモリーのことを考えている。

ジョーンズは両手で頭を抱えた。ちくしょう、金なんぞ欲しくない。おれが欲しいのはモリーだ。たとえあとひと月だけのことでも。

まったくお笑い種もいいところだ。長年、面倒な人間関係は避けてきた。なのにここにきてモリーに惚れてしまうなんて、おれはどこまでおめでたいんだ？

ウェイトレスがそばにやってきた。「ビールのお代わりは？」

「いやいい、ありがとう」ありがとう。モリーに会うまではだれかに礼をいったことなどなかったのに。

「あんた、すっごくかわいい」ウェイトレスがむかいの席に腰をおろした。二十歳ぐらいのインドネシアの娘で、目のまわりに殴られたような青あざがあり、少々疲れた感じだったが、それなりにかわいらしい。「あたしとやりたい？」

ジョーンズは笑った。「一週間前はどこにいた？」とはいえ、いつだろうと違いがないのはわかっていた。

モリーと関係をもったのは、単に性的な欲望を満たしたかったからじゃない。そうさ、最初からおれが欲しいのはモリーだった。ジョーンズは腰をあげ、ダッフルバッグをもってボックス席を出た。

娘がいそいそとあとをついてきたが、ジョーンズは手を挙げてそれを制した。「違うんだ。きみに誤解をさせてしまったらしい。おれは……」かぶりを振り、笑い声をあげた。「気持ちだけありがたくちょうだいするよ」

彼女は肩をすくめた。「好きにすれば」

ドアを押し開けて明るい午後の陽射しのなかに出ると、ジョーンズはセスナに向かった。マレーシアなんかくそ喰らえ。パルワティに帰ろう。

運がよければ、おれがいないことにモリーが気づく前に戻れるだろう。

バダルディン将軍の基地は、半分が荒れ狂う海と岩の断崖、もう半分がジャングルの斜面に囲まれていた。

そのジャングルを抜けて屋敷まで道が一本つづいている。

モリーとビリーの状態はどちらも安定していた。ケンは衛生兵ではなかったが、SEALのすべての隊員と同様に、ふたりの宣教師に応急処置をするぐらいのことはできた。傷はどちらもそう深くはなかったが、こうした環境で感染症を防ぐには大量の抗生物質が必要だ。SEALのけが人にこれ以上の手当ては必要なかったし、サヴァナも最終目的地を見ておきたいというケンの考えを理解しているようだったので、ヘリが着陸態勢に入ると彼は開けっ放しのドアにじわじわと近づいた。

将軍の屋敷は、イギリスの荘園領主の邸宅ほどの大きさだった。ジャングルから頭をのぞかせている丘の頂上に位置していた。すぐ前には芝生の狭い庭があり、プールとテニスコートらしきものが裏手に見える。だがその先はもう鬱蒼としたジャングルだった。

丘をほんの少し下ったところ、将軍の屋敷へと伸びる道路の両側に、もっと実用本位の建物がいくつか見えた。おそらく兵舎と、弾薬や補給物資の倉庫だろう。

基地全体があたかも中世の城のようで――頭のイカレた将軍が王族にご執心なのもさもありなんという感じだった。

丘をさらに下ったところにヘリの着陸台があり、その外側に張りめぐらされたフェンスと、見るからに頑丈そうなゲートは、いかにも警備が厳重に見えた。絶対に電気柵だ、とケンは思った。きっと照明も設置されていて、外部の人間を立ち入らせないために二十四時間態勢で歩哨を立て、もしかしたら犬も放しているだろう。そして歩哨がゲートを守っているかぎり基地のなかは安全だと、兵士を初めとするすべての人間が信じきっている。

だが賭けてもいいが、基地のなかにはすでにＳＥＡＬの分隊が入り込んでいる。海から島に上陸し、とうていよじ登れそうにない絶壁を――たぶん汗ひとつかかずに――よじ登って。

ヘリが着陸し、ケンとサヴァナ、モリーとビリーの四人はジープに乗せられてゲートを抜けた。丘を登る道は最初は急坂だったが、母屋に近づくかなり手前から平らになってきた。

道路脇に立つ建物をよくよく見ると、実用的どころかいまにも壊れそうだった。母屋も、近くで見ると、かなりがたがきている。

バダルディン将軍は財政的なてこ入れを必要としている、それも早急に。しかし、おれたちを使ってその資金を手に入れるのは無理だ。

この基地はまずまずまともだが、難攻不落というにはほど遠い。それどころか、どんな救出作戦も笑ってしまうくらいに楽勝のはずだ。

ケンはサヴァナの視線をとらえて微笑んだ。

大金を賭けてもいい、明日までにはここを出て家に帰れるぞ。

アレックス叔父は大量の鎮静剤を与えられていた。

アレックスが監禁されている建物は――痩せぎすの士官は〝ゲストハウス〟と呼んでいた――人質を監禁しておく場所としてはそこそこ立派だった。部屋がふたつにバスルームがひとつ。ただし、ああもう、洗面台の水は出なかった。それでもトイレは水が流れたから――大いなる勝利といえるだろう。

建物はシンダーブロック製で、外に出るためのドアはひとつきりで、しかも道路に面していた。窓もドアと同じ側にしかなく――〝ゲスト〟が逃げられないようにそうしてあるのは明らかだった。

しかも窓が一面にしかないことで風通しが悪く、部屋のなかはうだるほど暑かった。

サヴァナたちをここに連れてきた士官は、将軍に拝謁するのは明日の朝になるといっていた。パプア解放運動《OPM》の指導者たちと会談しているバダルディンが、パプアニューギニアから戻ってくるのだそうだ。

アレックスの状態をざっとチェックしていたケンが、もうひとつの部屋から出てきた。「問題はなさそうだ。シャワーを浴びる必要があるが、この暑さじゃだれだってそうだろう？　だがなにかの鎮静剤を与えられているのはまちがいない。たぶん食事に混ぜたんだろう——だから一切飲み食いはするな」モリーとビリーを含めた全員にいった。

「なにも飲むなって、いつまでだ？」ビリーがきいた。

「今夜までだ。夜になったらここから出られる」ケンは声を落とした。おそらくドアの外にひとりだけいる見張りが英語を話すという、万にひとつの可能性を考えてのことだろう。「ＳＥＡＬの分隊がすでにこの敷地内にいて、おれたちを救出するチャンスをうかがっている。隠密作戦でいくと思う。だから銃弾が飛び交う銃撃戦にはならない。ひそかに事を進めるからな。頭に入れておいてほしいのはできるだけ静かにすることと、彼らにこうしろといわれたら、かならずそのとおりにすることだ」

サヴァナはかぶりを振った。「どうしてわかるの？　ＳＥＡＬ隊がなにをするかってことじゃなくて。彼らがここにいるのがなぜわかるのかってことだけど。姿を見たの？」

「いいや。だれも見ていない。だが彼らがここにいることだけじゃなく、それがどのチームで、だれが指揮を執るかも知っている。第十六チームで、この作戦の指揮官はサム・スタレット中尉だ」

ケンはにやりと頬をゆるめた。彼はこれを楽しんでいるんだわ。でもサヴァナにおもしろがる余裕などあるわけもなく、ついつい声が尖った。「で、あなたはそれを風向きで知ったわけ？　それとも……空に浮かぶ雲のかたちとか……」

「なぜかといえば、スタレットはチョコレート中毒なんだよ」サヴァナの顔に浮かんだ表情を見てケンは笑った。「やつはどこへ行くにも——たとえジャングルのなかだろうと——〈エム・アンド・エムズ〉のピーナッツチョコをもっていくんだ。で、ほら、きみの親愛なる叔父さん、アレックス王子のシャツのポケットにおれがなにを見つけたか見てごらん」

ケンはてのひらを開いて握っていたものを見せた。それはまさに〈エム・アンド・エムズ〉ピーナッツチョコの包み紙だった。

サヴァナは頭がくらくらした。「つまり、そのスタレット中尉が見張りに見つからずにこの建物のなかに入って、叔父のシャツにチョコレートの包み紙を残していったというの？　なぜそのときに叔父を救出しなかったのよ？」

「もっともだ。たしかにおかしな話に聞こえるだろうが、二、三、理解してもらわなきゃならないことがある。この包み紙をおいていったのはサム・スタレットじゃないかもしれない。たぶんジェンクかギリガンか、でもそれはたいした問題じゃない。重要なのは、この包み紙はメッセージだってことだ。おれへのね。サミー・スタレットはおれの一番の親友なんだ、ヴァン。おれたちは一心同体みたいなもので、やつのことはほかのだれよりよくわかってる、いや、いまじゃきみの次に、ってことだけど。サムはなんていうか、そう、おれの結婚式で花婿付き添い人をやってくれるような男なんだ。アレックスのポケットにあったこの包み紙は、サムがここにいることをおれに教えているだけじゃない。おれがいずれここにくることをサムは知っていると教えてもいるんだ。アレックスだけを救出しなかったのはだからなんだ。おれたちがここに連れてこられるのを待って、一度に全員を助けだすつもりなんだよ。

それにこのメッセージをおいていったジェンクかギリガンか、それともほかのだれかは、そのドアから入ってきたんじゃない」ケンはさらにつづけた。「奥の部屋を調べてみたんだが、ベッドのまうしろのシンダーブロックが四つゆるんでいた——ブロックのあいだのモルタルを取り除いてあるんだ。おそらく外側からなにかを当てて固定しているように見せているんだろうが、あのブロックはすぐにはずれる。なんならいますぐにでもここから歩いて——いや、這ってだな——出られるよ」

「ならどうしてそうしないの？」サヴァナはきいた。

「それは、暗くなってからのほうがやりやすいというのがひとつ。暗いほうが見つかりにくいからね。その二、おれたちをここから連れだすバスがいつどこに到着するかを知るまでは、ここを出ていくつもりでいることをこの屋敷の主人に知らせないほうが賢明だということ。その三、われわれ五人のうちふたりは負傷していて、もうひとりはほとんど意識のない肥満気味の男で、残るひとりは五フィート四インチで体重は軽いが、おそらく足がひどく痛むはずだから、けが人の範疇に入れなきゃならないということだ」

「そんなにひどくないわ」サヴァナはすかさずいった。

ケンは笑った。「まったく、きみを愛してるよ」だがすぐに自分がなにをいったのか不意に気づいたように笑うのをやめた。

「嘘じゃない」静かに告げた。「本当にきみを愛しているよ、ヴァン。おれにとっても十点満点の愛だ。だからおれを信用して、いまは待ってくれ、いいね？　おれの仲間はまちがいなくここにいる、連中がおれたちを家に連れて帰ってくれるよ」

一九四六年十一月半ば、ハンクから一通の手紙が届いた。

わたしが送った離婚のための書類が入っているにしては薄かったし、もしそうならわたしの弁護士の事務所宛てに返送されるはずだ。あれからほぼひと月、ハンクからはなんの返答もなかった。

今日までは。

わたしは封を開けたが、白状すると、手が震えていた。

〈ローズへ〉

〝愛する《ディア》〟はなし。わたしの名前だけが、なつかしいハンクの筆跡で記されていた。

〈十一月十二日にニューヨークへ行く予定でおりますが、お会いできればと思っています。ウォルドーフ・アストリアホテルで七時に夕食をご一緒していただけませんか。

草々　ハンク〉

十一月十二日は明日だった。行ってはだめ、必死の思いで自分にいいきかせたけれど、いうまでもなく結局は行かずにいられなかった。

イーヴリンを呼んで息子たちの世話を頼むと、わたしは一番いいドレスを着て電車でマンハッタンに向かった。

〈ウォルドーフ・ホテル〉は記憶にあるままだった。ロビーはあのころより込み合っていたかもしれない、どこを曲がっても新聞記者とカメラマンにぶつかった。

レストランのほうへ向かいながら、紫色の大きな帽子をかぶった若い女性に、いったいなんの騒ぎかときいてみた（なぜあの帽子のことをおぼえているのだろう。とにかくおぼえている。あたかも昨日のことのように鮮明に）。

「どこかの大物がきているんですって」チューインガムをぱちんと鳴らしながら彼女はいった。「戦争の英雄で――ヨーロッパかどこかの王子だとか」

ハンクだ。彼女がいっているのはハンクのことだ。この大勢の新聞記者はハンク目当てにここにいるんだわ。

わたしは給仕長《メートルドテル》に名前を告げ、ハインリヒ・フォン・ホッフと食事の約束をしていることを小声でつけたした。新聞記者のなかでとりわけよい耳をしているだれかに話を聞かれ、あれこれ質問されるのが怖かったのだ。

驚いたことに、わたしはメインのダイニングルームに通された。ハンクは個室をとっているものとばかり思っていた、ひとに見られてわたしたちの関係をとやかくいわれることがないように。

もしもあの記者たちに知られたら——でもわたしは、わたしたちの秘密をけっして洩らすまいと決めていた。ハンクのためだけでなく、わたしの息子たちのためにも。

「なにか手違いがあったみたい」メートルドテルにそういったとき彼が見えた。ハンクが。

ハンクはすでにそこに、通りを見渡せる大きな窓のそばのテーブルについていた。彼の姿を見てわたしの心臓は跳ねあがった。ハンクは痩せて、顔色もいいとはいえなかったけれど、それでも、ああ、たしかにハンクだった。

わたしが近づいてくるのを見ても彼は席を立たず、そこでわたしははたと足をとめた——心臓がまたも跳ねあがる。ハンクは車椅子に座っていた。

アンソン・フォークナーが送ってくれた記事は——そしてロンドンの新聞にもウィーンの新聞にもハンクに関する記事は相当あったけれど——車椅子のことにはまったく触れていなかった。

ハンクは両手を使ってリネンのテーブルクロスの下から車椅子を引きだした。そしてわたしは見た、ハンクは、わたしの最愛のひとは、左脚の下半分を失っていた。

「ああ、そんな」わたしはいった。

「じゃ、知らなかったんだね」

ハンクに駆け寄りたかった。彼の前に膝をついて、この手で彼の体を撫でまわし――ほかの部分は無事であることをたしかめたかった。でも、すぐそこのロビーに新聞記者がいる。

「感染症だったんだ」彼の前にひざまずくかわりにむかいの席に腰をおろすと、ハンクはいった。「医師たちは病気の進行をとめられず、そのままでは死ぬのを待つばかりだった。それで九月の終わりに切断手術に踏み切った」

テーブルごしに手を伸ばして彼の手に触れたかったが、勇気が出なかった。「だれか教えてくれればよかったのに。そうしたら飛んでいったわ」言葉が口から出たときに気づいた。ハンクがわたしにきてほしいと思っていたら、かならずそれはわたしの耳に届いていただろう、と。「ごめんなさい、わたし……」咳払いをしてつづけた。「でも、もうよくなったんでしょう？　とても元気そうに見えるもの」

ハンクはうなずき、あごの横側の筋肉がぴくりと動いた。「ああ、ウイルスは脚と一緒に消えたよ」

「よかった」微笑もうとしたけれど、目ににじんだ涙を隠すことはできなかった。

「かなり悪かったんだ――ほんの数週間前まで寝たきりだった。医者がいうには、ぼくは危ないところでソ連の収容所から運びだされたらしい。あと一週間かそこらあそこにいたら、確実に死んでいたそうだよ。じつは、よくおぼえていないんだ。もちろん、収容所へ送られたことはおぼえている。けがをしたこともね。だがいまいましいことに、脚のけがはまったくよくならなかった。悪くなる一方だった。収容所から運びだされたときのことはなにひとつおぼえていない。ある朝、目が覚めたらウィーンにいた」

「きっと奇跡のように思えたでしょうね」わたしは小声でいった。

「ああ、そうだね」ハンクは車椅子の上でわずかに身じろぎした。「奇跡と呼ぶにはいささか難があったが。とりわけ片脚を切られたとわかったときには。でもまあ、奇跡に文句をつけてはいけないんだろう」

つかのま沈黙が落ちた。

そしてわたしはいった。「義足が使えるんじゃないかしら。新しい医療技術に関する記事をつい最近読んだわ。海賊の時代のカギ爪の義手と木の義足からはずいぶん進歩しているようよ」

ハンクが微笑した。「話が早くてうれしいよ。ああ、保証はできないが義足を使える可能性は高いといわれた。ぼくももう一度歩きたい。このところ背が低くなった気分でね」

「体力が戻ったら松葉杖をついて歩けるはずよ、そうじゃない？　そりゃ、最高の解決策ではないだろうけど、そうすればどこでも行きたいところに行けるわ。それに正直いって、仮になんらかの理由でこの先ずっと車椅子ですごさなくちゃならなくなったとしても、あなたのまわりにはいつだって車椅子を押したいっていう美女がわんさか集まってくると思うわ」

これを聞いてハンクは声をあげて笑った。

「あなたが戦争の英雄だってことはすぐにわかるし」わたしはなおもつづけた。「女たちはあなたの足元にひざまずく——いいえ、きっと卒倒するわ」

「足は一本しかないけどね」そう口をはさんだが、まだ笑っていた。

「まわりを見て」わたしは彼にいった。「いまだってあなたはこの部屋にいるすべての女性の熱い視線を集めてる」

ハンクは笑うのをやめた。「きみも含めてかい、ローズ?」

ハンクに嘘はつけなかった。「わたしも含めて」小声でいったけれど、彼の目を見ることはできなかった。「ずっとそうよ。あなたをナチだと思っていたときでさえ、愛さずにはいられなかったんだから、忘れたの?」

「失礼します、サー、マダム。ご注文をおうかがいしてもよろしいでしょうか?」

「まだだ」ハンクはいった。「下がってくれ」

「かしこまりました、サー」ウエイターは消え、わたしが顔をあげると、ハンクは目に涙を浮かべていた。

彼は上着の内ポケットに手を入れ、ひと束の書類をとりだした。テーブルにていねいに並べたそれを見ると、わたしが送った離婚申し立ての書類だった。

「じゃあ、きみはぼくの脚のことを知らなかったわけだ。知っているものだと思っていた、てっきりぼくに嫌気がさしたものだと――」

「違う！　そんな、違うわ！」

「でも見たところ、きみは片脚の男でもなんら問題はないらしい。ではなぜだ？　どうしてぼくのところにきてくれなかった？　ぼくがあれほどきみを必要としていたのに、こんなものを、送ってよこすなんて」

ハンクはなにをいっているの？　わたしにウィーンにきてほしかった？　わたしは思わずテーブルごしに手を伸ばして彼の手を握った。「おお、ハンク……」

「きみもさぞかしつらい思いをしたんだろう」ハンクはわたしの指をしっかり握った。

「一年以上もぼくは死んだものと思っていたんだから」

「いいえ」わたしはいった。

「最初はだれか新しいひとを見つけたのだろうと思った。それが答えだろうと。でもそんな男はいなかった。きみがじょうずに隠しているならべつだが……？」

「だれもいないわ。それにあなたが死んだなんて思わなかった。一秒たりとも信じなかった」

「だとしたら、わけがわからない。できるだけわかりやすく説明してもらえないか、なぜぼくともう結婚したくなくなったのか」

「あなたにはイギリス人のフィアンセがいる」わたしは彼にいった。「なんとか卿の娘が。

だから……」

ハンクは深く座りなおした。「ぼくがきみを求めていないと思ったんだね」

「これは現実の世界なの」わたしは説明しようとした。「戦後の世界なのよ。あなたは王子で、わたしは――」

「きみだって戦争の英雄だ。エリザベス・バーカムはぼくのフィアンセなんかじゃない。あれは母の単なる願望で――あの記事が『タイムズ』に掲載されたとき、ぼくは意識すら戻っていなかったんだ。新聞のいうことをすべて鵜呑みにしてはいけないよ、ローズ。やれやれ、すでに妻がいるのにどうして婚約者が必要なんだ？　ぼくが望んだ妻はひとりだけだ。きみだよ、ローズ」

けれどわたしはもうずっとわが身にいいきかせてきたのだ、たとえハンクがまだわたしを愛してくれていたとしても、わたしたちの結婚はうまくいかないと。「ならこのままわたしと家に帰るとでもいうの？　ニュージャージーに住むって？　オーストリアの皇太子がミッドランドパークに？」

「香港はどうかな？　ずっときみを香港に連れていきたいと思っていたんだ」

ハンクは真面目にいっていた。

「うん、ぼくらの結婚が報じられたら……ちょっとした騒ぎになるだろうな。それにかなり長いあいだウィーンを離れていたから、あそこはもう家とは思えない。ぼくの家はここにある」彼はわたしの手をぎゅっと握った。「このウォルドーフに。でなければ香港。でなければミッドランドパークに。きみがいるところならどこでも」

ハンクがわたしの手をくちびるにもっていってキスをすると、二十五台くらいのカメラが一斉にフラッシュをたいた。大変！　わたしはあわてて手を引っ込めたが、ハンクは眉ひとつ動かさなかった。気がつくと、レストランの外の歩道は新聞記者やカメラマンで埋まっていて、びっくりしてしまった。

ハンクはそちらにちらりと目を向けることさえしなかった。「ぼくを愛していないといってくれ。そうしたらこの場でこの書類にサインする。でなければ、これは破らせてもらう」

ハンクが破る必要はなかった。わたしがかわりに破ったから。

「悪いけどこちらへきてもらえないかな、そうすればきみにキスできる。ただし急いだほうがいい、いまにもこのテーブルを倒してきみのそばへ行きそうだ」

「でも……」わたしは窓のほうに目をやった。あんなふうにじろじろ見るなんて、自分たちがどんなに失礼なことをしているかわからないのかしら？

ハンクがテーブルを動かしはじめ、わたしはあわてて席を立った。

わたしがそばに行くと、ハンクはすかさずわたしの手をぐいと引っぱり、自分の膝に座らせて口づけをした。ああ、そのキスのすばらしいこと！

そして、カメラのフラッシュのすさまじいこと！

なかでもとくに厚かましい記者が窓ガラスを叩いた。「そのご婦人はどなたです、王子？」ガラスのむこうから叫んだ。

ハンクはわたしを立たせようとしなかった。わたしを膝にのせたまま車椅子をくるりとまわして、窓のほうに向けた。わたしは頰を染めながら笑い声をたて、ハンクはそんなわたしにまたキスして、またしてもカメラのフラッシュが光った。

そのときハンクの声が響き渡った、通りに届くほど大きく。「終戦までの最後の数年間、ベルリンでナチに潜入するわたしに手を貸してくれた、勇気ある二重スパイのミセス・インゲローズ・ライナー・フォン・ホッフを――わたしが心からの愛を捧げる妻をご紹介する」

カメラのフラッシュが何度も、何度も、何度もたかれたかと思うと、記者の一団はあっという間に散っていった。ニュースデスクの電話が鳴りだすのが聞こえる気がした。ハンクはわずかひとつの台詞で、わたしたちふたりの人生を決定的に変えてしまったのだ。

さらに何度かキスをしてから、ハンクはわたしに手を貸して膝からおろした。「ぼくをわが家に連れていって、息子たちに会わせてくれないか？」

彼はアレックスとカールのことを知っていた！　一瞬驚いたもののすぐに気づいた――知っていて当然だわ。ここにいるのは成人してからの人生の大半を情報の収集に当ててきたひとなのだから。

「わたしたちが帰るころにはもう眠っているわ」車椅子を押してレストランを出ながら、わたしはいった。「でももちろん起こせばいいんだけど」わたしは彼に微笑んだ、わたしの愛するすばらしいハンクに。「それともこっそり子供部屋に入って寝顔を見たら、そのまま寝かせておいて……」

ハンクの笑顔に胸が高鳴った。

そうしてわたしは愛する王子をわが家へ案内し、ふたりはそれから三十年間、ずっと幸せに暮らしたのです。

水上飛行機が港への着水準備に入ると、アリッサはローズの本を閉じた。ジュールズがちらりとこちらを見てなにかいおうとするように口を開いたが、アリッサは首を横に振った。いまはなにも話したくない。口を開いたら泣きだしてしまいそうで怖かった。

ボートに乗ること少し、タクシーに乗ったのはそれよりさらに短い時間でFBIの臨時本部に到着した。

エレベーターは故障中だった。階段をあがっているとき、ジュールズがとうとう話しかけてきた。「大丈夫かい?」

「いいえ」アリッサは四階に出るドアを押し開けた。それから振り返ってジュールズをにらみつけた。「わたしだって、ずっと幸せに暮らしたい。わたしのくそハッピーエンドはどこにあるのよ? わたしが知りたいのはそれよ」

彼女は、まるで気でもふれたかというようにぽかんと口を開けてこちらを見ているジュールズを、その場においていった。

気がふれたというのは完全にありうるわね。

滑走路に血が流れている。

死体もあった。コンクリートの上に投げだされたままの死体も数体あったが、四体はかまぼこ型兵舎の陰にきちんと並べられ、防水布をかけてあった。

ジョーンズは遺体を運ぶ宣教師や村人たちのなかにモリーの姿を探しながら、最初の進入で滑走路に着陸した。

モリーはいなかった。

少なくとも生きている人間のなかには。

セスナを飛び降り、オットー・スタノヴィッチの横を走り抜ける。オットーは血だらけの胸を鷲づかみにして横たわり、見えない目で空を見あげていた。防水布をめざして走る。

神さま、頼む……。

「彼女はいないわ」宣教師のひとりのアンジーがそういったが、ジョーンズは布をめくって見覚えのない顔を見おろすまで満足しなかった。

「彼女はどこだ？　なにがあった？」そのとき、それが目に入った。

空っぽのアタッシェケース。スタノヴィッチの死体から数フィートのところに転がっていた。ああ、そんな。

「連中が村にきたの」アンジーは説明した。「ビリーを殺すと脅したわ。モリーはお金のありかを知っているといった」

アンジーはトゥングルに村の男たちを呼びにいかせた、銃をもってくるようにと。それから飛行場への道をひた走ったのだ。

そしてすべてを目撃した。トゥングルたちが追いついたときには、バダルディン将軍の部隊はすでにきていて銃撃戦は終わっていた。兵士の数が多すぎた。村人たちが攻撃をしかけるのは狂気の沙汰だった。

そうしてバダルディンの部隊は去った、スタノヴィッチのヘリコプターと、モリーとビリーを——どちらもけがをしていた——連れて。

アンジーによると、モリーは撃たれ、拳銃で殴られたらしい。そしていまはバダルディン将軍の捕虜になっている——あのタイ人から拷問のテクニックを学んだ男の。

胃がむかつき、ジョーンズは背を向けてセスナのほうに向かった。

「どこへ行くつもり？」アンジーが呼びかけた。

「モリーを救いだしにいく」もちあわせの武器を確認し、四年ほど前にトイレットペーパー二十個と交換した防弾チョッキをすばやく身につけると、セスナに乗り込んだ。

アンジーが駆けてきた。「バダルディンの島に飛行機が着陸できる場所はないわ！」

「なら、行き当たりばったりでやるしかないな」轟音とともに滑走路の端までタキシングすると、午後の青くまぶしい空へ飛び立った。

19

ケンはバグルディンの〝ゲストハウス〟の床にサヴァナと並んで座り、彼女の手を握っていた。

「もう一度、手順を教えてくれる?」彼女はいった。

緊張しているサヴァナを責めることはできなかった。ケン自身もいささか緊張していた。外にいるくそったれどもはみな、一瞬のうちにおれたちを殺せる武器をもっている。仮にだれかひとりにでも姿を見られて発砲されたら……。

「SEALのチームと接触できたらすぐに、奥の部屋の穴を抜けて外に出る」ケンはいった。

「それから少人数のグループに分かれる——そのほうが人目につかずに動きやすいからだ」

「でもわたしはあなたと一緒にいる。そうだったわよね?」

「そうだ。きみはおれと一緒にいる」ケンはつながれたふたりの手を見おろした。サヴァナは彼の指をもてあそんでいる。「その、ずっと考えていたんだ、ヴァン。そのなんだ、ほら。きみがおれと一緒にいることについてだけど……」

これからいおうとしていることを聞いたらサヴァナがどんな反応を示すか、急に確信がもてなくなって、ケンは笑いだした。自分の頭のなかでも、あるときはとんでもなくばかげた話に思えて、またあるときはこれしかないと絶対の確信をもつこともあるのだ。そこで少しだけばかげていない話からはじめることにした。「きみはサンディエゴに引っ越してくるべきだと思うんだ」

サヴァナが浮かべた笑みは、おずおずとではあったがひどくうれしそうだった。「本当にそうしてほしいの？」

「そりゃもう」ええい。全部いってしまえ。「きみはおれと結婚するべきだと思うんだ」

サヴァナは笑い声に似た音をたてたが、はっきりしなかった。いいのか悪いのか判断がつかない。だからケンは話しつづけた。

「きみのご両親が気に入るような男じゃないのは知ってる。おれは王子じゃないし、この先、王子になる見込みもない。親父はおふくろとちゃんと結婚しているから、おれは嫡出子で――それで〇・五ポイントぐらいは稼げるかもな。いま現在、弁護士としてのきみの収入は、たぶんおれの四倍はあるだろう。だけどおれが海軍を辞めれば、その点はすぐに変わる。おれのつくった追跡装置に百万ドル払ってもいいといっている人間がいるんだ――ただし少し先の話だけど。かなり先の」

「あなたはＳＥＡＬ隊員で、家を空けることが多い。それはあまり楽しいことじゃないわよね」

　ケンは彼女を見た。

「悪いことリストにそれも加えたほうがいいかなって思っただけよ。前にあなたがいってたから」

「いいことと悪いことのリストをつくってるのか――おれと結婚すべきかどうかの？」

「リストをつくっているのはわたしじゃない」サヴァナは指摘した。「あなたよ。でもわたしにいわせれば、いいことで悪いことは帳消しになると思うけど」

　期待がふくらみ、全身が熱くなった。この暑さのなかでとくに体をあたためる必要はなかったが、それでもいい気分だった。サヴァナはきっと「イエス」といってくれる。これからの人生をおれとともに歩んでくれる。おれは地球一幸運なろくでなしだ。

「いいことってなんだ？　おれはベッドで最高で、とんでもなくキュートで、尻にカエルの刺青が――」

「あなたはわたしを愛してる」静かな声で彼女はいった。「それだけよ」

「ちょっと待った、じゃきみはおれがベッドで最高だとは思わない……？」

　サヴァナは笑い声をあげて目をくるりとまわした。

「ごめん」ケンは心のなかで自分を罵った。「こういうときは冗談をいっちゃいけないよな。わかってるんだ。なのにおれってやつは、いつだってふさわしくないことを口走ってしまう。たぶんこれも悪いことリストに加えるべきなんだろう、最低の欠点だから。でもついつい口が滑って、自分で自分の声を聞きながら、本当にいわなきゃいけないことは、一生きみを愛しつづける、大切にするってことだとわかるんだ。どうすればいい夫や、その、いい父親になれるのか見当もつかないし、死ぬほど怖いけど、なんとかやってみるし、できるとも思う。間の抜けたことはあまりいわないようにもっと努力する。がむしゃらに働いて、きみがただそこにいるだけでおれの人生をすばらしくしてくれるように、きみにもおれとの人生をすばらしいと思ってもらえるようにするから」

サヴァナの目が涙で光っているのを見て、ケンはうまくいったことを知った。「わたしは超がつくほどの几帳面よ。きっとあなたを死ぬほどいらいらさせるわ」

「たぶんね」ケンは認めていった。

サヴァナは笑った。「気にならないの？」

「きみはおれを愛してる。おれが知る必要のあるのはそれだけだよ」

「あなたはいつだってふさわしいことをいってくれる」サヴァナの瞳は愛情にあふれ、ケンはもう少しで泣きそうになった。「そこにたどり着くまでに時間がかかることもあるけど、でも最後にはかならずたどり着くし、その言葉にはいつだって待つだけの価値があるわ。それ以外のときはわたしを笑わせてくれるし、だから……」

ケンは彼女にキスした。そうしないと泣きだしてしまいそうだった。この女性はいま、ありのままのおれを愛しているといってくれた。こんなことが起こるなんてだれが想像しただろう。

サヴァナはキスを返した、いつも彼にキスするときのように——まるでおなかがペコペコで、ケンがフルコースのごちそうだというように。ああ、彼女はおれをたまらなく熱くさせる。彼女のシャツに手をかけたところで、ふたりきりでないことを思いだした。

ケンは彼女の耳に口を押しつけた。「目になにか入ったふりをして、おれと一緒にバスルームに行くってのはどうだい？　十分以内にきみを何回いかせられるか試してみるってのは」

「ケニーったら！」サヴァナはさっとケンから離れ、頬を赤らめながら笑ったが、いまいわれたことを実際に検討しているのが目を見ればわかった。バスルームのドアに目をやり、それから彼を見た。

こいつは驚いた！　サヴァナはその気だ。プロの軍人の行動としては断じて褒められることではないだろうが、それがなんだ、おれはここに任務できたわけじゃない。これは休暇だ、バカンスだ。夜になるのを待つなら、べつにここじゃなくてもバスルームで楽しみながらだって……。

「さあ」小声で囁き、にんまり笑った。サヴァナはきっと〝うん〟という。

サヴァナは口を開いてなにかいいかけたが、ケンがそれをとめた。「待った」

なんらかの航空機が近づいてくるとしか思えない音がした。だがヘリじゃない。小型機かなにかだ。

「お楽しみはおあずけだ」そういうと、ケンは立ちあがって窓に近づいた。

音は徐々に大きくなっている。

サヴァナとモリーが横にきて並んだ。「なんだ?」床に座ったままビリーがきいた。

「小型機だ。単プロペラ――プロペラがひとつ」そういいなおした。「だれだか知らないが、予期せぬ客らしい。見てみろ」

窓の外は大変な騒ぎだった。兵士たちが四方八方へと走り、おそらく戦闘配置に向かっているのだろう。ゲストハウスの前にいた見張りも、庭のほうへ二、三歩出ていっている。

「いつでも動けるようにしておけ」ケンはいった。

「まだ暗くないわ」サヴァナがいった。

「騒ぎに乗じるほうが闇にまぎれるより有利なときもあるんだ。アレックスをベッドから出して、ビリーにも準備をさせよう」

FBI本部の空気は張りつめていた。背中を汗が伝い落ちるのをアリッサは感じた。どうしてマックス・バガットはいつもあんなふうに涼しい顔をしていられるの? スーツのジャケットまで着てるというのに。

数時間前、バダルディンの基地内でサヴァナとワイルドカード・カーモディの姿が目視確認された。両名はアレックスが監禁されているものと思われる建物に入れられている。これは吉報だ。これで日没を待ってSEALの分隊が全員を救出できる。

ローズの息子のカールと妻のプリシラ――サヴァナの両親――がようやく到着していた。ふたりが部屋に足を踏み入れて十秒もしないうちに、プリシラがローズの神経を逆なですることがだれの目にも明らかになった。両者がひと言も言葉を交わさないうちにジュールズがプリシラとカールを脇へ呼び、ジョージはローズを部屋の反対側へと引っぱっていった。アリッサはあちらとこちらを行ったり来たりしながら、つねにマックスの視線を感じていた。

じっと見つめているところをアリッサに見つけられても、マックスは目をそらさなかった。深く考え込んでいて、アリッサに目をすえていることに気づいていない可能性は大いにあった。けれども彼女が動けば彼の視線も動き、五分後もまだ見つめていた。

アリッサはこのときとばかりにマックスをじっと見返して、汗腺の除去手術をした形跡はないかどうかたしかめようとした。

すると彼がにっこりして、アリッサはあわててそっぽを向いた。

そのとき無線がバリバリと音を立て、全員が椅子から身をのりだした。「正体不明の航空機が島に接近」声の主はジェンク――マーク・ジェンキンズ二等兵曹だ。「航空支援のフルスタンバイを要請する。早期の侵入に備えろ。基地内の動きが活発になっている」

「どういう意味？」プリシラが心配そうな声できいた。

「スタレット中尉がこの騒ぎを利用する決断を下すかもしれないということです」マックスが説明した。「混乱要因がじゅうぶんに満足できる状態であれば、いますぐに人質の救出に踏み切るかもしれません」

「ジョーンズだわ」赤いセスナが上空を通過するとモリーが囁き、ケンは窓の前に戻った。たしかにあの闇商人の滑走路で見た小型機によく似ている。だが操縦しているのがだれであれ、木々の梢をかすめるような低空飛行で地上の兵士たちの肝を冷やしている。

兵士の一部——低脳の数名——が射撃を開始した。

将軍の屋敷から痩せぎすが飛びだしてきて、声を限りになにか叫んだ。たぶん兵士たちに射撃を中止しろと怒鳴っているのだ。それはかなり長いあいだつづき、物理学の速習講座をおこなっているのは明らかだった。セスナがあんなふうに北進しているときにもしもパイロットに弾が命中したら、セスナは将軍の屋敷にまともに突っ込む。

バダルディンの住宅所有者保険が、所有者側に非のある侵略行為にまで適用されるとは思えなかった。

「彼はここでなにをしてるの？」モリーは問いかけた。「消えて！」大声で叫んだが、セスナのパイロットに聞こえるはずもなかった。

ジョーンズはもう一度道路の上空を低空で通過し、挑戦する勇気を奮い起こそうとした。とんでもなく狭いが、とんでもなく狭い場所に着陸したことはこれまでにもある、それもはるかにつまらない理由のために。

この下にモリーがいるのだ。

だからおまえもさっさと下に降りて、彼女をあそこから救いだせ。

赤のセスナは着陸しようとしていた。エンジン音からケンはそれと察した。あのセスナを飛ばしているくそばか野郎は、なんと道路に着陸しようとしているのだ。ひとつまちがって翼の片方が木にひっかかりでもしたら、スピンして衝突する。

「よし」ケンはいった。「全員奥の部屋へ移動だ。準備にかかろう」

しかし、宣教師のモリーは窓のそばから動こうとしなかった。

セスナはどんどん高度を下げていく。すげえ、あの男は鋼鉄の肝っ玉をもっている。Xウイングでデススターの溝を飛ぶようなものだろう——それもテクノロジーの助けを借りずに。車輪が地面につき、機体ががくんと揺れたが、セスナはそのまま道路のど真ん中を滑走した。

ところが最後の最後、すでにかなり減速したあとで左翼が木にひっかかり、機体が横滑りし、道路の反対側、ゲストハウスのほぼ真向かいにある茂みにまともに突っ込んだ。

ジョーンズが——パイロットが本当にやつなら——わざとそうした可能性は大いにある。

エンジンがとまり、息をのむほどの静寂に包まれた。だれひとり動かなかった。

すべての銃器がセスナに狙いをつけている。

「彼が生きていることを祈るべきか、死んでいることを祈るべきかわからない」モリーがいった。その頬は涙で濡れていた。「彼らはジョーンズの正体を知ってる。きっと彼を引き渡してしまうわ……ああ、どうしよう」

「やつは何者なんだ？」ケンはきいたが、モリーは首を振るばかりだった。

セスナのドアが開き、基地にあるまだ装弾していなかったすべての銃が装弾された。その音はまさに圧巻だった。

「ジャヤカトン、なあ相棒」ジョーンズの声が響いた。「あんたの部下に下がるようにいってくれ。あんたが探していた金をもってきた、あんたのところにあるおれのものと交換したい」

痩せぎすが前に進みでた。「というと？　おまえさんのものをもってきたおぼえはないんだが」

「友人だよ」ジョーンズは大声でいった。「モリー・アンダーソンとビリー・ボルテンだ。彼らは宣教師なんだぞ。宣教師なんぞに用はないはずだろう」

「ところがあるんだな」痩せぎすが答えた。「どうやらミス・アンダーソンは、ある興味深い情報をもっているようでね、それをぜひ将軍に教えてもらいたいんだ」

「ジョーンズ！」モリーが叫んだ。「彼はあなたがだれか知ってるのよ！」

それはモリーの声だった。彼女は声の届く範囲にいる。きっとジョーンズの推測どおり、一年ほど前に彼がしばらく入れられていた、あの狭い〝ゲストハウス〟に監禁されているのだろう。

モリーは生きている、意識もある。よかった。

あまりよくないのは、ジョーンズがグレイディ・モラントだということを、その首にかけられた懸賞金、アメリカドルに換算してざっと五百万ドルのおかげで、インドネシアを初めとする東南アジア諸国で一番のお尋ね者だということを──意図的なのか、つい口が滑ったのか──彼女が洩らしたということだ。

これが片道の旅になる可能性がきわめて高いことは最初からわかっていた。モリーが彼を見限ることはじゅうぶんにありうると考えていたし、彼女を責めるつもりは毛頭なかった。おれは金を持ち逃げし、彼女とビリーを命の危険にさらしたのだ。だからなにが起ころうと自業自得ってわけだ。

だが拷問の苦痛を味わうためだけに生かされている、生きる屍になるくらいなら、死体になることを選ぶ。

そう、生きてあのタイ人のところに戻ることは絶対にありえない。

ジョーンズはセスナに積み込んだ武器に手を伸ばし、手榴弾をつかんだ。安全ピンを抜き、金の詰まったダッフルバッグを抱えてセスナを降りた。

モリーの顔は真っ青だった。サヴァナは彼女のそばにいき、気を失ったら抱きとめられるよう身構えた。

窓の外に目をやると、ちょうどジョーンズがセスナから降りてくるところだった。

「部下に撃つなといえ」ジョーンズがいった。「グレイディ・モラントを生け捕りにすれば五百万ドルの褒美がもらえるが、死体なら十万ぽっちだと話してやれ」

「彼はなにをしたの？」サヴァナは静かに尋ねた。

「麻薬王のビジネスをぶち壊したの」モリーはいった。「でもそのくそ野郎は返り咲いた。ああもう、グレイディはチャンスがあるときにそのタイ人を殺しておけばよかったのよ」

宣教師にしてはかなり過激な発言だった。

「これからおれたちがなにをするかいうぞ」ジョーンズあるいはグレイディはいった。「おれは手榴弾をもっている」士官を初めとする全員に見えるよう手を高くあげた。「安全ピンは抜いてあるが、こうしてグリップを握っているかぎり爆発することはない」

「ああ、神さま」モリーはつぶやき、手で口を押さえた。「ああ、グレイディ、やめて」

「おれはこのグリップを握りつづける。あんたはアメリカ人の人質全員をゲストハウスから出して、オットー・スタノヴィッチから受け継いだあのヘリコプターまで歩かせる。彼らに武器と地図と、必要ならパイロットをひとり与える。それからあんたとおれとで、ジャカルタへ戻る彼らを手を振って見送る。彼らが飛び立ったらおれは手榴弾の安全ピンを戻し、そしてあんたがタイ人に電話をかける前に上等な夕食をいただく」

「なんてこった」ケンはいった。「おれたちを解放するよう交渉してる」

「わたしは行かない」モリーがいった。「彼をここに残していけない」

「まだだれもどこかに行けると決まったわけじゃない」とケン。

士官はジョーンズの提案に答える前に、長いこと無言でその場を行ったり来たりしていた。

「彼らが飛び立ったあと、おまえが自分と金の両方を吹き飛ばさないとどうしていえる？」ようやくそういった。

「おれは自殺するようなタイプじゃない」そういってジョーンズは笑った。「このおれが自分を吹き飛ばすように見えるか？」

「残りの人生をナン・クラオ・チャイの地下牢ですごすぐらいなら、おれは手榴弾と心中する」士官はいった。

「ばかなまねはしないと約束する」

士官は声をあげて笑った。「約束か。すばらしい。こういうのはどうだ、もしおまえがその手榴弾で自分を木っ端微塵に吹き飛ばしたら、おれはおまえのお友達のモリーを見つけだす。そして彼女をチャイに引き渡し、おまえのかわりに生かしておくよう伝える」

「こういうことになると彼がいってた」消え入るような声でモリーがいった。「わたしたちが親しくなったら、連中はわたしを利用して彼を捕えようとするって」

「なんとかできないの？」サヴァナはケンにいった。

「ジョーンズはひとりでかなりうまくやっていると思う。彼はきっとおれたちをここから出してくれる。そうなったら、やつらはたぶん彼をここに放り込むだろう。そうなれば今夜サムとチームの残りのメンバーは、五人じゃなくひとりを救出すればいいことになる」

モリーが目に希望の色をたたえてふたりに向きなおった。「あなたの仲間は彼をここから出せる？　でもジョーンズを逮捕しなきゃならないんじゃない？　彼はアメリカでも指名手配されているのよ」

「やつの本名をおれは聞いていない」ケンはいった。そしてサヴァナに顔を向けた。「きみはどうだ？」

ヘリコプターまでの道のりは責め苦だった。

グレイディはお金の詰まったダッフルバッグと手榴弾を手に、あたかも永久《とわ》の別れのようにモリーを見つめていた。

「きみとビリーにけがをさせてしまってすまなかった」彼はいった。グレイディは彼がジャヤカトンと呼んだ痩せた士官と道の片側を、人質の四人は反対側を歩いていた。一行の前後は大きな銃をもった兵士たちが固めている。「金を掘りだしたのは安全な場所に保管するためだったというつもりでいたが、それが嘘だってことはきみもおれも知っているからな」

「でもあなたは戻ってきた」モリーはいった。

「少々遅すぎたけどね」

「遅すぎるなんてことは絶対にないわ」

「いやそれが」彼はいった。「ときにはあるんだよ」

叔父とふたりの宣教師が少しでも楽になるようにサヴァナが手を貸しているとき、ケンはヘリをなんとか離陸させようと格闘していた。機体はかなり長いあいだがたがた揺れ、急降下し、ぐるぐるまわったあとで、ようやく安定した。

サヴァナが前にやってきた。「本当に操縦できるの？」

「いましてる」ケンは叫んだ。「たったの一秒でやりかたをのみ込んだ」

サヴァナはシートに座った。笑うべきか泣きだすべきかわからなかった。「本当はヘリコプターを飛ばすのは初めてなんでしょう？」

ケンはちらりと彼女を見、もう一度見た。

「いいのよ。いまではコツがつかめたみたいだし——だから本当のことをいって、怖がったりしないから」

「訓練を受けたことはあるが、実際に飛ばすのはこれが初めてだ」ケンは白状した。「でもプレイステーション2のすごくよくできたシュミレータソフトをもってる。はっきりいって、それと大差ないね」

「お願いだから、燃料切れになるようなことがないか確認してくれる？」

「燃料計」複雑きわまる計器盤を指さした。「これこれ。コンピュータによると……」べつの装置を調節する。「この速度で……三時間飛べるだけの燃料がある」

手を伸ばしてさらにいくつかのスイッチを入れ、ボタンを押した。「ナビゲーションディスプレイによると……パルワティ港への到着予定時刻は五十八分後だ」サヴァナに笑いかけた。「燃料はたっぷりある。パルワティ港に着いたら米海軍のヘリに乗り換える——そのほうがはるかに短時間でジャカルタに着けるからな。それにオットー・スタノヴィッチとまちがわれて、だれかに撃ち落とされたくないしね」

やだ、そんなこと考えてもみなかった。だけど……あと五十八分でケンはもうパイロットでいる必要がなくなって、あとはジャカルタまで彼の腕に抱かれていられるんだわ。「もうじきすべてが終わるなんて信じられない」

ケンはサヴァナを見てにっこりした。「ハニー、まだはじまったばかりだよ」

バダルディン将軍の島で、モリーたちを乗せたヘリが小さな点になり、そして完全に見えなくなると、ジョーンズは手榴弾の安全ピンを元に戻し、ダッフルバッグとともにジャヤカトンに手渡した。

ジャヤカトンは一団の兵士に向きなおって命令を発した。「この男を叩きのめせ。絶対に夜のうちに逃げられないようにしろ、ただし殺すなよ」

兵士たちは慎重にジョーンズを取り囲んだ。こいつらがなにを考えているかはわかっている。グレイディ・モラント。その首に五百万ドルの懸賞金をかけるほどタイの麻薬王を怒らせた男なら、悪魔の知り合いに違いない。

いや、待った。あのタイ人はたしかに悪魔の知り合いだ。しかしおれは、モリーのおかげで、もうひとりの空の上に住むほうの男の知り合いの知り合いになれたんだ。

想像できるか。

米海軍の特殊作戦用ヘリ、シーホークから降りると、両親とローズが待っていた。

サヴァナは移動のあいだじゅうモリーのことを気にかけていた——彼女が恋人をバグルディンの基地に残してきたことを。だからケンにぎゅっと抱きついていたいのをなるべく我慢しようとしたのだが、ケンが夜になったら——というより、ホテルの部屋でふたりきりになれたらすぐに——頭がくらくらするほどすてきなことをしようと耳元でずっと囁くものだから、我慢するのがいっそうむずかしくなった。

けれども着陸したシーホークからモリー、ビリー、それにアレックスを降ろして待機していた救急車に乗せてしまうと、サヴァナはもうケンから絶対に離れないと決めた。

ケンの腕に腕をからめてヘリコプターを降りると、母親が恐怖のあまりさっとあとずさるのが見えた。

サヴァナはケンに目をやり、母親の目で彼を見ようとした……すると、あらあら。ケンはロビンソン・クルーソーの〝汚いものが大好き〟な弟みたいだった。だけどあの笑顔、それにあの瞳のすばらしいことといったら……。

「サヴァナ！　ダーリン！　無事でよかったわ！」彼女の母はケンの腕から娘を引きはがすようにして、濃厚な香水の雲で包み込んだ。

ケンは彼女の父親に泥で汚れた手を差しだした。「ミスター・フォン・ホッフ。ケン・カーモディです。はじめまして、サー」

サヴァナの父は彼の手をとった。「わたしたちの娘の命を救ってくれたのはきみだそうだね、カーモディ君。ぜひお礼をさしあげたい」

「えー、その、ありがとうございます、サー。ありがたくちょうだいします。じつをいうと、すでに特別なものを選んで……ミセス・フォン・ホッフ！　あなたはぼくの思い描いていたとおりの方だ」

母親がおずおずと差しだした手をかすめるようにしてケンが彼女をきつく抱き締めると、サヴァナは頬の内側を嚙んだ。

ローズも――鎮静剤のせいでいまだに意識のないアレックスをひと目見たあとで、救急車から降りてきたところだった――笑いをこらえていた。

サヴァナは衝動的に祖母をぎゅっと抱き締めた。するとやはり熱い抱擁が返ってきた。「アレックスを連れて戻ってくれてありがとう」

「手を貸してくれた人が大勢いるの」サヴァナは答えた。「自分の身を投げうってわたしたちを助けてくれた男性が、いまもバダルディンの基地に捕われているわ。今夜のうちにＳＥＡＬ隊が救出するとケニーはいってる。ぜひそうあってほしいと……」

「絶対だ」ケンが会話に割り込んだ。サヴァナの腕を強くつかむ。「嘘じゃない、仲間がかならずジョーンズを救出する」サヴァナがうなずくと、ケンはローズに向きなおった。「ミセス・フォン・ホッフ、お会いできて光栄です、マム。みなさんとゆっくりお話したいところなのですが、チームの隊長《CO》とマックス・バガットに報告をおこなわなければなりません――バガットはＦＢＩチームの責任者なんだ」彼はサヴァナにいった。「そのあとはシャワーとたわしとのデートが待ってる。ホテルで会おう、いいね？　ＦＢＩの護衛なしにはどこへも行ってはいけないよ」

「わかってる」サヴァナはいった。

ケンは彼女を腕に引き寄せ、さよならのキスをした。彼女の両親とローズの目の前で。それは〝きみのご両親の前だからね〟的な軽いキスではなかった。〝ふたりきりになれたら、すぐにきみの服を脱がすよ〟というキスだった。

「じゃあ、あとで」そういって、ケンは立ち去った。

「ん……まあ」サヴァナの母がつぶやいた。

「わたしは彼が好きだわ」ローズが知らせた。

サヴァナは笑った。「わたしもよ」

「ところで、彼がすでに選んだ報酬というのはなんなんだ？」父親が訝しげにきいた。

「わたしよ、パパ」サヴァナはいった。「彼はわたしが欲しいの」

床はひんやりしていた。

そのつめたい床と、暗闇と、苦痛しかない場所にジョーンズは浮かんでいた。

ここには前にもいたことがある、死んでも戻るまいと誓ったものだ。

なのになぜ戻った？

モ、モリー。

彼女はすぐそこに、おれの目の前にいたのに、やっぱりいえなかった。チャンスはあったのだが、喉が塞がって声にならなかった。それでも、たぶん彼女はわかってくれている。「きみを愛してる」小声でそう囁いた。いまなら難なくいえる、くちびるが切れて腫れあがっていようとも。「モリー、きみを愛してる」

「モリーでなくて申し訳ない」暗闇のなかで静かな声がした。「米海軍SEALのサム・スタレット中尉です。チームメイトで衛生兵のジェイ・ロペス兵曹とともに、あなたをここから出して連れ帰ります」

最初に頭に浮かんだのは、ついにきたか、ということだった。長年待たされたが、やっと米軍が迎えをよこした。

だがすぐに胸が悪くなるような確信とともに、行くわけにはいかないと気がついた。

「おれが逃げたら、連中はモリーをつけ狙う」

「その点はすでに考えてあります、リー」テキサス訛りのある声がいった。「彼女を初めとするすべての宣教師は、すでに安全な場所に移しました。だから彼女のことはひとまず忘れて、いまはわれわれに手を貸してこのくそ溜めから出ることだけを考えてください、ミスター・ジョーンズ」

「右脚が折れています、サー」べつの声がいった。「これから仮の副木を当てます。暗視ゴーグルをつけていますので、あなたには真っ暗に思えるでしょうが、手元ははっきり見えています。最初にモルヒネを少し与えて――」

「だめだ！」

「わかりました、でもじっとして大声をあげないように。わかりましたか、サー」

「ああ」

一瞬、焼けつくような激痛が走ったが、それは徐々にひいていき、あとに残ったのは叩きのめされてぼろぼろになった体があげる弱い不満の声だけだった。

「さあ、ここから出ましょう」スタレットがいった。

20

アリッサは記者会見場を抜けだし、ひと息つきにホテルのロビーへ出た。

なにかプライベートな問題が起きるたびに記者会見を開かなくてはいけないなんて、フォン・ホッフ家の人間でいるのはさぞかし面倒なことだろう。息子が誘拐され、娘が行方不明。まあ、今回のことはたしかにニュースといえるけれど、だとしても。会場にいた記者連中は、プリシラ・フォン・ホッフが先日の商用旅行の際に、マサチューセッツ州ナティックの〈ロード・アンド・テイラー〉の駐車場で起こしたといわれている軽い接触事故について質問していた。そんなの、あんたたちの知ったことじゃないでしょうに。

ロビーもいま現在はさほど楽しい場所じゃなさそうだわ、とアリッサは気づいた。SEAL隊が――ワイルドカード・カーモディを除いて――この午後にホテルをチェックアウトしてジャカルタを発つのだ。

チームは昨日の深夜に、ジョーンズという明らかに偽名と知れる名前しかわからない男を連れて戻り、今朝はずっと任務報告ミーティングをしていた。

ジョーンズね。本名でしょうとも。

それでも軍の行方不明者の記録を掘り返してはいけないとマックスから直接命令があったから、ゆうべは読書をしてすごした。本当はサヴァナ・フォン・ホッフの護衛をすることになっていたのだが、サヴァナがホテルの部屋を離れることはなかった。一度も。昨日の午後五時に部屋に入ったきり、今朝の十時半まで出てこなかった。ワイルドカード・カーモディ——笑いさえすれば、彼は実際ハンサムだった——と一緒に。

そのカーモディは、今朝はやたらと笑っていた。ふたりの部屋に隠しカメラがないかどうか調べておいてよかった。さもなければアリッサが想像しているようなビデオが、ネット上で永遠に流されることになっただろう。

サム・スタレットがエレベーターを降りてロビーを歩いてくるのを見て、アリッサは植木の陰に隠れようとした。

だがその必要はなかった。彼はこちらに目もくれなかった。あの長い脚でホテルのドアを抜け、歩道で待っている仲間のところへ向かった。

振り返ることも、窓ごしにアリッサのほうをちらりと見ることもなかった。ただ空港行きのシャトルバスに乗り込んで走り去った。

「やあ」

アリッサが振り返るとマックスが立っていた。「どうも」

「帰る準備はできたか？」

「ええまあ」

「おれと同じ便かな？」

「違うと思いますけど」アリッサはいった。「わたしは明日の朝までここを離れられません。アレックスが退院するのがそのころになるので……」

「十時三十五分発の香港行きか？」マックスはきいた。

「ええ、そうです」

「なら同じ便だ」

記者会見場から笑いの波が伝わってきて、アリッサはわずかに開いたドアのほうにちらりと目をやった。「戻ったほうがよさそうだわ」

「なぜ急ぐ？　彼らはどこにも行かないよ」マックスはいった。「それになかにはジュールズがいるんだろう？　よからぬ連中が入ってきたら、彼が尻を蹴飛ばすだろうさ」

アリッサは目をせばめて彼を見た。「わたしの相棒をからかっているわけじゃないでしょうね？」

「まさか、本気でいったんだ。やつは優秀だよ」

「そういえば、わたしがあなたと食事をすると思っていっているんじゃ？」

「そうじゃない……よせよ、もちろん違う。それにおれはきみを食事に誘ってなどいないだろう？」

「ええ」

マックスは肩をすくめた。「ほらな」

「どうして誘わなかったの？」嘘でしょう、いまの言葉は本当にわたしの口から出たの？　わたしはいったいなにをしてるの？

マックスはじっと動かなかった。「おれに食事に誘えといっているのか？」

「もしもあなたと食事がしたいのなら、自分から誘っていると思わない？」

マックスは彼女をじっと見つめた。「正直にいってもいいか？」

「わたしに選択肢があるのかしら」

「きみは自分がなにを欲しいのかわかっていないと思う」

アリッサは笑った。「それは大きな思い違いよ」

「スタレット以外には、ってことだ。でもやつは手に入らないんだぞ、アリッサ。で、この先どうするんだ？　一生みじめにすごすのか？」

彼女は会議室のほうに向かった。「もう行かないと」

「今夜、一緒にメシを食おう」

アリッサは足をとめた。振り返らずにいった。「何時？」

マックスは大きく息を吸い込んでから一気に吐きだした。「六時。ホテルの前で会おう。ここにいるあいだにジャカルタ見物をするのもいいかもしれない」

彼女はマックスを見た。「すてきね」

マックスが微笑んだ。笑みを返しながらアリッサは気づいた。こうして心から微笑む気分になったのはずいぶんと久しぶりだわ。

ジョーンズは松葉杖をついて病院をあとにした。

ゆうべも今朝も鎮痛剤を飲むふりをして、あとで吐きだしていた。すぐにでもここを出なければ、だれかに見つけられることはわかっていたからだ。

五百万ドルは非常に強力な動機づけだ。ここが隠れ家的な医療施設だろうと関係ない。いずれだれかが嗅ぎつける。

ジャヤカトンは、とりわけ執拗に追ってくるだろう。グレイディ・モラントの首にかかった懸賞金が生死にかかわらず五百万ドルだったと知ったら、やつの怒りは三倍にふくれあがるだろうから。

ゆうべはほとんど眠れなかった。皮肉なことに、一度だけうとうとしたのはモリーが会いにきたときだった。ジョーンズは彼女に会わせる顔がなかった——彼がやったことは許されないことだから。それで寝ているふりをしたのだが、彼女に手を握られているあいだに本当に眠ってしまったのだ。

だが目を覚ますとモリーは帰るところで、明日の午後にまたくると看護婦に小声で告げていた。

だから今朝早くに服を着て病室をあとにしたのだ。

安全だといわれている場所にしては、抜けだすのはばかばかしいほど簡単だった。バスで港へ行き、マレーシア行きの船の乗船券を買う列に並んだ。それを見つけたのは、丸めた紙幣の束を出そうとポケットに手を入れたときだ。

手紙。モリーからの。

きりだしはきわめて事務的だった。アイオワに住む母親の住所と電話番号に加えて、娘の連絡先が記されていた。

〈母か娘に連絡すれば、わたしの居場所はかならずわかります〉そのあと、モリーにしかできないやりかたでずばり本題に入った。

〈いますぐ向きを変えて戻ってきてとあなたにいいたい。わたしのところへ戻ってきて、と。なぜって、もうすでにあなたが恋しくてたまらないから。そうよ、デイヴ、ここにあなたがいなくてさびしいと思っている人間がいるの〉彼女の言葉に心が痛んだ。ずきずきとうずく、しつこい脚の痛みよりもっと。〈でもあなたが出ていくとしたら、それはここにいては危険だと知っているからだというのもわかるし、わたしのそばにいてほしいという以上にあなたには無事でいてもらいたい。

自分が出ていけばたぶんわたしを守れると、あなたがそう考えているのは知っています。チャイがあなたを捜しにきたときに、ここにいる罪のない人たちがけがをしたり殺される——わたしがけがをしたり殺されることを恐れて、あなたは出ていったのだと。

自分が去ったほうがおたがいのためだと、たぶんあなたは考えているのでしょう。お金を盗み、女性とその友人の命を危険にさらした男。彼を裏切った女。とても人間らしい過ちを犯したふたり。

あなたはお金を盗んだ。そしてわたしはあなたを裏切った。なかったふりをするつもりはありません。彼らはビリーに銃をつきつけ、わたしは彼らにあなたの正体を明かした。心の奥底ではわかっていたことをわたしは信じることができなかった——あなたはあのお金を返しに戻ってくるということを。

わたしはもうあなたを許しています。あなたがわたしを許す気になってくれることを願っています。あなたはそれができるひとだとわかっています、なぜならあなたがお金を戻したときに、あなたについては最初からわたしが正しかったことが証明されたのですから。ああ、ダーリン、あなたが天使でないことは知っているわ、知っていますとも。でもあなたは善良ないいひとよ。

あなたから欲しいのは友情だけだと、前にそういったのはおぼえているけれど、でもね、嘘のつきかたを知っているのはあなただけじゃないのよ。あなたを愛しています。あなたのすべてを——あなたの傷痕も、あなたの犯した過ちもすべて愛してる。いつかあなたがわたしとあなた自身を許して、またわたしを見つけてくれることを願っています〉

〈たとえあなたが見つけにこなくても〉へたくそな字でモリーは書いていた。〈たとえ二度と会えなくても、体にはじゅうぶんに気をつけて。だってあなたは愛されているのだから〉

「どちらへ？」ジョーンズがカウンターに近づくと出札係が尋ねた。

「わからない」久方ぶりに、本当にわからなかった。久方ぶりに、さすらいたくないと思った。行き先はどこでもいいから次に港を出る船に乗せてくれと、この男にいうのはいやだと感じた。

出札係の男は、自分の会社の船が向かうありとあらゆるくそ溜めを、まるで天国であるかのように話すことを使命にしていた。

ジョーンズは男を無視して、モリーが書いてよこした電話番号をおぼえた。それから手紙をていねいにたたんで一番深いポケットに入れた。天国がどこにあるかは知っている。天国はモリーだ——彼女はおれを愛している。そしてモリーがマレーシアやタイに行かないのはまちがいない。

ジョーンズは男の話を途中でさえぎった。「アフリカに向かう船はあるか?」

「もちろん」

ジョーンズはカウンターに金をおいた。「そこがおれの行きたい場所だ」

ケンは会議室の後方にそっと滑り込んだ。この記者会見ってやつはまったくの初体験だったが、どうにも好きになれないのははっきりしていた。

両親や祖母と並んで部屋いっぱいの記者たちの前に座っているサヴァナは、ひどく居心地が悪そうだった。彼の好みからすると少々きちんとしすぎて、ハイネックすぎる服を着ていたが、髪は〝ぞっとする〟と〝ワイルド〟の中間のスタイルにしてあった。なかなかかわいいと思った。もっとも、五分でもおれとふたりきりになったら、めちゃくちゃになることは請け合いだが。

ケンと視線が合うとサヴァナは微笑んだ。

おっと、あの笑顔がなにを意味するかは知ってるぞ。サヴァナはおれと同じことを考えてる。ケンはすぐに同じ笑みを返した。

「サヴァナ」記者のひとりが声をかけ、彼女はケンから視線をはずした。「あなたがルーマニアのウラジミール・モドフスキー伯爵と婚約したという噂は事実ですか？」

サヴァナは身をのりだし、非の打ちどころのない王女の口調でマイクに向かっていった。

「そんな事実はまったくありません」

「パルワティ島での試練について、もう少しくわしく説明してもらえますか？」

「かならずしも試練ではありませんでした」そういって、プロのように答えを避けた。

「誘拐されたときにあなたと一緒にいた人物はだれなんです？　あなたはひとりではなかったと航空会社は述べていますが」

「そうです」サヴァナはいった。とびきりクールに。「友人と一緒でした」そして次の記者を指さした。

「男性の友人ということでいいんですね？」

「ええ、そうです」

「どういう方だか教えてもらえませんか、職業は——」

「残念ですが、お答えできません」

「親密なご関係なんですか？」

サヴァナが部屋の反対側にいるケンを見た。その目ははっきりとこういっていた。〝本気でこの先ずっとこういうことに関わりたいの？〟

「そうだ」ケンはサヴァナと記者の質問に同時に答えると、会議室の前方へ向かった。「ええ、その男性とは非常に親密な関係です。じつをいえば、彼女の婚約者です」

ローズはにこにこしながら彼を見ていた。プリシラは二秒ほどいまにも爆発しそうに見えたが、すぐに慎重に張りつけられた笑顔の裏にそれを隠した。カールは携帯電話でブローカーと話をしている最中で、そしてサヴァナは……彼女はただかぶりを振っていた。

「とんでもないことになるわよ」小さなひな壇にケンがあがると、サヴァナはいった。

「おれの手並みを見ていろよ」ケンはいった。「おれは米海軍の上等兵曹だ。なんだって処理できるさ」

質問が矢継ぎ早に飛んできて、あまりの騒ぎに聞き取ることができなかった。「一度にひとつずつ」大声で叫んだ。

「あなたのお名前は？」

「ケン・カーモディ」

「サヴァナとの出会いは？」

「厳密にいうと、サヴァナがイェール大に進もうとしていたころです。その後、わたしの家の前で彼女の車がパンクしたときに再会しました。でも本当の意味で知り合ったのはパルワティ島のジャングルで立ち往生したときです。いうまでもなく、おたがいのことを知るにつれて投票で相手を島から追いだすといったことは、どちらもしませんでしたが」

　記者団から笑い声があがった。

「ミスター・カーモディ、ご職業は？」

「カーモディ上等兵曹です。アンクル《U》・サム《S》の海軍に雇われています」

「サヴァナ・フォン・ホッフがあなたと、米海軍の下士官との結婚を望んだのはどういうわけです？」

いい質問だ。「えー、彼女から聞いた話では、彼女は王子か、お尻にカエルの刺青がある男のどちらかと結婚したかったんだそうです。わたしがそのどちらかはご想像におまかせします」

　さらなる笑いが起こったが、ケンはそこでマイクに身をのりだした。「真面目な話、彼女がわたしと結婚するのは、わたしが彼女のことを十点満点で十一点愛していることを知っているからです。では、わたしと彼女はこのへんで失礼します、じつはあと数日休暇が残っていて、航空券の手配をしてあるもので。行き先はお教えできませんが、ご了承を」

　ローズが席を立った。「わたしも失礼しますよ。病院にアレックスを見舞いにいく予定なので。体調がかなり回復したので、明日の朝には退院できそうです。ニューヨークのわたしの屋敷でゆっくりしていくよう、息子と息子の長年のパートナーで個人秘書でもある男性を説得できるといいのだけれど」〝さあ、アレックス、あなたをクロゼットの奥から出したわよ。そろそろ潮時よ〟

サヴァナはドアを開けようとしたところで手をとめ、祖母を振り返って親指をあげた。

〝ええ、サヴァナ、近い将来あなたともっと一緒にすごせるといいわね〟

ローズの心を読んだようにサヴァナがにっこりした。

ローズは孫とその婚約者につづいてロビーへ出た。アリッサ・ロックが病院まで同行するべく、そばにきた。

ローズの思ったとおり、恋人たちがそう遠くへいく前にケンはサヴァナを壁のくぼみ《アルコーブ》にひっぱりこんでキスをした。

なんともお熱いこと。午後の二時だということを考えればなおさらに。でも十点満点で十一点愛している男なら当然だわね。

ローズは、エレベーターにすばやく乗り込むサヴァナとケンを見つめた。扉が完全に閉まるより早く、ふたりはもう抱き合っていた。

わたしの孫娘はものすごく運がいい。ローズは経験からそれを知っていた。彼女の夫もまた十点満点で十一点愛してくれていたから。

訳者あとがき

ＲＷＡ（アメリカ・ロマンス作家協会）の読者人気投票で二〇〇二年度の第一位に輝いた、トラブルシューター・シリーズ第四弾『緑の迷路の果てに』（原題 *Out Of Control*）をお届けします。

米海軍ＳＥＡＬ第十六チームのケネス・〝ワイルドカード〟・カーモディ上等兵曹は、自宅の近所で車をパンクさせて困っていた女性を助けます。美人でセクシーなサヴァナ・フォン・ホッフは、まさにケンの理想の女性。彼はこの偶然の出会いに有頂天になり、勇気をふりしぼってサヴァナを家に誘い、そのまま夢のような一夜をすごします。

ところがサヴァナにとって、この出会いは偶然ではありませんでした。彼女はケンの元恋人の知り合いで、ＳＥＡＬ隊員である彼に、インドネシアに出張中の叔父のもとに二十五万ドルの現金を届ける旅に同行してほしいと頼みにきたのです。

運命の出会いが、じつはサヴァナが仕組んだものだったと知り、ケンは傷つき、腹を立てますが、それでもテロ行為と宗教抗争が蔓延するインドネシアにひとりで向かうサヴァナがどうにも気になって、結局はついていくことに。しかし、ジャカルタに到着して早々、ふたりは拳銃をもった男たちに拉致されてしまい……。

「カーモディがチームにいるのは、万能札《ワイルドカード》を手札にもってポーカーをやるようなもの」と、仲間たちから頼りにされているケン・カーモディ。コンピュータの天才でもある彼は、その奇抜な発想でつねにチームを窮地から救ってきました。たまの休日には撮りだめしたビデオを観ながら、ドラマのヒロインとの恋愛を空想（妄想？）している筋金入りの〝おたく〟ですが、じつは十点満点で十点の恋人を探している最高にロマンティックな男性です。しかもいざというときには命がけで守ってくれる、頼れる男でもあります。

こんな〝おたく〟なら、ぜひお近づきになりたい。そう思うのはわたしだけではないようで、スーザンのオフィシャルサイトで現在おこなわれている、読者によるシリーズ人気投票でも、ケンは「あなたの好きなSEAL隊員」で堂々第二位にランクインしています（ちなみに一位はサム・スタレット）。

ケンが型破りなら、サヴァナは型にきっちりはまった常識人。服のコーディネートは完璧だし（下着までスーツと色をそろえる徹底ぶり）、財布をひらけば一ドル札から百ドル札までが、どれも表を上にして順に並んでいる〝超〟のつく几帳面です。その反面、ジャングルの沼でへドロを全身に塗りたくられても、ナメクジとココナッツジュースの〝ディナー〟にも、弱音ひとつ吐かない気丈さももちあわせています。

一見、相性の悪そうなふたりですが、力を合わせて危機に立ち向かううちに、外見からはわからなかった相手のよさに気づくことになります。

一粒で三度おいしいのが、このトラブルシューター・シリーズの特徴ですが、今回もケンとサヴァナのロマンスと平行して、ふたつの恋が燃えあがります。ひとつはアメリカ人宣教師モリーと闇商人ジョーンズの恋。過去から逃げるために名前を変え、人づきあいを避けてきたジョーンズ。友情は命取りになると知りつつ、どうしようもなくモリーに惹かれていくジョーンズと、彼の過去も含めてすべてを受け入れようとする年上の女性モリーのおとなの恋愛です。

そしてもうひとつ、第二次大戦中にアメリカのために二重スパイとして活動していたサヴァナの祖母ローズと、オーストリア皇太子、ハインリヒ王子の恋が、ローズの自伝をサヴァナ、モリー、ジョーンズ、アリッサが読み進めるかたちで語られます。戦時下での恋は、これまでの三作でもメイン・ストーリーに負けない深い感動をわたしたち読者に与えてきましたが、身分の違いはもちろんのこと、もしかしたら敵国のスパイかもしれない人を愛してしまったローズの姿もまた、わたしたちの胸に切なく迫ります。

それにもちろん、前作『氷の女王の怒り』で、愛し合いながらも引き裂かれたサム・スタレットとアリッサ・ロックが再会するシーンも見逃せません。結ばれることはないと知りつつ、サムへの想いを断ち切れないでいたアリッサでしたが、ある出来事をきっかけに新たな恋に踏みだそうと決意します。サムとアリッサのロマンスを応援するファンのひとりとしては、今後の展開が非常に気になるところです。

さて、アメリカではこの八月にシリーズ十作目の *Into The Storm* が出版されたばかりのトラブルシューター・シリーズ。日本では五作目の *Into The Night* がヴィレッジブックスから刊行の予定です。主人公は、『氷の女王の怒り』でいい人ぶりを発揮したマイク・マルドゥーン。『ニューヨークタイムズ』のベストセラーリストに三週登場した話題の作品です。どうぞお楽しみに。

二〇〇六年八月

OUT OF CONTROL by Suzanne Brockmann

This translation published by arrangement with
The Ballantine Publishing Group, a division of Random House, Inc., New York
through Tuttle-Mori Agency, Inc., Tokyo

緑の迷路の果てに

著者 スーザン・ブロックマン

訳者 阿尾正子《あおまさこ》

2006年9月20日 初版第1刷発行

発行人 鈴木徹也

発行所 株式会社ヴィレッジブックス
〒102-0075 東京都千代田区三番町8-1
三番町東急ビル7F 株式会社ウィーヴ内
電話 03-5211-6262 http://www.villagebooks.co.jp

発売元 株式会社ソニー・マガジンズ
〒102-8679 東京都千代田区五番町5-1
電話 03-3234-5811(営業) 03-3234-7375(お客様相談係)

印刷所 中央精版印刷株式会社

ブックデザイン 鈴木成一デザイン室

 ISBN4-7897-2954--0 Printed in Japan